Stammbaum
der Familie
Bosetz[illegible]

W0285653

…na Sengebusch 1780–1812

Katharina Golombek 1822–1884 — Peter Szaton 1818–1879

Bertha Meier 1861–1925 — August Quade 1862–1945

Carl Schattan 1860–1907 — Albertine Wolfsohn 1864–1929

…lter Matuschewski 1876–1934

Marie Quade 1885–1970 — Oskar Schattan 1886–1937

…ki (Adoption)

Margot Schattan * 1910

Gerda Schattan * 1914

…anfred Matuschewski * 1938

Friedrich Bosetzki aus Tamsel kämpft 1848 in Berlin auf den Barrikaden gegen König Friedrich Wilhelm IV. Nach Bosetzkis Gefangennahme und Verbüßung einer sechsjährigen Haftstrafe wandert er nach Amerika aus, um dort sein Glück zu machen. 1864 aber kehrt er desillusioniert nach Berlin zurück. Sein Sohn Heinrich kämpft sich im Berlin der Gründerjahre zunächst zum erfolgreichen Bauunternehmer hoch – bis privates Unglück und geschäftliche Fehler auch ihn zu Fall bringen. 1906 dann wird Otto geboren, als uneheliches Kind Heinrichs und des Berliner Dienstmädchens Anna. An Heinrichs Stelle tritt Walter Matuschewski. Und Anna wird indes in Berlin einen Kohlenkeller eröffnen ... »Horst Bosetzky gelingt ein schönes Stück Sozialgeschichte. Detailliert zeichnet er die Lebensumstände einfacher Leute zur Hochzeit der Industrialisierung im 19. Jahrhundert nach. Plastisch wird das Elend in den Arbeiterquartieren des Nordens beschrieben, ebenso der Wunsch nach sozialem Aufstieg.« (Elmar Schütze in der ›Berliner Zeitung‹)

Horst Bosetzky, geboren 1938 in Berlin und unter dem Namen -ky auch als einer der erfolgreichsten deutschen Krimi-Autoren bekannt, ist emeritierter Soziologieprofessor in Berlin. Neben zahlreichen Kriminalromanen, mit denen er sich an die Spitze der deutschen Spannungsliteratur geschrieben hat, verfaßt er Jugendbücher, Hör- und Fernsehspiele, historische Romane sowie seine mehrteilige Familiensaga.

Horst Bosetzky

Zwischen Barrikade und Brotsuppe

Roman

Deutscher Taschenbuch Verlag

Ungekürzte Ausgabe
Oktober 2005
Deutscher Taschenbuch Verlag GmbH & Co. KG,
München
www.dtv.de
© 2003 Jaron Verlag GmbH, Berlin
Umschlagkonzept: Balk & Brumshagen
Umschlagfoto vom 11. 8. 1928/© Bildarchiv Preußischer Kulturbesitz
Gesamtherstellung: Druckerei C. H. Beck, Nördlingen
Gedruckt auf säurefreiem, chlorfrei gebleichtem Papier
Printed in Germany · ISBN 3-423-20840-6

Was unterscheidet
Götter von Menschen?
Daß viele Wellen
Vor jenen wandeln,
Ein ewiger Strom:
Uns hebt die Welle,
Verschlingt die Welle,
Und wir versinken.

Ein kleiner Ring
Begrenzt unser Leben,
Und viele Geschlechter
Reihen sie dauernd
An ihres Daseins
Unendliche Kette.

Goethe, Grenzen der Menschheit

ERSTER TEIL

Friedrich

Prolog

1844

Zu allen Zeiten war es das Schicksal der Könige gewesen, ermordet zu werden. Nun war auch Preußens Herrscher an der Reihe.

Keine Vorahnung, keine innere Stimme, kein ungewisses Gefühl, nichts sagte Friedrich Bosetzki, daß sich an diesem Tage, wo es in Berlin dem König an den Kragen gehen sollte, auch sein Schicksal entscheiden würde. Man schrieb Freitag, den 26. Juli 1844, und Friedrich saß im Frühstücksraum des »Hotels zum Schwarzen Adler« in der Poststraße, um auf seinen Vater zu warten, der aber offenbar seinem alten Trieb nachgegeben hatte und gleich nach dem Aufstehen zu einem kleinen Spaziergang durch die Stadt aufgebrochen war.

Da kam er aber schon und murmelte die übliche Entschuldigung. »Am Morgen ist jede Stadt schön – sogar Berlin. Ganz im Gegensatz zu Tamsel. Dort langweilt sich sogar die anspruchslose Amsel.« Damit sank er auf seinen Stuhl und bedankte sich, auch dies war zum Ritual geworden, auch heute wieder bei seinem Sohn, daß er sich für ihn aufgeopfert und mit ihm in die Residenz gefahren war. »Ist der Mensch Mitte der Siebzig, dann hat er so ganz bestimmte Ängste, und da ist es nicht schön, allein in der Fremde zu sein.«

»Ich hab' dich gern begleitet, Vater, und Ferien sind ja auch.«

Der Alte köpfte ein Ei und geriet dabei ins Labyrinth seiner Erinnerungen. »So haben es damals anno 1809 die Holländer und die Dänen mit meinen Kameraden gemacht, nachdem sie in Stralsund unseren Widerstand gebrochen hatten. Niederknien und Kopf ab.« Und er erzählte viel von seiner Zeit im Schillschen Freicorps, als sie versucht hatten, die Franzosen aus Deutschland zu vertreiben – gegen den Widerstand des preußischen Königs. »Seither hege ich unseren einheimischen Herrschern gegenüber nichts als negative Gefühle, aber das weißt du ja.« Heute nun trug man einen seiner Kameraden zu Grabe, jenen Fähnrich, mit dem er zusammen dem Massaker in Stralsund entkommen war. »Ein Weinhändler hatte uns beide in seinem Keller versteckt. Gottfried ist dann als Fischer verkleidet und mit falschen Papieren ausgestattet von preußisch gesinnten Bürgern aus der Stadt herausgeschmuggelt worden, während ich mein Adelspatent an einen französischen Offizier verkaufen mußte, um nicht erschossen zu werden. Aus war es mit dem Erdmann *von* Bosetzki ...«

»... wie dem gesamten Aufstieg derer von.« Friedrich litt nicht wenig darunter, nichts weiter zu sein als ein kleiner Dorfschullehrer und Kantor in einem gottverlassenen Nest jenseits der Oder.

»Andernfalls wärst du gar nicht auf der Welt«, beschied ihn sein Vater, während er sein Ei auslöffelte und dabei erheblich kleckerte. »Und du willst nicht mitkommen zur Beerdigung?«

»Nein, ich will einmal bei Tschech vorbeischauen, der wohnt ja neuerdings in der Rosenthaler Straße, gleich hinterm Hackeschen Markt, nicht weit entfernt von hier.«

Erdmann Bosetzki versuchte sich zu erinnern. »Tschech – ist das der, der mal Bürgermeister in Storkow gewesen ist und wo du die Tochter ...?«

»Ja, genau.« Friedrich suchte seinem Vater auf die Sprünge zu helfen. »Elisabeth war in einer Pensionsanstalt in Frankfurt, und da bin ich ihr bei einem Spaziergang an der Oder begegnet ... in meiner Zeit als Soldat. Eines Sonntags hat sie mich dann ihrem Vater vorgestellt.«

»Aber sie wollte dich nicht?« fragte der Alte, während er an einer Schrippe mümmelte, die dem Bäcker viel zu kroß geraten war.

»Nein. Sie hing zu sehr an ihrem Vater. Und bei mir, da kam ja dann die Dorothee, und die wollte mich.«

»Du korrespondierst ja viel mit diesem Tschech ...«

Friedrich senkte die Stimme, denn inzwischen waren noch andere Gäste im Frühstücksraum erschienen. »Beide träumen wir davon, den König zum Teufel zu jagen.«

Der Alte schmunzelte. »Friedrich Wilhelm IV. ist nicht nur hochselig, sondern hat seine Krone auch von Gott empfangen.«

Friedrich geriet langsam in Rage. »Wenn dem so wäre, könnte man es als Beweis dafür nehmen, wie recht doch Feuerbach mit seiner These hat, daß nicht Gott die Menschen, sondern die Menschen Gott gemacht haben. Denn andersherum könnte kein Gott so dämlich sein, diesem Schwachkopf eine Krone aufzusetzen.«

Sein Vater legte die Finger auf die Lippen. »Psst, du redest dich noch einmal um Kopf und Kragen.«

Friedrich nickte. »Ist ja richtig. Man sollte immer nur daran denken und nie davon reden.«

Nun wandten sie sich Themen zu, die unverfänglich waren, vor allem dem, was ihnen in und an Berlin gefallen hatte und was nicht.

»Es gibt eine Menge Elend in Berlin«, sagte Friedrich. »Das ist wie ein sickernder Bach aus Tränen, der in den Webereien der Wilhelmstraße entspringt ...«

»Da wohnen doch die Grafen, Fürsten, Minister und Prinzen«, widersprach ihm sein Vater.

»Ja, auch, aber am anderen Ende. Der Tränenbach jedenfalls schlängelt sich am Halleschen Tor vorbei, um drei Viertel der Stadt herum und ergießt sich dann zwischen Oranienburger und Rosenthaler Tor in einen See des Jammers, das Voigtland genannt.«

»Aber sieh doch auch den Glanz: Schinkels Bauten alle, das Museum, die Neue Wache, die Bauschule, die Schloßbrücke ... Herrlich das alles! Und wenn du durch den Lustgarten gehst, dann ... Ach, welche Lust müßte es sein, noch dein Alter zu haben! Ich würde zum Pferderennen gehen oder in den Weinhäusern sitzen und auf eine Cathérine warten ...«

»Berlin wartet auf etwas ganz anderes«, murmelte Friedrich, »nämlich auf die neue Zeit.«

»Da kann es lange warten ...«

Sie waren noch mitten ins Gespräch vertieft, als der Wirt an ihren Tisch eilte, um zu melden, daß die bestellte Droschke soeben eingetroffen sei und der Kutscher warte. Bis zum Friedhof vor dem Halleschen Tor sei es ein weiter Weg. Erdmann traf in aller Eile Anstalten, sich in einen Zustand zu versetzen, der für eine Trauerfeier angemessen war, und ließ sich dann von Friedrich zum Wagen bringen.

»Unser Gottfried, was hat er immer gesungen, wenn ein Gefecht begann: *Kein schönrer Tod auf dieser Welt, / Als wer, vorm Feind erschlagen, / Auf grüner Heid im freien Feld / Nicht hör'n darf groß Wehklagen.* Nun ist zwar ein großes Wehklagen ringsum, aber hören kann er's dennoch nicht.«

»Da irrst du. Der Dichter meint doch wohl, daß es ein Segen ist, wenn man sich als Toter die Lobhudeleien und die Lügen der Lebenden nicht anhören muß.«

»Dann würde es ›muß‹ heißen und nicht ›darf‹.«

»Nun aber hinein in den gelben Wagen – sonst rollt er ohne dich davon.«

»Ich bleibe nicht zurück, mein Sohn, keine Angst. Paß mal lieber auf dich selber auf.«

Friedrich winkte seinem Vater noch hinterher und machte sich dann auf dem Weg zur Rosenthaler Straße, wo Tschech und seine Tochter im Hause Nummer 52 eine möblierte Wohnung gemietet hatten. Wie tief waren sie gesunken, seit er Elisabeth in Frankfurt getroffen hatte ... Heinrich Ludwig Tschech, geboren 1807 in Oberschlesien, hatte in Breslau und Frankfurt an der Oder die Rechte studiert, doch eine Karriere in der preußischen Staatsverwaltung war ihm wegen einer fatalen Duellgeschichte verwehrt geblieben. So war er gezwungen gewesen, sich privaten Unternehmungen zuzuwenden, war nach Berlin gezogen und hatte es hier mit Kauf, Verkauf und Ausbau von Häusern und der Vermietung von Wohnungen bald zu beträchtlichem Wohlstand gebracht. Durch einen entfernten Verwandten, den Kriegsrat Treblin, hatte er den Zugang zum gesellschaftlichen Zirkel gefunden und durfte später dessen einzige Tochter zur Frau nehmen. Es wurde eine überaus glückliche Ehe, und 1818 bekamen sie ihre erste Tochter, Therese, sechs Jahre später ihre Elisabeth. Mit magischer Kraft zog es Tschech in den Staatsdienst, und so beschloß er 1830, seine

Maklertätigkeit aufzugeben und Assessor beim Eichamt zu werden. Es schien nun unaufhaltsam mit ihm voranzugehen, zumal er sich bei der Bekämpfung der Cholera, die 1831/32 in Berlin zu wüten begann, große Verdienste erwarb, doch die beginnende Tuberkulose seiner Frau durchkreuzte alle seine Pläne. Die Ärzte rieten dringend zu einem Leben auf dem Lande, und so zögerte Tschech keinen Augenblick, als sich die Gelegenheit bot, Bürgermeister von Storkow zu werden. Doch kurz bevor er im Frühling sein Amt antreten konnte, erlag seine Frau der Schwindsucht. Nun gab es ja an sich keinen Grund mehr für die Übersiedlung nach Storkow, doch der dortige Landrat beschwor ihn zu kommen und versprach ihm rasches Avancieren. Also kaufte er sich ein Haus in Storkow und zog mit seinen beiden Töchtern um. Was er dort vorfand, war ein einziger Augiasstall, und er machte sich mit starker Hand daran, ihn auszumisten, was ihm bei Holzdieben, lethargischen Bürgern und inkompetenten Oberen viel Feindschaft einbrachte. Er hatte es schwer, sich zu behaupten, zumal er auch noch Therese zu Grabe tragen mußte. Er schaffte es dennoch, doch im Jahre 1840 wurden Männer in die Stadtverordnetenversammlung gewählt, die seine erklärten Feinde waren und an deren Moral er sehr viel auszusetzen hatte. Tschech verweigerte ihnen deswegen die Bestätigung und wandte sich hilfesuchend an den neuen König, an Friedrich Wilhelm IV. Der erklärte die stattgehabte Wahl zwar für ungültig, doch die neue machte die Sache nur noch schlimmer, denn nun kamen die an die Macht, die Steuern hinterzogen, mit falschen Gewichten arbeiten ließen und die Gesetze nicht eben hochhielten. Deswegen reichte Tschech im Mai 1841 sein Entlassungsgesuch bei der Regierung in Potsdam ein und bat dieselbe zugleich um eine geeignete Weiterbeschäftigung im Staatsdienst. Diese wurde ihm jedoch verwehrt, da ihm nach dem Gesetz keine Versorgungsansprüche zustünden. Die Storkower Fronde gegen ihn intrigierte heftig und erfolgreich. Von nun an kannte Tschech nur noch eines: den Kampf um seine Anstellung. Um diesen besser führen zu können, verkaufte er sein Haus in Storkow und zog wieder nach Berlin, Elisabeth an seiner Seite. Doch drei Jahren waren nun vergangen, ohne daß ihm mit seinen Eingaben bei Kabinettsräten, Grafen und Bürgermeistern irgendein Erfolg beschieden war, und der König hatte ihm von einem Sekretär lapidar das Folgende mitteilen lassen: »Es verbleibt bei Meinem durch Mein Kabinett an den Bürgermeister Tschech erteilten abschlägigen Bescheide.« Auch der Prinz von Preußen ließ ihm übermitteln, er könne »an dem von seinem Bruder, des Königs Majestät, erlassenen Beschlusse nichts ändern und es verbleibe dabei«. Da er nun ohne alle Einkünfte war, hatte Tschech nach und nach alle Gegenstände von Wert verpfänden und verkaufen müssen, schließlich auch die Möbel.

Dies alles wußte Friedrich aus den Briefen, die ihm Tschech geschrieben hatte, und er war voll d'accord mit ihm, wenn er schrieb, »es sei im Interesse des Volkes nötig, die ganze Herrscherdynastie unschädlich zu machen mit all ihren Gehilfen und Dienern«. Wenn Friedrich nach Berlin gekommen war, dann auch mit dem Gedanken, Gleichgesinnte zu finden und einen Verein zu gründen, der die Veränderung der herrschenden Verhältnisse im Sinne hatte.

Mit diesen Gedanken hatte er das Mietshaus in der Rosenthaler Straße erreicht und erschrak, als er oben im Fenster Elisabeth erblickte. Er wollte zu ihr nach oben eilen, doch sie mochte es nicht zulassen, da sie alleine in der Wohnung war. So blieb es bei einer kurzen Begrüßung und wenigen Worten.

»Wo kann ich denn deinen Vater finden?«

»Er läuft jetzt jeden Morgen zum Schloß, um eine Gelegenheit zu finden, dem König seine Bittschrift persönlich in die Hand zu drücken, denn eine offizielle Audienz ist ihm verwehrt worden, und anderes hilft ja nun nicht mehr.«

»Gut, dann versuche ich, ihn dort zu treffen. Wir kommen dann zurück und machen zu dritt einen Ausflug irgendwohin, wo du möchtest.

»Ja, zum Friedrichshain vielleicht.« Elisabeth freute sich, während sie ihm hinterher winkte.

Friedrich machte sich auf den Weg zum Stadtschloß. Vom Hackeschen Markt kam er zur Spandauer Brücke, überquerte auf ihr den Königsgraben und erreichte über die Kloster- die Königstraße, in die er rechts einbiegen mußte. Die Tamseler Ruhe gewohnt, geriet er immer in Panik und wäre am liebsten durchgegangen wie ein scheuendes Pferd, wenn er hier entlangging, so groß war das Menschengewühl und das Toben der Fuhrwerke und Droschken, auch jetzt am frühen Morgen schon. Die Königstraße durchschnitt das Urberlin, und an ihr reihten sich die Post, das Land- und das Stadtgericht, das Rathaus und etliche Läden, so die Destillationsanstalten von Eulner und Kröcher, Koblanks Wintergarten und Courtin's Konditorei.

Friedrich aber hatte keinen rechten Blick für alles, er wollte nur so schnell wie möglich zu Tschech. Eine dunkle Vorahnung war es noch nicht, eher eine ungewisse Unruhe, die ihn immer schneller laufen ließ. Über die Spree hinweg erblickte er das alte Königsschloß mit seinen Erkern und Giebeln noch aus der Kurfürstenzeit und den prächtigen Schlüter-Portalen.

Als er am Marstall angekommen war, sah er die Bedienten und das Stallpersonal damit beschäftigt, den Reisewagen des Königs herzurichten und die Pferde vorzuspannen. Er fragte nach und erhielt die Auskunft, daß die Majestäten um acht Uhr vom ersten Portal des Schlosses abzureisen gedachten. Er bedankte sich und wußte nun, wo er Tschech zu finden hatte. So lief er los, und schon nach kurzer Zeit rollte der Wagen des Königs an ihm vorüber, um am Portal zu halten.

Friedrich beschleunigte die Schritte. Zu oft hatten sie über den neuen König geredet und gespottet, als daß er nicht den Wunsch gehabt hätte, ihn einmal leibhaftig vor sich zu haben. Sein Großvater Johann schließlich hatte einmal einem Hohenzollern das Leben gerettet, Friedrich dem Großen in der Schlacht bei Zorndorf, und war dafür geadelt worden. Und Friedrich Bosetzki dachte, daß es wohl keine größere Ironie des Schicksals geben könnte, als wenn er jetzt Gelegenheit bekam, Friedrich Wilhelm IV. zu retten und dafür in den Adelsstand erhoben wurde, das heißt sein »von« zurückerhielt. Der Gedanke kam ihm, als er Tschech in weitem Mantel im Portal des Schlosses stehen sah. Solch ein weiter dunkler Mantel im Sommer, das konnte nur bedeuten, daß er darunter eine Pistole verbarg.

Unsinn! Oder ...?

Neben Tschech stand eine niedergedrückt wirkende Dame, ebenso dunkel gewandet wie der Bürgermeister. Beide hatten bestimmt nur die eine Absicht: dem König ihre Bittschrift in die Hand zu drücken. Friedrich machte sich klar, daß alles andere nichts als seine Wunschvorstellung war, die Ruhmessucht, in den Geschichtsbüchern als einer aufzutauchen, der seinen König rettet, obwohl er ihn haßt.

Dann ging alles sehr schnell, und wie ein Traumbild zog es an Friedrich vorbei ...

Jetzt.

Die beiden Erwarteten kommen die Treppe herunter, und die Königin steigt als erste in den Wagen. Als ihr Gemahl ihr folgen will, tritt die schwarze Dame hervor und überreicht dem König ein Schreiben. Der nimmt es an und gibt es einem in der Nähe stehenden Kammerdiener, ehe er seiner Frau in den Wagen folgt. Der Lakai schließt den Wagen, und indem er im Begriff ist, auf seinen Platz am Wagenende zu springen, tritt Tschech heran, richtet eine doppelläufige Pistole auf die Brust des Königs und feuert schnell hintereinander zwei Schüsse auf ihn ab.

Zu spät ist Friedrich heran, um Tschech zurückzureißen. Pulverdampf umhüllt das Ganze. Im Wagen ist die Königin zurückgesunken und erholt sich erst, als Friedrich Wilhelm IV. erste Lebenszeichen von sich gibt. Im Nu ist Tschech von einem Dutzend Menschen umgeben, die ihn festhalten, beschimpfen und mit Fausthieben traktieren. Friedrich wird zurückgeworfen und weicht auf den offenen Platz zurück. Militär und Polizei kommen im Sturmschritt herbeigeeilt.

Der Wagen mit dem Königspaar ist ein Stückchen weitergefahren, als sich Friedrich Wilhelm IV. erhebt und aus dem Fenster schaut. Außer ein paar Quetschungen in der Herzgegend ist er unverletzt geblieben, seine dicke Montur hat die Wucht der Kugeln abgefangen. »Wer ist der Mann?« fragt er, Tschech meinend, um dann seine herbeieilenden Untertanen zu beruhigen: »Kinder, mir fehlt nischt.«

Erstes Kapitel

1847

Friedrich Bosetzki stand am Fuße des Kesselbergs und sah die Straße nach Küstrin hinunter. Wo der Schlitten mit den Gästen nur so lange blieb? Das neue Jahr war keine Woche alt, da hatte sich seine Schwester Luise angekündigt. Sosehr ihn das freute, so sehr ärgerte er sich auch darüber, daß sie ihren Mann mitzubringen gedachte, diesen unausstehlichen Ferdinand von Lellichow, seines Zeichens Rittmeister beim Regiment Garde du Corps in Berlin.

Puderzuckerschnee lag auf den Kiefern des Tamseler Busches, und an sich hätte ihn dieser Märchenwald verzaubern müssen, doch er war alles andere als freudig gestimmt, denn irgendwie ahnte er dunkel, daß 1847 ein Jahr des Umbruchs für ihn werden sollte. Alles würde anders werden und nicht immer besser. Vielleicht war es nur die Angst vor dem Neuen, das schon einen Namen trug: Wilhelm respektive Wilhelmine, falls ihr erstes Kind ein Mädchen werden sollte. Im Mai sollte es geboren werden.

Weil von Luise noch immer nichts zu sehen war und er in seiner dünnen Joppe ziemlich fror, machte er sich zurück auf den Weg zu seinem Haus, das rechts von der Straße lag, noch vor dem Schloß. Tamsel war insofern ein merkwürdiges Dorf, als es keinen eigentlichen Anger hatte, sondern an dessen Stelle das Schloß zu finden war, eigentlich mehr ein Herrenhaus, welches das Dorf mit Park und Kirche in der Mitte richtiggehend teilte. Und *sein* Haus war es auch nicht, in das er jetzt trat, er hatte nur das Recht, darin zu wohnen, solange er seine Dienste als Schulmeister und Kantor ordentlich versah.

»Sind sie immer noch nicht da?! Mir wird das Essen langsam kalt!«

Dorothee stand in der Küchentür und musterte ihn nicht eben freundlich. Ihre Stimme war in letzter Zeit ein wenig schrill geworden, und in allem, was sie sagte, schwang der Vorwurf mit, daß er schuld an ihrem Elend sei. Daß sie schwanger war und andauernd brechen mußte, daß sie gesellschaftlich nichts darstellte, sondern als die Frau eines kleines Schulmeisters in einem gottverlassenen Dorf Brandenburgs durchs Leben gehen mußte, daß er es nicht geschafft hatte, in Berlin bei Hofe Karriere zu machen. Als sie ihn kennengelernt hatte, war er kurz davor gewesen, Assessor zu werden, und war ihr von einflußreichen Leuten als einer der besten Juristen Preußens angepriesen worden. Wie hätte sie auch ahnen können, daß er ihr nach der Verlobung gestehen würde, den ganzen Paragraphenkram fürchterlich zu hassen und daß er sich nichts weiter wünsche, als mit ihr in Ruhe und Frieden als Lehrer in Tamsel zu leben? Sie war die Tochter des Schulzen, und ein Zurück gab es nicht mehr, da hätte sie gleich ins Wasser gehen können.

Friedrich hatte zwar schnell, aber doch zu spät erkannt, daß ihn seine Frau weniger liebte, weil er ein gutaussehender junger Mann war, vielfach begabt, sondern vor allem deswegen, weil sie nur an seiner Seite eine Chance hatte, Tamsel zu entfliehen. Zu schwach war er nicht gewesen, den Dingen noch eine andere Wendung zu geben, eher zu sehr Fatalist und einer, der zwar nicht so richtig an den Christengott glaubte, aber doch irgendwie an Determinismus und Prädestination, daß also alles in der Welt durch besondere Gesetzmäßigkeiten und den Willen Gottes vorherbestimmt war. Auch hatte er sich ein wenig mit hinduistischen Schriften beschäftigt und sagte des öfteren, daß Tamsel und Dorothee nun einmal sein Karma seien. So ertrug er Dorothee und ihre Kühle wie schlechtes Wetter oder einen steifen Nacken. Sie schliefen seit Jahren in getrennten Zimmern, und wenn sie sich ganz gelegentlich einmal zur körperlichen Vereinigung durchringen konnten, dann nur, weil er ungewisse Impotenzängste in sich aufsteigen fühlte und bekämpfen wollte und sich bei ihr der Wunsch nach einem

Kind nicht mehr unterdrücken ließ. So war es denn auch zur Zeugung gekommen, mit etwa derselben Lust, die man beim Bader empfand, wenn es ans Zähneziehen ging. Und voller Neid las Friedrich die Gedichte, die sein Vater vor vierzig Jahren für seine Mutter geschrieben und teils sogar vertont hatte, so etwa dieses: *Cathérine! Ruf ich hoch zum Firmamente / Und entflamme so zur Glut, / Daß von allen Sternen keiner brennte / Ohne meiner Liebe Kraft und Mut.*

Groß gewachsen und dunkel war seine Frau, und es hieß, sie sei hugenottischer Abkunft, doch Friedrich zweifelte daran. Eher schrieb er ihr mediterranes Aussehen einem Seitensprung zu, den ihre preußisch-brandenburgischen Vorfahren mit einem der griechischen Steinmetzen gewagt haben mochten, die der Feldmarschall Hans Adam von Schöning nach den Türkenkriegen mitgebracht hatte, um das Tamseler Schloß zu einem Schmuckstück zu machen. Es ging ja auch die Sage, daß Erdmann, sein Vater, von einem gewissen Pavlos Strohmattias abstammen sollte, der daraufhin spurlos verschwunden sei. Da war er also womöglich ein Vetter seiner Frau ...

Sein Vater kam aus dem Haus, nun auch in Sorge um Luise. »Hoffentlich ist ihr Schlitten nicht umgestürzt, und sie liegt irgendwo im Graben.«

Friedrich lachte. »Wer Luise heißt, ist gegen so etwas immun.« Das war eine Anspielung auf die Königin Luise und ihre Flucht nach Memel anno 1807, wobei sie in einer offenen Kutsche bei Eis und Schnee fast erfroren wäre.

Erdmann kniff die Augen zusammen. »Es wundert mich, daß Lellichow sich nicht geweigert hat, dich zu sehen.«

»Warum sollte er, ist es doch die größte Freude für ihn, auf andere herabsehen zu können.«

»Wer mit Tschech befreundet war, dürfte für ihn selber ein Königsmörder sein.«

»Das weiß er doch nicht.«

»Gott, Friedrich, dir sieht man doch an, daß du heimlich in der Nacht ein Traktat über den Tyrannenmord verfaßt hast, wie legitim dieser doch sei.« Und lachend zitierte er Schiller: »*Zu Dionys, dem Tyrannen, schlich / Möros, den Dolch im Gewande. / Ihn schlugen die Häscher in Bande.*«

»Von wem hab' ich's denn, Vater, von dir doch wohl«, entgegnete Friedrich im selben spöttischen Ton. »Salomo 22, Vers 6: *Wie man seinen Knaben gewöhnt, so läßt er nicht davon, wenn er alt wird.*«

Während sie sich in aller Liebe stritten, kam endlich der Schlitten mit den Gästen aus Berlin um die Ecke gebogen. Es gab ein großes Hallo. Luise sprang vom Sitz, sank in die Arme ihres Vaters und wurde sofort vom Alten weggerissen, denn nun war auch Dorothee aus dem Haus gestürzt, um die Schwägerin ihrerseits in Besitz zu nehmen. Luise brachte sie jenes Maß an Herzlichkeit entgegen, von dem Friedrich immer nur träumen konnte.

»Zeig mal: Was macht denn unser kleiner Wilhelm?« Luise fuhr ihr mit der Hand unter den übergeworfenen Mantel und strich ihr sanft über den leicht gewölbten Bauch. »Ach, wie ich dich darum beneide!« Sie selbst war bislang kinderlos geblieben, was aber den Ärzten zufolge am Zustand Lellichows zu liegen schien, so daß er ihr deswegen nie Vorwürfe machte. Dennoch litt sie sehr darunter.

Inzwischen war auch der Rittmeister vom Schlitten gestiegen und begrüßte Schwager und Schwiegervater in derselben Art und Weise, wie König Friedrich Wilhelm IV. es mit seinen Untertanen tat, wenn er die Neumark bereiste.

»Bis Frankfurt haben wir eine wunderschöne Reise mit der neuen Eisenbahn gehabt«, nahm Lellichow nach der kurzen und sehr förmlichen Begrüßung das Wort, »dann aber mal zuwenig Schnee auf den Straßen vorgefunden und mal zuviel. Ich kann mir lebhaft vorstellen, daß Napoleon in dieser Gegend scheitern mußte.«

»Nun«, wandte Friedrich ein, »die Warthe ist ja doch nicht ganz die Beresina.«

Lellichow verstand das als Kritik an seinen Geschichtskenntnissen und reagierte dementsprechend: »Gott, wenn wir unsere kleinen Schulmeisterlein auf dem Lande nicht hätten.«

Luise, ein verbales Duell gleich am Anfang befürchtend, sprang dazwischen und umarmte Friedrich. »Mein kleiner Bruder ist ja noch immer so unartig wie früher! Jetzt gibt es aber mal was auf den Po!« Und schon klatschte ihre flache Hand auf seine Sitzfläche. »Sollst du immer Widerworte geben?!«

»Nein, verehrte Frau Schwester ...« Friedrich begann so zu greinen, wie er das vor 25 Jahren getan haben mochte. »Ich wollte doch nur ...«

»Sollst du immer das letzte Wort haben?!«

»Nein ...«

»Und willst du Abbitte leisten?«

»Ja. Es tut mir leid.«

»Dann ist gut. Komm jetzt ins Haus, da sollst du auch ein Stückchen Kuchen haben.« Kichernd zog sie ihn von Lellichow weg, und Friedrich bewunderte die hohe diplomatische Kunst seiner Schwester.

Strenggenommen war Luise nicht seine richtige Schwester, sondern nur seine Halbschwester, denn ihre Mutter war nicht jene kapriziöse Cathérine mit ihren frankophilen Neigungen, sondern die eher biedere Anna, Witwe eines Fischers aus Tamsel, die seinen Vater geheiratet hatte, nachdem sie ihm bei seiner Flucht vor den Franzosen Schutz geboten hatte. Doch mitnichten war Luise nun ein blonder Trampel, denn nach dem frühen Tod Annas hatte man sie zu ihrer Großmutter ins Schloß gebracht, und Oma Elisabeth, die eine geborene von Velten war, hatte versucht, sie zu ihrem Ebenbild zu formen. Gebildet, geistvoll und lasziv sollte ihre Enkelin werden, um dorthin zurückzukehren, von wo sie verjagt worden war: an den Hof. So ganz war das zwar noch nicht gelungen, aber immerhin hatte es Luise verstanden, sich mit dem Rittmeister Ferdinand von Lellichow einen Mann zu sichern, der zu einer großen Karriere ausersehen schien.

Bald saß man in der guten Stube beim Mittagsmahl, dessen Mittelpunkt ein ungeheurer Gänsebraten war, den denn Luise auch in den höchsten Tönen lobte.

Friedrich hingegen wirkte weniger glücklich. »Mir hängt er schon zum Halse heraus, denn seit Martini essen wir pausenlos Gans.« Das hing damit zusammen, daß die Bauern Pastor und Kantor einen Teil des Lohnes in Naturalien zahlten. »Ja, ich weiß, daß das undankbar ist, wo in Preußen die Not immer größer wird und die Preise für die Lebensmittel ins Unerschwingliche klettern.«

Dorothee haßte es, daß ihr Mann ständig politisieren mußte, und fürchtete eine weitere Verstimmung des Schwagers, war also darauf bedacht, die Konversation schnell in andere Bahnen zu lenken. »Erzähl doch mal, Luise, was es in Berlin so Neues gibt. Wir hier auf dem Lande erleben ja nichts.«

»Seit dem Neujahrstage haben wir endlich Gaslaternen auf den Straßen.«

»Und die zwei Dutzend Bordelle an der Königsmauer sind geschlossen worden«, fügte Lellichow hinzu, »so daß sich die Damen nun auf den Straßen und in den Cafés und Tanzsälen tummeln, insbesondere im Krollschen Lokal.«

Erdmann Bosetzki seufzte. »Ach ja, das waren noch Zeiten, als ich da ...«

Dorothee warf vor Empörung ihr Besteck auf den Tisch. »Vater!«

»Nicht, was du denkst!« widersprach der Alte heftig, wenn auch leise schmunzelnd. »Sondern nur, weil wir meine Frau dort vermutet hatten.«

»Das wird ja immer schlimmer!«

»Nun ... Meine Cathérine, Friedrichs Mutter, war mir doch mit einem Franzosen durchgebrannt, weg hier von der Liebes-Insel in der Warthe, und jemand hatte uns gesteckt, dieser Major Trouville habe ihr den Laufpaß gegeben und sie sei schließlich in Berlin im Bordell gelandet.«

Lellichow griff nach Luises Hand. »Ein Glück, daß du eine andere Mutter hattest.«

»Ich bin mit meiner sehr zufrieden«, bekannte Friedrich, um hinzuzufügen: »*Nur der Irrtum ist das Leben, / Und das Wissen ist der Tod.*«

»Das ist doch Schillers *Kassandra*«, fiel Lellichow ein, »und da heißt es doch am Ende, wenn ich mich recht erinnere: *Alle Götter fliehn davon, / Und des Donners Wolken hangen / Schwer herab auf Ilion.* Was ich mir für Preußen nicht wünsche.«

Erdmann beugte sich vor. »Warten Sie's nur ab, Herr von Lellichow, in diesem oder im nächsten Jahr, da kracht es auch in Preußen, da will das Volk nicht nur mehr zu essen haben, da fordert es auch eine neue Verfassung.«

Wieder war es die Hausfrau, die um Mäßigung bat. »Habt ihr euren Schiller, so komm ich euch mit meinem Goethe: *Ein politisch Lied, ein garstig Lied.* Und das bitte nicht beim Essen. Der Magen nimmt es übel.«

Erdmann fiel nun die Aufgabe zu, von den alten Zeiten zu erzählen, so zum Beispiel von der schönen Frau von Wreech, die er noch leibhaftig gesehen hatte, war sie doch erst 1784 verstorben. »Da war ich gerade vierzehn Jahre alt und habe große Ohren bekommen, als sie erzählt haben, daß der Kronprinz Friedrich und sie hier nahebei im Park ...«

So nahm denn alles noch einen friedlichen Verlauf, und nach dem Essen machten sich die beiden Frauen auf ins Dorf. Luises Mutter war eine geborene Sengebusch, und die Sengebuschs waren eine weit zerstreute Familie mit vielen Kindern und Kindeskindern, so daß Friedrichs Schwester sich auf das Wiedersehen mit vielen Basen und Vettern freuen konnte. Sie wußte auch, daß Johann, der Stammvater aller Bosetzkis, soweit sich das zurückverfolgen ließ, nur einen einzigen engen Freund gehabt hatte: Heinrich Sengebusch – und der war 1758 in der großen Schlacht bei Zorndorf vor seinen Augen gestorben.

Lellichow und Friedrich hatten sich währenddessen in der guten Stube niedergelassen und bei einem Kräuterlikör, der ihrer Verdauung dienen sollte, ein Gespräch über Gott und die Welt begonnen, insbesondere über die Berliner Kunstausstellung des gerade zu Ende gegangenen Jahres, auf der ein an sich eher unscheinbares Bild ein gewaltiges Echo gefunden hatte: *Das Jagdrecht* von Karl Hübener. Voller furchtbarer Verzweiflung schleppt ein junger Mann seinen sterbenden Vater, der offensichtlich von einem herrschaftlichen Jäger angeschossen worden ist, in eine Hütte.

»Ich habe nie begriffen«, sagte Lellichow, »wie sich ein Künstler für solch verhungerte Kreaturen mit eingesunkenen Wangen und tief liegenden Augen begeistern kann. Diese Jammergestalten sind ekelhaft, fürwahr.«

»Hast du dir das Bild eigentlich angesehen?« fragte Friedrich.

»Ich? Wie könnte ich! Ein Gemälde hat schön und erhebend zu sein.«

Friedrich widersprach ihm. »Endlich einmal kein albernes Gekleckse, keine traurige Deutschtümelei und keiner, der genialisch tut.«

Lellichow winkte ab. »Milde gestimmt könnte man sagen, dies sei die krankhafte Phantasie eines mondsüchtigen Philanthropen. Ich persönlich hätte verboten, es auszustellen: wegen revolutionärer Tendenzen. Und den Maler hätte ich ins Gefängnis werfen lassen: wegen versuchten Landfriedensbruchs.«

Friedrich sah aus dem Fenster, doch sein Blick ging nicht weiter als bis zum Tamseler Friedhof hinüber. »Aus deiner Sicht magst du so unrecht nicht haben. Der Platz vor dem *Jagdrecht* ist nie leer gewesen, und ich habe eine Weile unter den Leuten zugebracht und gehört, was gesprochen, was geflüstert wurde. Sie haben einen furchtbaren Haß gegen den Adel, gegen seine Vorrechte und erinnern sich an die uralte Unbill, die sie durch ihn erlitten haben, sehen sich seit Urzeiten aufgescheucht und gehetzt wie das Wild auf dem Bilde.«

Lellichow wollte erst aufspringen in seiner spürbaren Erregung, besann sich dann jedoch und versuchte, eiskalt zu erscheinen, als er jetzt einen Packen Briefe aus seiner Rocktasche zog und zu Friedrich hinüberwarf. »Es gibt aber auch Männer von Adel, die verhindern, daß man die Hetzjagd auf andere eröffnet ...«

»Wie meinst du das?«

»So wie ich es sage. Dies sind Briefe, die du an Tschech geschrieben hast – und lägen sie bei der Staatsanwaltschaft und nicht hier auf deinem Tisch, dann säßest du schon längst in Spandau in der Festung.«

Friedrich war bleich geworden und fühlte sich einer Ohnmacht nahe. »Wie kommen die denn ...?«

»Ein mehr als zwielichtiger Kaufmann aus Berlin hat sie in Tschechs Schrank gefunden.«

»Wie das?«

»In der möblierten Wohnung in der Rosenthaler Straße, die ehedem von Tschech gemietet worden war. Im Geheimfach eines Schrankes haben sie gesteckt, und weder die Tochter noch die Polizeikommissare und Zivilbeamten haben sie entdeckt.«

Friedrich seufzte. »Und ich hatte gedacht, es sei alles an mir vorbeigegangen. Elisabeth hatte alle Bekannten nennen müssen, und viele von denen waren auch verhört worden, ich aber nicht. Und auch Tschech selber hat meinen Namen offenbar nicht fallenlassen. Bis sie ihn geköpft haben, hat er geschwiegen. Dorothee ist in die Kirche gegangen, Gott zu danken ...«

»Nun aber diese Niedertracht. Gottlieb Güttschow heißt der Mann, der die Briefe an sich gebracht hatte, damit du's weißt. Und er wirft seine Trümpfe auf den Tisch: ›Ihr Schwager, Herr von Lellichow, ein enger Freund des Attentäters, ja selber ein Verruchter, ein Verbrecher, der die reinen Blätter der preußischen Geschichte zu beschmutzen wagte, ein Königsmörder. Wollen Sie wirklich, daß alle das erfahren?‹«

»Mein Gott!«

»Hätte er die Briefe weitergereicht, ich wäre erledigt gewesen.«

»Und ...?«

»Ich habe dem Mann das verlangte Geld gegeben.«

Friedrich sprang auf, um Lellichow herzlich zu umarmen, so voller Dankbarkeit war er. »Ferdinand, ich ...«

Lellichow stieß ihn zurück. »Ich habe es Luises wegen getan und meinetwegen, nicht für dich, denn du bist ein Lump für mich.«

Friedrich prallte zurück und schluckte. »Und warum bist du hier, warum gehst du nicht ...?«

»Das ist eine selten dumme Frage: Weil ich Luise schonen möchte, weil es keinen Skandal geben darf, weil ich nicht mit dir zusammenhängen will.« Damit stand er auf, nahm die belastenden Briefe, zog die Ofentür auf und warf hinein, was Friedrich einst an Tschech geschrieben hatte. »Das Holz flammt wieder auf ... Na, muß es ja auch, bei so viel revolutionärer Glut ...«

Friedrich Bosetzki liebte es, im Morgengrauen auf dem Warthedeich entlangzuwandern und über den Strom hinweg nach Westen zu blicken. Wie ein Vogel wollte er fliegen, immer denselben Breitengrad entlang, und als Lehrer wußte er, was er da alles sehen würde: zuerst Berlin, dann Hannover, Brüssel, London, Dublin und schließlich jenseits des Atlantiks irgendwo die Hudson Bay. Was wäre, wenn er dort leben würde ...? Er starrte ins Wasser, das die Farbe einer Buchenrinde hatte, und hörte Goethes Verse klingen: *Seele des Menschen, / Wie gleichst du dem Wasser!* Das war die vierte Strophe aus dem *Gesang der Geister über den Wassern* und endete mit den Zeilen: *Schicksal des Menschen, / Wie gleichst du dem Wind!* Bis jetzt, da war sich Friedrich sicher, hatte eher Windstille sein Leben bestimmt, und war einmal ein kleines Lüftchen aufgekommen, hatte es ihn gerade für zwei Tage nach Berlin geweht. Aber vielleicht kam er noch, der Sturm, der ihn weit in die Ferne trug ... Er warf ein Hölzchen ins Wasser und stellte sich vor, welchen Weg es nehmen würde: die Warthe und die Oder hinunter, bei Stettin auf die Ostsee hinaus und dann durch das Skagerrak hindurch in die Nordsee und den Atlantik hinein. Dem Hölzchen war's egal, das kannte keine Heimat, das hatte keine Seele – aber er? Wäre es Segen oder Fluch für ihn gewesen, woanders als in Tamsel zu leben ...?

Friedrich stöhnte leise auf. Es gab nur Fragen, keine Antworten. Er kramte lange im Gedächtnis, bis er das Gedicht gefunden hatte, in dem Goethe fragte, was denn die Menschen von den Göttern unterscheide. *Grenzen der Menschheit,* endlich kam er darauf. *Daß viele Wellen / Vor jenen wandeln, / Ein ewiger Strom: / Uns hebt die Welle, / Verschlingt die Welle, / Und wir versinken.* Wohin würde sie ihn heben, wo ihn verschlingen ...? Der Lehrer in ihm sorgte dafür, daß er sich nicht weiter quälte, denn es fiel ihm auf, daß Goethe hier geschludert hatte, mußte es doch heißen: »Uns *aber* hebt die Welle«, uns Irdische im Gegensatz zu unseren Göttern.

Schmunzelnd über sich und die Welt ging er weiter, bis er auf Höhe der kleinen Liebes-Insel war. Wenn er Wurzeln hatte, dann lagen sie hier. Auf dieser Insel waren er und seine Ahnen gezeugt worden und zum Teil auch gestorben. Er war jetzt 29 Jahre alt, und wieder fragte er sich, ob es denn wirklich sein Schicksal sein sollte, auf immer und ewig in Tamsel zu leben. Tamsel ... Mal nahm er es als Paradies, mal als Ort der Verbannung. So mußte sich Ovid gefühlt haben in Tomis damals, an der Schwarzmeerküste. Nun, er war kein römischer Dichter, sondern ein preußischer Dorfschullehrer, und in einer halben Stunde begann der Unterricht.

Tamsel war eines von vielen Dörfern in der Neumark, jener Gegend Brandenburgs, die jenseits der Oder lag, also aus Berliner Sicht östlich respektive rechts von ihr, und zu Zeiten Waldemars, des letzten Askaniers, hatte man zu ihr treffend *Terra Transoderina* gesagt. 1257 hatten die Askanier die Stadt Landsberg an der Warthe gegründet, die wie auch die Orte Küstrin, Königsberg/Neumark, Soldin, Arnswalde, Drossen, Zielenzig und Züllichau das Land an Warthe und Netze prägten. Von Tamsel hätte kaum jemand geredet, wenn nicht Hans Adam von Schöning, der Held der Türkenkriege, im Jahre 1641 hier geboren worden wäre und man seiner Tochter Luise Eleonore nicht eine Affäre mit Friedrich dem Großen nachgesagt hätte. Johann Bosetzki, vom König auf dem Schlachtfeld geadelt, hatte ihr lange Jahre gedient, und Friedrich hatte das bewegte Leben seines Großvaters schon lange in seinen Kladden festgehalten.

Das Dorf Tamsel schmiegte sich an den südlichen Hang einer Hügelkette, die es von Zorndorf mit seinem Schlachtfeld trennte, und lag an der uralten Straße, die Berlin über Küstrin, Landsberg und Schneidemühl mit Ostpreußen und Königsberg verband. Das Schloß war erstaunlicherweise mitten im Ort errichtet worden, die Kirche gleich an dessen östlichem Giebel. Vom Park aus ging es knapp drei Kilometer durch Wiesen und Busch zur Warthe hinunter. Die nun hatte Friedrich Bosetzki mit schnellen Schritten zurückzulaufen, wollten er nicht zu spät im Klassenzimmer stehen.

Je näher er der Schule kam, desto langsamer wurde er indes, denn er freute sich auf seine Unterrichtsstunden in etwa so wie auf ein Spießrutenlaufen. Dabei war er aus Enthusiasmus Lehrer geworden, denn wollte man die Welt verändern, und das wollte er, dann mußte man bei den Kindern beginnen – hatte er gedacht, als sich nach seiner Militärzeit die Frage gestellt hatte: Was nun, Friedrich? Und sein Vater hatte ihn daran nur bestärkt. Zu spät waren beide auf die Erkenntnis gestoßen, die Helvétius schon im

Jahre 1758 so formuliert hatte: *Die Kunst, Menschen heranzubilden, hängt in jedem Land so eng mit der Regierungsform zusammen, daß es vielleicht nicht möglich ist, irgendeine bedeutende Veränderung in der öffentlichen Erziehung herbeizuführen, ohne eine Veränderung in der Verfassung der Staaten selbst zu bewirken.* Darum gab es für Friedrich nur ein politisches Ziel: Weg mit dem König, weg mit der Monarchie, hin zu einer Verfassung, wie die Vereinigten Staaten sie hatten.

Sein Vater kam ihm entgegen, Erdmann Bosetzki, schon 77 Jahre alt, aber immer noch rüstig genug, mindestens fünf Meilen am Tag durch Wald und Flur zu wandern. Kaum hatten sie sich begrüßt, da stritten sie auch schon.

»Mein Sohn, du siehst wieder derart bedrückt aus, daß es einen jammern kann.«

»Die Schule ...«, stöhnte Friedrich.

»Wenn du willst, daß die Kinder anders werden und anderes wollen als ihre Väter, mußt du's fröhlich und kraftvoll anpacken.« Dabei schwenkte er seinen Krückstock wie der Tambourmajor seinen Stab und dirigierte die Marseillaise.

»In Preußen ist die Schule ein Käfig – und dagegen hilft keine Fröhlichkeit.«

»Wer soll die Gitterstäbe denn anders zerbrechen als die, die im Käfig sitzen?« fragte sein Vater. »Die muß man dazu bringen. Hilf dir selbst, dann hilft dir Gott.«

»Ich bin einmal gespannt, ob der mir heute hilft, wenn Superintendent Sanftleben zur Visite kommt.«

Sein Vater lachte. »Seit sie nun doch herausgefunden haben, daß du mit Tschech befreundet warst, werden sie dich kaum als Hauslehrer für die Hohenzollern-Prinzen nach Berlin holen wollen.«

»Dein Erbe, Vater, dein Erbe!« rief Friedrich.

»Soll das ein Vorwurf sein?«

»Ja.« Friedrich überlegte da nicht lange. »Bosetzki sein, das heißt: nichts Halbes und nichts Ganzes. Großvater war gerade erst in den Adel aufgestiegen, da hast du alles schon wieder verspielt.«

Der Alte geriet in Rage und stieß seinen Krückstock mehrmals in den Boden. »Ich habe unser Adelspatent nicht verspielt, sondern an einen französischen Offizier verkaufen müssen – sonst hätten sie mich erschossen wie Dutzende von Schills Leuten, damals 1809. Muß ich mich dafür rechtfertigen?! Hätte ich mich erschießen lassen, wärst du nicht auf der Welt. Und was willst du damit sagen, daß wir Bosetzkis nichts Halbes und nichts Ganzes sind ...?«

»Daß wir zu wenige Talente haben, um in der Welt zu reüssieren, aber zu viele, um hier in Tamsel glücklich zu sein.«

»Ich *bin* glücklich!« rief Erdmann, doch es war mehr der Trotz als sein wahres Gefühl, was da zum Ausdruck kam, und mit der leisen Ironie, die ihn in seiner Jugend ausgezeichnet hatte, fügte er hinzu: »Ja, ja, ich weiß: Das Glück wohnt immer am anderen Ufer des Flusses. Was in unserem Falle wohl heißt: im Westen, in Richtung Berlin.«

»Ich träume oft davon«, gestand ihm Friedrich, »doch mir fehlt die Kraft zum Aufbruch. Tamsel, da weiß man, was man hat ...«

»Man hat den Spatzen in der Hand – und noch dazu einen ziemlich mageren und schon arg gerupften.« Erdmann wechselte das Thema und zeigte mit dem Krückstock zum Häuschen hinüber, wo Sohn und Schwiegertochter wohnten. »Wie geht es Dorothee, wann ist die Niederkunft?«

»Wir rechnen jede Stunde damit und ...« Er brach ab, denn vom Kirchturm schlug die Uhr. Aufmerksam zählte er die Schläge mit, denn er war nicht nur Lehrer in Tamsel, sondern zugleich auch Küster und hatte als solcher Uhr und Glocke instand zu halten und morgens zu läuten. Später am Tage besorgten das auserwählte Kinder für ihn. »Sieben ... Du, ich muß auf den Kirchturm und dann zur Schule!« Er lief los, um nicht wieder zu spät am Glockenseil zu ziehen.

Dieses Läuten war ein einziges Ärgernis, denn er mußte in seinem besten Schulanzug auf den Glockenboden kriechen, der voller Vogelmist war. Es staubte derart, daß er heftig niesen mußte. Nun fuhr ein Windstoß durch die Schallöcher, und es ließ sich wieder besser atmen, doch schnitt ihm die scharfe Morgenluft so durch die Kleider, daß der Schweiß auf seiner Brust schnell erkaltete, und er befürchtete, wieder wochenlang mit einer Lungenentzündung ans Bett gefesselt zu sein. Er riß nun mit viel Schwung am Seil, um in Bewegung zu bleiben, und turnte nach dem letzten Glockenschlag mit affenartiger Geschwindigkeit wieder nach unten, um pünktlich im Klassenraum zu stehen.

Das Tamseler Schulhaus, ein massiver Neubau aus dem Jahre 1804, lag nordöstlich des Friedhofs, genauer gesagt da, wo die Straße, die bis dahin schnurgerade von Küstrin daherkam, einen S-förmigen Bogen machte, um den langgestreckten Schloßpark nicht in zwei Hälften zu zerteilen. Durch die offenen Fenster des Klassenzimmers drang einiger Lärm nach draußen auf die Straße, doch als er eingetreten war, standen alle seine Schülerinnen und Schüler mucksmäuschenstill an ihren Plätzen. Ein wenig fühlte er sich geschmeichelt, von ihnen als Gottheit wahrgenommen zu werden. Wenigstens für einige Minuten am Tag. Schon bald wurde das anders, denn anstatt nun nach dem »Setzen!« mit den Kindern jene Bibelsprüche einzuüben, die Sanftleben nachher hören wollte, hatte er Martin Pirtzel, einem Kossätensohn, den Prozeß zu machen.

»Martin, tritt einmal aus der Bank heraus ... Deine Mutter hat mir erzählt, daß du dabeigewesen bist, als ihr dem alten Petras unten an der Liebes-Insel die Fische aus dem Netz gestohlen und euch am Feuer gebraten habt.«

»Meine Mutter sagt nie was, wenn ich ihr was abgebe.« Ebenso dreist wie naiv hatte der knapp dreizehnjährige Junge das herausgebracht.

Friedrich war so perplex, daß ihm außer dem obligatorischen Hinweis auf das entsprechende Gebot zunächst nichts weiter einfallen wollte. Sollte er Martin Pirtzel erklären, daß es böse und infam war, wenn Arme anderen Armen etwas nahmen – und er seine Fische besser aus der Küche des Grafen gestohlen hätte ...?

»Was krieg' ich denn nu' für 'ne Strafe?« wollte Martin wissen.

Mit dieser Frage brachte er Friedrich nun erst recht in die Bredouille, denn wie sollte man mit einem verfahren, der zu Hause am Verhungern war und daraufhin einen Mundraub begangen hatte? Was brauchte so ein Junge an Riesenportionen, um richtig satt zu werden, und wie wenig fand er auf dem Teller vor? Und darunter bestimmt nichts Gebratenes, sondern Tag für Tag nur Milchsuppe mit Mehlklüten oder Kartoffeln mit Stippe. War er da schuldig? Konnte man von einem so jungen Menschen verlangen, seine Natur derart niederzuhalten? Ja und nein. Friedrich wand sich, ohne eine Antwort zu finden. Wie immer. »Ja, nun ...«

»Zehn Hiebe mit dem Rohrstock!« forderte Christophel Zander, der Sohn des Schulzen und Dorothees um viele Jahre jüngerer Bruder.

»Nein.« Die Prügelstrafe lehnte Friedrich ab als finstere Barbarei. Er überlegte nicht mehr lange. »Martin, du versprichst mir, nie wieder Fische zu stehlen ...«

Martin Pirtzel grinste. »Die von gestern nie wieder. Andere aber schon, ich bin doch nicht blöd.«

Friedrich war platt vor so viel Impertinenz. »Ich kann mir nicht vorstellen, daß der Graf dich als Pferdeknecht nehmen wird.«

»Sie haben es ihm verraten, Sie ...!« Pirtzel lief rot an.

»Nein, er mir«, versicherte Friedrich, aber er sah es dem Jungen an, daß er ihm keinen Glauben schenkte.

»Sie ihm.«

»Schluß jetzt!« Friedrich riß das Lesebuch aus dem Pult und ließ den Deckel so heftig zuknallen, daß es so wirkte, als sei der Blitz eben ins Schulhaus eingeschlagen. »Die Fibel heraus! Die Seite mit dem V. Bertha Vocht, lies vor.«

Und Bertha tat es. »Vo-gel, Vö-gel ... Va-ter, Vä-ter ... vor, viel, vier, von ... Die Tau-be ist ein Vo-gel.«

»Brav.« Bertha bekam als Zeugnis ihres Fleißes und ihres Wohlverhaltens ein Fleißkärtchen, ein rechteckiges Bildchen mit zwei glücklichen Kindern darauf, die im Beisein einer strickenden Mutter freudig ihre Schularbeiten machten. Daneben stand *Morgenstund hat Gold im Mund,* was Friedrich nie so recht verstand, denn daß Kinder morgens vor dem Unterricht das Schreiben übten, erschien ihm weder realistisch noch pädagogisch sinnvoll. Jetzt wurde im Takt geschrieben: »Eins, zwei: Die Taube ist ein Vogel.« Die Griffel kratzten auf den Schiefertafeln, und immer wieder griffen die Jüngeren zum Schwamm, um das zu korrigieren, was sie da hingekritzelt hatten.

Am meisten Schwierigkeiten mit seinen Buchstaben hatte Hannes Grape, so daß er schließlich aufgab und nur noch apathisch aus dem Fenster starrte. Auf diese Weise war er der erste, der den Grafen sah. »Unser gnädiger Herr steht draußen!«

Sofort sprangen alle auf und stürzten auf die Straße hinaus, wobei sie mit ihren Holzpantinen auf dem Flur einen derartigen Lärm erzeugten, daß sich Friedrich, der ihnen gemessenen Schrittes folgte, die Ohren zuhielt. Als er durch die Tür ins Freie trat, hatte sich seine Klasse draußen schon militärisch aufgestellt, so richtig in Reih und Glied.

Der Graf, auch nicht mehr der Jüngste, trat auf Martin Pirtzel zu. »Kommst aus Warnick, wie?«

»Nein, gnädiger Herr, aus Tamsel.«

»Na, lernst du auch gut?«

Martin Pirtzel griente. »Ja.«

»In welchem Jahr ist denn unser großer Friedrich König geworden?«

»Das weiß ich nicht.«

»Wie man aber Fische stiehlt, das weißt du?«

Martin Pirtzel lief rot an und warf Friedrich Bosetzki einen jener Blicke zu, von denen man sagte, daß sie töten konnten. Dann besann er sich und stammelte, daß er es gewiß nicht wieder tun würde.

Der Graf ließ es dabei bewenden und schwor die Jungen und Mädchen noch mal darauf ein, nachher beim Besuch des Superintendenten einen guten Eindruck zu machen, denn täten sie es nicht, fiele es auf alle zurück. »Aber wir werden auch diese Schlacht gewinnen. Und was rufen wir dann?«

»Hurra!« kam es aus zwei Dutzend Kehlen. Damit schwang sich der Graf auf seinen Braunen und ritt davon. Friedrich scheuchte seine Brut ins Schulhaus zurück.

In der zweiten Stunde kam die Bibelkunde an die Reihe, und das war das Eigentliche.

»Was ist das: ein Jünger?« fragte Friedrich.

Der Finger von Johanna Kochale fuhr in die Höhe, und als sie aufgerufen wurde, bekannte sie: »Das ist mein Bruder Georg.«

»Wieso?«

»Mein Vater sagt immer, er ist jünger als ich.«

»Danke. Setzen. Ruhe!« Die Klasse bog sich vor Lachen.

»Die Jünger sind die Schüler unseres Herrn Jesus Christus«, erklärte Friedrich. »Zwölf sind es. Wer kann mir welche nennen?«

»Petrus.«

»Gut, ja.«

»Paulus.«

»Nein, der ist erst später dazu gestoßen.«

»Lukas.«

»Der war auch nicht von Anfang an dabei.«

Friedrich stand der Angstschweiß auf der Stirn, denn wenn seine Zöglinge dem Superintendenten nachher nicht mehr als einen Jünger richtig nannten, konnte das seine Entlassung bedeuten. Also begann er, ihnen die Namen systematisch einzupauken, wie sie im 10. Kapitel des Matthäus-Evangeliums aufgelistet waren: »Simon, genannt Petrus, Andreas, Jakobus, Johannes, Philippus, Bartholomäus, Thomas, Matthäus, noch ein Jakobus, Thaddäus, Simon Kananäus und Judas Ischariot.«

Bei Bartholomäus ging das Gelächter wieder los, und Martin Pirtzel schoß den Vogel ab: »Bartho, mäh uns das Heu.«

»Heu kann man nicht mähen«, korrigierte Friedrich ihn, »nur Gras. Jetzt üben wir die zwölf Namen ein ... Alle im Chor, los!« Als sie nicht mehr konnten, erklärte er ihnen, wozu die zwölf Jünger von Jesus eingesetzt wurden: »Um die Menschen zu bekehren. *Geht ... und predigt und sprecht: Das Himmelreich ist nahe herbeigekommen. Macht Kranke gesund, weckt Tote ...*«

»Da sollen sie mal kommen«, rief Hannes Grape, »unsere Tante ist gerade gestorben.«

»Die alte Hexe soll mal lieber tot bleiben!« schrien andere.

Friedrich hieb mit der Haselrute auf sein Pult, bis wieder Ruhe eingetreten war. Dafür hatten einige Kinder begonnen, hinter dem Rücken ihres Vordermannes Fratzen zu schneiden, Martin Pirtzel auch hier allen voran.

»Läßt du das wohl sein! Schämst du dich nicht, dein Gesicht, das Gott regelmäßig gebildet hat, so zu entstellen?!«

»Ich habe keine Fratzen geschnitten, ich habe Zahnschmerzen.«

Friedrich stöhnte auf. Wenn es wirklich einen Gott gab, was hatte er sich wohl dabei gedacht, ihn ausgerechnet hier in Tamsel in die Pflicht zu nehmen? Und er dachte an die hehren Worte, die im Lehrerseminar an der Tagesordnung waren: *Der Erzieher ist die Sonne für den jugendlichen Geist, der Unterricht das von ihm ausgehende Licht, unter dessen fortgesetztem, zeugendem Einfluß die ideale Pflanze allmählich fortwächst und sich zur selbständigen Blüte entfaltet.* Welch Hohn! Und welche dumpfe Enge herrschte in diesem Klassenzimmer, dessen gleichförmigen Bänke für die einen viel zu klein und für die anderen viel zu groß waren. Sinnbildlich aber wohl für das, was die Schule wirklich war: ein geistiges Prokrustesbett. Und er hatte nicht das Talent zum preußischen Pestalozzi, um dagegen anzugehen. Statt dessen war er dabei, die ihm anvertrauten Kinder als Feinde zu sehen, deren Aktivitäten er andauernd unterband: »Bertha, hör auf zu kichern. Hannes, laß deinen Apfel, denn Gefräßigkeit ist eine Todsünde – die Völlerei.«

Er griff wieder zur Bibel, um den Kindern etwas Erbauliches vorzulesen, stieß aber in der Passage, wo Jesus seinen Jüngern Weisungen gibt, schnell auf eine Stelle, die ihn stutzen ließ: *Ich bin nicht gekommen, Frieden zu bringen, sondern das Schwert.*

Er war noch immer bestürzt über diese Passage, als sich die Tür auftat und Pastor Adolphy den Superintendenten in den Klassenraum führte. Sanftleben ging auf die Sechzig zu und war ein Mann von einer solchen Statur, daß der Vergleich mit einer deutschen Eiche durchaus zulässig war, allerdings mit der Hinzufügung: hohl, denn trotz seiner Leibesfülle wirkte er ziemlich zerbrechlich. Wegen seines fahlen und etwas eingefallenen Gesichts, aber auch seiner triefenden und immer stark geröteten Bernhardineraugen hieß er bei den meisten Dörflern auch nur »die Wasserleiche«, denn so wie er sahen die ertrunkenen Fischer aus, wenn man sie nach Tagen aus der Warthe zog. Adolphy hingegen war gesund wie ein Bauer, der vom frühen Morgen bis in den späten Abend auf seinen Feldern war und pflügte und eggte, säte und mähte und noch immer die Kraft hatte, mit einer Magd ins Heu zu gehen. Und im Inneren seines Herzens war er Bauer geblieben und nahm seiner Familie noch heute übel, daß sie ihn dazu ausersehen hatte, Pfarrer zu werden.

Als erstes wollte Superintendent Sanftleben nun sehen, ob die Kommandos saßen, wozu war er sonst auch Kreisschulinspektor. »Gerade sitzen! Ruhe! Mund halten! Vordermann! Füße still! Steht auf! Setzt euch!« Zufrieden war er mit den Ordnungskommandos nicht, das sah ihm Friedrich deutlich an. Auch mit den Revisionskommandos klappte es nicht besser. »Griffel hoch! Tafeln hoch! Hände nach oben!« Sanftleben verzog das Gesicht. »Ab!«

Pastor Adolphy beeilte sich, dem Superintendenten zu versichern, daß Friedrich Bosetzkis Stärke darin liege, den Kindern die wahre Christenlehre und die Liebe zum Königshaus nahezubringen.

»Die Liebe zum König ...« Sanftleben fühlte sich verhöhnt. »Wohl dadurch, daß er sie an seinen Freund Tschech erinnert.«

Friedrich begann zu stottern. »Er war nie mein Freund, es war nur eine flüchtige Bekanntschaft. Ich selber würde für meinen König mein Leben hingeben – und wenn ich davon gewußt hätte, daß Tschech ... dann hätte ich ihn vorher selber ...«

Als er das ausgesprochen hatte, fühlte er sich so elend wie nie zuvor in seinem Leben. Wie ein Hund kam er sich vor, der sich auf den Boden geworfen hatte, demütig um Gnade winselnd. Sein Gesicht hatte er verloren, seine Würde. Und es minderte seinen Schmerz und seine Scham nur wenig, daß er es nicht für sich getan hatte, sondern für Dorothee und das Kind, das vielleicht noch heute das Licht der Welt erblickte. Wie sollten sie in Tamsel überleben, wenn er seine Lehrerstelle verlor? Was hätte er tun sollen, um vor sich selbst zu bestehen? Zumindest wortlos das Klassenzimmer verlassen, vielleicht noch vorher vor dem Superintendenten ausspucken. Daß er das nicht getan hatte, würde er sich immer wieder vorwerfen, bis ans Ende seiner Tage.

»Fahren Sie fort«, befahl ihm Sanftleben. »Was wissen Ihre Schüler von der Heiligen Schrift?«

Friedrich begann nun, sie nach den Jüngern des Herrn zu fragen, und da bekamen sie zum Glück auch die meisten zusammen, nur als Sanftleben seine Zusatzfragen stellte, wurde es wieder brenzlig für ihn.

»Welchen Beruf hatte denn dieser Matthäus ...? Du!« Seine Finger fuhr auf Hannes Grape.

»Der Matthäus heißt Matthis und ist dem Grafen sein Pferdeknecht.«

Friedrich nahm seine Schüler in Schutz. »Sie müssen zu Hause auf dem Hof und auf den Feldern andauernd helfen und kommen nicht zum Lernen, besonders wenn Erntezeit ist. Und daß die Schule von sieben bis elf dauert, das steht nur auf dem Papier. Was soll ich denn machen, wenn sie nicht kommen: sie mit der Flinte holen – und die Familien dann verhungern lassen?«

»Psst«, machte Pfarrer Adolphy und zog Friedrich am Ärmel.

»Ein wenig energischer sollten Sie sein«, sagte Sanftleben und kam auf den Fischdiebstahl zu sprechen. »Mir ist zu Ohren gekommen, daß Sie in solchen Fällen nicht zum Rohrstock greifen, um den Burschen Ordnung einzubleuen ...«

Friedrich senkte den Kopf und sprach zum Fenster hin. »Ich denke nicht, daß das was ändern würde.«

»Es ist Ihre Pflicht, und ich möchte Sie bitten, das Versäumte nachzuholen.« Damit nahm er die Rute aus der Ecke und hielt sie dem Lehrer hin.

Friedrich zögerte, obwohl er nun Martin Pirtzel weiß Gott nicht mochte und ihn Dorothee gegenüber des öfteren schon als fiese kleine Ratte bezeichnet hatte. »Man sollte Kinder niemals wegen Fehlern schlagen, die sie aus Schwachheit begehen.«

»Wohl, aber es ist unverzichtbar, sie wegen ihrer Verbrechen zu schlagen.«

»Es gibt Kinder, die sich dagegen wehren ...« Dies war auch bei Pirtzel zu befürchten.

»Wenn Ihr zu schwach seid, Bosetzki, dann überlaßt die Exekution lieber einem anderen.« Und damit nahm Sanftleben Friedrich die Haselrute aus der Hand, winkte Pirtzel heran und gab ihm zu verstehen, daß er sich mit dem Oberkörper über das Katheder zu legen habe. Der Junge folgte ihm mit einer Selbstverständlichkeit, die Friedrich erschütterte, begann dann aber doch zu schreien, als die ersten Hiebe auf ihn niederfuhren. Daraufhin holte Sanftleben noch stärker aus und dozierte weiterhin lächelnd in Richtung von Pastor und Lehrer. »Wenn Euch Euer Sohn die Herrschaft rauben will, dann seid Ihr befugt, Gewalt mit Gewalt zu vertreiben, um Euer Ansehen zu befestigen, ohne welches bei ihm keine Erziehung stattfinden kann. Dieses Schlagen muß kein bloßes Spielwerk sein, sondern ihn davon überzeugen, daß Ihr sein Herr seid. Wer nicht hört, muß fühlen, und ist der Lehrer ein rechter Schulvater, so weiß er nötigenfalls auch mit dem Stock zu lieben, oft reiner und tiefer als mancher natürliche Vater.«

Damit war Martin Pirtzel entlassen und schlich zu seiner Bank zurück. Friedrich gönnte es ihm und war zugleich außer sich vor Zorn und Ohnmacht. Der Superintendent hatte ihn zum Hanswurst gemacht – und er mußte daneben stehen und lächeln. Sanftleben schien die Visitation in Tamsel langsam zu gefallen. Er ging durch das Klassenzimmer und sah sich die aufgehängte Karte Preußens ebenso sorgfältig an wie den ausgestopften Fuchs. »Sehr schön, meine Herren ...« Nur die vielen Fliegenschisse auf dem Gesicht des Königs störten ihn. Er gab Weisung, das Glas zu säubern. Bertha Vocht eilte nach vorn, doch er hielt sie zurück. »Das soll euer Lehrer selber machen, liebt er doch die Vorstellung, Hand an unseren König zu legen.«

Friedrich wußte zu genau, in welche Richtung das ging, und er beeilte sich, das Glas mit dem Ärmel seines dunklen Anzugs blank zu reiben.

Sanftleben zeigte ein wohlgefälliges Lächeln. »Damit können wir zur Bibel zurückkehren, denn, liebe Kinder, wie heißt es im Brief des Paulus an die Römer, im 13. Kapitel: *Jedermann sei untertan der Obrigkeit, die Gewalt über ihn hat. Denn es ist keine Obrigkeit ohne von Gott; wo aber Obrigkeit ist, die ist von Gott verordnet. Wer sich nun der Obrigkeit widersetzt, der widerstrebt Gottes Ordnung; die aber widerstreben, werden über sich ein Urteil empfangen.*« Damit ging er durch die Bankreihen und blieb erst hinten neben Martin Pirtzel stehen. »Sage du mir, wer bei uns in Preußen am höchsten in der Gnade Gottes steht und von ihm auserwählt ist.«

Martin Pirtzel war aufgestanden und dachte lange nach. »Der König, aber ...«

»Was: aber ...?«

»Aber ... unser Lehrer sagt, das ist auch nur ein Mensch und macht beim Kacken krumme Knie.«

Graf Hermann von Schwerin gehörte zur Familie Schwerin-Wolfshagen und genoß einen ausgezeichneten Ruf. Er habe, so hieß es, viel zur Hebung des Gutes Tamsel und der bäuerlichen Wirtschaften in Tamsel und Warnick beigetragen. Er hatte nicht nur das sogenannte Wilde Bruch roden lassen und zur lachendsten Flur gemacht, sondern zugleich auch eine Molkerei zur Verwertung der anfallenden Milch errichtet. Er hatte den Anbau von Rohr, Garten- und Bruchfrüchten und die Landschaftsgärtnerei nach Kräften gefördert. Der Tamseler Rindviehbestand war durch Oldenburger Bullen und jütländische Kühe veredelt worden, die Schafe galten als ausgesprochen wollreich, die Mutterschweine als lobenswert und ganz besonders fett und die Pferde als außerordentlich tüchtig, waren doch hier königliche Stations-Deckhengste am Werke gewesen. Die ausgedehnten Kiefernwälder sorgten dafür, daß der Teerofen noch immer mit Gewinn betrieben werden konnte. Nur die Fischerei lag nach der Regulierung der Warthe etwas im Argen. Jetzt setzte der Graf alle Kraft daran, das Landsberger Deichamt zur Wiederherstellung des eingestürzten Schutzwalles auf dem rechten Warthe-Ufer zu bewegen. Darüber hinaus war Tamsel noch immer der schönste Ort in der nahen und weiteren Umgebung Küstrins, wenn es darum ging, sich zu vergnügen, das heißt ein Ziel für seine Landpartien zu haben und Konzerte zu genießen. Auch das Auge kam auf seine Kosten, denn seit 1827 hatte Tamsel ein neues, aus eigens gebrannten Backsteinen errichtetes Gotteshaus, einen geschmackvollen Bau im gotischen Stil mit Turm, Pedalorgel und schöner innerer Einrichtung, wozu auch ein Denkmal zu Ehren des Feldmarschalls von Schöning samt der von ihm eroberten Fahnen zählte. Da dem Grafen viel daran gelegen war, daß seine Bauern, kamen sie zum Militär und begegneten sie seinen Gästen, nicht gerade als die

Dümmsten galten, hoffte sich Friedrich nun Unterstützung von ihm.

Gleich nachdem Superintendent Sanftleben Tamsel wieder verlassen hatte, war Friedrich Bosetzki ins Schloß gerufen worden. Mit Absicht wählte er dabei den Umweg über den Park, denn es war nicht unschwer zu erraten, daß er ein Verhör über seine Treue zum Königshaus zu erwarten hatte. Das war unangenehm, aber eigentlich Angst hatte er nicht, denn seine Briefe an Tschech waren ja verbrannt. Und die Denunziation durch Pirtzel konnte er leicht als Racheakt hinstellen. Sicher, er hatte gesagt, daß der König nicht von Gottes Gnade an die Macht gekommen sei, sondern durch die Waffenkünste und die politische List seiner diversen Vorfahren, und auch nur ein Mensch sei, der »beim Kacken die Knie krumm mache« – dies aber unter vier Augen zu seinem Vater, der ihn schon früh infiziert hatte mit dem *Liberté, Egalité* und *Fraternité* der Franzosen wie den demokratischen Idealen der Amerikaner. Pirtzel mußte ihn irgendwann einmal belauscht und dies aufgeschnappt haben.

Der innere Park war reich an Statuen und Gedenksteinen. So gab es einen Altar mit den Büsten des Prinzen Heinrich und des Großen Kurfürsten mit vielen, vor allem französischen Versen, wie etwa: *Grands dans la paix, grands dans la guerre ...* Er ging weiter und suchte nach der Stelle, wo sein Großvater dem Kronprinzen Friedrich und der wunderschönen Schloßherrin Luise Eleonore von Wreech aus seinem Versteck heraus beim Rendezvous zugesehen hatte. Hier am Rondell mußte es gewesen sein, und er stellte sich vor, wie Friedrich seine Flöte hervorgeholt hatte ... Einen Augenblick blieb er auch am Denkmal stehen, das vom Grafen Ludwig von Wreech für seinen Lehrer Fahndorff errichtet worden war. Den hatten 1758 einen Tag vor der Schlacht bei Zorndorf plündernde Russen ermordet und in den Park geworfen. Für Fahndorff, fiel Friedrich ein, war dann später seine Großmutter als Erzieherin ins Schloß gekommen. Während er versuchte, sich die Bilder vorzustellen – Elisabeth von Bosetzki hier lustwandelnd mit den beiden von Wreechs, Kammerherrn und Hofkavalieren –, war er am Obelisken angekommen, der *en vue* des Schlosses den

Mittelpunkt des Parks darstellte. Dreißig Fuß hoch, stand er auf einem Postament, trug auf seiner Spitze eine Viktoria und war mit Inschriften versehen, die sich auf die Küstriner Leidenszeit des Kronprinzen Friedrich bezogen. So hatte man die Rückfront mit einem Vers aus den Klageliedern Jeremiä versehen: *Es ist ein göttlich Ding einem Manne, daß er das Joch in seiner Jugend trage.* Friedrich hatte das nie so recht verstanden, zumal in seiner Bibel »köstlich« und nicht »göttlich« stand. Bedeutete »göttlich« nun, daß Gott dem jungen Mann dies Joch zur Prüfung auferlegte – oder war es eine Anspielung auf die göttliche Freifrau von Wreech? Für diese Deutung sprach, daß auf der Vorderfront von *Aufheiterung in ländlicher Stille* die Rede war. Da fuhr auch ein strahlender Jüngling im Wagen über die Oderbrücke in den Morgen hinein und darunter stand: *Eh die Sonne (mit des Schöpfers Macht im Bunde) / Sendet ihren Glühstrahl über Welt und Ocean, / Geht des Frühlingsmorgens Nebelstunde / Thränenschwer, doch Segen bergend, ihr voran.*

Thränenschwer, doch Segen bergend ... Friedrich hoffte, daß das ein gutes Omen für sein Gespräch mit dem Grafen war. Mit schnellen Schritten überquerte er nun die mit grobem Kies bedeckte freie Fläche zwischen Park und Schloß, sprang die Treppe hinauf und drückte die schwere Tür nach innen. Jedesmal nahm es ihm ein wenig den Atem, wenn er in die Eingangshalle trat. Hier hatte sich schon oft das Schicksal seiner Familie entschieden. Johanne, seine Urgroßmutter, hatte hier als Köchin gewirkt, und Johann, sein Großvater, hatte sich auf dieser Treppe, die er nun nach oben stieg, den Hals gebrochen, als er in liebestoller Stimmung einer Köchin nachgejagt war. 1786 mußte das gewesen sein, wie Friedrich nachrechnete. Und im großen Ahnensaal, dessen Tür er nun ins Auge faßte, hatten sein Vater und seine Großmutter regelmäßig musiziert, gemeinsam mit den Wreechs, den früheren Herren auf Tamsel. Johann von Bosetzki, Elisabeth von Bosetzki und Erdmann von Bosetzki – und nun kam er, ohne ein »von« davor, ohne das man doch in Preußen nur zu den Menschen zweiter Klasse zählte.

Mitten auf der Treppe faßte er sich an den Kopf und stieg wieder nach unten, denn ihm war eingefallen, daß der Graf ja in der Bibliothek auf ihn warten wollte. Nein, im Billardzimmer. Also eilte er wieder nach oben.

»Hallo, Lieber.« Der Graf stand auf, um Friedrich entgegenzugehen. Er galt allenthalben als ebenso liebenswürdig wie kunstsinnig.

»Sie haben mich rufen lassen ...« Das *gnädiger Herr,* das wohl angezeigt gewesen wäre, verschluckte Friedrich, weil es ihm nicht zur Anrede zu passen schien, die der Graf gewählt hatte. *Lieber* ... Er spürte, daß das auf nichts Gutes schließen ließ.

»Nehmen Sie Platz ...«

»Danke.« Friedrich kam unter dem Gemälde Friedrich des Großen zu sitzen, das Pesne zugeschrieben wurde, aber wahrscheinlich nur von Schülern unter seiner Leitung gemalt worden war. Der König war etwa dreißig Jahre alt und hatte weißgepudertes natürliches Haar. Neben ihm lagen ein Hermelinmantel und ein mit Lorbeer geschmückter Helm. Er trug einen eleganten blauen Rock mit rotem Futter und Goldbrokatbesatz, den Stern und das Orangeband des Schwarzen Adlerordens, Küraß und Schärpe. Da der Graf ans Fenster getreten war und ihm den Rükken zuwandte, hatte Friedrich Zeit, die anderen beiden Bilder zu studieren, die den besonderen Charakter dieses Raumes ausmachten. Es waren ein Porträt des Prinzen Heinrich, das ihn in Generalsuniform zeigte, die Ärmelaufschläge aus Tigerfell, und das Schloß zu Cölln an der Spree im Jahre 1602. Friedrich Wilhelm IV. hatte es bei seinem Besuch in Tamsel so gut gefallen, daß er auf die Idee gekommen war, sich eine Kopie anfertigen zu lassen. Die hing nun im Berliner Schloß, und Graf Hermann von Schwerin ging auf sie hin, um das Schweigen zu brechen, das nun schon zu lange auf ihm und Friedrich lastete.

»Dieses Bild, mein lieber Bosetzki ... Was ich nicht verstehe: Da kommt der König – zwei Jahre sind es nun her – nach Tamsel ... und Sie machen, als er sich die Schule ansieht, eine tiefe Verbeugung vor ihm und lassen die Kinder singen, daß sie Seine Majestät über alles liebten ...«

Friedrich wußte sehr wohl, worauf das hinaus sollte, stellte sich aber naiv und fragte, was denn daran falsch gewesen sei.

»Sie, Bosetzki, Sie!« rief der Graf und echauffierte sich mehr, als er sich wohl vorgenommen hatte. »Denn Sie hassen den Monarchen ja wohl und würden ihn am liebsten so enden sehen wie weiland Ludwig VI., unter der Guillotine nämlich.«

»Sie glauben doch nicht etwa, was dieser Junge da über mich verbreitet und dieser Sanftleben weiterträgt?!«

»Doch, denn es paßt in das Bild ...«

»In welches Bild?«

»Das ich mir von Ihnen machen muß, nachdem ich diese Depesche aus Berlin erhalten habe.« Er nahm sie vom Billardtisch und warf sie Friedrich hinüber. »Da lesen Sie: Ein Mensch namens Güttschow, Gottfried Güttschow, ist wegen diverser Verbrechen festgenommen worden und hat unter anderem auch gestanden, Ihren Schwager, den Rittmeister von Lellichow, wegen der Briefe erpreßt zu haben, die Sie an diesen Bürgermeister Tschech aus Storkow geschrieben haben.«

»Es gibt keine Briefe«, sagte Friedrich.

»Schweigen Sie!« donnerte Graf Schwerin. »Sie wünschen sich, daß Ihr König erschossen wird, und lassen sich dann ein Jahr später von diesem König die Hand drücken – das ist ... das nenne ich charakterlos.«

Friedrich war bleich geworden und begann regelrecht zu zittern. »Ich habe keine Ahnung davon gehabt, daß Tschech ihn töten wollte, das schwöre ich Ihnen.«

Der Graf sank auf den Stuhl, der neben ihm stand, ohne darauf zu achten, daß sein Schonbezug noch nicht abgenommen war. »Ich weiß schon lange, daß Sie etwas gegen unsere Hohenzollern haben, daß das wie eine Krankheit ist, aber ich habe Sie immer gehalten und in Schutz genommen, denn Tamsel und die Bosetzkis, das gehört nun mal zusammen. Alle haben sie uns treu gedient, Preußen, den Wreechs, den Dönhoffs, den Schwerins ... Und nun sind Sie völlig aus der Art geschlagen.«

»Das stimmt nicht, es ist schon in meinem Vater angelegt, und meine Mutter war zeitlebens eine halbe Französin.«

»Wie auch immer: Was ich Ihnen am meisten übelnehme, ist Ihre Heuchelei.«

»Ich habe für meine Frau zu sorgen und in Kürze auch noch für einen Sohn oder eine Tochter.«

Graf Schwerin sprang wieder auf. »Man kann nicht alles haben, und die Quadratur des Kreises werden auch Sie nicht schaffen. Schwäche ist das bei Ihnen, nichts als Schwäche. Oder höre ich jetzt ein klares Bekenntnis von Ihnen ...?«

»Damit Sie mich dann aus dem Schuldienst hinauswerfen lassen können?«

»Ich kann Sie ohnehin nicht mehr halten, das ist völlig unmöglich. Ich habe es mehrfach versucht und immer wieder auf Granit gebissen.«

Friedrich dachte an Dorothee und das Kind, das jeden Tag geboren werden konnte, und das Elend, in das er sie stürzen würde, und so verbog er sich noch einmal: »Bitte, gnädiger Herr, ich will ja allem abschwören und alles schwören, was man hören will, wenn ich nur in Tamsel und Lehrer und Kantor bleiben darf!« Damit kniete er nieder, die Hände gefaltet.

»Stehen Sie auf, Sie Schwachkopf!« rief der Graf.

Da sprang Friedrich auf und ballte die Fäuste. »Na schön, dann werde ich alles daran setzen, daß Sie und das ganze Adelspack hinweg gefegt werden aus Preußen, ja aus allen deutschen Landen!«

In diesem Augenblick öffnete einer der Lakaien die Tür des Billardzimmer und rief herein, Bosetzki solle so schnell wie möglich nach Hause kommen, seine Frau habe gerade ein Kind zur Welt gebracht, einen Sohn.

Friedrich saß auf dem Tamseler Friedhof und sah auf die Grabstätten seiner Familie. Vier Hügel und drei Steine waren es schon, und er überlegte, ob es nicht sinnvoll gewesen wäre, hinten an der Mauer ein kleines Mausoleum errichten zu lassen, in das er dann als erster Einzug halten konnte. Aber sicher gab es wieder irgendwen, der dagegen Einspruch erhob, wie schon die Sengebuschs in große Aufregung geraten waren, als sich sein Vater angeschickt hatte, seine beiden Frauen, Anna und Cathérine, im selbem Grab zur letzten Ruhe zu betten. Nun gut. So unterschiedlich wie die Menschen waren auch die Steine, mal schwarzer Marmor aus Italien wie bei seinen Großeltern, mal roter schwedischer Granit wie bei den Frauen seines Vaters, mal billig gegossener Zement wie bei seiner Urgroßmutter. Es fiel sogar ihm noch immer schwer, sich alle Daten zu merken, als da waren:

Johanne Bosetzki
** 23. August 1695 † 17. Juli 1717*

Johann von Bosetzki
** 17. Juli 1717 † 14. Mai 1786*

Elisabeth von Bosetzki
** 27. Dezember 1731 † 8. Mai 1820*

Anna Bosetzki
** 14. Oktober 1780 † 4. Dezember 1812*

Cathérine Bosetzki
** 21. April 1786 † 25. April 1835*

Wenn doch nur die Toten zu ihm sprechen könnten, denn Friedrich brauchte dringend Rat. »Soll ich in Tamsel bleiben, meinem Amte enthoben und als Revolutionär verfemt, oder soll ich es wagen, nach Berlin zu gehen ...?« Hier waren seine Wurzeln. Was wäre, wenn sie ihm abgehackt würden – könnten sie woanders wieder anwachsen? Er rang die Hände: »Was soll ich machen, helft mir doch: Johanne, Johann, Elisabeth, Anna, Cathérine – du vor allen Dingen, Mutter!« Keine Antwort kam, und so blieb ihm nur, den Blick zum Himmel zu richten und zu beten, obwohl er streng genommen gar nicht gläubig war: »Herr, sieh mein Elend und errette mich! Herr, laß dein Antlitz leuchten über deinem Knecht! Herr, du bist gerecht und dein Wort ist recht.«

Tiefe Stille umfing ihn. Sein Blick ging wie immer nach Westen, über Warthe und Oder hinweg in Richtung Berlin. Sollte er oder sollte er nicht. Aber hatte er denn überhaupt noch eine Wahl? Nein, nur noch die, sich umzubringen. Doch wie, ohne daß es den anderen als Freitod erschien? Nun, da gab es viele Möglichkeiten: Er war ein schlechter Schwimmer, er konnte in der Warthe ertrinken. Er war nur wenige Male mit der neuen Eisenbahn gefahren, und wenn er vor den Zug fiel, dann war es ein Unfall. Er konnte beim Glockenläuten vom Kirchturm fallen, sich also das Genick brechen drinnen im Gebälk. Er brauchte nur beim Gewitter auf freiem Felde stehen zu bleiben oder sich unter jene Bäume zu stellen, in die immer wieder Blitze fuhren.

Sein Vater kam langsam den Hügel herauf, so sehr auf seinen Stock gestützt, daß der bei jedem Schritt zu splittern drohte. Schwer atmend blieb er schließlich am Grabstein Cathérines stehen und stützte sich ab. »Hoffentlich wird sie nicht eifersüchtig, wenn sie mich so schnaufen hört.«

Friedrich bewunderte den Alten wegen seines fast schon schwarzen Humors. »Du hast gut lachen.«

Erdmann nahm seinen Krückstock wie ein Schwert und hieb durch die Luft. »Ich kenne dich, mein Sohn, und ahne, was du denkst ... Das nennt man Feigheit vor dem Feinde!«

»Das Leben draußen, das ist mein Feind, da hast du recht, und es ist ein so übermächtiger Feind, daß ich verloren sein werde.«

Jetzt benutzte sein Vater den Krückstock, um mit ihm auf Cathérines Grabstein zu schlagen wie auf eine Trommel. »Höre nur, Cathérine, was du da in die Welt gesetzt hast: einen verzagten Arsch, um es mal mit Martin Luther zu sagen, aus dem kein fröhlicher Furz entfährt und ein kräftiger schon gar nicht. Mensch, Junge, nimm dir ein Beispiel daran, wie deine Väter im Schlamassel gesteckt haben – und es immer wieder geschafft haben. Denk an den alten Eichendorff: *Wem Gott will rechte Gunst erweisen, / Den schickt er in die weite Welt.* Eine Gnade ist es, von Tamsel wegzukommen, ein Geschenk – und keine Strafe. So solltest du es sehen.« Damit riß er Friedrich vom Boden hoch und trat ihm so kräftig in den Hintern, daß er der Straße unten am Fuße des Friedhofs fast entgegenflog.

Als er nach Hause kam, schrie sein Sohn, und Friedrich wertete es als einen ersten Protest dagegen, daß er ausgerechnet diesen Vater abbekommen hatte und keinen anderen. Einen Vater, der in beiderlei Hinsicht zu schwach war: der weder die Kraft hatte, sich einzufügen in die Welt, so wie sie war, noch die Kräfte, sich aufzulehnen gegen sie und eine neue Ordnung zu schaffen. Als sich im April die Armen und Entrechteten erhoben hatte, da war er ihnen nicht etwa zur Hilfe geeilt, sondern hatte die sogenannte Kartoffelrevolution nur aus der Ferne verfolgt, immer noch auf einen Gnadenakt seiner Obrigkeit hoffend. Und als der Schneidergeselle Mentel versucht hatte, ihn für seinen »Bund der Gerechten« zu gewinnen, hatte er erschrocken abgewinkt. Nein, den Kommunismus wolle er nicht.

Dorothee blaffte sofort los, daß sie kein Geld mehr habe, etwas zu essen zu kaufen, der letzte Groschen sei für Wilhelms Windeln draufgegangen.

Friedrich duckte sich unwillkürlich und hatte die Hand schon wieder an der Klinke. »Ich geh' schnell zu Vater und ...«

Das hätte er nicht sagen sollen, das brachte sie erst recht in Rage. »Immer nur von den Almosen deines Vaters leben, nein! Mein Gott, tu doch endlich was!«

Aber Friedrich stand nur da und rührte sich nicht, fühlte sich nicht mehr als Mensch, sondern als Puppe, als Statue, als Mumie. Alles Leben schien aus ihm gewichen, und er existierte nur noch als ein ebenso kurzer wie banaler Gedanke: Warum hab' ich mir das alles eingebrockt? Die Lehrerstelle in Tamsel, die Ehe mit dieser Frau, die Zeugung dieses Kindes, das so überhaupt keine Ähnlichkeit mit ihm oder seinem Vater hatte, den Bosetzkis überhaupt, sondern ganz ein Zander war. Und die hießen nicht nur so, die waren auch wie Fische: Schmale, spitze Gesichter hatten sie, hervorstehende Augen und runde offene Mäuler mit wulstigen Lippen. Friedrich erschien sein Elend grenzenlos, doch er litt nicht eigentlich darunter, sondern suhlte sich darin mit wohliger Lust. Zugleich besaß er die Gabe, nüchtern zu registrieren, wie es mit ihm stand, und er brachte es mit dem nächsten Gedanken auf den Punkt: »Bei so viel Larmoyanz, da hieße er viel besser Franz.«

Dorothee nahm und schüttelte ihn. »Du verdammter Schlafwandler, he, wach endlich auf, schnür dein Bündel und geh nach Berlin. Mach dein Glück da in Berlin und hol uns nach.«

»Was soll ich in Berlin?! Berlin stößt mich nur ab, und wenn Berlin mich gewollt hätte, dann hätte es mich zum Helden werden lassen: Ich stürze vor, reiße Tschech zurück und rette den König.«

Dorothee schlug ihm das Putztuch um die Ohren. »Hör endlich auf zu träumen! Morgen früh geht es ab mit dir – ohne Widerrede! Und jetzt machst du, daß du zum Fluß runterkommst und uns ein paar Fische besorgst.«

»Wie denn ohne Geld – soll ich sie stehlen?«

»Frag nicht so dumm!« Damit stieß sie ihn aus der Tür.

Friedrich trottete durchs Bruch zur Warthe hinunter, und das dauerte, denn zwei Meilen waren es schon, und ging teils am alten Flußarm entlang, der sich seinen Weg oft in Schlangenlinien suchte. Schon von ferne sah er die Liebes-Insel mit der alten Fischerhütte. Hier hatte die Köchin Johanne im Gras gelegen, um seinen Großvater zu empfangen, von wem auch immer, möglicherweise sogar dem Markgrafen aus Schwedt, und hier war er selbst gezeugt worden. Am Steg lag der Kahn, um überzusetzen.

Und plötzlich hatte er ein ganz bestimmtes Bild vor Augen, sah er einen Ausweg aus seinem Dilemma.

»Wenn das die Schicksalsinsel der Familie ist«, sprach er vor sich hin wie in einem Drama auf großer Bühne, »dann soll sie auch heute ihre Chance erhalten. Ich kann es nicht entscheiden, ich lege es in Gottes Hand.«

Was er da im Sinn hatte, war ein Gottesurteil ganz besonderer Art, und wie im Fieberrausch begann er umzusetzen, was er im Kopfe hatte. Schnell war der Fischerkahn vom Pfahl gebunden. Ein Blick ringsum, er war allein. Schnell sprang er ins Boot und ruderte hin zur Mitte des Stroms. In den letzten Wochen hatte es im Osten kräftig geregnet, und der Pegelstand war ungewöhnlich hoch. Das Wasser floß schnell und ließ allenthalben Strudel entstehen. Es hatte die Farbe schmutzigen Lehms und schien geradewegs aus dem Hades zu kommen.

Immer weiter ruderte er in die Strömung hinein. Wenn er sich jetzt ins Wasser fallen ließ und dann ertrank, würde es jeder als Unfall ansehen und nicht als Selbstmord werten. Den plante er auch nicht, zumindest nicht ganz, denn er wollte mit aller Kraft ums Leben kämpfen und sich bemühen, das andere Ufer schwimmend zu erreichen. Indessen, er war nur ein lausig schlechter Schwimmer. Doch wenn Gott wollte, daß er ans andere, ans Berliner Ufer kam, dann half er ihm auch, sich über Wasser zu halten. Hielt er ihn aber für zu schwach und zu sündhaft, dann ließ er ihn ganz einfach untergehen. Das war es, was Friedrich für sich ein Gottesurteil nannte.

Stimmen flogen über den Fluß.

Er hörte Dorothee, wie sie jammerte. »Ich bin schuld, ich hab' ihn losgeschickt, Fische zu holen.«

Er hörte seinen Vater, wie er seine Schwiegertochter beschimpfte. »Ja, du hast ihn in den Tod getrieben, du unglückseliges Frauenzimmer du!«

Er hörte Luise, wie sie sich Wilhelms annahm. »Wir wollen ihn zu uns holen, er soll in Berlin aufwachsen.«

Friedrich starrte in die Mittagssonne, als sei sie die Gottheit, in deren Hände er sein Schicksal legte.

Noch ein kurzes Zögern, dann ließ er die Ruder fahren, richtete sich zu voller Größe auf und kippte ab ins Wasser, als hätte ihn plötzlicher Schwindel gepackt. Tief versank er.

Als er wieder auftauchte, merkte er mit Schrecken, daß das Ufer nun viel weiter entfernt schien als eben noch im Boot. Und seine Kleider wogen schwer und zogen ihn hinab. Und die Strömung war so stark, daß auch die volle Kraft seiner Arme nicht reichte, ihn in die gewünschte Richtung zu bringen.

»Laß dich so lange treiben, bis alles aus ist«, dachte er nur noch.

Zweites Kapitel

1848

»Berlin, Berlin, für immer nach Berlin ...« Die Räder seines Waggons krachten im monotonen Rhythmus in die breiten Stöße zwischen den noch kurzen Schienen, und Friedrich Bosetzki war schon auf halber Strecke so benommen, daß er nur noch dieses Eine denken konnte: »Berlin, Berlin, für immer nach Berlin ...« Es war eine ziemliche Tortur. In der Kutsche von Tamsel nach Frankfurt an der Oder war es angenehmer gewesen, da hatte er wenigstens ab und an das Gefühl gehabt, wie eine Kugel auf der Kegelbahn dahin zu gleiten. Aber alle schworen sie ja auf die neue Eisenbahn und erhofften sich so manches Wunder von ihr, da konnte er nicht abseits stehen. Obwohl in aller Herrgottsfrühe aufzustehen war, denn der Lokalpersonenzug von Frankfurt nach Berlin wurde schon um Viertel acht abgelassen.

Friedrich gähnte und zog seine Taschenuhr hervor. Es war neun Uhr geworden, und man mußte in Bälde Erkner erreichen. Briesen und Fürstenwalde hatte man pünktlich passiert. So richtig Tag war es noch immer nicht geworden, denn die Wolkenschleier reichten bis auf die Felder hinunter. Auf denen lag zwar Schnee, doch der war wie graue Pappe und schluckte das wenige Licht, das durch die Nebel drang. Für eine weitere Verdüsterung sorgten die Rauchschwaden, die aus dem Dom der Dampflok stiegen und vom Fahrtwind so nach unten gedrückt wurden, daß sie den Zug mitunter völlig einhüllten. Da wollte er zusehen, daß sein Leben in der zweiten Hälfte des Jahrhunderts zur luftigen Komödie wurde, und bekam nun eher die Kulisse zu einem Trauerspiel geliefert. Gute Auspizien waren dies nicht, aber es war ja gerade Ende Februar, und wenn es dann erst Frühling wurde ...

»Waren Sie schon einmal in Berlin?« fragte der dunkelgekleidete Mann in der anderen Ecke des Abteils, der Friedrich gleich zu Beginn der Reise verraten hatte, daß er mit russischem Leder handele und in der preußischen Residenz ein eigenes Geschäft eröffnen wolle, dann aber schnell wieder eingeschlafen war.

»Ich ... in Berlin?« Friedrich war bei dieser Frage instinktiv zusammengezuckt, denn sie klang nach polizeilichem Verhör, und so beließ er es bei einem knappen und gedehnten »Ja ...« und verschluckte die Hinzufügung, daß dies vor vier Jahren bei Tschechs Attentat gewesen war. »Ich will sehen, daß ich dort bei einer Zeitung eine Anstellung finde, womöglich als Korrespondent in London oder Paris, womöglich auch Rußland ...«

»Was denn: Sie beherrschen die Sprachen ...?«

»Beherrschen wäre übertrieben, aber es ginge wohl schon.«

»Ich suche noch einen tüchtigen Vertreter. Da hätte ich ja gleich jemanden, der für mich reisen könnte ...«

»Ich bin Lehrer!« rief Friedrich aus und wußte selbst nicht, ob es arrogant oder entschuldigend klang, jedenfalls sollte es heißen: O Gott, nein!

Der Lederhändler ließ sich indessen nicht beirren und drückte Friedrich seine Karte in die Hand, ehe er in Köpenick den Zug verließ.

»Verbindlichsten Dank, Herr ... Herr ... Leinhos ...« Es war ein so komischer Name für einen, der mit Leder handeln wollte, daß Friedrich nur mit Mühe ein Schmunzeln unterdrücken konnte.

Leopold Leinhos also kletterte auf den Perron hinunter und winkte dem Zug noch lange hinterher. Mit seinem Vollbart und seinen fröhlichen Pausbacken sah er wie ein Prediger aus, der den Leuten verkünden wollte, sie brauchten keine Furcht zu haben, denn der Herr habe seinen eingeborenen Sohn auch für sie auf die Erde geschickt.

Eigentlich war Friedrich froh gewesen, als er erfahren hatte, daß Leinhos nicht bis zum Ziel der Reise das Abteil mit ihm teilen würde, denn er wollte allein sein mit sich und seinen Gefühlen.

Nun aber stimmte es ihn eher traurig, daß der andere nicht mehr in seiner Nähe war. »Ach!« Mit einer trotziger Gebärde sprang er auf und stellte sich ans Fenster. Wer die Welt erobern wollte, konnte alles sein, nur nicht verzagt. Dabei fiel ihm unwillkürlich ein, was Luther zugeschrieben und von seinem Vater immer gern zitiert wurde: *Aus einem verzagten Arsch fährt kein fröhlicher Furz.*

Dem Fahrplan der Niederschlesisch-Märkischen Eisenbahn hatte er entnommen, daß sein Zug zehn vor zehn auf dem Frankfurter Bahnhof eintreffen sollte. Er preßte das Gesicht gegen das Fenster, doch die Spree entdeckte er nicht, zu dicht standen die Kiefern. Die Aussicht, wieder an einem Fluß zu leben, minderte den Schmerz, der durch den Gedanken verursacht wurde, daß er daran war, seine Heimat zu verlieren. Für immer Berlin, das hieß ja auch: nie wieder Tamsel. Dorothee und Wilhelm konnte er nachkommen lassen, nicht aber Dorf und Schloß, nicht die Warthe und ihre Ufer. Als er die Spree dann endlich erblickte, da war sie ihm viel zu breit und mächtig, da war es der Rummelsburger See.

Und erst in diesem Augenblick stieg das Bild nach oben, das er die ganze Zeit über verdrängt hatte: wie ihn die Tamseler Jungen, Martin Pirtzel an der Spitze, aus dem Fluß gerettet und mit ihrem lecken Kahn ans Ufer gebracht hatten, ans jenseitige, ans Berliner. Natürlich waren sie wieder dabei gewesen, Fische aus den Netzen und Reusen zu stehlen. Seine Kräfte hatten ihn völlig verlassen, und kein Gebet schien mehr zu helfen. »Mein Gott, mein Gott, warum hast du mich verlassen?« Sekunden später wäre er ertrunken ...

So aber war ihm nichts anderes übriggeblieben, als Gottes Urteil anzunehmen und nach Berlin zu gehen, wenn auch mit einer Verzögerung von etwa einem Vierteljahr, die aber allein darin begründet lag, daß ihm seine Schwester in der Redaktion des *Beobachters an der Spree* eine Gehilfenstelle beschafft hatte, die jedoch erst am 1. März 1848 anzutreten war.

Nun denn, wenn es Gottes Wille war ... *Dein Wort ist meines Fußes Leuchte und ein Licht auf meinem Wege.* Mit einem tiefen

Seufzer zog er sich seinen Mantel über. Wenig später hielt der Zug, und als er die Trittbretter hinunterkletterte, sah er seine Schwester am Ende des Perrons.

»Luise, hier bin ich!«

Berlin, Berlin ... Die Stadt war mehr als verwirrend für einen, der es gewohnt war, morgens vor seinem Tagewerk über endlose Wiesen zu wandern und philosophierend am Ufer eines stillen Flusses zu sitzen. Luise hatte für ihn im Hause Neue Königsstraße 34 ein Zimmer angemietet, das er mit dem Geld, was ihm sein Vater beim Abschied schon vorab als sein Erbe ausgehändigt hatte, bis zum Jahresende gerade eben so bezahlen konnte. Teuer war die neue Unterkunft, doch Luise verteidigte die Wahl. »Die Lage, Fritz, die Lage!« Das stimmte, denn mit ein paar Schritten war er schon am Alexanderplatz und über die Königsbrücke hinweg im Nu auch am Rathaus, am Schloß und Unter den Linden. Besser konnte er es gar nicht haben. Ein Stückchen weiter war es schon zur Mauerstraße, wo von Lellichow im Königsmarckschen Palais das oberste Stockwerk gemietet hatte, doch sein Schwager zeigte sich ohnehin nicht gerade hocherfreut, wenn Friedrich sich dort sehen ließ.

Es waren die letzten Februartage, und Friedrich machte sich jeden Vormittag auf den Weg, um durch die Stadt zu streifen und nach Themen zu suchen, die für den *Beobachter* von Interesse sein konnten. Er hatte sich vorgenommen, dem Verleger schon beim ersten Gespräch mit einer Fülle von Ideen zu kommen und ihn damit positiv für sich einzunehmen.

Ein mehrstöckiges Wohnhaus wie das seine sorgte ebenfalls für eine gehörige Verwirrung bei ihm, denn ihm schien es, als sei hier auf eine widernatürliche Weise ein ganzes Dorf auf ein paar Kubikmetern Raum verdichtet worden. Neben dem Hauseigentümer, vergleichbar dem Grafen in Tamsel, gab es nicht nur Fischer und Bauern, sondern eine große Anzahl von Ständen, so zwei Tierärzte, zwei Witwen, einen Musiklehrer, einen Seifensieder, einen Kriegsrat und einen Rentier. Sich ihnen allen vorzustellen, hatte ihn vor Anstrengung fast aufs Krankenlager geworfen. Bisher hatte er nicht gewußt, daß es harte Arbeit war, Konversation zu machen. Auch kostete es eine Menge Zeit, mit allen Hausbewohnern zu plaudern, traf man sie auf der Treppe oder im Flur.

»Guten Morgen, Herr Kahlbaum.«

Kahlbaum war der Seifensieder, und Friedrich hatte sich den Namen so schnell merken können, weil der Nachbar einen so auffällig kahlen Schädel hatte. Wahrscheinlich hatten die Essenzen, mit denen er seine Seifen kochte, alle Haare weggeätzt. Wer nun geglaubt hätte, Kahlbaum sei aufgrund seines Gewerbes stets frisch gewaschen und dufte nach Veilchen und Lavendel, der sah sich getäuscht, denn das kleine kugelrunde Männchen war auffallend schmuddelig und roch, da es ständig krankhaft schwitzte, nach Kuhstall und schimmelndem Heu. Noch eine Viertelstunde, nachdem es auf die Straße hinausgetreten war, hing sein Geruch im Treppenhaus. Aber ansonsten war Kahlbaum eine Seele von Mensch.

»Da ist ja unsere Amsel aus Tamsel!« rief er Friedrich zu und schüttelte ihm lange und rhythmisch die Hand. »Nun, haben Sie sich langsam eingelebt hier am grünen Strand der Spree?«

»Grün ist ja hier wenig, aber ansonsten ...« Friedrich hatte sich noch keine klare Meinung darüber gebildet, wie er sich fühlte und ob ihm die Stadt gefiel. Eher nein, obwohl seine Neugierde unersättlich war und ihn Entdeckerfreude trug. Doch zugleich hatte er Angst vor allem Neuen. Zuweilen haßte er sich dafür, ein Mensch zu sein, der immer nur das Sowohl-als-auch vor Augen hatte. Dies Kahlbaum auseinanderzusetzen, wäre aber vergeblich gewesen, der war reiner Pragmatiker.

»Haben Sie schon gehört, was im Süden alles los ist?« flüsterte Kahlbaum, als sie im Hausflur unten angekommen waren.

»Was soll im Süden schon los sein? In Italien blühen mal wieder die Zitronen.« Friedrich hielt sich bewußt bedeckt, denn so unwahrscheinlich war es nicht, daß das Innenministerium Leute wie ihn, Freunde Tschechs, durch seine Spitzel ausforschen ließ.

»In Mannheim hat es eine Volksversammlung gegeben. Und wissen Sie, was die da fordern ...?«

»Nein, woher ...«

Kahlbaum beugte sich vor und wurde noch um einiges konspirativer. »Den Erlaß einer konstitutionellen Verfassung, Rede- und Versammlungsfreiheit, Schluß mit den Vorrechten des Adels.«

»Das ist doch alles Unfug, das brauchen wir in Preußen nicht. Ich stehe treu und fest zu unserem König.«

Herr Kahlbaum schien enttäuscht. »Da muß ich Sie aber falsch eingeschätzt haben ... Wie man Ihnen da in Tamsel übel mitgespielt hat, nur weil sie mit dem Bürgermeister Tschech korrespondiert haben ...«

Friedrich fuhr unwillkürlich zurück. »Woher wissen Sie das?«

»Der Herr Obertierarzt Urban hat es mir erzählt. Der hält überall politische Reden und weiß alles.«

Friedrich war ziemlich beunruhigt, als er sich schnell von Kahlbaum verabschiedete. »Tut mir leid, ich muß los. Ich will etwas über die Berliner Pferdeomnibusse schreiben.«

Als er auf den Alexanderplatz kam, stand dort der Pferdeomnibus der »Concessionierten Berliner Omnibus-Compagnie« und wartete auf Fahrgäste, die in Richtung Tiergarten wollten. Es war ein Einspänner, der Friedrich auch nicht wesentlich größer erschien als die gräfliche Kutsche zu Hause in Tamsel. Schnell entschlossen sprang er auf die kleine Plattform hinten am Wagen und betrat den Innenraum durch eine niedrige Tür. Auf den schmalen Längssitzen hatten bereits drei Herren Platz genommen, die so feierlich aussahen, als wollten sie zu einem Empfang in einem der Palais am Leipziger Platz. Man schwieg sich an und musterte sich irgendwie feindselig und herablassend. Friedrich, der es gewohnt war, mit jedem Menschen, dem er begegnete, sofort ins Gespräch zu kommen, weil man sich schon seit Jahren kannte, litt unter dieser Kühle. Sein Leiden nahm noch zu, als sie abgefahren waren und der Kondukteur erschien, um für die Fahrt zur Tiergartenstraße drei Silbergroschen zu kassieren.

»Unmöglich«, entfuhr es Friedrich, »so viel habe ich den ganzen Tag nicht ausgeben wollen. Da steige ich lieber wieder aus.«

»Die Teilstrecke macht anderthalb Silbergroschen.«

Der Schaffner blieb ungerührt, und die drei Herren im Wagen setzten ein süffisantes Lächeln auf, das heißen sollte, daß Bettler doch besser täten, zu Fuß zu gehen. Das machte Friedrich dann auch, nachdem er seinen Fahrpreis doch noch entrichtet hatte, innerlich fluchend und mit geballten Fäusten in der Tasche.

Unschlüssig stand er nun vor dem Rathaus und überlegte, wie die Zeit am besten totzuschlagen war. Es kamen die Minuten, wo er sich nach seinem Klassenzimmer zurücksehnte, nach seinen Kommandos: »Martin Pirtzel, nimm die Hände endlich vom Hosenlatz weg und lies das, was beim Buchstaben J geschrieben steht: Jäger, Juni, Juli, Jude, Jubel. Ja. Jede, jene. Jäger jagen Hasen. Mit welchem Buchstaben fängt Hase an?« Vielleicht hatte hierin das Glück seines Lebens gelegen, vielleicht lag es doch nicht immer am anderen Ufer des Flusses. Je mehr er darüber nachgrübelte, desto stärker wurden seine Kopfschmerzen. Er erinnerte sich, daß es gegenüber seinem Mietshaus in der Neuen Königstraße eine Apotheke gab, und zwar die Apotheke »Zum Schwarzen Adler«. Er trat ein, um einen der approbierten Apotheker nach einem geeigneten Mittel zu fragen, und geriet dabei an einen eher unauffälligen schnauzbärtigen jungen Mann von knapp dreißig Jahren, dem er bei seinen Ausflügen in die Berliner Literaturszene schon einige Male flüchtig begegnet war. Im »Tunnel über der Spree« war er von den anderen stets Lafontaine genannt worden, sollte aber Fontane heißen, Theodor Fontane, und aus Neuruppin stammen. Auch hatte er im *Berliner Figaro* schon einige Fontane-Gedichte gelesen und konnte sich insbesondere an *Simson's Tod* erinnern, über dessen letzte beiden Zeilen sein Vater immer so schön gespottet hatte. Sie trug Friedrich nun, allerdings in ernsthaftem Ton, dem Dichter vor: *»Zu spät – zwei Säulen wanken – ein Krachen und ein Schrein, / Und alle sind begraben; der Tempel stürzte ein.«*

Fontane machte eine knappe Verbeugung über den Tresen hin. »Auch das Törichte kann einen pittoresken Zauber haben, mein Herr. Aber ich weiß sehr wohl, daß ich zum Verseschmieden recht eigentlich nicht berufen bin. Großer Stil ist es nicht. Aber was heißt großer Stil?«

»Das heißt, daß man vorbeigehen muß an allem, was den normalen Menschen im Alltag bewegt.«

Fontane nickte. »Richtig. Den Tyrannen gehört die Welt – und gleich nach den Tyrannen die Unbedeutendheit.«

Friedrich bewunderte den dichtenden Apotheker wegen seiner witzigen und geistreichen Rede, und alles kam druckreif aus seinem Munde. »Ich könnte Ihnen stundenlang zuhören, aber die anderen Kunden werden schon ungeduldig – und ich wollte ja nur ein Mittel gegen meine Kopfschmerzen haben ...«

Fontane füllte ihm ein weißes Pülverchen in eine kleine Tüte. »Bitte sehr, und ich wünsche gute Besserung.«

»Danke. Ich bin eben noch nicht so richtig angewachsen hier in Berlin.«

»Ach ...« Fontane stöhnte leise. »Wenn einer von Potsdam nach Wernigerode geht, so kommt er vom Regen in die Traufe.«

»Ich weiß nicht, ob es richtig war, von Tamsel aufzubrechen ...«

»Da sind Sie sehr schnell ein richtiger Berliner geworden, denn der Berliner zweifelt immer.« Fontane kam um den Tresen herum und hielt ihm die Tür auf. »Und denken Sie immer daran: Es gibt kein unbedingtes und ungetrübtes Glück, das länger als fünf Minuten dauert.«

Damit stand Friedrich wieder auf der Neuen Königstraße, und er überquerte den Damm, um in seine Wohnung zu eilen und das Kopfschmerzmittel in Wasser aufzulösen. Im Hausflur stieß er dabei mit dem Dr. Urban zusammen. Friedrich murmelte ein paar Worte der Entschuldigung, zog grüßend den Hut und wollte schnell vorbei, doch der Tierarzt hielt ihn am Ärmel fest.

»Moment bitte, lieber Bosetzki.«

»Ja ...« Friedrich war erstaunt und dachte im ersten Augenblick, Urban würde ihn nach Tamsel fragen und den Kavalleriepferden aus den umliegenden Garnisonen, die ab und an im Warthebruch zur Grasung standen. Er hatte von Urbans Plänen gehört. »Sie wollen eine Privattierheilanstalt gründen ...?«

»Nein, nein, es geht mir um die Gründung eines politischen Vereins ... Ich hatte es ja schon einmal mit den ›Lichtfreunden‹ versucht, mit Menschen, die mit ihrer Amtskirche unzufrieden waren, Protestanten wie Katholiken. Die Metapher Licht stand für fortschrittliche Ideen ... Nun, daraus ist nicht viel geworden, aber nun gärt es auch bei uns in Preußen immer stärker.« Er summte Georg Werths *Hungerlied:* »*Verehrter Herr und König, /*

Weißt du die schlimme Geschicht? / Am Montag aßen wir wenig, / Und am Dienstag aßen wir nicht.« Die nächsten Wochentage übersprang er, um erst am Freitag wieder einzusetzen: »*Und ach, am Freitag starben / Wir fast den Hungertod! / Drum laß am Samstag backen / Das Brot, fein säuberlich – / Sonst werden wir sonntags packen / Und fressen, o König, dich!*«

In diesem Moment spürte Friedrich das Charisma dieses Mannes, wie er da mächtig vor ihm stand, mit einem dunklen Vollbart, wie man ihn von Zeus-Statuen kannte, und sagte zu, in die Keller zu kommen, in denen Ludwig Urban sprechen wollte.

Dann endlich schaffte es Friedrich, Fontanes Pulver zu schlukken. Und in der Tat, seine Kopfschmerzen waren alsbald verschwunden. Er lag noch eine Weile angezogen auf dem Bett und wollt eigentlich schlafen, doch seine innere Unruhe war größer als die Müdigkeit. So machte er sich schon nach kurzer Zeit wieder auf die Beine und strebte zum Stettiner Bahnhof, um den abgehenden und ankommenden Zügen zuzuschauen. Seit er im Oktober 1845 die ersten Dampfwagenzüge in Frankfurt an der Oder gesehen hatte, war die Eisenbahn Friedrichs große Liebe, und er ließ keinen Tag ungenutzt, um zu einem der Bahnhöfe zu pilgern und zu sehen, wie die Züge ankamen und wieder abgelassen wurden. Zuerst, das heißt 1838, war die Bahn von Berlin nach Potsdam gefahren, jetzt aber gab es schon fünf Hauptlinien, die von Berlin aus strahlenförmig in die Ferne gingen: neben der Potsdamer noch die Anhalter, Stettiner, Frankfurter und Hamburger Bahn. Und über die Ostbahn, die Berlin mit Königsberg verbinden und über Küstrin verlaufen sollte, wurde heftig nachgedacht.

Wer von der Neuen Königsstraße zu Fuß zum Stettiner Bahnhof wollte, mußte Freude am Marschieren haben, denn Friedrich schätzte die Entfernung auf fast siebenhundert Ruten, wobei die preußische Rute 3,76 Meter maß. Die halbe Königsstadt und das gesamte Spandauer Viertel galt es zu durchqueren, angefangen mit der Alexanderstraße und dann immer Richtung Nordwest die Münz-, Weinmeister- und Gipsstraße hinauf. So kam er zur Torstraße, die so hieß, weil sie drei Tore miteinander verband: das Oranienburger, das Hamburger und das Rosenthaler Tor. An der

Borsigschen Maschinenbauanstalt ging es nun vorbei zur Invalidenstraße, wo es ohne rechten Übergang grün und ländlich wurde. Dort erhob sich der Stettiner Bahnhof wie ein venizianischer Palast, und sein Turm grüßte schon von weitem herüber.

Friedrich schlich zu einem Abstellgleis, um eine der neuen Lokomotiven in Augenschein zu nehmen. Er konnte noch immer nicht begreifen, daß das alles funktionieren sollte; daß ein bißchen heißer Dampf ausreichen sollte, dieses Monstrum in Bewegung zu setzen, und ihm zudem noch die Kraft verlieh, einen ganzen langen Zug zu ziehen. Der ziemlich kleine Zylinder hing vorn unter dem gewaltigen Schornstein, und zwar so schräg, daß die Kolbenstange das viel tiefer liegende große Antriebsrad erreichen konnte. Zwei kleinere Räder gab es noch, eines hinten unter der Feuerbüchse und eines vorn an den Puffern.

»Ah, Sie sind der neue Lokführer ...?«

Jemand tippte Friedrich auf die Schulter. Er fuhr herum und erkannte einen Eisenbahnbeamten, einen ernsten Mann von etwa vierzig Jahren, der es nicht so gern zu haben schien, daß sich Betriebsfremde an seiner Bahn zu schaffen machten.

»Nein, ich bin ein Berichterstatter des *Beobachters* und möchte etwas über den Stettiner Bahnhof schreiben.« Friedrich stellte sich vor und erfuhr im Gegenzug, daß er es mit dem Herrn Eisenbahninspektor Wilhelm Braun zu tun hatte. Sie kamen ins Gespräch, und Braun hielt ihm einen längeren Vortrag über die Bauarten und Funktionsweisen moderner Dampflokomotiven.

»Was Sie hier sehen, mein Herr, ist eine 1-A-1-Lokomotive, wohingegen Borsig nebenan seine erste Lokomotive schon mit zwei Laufachsen vorn gebaut hat, zusammengefaßt in einem Drehgestell. Dazu kommt unter der Feuerbüchse eine weitere Laufachse, so daß wir von einer 2-A-1-Lokomotive sprechen. Sie wird auch bei uns bald zum Einsatz kommen, obwohl die Zukunft den B- und C-Lokomotiven gehören wird. Aber waren Sie denn schon einmal bei Borsig?«

»Nein, ich bin ja erst seit kurzem in Berlin.«

»Das dürfen Sie unmöglich versäumen. Am besten, ich nehme Sie mit, wenn ich morgen da bin.«

So geschah es dann auch, und für Friedrich wurde das ein unvergeßlicher Tag. Über tausend Mann arbeiteten in den riesigen Hallen, die ihm so unwirklich erschienen, als entstammten sie der Phantasie eines modernen Thomas Morus. »Neu-Utopia am Oranienburger Tor«, sagte er zu Wilhelm Braun. Staunend wie ein Kind sah er links eine endlose Reihe von Rädern und Achsen und dahinter Kessel an Kessel, während rechts die Männer wuselnd an Werk- und Drehbänken standen und die Einzelteile fertigten. Kleine Kräne hoben diese dann auf die andere Seite hinüber, wo sie Stück für Stück zusammengefügt und schließlich zu einer der Lokomotiven wurden, wie sie dann durch die Lande dampften. Wie ein riesiger Ameisenhaufen kam ihm die Firma Borsig vor, wo alles wie von selbst geschah, doch sein Begleiter protestierte energisch gegen dieses Bild, denn Ameisen dienten schließlich nur sich selbst, während hier die einen Menschen für die anderen Menschen etwas produzierten, das sehr nützlich sei. Dann führte er Friedrich zu einer der eben fertiggestellten Maschinen, die auf dem Radschutz des großen Schwungrades die Aufschrift *A. Borsig* trug.

»Dies hier ist eine dreiachsige 1-A-1-Langrohrkesselmaschine mit überhängendem Stehkessel, die seit 1845 hier bei Borsig gebaut wird. Sie ist allerdings beim Lokpersonal nicht sonderlich beliebt, denn wegen des ungünstigen Schwerpunktes neigt sie bei schneller Fahrt zu Schlingerbewegungen und damit zu Entgleisungen.«

Friedrich war ein wenig verwundert. »Hat die Perfektion also auch in der Technik ihre Grenzen ...?«

»Nein, denn jeder Fehler dient den Ingenieuren dazu, zu lernen und die Vervollkommnung ihrer Werke voranzutreiben.«

»Hoffen wir, daß Gott im Hinblick auf uns Menschen auch so handelt.«

Kam Friedrich von seinen vielen Unternehmungen zum Alexanderplatz zurück, so kehrte er gerne beim Schankwirt Bredow in der Rosenthaler Straße 52 ein, obwohl ihn seine Erinnerungen an dieses Haus eher melancholisch stimmten.

»Hier über uns hat einmal der Bürgermeister Tschech gewohnt«, hatte ihm Charlotte, die Tochter des Wirts, gleich am ersten Tag verraten.

Friedrich hatte erstaunt getan. »Tschech – wer soll das sein ...?«

»Na, der Königsmörder aus Storkow, dem sie nachher in Spandau doch den Kopf abgeschlagen haben.« Und sie beugte sich zu Friedrich hinunter, um ihm eines der vielen Spottgedichte auf den König ins Ohr zu flüstern. »›*Hatt' wohl je ein Mensch so'n Pech, / Wie der Bürgermeister Tschech, / Daß er diesen dicken Mann / Auf zwei Schritt nicht treffen kann.*‹«

»Was ist denn aus seiner Tochter geworden?« entfuhr es Friedrich.

Charlotte stutzte. »Wat denn: Sie kennen ihm nich, aba seine Tochter?«

»Ja, ich wollte Elisabeth mal ... Ist ja auch egal.«

»Nee, nu haben Se mich neugierig jemacht, nu erzählen Se mal.« Und Charlotte setzte sich neben ihn auf die Bank.

Was blieb Friedrich anderes übrig, als ihr die Wahrheit zu sagen, und dadurch entstand im Nu eine Vertraulichkeit, die ihn über alle Maßen verwirrte, denn Charlotte, ein wenig jünger als er, war überaus charmant und schien weder verlobt noch verheiratet zu sein. Sofort spürte er ein Prickeln da, wo in den letzten Jahren wenig gewesen war. O Gott, er war sich bewußt, damit den ersten Schritt getan zu haben, Dorothee untreu zu werden. Dorothee, wer war das ...? Er hatte Mühe, sich das Bild seiner Frau ins Gedächtnis zu rufen, und hätte er es zeichnen wollen, so wäre nicht viel dabei herausgekommen. Um sich nicht weiter zu verlieren, kam er schnell auf Tschechs Tochter zu sprechen. Was denn nun aus Elisabeth geworden sei, und er habe ein schlechtes Gewissen, weil er sich nicht mehr um sie kümmern konnte.

»Nun ...« Viel wußte Charlotte Bredow auch nicht. »Erst ist sie verhaftet worden, dann war sie eine Weile in Kamen, und dann ist sie wohl weg aus Preußen.«

»Geflüchtet, ja, aber wohin, das wissen Sie auch nicht?«

»Nein. Aber lassen wir das, trinken Sie mal. Unser Roter ist der beste Wein weit und breit.«

»Nur, wenn ich Sie zu einem Glas einladen darf.«

»Ich frage mich mal, ob ich es darf. Na ...? Ja, Charlotte, du darfst.« Ihr Lachen war hinreißend, insbesondere wenn Friedrich an Dorothee dachte, die gar nicht mehr anders gekonnt hatte, als bärbeißig dreinzuschauen.

Es ließ sich nicht leugnen, Friedrich hatte Feuer gefangen, und der Gedanke an Charlotte ließ ihn kaum noch schlafen, ja, er kratzte sogar all sein Geld zusammen, um für sie und ihren Vater Karten fürs Königstädtische Theater zu kaufen, wo eine französische Posse mit viel Liebe, Leidenschaft und Intrigantentum gegeben wurde. Fast noch mehr aber als Charlotte zog ihn deren kleine Schwester Käthe in die Familie Bredow hinein. Neun Jahre war sie alt und ein überaus resolutes kleines Persönchen. Früh war die Mutter gestorben, und Charlotte hatte deren Stelle nur schlecht ausfüllen können, so daß Käthe schnell gelernt hatte, auf eigenen Füßen zu stehen und sich durchzusetzen. An Friedrich hatte sie einen Narren gefressen, und fast schien es ihm, als sähe sie in ihm eine Art Ersatz für ihre Mutter, denn er konnte zuhören und sie trösten, schöne Geschichten erzählen und ihr Mut machen, durchs Leben zu kommen. Und er schlug sie nicht und brüllte sie nicht an, wie es ihr eigener Vater pausenlos tat. Ihre Schwester nahm sie zwar in Schutz, doch war Charlotte viel zu sehr im Schankraum beschäftigt, um Zeit für sie zu haben. Und Friedrich hatte diese Zeit.

Am liebsten saß Käthe bei ihm auf dem Schoß, kuschelte sich an ihn und bat ihn, von Tamsel zu erzählen.

Friedrich war das schon fast ein wenig peinlich. »Käthe, du bist doch nun schon ein großes Mädchen ...«

»Ich bin ein ganz kleines Mädchen. Erzähl mir vom Hakenmann, bitte, bitte.«

Da konnte er nicht anders. »Der Hakenmann wohnt unten in der Warthe, tief unten am Boden des Flusses in einem Schloß, das viel schöner ist als das vom König hier.«

»Und was macht er da?«

»Er wartet, bis ein böser Räuber oben in einem Ruderboot kommt ...«

»Und was macht er dann?«

»Dann zieht er ihn aus dem Boot heraus und in sein Schloß hinunter. Die Leute denken dann, daß er ertrunken ist. Aber nein: Er lebt da unten im Keller des Schlosses und muß Tag und Nacht arbeiten.«

»Was denn?« fragte Käthe mit leuchtenden Augen, und Friedrich spürte, daß er ein Gott für sie war.

»Schönen Schmuck muß er machen, und die Tochter des Hakenmannes kommt dann aus dem Fluß gestiegen und fliegt auf die Märkte, wo sie ihn verkauft und das Geld dann den Armen schenkt.«

»Kann die denn fliegen wie ein Vogel?«

»Noch besser als ein Vogel. Sie hat einen Teppich, da setzt sie sich drauf – und huii, dann geht es los.«

»Ich habe aber noch nie einen fliegenden Teppich gesehen«, wandte Käthe ein.

»Kannst du auch gar nicht, denn der ist unsichtbar.«

So ging das fast jeden Nachmittag, und auch abends war Friedrich fast immer bei den Bredows in der Schenke. Friedrich bedrängte Charlotte immer mehr, und sie hätte sich ihm ganz sicher auch längst hingegeben, wenn da nicht ihr Vater gewesen wäre. Der alte Bredow war dicht an der Grenze der Demenz, und irgendwie hatte es sich in seinem Kopfe festgesetzt, daß auch Friedrich Bosetzki auf den König geschossen hatte.

»Es sind doch zwei Schüsse gewesen. Und einer kann aus einer Pistole nur einen Schuß abgeben und muß erst nachladen, wenn er zum zweiten Mal schießen will.«

»Vater, es gibt jetzt Pistolen mit zwei Läufen.«

»Unsinn, Kind. Der Tschech und der Bosetzki, die haben beide geschossen, nur daß sie den Bosetzki nicht erwischt haben. Wir müssen ihn zur Anzeige bringen.«

Charlotte versuchte es mit einer List. »Er ist doch längst vom Gericht freigesprochen.«

»Ich möchte nicht, daß er hier bei uns sitzt und trinkt.«

»Vater, er bringt uns viel Geld in die Kasse. Und du warst doch auch mit ihm mit im Theater.«

»Aber mein Schwiegersohn wird er nicht, da häng' ich mich eher auf.«

Ihre Dialoge waren immer dieselben. Auch etwas anderes hinderte Charlotte, Friedrich zu sich ins Zimmer zu nehmen: der Gedanke an Dorothee und den kleinen Wilhelm.

»Nein, Friedrich, du kannst sie nicht verraten.«

Friedrich rang die Hände. »Ich will ja für sie sorgen. Aber das kann ich auch, wenn wir beide ...«

Charlotte ließ sich nicht beirren. »Sie ist deine Frau, und du hast ihr Treue geschworen.«

»Ich bin ein anderer Mensch geworden, sie ist ein anderer Mensch geworden.«

Charlotte blieb hart und kam mit einem anderen Grund. »Ein Mädchen hat rein in die Ehe zu gehen. Und wer soll mich denn noch nehmen, wenn ich ...«

»Na, ich!« rief Friedrich.

»Du gehörst nach Tamsel!«

»Ich bin aufgebrochen ans andere Ufer.«

»Allein, ja, aber du bist nicht allein.«

Sie kamen nicht weiter, und es brannte immer ärger in Friedrichs Körper. Es schien ihn in den Wahnsinn zu treiben, die Kräfte der Natur derart niederringen zu müssen. Wenn sich Charlotte zu ihm niederbeugte, um seinen Becher zu füllen, wenn sie ihm mit Sirenenstimme Süßes ins Ohr flüsterte, wenn ihr gertenschlanker Körper zum Greifen nah war, wenn er ihre Wärme spürte und den Duft ihres Haares süchtig trank, wenn sich ihr Rock so über Bauch und Schenkel spannte, daß sie Voluptas, die Göttin der Begierde, glatt in den Schatten gestellt hätte, dann, dann ... Doch er war gefesselt wie Odysseus und konnte nicht anders gegen seine Leidenschaften ankämpfen, als einen Abend nicht in ihrer Schenke zu verbringen, sondern seine Schwester Luise zu besuchen.

Die Lellichows hatten seit kurzem die erste Etage einer Villa am Schöneberger Ufer gemietet, was Friedrich die Chance gab, von einigen der Fenster aus einen Blick auf die Züge zu erhaschen, die langsam dem Potsdamer Bahnhof entgegenrollten oder aber mit mächtigen Dampfwolken herauskamen und schnell an Fahrt gewannen. Die Wohnung gefiel Friedrich vor allem deshalb, weil sich zur Straße hin zwei Loggien befanden, in denen es sich gemütlich sitzen ließ. Zwischen ihnen lag ein großer Raum, der als Repräsentationsraum wie als Eßzimmer diente. Das Paneel reichte nur bis zur Höhe der Stuhllehnen, und darüber war eine weiße Seidentapete an die hohe Wand geheftet, so daß der Raum hell und heiter wirkte. Gegen diese Stimmung kamen auch die düsteren Gemälde nicht an, die Lellichows Vorfahren als Kürassiere und Husaren zeigten, zumal es Luise durchgesetzt hatte, als Kontrast einiges aus Tamsel daneben zu hängen, so eine Ansicht des Schlosses mit der Kirche rechts davon und einen Warthe-Fischer bei der Arbeit, den alten Petras nämlich, ihren Großvater mütterlicherseits. In den Fensternischen standen Hyazinthen-Estraden und auf einem Marmortisch ein blitzblankes Bauer, in dem ein Kakadu hin und wieder lärmte.

In diesem Raum nun saß Friedrich vor dem Kamin, in dem ein kleines Feuer brannte, und sah seiner Schwester zu, wie sie sich mit einer Stickerei die Zeit vertrieb. Er selbst tat das mit einem Spiel, das darin bestand, daß man einen kleinen hölzernen Ball, der mit einem Bindfaden an einem Lederbecher befestigt war, hochwerfen und mit dem Gefäß wieder auffangen mußte.

Friedrich, der ihr in Andeutungen von seinen Liebesqualen berichtet hatte, stöhnte leise auf. »Ach, Luise, wenigstens scheinst du glücklich zu sein ...«

»Was Lellichow betrifft, wohl schon, nur daß wir ...« Fast erschrocken brach sie ab.

»Und wenn ihr euch nun den Wilhelm holt ...?«

»Wie? Aus Tamsel weg ...?«

»Dorothee ist er doch nur eine Last.«

Luise musterte ihn. »Geht es dir wirklich um ihn, nicht um dich selber, daß du frei bist von allem?«

Friedrich sah sich durchschaut. »Ja ... Aber so wäre doch allen geholfen.«

»Nicht, solange Ferdinand noch hofft, selbst Vater zu werden. Seit 1414, als die Hohenzollern nach Brandenburg gekommen sind, gibt es die Lellichows.«

»Ich bitte dich, Wilhelm ist immerhin der Nachkomme eines Mannes, der Friedrich dem Großen das Leben gerettet hat, und wenn sich unser lieber Vater nicht so dumm angestellt hätte, wäre er ein echter von Bosetzki. Ich bin kein Jurist, aber sicher könnt ihr Wilhelm adoptieren.«

»Gott, Friedrich, du bist derselbe Träumer, der Vater war und ist. Nein, keine Träumer, eher Schlafwandler seid ihr beide. Wenn man es weniger charmant ausdrückt, könnte man auch sagen: lebensfremd. Wobei Vater wenigstens das Glück hatte, von einer wohlhabenden Mutter ausreichend alimentiert zu werden.«

»Das war doch eher der Graf von Odereck, der ihn ausgehalten hat, der ach so schöne und geistreiche Friedrich, von dem ich meinen Namen habe. Und Vater hat nicht nur seiner Cathérine glutvolle Verse gewidmet ... Schön, wenn man beides kann.«

Luise sah ihn tadelnd an. »Ich mag es nicht, wenn in meinem Hause so geredet wird.«

»Ah, das liegt daran, daß sich Ferdinand nun blicken läßt.«

Friedrich hatte richtig gehört, die Schritte wurden lauter, und kurz danach stand von Lellichow im Raum, ganz der Rittmeister vom Regiment Garde du Corps. Als er den Schwager erblickte, schien sich sein Gesicht ein wenig zu verfinstern. »Eben kommt die Nachricht aus Paris, daß Louis Philippe abdanken mußte. Einige Demonstranten sind zuvor erschossen worden, es hat einen revolutionären Aufstand gegeben. Eines sage ich dir aber, mein lieber Schwager, in Preußen werden wir bis zum letzten Blutstropfen für unseren König kämpfen.«

»Das, was in Paris passiert ist, freut mich natürlich, aber ich darf dir versichern, daß ich meine Schwester nur besucht habe, um bei ihr in meinen Herzensangelegenheiten Rat zu suchen.«

»Trotzdem wünsche ich es im Augenblick nicht, dich in meinem Hause zu sehen. Du hast mir schon genug geschadet.«

Friedrich stand auf, küßte seiner Schwester, die wie versteinert dasaß, die Stirn und verließ das Haus am Schöneberger Ufer.

Lange stand er am Ufer des Landwehrkanals, und angesichts der steilen Böschung kam ihm wieder der Gedanke, ins Wasser zu gehen. »Hätte ich's doch bloß letzten Herbst in der Warthe erfolgreich zu Ende gebracht ...« Nur eines ersehnte er sich noch: die ewige Ruhe. Aber natürlich war er zu schwach, den letzten Schritt zu tun, wie er zu schwach war zu allem. Glasklar konnte er seinen

Zustand analysieren und war sogar noch selbstironisch dabei, als ihm einfiel, wie sein Vater des öfteren über ihn gespottet hatte: »Du verstehst es meisterhaft, mein Lieber, dich in deiner Larmoyanz zu suhlen. Im Unglück liegt dein Glück beschlossen.« Wie konnte das sein? Deine Rede sei: Ja, Ja, Nein, Nein – darin lag das Glück: daß man sich in einer Dimension befand und nicht in der Zerrissenheit. Nicht Fisch sein und nicht Fleisch, das war das Schlimmste. Doch was konnte er dagegen tun? Offensichtlich nichts, denn wie hieß es doch so schön: Niemand kann aus seiner Haut heraus. »Also«, sprach er zu sich selbst, »mußt du, Friedrich Bosetzki, in guten und in bösen Tagen zusammenleben mit Friedrich Bosetzki. Willst du das, so sage Ja.« Aber dieses Ja wollte ihm nicht über die Lippen kommen.

In dieser Stimmung eilte er zurück in die Königsstraße, wo er um acht Uhr abends bei »Buder & Sohn« mit einem Redakteur des *Beobachters an der Spree* verabredet war. Der Mann hieß Ledebur, und Friedrich hatte ihn in Luises Salon getroffen, wo er geistvoll über die *Hosen des Herrn von Bredow* geplaudert hatte. »Das ist genial wie Willibald Alexis, der ja eigentlich nur Häring heißt, Wilhelm Häring, mit ä allerdings, was nicht ganz so entsetzlich ist, wie also Willibald Alexis seinen Helden dadurch scheitern und durch dieses Scheitern überleben läßt, daß beim Aufstand gegen seinen Landesherrn seine Hosen, die einzigen Hosen, die er hat, noch auf der Leine hängen. Das reicht allemal an Walter Scott heran – und er, Willibald Alexis, er ist unser märkischer Scott.«

Heute abend allerdings war Ledebur eher wortkarg und schroff. Als Friedrich an den kleinen Tisch trat, an dem er alleine saß und sich an seinem Weißbierkrug festhielt, schien er ihn gar nicht erkennen zu wollen. »Friedrich Bosetzki, nie gehört ...«

»Wir haben uns bei meiner Schwester getroffen, Frau von Lellichow, und Sie haben mir einen Korrespondentenposten bei Ihrer Zeitung versprochen.«

»Im Suff, da sagt man viel«, brummte Ledebur und nahm nur widerwillig seinen Mantel vom freien Stuhl.

Friedrich setzte sich und hatte nur den einen Wunsch, sich totzustellen wie ein Käfer. Und zugleich hörte er die Stimme seines

Vaters: »Immer und überall, mein lieber Sohn, wirst du irgendwem in den Hintern kriechen müssen, wenn du überleben willst. Das ist das Schicksal aller Menschen unterhalb der Könige und Götter.« Und er verspürte den heftigen Wunsch, den Weißbierkrug zu nehmen und ihn Ledebur über den Schädel zu schlagen, denn eklig war der Mann, hatte Spinnenfinger, einen weißgrauen Bart voller Essensreste und wulstige Lippen.

»Viel zu viele Leute wollen schreiben, ich kann mich kaum noch retten vor ihren Manuskripten, ich ertrinke darin, ich heize meinen Ofen damit: *Und seht nur hin, für wen ihr schreibt! / Wenn diesen Langeweile treibt, / Kommt jener satt vom übertischten Mahle* ... und so weiter ... *Sucht nur die Menschen zu verwirren, / Sie zu befriedigen, ist schwer ... / Was fällt euch an? Entzückung oder Schmerzen?*«

Friedrich lachte und konterte Ledebur, indem er die Zeile aus dem *Faust* zitierte, die sich genau an das anschloß, was der andere vorgetragen hatte. »*Geh hin und such' dir einen andern Knecht.*«

Dies nun erfreute Ledebur, und er wurde etwas versöhnlicher. »Haben Sie denn schon etwas zu Papier gebracht?«

»Ja, etwas über die Borsigschen Lokomotivfabriken.«

»Gott, wen interessiert das jetzt, wo Europa ein brodelnder Kessel zu werden beginnt. Von Frankreich kommt es wieder mal herüber wie schon vor sechzig Jahren, und gerade hat es Baden erfaßt. Heute Mannheim, morgen Berlin, das ist es, was man lesen möchte. Darüber, ob die Pressefreiheit kommen wird. Also gehen Sie hin und hören Sie zu, was man in den Kellern redet und was von den Kellerhalsrednern so alles vorgetragen wird.«

»Kellerhalsredner?« fragte Friedrich und glaubte sich verhört zu haben.

»Ja, das sind die, die auf den engen Treppen stehen, die man hinuntergehen muß, um in die Gastwirtschaften zu kommen. Gehen Sie mal in die Oranienburger Straße, da schimpfen sie mächtig, weil das Gerücht umgeht, Borsig wolle wegen der schlechten Auftragslage ein Drittel der Belegschaft entlassen. Also, ziehen Sie durch die Bierkeller und sperren Ihre Ohren auf.«

Friedrich tat es und saß am nächsten Abend inmitten von Männern, die laut die Marseillaise sangen. Als er nicht mittun wollte, trat ihm jemand »aus Versehen« so auf den Fuß, daß es ziemlich schmerzte.

»Heh, was soll denn das?!«

»Das war nur ein kleiner Gruß an Minutoli.«

Erst langsam dämmerte es Friedrich, was das bedeuten sollte: Man hielt ihn, weil er nicht nur schwieg, sondern sich auch noch unter dem Tisch Notizen machte, für einen Spion des Polizeipräsidenten von Minutoli. Als er hoch und heilig schwor, nur einen Bericht für den *Beobachter* schreiben zu wollen, glaubte ihm keiner.

Friedrich wurde wütend. »Mein Gott, ich habe mehr unter allem gelitten als ihr, denn ich war mit Bürgermeister Tschech bekannt und bin deswegen aus meinem Lehramt entlassen worden. Fragt doch den da, der weiß es!«

Gemeint war der Tierarzt Ludwig Urban, der in diesem Augenblick auf der Treppe erschien und um Ruhe für die Rede bat, die er hier halten wollte. Und sofort war alles still.

»Brüder, unerträglich groß geworden ist die Not, und ich kann nur immer wieder das ausrufen, was ihr alle kennt, die ihr bei der Kartoffelrevolution dabeigewesen seid: ›O armes Preußenland, o bete, bete!‹ Und wie geht es weiter: *Da zürnt das Volk und will gesättigt sein / Und stürmt den Markt und ein'ge Wucherläden; / Der König trinkt indessen seinen Wein / Und sammelt sich zu neuen Landtagsreden*. Das soll er ruhig, und wir wünschen uns nur, daß dabei das herauskommt, was wir wünschen, was wir fordern: Mehr Arbeit zu höheren Löhnen, mehr Lebensmittel zu niedrigen Preisen, keine Zensur mehr, Versammlungs- und Gewissensfreiheit und vor allem eine neue Verfassung.«

Der Beifall, den Urban erhielt, war ohrenbetäubend, doch Friedrich klatschte nur verhalten, denn ihm fehlte die entscheidende Wendung: Weg mit dem König, für Preußen als eine Republik nach dem Muster Nordamerikas.

Auch der junge Mann, der neben ihm stand, schien von Urbans Auftritt nicht übermäßig begeistert zu sein, und Friedrich, der schon daran dachte, wie er seine Zeilen für Ledebur am besten zusammen bekam, fragte ihn kurzerhand danach.

»Was denn: Sie kennen mich nicht?«

»Nein, ich bitte um Pardon, denn ich bin erst kurze Zeit allzeit allhier und kann noch nicht jeden kennen, den alle mir mit Ehrfurcht nennen.«

»Ich bin der Schneidergeselle Christian Friedrich Mentel aus dem großen Kommunistenprozeß im letzten Jahr.«

»Ah ja ...« Friedrich konnte sich noch dunkel daran erinnern. Ende 1846 hatte man in Berlin einige Männer festgenommen und ihnen vorgeworfen, eine kommunistische Verschwörung und den gewaltsamen Sturz der Staatsregierung zu planen. Unter den Verhafteten hatte sich auch Mentel befunden. »Sind Sie nicht der gewesen, der aus Paris gekommen ist, vom ›Bund der Gerechten‹, und versucht haben soll, die Handwerkervereine zu unterwandern ...?«

»Das Proletariat muß aus den Fesseln des Kapitalismus befreit werden!« rief Mentel. »Das ist der historische Werdegang, und bald wird sich eine neue Zeit ankündigen.«

»Aber groß verurteilt worden sind Sie nicht?«

»Doch, wegen Teilnahme an einer verbotenen Gesellenverbindung und wegen Verbreitung von verbotenen Schriften, aber das ist dann alles mit dem erlittenen Untersuchungsarrest verrechnet worden.« Dann senkte Mentel seine Stimme etwas. »Bruder, kennst du schon das *Kommunistische Manifest*, Karl Marx ...?«

»Nein ...« Es schien Friedrich etwas sehr Kryptisches zu sein.

»Ein Gespenst geht um in Europa – das Gespenst des Kommunismus. Proletarier aller Länder, vereinigt Euch!« Damit ließ er Friedrich stehen und quetschte sich mit dem Ausruf »Ah, da ist ja ...!« durch die Menge, um den Seifensieder Kahlbaum zu begrüßen.

Friedrich trat wieder auf die Straße und ging nach Hause, um aufzuschreiben, was er erlebt hatte.

Als es März geworden war, häuften sich die Zusammenkünfte der unruhigen Geister in den »Zelten« am Rande des Tiergartens, wo sich eigentlich nur die elegante Welt versammelte. Da öffentliche Versammlungen in der Residenz verboten waren, hatte es sich angeboten, hierher auszuweichen. Friedrich fand das ganz besonders pikant, weil im vornehmen Villenviertel rings um die Lokale, und zwar »Unter den Zelten 5«, jene Frau wohnte, die in ihrem Roman *Dies Buch gehört dem König* das soziale Elend in Preußen angeprangert und laut nach einer durchgreifenden Veränderung der Verhältnisse gerufen hatte: Bettina von Arnim.

Sogar an einem Montag trieb es Zehntausende von Berlinern auf den freien Platz vor den Zelten. Die Empörung der Leute war groß, denn nun schreib man schon den 13. März, und es war eine Woche her, daß man eine Adresse an den König verfaßt und die Stadtverordneten gebeten hatte, sie dem Monarchen zu übergeben. Doch was hatte die Stadtverordnetenversammlung getan? Sie hatte sich geweigert, dies zu tun, und zwar mit der Begründung, sich nicht zum Briefträger eines Volkshaufens herabwürdigen zu lassen. Auch war das Wort »Pöbel« gefallen. Ein Redner nach dem anderen trat nun auf die Tribüne und wetterte gegen diesen Affront.

Friedrich zwängte sich durch die Reihen der Zuhörer und suchte Bekannte, um mit ihnen zu reden, und entdeckte dabei einiges an Prominenz. Adolph Menzel stand da mit seinem Skizzenblock und hatte Mühe, mehr zu erkennen als die Rücken seiner Vorderleute, denn er war nicht viel größer als ein Schuljunge von zehn, elf Jahren. Der Schriftsteller Dr. August Theodor Wöninger feilte noch an seiner Rede. Adolf Glaßbrenner drängte sich nach vorne, um das Geschehen besser verfolgen zu können, ebenso Adolf Streckfuß, von dem Friedrich schon einiges gelesen hatte.

»Hallo, Sie auch hier ...«

Friedrich fuhr herum und erkannte den jungen Apotheker aus den Neuen Königsstraße. »Siehe da, der Herr Fontane ...«

»Aber ja. Einem Monarchen seine schiefen und verwachsenen Gedanken orthopädisch geradezurücken, ist eine wahre Hundearbeit.«

Friedrich zeigte auf den Ludwig Urban, der gerade auf die Tribüne zuhielt, um sich in die Rednerliste eintragen zu lassen. »Für die Hundearbeit den Tierarzt ... Hoffentlich irren wir uns nicht alle, wenn wir glauben, den König umstimmen zu können.«

»Nur der Irrtum ist das Leben ...«

»Halten Sie den Urban denn für einen, der einem preußischen Parlament voranstehen kann?«

Wieder wich Fontane aus. »Das ist immer das Schlimme, daß die Menschen gerade *die* Passion haben, die sie nicht haben sollen.«

Bevor Friedrich zu einer Erwiderung fähig war, drangen Schreie vom Rande des Areals zu ihnen herüber. Sie brauchten einige Sekunden, bis sie den Grund begriffen hatten. Ulanen waren aufgetaucht und hatten begonnen, auf die Leute einzuhauen und sie mit Lanzenstichen vor sich herzutreiben. Friedrich begann zu rennen.

Friedrich saß in der Eisenbahn, die Potsdam gegen zehn Uhr verlassen hatte, und rollte Richtung Berlin. Im Kopf hatte er den ersten Bericht, der im *Beobachter* erscheinen sollte. Ledebur hatte ihn sozusagen als Sonderkorrespondenten nach Potsdam geschickt, damit er sich an die Fersen des Königs heftete, denn Friedrich Wilhelm IV. hatte sich nach den Vorfällen im Tiergarten zur Besichtigung einer Militärabteilung nach Potsdam begeben, nicht ohne vorher mit seiner Frau Gemahlin und den großherzoglichen Staatsgästen aus Mecklenburg-Schwerin und Mecklenburg-Strelitz die Oper *Martha* anzusehen. Friedrich hatte dies schon Tage zuvor getan und sang nun leise vor sich hin: »*Ach, so fromm, ach, so traut / hat mein Auge sie erschaut.*« Dabei dachte er jedoch an seine Charlotte aus der Bredowschen Schenke und muß so verzückt ausgesehen haben, daß die übrigen vier Fahrgäste im Abteil ihr Unterhaltung unterbrachen und erstaunt zu ihm hinsahen. Friedrich merkte es nicht und kehrte in Gedanken wieder zum König zurück, ohne aber ganz von der Oper wegzukommen, denn plötzlich murmelte er das vor sich hin, was Lyonel im Opernhause mit großem Stil gesungen hatte: »*Mag der Himmel Euch vergeben.*«

»Wen meinen Sie damit?« fragte der Vollbart, der ihm gegenübersaß. »Den König doch nicht etwa?«

Friedrich war es siedendheiß geworden. »Nein, nein, um Gottes Willen, ich meine den Lyonel in der Oper *Martha* von Flotow.«

»Schade.«

Es stellte sich heraus, daß die vier Herren im Abteil allesamt Gewerksaltmeister und Innungsvorsteher waren, einig in der Forderung: Kampf dem Adel und dem Militär, mehr Macht den Bürgern! Sie wollten zusammen mit den Kommunalbeamten für jedes

Stadtviertel eine Schutzkommission bilden und hatten sich gerade umgehört, wie es denn in Potsdam damit stünde. Darüber wurde aber während der Fahrt nach Berlin kaum noch gesprochen, denn zuviel anderes war inzwischen passiert und mußte durchgegangen werden. Man schrieb den 18. März, und zwei Tage zuvor hatte sich in Wien Unerhörtes abgespielt: Die verhaßte Metternich-Regierung war gestürzt worden, und der Fürst hatte nach London fliehen müssen.

»In Wien werden jetzt die Wünsche des Volkes alle erfüllt«, faßte der Vollbart zusammen. »Das Militär verläßt die Stadt, eine Bürgerwehr wird aufgebaut.«

»Auf daß uns in Berlin dasselbe glücken möge!« rief der dürre Seidenwirkermeister neben dem Vollbart.

»In Berlin sollen sie aufs Volk geschossen haben«, hatte ein Verlagsbuchhändler vernommen. »An den Werderschen Mühlen haben sie die Leute zur Schleuse getrieben, und die haben sich auf die Boote geflüchtet. Vor der Neuen Wache soll es Tote gegeben haben.«

»Pfui!«

»Gegen Wehrlose sind sie besonders mutig.«

»Nun, in der Grünstraße und anderswo haben sie schon Barrikaden errichtet, das Militär hat aber alles wieder niedergeritten.«

»Wir brauchen eine neue Adresse an den König mit einer Forderung nach der Bewaffnung der Bürger.«

»Und zum Teufel mit dem Ministerium, das so viel Mißtrauen zwischen Volk und König sät.«

Friedrich schwieg zu allem, denn für ihn war es Schwachsinn zu glauben, daß dieser König nicht untrennbar eins sei mit Militär und Adel. Wollte man die Macht der Bürger, mußte man eine Guillotine auf den Schloßplatz stellen und Friedrich Wilhelm IV. in den Sack niesen lassen.

Als Friedrich vom Potsdamer Platz aus die Stadt durchquerte, glich diese einem einzigen Kasernenhof. In der Leipziger Straße kam ihm das Gerücht zu Ohren, daß sich einige tausend Bürgerwehrmänner um zwei Uhr vor dem Schloß versammeln wollten, um Seiner Majestät die Bitte um Gewährung von Waffen vorzutragen. Friedrich mußte innerlich schmunzeln, denn wenn einer die

Geschichte halbwegs kannte, dann wußte er, daß das einem Selbstmord der herrschenden Kaste gleichgekommen wäre. Wer über die Waffen verfügte, der konnte über andere herrschen und ihr Schicksal bestimmen, das heißt für sich auf den Schlachtfeldern sterben oder in den Werkhallen und auf den Feldern schuften lassen.

Gerade war er an der Langen Brücke angekommen und hatte hinaufgeblickt zum Denkmal des Großen Kurfürsten, als er vom Schloßplatz Jubelrufe hörte. Sollte er sich so getäuscht haben und der König den Forderungen der Bürger doch kampflos nachgegeben haben ...? Fast glaubte er es, da waren zwei Schüsse zu hören und kurz danach Schreie. Im selben Augenblick kam ihm über die Brücke eine große Menschenmenge entgegengestürzt, und es erinnerte ihn stark an einen Krähenschwarm, der in Panik aufgestiegen war, denn die Rockschöße der Männer flatterten wild, und immer wieder mußten sie abstoppen, um ihre herabsegelnden Zylinderhüte aufzufangen. Die Frauen preßten mit der einen Hand ihre Pariser Seidenhüte oder die mit Spitzen besetzten Hauben auf den Kopf, während sie mit der anderen die langen Röcke rafften. Einige versuchten dabei noch, ihre Kinder zu tragen oder mitzuziehen.

»Das Militär schießt mang de Leute!«

»Die Dragoner hauen ein!«

»Die Kavallerie ist mit blanken Säbeln in die Menge geritten!«

»Verrat! Rache!«

Nicht weit von Friedrich entfernt hatte eine kleine Gruppe haltgemacht, um Rat zu halten. Er ging auf sie zu und erkannte in ihrer Mitte den Tierarzt Urban, noch mit seinem Instrumentenkoffer in der Hand. Um ihn herum hatten sich Beamte aller Ränge gescharrt, auch Hof- und Geheimräte schienen darunter zu sein, aber auch Ärzte, Kaufleute, Künstler, Journalisten, Rentiers, Handwerker und Männer mit Schirmmützen. Dazu kam der Eisengießereibesitzer Eggells, der seine kleine Tochter auf den Schultern sitzen hatte.

Die Empörung der Leute wuchs, als einige berichteten, was sich vor dem Schloß zugetragen hatte, als der König auf dem Balkon erschienen war, um die vielen tausend Leute unten auf dem Platz zu grüßen. »Hurra!« hatten sie geschrien und: »Friedrich Wilhelm lebe hoch!« Dennoch sei der König verärgert gewesen und habe zu den Umstehenden gesagt: »Schafft mir Ruhe, schafft mir die Leute weg!« Daraufhin habe sein jüngerer Bruder, der Prinz von Preußen, den Befehl gegeben einzuschreiten – und zwar so: »Nur tüchtig, blindlings und schonungslos! Attacke!«

Das brachte das Faß zum Überlaufen, und spontan rief Ludwig Urban aus: »Barrikaden!« Das ging nun wie ein Lauffeuer durch die aufgebrachte Menge. »Barrikaden! Barrikaden!« erscholl es im brausenden Chor über die Spree hinweg zum Schloß hinüber und durch die ganze Stadt. Der Menschenstrom riß Friedrich mit. Man stürzte in die Läden der Eisenkrämer, sich mit Hacken auszurüsten, denn zu allererst war das Pflaster aufzureißen. Der Rausch der Revolution hatte sie alle erfaßt. Wer auch immer eine besondere Körpergröße oder –fülle aufzuweisen hatte, das Befehlen von Berufs wegen gewohnt war oder irgendwie über Charisma verfügte, schrie anderen, die ohne diese Gaben waren, Befehle zu: »Verteilt euch über die ganze Königsstraße! Alle Wagen umkippen – vorher die Pferde ausspannen!«

Friedrich kam erst wieder zur Besinnung, als er an der Poststraße stand und der Pferdeomnibus, der zum Tiergarten wollte, knapp vor ihm hielt.

»Bitte alles aussteigen!« rief er den Fahrgästen zu. »Hier werden Barrikaden gebaut. Der König hat auf seine Bürger schießen lassen.« Schon war er dabei, die Pferde auszuspannen und zur Seite zur führen. Der Kutscher fiel ihm anfangs in den Arm, ließ sich dann aber überzeugen, bei den Revolutionären mitzutun, und machte sich nun seinerseits mit Eifer daran, alle vorbeikommenden Fracht- und Bauernwagen, Chaisen, Kaleschen und Droschken anzuhalten, von ihren Pferden zu befreien und an den Barrikaden umzukippen. Diese wuchsen von Minute zu Minute, denn die Anwohner, nun auch sie im Fieber, schleppten alles herbei, was auf den Dachböden stand und lag oder sonstwie entbehrlich erschien: Schränke, Kommoden, Tische, Stühle, Bettgestelle, Matratzen, Strohsäcke und Waschkübel. Andere schleiften hölzerne Brunnenverkleidungen und Rinnsteinbrücken heran. Jubel löste ein Schankwirt aus der Poststraße aus, als er leere Weinfässer herbeirollte. Nicht weniger Beifall fanden die Männer, die ein Klavier über die

Straße schoben und es an die Barrikade krachen ließen. Friedrich bekam vom Friseur Bröckelmann einen Spaten in die Hand gedrückt, um mit ihm vor den Barrikaden breite Gräben auszuheben. »Damit die Soldaten reinfallen, wenn sie stürmen wollen.«

Der Oberbefehl war wie von selbst dem Tierarzt Dr. Urban zugefallen. Er war auf die höchste der bisher in der Königsstraße errichteten Barrikade geklettert, die an der Poststraße, und rief zur Bewaffnung auf. »Die einen laufen zu den Eisenhändlern und lassen sich alle Waffen geben, die sich finden lassen, die anderen greifen sich Körbe und tragen die Pflastersteine auf die Dächer herauf – das gibt nachher die beste Munition.«

Friedrich hatte das Pech, den ihm zugewiesenen Korb ausgerechnet mit dem zwergwüchsigen und ziemlich asthmatischen Seifensieder Kahlbaum nach oben schleppen zu müssen. Viel schafften sie nicht. Unten auf der Straße häuften sich inzwischen die eingesammelten Waffen, Gewehre, Säbel, Degen, Hirschfänger, Äxte und Beile. Auch Pulver und Zündhütchen waren reichlich vorhanden.

Um vier Uhr begannen die Sturmglocken zu läuten, zuerst auf dem Marien-, dann auf dem Sophienturm, und es kam der Augenblick, den sie ebenso erwartet wie befürchtet hatten: Die Blechmützen der über die Lange Brücke heranrückenden Bataillone glänzten in der matten Nachmittagssonne. Aus seiner Zeit beim Militär wußte Friedrich, daß es sich dabei um das 1. Garderegiment handeln mußte – und bei dem stand ja auch sein Schwager Ferdinand von Lellichow. Und auf den sollte er nun schießen ... Wenn er ihn traf – oder umgekehrt Lellichow ihn? »Mein Gott, meine Schwester!« entfuhr es ihm.

Gerade hatte Urban ihm einen Karabiner in die Hand gedrückt. Das Pulver dazu befand sich in einem zitronengelben Handschuh und flog ihm anschließend vor die Füße. Friedrich setzte sich auf ein eisernes Bettgestell, klemmte das Gewehr zwischen die Knie und schüttete so viel Pulver hinein, daß der Lauf, verrostet wie er war, wahrscheinlich platzte, wenn er es nachher zündete. Aber das Feuersteinschloß sah nicht so aus, als funktionierte es noch. Mit diesem Schießprügel sollte er einem Gardebataillon die Stirn bieten – eine absurde Idee. Eine lebende Zielscheibe war er, mehr nicht. Zwei Impulse registrierte er, und sie waren so gegensätzlicher Natur, daß es ihn fast zerreißen wollte: Flieh und rette dein Leben – bleib stehen und laß dich erschießen, denn besser und sinnvoller als jetzt kannst du nimmermehr sterben.

Jemand schlug ihm auf die Schulter. Als er herumfuhr, erkannte er Wilhelm Braun, den Eisenbahninspektor. Sie begrüßten sich kurz, und es war irgendwie tröstlich, jemanden neben sich zu wissen, den man kannte.

»Mit welchem Zug fahren wir morgen?« fragte Braun.

Friedrich lachte. »Mit dem Zug, der unseren König ins Exil bringt.«

Doch das Lachen sollte ihm alsbald vergehen, denn nun rückten mehrere Abteilungen der Garde gegen die Barrikade in der Poststraße vor. Die ersten Kugeln pfiffen dicht an Friedrichs Kopf vorüber. Für Sekunden hatte er die Illusion, am Ufer der Warthe zu sitzen und nach einer Bremse zu schlagen. Jetzt kam ein ganzer Schwarm herangeflogen, und Friedrich war fast ein wenig verwundert, noch keinen Stich zu spüren. Und alles war so unwirklich. Nein, kein Traum, denn Träume waren immer sehr diffus, hier aber waren die Konturen alle hart und sehr bestimmt. Es war die Vorstellung vom Barrikadenkampf, die er im Kopf erlebte, nicht den Barrikadenkampf selbst. Er stand oben auf dem Rathausturm und sah sich unten in der Poststraße auf der Barrikade stehen.

Neben ihm schrie jemand auf, und dann war da eine Lücke in der Reihe der Schützen. Wen hatte es getroffen? Wilhelm Braun, den Eisenbahninspektor. Kahlbaum, der Seifensieder, dem sie wegen seiner zitternden Hände kein Gewehr gegeben hatte, zog ihn in ein Haus. Zum besseren Sterben, dachte Friedrich, und stellte sich vor, daß er es war, der eines nicht so fernen Tages einem anderen Sterbenden die Augen zudrückte: dem König.

Dann bildeten Kimme und Korn seines Gewehrs eine Linie mit der Brust eines Dragoners, der auf sie zugesprengt kam. Und in dem Augenblick, da er Gottes Stimme hörte: »Du sollst nicht töten!«, da drückte er ab. Die Kugel fuhr dem Soldaten durch den rechten Oberarm und warf ihn aus dem Sattel. Das Pferd raste auf die Barrikade zu, sprang in einen umgekippten Schrank hinein und brach sich das Genick. Im Todeskampf ragten die zappelnden Beine wie aus einem Sarg heraus. Dieser Anblick war so entsetzlich, daß die nachfolgenden Reiter kehrtmachten, sosehr von Lellichow auch schrie und sie aufzuhalten versuchte. Wer zu Fuß war, machte Anstalten, in die offenstehenden Häuser zu flüchten, so daß die Offiziere ihr Augenmerk nicht mehr auf die Barrikadenkämpfer, sondern auf die eigenen Leute richteten.

Friedrich konnte ein wenig Atem schöpfen und aus Leibeskräften husten. Der Pulverdampf, den er eingeatmet hatte, kratzte im Hals und ließ die Bronchien schmerzen. Schon aber hatten sich die Truppen wieder gesammelt, und es wurde zur nächsten Attacke geblasen.

»Diesmal können wir nicht standhalten!« rief Urban. »Mir nach zur Jüdenstraße, dort sind wir stärker vertreten.«

Friedrich zögerte keinen Augenblick, dem Tierarzt zu folgen, auch Kahlbaum schloß sich an. Sie huschten am Rathaus vorbei und bezogen ihre neue Stellung. Hier war ihre Lage etwas besser als an der Poststraße, denn in den Fenstern der Häuser lagen Bürger, die mit ihrem ständigem Gewehrfeuer die Soldaten am Sturmangriff zu hindern wußten, und kamen diese dennoch einmal näher heran, dann empfing sie von den Dächern ein derartiger Steinregen, daß sie schnell die Köpfe einzogen und wieder retirierten.

»Wir sind ihnen über«, stellte Urban fest, »sie haben keine Übung im Straßenkampf.«

Damit hatte er recht, aber weil dem so war, taten die Militärs genau das, was sie in einer Feldschlacht auch getan hätten: auf die Kraft der Artillerie zu setzen. Und so krachten zum Entsetzen der Bürger die ersten Granaten und Kartätschen in die Barrikaden. Ein paar Fuß von Friedrich entfernt wurden zwei Männer in Stükke gerissen.

»Rache für Clauß, Rache für Schulz!« schrie es, und man kämpfte so verbissen, daß das Militär schließlich haltmachte und es für eine gewisse Zeit unausgesprochen Waffenstillstand gab.

»Meine Frau, mein Sohn«, hörte Friedrich den Tierarzt Urban sagen. »Der kleine Emil ... Wie es ihnen wohl gehen mag?«

»Gehen Sie doch schnell mal nachsehen.«

»Meinen Sie, ich kann die Leute hier ...?« fragte Urban. »Ja, ich kann und muß auch sehen, wie es am Alexanderplatz steht. Also, kommen Sie.«

Beide liefen los. Sie erreichten ihr Haus in der Neuen Königsstraße ohne jedes Erschwernis. Urbans Familie war wohlauf, und der Tierarzt sagte Friedrich, daß er sich nun auch für eine Viertelstunde in sein Zimmer zurückziehen und frisch machen solle. »Ich hol' Sie dann, und wir kehren in die Königsstraße zurück.«

Daraus wurde aber nichts, denn als sie sich wieder auf den Weg machen wollten, wurde Ludwig Urban auf dem Alexanderplatz von Bürgern abgefangen, die sich dort versammelt hatten und in großer Sorge diskutierten.

»Sie haben Truppen vom 8. Regiment aus Frankfurt mit der Eisenbahn herbeigeholt und in den Dörfern ringsum lagern lassen. Die Milchleute haben das erzählt. Wenn die nun am Frankfurter Tor durchbrechen und uns in den Rücken fallen, während die Regimenter Alexander und Franz in der Front angreifen ...!«

Urban überlegte nicht lange. »Wir müssen den Alexanderplatz mit mehreren Barrikaden nach allen Richtungen hin absperren. Besonders fest muß die an der Ecke Alexanderstraße werden, wo der Partikulier Richter wohnt, hinüber zur Landsberger Straße. Und setzt sie ein wenig ins Straßeninnere zurück, so daß man die heranrückenden Soldaten auch aus den Eckhäusern beschießen kann.«

So entstand genau vor Friedrichs Haustür eine der mächtigsten Barrikaden, und wieder schleppten die Bürger alles herbei, was sich dazu so halbwegs eignete, von hölzernen Rinnsteinbrücken über diverse Möbelstücke bis zu Fisch- und Regenwassertonnen und Wein- und Zuckerfässern. Friedrich hatte sich eine Mistgabel gegriffen, um damit die Pflastersteine auszuheben. In einer kleinen Pause sah er den Apotheker Fontane angelaufen kommen, schweißüberströmt, aber ansonsten offensichtlich völlig intakt.

»Was ist Ihnen denn widerfahren?« fragte Friedrich.

»Ach, ich wollte an der Georgenkirche einen Holzpfahl aus dem Boden reißen, bin daran aber elend gescheitert.«

»Warum denn das?«

»Um Sturm zu läuten. Alles Große muß durch Sturmläuten eingeleitet werden.«

»Kommen Sie her zu uns, machen Sie mit«, rief Friedrich ihm zu.

Fontane zögerte. »Nun ja ... Das Hochgefühl, bloß zu fallen, um zu fallen, ist mir fremd. Heldentum ist eine wundervolle Sache, aber ... Wenn die Gewehre erst losgehen, weiß man nie, wie die Kugeln fliegen.«

»Jetzt muß man etwas tun, wenn man in Preußen je etwas verändern will!«

Fontane blieb skeptisch und verfolgte das Treiben der Barrikadenbauer eher mit ironischer Distanz, schloß sich dann aber doch zu Friedrichs Überraschung einem Trupp von Arbeitern und Eckenstehern an, der in blauen Blusen und richtig militärischer Kolonne vom Königstor heranmarschierte.

Friedrich hatte den Auftrag bekommen, Sand in Weidenkörben auf die Barrikade zu tragen und damit die Zwischenräume zwischen den Möbelstücken, Fässern, Brettern und Steinen auszufüllen, damit dort die gefürchteten Bleikugeln aus den Kartätschen steckenblieben. Zu diesem Zweck wurden anschließend auch noch die gefüllten Körbe zu Schanztürmen übereinander gestapelt. Mehr als mannshoch und über sechs Fuß breit war die Barrikade schließlich. Vorn hatte man glatte Gehwegplatten an Sandsäcke und an Fässer gelehnt, die mit Steinen angefüllt waren. Hier sollten die Kanonenkugeln abprallen und die Pferdehufe immer und immer wieder abrutschen. Im rückwärtigen Teil der Barrikade gab es eine hüfthohe Mauer aus Pflastersteinen, auf denen kreuz und quer dicke Bohlen lagen, die man von einer nahen Baustelle herbeigeschafft hatte. Den Raum zwischen den beiden Begrenzungen hatte man mit umgestürzten Bauernwagen und allem möglichen Gerümpel aufgefüllt und mit gelbem Sand verfestigt. Strategisch war die Stelle außerordentlich günstig gewählt, denn die Eckhäuser, zwischen denen sich die Barrikade hinzog wie eine wehrhafte Stadtmauer von Turm zu Turm, waren von ganz besonderem Charakter. Nach Osten hin, da wo Alexander- und Neue Königsstraße aufeinander zuliefen, stand der »Stelzenkrug«, ein

Invalidenhaus, das an eine Kaserne denken ließ, und gegenüber an der Ecke mit der Landsberger Straße der »Schafskopf«, ein stattliches Haus mit spitzwinkliger Fassade.

Der Barrikadenbau war abgeschlossen, doch von einer Ruhe vor dem Sturm konnte dennoch nicht die Rede sein, denn die sonst so beschimpften Gassenjungen schleppten noch immer Pflastersteine auf die Dächer, und die Frauen kamen mit ausgehängten Fenstern angelaufen. Die wurden an Ort und Stelle zerschlagen. Aus den Bleirahmen goß man Kugeln, und die Glasscherben wurden in Körben vor die Barrikaden getragen und dort angehäuft, um die Pferde zurückscheuen zu lassen. Aus der Richtung der Friedrichstraße, des Gendarmenmarktes und des Hausvogteiplatzes waren Schüsse zu hören. Kanonen donnerten. Und nun läuteten auch die Glocken der Georgenkirche.

Urban hielt die körperlich schwächsten Arbeiter zurück und bat sie, lieber von Haus zu Haus zu gehen und Waffen, Zündhütchen und Schwarzpulver einzusammeln. Das erwies sich aber als unnötig, denn kurze Zeit später schleppten einige Männer zwei Pulverkästen herbei, die sie im Glockenturm der Georgenkirche gefunden hatten. Man war sich nicht ganz sicher, welche Mischung man da vor sich hatte, und einige sprachen davon, daß das Zeug jeden Augenblick in die Luft fliegen könnte. So stand Friedrich mit weichen Knien da, als er von Urban eine Ladenschaufel zum Verteilen des Pulvers in die Hand gedrückt bekam. Aber die Sache ging gut.

Inzwischen war auch eine starke Abteilung der Schützengilde eingetroffen, die sich mit ihren grünen Röcken inmitten der ärmlich gekleideten Arbeiter und der überwiegend in Schwarz erschienenen Bürger recht exotisch ausnahm. Jubel brandete auf, als Urbans Frau eine schwarz-rot-goldene Fahne brachte, die an einer langen Gardinenstange hing. Sie wurde in der Mitte der Barrikade in einen Schanzkorb gesteckt. Auf der anderen Seite flatterten bald die bunten Bänder eines Richtkranzes, den man auf einer nahe gelegenen Baustelle entdeckt hatte.

Friedrich war mit einigen anderen auf das Dach seines Hauses geklettert, um über den Alexanderplatz und die Königsbrücke in die Königsstraße zu blicken und zu verfolgen, was dort geschah. Und es geschah Unerhörtes: Zum ersten Mal in der deutschen Geschichte ließ ein König mit Kanonen auf seine Untertanen schießen. Am Schloßplatz standen zwei Sechspfünder und richteten in der Königsstraße ein entsetzliches Gemetzel an. Die den Beschuß überlebten, flüchteten sich blutend und hinkend über den Alexanderplatz zu den Leuten um Ludwig Urban. Friedrich eilte auf die Straße hinunter, um beim Verbinden zu helfen. Was ihn am meisten erschütterte, war ein Junge von etwa fünfzehn Jahren, dessen Augen leuchteten wie zwei Vergißmeinnicht im Frühling. Die Brust war ihm aufgerissen, und er wimmerte: »Mama, Mama!« Ehe man ihn zu seiner Mutter bringen konnte, war er in den Armen einer fremden Frau gestorben.

»Die Königsstraße ist ein blutiges Schlachtfeld!« schrien welche.

»Die Soldaten haben alle niedergestochen – auch die, die um Gnade gebettelt haben.«

»Wer Glück hat, ist gefangengenommen worden und wird nach Spandau auf die Festung gebracht.«

»Dann lieber auf der Stelle sterben!«

Friedrich blieb nur eines: auf das Kriegsglück der Familie Bosetzki zu bauen. Johann, sein Großvater, hatte etliche Schlachten von Friedrich II. heil überstanden, so auch die bei Zorndorf, und sein Vater Erdmann hatte als einer der wenigen Freischärler Schills die Einnahme Stralsunds durch Napoleons Truppen überlebt.

Für eine gewisse Entspannung sorgten nun mehrere Studenten, erkennbar an ihren roten und weißen Käppis und den taillierten Westen mit den goldenen gedrehten Bordüren, die im Schützenhaus in der Linienstraße einen Messingböller gefunden hatten, den man dort zum Salutschießen verwendete.

»Das Volk ist schmählich betrogen worden!« riefen sie. »Wir wollen unser Leben einsetzen, die Unbill zu rächen und dem Vaterland die Freiheit zu erkämpfen.«

So groß die Freude über diese Kanone anfangs auch war, sie hielt nicht lange an, denn es fehlten ihnen ja Geschosse. Schließlich kam einer auf die Idee, die Murmeln der Kinder einzusammeln, sie in Strümpfe zu stecken und als Kartätschenladung zu verwenden.

Bis zur Dämmerung blieben sie in der Neuen Königsstraße verschont, dann aber sahen Friedrich und die anderen, wie sich die Soldaten an der Königsbrücke, also auf der anderen Seite des Alexanderplatzes, zu formieren begannen. Als die Trommeln erklangen, rissen sie die Gewehre von der Schulter, nahmen sie nach rechts und stürmten mit Hurra-Schreien und aufgepflanztem Bajonett auf die Barrikade los. Friedrich dachte nichts mehr, fühlte nichts mehr, war nur noch eine seelenlose Menschmaschine, die das tat, wofür sie konstruiert worden war: töten. Sein Karabiner hatte einen solchen Rückstoß, daß es ihn weit nach hinten warf, unerreichbar für die Kugeln der Soldaten. Mit ihm und seinen Kameraden schossen die Bürger aus vielen Dutzend Fenstern. Zudem prasselte aus den beiden Eckhäusern und vor allem von ihren Dächern ein Hagel von Steinen und Balken auf sie herab. Dazu kamen siedendheißes Wasser und der Inhalt lange nicht geleerter Pißpötte. Was die Soldaten aber am meisten entsetzte, war die Ladung des Böllers auf der Barrikade, die mit einem meterlangen gelbroten Feuerschweif auf sie zugeschossen kam und gleich mehrere von ihnen fällte. Scharfschützen auf dem Dach des »Schafskopf« taten das Ihre. So rannte das erste Glied der Soldaten schnell hinter das zweite, das ihnen folgte, um neu zu laden, was sehr umständlich war, denn man mußte erst mit schnellem Griff die Kugel vorn in den Lauf stecken, dann Pulver hinein schütten und dieses Pulver schließlich mit dem eisernen Ladestock feststopfen. Das dauerte natürlich, und man war dabei den Bürgern gegenüber deutlich im Nachtteil, denn die konnten im Schutze ihrer Barrikaden, Hauseingänge oder Fensternischen in aller Ruhe nachladen, ohne getroffen zu werden, während man selbst ungeschützt und aufrecht auf der Straße stand beziehungsweise nur hinter einem Kameraden Deckung finden konnte.

Bei den Barrikadenkämpfern gab es noch keine Toten, aber etliche Wunden an Kopf und Brust. Urbans Frau holte Verbandszeug aus der Apotheke »Schwarzer Adler«. Friedrich hatte noch nichts abbekommen, hustete sich aber die Lunge aus dem Hals, denn die Luft war von beißendem Gestank erfüllt. Es roch nach verbranntem Schwefel und faulen Eiern. Ludwig Urban, unübersehbar mit seinem wallenden schulterlangen Haar und seinem imposanten Bart, gab sicher und entschlossen die Kommandos und wurde vollends zum Helden, als er einen Jungen rettete, der schwerverletzt vor der Barrikade zur Tabakhandlung Günther wankte, wo man ein Lazarett eingerichtet hatte. Die Soldaten luden nach und hätten ihn im nächsten Augenblick erschossen, doch da sprang Urban vor, griff sich den Jungen und schleppte ihn zum Laden. Schüsse peitschten über den Platz, doch sie trafen nicht. Schnell waren die Türen aufgerissen und hinter den beiden Männern wieder verschlossen.

Nach einer Dreiviertelstunde zogen sich die Soldaten hinter eine Barrikade zurück, die sie sich aus Mehlsäcken an der Königsbrücke errichtet hatten, aber aufatmen konnten Friedrich und seine Kameraden noch lange nicht, denn im Abstand von zwei bis drei Minuten flog ihnen eine Kanonenkugel um die Ohren. Deren Flugbahn ließ sich schwer berechnen, und wer von der sechs Kilo schweren Eisenkugel voll erwischt wurde, den zerriß sie in Stücke. Wieder hatte Friedrich Glück, ihn traf es nicht.

Als es dunkel geworden war, bemerkten sie orangerot lodernde Flammen im Nordwesten, und ab und an gab es eine Explosion. Als wären Pulverkästen in die Luft geflogen. Es schien so, als hätten Revolutionäre die Magazine der Artillerie in die Luft gejagt.

Grund zum Jubeln gab es aber auf der Barrikade in der Neuen Königsstraße noch lange nicht, denn die Soldaten hatten sich inzwischen im Königstädtischen Theater schräg gegenüber festgesetzt und von dort aus mit ihren gut gezielten Schüssen schon drei Bürger getötet. Und ihnen war von der Barrikade aus nicht beizukommen, weil sie hinter einer Bretterbude Deckung fanden. Hier hatte ein gewisser Herr Lexa sein »Kosmorama« eingerichtet und erzählte seinen Gästen »Welt-Geschichten«.

»Wir müssen die Bude in Brand stecken!« rief Ludwig Urban. »Freiwillige vor!«

Drei junge Männer meldeten sich: ein Student, ein Fahnenträger und ein Korbmacherlehrling.

»Noch einer mehr wäre gut ...«

Doch kein weiterer wagte Urban anzublicken, denn die Gefahr war groß, auf dem langen Weg über den freien Platz erschossen zu werden.

Friedrich Bosetzki schämte sich ein wenig über seine Feigheit und dachte, daß sich sein Großvater im Grabe umdrehen würde, wenn er seinen Enkel so erlebt hätte. Dabei hatte er das Bild vor Augen, wie Johann bei Zorndorf seinem König das Leben rettete, und konnte die Paradoxie nicht fassen, daß *er* in diesem Augenblick ohne jedes Zögern seinen König erschossen hätte, wäre der vor der Barrikade am Königstädtischen Theater erschienen. Unfaßbar, wie sich die Welt verändert hatte. Er lachte auf. Und dieses kurze Auflachen war es, das Ludwig Urban zu ihm hinschauen ließ.

»Was ist, Bosetzki, halten Sie die für Narren, die es für uns wagen wollen?!«

»Nein ... im Gegenteil«, stotterte Friedrich. »Ich ...«

»Wenn Sie sich anschließen wollen, dann nur zu!«

Was blieb Friedrich da übrig, als herabzusteigen und mit den drei anderen Brandfackeln und Äxte zu fassen.

»Los! Gott sei mit euch!«

Musketenfeuer empfing sie, doch sie schafften es bis zur Bude hin. Schnell waren die Fensterläden und die Scheiben eingeschlagen und die Brandfackeln ins Innere geschleudert. Die Flammen loderten auf, und alles schien geschafft, da traf Friedrich kurz vor der rettenden Tür der Tabakhandlung ein Schlag auf den Rücken, der ihn kopfüber stürzen ließ. Dann begann der Schmerz, und es kam ihm so vor, als würde sich ein feuriger Drachen dicht unter seiner Schulter festgefressen haben. Er wälzte sich über den Boden, um ihn abzuschütteln, und kam schließlich, als alle seine Kraft geschwunden war, auf dem Rücken zu liegen. Seine Finger krampften sich zusammen und wischten über etwas Feuchtes. Sein Blut. Über ihm stand die goldgelbe Scheibe des Mondes. Von der Barrikade, die hoch auf einem Berg zu liegen schien, drangen Stimmen zu ihm ins Tal herab.

»Laßt ihn liegen, der ist hin.«

In der Nacht vom 18. auf den 19. März waren zwei angesehene Bürger, Wilhelm von Humboldt und ein Herr von Vincke, beim König und beschworen ihn, dem Blutvergießen ein Ende zu machen. Friedrich Wilhelm IV. mochte schwanken, nicht aber der

Prinz von Preußen. »Nein, das soll nicht geschehen, nimmermehr! Eher soll Berlin mit all seinen Einwohnern zugrunde gehen. Wir müssen die Aufrührer mit Kartätschen zusammenschießen!« Der Kampf ging also weiter, nachdem die Waffen ab Mitternacht in einer zweistündigen Pause zunächst geschwiegen hatten. Am Morgen wurde die königliche Proklamation *An meine lieben Berliner* verteilt, die aber nichts bewirkte, dann aber konnten die Barrikadenkämpfer den General von Möllendorf gefangennehmen und mit vorgehaltener Waffe dazu bringen, ein Papier zu unterschreiben, das den Grenadier-Regimentern »Kaiser Alexander« und »Kaiser Franz« die Einstellung des Feuers befahl. Nun konnte der König nicht mehr anders, als den Rückzug seiner Truppen von den Straßen und Plätzen anzuordnen.

Dies alles war Friedrich Bosetzki berichtet worden. Er lag zusammen mit zwei anderen Verwundeten im Hinterzimmer der Bredowschen Schenke und wurde von Charlotte, aber auch der kleinen Käthe gepflegt. Glücklicherweise hatte ihn nur eine Kugel an der rechten Schulter gestreift, und sein Gefühl, daß er nun sterben müsse, war mehr eine Folge seines Schocks gewesen, auch der Angst, daß die Soldaten, da er nun am Boden lag, so lange auf ihn feuern würden, bis er sich nicht mehr regte. Also war er, um dieser Gefahr zu entgehen, zunächst wie tot liegengeblieben. Der Seifensieder Kahlbaum war dann todesmutig vor die Barrikade gesprungen und hatte ihn in Sicherheit gebracht. Ihm verdankte er sein Leben, und er hatte ihm auch schon gebührend gedankt.

Der Apotheke Fontane kam, um neue Salben zu bringen, und Friedrich fragte ihn, wo und wie er denn überlebt habe.

»Erst im Bett, dann unten im Geschäftslokal, was wohl mein Glück war, denn ein Querschläger hat mir die Fensterscheibe zertrümmert.«

Ludwig Urban, der gerade hereingekommen war, kommentierte das trocken: »Das geschieht ihm recht, wenn er ins Bett gehen will, anstatt auf einer Barrikade zu kämpfen!«

»Zudem ist eine Sechspfünderkugel im Eckpfeiler eingeschlagen.«

»Wird es denn ein Gedicht darüber geben?« fragte Friedrich,

nicht ganz frei von Spott. »Wie Sie um Haaresbreite beim Barrikadenkampf dem Tod entkommen sind ...«

Fontane verzog das Gesicht. »Mein Lieber ... Hundert Nadelstiche regen mehr auf als ein Kolbenstoß. Also ...« Damit ging er wieder.

Charlotte Bredow kam hereingestürzt. »Draußen auf dem Schloßplatz ist schon wieder mal der Teufel los. Die Leute schreien: ›Der König soll die Leichen sehen!‹«

»Da muß ich dabeisein!« Friedrich sprang auf und ließ sich weder von seiner schmerzenden Wunde noch von seiner aufgebrachten Pflegerin davon abhalten, zum Schloßplatz zu laufen. Als er dort angekommen war, trat Friedrich Wilhelm IV. gerade auf den Altan, neben sich und eingehakt in seinen Arm die Königin Elisabeth von Bayern. Die Bürger hielten ihm auf blutigen Brettern ihre Toten entgegen – und zwar so, wie sie in den Stunden zuvor gestorben waren. Da hatte einer eine gespaltene Stirn, und dem anderen steckte die Kugel mitten in der nackten Brust. Die Namen der Toten wurden aufgerufen und dem König entgegen geschleudert, wie sie denn von seinen Soldaten umgebracht worden waren.

»... Vater von fünf minderjährigen Kindern, ohne Gnade niedergeschlagen, als er sich schon ergeben hatte.«

»... fünfzehn Jahre alt, einziger Sohn, an meiner Seite niedergeschossen.«

»... im Köllnischen Rathaus niedergeschossen, obwohl er mit erhobenen Händen aus seinem Versteck herausgekommen war und sich ergeben hatte.«

Auf diese Weise seien, so hörte Friedrich ringsum die Leute sagen, am 18. März die meisten umgekommen, nicht etwa auf den Barrikaden. Nicht nur im Köllnischen Rathaus, sondern auch in den Eckhäusern der Friedrichstraße hätten nachsetzende Soldaten flüchtende Kämpfer aus ihren Verstecken geholt und gnadenlos niedergemetzelt.

Alles hatte den Kopf entblößt, die Toten zu ehren, nur der König nicht.

»Die Mütze herab!« scholl es nun immer lauter über den Platz.

Der König konnte nicht anders, als dem Folge zu leisten, und in den nächsten Stunden schien es so, als hätte es auf der ganzen Linie einen Sieg der Bürger gegeben, denn das Militär verließ die Stadt, die Prinzen flohen aufs Land, und der König gewährte dem Volk lange verweigerte Rechte, so nach Bürgerbewaffnung und Freiheit der Presse. Die Berliner Schützengilde zog mit ihren schwarz-rot-goldenen Fahnen durch das Schloß und feuerte Freudensalven ab. Zufrieden kehrte Friedrich zur Bredowschen Schenke zurück.

Am 22. März stand er dann inmitten einer riesigen Menschenmenge auf dem Gendarmenmarkt, um an der Trauerfeier für die Märzgefallenen teilzunehmen. Auf einem riesigen Katafalk an der Freitreppe standen alle ihre Särge. Über 180 zählte Friedrich, und er glaubte es zu spüren: »Dort in diesem rechts liegt Wilhelm Braun, der Eisenbahninspektor, mein Freund ...« Die Sonne schien und kündete den Lebenden von einem wunderschönen Frühling. Von den Säulen wehte schwarzer Trauerflor. Nach der Feier in der neuen Kirche setzte sich ein solch gigantischer Trauerzug in Bewegung, daß Friedrich zweifelte, im kargen, im unterkühlten Preußen zu sein. Im alten Ägypten, Griechenland und Rom, da war das vorstellbar, auch noch in Italien und Paris, aber hier in Berlin ... Tausende von Bürgern standen Spalier. Dutzende von Frauen und Mädchen gingen mit Kissen und weißen Kränzen voran. Ein Musikcorps folgte. Die Fahnen der Gewerke und die Banner vieler Städte und Provinzen flatterten im Winde. Vierhundert Sänger hatten sich zusammengefunden, um später an den Heldengräbern im Friedrichshain die *Freiheitshymne* anzustimmen: »*Heil Euch im Siegerkranz, / Söhne des Vaterlands / Im kühlen Grab! / Helden in heißer Schlacht / Brach't Ihr die stolze Macht! / Opfer der blutgen Nacht, / Heil Euch im Grab!*«

Friedrich hatte mitziehen und mitsingen wollen, doch plötzlich war seine Schwester neben ihm und zupfte ihn am Ärmel.

»Luise, du ...! Was ist?«

»Es hat in der letzten Nacht noch einen Toten gegeben.«

»Was denn: Lellichow, dein Mann?«

»Nein, unser Vater ist gestorben.«

Tamsel …? Tamsel, was war das, gab es das noch? War es nicht untergegangen wie Troja oder Pompeji … Hatte es, extremer noch, ein Dorf dieses Namens und einen Mann mit Namen Erdmann von Bosetzki jemals gegeben, war alles nur Traum und Phantasie? Als er mit seiner Schwester in der Postkutsche saß und von Küstrin in Richtung Osten fuhr, erschreckte er Luise denn auch mit der Frage des Prinzen von Homburg: »*Träum ich? Wach ich? Leb ich? Bin ich bei Sinnen?*«

»Fritz, ist dir nicht gut?«

»Fahren wir wirklich nach Tamsel, oder ist Tamsel nur einer jener Romane, die Vater geschrieben hat, ohne einen Verleger dafür gefunden zu haben?«

»Schau in die Kirchenbücher, wie viele Bosetzkis es dort gibt, welche mit i und welche mit y hinten, auch nebenan in Warnick.«

»Wenn man bedenkt, daß Vater schon 1770 geboren worden ist und den Alten Fritz noch leibhaftig vor sich hatte …«

»Nur Napoleon hat er nicht gesehen.«

»Nun, vielleicht ist meine Mutter, ist Cathérine auch Napoleons Geliebte gewesen und nicht nur die des Majors Henri Trouville.«

»Bitte, Friedrich!«

»Du bist ja nur neidisch, daß deine Mutter nie weiter als bis Küstrin gekommen ist und, was die Liebe betrifft …«

»Wir fahren zu einer Beerdigung!« mahnte Luise.

»Ja, zu Vaters – und der hat an solchen Dialogen immer Freude gehabt. Ach, was hätte aus ihm nicht alles werden können, wenn es das Schicksal nur gewollt hätte.« Friedrich seufzte. »Bei seinen Gaben …«

»Ach …« Luise sah das viel nüchterner als Friedrich. »Da gibt es doch nur ein Alles oder Nichts, will man glücklich sein. Entweder man hat beides im Übermaß, dann wird man ein Goethe, oder man hat es überhaupt nicht, dann wird man ein Fischer in Tamsel, dann findet man sein Glück. Hat man aber nur ein bißchen davon, kann man ein wenig besser als die anderen Flöte spielen oder Gedichte schreiben, dann trauert man nur sein ganzes Leben um den entgangenen Sieg.«

»Meinst du, Vater hat das getan?«

»Sicher, das tun alle verhinderten Helden und Genies. Das Schlimmste, was einem im Leben passieren kann, ist: verhindert zu sein, das heißt nicht zu den Auserwählten zu gehören, obwohl man meint, zu ihnen gehören zu müssen.«

Friedrich bewunderte seine Schwester, wie sie so formulieren konnte. Das waren die Folgen ihres Salons. Da wollte er nicht zurückstehen. »*Kairos* heißt es bei den alten Griechen, das ist der Moment im Leben, in dem sich alles entscheidet, in dem man ein Halbgott werden kann, greift man nur zu. Aber Vater hat vergeblich auf diesen Augenblick gewartet: Der große Friedrich hat ihn nicht zu sich genommen und zu Höherem berufen, sein Neffe Friedrich Wilhelm II. ebensowenig, und Goethe hat ihn auch nicht als Talent entdeckt und mit nach Weimar genommen, um ihn dort Gedichte, Romane und Stücke schreiben zu lassen. Statt *kairos* nur Chaos bei ihm, statt einer glänzenden Laufbahn führte er nur ein bescheidenes Leben in Tamsel, froh darüber, daß noch ab und an Brosamen vom Tische der Tamseler Grafen für ihn übrigblieben.«

Seine Schwester konnte nicht anders, als ihn kräftig zu tadeln. »Wenn das eine Grabrede sein soll, dann schäme dich. Anstatt seine Vorzüge zu preisen und ihn als das darzustellen, was er war, nämlich die bislang größte Frucht am Baume der Bosetzkis – ja, trotz Johann –, stellst du ihn als einen hin, der ein Nichts gewesen sei.«

»Zuwenig ist er gewesen, zuwenig hat er aus sich gemacht, zuwenig hat er mir mit auf den Weg gegeben!« rief Friedrich.

»Du bist ein Nimmersatt, was die Ruhmessucht betrifft, und vergißt, daß dies eine der Todsünden ist.«

»Das wird es sein: sein Narzißmus, mein Narzißmus, was uns so zerreißt und nie zur Ruhe kommen läßt.«

Mit diesen und anderen Dialogen erreichten sie Tamsel, wo Dorothee schon wartete, den kleinen Wilhelm im Arm. Sie begrüßte ihn kühl und feindselig, und als er seinem Sohn die Wange streicheln wollte, schrie dieser wie am Spieße, und sie riß ihn zurück. Friedrich wünschte sich, statt seines Vaters im Sarg zu liegen, erlöst zu sein von allem Schmerz. Aber was hätte er denn anderes erwarten sollen, als daß Dorothee ihm und den anderen die Rolle des verlassenen Weibes vorspielen würde. Aber hatte er sie nicht tatsächlich verlassen ...? Einer anderen wegen, hieß sie nun Charlotte oder wie auch immer.

Es drängte ihn, seinen Vater noch einmal zu sehen, und so eilte er zur Kirche hinüber, den Sarg zu öffnen. Im Totenhemd sah der Alte so würdig aus wie zu den Zeiten, als er mit dem Grafen Oder-eck durch die Welt gezogen war, als Freund und Diener, womöglich auch Geliebter.

Friedrich kniete sich nieder und flehte ihn an. »Bitte, Vater, sprich noch einmal mit mir, bitte, nur ein einziges Mal noch. So vieles ist ungesagt geblieben. Soll ich dir danken, daß du mich gezeugt hast – oder dich deshalb verfluchen?« Und als sich das Gesicht des Alten so wenig bewegte, wie das bei einer Statue der Fall gewesen wäre, begann Friedrich in gelinder Raserei mit den Fäusten auf den Boden zu schlagen. »Warum ist die Welt so grausam, warum muß alles vergehen?! Gott, wenn es dich gibt, dann bist du ein sadistischer Gott, und ich verdamme dich!« In dem Moment, da er es hinausgeschrien hatte, fuhr ihm der Schrecken über diese Versündigung derart in die Glieder, daß er vollends zu Boden stürzte und nun dalag, als hätte ihn ein Keulenhieb getroffen. Zugleich betete er. »Nein, nein, nein, verzeih mir, Herr – du bist ein gütiger Gott. Danket dem Herrn; denn er ist freundlich, und seine Güte währet ewiglich.«

Damit hatte er sich soweit beruhigt, daß er der Beisetzung Erdmanns auf dem Tamseler Friedhof folgen konnte, ohne daß weitere Aufwallungen ihn erschütterten. Sein Organismus aber war wie eingefroren, und nur wenige Sequenzen und Satzfetzen blieben ihm im Gedächtnis haften.

»Erde zu Erde ...«

Wie der Sand aus seinen Händen glitt und auf den Sarg hinunterrann.

»Er ist uns allen vorangegangen ...«

Hinterher aber warf ihn ein Nervenfieber aufs Krankenbett, und manche im Dorf, insbesondere die Basen und Vettern seiner Frau, flüsterten schon, daß er wohl ins Irrenhaus müsse.

Mitte April 1848 war Friedrich wieder genesen und nach Berlin zurückgekehrt. Er versuchte sofort, da weiterzumachen, wo er in den Märztagen aufgehört hatte, nämlich Berichte für den *Beobachter an der Spree* zu schreiben, doch der Redakteur Ledebur hielt ihn immer wieder hin und vertröstete ihn auf die Zeiten, wo sich das Leben wieder völlig normalisiert haben würde. Im Augenblick sei alles noch zu ungewiß, um ihn als Korrespondenten auf Dauer einzustellen, er möge sich aber weiterhin nach Kräften umsehen und Themen suchen, über die zu berichten sich lohne.

So zog denn Friedrich wieder durch die Stadt. Was ihm zuerst bewußt wurde, war die Tatsache, daß sein Nachbar Ludwig Urban inzwischen zum größten Helden der Barrikadennacht avanciert war und als der wichtigste aller Volksvertreter galt. Es gab kaum eine Versammlung von politischen Vereinen und Clubs, bei der er nicht das Wort ergriff. Das Militär war inzwischen in die Stadt zurückgekehrt, und Urban schlüpfte in die Rolle des großen Vermittlers zwischen König, Militär, Bürgern und Studenten.

»Dieser Schleimer«, hörte es Friedrich deshalb bei vielen Arbeitern. »Dem König in den Arsch zu kriechen, anstatt ihn zum Teufel zu jagen ...«

Das genau war auch Friedrichs Meinung, und er fand Urban nun ziemlich suspekt. Am 1. Mai sollte es dann die ersten Parlamentswahlen geben, und zu seiner großen Überraschung entdeckte Friedrich in der Liste der Wahlmänner, die in der *Vossischen Zeitung* abgedruckt war, auch den Eisengießereibesitzer Borsig und den Apotheker Fontane.

»Nun«, sagte dieser, darauf angesprochen, »recht eigentlich war es ja doch kein Sieg, und der volkstriumphliche Ausgang des Ganzen sollte uns nicht darüber hinwegtäuschen, daß der Volkswille nichts ist, die Macht des Königs aber alles. Letztendlich ist ein Volkshaufen einer wohldisziplinierten Truppe immer unterlegen.«

»Und warum wollen Sie dann noch in die Deutsche Nationalversammlung?«

»Weil ich in einer Versammlung dem hochtrabenden Unsinn dadurch ein Ende machen wollte, daß ich den Leuten sagte, sie sollten lieber kleine Brötchen backen und den Bäcker Rösike zum

Wahlmann wählen, da er weit und breit die besten Semmeln hätte. Der aber wollte von seiner Wahl nichts wissen und schlug vielmehr in wohlmeinender Revanche mich vor – und als wir zehn Minuten später das Wahllokal verließen, war ich in der Tat Wahlmann geworden.«

Eine große Karriere als Politiker schien Fontane indessen nicht beschieden zu sein, denn als Friedrich die Berichte über die Nationalversammlung, die am 18. Mai in der Frankfurter Paulskirche zusammengetreten war, durchging, konnte er dessen Namen nirgends finden.

In Berlin kam man mit der Veränderung der herrschenden Verhältnisse nicht mehr so richtig voran. Reaktionäre Prediger begannen, die Barrikadenkämpfer zu verhöhnen, und es kursierten Zettel, auf denen Ludwig Urban als eine Art Prediger gezeichnet war, der den Arbeiter etwas zu essen anbietet, aber zu hören bekommt: »Hunger hawwe' mer keen, edler Volksfreund, awwer Dorscht! Viel Dorscht!« Urbans größte Sorge aber war, daß der König entgegen der Abmachungen heimlich alle Waffen aus dem Zeughaus schaffen ließ, um damit die Volksbewaffnung zu verhindern.

So war Friedrich auch nicht sonderlich erstaunt, als er am Morgen des 14. Juni auf die Straße trat und dort Urban im Gespräch mit den Straßenfegern fand.

»Kriegen wir bald Waffen?«

»Soviel ich weiß, sollen nur waffenfähige Männer dergleichen bekommen«, antwortete Urban.

Das erzürnte die Männer, zu Recht, wie Friedrich fand. »So, waffenfähig – und solche Männer sind wir nicht ...?« Und einer hielt mit seiner radikalen Meinung nicht mehr hinterm Berg: »Alles muß geändert werden. Der König und das ganze königliche Haus müssen fortgejagt werden!«

»Pfui, warum denn fortgejagt?!« Urban schüttelte den Kopf und machte sich auf den Weg in die Stadt.

Friedrich folgte ihm in einigem Abstand. Ludwig Urban war für ihn herabgesunken zum Steigbügelhalter des Königs, und er hatte keine Lust, mit ihm zu reden. Sehen und hören sollte er ihn an diesem Tag jedoch noch einmal, und zwar vor dem Finanzministerium, wo der Tierarzt neben den drei französischen Kanonen stand, die man in den Freiheitskriegen erbeutet hatte, und forderte, daß Militär aus dem Zeughaus abzuziehen, »weil es ohne Waffen hereinkomme und stets mit Waffen wieder fortgehe«. Auch Friedrich vermutete, daß man auf diese Weise versuchen wollte, die Bürger wieder zu entmachten, und klatschte Beifall, als einer der Redner forderte, »von dem Kommandierenden der Bürgerwehr auf seine Ehre zu verlangen, daß er sofort das Zeughaus besetzt und das Militär entfernt«.

Doch zunächst passierte nichts weiter. Urban verschwand in der Menge, und Friedrich ging in die Bredowsche Schenke, um ein Bier zu trinken und Charlotte zu sehen. Seit er als Barrikadenheld galt, schmolz ihr Widerstand mehr und mehr, und es war nur noch eine Frage der Zeit, wann sie ihn in ihre Kammer ließ. Gestern nacht wäre es fast soweit gewesen, doch die kleine Käthe hatte plötzlich lauthals über Magenkrämpfe geklagt, und Charlotte hatte von ihm gelassen, um der Schwester einen Tee zu kochen.

Doch Charlotte war an diesem Nachmittag mit Käthe zu einem Arzt gegangen, der in der Jägerstraße seine Praxis hatte, und ließ sich von einer dicklichen Mamsell vertreten, so daß Friedrich tief enttäuscht vor seinem Teller saß und ihm das leicht grünliche Solei gar nicht schmecken wollte. Dabei hatte er Charlotte etwas sagen wollen, was einem Heiratsantrag gleichzusetzen war: »Du, dein Vater wird doch schwächer von Tag zu Tag, und ich könnte doch hier an seine Stelle treten. Als Zeitungskorrespondent tauge ich ja doch nichts.«

Als Charlotte auch in der nächsten halben Stunde nicht kam, machte er sich auf den Weg, um ihr entgegenzugehen. Als er am Zeughaus vorbeikam, fand er dort eine tobende Menge. Zumeist waren es Arbeiter, die es stürmen wollten, ihr Anführer aber war ein Student.

»Wer is'n das?« fragte Friedrich.

»Ick gloobe 'n Adliger is dit – Oskar von Feenburg.«

Was für ein Name, dachte Friedrich und drängte sich nach vorn, um den Genannten aus größerer Nähe zu sehen. Vielleicht war das der Mann, den man brauchte, um den König zum Teufel zu jagen.

Was wäre die Französische Revolution ohne Danton, Saint-Just, Marat und Robespierre gewesen? Sie hätte niemals stattgefunden. Und was war dieser Ludwig Urban gegen Männer wie sie? Ein Nichts, ein weiches Ei, ein kraftloser Schwätzer, der dem König in den Hintern kroch, anstatt ihm in diesen zu treten. Wenn nun ich es bin, schoß es Friedrich durch den Kopf, den das Schicksal ausersehen hat, Preußens Robespierre zu werden ...

Das war der Augenblick, wo Feenburg rief: »Mir nach, wir stürmen hinein und holen uns, was unser ist. Werft die Soldaten aus dem Zeughaus hinaus! Los!« Schon waren die unteren Fenster zertrümmert, die in Richtung des Kastanienwäldchens gingen.

Friedrich war einer der ersten, die in die Räume gelangten, wo die neuen Zündnadelgewehre lagerten. Doch da standen Soldaten, die nicht weichen wollten. Man schrie sich an, und als Friedrich sein Gegenüber ansprang und voller Wut in den Würgegriff nahm, bekam er einen Kolbenhieb auf den Hinterkopf, der ihm sofort die Sinne schwinden ließ.

Als er das Bewußtsein wiedererlangte, lag er auf einer harten Pritsche und brauchte nicht lange zu raten, wo er sich befand, denn dazu roch es hier zu deutlich nach Schweiß und Angst, war die Luft zu abgestanden, kalt und feucht. Die Stadtvogtei ... Hatten sie ihn also festgenommen und ins Gefängnis geworfen. Wenigstens einen Verband hatte er verpaßt bekommen. Vorher waren ihm allerdings alle Haare abrasiert worden, so daß er nun sicherlich aussah wie ein Zuchthäusler. Dies zu überprüfen, fehlte ihm allerdings der Spiegel. Sein Kopf schmerzte höllisch, und er rief nach Wasser. Hinter dem Zellengitter hörte er andere Gefangene, und die sagten ihm, daß solch Rufen sinnlos sei. Wenigstens einen Urinkrug fand er vor, allerdings war er seit langem nicht mehr geleert worden. Er füllte ihn vollends und warf dann den Strohsack, der auf dem Boden lag, wieder auf die Pritsche. Auch eine Decke fand sich. Die Gespräche der anderen waren so laut, daß er sie über den Gang hinweg verfolgen konnte, und er erfuhr, daß man über dreißig Männer des Zeughaussturmes wegen verhaftet hatte, darunter auch Feenburg und Ludwig Urban. Das ließ ihn ein wenig hoffen, denn vielleicht verwandte sich der Nachbar auch für ihn. Friedrich wäre dann auch bereit gewesen, Abbitte zu leisten.

Und in der Tat, nachdem er eine qualvolle Nacht hinter sich hatte, führte man ihn am nächsten Vormittag in ein Sprechzimmer, wo ein korrekt gekleideter junger Mann mit ovaler Brille und mächtigem Schnauzbart auf ihn wartete.

»Dr. Stieber mein Name. Strafverteidiger. Herr Urban hat mich gebeten, mich Ihrer anzunehmen. Am 12. Juli wird es zur Gerichtsverhandlung kommen.«

»Ja, danke ...« Friedrich war noch immer wie in Trance und unfähig, einen klaren Gedanken zu fassen. »Ob Sie bitte auch meinen Schwager, den Rittmeister von Lellichow, aufsuchen können, daß der sich für mich höherenorts verwenden möge?«

»Ich halte das für wenig opportun. Haben Sie sonst noch Menschen, die für Sie gutsagen können?«

»Vielleicht die Charlotte Bredow aus der Rosenthaler Straße ...«

Dr. Stieber lächelte. »... aus dem selben Haus, in dem auch Tschech, der Königsmörder, Quartier genommen hatte, Ihr Freund.«

Woher und wieso sein Verteidiger dies alles wußte, sollte Friedrich später von seinen Mitgefangenen klargemacht werden: »Der Wilhelm Stieber, der hat doch schon in seiner Studentenzeit als Aushilfsschreiber bei der Polizei sein Geld verdient. Dann ist er Kommissar geworden und hat als Ziviler überall da herumgeschnüffelt, wo sich die Arbeiter versammelt haben, um gegen die Obrigkeit Front zu machen. Viele sind durch ihn ins Gefängnis gekommen, einen haben sie sogar zum Tode verurteilt.«

Was blieb Friedrich, als sich auf seine Pritsche zu kauern und im einzigen Buch zu lesen, das man ihm zugestanden hatte: der Bibel. Und wie Hiob war auch Friedrich bereit zu einem großen Geständnis: *Darum spreche ich mich schuldig und tue Buße in Staub und Asche. Ich habe in Gedanken die Ehe mit meiner Frau gebrochen und meinen König töten wollen. Herr, vergib mir meine Schuld.* »Nein, Friedrich Bosetzki«, hörte er da die Stimme des Herrn. »Du lügst, denn recht eigentlich zürnst du mir und klagst mich an, daß ich dir nicht die Kraft und das Charisma gab,

Charlotte zu erobern und die deutsche Revolution gleich einem Robespierre zum Siege zu führen. Auf dem Schafott wolltest du den König enden sehen.« – »Ja, ich bekenne es. Herr, sei mir gnädig, denn ich bin schwach; heile mich, Herr!« Und am Ende des Buches Hiob war dann auch genügend Trost zu finden: *Und der Herr segnete hernach Hiob mehr denn zuvor, daß er kriegte 14 000 Schafe* ... Da brach denn bei Friedrich trotz seiner desolaten Lage die Lust zum Spott wieder durch, so wie er sie vom Vater geerbt hatte: »Mein Gott, 14 000 Schafe – das hieße ja, daß ich als Hirte zurück muß nach Tamsel.«

Als man ihn dann am angegebenen Tag morgens um acht Uhr mit einigen anderen Angeklagten zusammen in den Gerichtssaal führte, verging ihm das Lachen schnell. Vor ihm ging auch Ludwig Urban, und Friedrich hörte, wie die Zuhörer sagten: »Guck mal den langen Patriarchenbart, wie ein Apostel sieht er aus.« Aber wenigstens war seine Frau gekommen. Und Charlotte? Keine Spur von ihr. Aus den Augen, aus dem Sinn. Wahrscheinlich hatte sie Angst, daß man ihr die Schenke schloß, wenn sie sich zu ihm bekannte.

Um halb neun betraten die Richter den Saal, und alles stand auf. Friedrich wünschte sich, in diesem Augenblick ein Löwe zu sein. Dann wäre er zu ihnen hin gesprungen, hätte sie mit den Pranken zur Seite gefegt und gebrüllt, daß kein Mensch auf dieser Erde und erst recht kein Lakai des Königs das Recht habe, über ihn zu richten. Doch er war kein Löwe, er war nur ein Kaninchen, das auf die Schlange starrte und wußte, daß es bald gefressen wurde ...

Der Präsident des Gerichts hieß Harrassowitz, was schon wie ein Peitschenknall klang. Er eröffnete die Verhandlung und beschuldigte die Angeklagten, gegen den § 167 des Strafgesetzes verstoßen zu haben, der da lautete: *Wer eine Klasse des Volkes, oder Mitglieder einer Stadt- und Dorfgemeinde ganz oder zum Teil zusammenbringt, um sich der Ausführung obrigkeitlicher Verfügungen mit Gewalt zu widersetzen, oder etwas von der Obrigkeit zu erzwingen, macht sich des Aufruhrs schuldig.* Und darauf stand, wie Friedrich wußte, sechs Jahre Festungshaft als Mindeststrafe.

Friedrich war noch immer nicht ganz bei sich, was auch eine

Folge des im Zeughaus erhaltenen Kolbenhiebs sein mochte, jedenfalls fand er, sollte er seinen Gemütszustand präzise beschreiben, nur die Worte, die Kleist den Homburg sprechen läßt, der ja auch ein Friedrich war: *Bei meinem Eid! Ich weiß nicht, liebster Heinrich, wo ich bin ... Mir unbewußt im Mondschein bin ich wieder umgewandelt.*

Urban wurde vernommen und sprach pathetisch und mit großer Ekstase. Es hörte sich an, als ob er weinen wolle. »Ich habe keinen Haß auf den König und sein Haus. Ich habe mich oft gefragt, ob es wohl recht ist, daß ich den König so liebe.«

»Nein«, brummte Friedrich und fügte ein »Pfui!« hinzu.

Das mochten seine Richter wohl gehört haben, und seine Lage wurde noch schlimmer, als der Viktualienhändler Voigt, dem Friedrich nie in seinem Leben begegnet war, hoch und heilig schwor, er hätte ihm gegenüber geäußert: »Das königliche Haus muß nieder bis auf den letzten Blutstropfen.«

»Das ist eine infame Lüge!« schrie Friedrich in den Saal. »Das habe ich nie gesagt, sondern nur gedacht.«

Als dann die Urteile verkündet wurden, kam Ludwig Urban mit einem Jahr Festungshaft davon, während es bei Louis Löwinson zwei, bei Friedrich sechs und bei den Angeklagten Carl Siegerist und Julius Korn sogar sieben Jahre wurden. Daß die Strafe bei Friedrich so hoch ausgefallen war, hatte zwei Gründe. Einmal unterstellte man ihm eine stillschweigende Komplizenschaft mit dem »Königsmörder« Tschech, die sich nun mit seiner Teilnahme am Zeughaussturm voll manifestiert hatte, und zum anderen war er mit einem Kommunisten eng befreundet gewesen, dem Seifensieder Hermann Kahlbaum, einem Genossen des Maschinenbaugehilfen Siegerist.

Friedrich kam erst wieder zu sich, als er am 21. Oktober zusammen mit Siegerist und Korn aus der Stadtvogtei trat, um unter starker Bewachung in die Festung Graudenz überführt zu werden. Obwohl die beiden durch die Haft sichtlich geschwächt waren, hatten sie noch die Kraft, sich mit wohlklingenden Worten an die Berliner zu wenden, die am Straßenrand standen: »Ihr seid jetzt berufen, als treue Gärtner den Baum der Freiheit zu pflegen, bei dessen Pflanzung wir auch tätig gewesen sind. Wir hoffen, daß wir zurückkehrend in seinem Schatten Entschädigung für die ausgestandenen Mühen finden werden.«

Friedrich fand das fürchterlich pathetisch und nutzte die Zeit, um nach seiner Schwester Ausschau zu halten und vor allem nach Charlotte. Doch niemand war gekommen, ihm zuzuwinken.

Graudenz lag oben an der Weichsel etwa in der Mitte zwischen Danzig und Bromberg, war 1772 an Preußen gekommen und jedem Schulkind ein Begriff, weil in vielen Büchern ein Bild zu finden war, auf dem im Jahre 1807 ein eleganter französischer Offizier, der Unterhändler Savary, einem in Ehren ergrauten preußischen Haudegen gegenübertritt, dem General Courbière, und die Übergabe der Festung zu erreichen sucht, indem er den angeblichen Tod des Königs meldet. Darauf der General: »Nun, wenn es keinen König von Preußen mehr gibt, so bin ich König von Graudenz.«

Friedrich hatte sich immer gewünscht, Graudenz einmal zu besuchen – nun war er hier bereits im sechsten Jahr zu Gast und hatte Mühe, sich vorzustellen, daß es außerhalb von Zelle und Mauern noch ein Leben gab. Zwar wußte er, daß es dem General Wrangel im September 1848 gelungen war, das revolutionäre Berlin endgültig zu bändigen, und nun wieder Schluß war mit Demokratie und mit liberalen Gedanken, doch es berührte ihn wenig. Warum sollte es ihn kümmern, wenn die Spitzel des Polizeipräsidenten von Hinckeldey jeden eliminierten, der die herrschende Ordnung nicht bejubelte? Seine Welt war das recht eigentlich nicht mehr: Er war in Gedanken schon lange ausgewandert nach Amerika. Und mindestens einmal im Monat schrieb er an das Kammergericht nach Berlin, daß er um Hafterlaß bitte, um Preußen nun auch wirklich verlassen zu können. Doch immer wieder wurde seine Bitte abschlägig beschieden.

Anfangs hatte Friedrich das Gleichmaß der Tage wie eine Folter empfunden, allmählich aber genoß er es, denn es brachte ihm vorübergehend jenen inneren Frieden, nach dem er sich so lange gesehnt hatte. Nun, es war Donquichotterie, was er da getan hatte:

mit dem Kopf gegen die Wand zu rennen und auf deren Einsturz zu hoffen. Doch irgendwie, das spürte er deutlich, war es auch Heldentum. Und vor allem: Hier in der Festung brauchte er sich um nichts zu sorgen, nicht um Arbeit und Brot, nicht um Artikel für Ledebur und den *Beobachter,* nicht um Dorothees schlechte Laune, nicht um seine Zukunft. Irgendwie fühlte er sich hier in Graudenz am Ziel einer langen Reise angekommen und schrieb ein ums andere Mal ins Tagebuch, daß er zwar ein wenig zögere, dies hier als die glücklichste Phase seines Lebens zu bezeichnen, aber es sei doch wohl so, zumindest *cum grano salis.* Warum das so war, blieb ihm nicht verborgen. »Ich bin weithin zurückgefallen in die dumpfe Glückseligkeit eines Tieres, etwa eines Ochsen im warmen Winterstall. Ich habe zu essen und zu trinken und ein Dach über dem Kopf – und außerhalb meines Stalles gibt es nichts für mich, was existiert, keinen König, keine Familie, keine irgendwie geartete Pflicht. Nichts treibt mich, und es gibt nichts, über das ich reflektieren müßte. Ich denke *nicht,* also bin ich (glücklich).«

Nichts deutete darauf hin, daß der 7. Januar 1853 anders werden sollte als die anderen 1539 Tage hier in der Festung. Er hatte sie genau gezählt. Am Vormittag saß er mit vielen Dutzend Mitgefangenen im großen Arbeitssaal und flocht Fußmatten. Jede, die er fertig hatte, erfreute ihn. Er konnte sehen, anfassen und bewundern, was er da gemacht hatte – etwas, wonach er sich in seiner Zeit als Lehrer immer gesehnt hatte.

Da erschien der Festungskommandeur in der Tür und rief, als alles aufgesprungen war und stramm stand: »Bosetzki, sofort ins Sprechzimmer!«

»Jetzt hängen sie ihn doch noch!«

Die Rufe und das Gelächter der anderen begleiteten ihn, so daß es ihm wie ein Spießrutenlaufen erschien, und er hatte tatsächlich das Gefühl, zu seiner Hinrichtung zu gehen. Doch nicht Strang oder Guillotine ließen ihn dann zusammenfahren, sondern der Anblick eines Gardeoffiziers.

»Du ...!?« stieß er hervor, als er realisiert hatte, daß es von Lellichow war.

»Ja, dein Schwager.«

Sie gaben sich zwar die Hand, aber dies geschah so kühl und distanziert, ja feindselig und voller Haß, wie bei zwei Generälen, die sich in einem langen Bürgerkrieg bis aufs Messer bekämpft hatten und nun durch äußeren Druck gezwungen waren, Frieden miteinander zu schließen.

»Schön, daß mich meine Familie nicht vergessen hat.«

»Du hast vergessen werden wollen, mein Lieber, aber deine Schwester Luise hat dich nicht vergessen – und nur ihretwegen bin ich hier.« Und er wiederholte es mehrmals, damit daran nur kein Zweifel aufkommen konnte. »Und allein für sie hab' ich's getan.«

»Was ...?« fragte Friedrich, noch immer stehend.

»Deine vorzeitige Freilassung erwirkt – allerdings mit der Maßgabe, daß du den Antrag stellst, umgehend aus deiner preußischen Staatsbürgerschaft entlassen zu werden, und nach Amerika gehst.«

Drittes Kapitel

1853

Friedrich Bosetzki verengte die Augen zu schmalen Schlitzen und hatte so die Illusion, am Ufer der Warthe zu stehen. Als er sie dann wieder öffnete, erschien ihm der Unterschied zur Weser aber noch viel krasser, denn die war hier auf der Höhe Bremerhavens längst kein Flüßchen mehr, das sich behaglich durch die Wiesen schlängelte, sondern schon ein breiter Strom, dessen Trichter unmerklich in die Nordsee überging. In einem Brief an Luise hatte er seine Lage mit einem Satz umrissen: *von der Warthe zum Warten.* Schon seit drei Wochen saß er hier und wartete auf ein passendes Schiff. Zwar gab es schon einige Segelschiffe, die zusätzlich mit Dampfkesseln und mit Schrauben ausgestattet waren, aber auch die verkehrten nach keinem festen Plan, sondern mußten auf die Wetterlage Rücksicht nehmen. Das war bitter für ihn, denn jeder Tag hier kostete und kostete – und sein Vermögen war nicht eben groß. Zum Glück brauchte er sein Geld nicht mehr den Wirten in den Rachen zu werfen, denn seit kurzer Zeit gab es in Bremerhaven ein staatliches Auswandererhaus.

»... das ist zwar überaus preiswert«, schrieb er an seine Schwester, »doch glaube ich, daß zu Hause in Tamsel die Schweine in ihrem Kober mehr Platz haben als wir in unseren Sälen. In drei Stockwerken gibt es zehn davon, welche je zwölf Kojen à sechzehn Nachtlager enthalten. So schlimm die Zustände insgesamt auch sind, so wird ihnen doch von den hiesigen Beamten ein pädagogischer Wert zugemessen, den man ihrer Meinung nicht zu hoch ansetzen könne: Es gäbe keine bessere Einübung in das, was uns bei der Überfahrt erwarte.«

Die Stadt an der Wesermündung war drauf und dran, bei den Auswanderern beliebter zu werden als Le Havre, obwohl die Eisenbahn nur bis Bremen fuhr und dort im allgemeinen auf die berüchtigten Weserkähne umzusteigen war. Zweieinhalb Tage hatte Friedrich auf einem dieser kleinen Segelschiffe zubringen müssen, und die Worte des Kapitäns, er möge es sich zwischen der Ladung nur bequem machen, waren der reinste Zynismus gewesen. Die Nacht über hatte man natürlich an der Mole gottverlassener Nester gelegen. Zwar gab es seit kurzem auch moderne Schaufelraddampfer, doch die waren für Friedrich wie für viele der anderen Auswanderer zu teuer.

Wie auch immer, nun stand Friedrich am Kai und fand, daß hier ein Gedränge herrschte wie auf dem Berliner Weihnachtsmarkt. Doch es war Mitte August, und die Sonne brannte vom Himmel. Fast wähnte er sich am Äquator. Alle waren furchtbar geschäftig. Viele Amerikaner und Engländer machte er aus, auch schwarze Afrikaner. Am auffälligsten aber waren die Matrosen, die lärmend in die Wirtshäuser zogen.

Friedrich nahm tagtäglich denselben Weg. Erst sprach er beim Nachweisungsbüro für Auswanderer vor, das an der Anlegestelle der Weserdampfschiffe eine Zweigstelle hatte, dann suchte er unten am Hafen den Expedienten der Dampf-Paketfahrt auf, und immer war seine Frage dieselbe: »Wissen Sie ein Schiff, das in den nächsten Tagen abgehen wird?«

»Nein. Nur Gott weiß allein, wie die Winde wehen werden.«

Worauf ein riesenhafter Schwabe trocken anmerkte, *seine* Winde würden bei dem vielen Kohl, den er hier essen müsse, ebenso regelmäßig wie kräftig wehen und ob man die nicht nutzen könne.

»Hungerbühler, das ist Blasphemie.«

»Richtig: Blasen soll es, andauernd blasen, so lange bis Ihre Schiffsmaschinen eines Tages so stark sind, daß man daneben keine Segel mehr braucht.«

Friedrich gefiel die souveräne Art, mit der dieser Mann die Dinge nahm, und freute sich, als sie auf dem Rückweg ins Auswandererhaus schnell ins Gespräch kamen.

»Woher in Schwaben sind Sie, wenn ich fragen darf?«

»Hört man das noch?«

»Nur ganz wenig.«

»Dann kann ich's Ihnen ja verraten: aus Urach. Und Sie? Woher kommen Sie?«

»Aus Tamsel.«

»Das hört man kaum.«

Sie hatten viel zu erzählen: von der Armut zu Hause, von der Ausbürgerung, von den Kosten für die Überfahrt.

»Ach ja, das Essen«, stöhnte Hungerbühler. »Was mein Leib so alles faßt – ein ganzes Faß. Und was hab' ich ihm bieten können – vergleichsweise eine Messerspitze voll. Kartoffeln ohne Salz, eine dünne Suppe mit Schwarzbrot, etwas Haferbrei.«

»In Tamsel hatten wir Tage, da hing der Hering an einem Faden überm Tisch, und jeder konnte seine Kartoffel daran reiben, um Geschmack und Würze zu haben. Da habe ich zum ersten Mal von Amerika geträumt.«

»Bei uns haben Sie gesungen: *In Amerika, da ist es fein, / Da fließt der Wein zum Fenster rein. / Da wächst der Klee drei Ellen hoch, / Da gibt es Butter und Fleisch genug*. Aber als ich zu meinem Oberamt hin bin, um denen zu sagen: ›Mir reicht's jetzt!‹, da wollten sie mich erst nicht gehen lassen. ›Das ischt doch hirnrissig!‹ hab' ich da geschrien. ›Wollt ihr nun einen Esser weniger haben oder nicht?!‹«

»Mit jedem, der weggeht, fehlt ihnen ein Soldat im nächsten Krieg.«

»Endlich hatte ich dann Entlassungsschein und Auswandererpaß beisammen.« Voller Stolz und Freude zog Hungerbühler beide Dokumente aus der Tasche seines Rockes.

»In Preußen kostet das einen halben Taler und fünfzehn Groschen.«

»Bei uns nicht weniger. Drei Tage hab' ich für arbeiten müssen.«

»Und als was?«

»Als Tischler.«

»Womit Sie in Amerika wenigstens eine Zukunft haben. Aber ich als kleiner Lehrer und Schreiberling ...«

»Ach was, Schulen brauchen sie immer und überall.«

»Was meinen Sie, wie lange es gedauert hat, bis ich meine vierzig Taler zusammen hatte, die eine Überfahrt so kosten soll ...«

Hungerbühler lachte. »Vierzig Taler – das heißt Zwischendeck. Aber so muß es wohl sein, daß vor dem Paradies die Hölle kommt.« Dann erzählte er, wie es beim Abschied von der Heimat zugegangen war. »Viele Dutzend Personen, jung und alt, haben uns das Geleit gegeben, bis vor die Stadt hinaus. Viele reichten uns mit Tränen in den Augen die Hand zum Abschied und warfen uns noch Blumen zu. Und unsere Festtracht hatten wir an.«

»Bei mir war es ein wenig stiller«, sagte Friedrich. »In Tamsel standen nur meine Frau und mein Sohn eher widerwillig an der Kutsche, und wir alle fanden keine rechten Worte, und in Berlin war es meine Schwester, die sich ihres gesellschaftlichen Ansehens wegen sehr zurückhalten mußte. Aber am Abend vor meiner Abreise war ich in Tamsel noch bei den Gräbern meiner Familie ...«

»Ich auch bei uns in Urach, und habe dabei ein Leinwandsäckchen mit Heimaterde gefüllt, das mich drüben in mein eigenes Grab begleiten soll.«

»Mit Heimaterde ...« Friedrich schüttelte den Kopf. »Ich nicht. Meine Heimat, scheint's mir, hat mich verstoßen. Wer auf den Barrikaden stand und anschließend das Zeughaus stürmte ...«

Während dieses Gesprächs waren sie an eine Stelle des Kais gekommen, wo ihnen eine Barriere aus Kisten, Säcken und Betten auf Karren und Wägelchen den Weg versperrte. Eine Gruppe von Münsterländern stand traurig dabei. Sie waren gerade mit einem Dampfer aus Bremen angekommen und hatten gehofft, noch am selben Tage weiterreisen zu können, doch nun stellte sich heraus, daß an ihrem Schiff, der »Hansa«, noch kräftig gearbeitet wurde. Tischler zimmerten ihre Schlafstellen zurecht, und überall flogen die Späne.

»Auch Ihre Sachen können noch nicht an Bord genommen werden«, sagte ihnen der Agent der Dampf-Packetfahrt. »Sie müssen noch für mindestens eine Woche ins Gasthaus gehen, wenn Sie das Geld haben, oder ins Auswandererhaus.«

Hungerbühler trat auf die Leute zu und sagte ihnen, daß auch er mit der »Hansa« fahren wolle und somit ihr Schicksal teilte. Als

Friedrich das hörte, fragte er den Agenten, ob es noch einen freien Platz auf der »Hansa« gäbe, denn zu gerne hätte er sich mit dem gemütlichen Schwaben an seiner Seite auf die Überfahrt gemacht.

»Mann, wo denken Sie hin? Wir sind voll bis oben ran. Ich hab' nicht mal 'nen Strick frei für die, die sich anklammern und hinterher schwimmen wollen.«

Friedrich beschloß, zum Auswandererhaus zurückzukehren und sich eines seiner mitgebrachten Bücher zu holen, um sie unten am Weserufer zu lesen. Hungerbühler, der wegen eines schmerzenden Zahns noch zum Bader wollte, sagte ihm mit wärmenden Worten Lebewohl.

Das Bremerhavener Auswandererhaus war erst vor drei Jahren auf dem Areal der Karlsburg errichtet worden, unweit das Marktplatzes und nur wenige hundert Schritte vom Hafen entfernt. Von außen erinnerte es Friedrich an die Schlösser im schottischen Hochland, war er aber eingetreten, gingen seine Assoziationen eher in die Richtung eines Schweinestalles. Das lag vor allem daran, daß es im ganzen großen Gebäude keine einzige Toilette gab, sondern nur Abtritte unten auf dem Hof. Unter den zweitausend Logiergästen gab es nun immer welche, die in den kühlen Nächten an der See die weiten Wege scheuten und nahebei auf Treppen, Gängen und in allen möglichen Nischen ihren Kot absetzten. Obwohl nun jeden Morgen alles fein säuberlich wieder entfernt wurde, stank es bestialisch, hatte man doch aus Kostengründen auf Fenster verzichtet, die sich auch öffnen ließen, und die Lüftungslöcher in den Decken der Säle funktionierten nicht richtig, da die dicht bei dicht und hoch übereinander gestapelten Kojen die Luft kaum zirkulieren ließen.

Der Saal mit seiner Koje lag im linken hinteren Flügel des weitläufigen Komplexes, und Friedrichs Pech war es, daß er auf dem Weg dorthin einem der Aufseher in die Arme lief.

»Heh, Sie, Sie haben heute noch keine Kartoffeln geschält und kein Gemüse geputzt! Essen wollen Sie aber. Keine Widerworte, lesen Sie mal die Hausordnung. Los, dalli!« Damit schob er Friedrich in die Küche, wo schon mehr als drei Dutzend andere Logiergäste beiderlei Geschlechts bei der Arbeit waren. Man verstand es, das Beste aus der Sache zu machen und sang fröhliche Lieder, insbesondere das sogenannte *Amerikalied* von Samuel Friedrich Sautter, einem Lehrer aus Württemberg.

Nun ist die Scheidestunde da, / Wir reisen nach Amerika. / Die Wagen stehn schon vor der Tür, / Mit Weib und Kind marschieren wir. Das hatte man nach langem Marsch auf staubiger Landstraße abends im Wirtshaus gesungen. Und weiter ging es mit vier Zeilen, die Friedrich ein jedes Mal die Tränen in die Augen trieben: *Die Freunde, die uns sind verwandt, / Reichen uns zum letzten Mal die Hand: / Ihr Freunde, weint nun nicht so sehr, / Wir sehn uns nun und nimmermehr.* Für die meisten, die nach Amerika gingen, war es in der Tat ein Abschied für immer, und Friedrich ging das, obwohl er recht eigentlich keine Freunde hatte, die seinetwegen geweint hatten, sehr nahe. Denn was war mit Dorothee, mit Wilhelm, mit Luise und mit Lellichow, mit Charlotte? Er würde sie nie mehr sehen, solange er lebte und solange sich die Erde um die Sonne drehte. Welch fürchterlicher Gedanke! Und es tröstete ihn nur wenig, daß die anderen an einen glücklichen Ausgang ihres Abenteuers glaubten und beschwörend sangen: *Wie schön ist's in Amerika.*

Der Aufseher war ihm gefolgt und stieß Friedrich weiter in den Raum hinein. Der fühlte sich nicht sonderlich in seiner Ehre gekränkt. Was konnte ihn nach vier Jahren Festungshaft noch groß erschüttern? Und als der Goldschmied neben ihm, der aus Lübeck kam und um seine feinen Finger fürchtete, am Messerkasten mächtig schimpfte, sagte Friedrich nur lakonisch: »Wenn der Herr es so gewollt hat, dann bitte: Er ist schließlich allmächtig und muß wissen, was für uns dumme Menschen richtig ist.« Als man ihn fragte, ob er nun zynisch sei oder gläubig, blieb er die Antwort schuldig und erwiderte nur, daß dies Auslegungssache sei. Er faßte Messer und Kartoffelkorb und suchte nach einem freien Hocker. Als er dort Platz genommen hatte und seine Nachbarin zur Linken verstohlen musterte, war es mit seiner Contenance jedoch vorbei, und leise schrie er auf: »Cathérine!«, denn auf eine unheimliche Weise glich die junge Frau seiner Mutter, wie er sie von den vielen Bildern kannte, die der Graf Odereck gemalt hatte und die in Tamsel hingen.

»Was denn, Sie kennen mich?« Die Nachbarin fuhr herum, und Scham- wie Zornesröte bedeckte ihr Gesicht. »Ich wüßte nicht, woher.«

»Oh, Pardon!« Friedrich war fürchterlich verlegen und stammelte nur, daß sie ihn an seine längst verstorbene Mutter erinnere, die auch so etwas Französisches an sich gehabt habe, schließlich ja auch die Tochter eines Franzosen gewesen sei. »Meine Mutter, ja ...«

»Nun, das wird ja immer schlimmer.«

»Ich meine: meine Mutter in jungen Jahren. Eine ausgesprochene *beauté* ist sie gewesen.«

»Entschuldigen Sie mich bitte.« Damit sprang die junge Dame auf, warf ihr Schälmesser wütend auf den Tisch und stürzte aus der Küche.

Friedrich sah ihr hinterher und konnte es noch immer nicht fassen, was da geschehen war.

»So etwas wie die Wiedergeburt soll es ja geben«, sagte der bärtige Fischer, der zu seiner Rechten saß. »Und sie heißt auch Catharina, Catharina Conradi, und ist die Witwe eines Lehrers aus Bodenwerder an der Weser.«

Hätte er im alten Griechenland gelebt, Friedrich wäre jetzt zum Orakel gelaufen und hätte es gefragt, ob ihm die Vorsehung diese Frau geschickt habe. »Werden wir ein Paar? Machen wir drüben in den Staaten gemeinsam unser Glück?«

Amors Pfeil hatte ihn getroffen, das war sicher, denn von nun ab ging ihm Catharina nicht mehr aus dem Kopf, und er streifte ruhelos umher, im Auswandererhaus wie im gesamten Bremerhaven, um sie »per Zufall« wiederzusehen. Direkt zu ihrer Schlafstelle zu gehen und sie um ein Gespräch zu bitten, schien ihm, so wie sie sich bei ihrer ersten Begegnung verhalten hatte, völlig ausgeschlossen.

An diesem Tage fand er sie nicht mehr und ging am späten Nachmittag, auch um sich abzulenken, zur Weser hinunter, um in einem der beiden Ratgeber zu lesen, die er mitgenommen hatte: *Das Neueste vollständigste Hand- und Reisebuch für Auswanderer aus allen Klassen und jedem Stande nach den Vereinigten Staaten von Nord-Amerika* von Traugott Bromme. Friedrich zog

Schuhe und Strümpfe aus, setzte sich auf eine umgestürzte Weide, die halb in die Weser ragte, und kühlte sich die wund gelaufenen Füße. Man hatte auflaufendes Wasser, und so konnte er damit rechnen, daß ihm dieser unendliche Genuß noch eine kleine Weile erhalten blieb. So idyllisch sein Plätzchen auch sein mochte, angenehme Gefühle ließ seine Lektüre nicht aufkommen, denn Bauern und Handwerkern räumte Bromme drüben Chancen ein, nicht aber Offizieren, Politikern, Landjunkern, Juristen, Gelehrten und Künstlern – und zu den beiden letzten Berufsgruppen mußte er sich irgendwie zählen. Schön, ein Lehrer war nicht unbedingt Gelehrter und ein Schriftsteller kein Künstler im engeren Sinne, aber so etwas Ähnliches waren sie doch. Da wurde ihm wieder angst und bange, denn sein Englisch reichte zwar für den Alltagsgebrauch, aber ob sie ihn damit unterrichten ließen und die Zeitungen das druckten, was er schrieb, das war die große Frage. Ob er sich nicht doch lieber gleich bei der Landung als Bauer ausgab, schrieb Bromme doch: *Wer auch nichts gelernt hat als Holzhauen und Pflügen, oder, wenn die Person zum anderen Geschlecht gehört, nichts verrichten kann als die gewöhnliche Mägdearbeit, aber doch so viel hat, die Überfahrt zu bezahlen, dem ist Amerika anzuempfehlen.* Was konnte er noch? Fußmatten flechten und Tüten kleben – und das nun wirklich meisterhaft ... Vielleicht sollte er damit beginnen und eine Geschäftsgründung wagen, denn Bromme schrieb ja: *Die große Angel, um die sich in Amerika alles dreht, ist der Handel.* Allerdings werde der Markt schon von den Amerikanern und den Engländern beherrscht, und eine Verbindung mit einem europäischen Handelshaus sei dringend anzuraten. Friedrich lachte in sich hinein. I have a good connection to a big enterprise: the Prussian Jail House Company.

In diesem Augenblick packte ihn jemand von hinten an den Schultern und stieß ihn so nach vorn, daß es den Anschein hatte, er würde ihn in den Fluß stürzen wollen, aber es war nur ein grober Spaß, im nächsten Augenblick riß dieser Jemand ihn schon wieder zurück.

Friedrich fuhr herum und sah einem Mann ins Gesicht, den er, da war er sich sicher, in seinem Leben schon einmal gesehen hatte, nur hätten ihn weder Geld noch gute Worte, noch die Folter dazu gebracht zu sagen, wo und unter welchen Umständen dies geschehen war. Jungenhaft und pausbäckig war er, trug einen grauen Vollbart, der ihn wie einen Spielzeugbären wirken ließ, zumal er dick und tapsig war. Seine breite Nase und auch die gut gepolsterten Wangen zeigten jene bläulichrote Färbung, wie sie Weintrinkern eigen war. Der Mann war die reinste Allegorie für das, was man *ars vivendi* nannte.

»Wissen Sie denn, wer ich bin?« fragte Friedrich.

»Natürlich. Der Lehrer aus Tamsel, der nach Berlin aufgebrochen war, um dort sein Glück zu machen – und zwar als Zeitungsschreiber.«

Das half Friedrich auf die Sprünge. »Klar, damals im Zug von Frankfurt nach Berlin ... Und Sie sind der Lederhändler mit dem komischen Namen gewesen ... Leineweber!«

»Leinhos, nicht Leineweber, aber immerhin. Leo Leinhos.«

»Angenehm – Friedrich Bosetzki.«

Leinhos musterte ihn. »Sind Sie hier in Bremerhaven, um für Ihre Zeitung über das Auswandern zu schreiben – oder sind Sie selber dabei, nach Amerika zu gehen?«

»Daß ich als Korrespondent in die Staaten reise, halten Sie für ausgeschlossen?«

»Ehrlich gesagt: Ja, denn dann würden sie ein wenig fröhlicher aussehen.«

»Raten Sie ...«

Leinhos besann sich nicht lange. »Ich will Sie nicht kränken, aber Sie müssen das Land verlassen, weil Sie in Berlin nicht so erfolgreich waren, wie Sie es erwartet hatten.«

»Nicht ganz ...« Friedrich brauchte keine Scheu zu haben, ihm die Wahrheit zu sagen, denn das, wofür ihn die Preußen bestraft hatten, war drüben nicht nur völlig belanglos, sondern wurde eher noch als Verdienst gewertet. »Ich war 1848 beim Sturm auf das Zeughaus dabei und habe dafür ein paar Jahre auf der Festung gesessen.«

»Man muß den Majestäten nicht ans Leder wollen«, rief Leinhos, »sondern Ihnen Leder liefern.«

»Dann sind Sie also ein reicher Mann geworden?« Friedrich hatte Mühe, dies nicht neidisch klingen zu lassen.

»Nun, zum Kommerzienrat und einem *von* Leinhos hat's noch nicht gereicht, aber ich will sehen, daß ich in den Staaten und in Kanada eine Niederlassung gründen kann, um billiger an meine Felle zu kommen.«

»Sie Glückspilz – meine scheinen mir eher wegzuschwimmen: Ich kann nicht einmal einen Platz auf einem der Schiffe bekommen.«

»Wenn das alles ist, was Sie bedrückt ...« Leo Leinhos zog Friedrich mit in Richtung Hafen. »Ich hab' mich mit dem Dampf-Paketfahrt-Reeder etwas angefreundet – und da wird im Zwischendeck der ›Hansa‹ für Sie bestimmt noch etwas aufzutreiben sein. Am 29. August stechen wir in See.«

»Lassen Sie sich umarmen!« rief Friedrich. »Herzlichen Dank.«

Ursprünglich hatten sich im Rumpf eines Segelschiffes über dem Laderaum nur die Kajüten des Kapitäns und einiger bevorzugter Passagiere, die Kojen der übrigen Schiffsoffiziere und die Mannschaftsquartiere befunden, dann aber hatte man zum Transport größerer Menschenmengen in den Laderaum etwa sechs Fuß unter dem eigentlichen Deck eine zusätzliche Holzdecke eingezogen, die quer von Bordwand zu Bordwand und längs vom Bug bis zum Heck reichte: das Zwischendeck. Die Möblierung war einfach genug. Entlang der Planken waren die Lagerstätten eingebaut, jeweils zwei Meter breit und tief und in zwei Reihen übereinander. In einem solchen Doppelbett wurden dann in jeder Ebene vier Passagiere untergebracht. Männer, Frauen und Kinder, Kranke und Gesunde waren hier so eng aneinandergepackt wie die Pflastersteine auf der Straße. Da gab es keinen Stuhl, keinen Tisch, keine Bank und keinen Schrank, sondern nur hölzerne Kisten, die deren Funktionen wahrzunehmen hatten. In die Außenwand waren keine Bullaugen geschnitten, und nur wenig natürliches Licht drang durch die Lukengänge nach unten. Ansonsten baumelten ein paar Schiffslaternen von der Decke. Auch die Luftzirkulation ließ sehr zu wünschen übrig, und gerade sie hätte vorzüglich sein müssen, um mit den Ausdünstungen der über zweihundert Passagiere fertig zu werden. Und von unten aus dem Laderaum, wo sich faules Wasser angesammelt hatte, quollen zusätzliche Kloakendüfte durch viele Ritzen nach oben. Besonders schlimm wurde es, wenn man den Passagieren bei starkem Seegang verwehrte, aufs Oberdeck zu eilen, und die Luken über ihnen schloß, so daß sie ihre Notdurft im Zwischendeck verrichten mußten, nur mit ihrem aufgetürmten Gepäck als Schamwand. Oft verging viel Zeit, ehe die Behältnisse nach oben getragen werden konnten. Friedrich schrieb daher unter dem Datum des 4. September 1853 in sein Tagebuch, daß ein solches Zwischendeck eine Pesthöhle sei, darauf angelegt, auch den gesündesten Menschen in Kürze zu töten.

Da kam der Ruf aus der Bordküche: »Das Mittagessen ist fertig!«

»Schon wieder Pökelfleisch mit Linsen«, stöhnte Hungerbühler.

Friedrich lachte. »Vielleicht sind's auch Graupen oder Erbsen.« Mehr Variationen kannte ihre Küche nicht, außer daß es manchmal statt des salzigen Schweine- noch salzigeres Ochsenfleisch gab. Lediglich am Freitag und am Sonntag bekam man Pudding mit Backobst als Nachtisch gereicht.

»Meine Spätzle will ich, meine Maultaschen!« rief Hungerbühler weit über die See.

»Dann hätten Sie sich in Le Havre einschiffen sollen.« Dort und in den niederländischen Häfen hatten sich die Passagiere selbst zu beköstigen, während man in Hamburg, Bremen und Liverpool nur das System der Bordverpflegung kannte. Man stritt sich noch darüber, was wohl besser sei, als man schon mit Blechnapf und Löffel nach oben zu den Kübeln eilte. Das Gedränge war groß, und Friedrich fühlte sich an die Fütterung seiner Schweine in Tamsel erinnert, wie die um den besten Platz am Trog miteinander gekämpft hatten. Hungerbühler brummte, daß sich hier der Abschaum der Menschheit versammelt habe. In seinem Fahrwasser gelang es Friedrich relativ schnell, zu seinem Schlag Linsenbrei zu kommen, doch als er am Schornstein einen freien Platz gefunden hatte und sich gerade zum Essen niederlassen wollte, begann das Schiff derart zu rollen und zu krängen, daß sich ein Teil des Pamps auf sein Hosenbein ergoß.

»Macht nichts«, sagte Hungerbühler, »rufen Sie den Kapitän und lassen sich einen neuen Smoking in die Kabine bringen. Ihre Hose kann er dann gleich waschen lassen.«

Friedrich reinigte sich, so gut es ging, und versuchte, sich vom Humor des Schwaben anstecken zu lassen. »Bei uns zu Hause hieß es immer: Die Augen essen mit – warum nicht auch die Beine?«

Die vielen Hülsenfrüchte führten dazu, daß die meisten Passagieren unter dem zu leiden begannen, was man »versetzte Blähungen« nannte. Mit der Zeit und der zunehmenden Gereiztheit wurden nun alle, die in der fürchterlichen Enge des Zwischendecks ihrer Winde nicht Herr werden konnten, heftig beschimpft und im Einzelfalle auch schon einmal geschlagen. So kam es, daß zwar kein Laut mehr zu hören war, aber übelriechende Schleicher immer wieder für Aufruhr sorgten, insbesondere dann, wenn es einer dem anderen in die Schuhe schieben wollte.

»Sie sind es wieder gewesen!«

»Wer'n zuerst gerochen, dem ist er aus'm Arsch gekrochen.«

»Das ist ja eine bodenlose Frechheit. Kommen Sie doch her und riechen Sie.«

»Ich bin doch kein Hund.«

Um dem allen zu entkommen, ging Friedrich so oft wie möglich auf dem Deck spazieren. Dabei traf er dann mehrmals am Tag mit Leinhos zusammen, der die Überfahrt selbstverständlich in einer der raren Kajüten hinter sich brachte.

»Sie Glücklicher, Sie!« rief Friedrich immer wieder aus, denn insbesondere die Passagiere der sogenannten Ersten Kajüte waren im Hinblick auf Unterkunft und Verpflegung deutlich privilegiert.

»Was nützt das alles, wenn das Schiff untergeht: Da sind wir alle gleich.«

»Unken Sie mal und reden es herbei.«

Mitunter nahm ihn Leinhos mit in seine Kajütstube und lud ihn zu einem Glas Sherry ein. Der Kontrast zum Zwischendeck war für Friedrich kaum zu fassen. Neben einem großen eleganten Salon, in dem über ein Dutzend Menschen bequem den Tag verbringen konnte, gab es, daran anstoßend, einen kleineren Damensalon. Von beiden Seiten des zentralen Raumes, dessen Decken und

Wände mit edlen Hölzern ausgekleidet waren, gingen die Türen zu den Schlafkabinen ab, die geräumig genug waren, Betten, Schränke, kleine Sofas und Toiletten aufzunehmen.

»Nehmen Sie Platz.« Leinhos wies auf einen der grünen Samtsessel und ging, während Friedrich sich setzte, in seine Kammer, den Sherry zu holen.

»Auf was wollen wir denn trinken?« fragte Friedrich, als der Geschäftsmann wieder zurück war.

»Auf unser Glück in Amerika«, erwiderte Leinhos, während er die Gläser füllte. »*Würste wachsen dort auf Bäumen/, Manche sechzig Faden lang, / Schinken bricht man aus der Erde / Wie die Steine mit der Stang.*«

»Auf unser Glück in Amerika!«

Nachdem sie angestoßen hatten, plauderten sie ein jedes Mal noch eine geraume Weile über die alten Zeiten an Oder und Warthe, denn Leinhos kam ja auch aus dieser Gegend: aus Reitwein nämlich, was in etwa so weit von Küstrin entfernt war wie Tamsel, allerdings westlich der Oder, nach Frankfurt hin.

»Ich bin oft im Frühjahr auf den Reitweiner Sporn hinaufgestiegen und habe übers Oderbruch hinweggeschaut, und wenn Sie mir in Tamsel ein starkes Rauchsignal gegeben hätten, wäre ich wohl damals schon auf Sie aufmerksam geworden.«

Friedrich lachte. »Wir sind doch in Tamsel nicht bei den Indianern.«

»Sie haben sich ja schon ganz schön kundig gemacht.«

»Ich habe einiges von dem gelesen, was Friedrich Gerstäcker geschrieben hat. Der ist übrigens vier Jahre vor uns in Bremerhaven an Bord gegangen und mit der ›Talisman‹ in die Neue Welt gefahren. Aber ganz besonders kann ich Ihnen Coopers *Lederstrumpf*-Erzählungen empfehlen.«

»Weil ich Lederhändler bin, das ist gut! Auf Ihr Wohl, Bosetzki!«

Leo Leinhos war ihm schon nach wenigen Tagen ein guter Freund geworden, und so trieb es Friedrich auch seinetwegen immer wieder aufs Oberdeck hinauf. Der Hauptgrund für diese Ausflüge war allerdings ein gänzlich anderer und hieß Catharina Conradi. Seit ihrer ersten Begegnung in der Küche des Auswandererhauses hatte er immer nur einen flüchtigen Blick auf sie erhaschen können, und nie hatte sich eine Gelegenheit ergeben, sie unter vier Augen zu sprechen. Jedesmal beim Einschlafen dachte er so intensiv an sie, daß er Angst haben mußte, sich in seine Hose zu ergießen, was einen fürchterlichen Skandal gegeben hätte, wäre es ruchbar geworden. Eng gepackt wie die Sardinen lagen sie ja. Dann aber war es gerade dieses Problem, das ihn Catharina näherbringen sollte ...

Eben hatte er beim Einschlafen seine Nachbarn flüstern gehört, daß sie nun Kurs auf Dover nähmen, da ließ ihn der Schrei einer Frau auffahren.

»Sie Schmutzfink, Sie Unhold, nehmen Sie Ihre Hand da weg!«

Es war Catharina, und ohne Zweifel war sie von dem Goldschmied aus Lübeck belästigt worden. Friedrich wälzte sich aus seiner Koje und sprang hin, und ehe noch ein anderer eingreifen konnte, hatte er die Rechte des Goldschmieds gefaßt.

»Zum Kartoffelschälen sind Ihnen Ihre Hände zu schade, aber dazu wohl nicht. Aber passen Sie mal auf: Wenn Sie das noch einmal tun sollten, dann breche ich Ihnen jeden Finger einzeln!« Und er riß dabei so stark am Zeigefinger des Mannes, daß es hörbar knackte.

»Was geht Sie das an?!« Er schlug mit der freien Hand nach Friedrich. »Sie selber hat mir doch Avancen gemacht.«

»Das ist ja wohl eine bodenlose Frechheit!«

Nun mischte sich auch der alte Conradi ein, der schrie, daß die Ehre seiner Tochter nicht besudelt werden dürfe und daß ihr Witwenstatus keinem das Recht gebe, sie als Freiwild zu sehen, und es wäre zu einer handfesten Prügelei gekommen, wenn nicht in diesem Augenblick einer der Matrosen mit einem Tau erschienen wäre und begonnen hätte, auf das Menschenknäuel einzuschlagen. Alles stob auseinander, und war man eben noch gewillt, den Sittenstrolch in den eigenen Reihen zu lynchen, so richtete sich nun der Zorn des Zwischendecks auf die Matrosen der »Hansa«, und zwar auf alle und nicht nur den einen, der gekommen war, den Streit zu schlichten. Man beschimpfte ihn und prügelte ihn mit seinem eigenen Tau, das man ihm schnell entrissen hatte, durch die Luke nach oben. »Das wird Rache geben!« schrie er noch.

Catharina Conradi nahm nun ihre Decke aus der Koje und sagte ihren Eltern, daß sie die Nacht lieber oben auf dem Deck in irgendeiner Nische verbringen wolle als hier unten inmitten all dieser Lüstlinge.

Friedrich hielt sie zurück. »Doch da kommen Sie nur vom Regen in die Traufe, denn oben werden die Matrosen Sie belästigen. Und das könnte noch ein wenig schlimmer sein.«

Ihre dunklen Augen funkelten, und Friedrich zog sich unwillkürlich ein paar Zoll zurück, denn genau so hatte ihn seine Mutter angesehen, bevor er zur Strafe für irgendeine Missetat in den Keller gesperrt wurde. »Ich weiß schon, worauf Sie hinauswollen ...«

»Ihnen Schutz und Geleit anzutragen ...«

»Und dann dasselbe zu wollen.«

Friedrich verbeugte sich so charmant, wie er es von seinem Vater gelernt hatte. »Nur auf Ihren ausdrücklichen Wunsch hin, meine Gnädigste.«

»Dann kommen Sie.«

So verbrachte Friedrich eine unvergeßliche Nacht mit der Frau, die er liebte und begehrte – Rücken an Rücken hinterm Schornstein der »Hansa«. Sie erzählte viel von Bremen, wo sie geboren worden war, und der Zeit in Bodenwerder, wohin es ihren Mann verschlagen hatte. »Wir hatten oft so wenig Geld, daß ich nebenbei für die vornehmen Damen Kleider nähen mußte.«

»Wem sagen Sie, was es heißt, in gehobener Armut zu leben – ich war selber ein Schulmeisterlein. Aber Bodenwerder, das klingt doch nach Märchen und nach Abenteuer ...«

Catharina zog sich ihr Plaid fester um die Schultern. »Vielleicht wollen wir ja deswegen nach Amerika, weil wir alle was vom Baron Münchhausen in uns haben – der hatte ja seinen Stammsitz bei uns in Bodenwerder.«

Erst als der Morgen dämmerte, schliefen sie ein, schreckten aber alsbald wieder hoch, da sie jämmerlich froren. Was blieb ihnen da, als nun doch wieder hinabzusteigen in den Bauch des Schiffes, wo es übel roch und einige der Männer so laut schnarchten, daß die Planken erzitterten.

Doch kaum war Friedrich in tieferen Schlaf gefallen, da gab es ein fürchterliches Spektakel. Die Matrosen stürzten herein, um das zu rächen, was man einem der ihren am Abend zuvor angetan hatte.

»Die Betten und Strohsäcke alle zum Lüften auf das Oberdeck!« schrien sie und rissen den Passagieren alles weg, bevor die richtig reagieren konnten. Wer nicht schnell genug war oder wer lauthals schimpfte, bekam mit einem Tauende eins übergezogen. Hungerbühler kämpfte wie ein Berserker um seinen Strohsack, der dann aber doch ins Meer flog, nachdem er ihm schließlich entrissen worden war. Dem alten Conradi, der nicht aus seiner Koje wollte, schütteten sie kaltes Wasser über den Leib, und der Goldschmied aus Lübeck, der immerzu jammerte: »Nicht auf meine Finger, nicht auf meine Finger!«, wurde an die Pumpe geprügelt und dort zur Arbeit gezwungen.

Friedrich gelang es, durch die Reihen der Matrosen zu schlüpfen. So wie er es früher bei den Prügeleien der Dorfjugend in Tamsel auch immer geschafft hatte, mit heiler Haut davonzukommen. Das mußte daran liegen, daß er bei den Jagden des Grafen im Tamseler Busch gut Obacht gegeben hatte, denn einem Tier, ob nun Hase, Hirsch oder Reh, war es immer gelungen, die Treiberkette zu durchbrechen. Irgendwo hatte die ihre schwache Stelle – und man brauchte nur den nötigen Instinkt, um zu wissen, wo sie war. Er jedenfalls hatte diesen Instinkt und stürmte auf die Brücke, um beim Kapitän Beschwerde einzulegen.

»Das Verhalten Ihrer Leute ist ja ungeheuerlich, und ich werde nach unserer Ankunft in New York nicht zögern, den Zeitungen in Preußen davon Meldung zu machen. Wenn dann noch einer mit Ihren Schiffen fahren will ...«

Der Kapitän musterte ihn ebenso verächtlich wie drohend. »Vorausgesetzt, Sie schaffen es, bis nach New York zu kommen ...« Dann wies er seinen Ersten Offizier an, den Eindringling von der Brücke zu entfernen.

»Kommen Sie ...« Der Erste Offizier nahm Friedrich mit in seine Kajüte und versuchte, ihn zu besänftigen. »Nehmen Sie's leicht. Bei so einer Fahrt bekommt ein jeder mal den Koller. Und außerdem würde das Zwischendeck eine einzige Kloake sein, wenn wir die Leute nicht ab und an zwingen würden, das zu tun, was ihre

Pflicht ist: selbst für die Reinigung Sorge zu tragen. Mit diesem Argument werden Kapitän und Reederei bei jeder Klage Oberhand behalten.« Und um Friedrich weiter zu beruhigen, zeigte er ihm seine Instrumente und Karten. »Sehen Sie, so etwa könnte unsere Route aussehen ...«

Friedrich war erstaunt. »Das ist ja eine ziemliche Zickzacklinie, die wir da fahren.«

»Da hätten Sie mal den Kurs sehen sollen, den die Segler vor dreißig Jahren genommen haben, als man die Willkür des Windes und der Strömungen mit Hilfe der Schiffsschraube nicht wenigstens etwas korrigieren konnte. Da ging es zwischen den Azoren, den Bermudas und Neufundland immer hin und her, kreuz und quer, mal nach Nord, mal nach Süd, mal vor und mal zurück – man hätte meinen können, die Besatzung sei total betrunken gewesen. Wer unter günstigsten Umständen immer mit vollem Zeug segelt und die Passagiere nie nach oben läßt, der kann es schon in zwanzig Tagen schaffen. Hat man aber Pech mit allem, dann können es auch hundert werden.«

»O Gott! Und wir, wie lange werden wir wohl brauchen?«

»Wie die Dinge liegen, dreißig Tage etwa.«

Das klang fast tröstlich, und Friedrich hatte es nun leichter, sich in sein Schicksal zu fügen. Zudem war das Wetter anfangs sehr schön. Kaum aber hatten sie die letzten Felsen Englands bewundert, gerieten sie in einen solchen Sturm, daß Friedrich zum ersten Mal in seinem Leben ernsthaft und voller Inbrunst zu beten begann: »Ach, Herr, strafe mich nicht in deinem Zorn und züchtige mich nicht in deinem Grimm! Herr, sei mir gnädig, denn ich bin schwach ... Gedenke nicht der Sünden meiner Jugend und meiner Übertretungen; gedenke aber mein nach deiner Barmherzigkeit um deiner Güte willen! In deine Hände befehle ich meinen Geist ... Gott, hilf mir, denn das Wasser geht mir bis an die Kehle.« Und dies war wortwörtlich zu nehmen, denn um dem Zwischendeck frische Luft zukommen zu lassen, hatte man die Luken erst geschlossen, als die ersten Wogen über das Verdeck hinweggegangen waren und eine wahre Sturzflut die Treppe herabgekommen war.

Nun aber blieben die Luken zwei Tage lang geschlossen, und es drangen weder Licht noch frische Luft in das schaukelnde und weithin finstere Verlies hinunter, das sich »Hansa« nannte. Da gab es kaum einen, der nicht gegen die Seekrankheit und ihre Folgen anzukämpfen hatte. Wer oben lag, erbrach sich auf die Koje unter ihm. Manche hatten ihr Nachtgeschirr mit in die Koje genommen, waren aber alsbald nicht mehr willens oder in der Lage, zum Abtritt zu gehen, um es dort zu leeren. Taten sie es aber schließlich doch und brachte gerade in diesem Augenblick eine besonders starke Welle das Schiff zum Schaukeln, so ergoß sich der Inhalt in den schmalen Gang, was zur Folge hatte, daß die, die in der Nähe lagen, sich noch um einiges heftiger erbrechen mußten.

Friedrich, der erhebliche Teile seiner Kindheit und Jugend auf Fischerkähnen zugebracht hatte, war zwar gegen die Seekrankheit immun, nicht aber gegen seine Klaustrophobie. »Luft, Luft!« Er glaubte immer wieder zu ersticken. Sein Herz schlug unregelmäßig und schien immer wieder auszusetzen. »Ich will hier raus! Laßt mich raus hier!« Er lief die Holztreppe hinauf und stemmte sich gegen die Luke. Vergeblich. Er griff nach einem Messer und versuchte, durch die Planken hindurch ein Loch zu bohren. Hungerbühler und die anderen rissen ihn zurück. Atemnot überfiel ihn von neuem. Und wenn er endlich einmal eingeschlafen war, folterten die Träume ihn. Er sah den Tamseler Friedhof, wie Dorothee, Wilhelm, Luise und von Lellichow hinter einem Sarg herschritten, und in diesem Sarg lag er. Das Grab war ausgehoben, und sie ließen ihn hinab, obwohl er fürchterlich schrie und mit Händen und Füßen gegen den Sargdeckel trat. Sie hörten ihn nicht, sondern griffen zur Schaufel. Erde klatschte auf den Sarg. »Nei-en! Nei-en!«

»Bosetzki, besinnen Sie sich!« Hungerbühler gab sich alle Mühe, ihn wieder wachzurütteln.

»Ich will sterben. Lieber Gott, laß mich sterben!« Das war der einzige Wunsch, den er noch hatte.

Was seine Leiden noch verschlimmerte, war die Tatsache, daß sich Catharina nicht um ihn kümmerte. Und er hätte sich eine liebe- und hingebungsvolle Pflege durch sie doch so gewünscht. Doch statt ihn zu trösten, saß sie ununterbrochen bei Hungerbühler an der Koje und spielte mit ihm und ihrem Vater Karten. Daß der Schwabe ihr Favorit geworden war, ließ sich nicht mehr bezweifeln.

Und wieder betete Friedrich: »Herr, wenn du mich erretten willst, dann laß mich sterben. Wozu soll ich noch leben? Bitte, mache allen meinen Qualen schnell ein Ende.«

Doch der Herr tat es nicht, und die Tage des allgemeinen Jammers gingen vorüber. Westlich der Azoren zog das Schiff seine Bahn wieder in ruhiger See, und die Auswanderer wagten sich aus den Tiefen des Zwischendecks herauf, um Licht und Sonne zu genießen. Friedrich Bosetzki war einer der ersten, die sich auf die Planken setzten und den Kopf an einen der Aufbauten lehnten. Andere schleppten Kisten herauf, um es sich bequem zu machen. Die Männer begannen zu würfeln und Karten zu spielen, die Frauen holten ihren Strickstrumpf hervor.

Friedrich schloß die Augen und dachte an Tamsel zurück. Was Dorothee wohl gerade machte, und was war mit Wilhelm, seinem Sohn, der ihm so fremd geblieben war? Sechs Jahre war er nun alt und saß in derselben Schule, in der sein Vater so lange Jahre Unterricht gegeben hatte. Ob Wilhelm wohl jemals an seinen Vater gedacht hatte? Wahrscheinlich nicht. Und Dorothee erst recht nicht. Von der war anzunehmen, daß sie sich längst mit einem der Küstriner Offiziere tröstete. Sie kam bestimmt nicht nach Amerika – und wenn er dort ein zweiter Johannes Jacob Astor geworden wäre. Wozu dann alles?

Hungerbühler kam herbei und ließ sich an seiner Seite nieder. Blaß sah er aus und klagte, daß er den Abtritt kaum einmal verlassen könne. »Wenn ich nun Typhus habe?«

»Das scheint mir unwahrscheinlich.«

»Nun ja ...« Und er raffte sich auch wieder auf, als er Catharina Conradi am Heck erblickte. Schnell war er bei ihr und bot ihr den Arm. So flanierten sie an der Reling entlang. Friedrich sollte später in sein Tagebuch schreiben: *Es traf mich wie ein Messerstich ins Herz*.

Sein Liebesleiden verschlimmerte sich noch, als Leo Leinhos auf dem Oberdeck erschien und auf seiner Violine zu spielen anfing. Wenig später kamen eine weitere Violine und zwei Flöten hinzu, und aus dem Zwischendeck wie aus den Kajüten strömte alt und jung herbei, um zu tanzen. Walzer, Gallopaden und schottische Tänze wechselten einander ab. Da konnten auch Kapitän, Offiziere, Matrosen und Schiffsjungen nicht länger widerstehen, schlossen ihren Frieden mit den Passagieren und machten tüchtig mit. Die Segel wurden eingeholt, damit man keine Arbeit hatte, und von der Mannschaft blieb nur der an seinem Platz, der unbedingt vonnöten war, die Maschine zu bedienen und den Kurs zu halten. So verlor man derart an Fahrt, daß ein anderer Segler aufholen und schließlich an der »Hansa« vorüberziehen konnte. »Wohin wollt ihr?« – »Nach New Orleans!« Man winkte sich zu und war von so ausgelassener Fröhlichkeit wie sonst nur zu Silvester oder im Karneval am Rhein. Alle riß das Bordfest mit – bis auf einen: Friedrich Bosetzki. Der litt an sich und seiner unerfüllten Liebe und schlich sich von dannen, um in seinem Selbstmitleid zu zergehen.

Doch bald gab wieder das Gleichmaß der Tage den Ton an, und man mußte sich schon sehr anstrengen, genau zu sagen, ob man einen Dienstag oder Mittwoch hatte. Die Lethargie hatte auf Friedrich heilende Wirkung, und in sein Tagebuch schrieb er: *Jetzt weiß ich auch, was die Inder mit Nirwana meinen können, jedenfalls bin ich einem körperlosen Leben nahe und gleite mitunter als Nur-noch-Seele selig hin im Nichts.*

Hungerbühler hingegen ging es, obwohl ihn Catharina rührend pflegte, immer schlechter. Ein Arzt war nicht an Bord, und die, die ein wenig vom Medizinischen verstanden, meinten, daß es bei ihm Ruhr oder Typhus kaum sein könnten. Was aber dann? Er krümmte sich und schrie vor Schmerzen: Die Gedärme würden ihm von innen her zerrissen. Und die Leber sei nur noch ein harter Klumpen. Zwei Tage lang lag er im Koma, und am 21. September starb er schließlich nördlich der Bermudas.

Am nächsten Tage versammelten sich alle, die Heinrich Hungerbühler näher gekannt hatten, zu seiner Beerdigung auf dem Oberdeck. Friedrich hatte sich an den Vorbereitungen beteiligt und dem zweiten Steuermann geholfen, den Toten in ein Stück altes Segeltuch einzunähen.

»Mit ein paar schweren Steinen zusammen ... damit er nachher auch untergeht. Fett schwimmt bekanntlich oben.«

Friedrich guckte ein wenig verwundert. »Steine – hier auf dem Meer?«

»Dösbaddel du! Unten ist das ganze Schiff voll von Steinen. Mal was von Ballast gehört?«

Nachdem Friedrich etliche schwere Steine auf dem Deck neben Hungerbühlers sterblicher Hülle aufgetürmt hatte, schimpfte der zweite Steuermann weiter. »Mann, was der bei seiner Leibesfülle an Segeltuch kostet. Der Kapitän sollte allen Dicken verbieten, hier an Bord das Zeitliche zu segnen.«

Als nun die Trauernden auf dem Deck erschienen, ging es wesentlich pietätvoller zu. Hungerbühler wurde auf ein großes Brett gelegt und von zwei Matrosen vom Bug zum Mittelteil des Schiffes getragen. Der Kapitän kam auf Friedrich zu und flüsterte ihm ins Ohr, daß er Beerdigungen auf den Tod nicht ausstehen könne.

Friedrich, ergriffen von allem, flüchtete sich in eine makabre Spitzfindigkeit. »Ohne Erde kann man ja kaum von einer Beerdigung sprechen ...«

»Wie? Unsinn! Ich habe gehört, daß Sie mal Kantor waren und so etwas eigentlich können müßten.«

»Was können müßten ...?«

»So eine Trauerfeier abhalten – für Ihren Freund.«

»Wenn ich dafür einmal zum Essen in Ihre Kajüte eingeladen werde ...«

»Meinetwegen.«

Und so hielt denn Friedrich Bosetzki die Totenrede. »Barmherziger Gott, im Vertrauen auf dich starb Heinrich Hungerbühler, den wir heute nicht in seiner schwäbischen Heimaterde zur letzten Ruhe betten können, sondern hier weit draußen auf dem Atlantik dem Meer übergeben müssen. Wie in seinem ganzen Leben, so vertraute Heinrich Hungerbühler auch im Sterben darauf, daß er dein Kind ist, das geborgen bleibt in deinen Vaterarmen. Gott, unser Vater, laß uns alle im Glauben an Jesus Christus zu der Gewißheit gelangen, daß uns der Tod nicht deinen Armen entreißen kann.« Dann sprach er noch das Vaterunser und schloß mit dem

121. Psalm: »... *der Herr behüte deinen Ausgang und Eingang von nun an bis in Ewigkeit.*« Daraufhin gab der Kapitän den Matrosen das Zeichen, das Brett mit dem Toten an seinem hinteren Ende anzuheben, und Hungerbühler rutschte hinunter, um wenig später unten aufs Wasser zu schlagen und unterzugehen. Nur einige Blasen stiegen noch hoch.

An diesem Abend ging es ernst zu im Zwischendeck der »Hansa« aus Bremerhaven. Niemand sang ein Lied, und niemand erzählte eine Geschichte.

Friedrich war von Hungerbühlers Tod durchaus schmerzlich betroffen, konnte sich aber auf der anderen Seite einer gewissen Freude nicht erwehren, der klammheimlichen Freude nämlich, nun den Nebenbuhler um Catharinas Gunst losgeworden zu sein und wieder alle Chancen zu haben, sie doch noch zu erobern. Zwar gab er sich alle Mühe, diese Gefühle schleunigst zu verdrängen, doch sie kamen immer wieder hoch. Er schämte sich dafür – und war doch wieder glücklich, daß es so gekommen war. Nun litt er wieder schrecklich unter sich und seinen Halbheiten. Wie hatte doch Fontane einmal zu ihm gesagt, als sie in der Apotheke »Zum Schwarzen Adler« ins Gespräch gekommen waren: »Mein lieber Bosetzki, die unglücklichsten Menschen sind immer die Halben.« – »Daß ich nicht Fisch und nicht Fleisch bin, das habe ich von meinem Vater geerbt, das liegt so in uns drin: Schöngeister sind wir mit der einen Seite unseres Ichs und derbe Offiziere mit der anderen. Und damit immer unzufrieden.« – »Wer immer unzufrieden ist, der taugt nichts.« Das hatte ihm Fontane vor einem halben Jahrzehnt offen ins Gesicht gesagt, und Friedrich trug noch immer schwer daran, obwohl ihn der Apotheker damit getröstet hatte, daß in solchen Widersprüchen auch eine ungeheure Kraft verborgen liege. »Vielleicht schreiben Sie doch einmal den großen Roman dieses Jahrhunderts. Wenn Sie denn genügend erleben.«

Friedrich kroch in seine Koje und versank in Erinnerungen. Würde er Tamsel und Berlin noch einmal wiedersehen? Würde er in Amerika so viel verdienen, daß er Dorothee und Wilhelm wirklich zu sich holen konnte? Was würde er noch alles erleben? War dies schon festgelegt im großen Schicksalsbuch Gottes, oder ergab es sich durch reinen Zufall?

So lag er auch grübelnd im Zwischendeck, als aus dem Mastkorb der Ruf erscholl: »Land in Sicht!« Es war der 1. Oktober des Jahres 1853. Friedrich ließ alles stehen und liegen und eilte mit den anderen nach oben. Doch die Wellenkämme, die von Westen herangerollt kamen, waren für alle, die an der Reling standen, noch zu hoch. Sie hätten Riesen sein müssen, um die Küstenlinie von Long Island zu erkennen. Einige, nicht Friedrich, kletterten die Wanten hinauf bis zur letzten Rahe, um vor den anderen Amerika zu sehen, wohl in der Hoffnung, damit einen Vorsprung zu gewinnen.

Friedrich sah noch immer nichts und dachte schon, dies alles sei eine Sinnestäuschung oder eine große Lüge. Vielleicht war dieses Amerika nur eine Erfindung derer, die Europa befreien wollten von allen Aufrührern und allem Abschaum. Doch der Horizont wurde heller und heller, und auch das ungeübte Ohr vernahm nun das Brausen der Brandung. Plötzlich schien der ganze Kontinent sich anzuheben, und wie aus einem Munde erscholl der Ruf: »Land! Land! Amerika!« So innig war der Ton, als hätten sie gerufen: »Uns ist der Heiland erschienen!« Natürlich, dachte Friedrich, es ist ja auch das Land der Verheißung, in das wir nun kommen. Der Jubel wollte nicht enden, war man doch nun erlöst von all den Qualen des Zwischendecks.

Friedrich dachte an Heinrich Hungerbühler und war voller Trauer, daß der Freund dies nicht mehr erleben durfte. Ferner drängte es ihn, den Arm um Catharina Conradi zu legen, die er in den letzten Tagen nicht mehr zu Gesicht bekommen hatte. Wo steckte sie? Ihren Vater sah er, ihre Mutter auch, doch sie selbst nicht. Er ging hinüber, um sich nach ihr zu erkundigen, doch da kam ihm Catharina schon entgegen, und ihre Augen strahlten.

»Ich bin ja so glücklich!« rief sie und küßte ihn auf die Wange.

Friedrich war überwältigt und nahm gar nicht recht wahr, daß Leo Leinhos hinter ihr stand.

»Ja«, sagte der Lederhändler, »und ich nicht minder, denn wir haben uns beide vor ein paar Sekunden verlobt.«

Die ersten Deutschen waren schon 1683 nach Nordamerika ausgewandert. Dreizehn Familien aus Krefeld, die der Reformationsbewegung der Mennoniten angehörten, hatten sich in Pennsylvania angesiedelt. Nun dauerte es bis 1709, ehe die nächsten kamen, Flüchtlinge aus der Pfalz, wo Not und Hunger herrschten, seit die marodierenden Truppen von Ludwig XIV. alles verwüstet hatte. Die Zahl der Deutschstämmigen sollte sich dann erst im Jahre 1783 mit dem Ende des Unabhängigkeitskrieges entscheidend erhöhen. Viele der Söldner nämlich, die von ihren Landesfürsten an die Engländer verkauft worden waren, liefen zu den Amerikanern über und blieben nach deren Sieg im Lande. Die nächste große Einwanderungswelle, insbesondere aus Schwaben, Baden, der Pfalz, Hessen und dem Rheinland, gab es im Anschluß an die napoleonischen Kriege und die große Hungersnot im Winter 1816/1817. Viele Hunderttausend waren es schon, die zwischen New York und dem Mississippi siedelten, als nach der gescheiterten Revolution von 1848 allein im Jahre 1852 fast 150 000 Menschen aus den deutschen Landen in die Vereinigten Staaten kamen, und diese Zahl sollte im Jahr darauf noch einmal steigen.

All dies wußte Friedrich, war er doch Lehrer – und als ein solcher, so sein Bewußtsein, hatte man alles das zu wissen, was in der Enzyklopädie geschrieben stand.

Doch was nutzte es ihm, als er jetzt am Hudson saß, inmitten der Auswanderer mit ihren Betten, Kisten und Koffern – unter sich den blanken Boden, über sich den kahlen Himmel –, und auf die sogenannten *runners* wartete, Makler und Agenten von Wirtshäusern und Reiseagenturen, deren übler Ruf ihnen schon in Bremerhaven vorausgeeilt war. Alles Schlechte wurde ihnen nachgesagt: Diebstahl, Betrug, Wucher, Drohung und Gewalttätigkeit – aber wie sonst denn durch sie kam man zu einer billigen Unterkunft hier in New York und zu einer günstigen Passage nach Illinois, Wisconsin oder Missouri? War man eben noch euphorisch gewesen – hatte man doch nicht nur die Überfahrt erfolgreich hinter sich gebracht, sondern auch die ärztliche Kontrolle und den Zoll –, so fühlte man sich plötzlich einsam und verlassen. Friedrich schrieb in sein Tagebuch: *Ich fühle mich wie ein Kind, das eine egoistische Europa an den Gestaden Amerikas ausgesetzt und seinem Schicksal überlassen hat; zumindest aber so wie damals, da mich mein Vater, kaum war ich fünf Jahre alt geworden, mit nach Berlin genommen und im Gewühl des Weihnachtsmarktes verloren hatte. Noch heute höre ich mich jammern: »Wo ist mein Vater, wo ist mein Vater?« Am liebsten würde ich jetzt an der Hafenmauer stehen und dasselbe Geschrei anstimmen. Ach, wie sehr beneide ich die Leute, die stark sind und immer wissen, was sie wollen.*

Erst hier in New York wurde ihm so recht bewußt, daß er nur sehr diffuse Zukunftspläne hatte. Wer ihn fragte, was er denn in den Staaten machen wolle, bekam zwar zur Antwort, daß er als Lehrer oder aber als Journalist sein Brot verdienen wolle. Doch bei der Nachfrage, wie denn und wo denn, konnte er nur hilflos mit den Schultern zucken. Sein Vater hatte ihn jahrelang mit dem *Wallenstein* traktiert, und so war es kein Wunder, daß ihm jetzt ganz bestimmte Sätze aus dem Selbstgespräch des Feldherrn nicht mehr aus dem Kopfe gehen wollten: *Wär's möglich? Könnt' ich nicht mehr, wie ich wollte? Ich müßte die Tat vollbringen, weil ich sie gedacht ...* War er nur nach Amerika gegangen, weil er es einmal gedacht hatte und dann nicht mehr davon losgekommen war, weil in seiner Psyche ein Mechanismus des inneren Zwanges eingesetzt hatte? Fast schien es ihm so. Und irgendwie hatte er geglaubt, schon am Kai würde jemand stehen und ihn mit offenen Armen in Empfang nehmen: »Mein lieber Bosetzki, kommen Sie mit ins Büro der ›Times‹, Ihr Schreibtisch wartet schon auf Sie. Als erstes sollten Sie einen Bericht über Ihre Erlebnisse an der Bord der ›Hansa‹ schreiben. Wir sind ja schon so gespannt darauf.« Doch es kam niemand, der schon auf ihn gewartet hätte, ausgerechnet auf ihn, Friedrich Bosetzki aus Tamsel an der Warthe im Königreich Preußen.

Was ihn zusätzlich bedrückte, war der Umstand, daß er niemanden hatte, mit dem er über seine Nöte reden konnte. Wenn doch nur Hungerbühler noch lebte oder er und Catharina ein Paar geworden wären! Auch Leo Leinhos wäre noch ein geeigneter Gefährte gewesen, aber der hatte sich nur kurz von ihm verabschiedet, als ihn wohlhabende amerikanische Geschäftsfreunde begrüßt und in Beschlag genommen hatten. Und dann war er mit Catharina zusammen in einer feudalen Kutsche entschwunden. Das war dann auch das erste, was Friedrich lernte: Wenn drüben in Europa der Adel regierte, dann war es hier das Geld – und ein Oben und Unten gab es hier wie dort. Und er war noch unten, ganz weit unten.

Er schreckte hoch, als in unmittelbarer Nähe der Emigranten mehrere Männer in Streit gerieten und mit Fäusten aufeinander einzuschlagen begannen. Einer riß sogar ein Messer heraus und stach einem anderen in den Arm. Das waren offensichtlich verfeindete *runners*, die sich darum stritten, wer sich um die Leute von der »Hansa« kümmern durfte. Einer der Männer, ein Hüne mit kurzgeschorenem Haar, strauchelte dabei und trat dem Goldschmied aus Lübeck, der schlafend auf seiner Decke lag, aus Versehen auf die Hand. Der sprang auf und rief: »Meine Finger! Nicht auf meine Finger!« Das sah so komisch aus, wie der kleine rothaarige Mann da auf und ab hüpfte und hysterische Schreie ausstieß, daß die beiden Gruppen erst einmal voneinander abließen, um gemeinsam Jagd auf den armen Teufel zu machen. »Immer auf die Finger! Immer auf die Finger!« Als sie an Friedrich vorbeikamen, breitete der die Arme aus, um ihnen Einhalt zu gebieten.

»Was soll das?! Meint ihr denn, der kommt zu euch ins Wirtshaus, wenn ihr euch über ihn lustig macht?«

Und irgendwie mußte in Friedrich doch noch der alte Barrikadenkämpfer stecken, denn die *runners* ließen schnell von dem Lübecker ab. Und während sich die eine Gruppe noch beriet, nutzte die andere, die schwächere, die Gelegenheit zum Rückzug.

Der Goldschmied trat auf Friedrich zu, um ihm zu danken. »Und ich hoffe, daß Sie mir nun auch verzeihen, was auf dem Schiff geschehen ist.«

»Ja, es sei, zumal sich ja Catharina letztendlich für keinen von uns entscheiden konnte.«

Der andere stellte sich vor. »Martin Lämmerhirt mein Name. Ich war Goldschmied in Lübeck. Und für diesen Beruf braucht man feinfühlige Finger.«

»Also nicht zum Marzipankneten, wie ich anfangs dachte ...«

Friedrich konnte sich eines gewissen Spottes nicht enthalten. Aber bei Lichte besehen, war Lämmerhirt gar nicht so übel, und es würde wesentlich mehr Spaß machen, mit ihm durch die Lande zu ziehen, als allein zu sein und Trübsal zu blasen. Und außerdem: Wenn der Herr es so wollte, dann bitte ... Friedrich war immer froh, wenn er nicht selbst handeln mußte, sondern es mit ihm geschah, ob nun ausgelöst vom reinen Zufall oder einer göttlichen Kraft, die einen ganz besonderen Plan verfolgte.

»Ich will zu meinem Bruder nach Cincinnati«, verriet ihm Lämmerhirt. »Der hat dort ein Geschäft mit Pretiosen. Er will mir eine Werkstatt einrichten, in der ich für seine Kunden Schmuck herstellen soll, Stücke, die es auf der Welt nur einmal gibt. Wie sagt man dazu?«

»Unikate«, half ihm Friedrich aus.

Die siegreiche Gruppe der *runners* war nun heran und schrie: »Sechs Pence für eine Mahlzeit, sechs Pence für eine Wohnung! Im Süden Manhattans, gleich am Castle Garden.«

»Gehen wir ins selbe Wirtshaus?« fragte Lämmerhirt. »In ein Doppelzimmer ...?«

Friedrich lachte. »Aber nur, wenn Sie mich nachts nicht mit Catharina verwechseln.«

»Für eine Nacht wird's schon mal gehen, und morgen bekommen wir für Sie bestimmt noch einen Platz auf einem Dampfboot den Hudson aufwärts bis nach Albany – ich hab' schon einen. In Albany nehmen wir dann die Eisenbahn nach Buffalo, schiffen uns dort wieder ein und fahren über den Eriesee bis nach Cleveland oder Toledo.«

»Das kommt mir alles spanisch vor ...«

»Mein Bruder hat's mir aufgeschrieben. Jedenfalls sind wir da schon mal im Bundesstaat Ohio, in dem ja auch Cincinnati liegt.«

Friedrich ließ seinen Assoziationen freien Lauf. »Cincinnati – klingt nett, obwohl das iii hinten, wenn man es dehnt, ein wenig an Ekel denken läßt.«

Lämmerhirt vermochte ihm da nicht zu folgen und bat ihn, auch sein Gepäck auf den Pferdekarren zu heben. »Ich kann das wegen meiner Finger schlecht ...«

»Hat Catharina so kräftig draufgehauen?«

»Schweigen wir davon. Nein, aber die Finger eines Goldschmieds sind sein größtes Kapital, sie müssen alles fühlen und gestalten. Und wenn ich mir nun an meinen Kisten einen Splitter hole, sich dann in der Wunde Eiter bildet, der Zeigefinger amputiert werden muß, dann ... Wenn Sie also so freundlich sein würden.« Damit führte er Friedrich zu seinen Kisten und Koffern.

Friedrich tat ihm den Gefallen, obwohl der Lübecker alles andere als feingliedrige Künstlerhände zu haben schien. Ein echter Berliner hätte das Ansinnen, für ihn den Diener zu spielen, mit den Worten »Mach det mal jefälligst alleene, du mit deine Wurstfinger!« brüsk zurückgewiesen.

»Hoffentlich«, sagte Friedrich mit einiger Bosheit, »werden sie Ihnen nicht wirklich einmal abgequetscht.«

Nachdem sie im Gasthaus angekommen waren und sich leidlich eingerichtet hatten, machten sie sich auf, die Stadt zu erkunden. New York war erheblich größer als Berlin, und man sprach davon, daß hier schon eine halbe Million Menschen wohnten und jeder Zehnte deutschstämmig sei. Sie erkundeten Manhattan bis hinauf zur 42. Straße und pendelten hin und her zwischen Hudson und East River, ohne daß sich bei Friedrich irgendwie das Hochgefühl einstellen wollte, auf das er so gehofft hatte. Was ihn am meisten irritierte, war die simple Tatsache, daß er die Leute nicht verstand. Sicherlich hatte er bei seinem anglophilen Vater ein wenig Englisch gelernt und bekam das »*May I introduce Mr. Lämmerhirt to you*« auch gut über die Lippen, wenn er einem Amerikaner den neuen Freund vorstellte. Doch wenn der dann anders antwortete, als Erdmann Bosetzkis Englisch es vorgesehen hatte, dann konnte Friedrich nur murmeln: »*Excuse me, please, I don't understand you.*«

Als sie abgehakt hatten, was in New York an Besonderem zu sehen war – von der Trinity Church bis zur Wall Street und zur Battery –, suchten sie nach den Straßen, in denen vornehmlich Deutsche wohnten. Zwischen Broadway und East River sollten sie liegen, im 10., 11. und 13. Bezirk. Doch sie liefen so lange in die falsche Richtung, daß Friedrich schließlich einen Amerikaner nach dem Weg fragen mußte.

»Please, can you tell me, where we can find the Germans, the German settlement here in Manhattan ...?«

Der Mann, ein langer vierschrötiger Kerl, verzog das Gesicht. »*You mean the German Ragpickers Paradise* ...« Angewidert wandte er sich ab und zeigte Richtung Osten.

Friedrich bedankte sich und zog, nachdem der Mann gegangen war, sein Wörterbuch aus der Tasche seines Rockes. »*Ragpickers* ...? Ich kann mir schon in etwa denken, was das heißt, aber ... Hier: *rag* gleich Lumpen. Also: das Deutsche Lumpensammlerparadies, wie schön ...« Und in der Tat fanden sie hier ein Elendsviertel vor, das sich vom Berliner »Voigtland« nicht groß unterschied. Die Leute hausten in selbstgebauten Hütten und heruntergekommenen Mietskasernen.

Friedrich sprach einen Mann etwa seines Alters an, der auf dem Fahrdamm kniete und dabei war, Pferdemist mit Schaufel und Besen einzusammeln.

»Darf ich fragen, woher Sie kommen?«

»Aus Mainz.«

»Und möchten Sie nicht wieder dorthin zurück, lieber heute als morgen ...?«

»Wieso denn? Wir schaffen es schon: Mein einer Sohn wird Arzt, der andere Rechtsanwalt. Und bald habe ich so viel Geld beisammen, daß ich einen kleinen Laden aufmachen kann: Essen und Trinken aus *Old Germany*.«

Das machte Friedrich Mut, und am Nachmittag beschloß er, zur »Deutschen Gesellschaft« zu gehen, die ein Büro in der Greenwich Street eröffnet hatte, während Lämmerhirt anderes im Sinne hatte.

»Ich muß unbedingt ein Weib besitzen«, stöhnte er, »sonst platzt bei mir noch was. Kommen Sie mit?«

»Ich war immer ein treuer Ehemann«, erwiderte Friedrich, »und will es bleiben.« Das war mit leiser Ironie gesagt, denn er wußte genau, daß er Charlotte wie Catharina bedenkenlos geliebt hätte, wenn diese nur dazu bereit gewesen wären. Dorothee hatte immer alles kühl und gelangweilt über sich ergehen lassen, und es war ein grausamer Gedanke für ihn, daß er starb, ohne einmal die

Liebesglut erlebt zu haben, von der sein Vater immer so unnachahmlich geschwärmt hatte.

Auf dem Schiff hatten sie gesagt, die »Deutsche Gesellschaft« würde Tausende von Arbeitsplätzen jährlich vermitteln, doch als Friedrich nun nach langem Warten einem Mr. Bush gegenübersaß und ihm in knappen Worten seine Biographie dargelegt hatte, schwand sein Optimismus schnell.

»Nun, lieber Mr. Bosetzki, als Lehrer sehe ich recht schwarz für Sie, sorry. Für eine amerikanische Schule ist Ihr Englisch zu schlecht, und für Deutschunterricht wollen und können die Eltern hier kein Geld ausgeben, Deutsch können sie ihren Kinder allein beibringen, wenn sie es denn überhaupt für sinnvoll halten.«

Friedrich schluckte, gab aber noch nicht auf. »Ich bin zugleich auch Zeitungskorrespondent und habe in Berlin für ein bedeutendes Blatt geschrieben.«

Auch da konnte ihm Mr. Bush wenig Hoffnung machen. »Wir haben zwar hier in New York zwölf deutschsprachige Publikationen, aber zu viele wollen für sie schreiben. Versuchen Sie's aber mal bei der *New Yorker Staatszeitung.*« Er gab Friedrich die Adresse. »Aber da wird man Sie mit Sicherheit abweisen. Viel klüger wäre es, Sie verdienten sich anfangs Ihr Geld als Kellner, Möbelträger oder Portier und würden Mitglied in einem deutschen Verein – bei den Turnern, bei den Liedertafeln und Gesangsvereinen. Da ergeben sich die Bekanntschaften, die Ihnen dann die Türen öffnen – auch bei den Zeitungen.«

Friedrich schluckte abermals. Kellner, Möbelträger oder Portier ... »Und wie sieht es in anderen Städten aus?«

»Im Mittelwesten – Wisconsin etwa, Missouri, Illinois und Ohio – finden sie im Augenblick die meisten deutschen Einwanderer. Am besten für Sie wäre vielleicht Milwaukee, das schon den Beinamen ›Deutsches Athen‹ erhalten hat. Da haben sich viele Deutsche aus der Welt der Kunst und Wissenschaft niedergelassen, auch Kaufleute, vor allem aber politische Flüchtlinge, die nach 1848 nicht mehr zwischen Rhein und Weichsel leben wollten, konnten oder durften. Da könnten Sie schnell Anschluß finden.«

»Milwaukee, nun ja ...« Friedrich zögerte, denn das lag ihm viel zu weit im Binnenland. »Ein Freund von mir würde mich zu seinem Bruder mitnehmen – nach Cincinnati.«

»Cincinnati ist auch eine gute Idee. Da haben wir gerade einen starken Zuzug deutscher Einwanderer zu verzeichnen.« Mr. Bush sah auf seine Taschenuhr und erhob sich, um Friedrich die Hand zu schütteln. »*Good luck, Mr. Bosetzki, and God bless you.*«

Friedrich bedankte sich und trat wieder auf die Straße hinaus. Nach einigem Suchen fand er den Broadway und ging zur Südspitze Manhattans hinunter, um sich trotz der herbstlichen Kühle ans Wasser zu setzen und einer Bark hinterherzuschauen, die eben abgelegt hatte, um nach Europa zu segeln. Die Menschen an Bord, wohl Rückwanderer allesamt, winkten ihm zu. Er zog sein weißes Taschentuch hervor, um zurückzuwinken.

Ein weißes Tuch, Symbol der Kapitulation. Welch Omen. Das Glück liegt immer am anderen Ufer ... Die da an Bord hatten es hier in den Staaten nicht gefunden. Warum? Weil sie das Paradoxe an diesem Sinnspruch nicht begriffen. Und er, war er nicht demselben Irrtum erlegen? Nein, sagte er sich, die Frage ist in meinem Falle völlig falsch gestellt, denn ich hatte ja keine andere Wahl als diese, und er begriff, was seine eigentliche Tragik ausmachte: daß er überall ein Fremder war, in Preußen ebenso wie in New York. Das war das Erbe seines Vaters, denn Erdmann hatte nie richtig zu sich selbst finden und voller Stolz sagen können: »Hier stehe ich, ich bin ich und ich kann nicht anders!«

Friedrich stand auf und ging, ein wenig gebeugt wie ein Mann an der Schwelle zum Greise, zur Haltestelle der Pferdestraßenbahn, um durch das bloße Hin- und Herfahren in eine Art wohliger Trance zu geraten. Der eine oder andere Whiskey, den er an den Endpunkten trank, verstärkte diesen Zustand noch. Als es Abend wurde, war er dem großen Vergessen erheblich nähergekommen. So sank er mit dem Gefühl, nichts zu sein als Astralleib und Geist, in sein Bett und schlief im Nu fest wie ein Toter.

Als Lämmerhirt spät in der Nacht in den Gasthof zurückkehrte und ihr Zimmer betrat, stöhnte er laut, und als Friedrich die Lampe angezündet hatte, sah er, daß der Goldschmied die rechte Hand auf die Geschlechtsteile preßte.

»Was ist denn passiert?«

»Ich habe eine Dirne angesprochen, aber dann war es gar keine, sondern die Frau eines Tischlers, und der hat mir dann dorthin getreten, wo es besonders schmerzhaft ist, wenn man sich schon in Bereitschaft befindet.«

»Nun«, sagte Friedrich, »wir Männer sollten nie vergessen, daß wir noch einen elften Finger haben – und auf den ist ganz besonders Obacht zu geben.«

Am nächsten Morgen schafften sie ihr Gepäck auf das Dampfboot, und dann ging es den Hudson River hinauf in Richtung Albany. Hier an Bord der »George Washington« war es genauso voll wie in der Berliner Pferdebahn am Vormittag des 24. Dezember, wenn alles unterwegs war, noch Weihnachtsgeschenke zu kaufen.

Martin Lämmerhirt drückte es drastischer aus: »Man ist ja hier wie Vieh zusammengepfercht.«

»Nun ...«, Friedrich hatte seinen Humor noch nicht ganz verloren, »du als Hirt mußt es ja wissen, wie wohl sich die Lämmer fühlen, wenn sie dicht beieinander stehen.«

Eine gewisse Entschädigung für die Enge an Bord bot aber die herrliche Landschaft, die einige Auswanderer immer wieder ausrufen ließ: »Wie bei uns am Rhein!«

Friedrich dachte eher an die Oder zwischen Küstrin und Schwedt, wo im Osten die waldreichen Hügel bis dicht ans Ufer reichten. Doch fuhr er wirklich den Hudson hinauf und nicht die Oder? Hieß das Ziel wirklich Albany und nicht Küstrin? Ja, alles war nur ein Traum ...

... ein Traum, aus dem er allerdings bald abrupt herausgerissen werden sollte, als ein *decksman* erschien und den Fahrpreis verlangte.

Friedrich war erstaunt. »Den hab' ich doch schon in New York bei Ihrem Agenten bezahlt.«

»Das interessiert mich nicht. Cash – oder ...!« Der Mann, der vordem in den Schlachthäusern von Chicago Bullen getötet haben mochte, machte eine Bewegung zur Bordwand hin. Er hatte die Ärmel seines marineblauen Rockes aufgekrempelt und ließ die

Herbstsonne auf der kupferroten Behaarung seiner Unterarme spielen, was stark an einen Orang-Utan erinnerte.

Friedrich war nicht in die Staaten ausgewandert, um sich hier von einem Affen wie ein preußischer Untertan behandeln zu lassen, und bat, den Kapitän sprechen zu dürfen. Der kam dann auch und sah so seriös wie Lincoln aus.

»Sie wollen sich beschweren, Mister?«

»In der Tat.« Friedrich trug ihm seinen Anliegen vor.

»Okay.« Der Kapitän nickte. »Sie sind mein Gast an Bord, und ich will Ihnen gern Glauben schenken.«

»Danke, Sir!« Friedrich war erfreut und setzte an, dem Kapitän die Hand zu drücken.

Doch der ließ seine Rechte in der Tasche stecken und trat mit dem Fuß gegen Friedrichs Gepäck. »Das sind doch mehr als fünfzig Pfund ...?«

»Ja, sicher ... Wieso?«

»Auf meinem Schiff sind nur maximal fünfzig Pfund kostenlos ... und Sie schulden mir noch – bei günstiger Schätzung für Sie – vierzig Dollar fürs Übergewicht.«

»Na, erlauben Sie mal!«

»Ich erlaube nicht mehr als fünfzig Pfund, ist das klar?!«

»Nein. Der Agent hat mir das Ticket verkauft – für mich und all mein Gepäck.«

»Das ist seine Sache. Fahren Sie nach New York zurück und lassen sich wiedergeben, was Sie zuviel bezahlt haben. Hier gilt allein das, was ich Ihnen sage und was ich für die Passage verlange.«

»Das ist doch ein abgekartetes Spiel!« schrie Friedrich.

Der Kapitän blieb so gelassen wie beim Poker. »Wollen Sie damit sagen, daß ich ein Betrüger bin ...?«

»Wenn Sie mir auf diese Art und Weise fünfzig Dollar abnehmen, dann sind Sie einer.«

Der Kapitän wandte sich ohne Regung zu seinem *decksman* hin. »Bill, laß dir von dem Kerl die fünfzig Dollar geben – oder wirf ihn über Bord!«

»Sind Sie denn meschugge geworden?!« schrie Friedrich außer sich vor Wut. »Nein, ich zahle nicht!«

»Bill, los!«

Der Mann mit der Orang-Utan-Behaarung verzog keine Miene. Er packte Friedrich wie einen Kartoffelsack und schleppte ihn zur Reling.

Friedrich blickte sich voller Panik nach seinen Landsleuten um, die sich rings um ihn versammelt hatten. »So helft mir doch! Lämmerhirt, machen Sie doch was!«

Doch die Leute lachten nur, wie er da mit den Beinen zappelte, und Lämmerhirt rief ihm zu, daß er alle seine Sachen mit nach Cincinnati nehmen würde. »Komm nach, wir treffen uns da bei meinem Bruder im Laden.«

Ehe Friedrich recht begreifen konnte, was da mit ihm geschah, klatschte er ins kalte Wasser des Hudson und hatte Mühe, vom gurgelnden Kielwasser der »George Washington« nicht in die Tiefe gerissen zu werden. Unbeirrt zog das Dampfboot seine Bahn nach Norden, und an Bord gab es Leute, die ihm hinterher winkten.

Bis zum Ufer war es ein verdammt weites Stück.

Was die Eisenbahn betraf, so waren die USA den deutschen Staaten um einige Jahre voraus. Schon 1830 hatte es die erste Linie gegeben, die *Baltimore and Ohio,* und acht Jahre später konnte man mit der Bahn von New York nach Washington reisen. Zwar sollte erst 1862 mit dem Bau der *Transcontinental* begonnen werden, aber im Osten des Landes gab es zu diesem Zeitpunkt schon ein dichtes Streckennetz mit einer Vielfalt von Gesellschaften.

Friedrich Bosetzki war ein solcher Eisenbahnnarr, daß er auch das nordamerikanische Streckennetz in etwa kannte, jedenfalls von den Karten her. Und wenn er die Augen schloß, so glaubte er, deutlich zu sehen, wie zumindest östlich des Hudson eine Linie eingezeichnet war, die New York via Albany, Syracuse und Rochester mit Buffalo verband. Wenn ihn nicht alles täuschte, hatte ihn der Kapitän einige Meilen hinter Cold Spring ins Wasser werfen lassen, und wenn er nun über die Hügel kletterte und stur nach Westen marschierte, dann mußte er irgendwann auf einen Schienenstrang stoßen. Und dann? Wie kam man als blinder Passagier nach Buffalo? Er besaß ja nur, was er am Leibe hatte, das heißt neben der

Unterwäsche nur Hemd, Hose und Halbschuhe. Sein Rock war ihm beim Kampf mit der Strömung weggerissen worden.

Er saß auf einem umgestürzten Baumstamm, hatte den Kopf in die Schale seiner Hände gebettet und schluchzte wie ein Kind, das sich im Wald verlaufen hatte und keinen Ausweg mehr wußte. Es war Anfang Oktober und schon empfindlich kühl, und wenn er nicht bald weiterlief und sich dabei erwärmte, würde er sich alsbald zu Tode husten. Doch seine Füße trugen ihn nicht mehr, zu sehr hatte er beim Schwimmen Kräfte gelassen. Aber das war es nicht, was ihn so niederdrückte, sondern die bittere Erfahrung, daß ihm keiner der Landsleute geholfen hatte, den Kapitän in seine Schranken zu verweisen, nicht einmal Lämmerhirt. Im Zweifelsfalle war ihnen eben allen das Hemd näher als der Rock.

Friedrich war noch immer unfähig, sich zu rühren, und er hätte wohl am Ufer des Hudson gehockt, bis er in Ohnmacht gefallen wäre, wenn nicht in diesem Augenblick ein Landstreicher, ein *tramp*, gekommen wäre, um sich das Huhn zu braten, das er vor einer Viertelstunde auf einer abgelegenen Farm gestohlen hatte.

»Hallo, was sitzt denn da für'n Unglücksrabe?«

Friedrich fuhr herum und riß die Arme hoch, denn er glaubte, daß ein Farmer hinter ihm stand, der ihn von seinem Land vertreiben wollte, oder wenn kein Farmer, dann ein Polizist. Daraufhin bekam der *tramp* einen solchen Lachanfall, daß er fast ins Wasser gefallen wäre. Er war einer jener hoch aufgeschossenen und hageren Männer, von denen sie in Berlin sagten, sie könnten das Wasser aus der Regenrinne trinken. Er stellte sich vor und sagte, daß er der Pittsburg-Jack sei.

»Hallo, Mr. Pittsburg!« rief Friedrich.

»Irrtum, ich komme nur aus Pittsburg, ich heiße aber ... Das tut nichts zur Sache.«

»Ich dachte, daß ist wie bei uns in Bayern, wo erst der Nachname und dann der Vorname genannt wird. Kommst du aus Bayern?«

»*Bavaria, no.* Nein, aus ... Ach, das tut nichts zur Sache. Und du, Kamerad?«

»Aus Berlin, aber eigentlich aus Tamsel, das liegt an der Warthe, und die Warthe mündet in die Oder.«

»Soll sie, wenn sie Spaß daran hat. Und weiter ...?«

»Wie, weiter? Ach so: Friedrich oder besser Fritz.«

»Dann bist du also der Tamsel-Fritz.« Pittsburg-Jack erklärte ihm, daß fast alle Landstreicher unter Pseudonymen oder Spitznamen unterwegs seien. »Das sind unsere *monicas*, und die haben wir, weil wir nicht gerne an das erinnert werden wollen, was in der Vergangenheit war. Meine Freunde heißen New-York-Tommy, Pazific-Slim oder Buffalo-Smithy, immer nach den Orten, aus denen sie kommen. Oder nimm Chi-Kesselschmied, der neulich elend abgekratzt ist, als ihn ein Bremser vom Zug geschmissen hat, mit dem wir nach Cleveland rauf wollten – schwarz natürlich. Der Arme.« Er nahm zum Gedenken seinen alten Filzhut ab.

»Ah, Chi, das war 'n alter Rechenlehrer – Chi-Quadrat.«

Pittsburg-Jack wollte sich abermals ausschütten vor Lachen. »O Mann, bist du ein *greenhorn*! Chi steht für Chicago. Und was meinst du, was es heißt, wenn sich einer *blanker* nennt?«

»Daß er kein Geld mehr hat ...?«

»Quatsch: daß er ein Neger ist.«

Friedrich erinnerte sich, daß *blank* soviel wie leer, Lücke und Niete hieß, und fand das nicht eben geschmackvoll. »Das sind Menschen wie wir.«

»Sie nennen sich doch selber so. Was kann ich dafür? In den Südstaaten sind sie richtige Sklaven, im Norden nicht, werden hier aber auch nicht anders behandelt.«

Friedrich verstand von dem, was der andere sagte, bestenfalls die Hälfte, begriff aber schnell, daß ihm keine Gefahr mehr drohte, und kratzte nun seine paar Brocken Englisch zusammen, um ihm zu schildern, was ihm auf dem Dampfboot zugestoßen war. »Nun sitze ich hier und kann nicht anders, so wahr mir Gott helfe.«

»Dann ziehen wir zusammen weiter, ich will auch an die Großen Seen und dann weiter Richtung Indianapolis. Aber ich geh' erst einmal ein bißchen Holz sammeln. Du rupfst inzwischen das Huhn.«

Friedrich machte sich ans Werk und hatte das Bild vor Augen, wie Dorothee in Tamsel vor ihrem Häuschen und in dieser Sekunde genau dasselbe tat. Die Zanders – das war ihre Sippe – ließen sie und Wilhelm nicht verhungern.

Bald brannte das Feuer, und als sie aßen, weihte ihn Pittsburg-Jack in die Geheimnisse des Bettelns ein. »Wenn du an der Haustür stehst, dann hängt alles von der Geschichte ab, die du den Leuten erzählst. Und das muß jedes Mal eine andere sein, je nachdem, wen du vor dir hast.«

»Was erzählst du denn immer?«

»Daß ich ein Einwanderer aus Deutschland bin, den der Kapitän auf'm Hudson über Bord geworfen hat, weil er den Fahrpreis nicht zweimal zahlen wollte.« Pittsburg-Jack war ein ausgesprochener Spaßvogel. »Nein, ich sage immer, daß mein Vater geistig umnachtet war und meine Mutter umgebracht hat. Er ist in den Knast gekommen, ich ins Waisenhaus. Da hab' ich mich mit der Epilepsie infiziert und bekomme immer meine Anfälle, wenn sie mir nicht schnell was zu essen geben.« Und er spielte Friedrich einen Anfall vor, so daß der zum ersten Mal seit seiner Festnahme beim Zeughaussturm wieder aus vollem Herzen lachen konnte.

Heute aber brauchten sie nicht fechten zu gehen, denn nachdem sie das gebratene Huhn verspeist hatten, litten sie eher an ihrem Völlegefühl denn an ihrem Hunger.

»Machen wir uns jetzt auf den Weg zur Eisenbahn?« fragte Friedrich.

Pittsburg-Jack schüttelte den Kopf. »Ich will in den Dörfern nicht unbedingt gesehen werden.«

»Ich verstehe: wegen des geklauten Huhns.«

»Das tut nichts zur Sache. Komm, wir laufen erst noch ein paar Meilen am Fluß entlang.«

Das taten sie dann auch, und als es Abend wurde, kletterten sie den steilen Hang hinauf und suchten sich im Fels ein Art Höhle. Friedrich fror gewaltig, denn er war ja nur mit Hemd und Hose bekleidet, und die hatte er am Lagerfeuer auch nur unzureichend trocknen können. Wäre er doch nur in Tamsel geblieben ... Zu einem warmen Platz in irgendeinem Stall hätte es immer gereicht.

Am nächsten Vormittag kamen sie in die kleine Stadt Cold Spring und waren gezwungen, sich eine Mahlzeit zu erbetteln. Dabei hatten sie höllisch aufzupassen, denn das Auge des Gesetzes wachte überall.

»Jeder für sich allein«, sagte Pittsburg-Jack, »denn wenn zwei von uns vor der Tür stehen, bekommen es alle mit der Angst zu tun und werfen sie auf der Stelle wieder zu. Aber du kannst dich ja hintern Baum stellen und mal zusehen, wie ich das mache. *High noon* treffen wir uns dann am Bahnhof.«

Friedrich bezog also sein Versteck und beobachtete den anderen bei der Arbeit. Pittsburg-Jack war auf ein zweistöckiges, sandgelb gestrichenes Holzhaus zugegangen und hatte geklopft. Eine dicke Frau, ein wahrer Pfannkuchen, erschien in der Tür und machte eine abwehrende Geste. Da bekam Pittsburg-Jack seinen epileptischen Anfall, das heißt, er verdrehte den Kopf, schnitt fürchterliche Grimassen und verdrehte die Hände, als gehörten sie einer Puppe aus Stoff. Ehe er ansetzen konnte, sich nun auch noch auf dem Boden zu wälzen, war die Frau im Haus verschwunden, um wenig später wieder zu erscheinen – mit einem vollen Teller in der Hand. Pittsburg-Jack blickte triumphierend herüber.

Friedrich konnte nun nicht anders, als an der ersten Tür zu klopfen. Es fiel ihm furchtbar schwer, denn es schien ihm so, als würde er damit ein Verbrechen begehen. Das war es wohl auch: das Töten der Würde. Niemand öffnete, durch ein offenes Fenster im oberen Stockwerk schrie aber ein Mann: »Hau ab, sonst jage ich dir 'ne Ladung Schrot in deine Birne!«

Friedrich machte, daß er fortkam, und versuchte es erst mehrere Häuser weiter ein zweites Mal. Auch diesmal konnte sich keiner entschließen, ihm die Tür zu öffnen. Dafür hoben sie einen kleinen Jungen hoch und ließen ihn nach draußen starren: »Bill, das ist ein Bettler, ein Vagabund. Der schläft immer auf der Straße und hat nichts zu essen. Und wenn du so unartig bist wie heute früh, dann wirst du auch mal ein Bettler. Also: Immer schön artig sein und machen, was Papa und Mama von dir wollen!«

Wenn er hier schon als warnendes Beispiel herhalten mußte, hätten sie ihm für seine Hilfe bei der Erziehung ihres Balges wenigstens die Reste ihres Essens schenken können, dachte Friedrich und ertappte sich bei dem Gedanken, ein Streichholz zu nehmen und ihre Villa in Brand zu stecken. Besser noch wäre eine Stange Dynamit.

Auch bei seinen nächsten Versuchen hatte er kein Glück, und die Leute sagten ihm, daß er hinter schwedische Gardinen gehöre. Friedrich fühlte sich so elend wie noch nie im Leben. Der letzte Dreck war er jetzt, und tiefer ging's wohl nimmer. Er schämte sich vor sich selbst und vor seinen Ahnen. Gott, wenn ihn sein Vater so gesehen hätte, einstmals ein Mann von Adel, oder sein Großvater, der einen großen König zum Freund gehabt hatte. Doch das alles zählte nicht mehr, hier in Amerika, und wenn er in diesem Nest im Rinnstein krepierte, krähte kein Hahn danach, und in Deutschland erfuhr es sicher niemand.

Dann aber zog er das große Los, das darin bestand, hereingebeten zu werden. Pittsburg-Jack hatte ihm erzählt, daß die Chancen dafür etwa eins zu hundert standen. Die Dame, die ihm öffnete, glich der Charlotte Bredow aus der Schenke in der Rosenthaler Straße so sehr, daß Friedrich in der Erinnerung an seine unerfüllte Liebe wohl plötzlich jenen Schimmer in den Augen hatte, der auf alleinstehende Frauen offenbar eine unwiderstehliche Wirkung ausübt.

»Sie sind hungrig, armer Mann, nicht wahr?«

»Ja ... Es ist das erste Mal, daß ich bettle. Ich bin ein Einwanderer aus Deutschland, den der Kapitän auf'm Hudson über Bord geworfen hat, weil er den Fahrpreis nicht zweimal zahlen wollte.«

Sie strahlte. »Kommen Sie herein. Mein verstorbener Mann war auch Deutscher, aus der Pfalz war er, und ich kann noch etwas Deutsch. *Am Brunnen vor dem Tore* und *Hoch auf dem gelben Wagen.* Das hat er immer gesungen.«

»Und nun ist er tot?« Friedrich war ziemlich verwirrt, denn wie lange hatte er keine Frau mehr im Arm gehalten – und sie stand nun so nah bei ihm, daß er ihre Wärme spürte, auch ihre Bereitschaft, sich bei ihm anzulehnen.

»Mein Mann, ja, und mein Sohn arbeitet als Anwalt in New York. Seit er weg ist, bin ich ziemlich allein. Ach ja, mein Name ist Kate. Nehmen Sie doch bitte in der Küche Platz.«

Friedrich tat es, und sie briet ihm Rühreier mit Speck. Während er aß, verschwand sie in einem der angrenzenden Zimmer, um mit einem Jackett und einem Wintermantel zurückzukommen. »Das müssen Sie gleich mal anprobieren. Das hat meinem Mann gehört, und Sie haben ja dieselbe Figur wie er.«

Sosehr Friedrich das Glück genossen hatte, hereingebeten zu werden und sich den Magen vollschlagen zu können, um so mehr geriet er jetzt in Panik. Er kam sich vor wie eine Fliege, die eben in einem Blütenkelch gelandet war und gerade feststellen mußte, daß es eine fleischfressende Pflanze war, die sie da erwischt hatte. Als er dann aber merkte, daß die Kleidungsstücke wie angegossen paßten, kam die Frage: Warum denn nicht? Er war nichts als ein Bettler, und wenn er hier hängenblieb, dann war er gerettet. Und wie ihn Kate ansah, konnte er sie schon in den Armen halten, bevor die Sonne sank. Alles in ihm schrie: Tu es, laß es so laufen, wie es kommt! Doch zugleich hörte er sich sagen: Ich habe zu Hause Frau und Kind und will sehen, daß sie so schnell wie möglich nachkommen können.

Kate versuchte zu lächeln. »Es wäre so schön gewesen ...«

Er küßte sie, riß sich dann los von ihr und stürzte zur Tür. Die Sachen ihres Mannes ließ sie ihm, und wahrscheinlich überlebte er nur deswegen die nächsten Nächte.

Am Bahnhof stand Pittsburg-Jack und kaute an einem Hühnerknochen. »Gratuliere, gut gemacht.«

»Mir ist eher zum Heulen zumute ...« Friedrich erzählte ihm, was er eben erlebt hatte.

Pittsburg-Jack wurde philosophisch. »Die ganze Welt ist eine Bühne, und wir sind nichts als Spieler. Und das Stück, in dem wir spielen, ist schon vor unserer Geburt geschrieben worden – da kannst du machen, was du willst, alles kommt so, wie es kommen muß. Wenn es dir vorbestimmt gewesen wäre, hier in Cold Spring bei dieser Kate hängenzubleiben, dann wärst du es auch.« Dann aber sah er das Ganze höchst pragmatisch. »Aber wenigstens hättet ihr noch mal schnell ...«

»Jack, ich bin verheiratet!«

»Ach ja, ihr Deutschen lauft ja immer noch mit 'nem Keuschheitsgürtel herum, wie damals eure Ritter, dieser Wolfram von Eschenbach und so.«

Friedrich stutzte abermals. Eben schon hatte der andere Shakespeare bemüht. »Woher weißt du das eigentlich alles?«

»Das tut nichts zur Sache.« Pittsburg-Jack erhob sich ächzend. »Warten wir auf den nächsten Blinden, der kommt, wenn's dunkel geworden ist.«

»Wie, auf welchen Blinden?«

Wieder bekam Pittsburg-Jack seinen Lachanfall. »Ach, Fritz, typisch Lehrer: Von allem wißt ihr etwas, nur nicht von dem, was man zum Überleben so braucht. Also, paß mal auf: Ein Blinder ist bei uns ein Eisenbahnwagen, zumeist ein Postwagen, der an seinen Schmalseiten, also vorn und hinten, keine Türen hat. Wenn du also, nachdem der Zug angefahren ist, auf die Plattform eines Blinden springst, kann während der Fahrt kein Schaffner oder Bremser kommen und dich wieder runterschmeißen, wenn du das Geld für die Fahrkarte nicht hast. Alles klar?«

»Ja.«

Pittsburg-Jack erzählte ihm noch viel über den sadistischen Jagdtrieb der Bremser und daß man immer wieder verstümmelte Leichen von *tramps* auf und an den Gleisen fand. Friedrich dämmerte vor sich hin und nickte langsam ein. Der Tag verging in nervtötender Monotonie, und je später es wurde, desto mehr Vagabunden versammelten sich in der Nähe des Bahnhofs. Pittsburg-Jack fluchte leise vor sich hin. »Das sind viel zu viele, da drückt kein Zugpersonal die Augen zu und läßt uns mitfahren. Komm, wir müssen ein gehöriges Stück vom Bahnhof entfernt auf einen Blinden springen, sonst haben wir bei dieser Menge hier nie eine Chance.« Und während sie neben den Schienen herliefen und sich immer weiter vom Bahnhof entfernten, erklärte er Friedrich die Sache. »Die Bremser haben nicht nur von ihrer Gesellschaft den Auftrag, uns von den Zügen zu werfen, sie tun es auch, weil es ihnen Freude macht, sind also unsere erklärten Feinde. Wenn sich der Zug in Bewegung setzt, fährt der Bremser auf dem ersten Blinden aus dem Bahnhof hinaus. Um zu den anderen Wagen zu kommen, springt er von seinem Blinden ab, läßt ein paar Wagen vorbeifahren und springt dann wieder auf – auf einen ›nicht blinden‹ Wagen. Du mußt also so weit vorauslaufen, daß der Bremser schon abgesprungen ist, wenn du dich hinaufschwingst.«

Der Zug kam und hielt. Friedrich sah, wie die ersten *tramps*, Anfänger wohl, auf die Plattformen der drei »blinden« Waggons hinter der Lokomotive sprangen und vom Personal sofort wieder hinuntergestoßen wurden. Dann fuhr der Zug an, und diejenigen der Vagabunden, die noch einigermaßen bei Kräften waren, liefen nebenher, um den Augenblick abzupassen, wo sich der Bremser überlisten ließ. Es war schon ziemlich dunkel, und wer unglücklich stürzte, lief Gefahr, überrollt zu werden. Jetzt packten die ersten die Griffstangen des zweiten und des dritten Blinden und schwangen sich auf die Plattform hinauf.

»Paß auf!« rief Pittsburg-Jack. »Gleich springt der Bremser vom ersten auf den zweiten Blinden und räumt dort ab – und wenn wir danach auf den ersten springen, sind wir sicher bis zum nächsten Halt, denn nun ist der Zug zu schnell, als daß der Bremser noch ... Los, da ist er!«

Beide spurteten los und hatten nach ein paar Schritten dasselbe Tempo wie der Zug erreicht. Pittsburg-Jack griff nach der Stange, bekam sie zu fassen, sprang ab und schaffte es, mit seinem linken Fuß auf dem schmalen Trittbrett Halt zu finden. »Jetzt du!«

Doch gerade als Friedrich die Griffstange packen wollte, machte der Zug irgendwie einen Ruck nach vorn, und er verfehlte sie. Panik erfaßte ihn. Wenn er Pittsburg-Jack verlor, war er verloren. Und um nicht von seinem neuen Freund getrennt zu werden, riskierte er alles und sprang hinten auf den dritten Blinden, in der Hoffnung, daß dort kein Bremser ... Doch da war er schon, um Friedrich mit seiner Laterne anzuleuchten.

»Verschwinde von hier, du gottverdammte Mißgeburt!« schrie der Amerikaner. »Dich schmeiß' ich auch noch runter!«

Um dem zu entgehen, schwang sich Friedrich behende wie ein Turner auf das eiserne Geländer der Plattform und faßte die Ränder der nach unten gebogenen Dächer des dritten und des vierten Wagens. Und ehe der Bremser nach ihm langen konnte, hatte er sich mit den Füßen abgestoßen und schwang sich unter Aufbietung all seiner Kräfte auf das andere Dach, das sich rechts von ihm befand. Während dieser Aktion dachte er an die Bäume im Tamseler Park, wo sie sich in seiner Jugend oft wie die Affen von Ast zu Ast gehangelt hatten. Schweißüberströmt und vor Angst wie Anstrengung zitternd, kletterte er wie eine Schildkröte über die Rundung auf das flache Dach, setzte sich hin, klammerte sich am Ventilator fest und rang nach Luft. Wenn jetzt ein Tunnel kam, dann ... Wenn er mehr Mut gehabt hätte und dazu die Geschicklichkeit eines Zirkusartisten, wäre er ja über die Dächer nach vorn zu seinem Freund gelaufen, doch so mußte er warten, bis sie wieder hielten, um zu Pittsburg-Jack zurückzukehren.

Kaum aber war der Zug nach etwa einer halben Stunde wieder zum Stehen gekommen, da waren die Bremser auch schon heran und bombardierten ihn von unten mit den größten Schottersteinen, die sie aufklauben konnten. Was blieb ihm, als über die Dächer zu flüchten? Ob sie ihm folgten, war nicht auszumachen. Schon ging es weiter – und zwar mit einem so mächtigen Ruck, daß Friedrich stürzte, keinen Halt mehr fand und seitwärts vom Wagen rutschte. Das ging so langsam, daß er für Sekundenbruchteile durch die Scheiben ins Innere des Wagens sehen konnte. Es war der Speisewagen ... Da saßen vornehm gekleidete Menschen und tafelten genüßlich. Wie auf einer Soirée eines preußischen Prinzen. Als er das gedacht hatte, lag er schon unten auf dem Schotter und hatte, da der Zug doch wieder zum Stehen kam, freien Blick auf das Untere des Wagens, den Wagenkasten. Da war die Idee auch schon da: Kriech doch unter den Wagen, da finden sie dich nicht! Er robbte über den Schotter, schnellte sich über die Schiene hinweg und griff mit beiden Händen nach dem, was wohl die Bremsstange war. Ohne sich weiter zu besinnen, hatte er sich schon mit den Füßen im Rahmen eingehakt und einen Platz gefunden, auf dem sich wie auf einem groben Gitterrost eine Weile liegen ließ.

Mehrere Pfiffe ertönten, weiter ging es, die Auspuffschläge der Lok immer wurden stärker, die Räder krachten in die Schienenstöße. Es war ein solcher Höllenlärm unter dem Wagen, daß er um sein Trommelfell fürchten mußte, und ein unwiderstehlicher Impuls erfaßte ihn, alles loszulassen und die Hände auf die Ohren zu pressen. Dann aber wäre er sofort auf die Schienen gestürzt, und die nachfolgenden Radkränze hätten ihn zu Hackfleisch werden lassen. Er begann zu beten: »Herr, sieh mein Elend und errette mich! Herr, laß dein Antlitz leuchten über deinem Knecht! Herr, du bist gerecht und dein Wort ist recht.« So ging es dann wieder. Da er den Hinterkopf fest gegen den hölzernen Boden des Waggons gepreßt hatte, spürte er, wenn sich die Passagiere oben bewegten. Er hätte zehn Jahre seines Leben dafür gegeben, an ihrer Stelle zu sein. Nun, wenn er erst in Cincinnati war und viel Geld verdiente ... Nächstes Jahr schon, wenn er seinen eigenen Verlag gegründet hatte und Bücher verkaufte. Die Idee dazu war ihm schon in New York gekommen.

Gerade war er ins Träumen geraten – absurd in seiner Situation, aber lebensrettend –, da gab es rechts von ihm einen starken Schlag, dann links. Zuerst dachte er, Lok und Wagen hätten Schrauben aus den Schwellen gerissen und diese würden nun wie Geschosse durch die Gegend fliegen, dann begriff er, daß das unmöglich war. Wieder schlug es neben ihm ein. Was war das bloß? Endlich, als er sich daran erinnerte, was Pittsburg-Jack ihm erzählt hatte, kam er darauf: Der Bremser hatte einen Kupplungsbolzen an eine feste Schnur gebunden, war damit auf die Plattform getreten und hatte sein Mordinstrument zwischen zwei Wagen auf die Schienen herabgelassen. Der Bolzen schlug nun auf die Schwellen, prallte mit großer Wucht gegen den Wagenboden, federte dann krachend auf die Schwellen zurück, um gleich wieder ... Endlos konnte das gehen. Bis der Bolzen ihn getroffen und erschlagen hatte. Wenn der Mann seine Leine mal lang ließ und mal einholte, mal nach links und mal nach rechts dirigierte, konnte er den ganzen Wagenboden erfassen. Es gab kein Entrinnen. Bei einer Geschwindigkeit von sechzig Meilen pro Stunde konnte jeder Schlag des tanzenden Bolzens den Tod bedeuten. So schlimm mochte es nicht einmal Johann in der Schlacht bei Zorndorf gehabt haben. Was die Trommel schlug, war klar: Das ist dein Ende, das ist dein Ende!

Plötzlich hörten die Einschläge neben ihm auf, und nur noch leichte Peitschenhiebe trafen ihn, die Schnur. Es dauerte ein paar Sekunden, bis er begriffen hatten, daß der Bolzen abgerissen war. Das war die Rettung. »Herr, ich danke dir!«

Als der Zug wieder hielt, ließ er sich auf die Schienen herab und sah links von sich die Bahnsteigkante. Also kroch er nach rechts, robbte über Schwellen, Stahl und Schotter hinweg und ließ sich auf der anderen Seite den Damm hinunterrollen. Der Bremser schien das Interesse an ihm verloren zu haben. Friedrich richtete sich auf, um sich zu orientieren. Vor ihm lag offensichtlich eine kleine Stadt. Die Laternen waren zwar alle gelöscht, doch es war Vollmond, und einiges ließ sich doch erkennen. So zum Beispiel das Hotelschild ganz in seiner Nähe. *Beacon Station* oder so ähnlich. »Ein Königreich für ein Bett«, murmelte er. Erst hatte er *bacon* gelesen und sofort an Speck gedacht, was einen wahren Hungeranfall zur Folge hatte. Doch jetzt in der Nacht ließ sich nichts machen. Er konnte froh sein, nach einer halben Stunde wenigstens einen leeren Pferdestall gefunden zu haben. Hinten in der Ecke lag noch einiges Stroh. Er kroch hinein. Beim Einschlafen mußte er an Johann denken, seinen Großvater, wie der beim Bauern Sengebusch jahrelang im Pferdestall geschlafen hatte. Er war nachher aufgestiegen zum Favoriten eines Königs. Und auch hier in den Staaten gab es ja Könige – Eisenbahnkönige, Kohlekönige, Stahlkönige ... Er begann zu träumen und war so voller Optimismus wie schon lange nicht mehr. »Es wird schon alles werden ...« Ganz in der Nähe tutete ein Dampfer. Ah ja, Beacon – so weit hatte er die Karte im Kopf – lag ja am Hudson River. Vielleicht legte hier auch die »George Washington« an, und sein Gepäck war noch an Bord. Er sah den Kapitän an der Reling stehen. Leise schlich er sich an ihn heran. Ein Stoß und ... Mit diesem Gedanken war er eingeschlafen.

Als er erwachte, fand er in einem Nebenraum des Stalles noch einen vollen Wasserkübel und konnte sich nicht nur waschen, sondern auch seine Kleidung reinigen. Er fand, daß er nun wieder ganz passabel aussah, und machte sich auf den Weg in die Stadt, um sich sein Frühstück zu erbetteln. Es schien ja wirklich ein glücklicher Tag zu werden, und vielleicht wurde er sogar hereingebeten.

In einer stillen Seitenstraße kamen ihm drei Männer entgegen, offensichtlich *tramps* wie er, und Friedrich überlegte, ob er mit ihnen zusammen eine Chance gegen den Kapitän des Dampfboots haben würde. Vielleicht konnte man es sogar entern und ... Dieser Gedanke riß ihn so sehr mit, daß er zu spät bemerkte, daß der Mann in der Mitte kein Vagabund war, sondern ein Polizeibeamter.

»Los, Kamerad, hau ab!« rief denn auch einer der *tramps*. »Schnell!«

Friedrich wollte auch schon loslaufen, da sah er, daß der Polizist nach seiner Waffe griff. Nun, die Wahrscheinlichkeit, daß er getroffen wurde, war nicht groß, wenn er im Zickzack rannte, doch was Friedrich lähmte, war die Erinnerung an den Alexanderplatz, wo die Soldaten ihn wie bei einer Hasenjagd unter Feuer genommen hatten. Nein, nie wieder! So ergab er sich in sein Schicksal.

»In welchem Hotel sind Sie abgestiegen?« fragte der Polizist.

»Ich bin eben erst angekommen.« Sofort begriff er seine Dummheit und korrigierte sich. »Gleich am Bahnhof – Beacon Station ...«

»Dann zeigen Sie mir einmal das Geld, mit dem Sie bezahlen wollen ...«

Friedrich konnte nichts anders, als seine Hosentaschen herauszuziehen – und damit war er geschnappt.

»Schön, dann gehen Sie jetzt vor mir her. Es wünscht Sie jemand zu sprechen.«

Dieser Jemand erwies sich als ein spindeldürrer Richter von etwa sechzig Jahren mit dem Kopf eines Gänsegeiers. Vorher aber wurden Friedrich und die anderen Landstreicher noch registriert und in einen großen eisernen Käfig gesperrt, den man im Stadtgefängnis für sie und Männer mit anderen leichteren Straftaten reserviert hatte. Dauernd ging die Tür auf, und es flog ein neuer Gast herein. Gegen Mittag wurden sie in den Gerichtssaal gebracht und dem Richter vorgeführt. Zeugen brauchte man nicht.

Der Richter blätterte gelangweilt in der Liste der Verbrecher und rief einen Namen auf. Einer der Landstreicher erhob sich.

»Landstreicherei, Euer Gnaden«, sagte ein Gerichtsdiener.

»Einen Monat«, sagte der Richter, und der Mann setzte sich wieder. Das ging so weiter wie ein Uhrwerk, und alle fünfzehn Sekunden traf es einen anderen, ohne daß jemand einen Einwand wagte.

»Freidrik Bositzki!«

»Ja, hier.« Friedrich erhob sich.

»Landstreicherei, Euer Gnaden«, sagte der Gerichtsdiener.

»Einen Monat.«

Da verlor Friedrich seine Contenance und rief: »Das ist eine schreiende Ungerechtigkeit, Euer Gnaden, denn ich bin kein Verbrecher, sondern das Opfer eines Verbrechens. Ich bin ein Einwanderer aus Deutschland und vom Kapitän auf'm Hudson über Bord geworfen worden, weil ich den Fahrpreis nicht zweimal zahlen wollte.«

»Halt den Mund!«

Doch Friedrich war nicht mehr zu halten. »Ich protestiere aufs Schärfste gegen diese Behandlung!«

»Zwei Monate«, sagte der Richter so lakonisch, wie es eben möglich war.

»Das ist ja schlimmer als in Preußen!« schrie Friedrich. »Ich werde mit meiner Sache bis zum Präsidenten gehen.«

»Drei Monate. Abführen!«

Der Polizist ließ ein Handeisen um Friedrichs rechtes Handgelenk schnappen.

Viertes Kapitel

1854–1863

Die Arbeit im Gefängnishof bestand darin, Ziegelsteine, die von abgerissenen Häusern herangekarrt wurden, mit Hilfe schwerer Vorschlaghämmer so zu zertrümmern, daß sie später beim Straßenbau Verwendung finden konnten. Da gab es keinen der Männer, der nicht Schwielen und Blasen an den Händen hatte und dem nicht das Kreuz fürchterlich schmerzte. Alle klagten darüber, sie seien nur noch menschliche Wracks. Das lag auch an der Ernährung, die an sechs Tagen in der Woche nur aus der sprichwörtlichen Wasser-und-Brot-Diät bestand. Am Sonntag gab es zwar Fleisch, aber da man die Nähr- und Geschmacksstoffe zuvor schon für die Suppe vom Freitag und Sonnabend herausgekocht hatte, zählte das nicht sonderlich. »Zauberwasser« nannten die Gefangenen die Flüssigkeit, die man ihnen zukommen ließ. Denn zu jeder Mahlzeit hatte es eine andere Farbe. Morgens war es mit gebrannten Brotkrumen gekocht und hieß Kaffee. Mittags nannte man es Suppe, weil ein paar Fettaugen darauf schwammen und es ein wenig salzig schmeckte. Am Abend hatte das Wasser eine dunkelviolette bis kastanienbraune Farbe und galt als Tee. Das Brot war auch nicht das, was man beim Bäcker bekam, sondern mehr ein klitschiger Klumpen. Morgens wurde es den Gefangenen in die Zellen gebracht, mittags mußten sie es sich selbst abholen.

So auch am 3. Januar 1854, als Friedrich Bosetzki seine Hände auf die Schultern seines Freundes Pittsburg-Jack gelegt hatte, um mit ihm im Gänsemarsch in Richtung Küche zu marschieren. Es war eine lange Reihe von Häftlingen, und jeder hatte seine Hände auf die Schultern seines Vordermannes zu legen. Neben Friedrichs

Hals ruhten die Pranken eines jungen Holländers, der wegen seiner epileptischen Anfälle von allen gefürchtet wurde. Als sie vor den Mulden mit dem Brot angekommen waren, wurde die Kette aufgelöst, und jeder ging vorbei, streckte die linke Hand aus und nahm sich seine Ration heraus. Der Holländer versuchte, zwei Rationen zu erwischen, und bekam vom obersten Kalfaktor mit einer Keule einen solchen Schlag auf die Hand, daß er aufschrie und alles fallen ließ. Ohne jeden Krümel Brot mußte er in seiner Zelle verschwinden.

Pittsburg-Jack, der erst am Silvesterabend angekommen war, flüsterte Friedrich zu, daß er seine Beziehungen habe und sie ihn morgen auch zum Kalfaktor machen würden. »Die haben die Macht hier. Die Wärter wollen nur ihre Ruhe haben.«

»Kannst du dann auch 'n Brief für mich rausschmuggeln?«

»Ich werd's versuchen. Aber dein Kautabak wird dafür draufgehen.«

Friedrich setzte sich hin und schrieb an Leo Leinhos, der ihm einmal gesagt hatte, daß alle seine Post an die New Yorker Niederlassung seines Bankhauses ging und dort für ihn aufgehoben würde. Vielleicht konnte Leinhos mit Hilfe eines Anwalts seine vorzeitige Entlassung erreichen. Obwohl er schon zwei Drittel seiner Strafe abgesessen hatte, war Friedrich für jede Stunde dankbar, die er eher gehen konnte. Es war die Hölle hier. Da hatte er vor einem Jahr auf der Festung Graudenz gesessen und seine Klagelieder gesungen – und jetzt hätte er dem Himmel auf Knien gedankt, wenn es hier so gewesen wäre wie dort: paradiesisch fast. »Hoch lebe Preußen!« dachte er, und es war nicht nur ironisch gemeint. Freiheit war schön, aber wenn sie hieß, daß etliche so frei sein durften, auch ihren dunklen Trieben freien Lauf zu lassen, dann war für ihn eine gewisse Sehnsucht nach preußischer Ordnung schon verständlich.

Nach dem Mittagessen wurden sie für zwei Stunden in ihren Zellen eingeschlossen. Friedrich mußte auf die oberste Galerie hinaufsteigen, konnte aber auf der großen Eisentreppe nicht weiter, weil sich die Kalfaktoren dort gerade eines jungen Mulatten angenommen hatte, der lauthals auf seinem Recht bestand, sich mit einem Anwalt in Verbindung zu setzen. Zuerst bekam er einen Besenstiel ins Gesicht gestoßen, was ihn zwei Zähne kostete, dann warf man ihn die Eisentreppen hinunter, Galerie für Galerie, und als er schließlich unten angekommen war, fiel ihm seine Gefängniskleidung in Lumpen vom Leibe. Nackt und mit blutüberströmtem Körper stand er da. Er würde nie wieder den Aufstand proben.

»Was sollen die Kalfaktoren machen, wenn sie uns Meute zähmen wollen?« sagte Pittsburg-Jack. »Fallen wir über sie her, sind sie verloren. Also müssen sie Angst und Schrecken verbreiten, ein Exempel statuieren.«

»Du sprichst schon so wie die.«

»O Mann, was meinst du, wie froh ich bin, mal nicht zu den Würmern zu gehören, die immer nur zertreten werden, sondern zu denen, die selbst zertreten.« Er hatte auch schon eine Idee, wie er zu mehr Kautabak und ein paar Dollars kommen konnte. Sein Zellennachbar verstand es, aus dünnem, festem Stahldraht Sicherheitsnadeln zu biegen und das eine Ende auf dem Steinboden spitz zu schleifen. »Als Kalfaktor komm' ich an solchen Draht. Dann lass' ich den die Sicherheitsnadeln machen und bezahle ihn mit Extrarationen, das heißt dem Brot und dem Fleisch, das wir nicht ausgeben.«

»Richtig, nur so kommt man zu was.« Friedrich lachte. »Das behauptet ja auch dieser Karl Marx in Deutschland, daß man das tun muß, wenn man ein erfolgreicher Kapitalist werden will: andere für sich arbeiten lassen und den Mehrwert dann abschöpfen und ansammeln. Das ist dann ...« Er brach ab, denn vor ihnen begann jemand, wic cin Wolf zu heulen.

»Das ist dieser Holländer. Er hat wieder einen seiner Anfälle.«

Sie kamen an seiner Zelle vorbei. Steif wie ein Stock stand er da, während er sein Wolfsgeheul hören ließ. Einer der Kalfaktoren, etwas menschlicher als die anderen, hatte einen Besenstiel durch die Eisengitter gesteckt, um ihm damit Halt zu geben und zu verhindern, daß er beim Umfallen mit dem Gesicht auf den Boden schlug. Der andere Mann in der Zelle hockte schreckensbleich in der Ecke und war durch nichts zu bewegen, dem Epileptiker irgendwie zu helfen.

»Warum ruft denn keiner die Wärter?« fragte Friedrich.

»Da kommt doch nie einer. Paß auf: Gleich fällt der Holländer um und bekommt einen Eimer kaltes Wasser über den Kopf geschüttet. Irgendwann klettert er dann in seine Koje und schläft.«

»So naß wie er ist?«

»Was sonst.«

Damit trennten sie sich. Als sich Friedrich gerade auf seiner Pritsche ausgestreckt hatte, kam sein Zellennachbar herein und scheuchte ihn sofort wieder hoch.

»Los, schreib einen Brief für mich!« Er war in tiefer Liebe zu einer Insassin des Frauengefängnisses entbrannt und wollte der nun alles mitteilen, was ihn bewegte, hatte auch die nötigen Beziehungen, seinen Liebesbrief dorthin zu schmuggeln, war aber leider Gottes Analphabet. Was blieb Friedrich anderes übrig, als sich ans Werk zu machen, denn der Mann wog zwei Zentner, war ein übler Schläger, hatte schon einige Jahre in Sing-Sing gesessen und hatte – immer hungrig und gefräßig, wie er war – eine Leidenschaft, die Friedrich schaudern ließ: Mit Schlingen fing er Spatzen, die zwischen den Eisenstangen hindurch in die Halle flogen, zerdrückte sie in seiner Faust und verschlang sie, kaum daß er ihnen die Federn herausgerupft hatte.

Das war Friedrichs Alltag, und obwohl es Pittsburg-Jack gelungen war, seinen Brief an Leo Leinhos aus dem Gefängnis herausschmuggeln zu lassen, wurde ihm von außen keinerlei Hilfe zuteil, und er hatte seine Strafe bis zur letzten Stunde abzusitzen. Als er dann mit nichts anderem als seinem Hemd, seiner Hose und ein paar guten Ratschlägen seines Freundes Pittsburg-Jack aus der Pforte auf die Straße trat, stand da Martin Lämmerhirt aus Lübeck und kam ein wenig verlegen auf ihn zu.

»Hallo, da bist du ja wieder ... Tut mir leid, daß wir nichts weiter für dich tun konnten.«

»Ja, ich weiß«, murmelte Friedrich, »du hattest Angst um deine Finger ...«

»Aber ich hab' wenigstens 'ne Fahrkarte für dich nach Cincinnati. Dein Gepäck ist auch schon da, und du kannst als Reisender für meinen Bruder arbeiten. Paß mal auf, jetzt wird alles gut.«

Cincinnati war eine der größten Handels- und Hafenstädte im Bundesstaat Ohio und lag an einer S-förmigen Biegung des gleichnamigen Flusses. Trat man an die Ufer des Cincinnati, sah man immer irgendeinen Raddampfer mit seinen beiden typischen Schornsteinen gleich hinter dem Bug. Martin Lämmerhirts Bruder Hermann hatte seinen Namen schon nach eigenem Gutdünken amerikanisiert und schrieb sich nun Lemmerheert. Sein Haus, in dessen Erdgeschoß sich auch das Schmuckgeschäft befand, stand in der Abigail Street, genauer gesagt: *East from 488 Main Street* und in der Nähe der Kirche St. Pauls im Stadtteil »Over the Rhine«. Lemmerheert hatte viel Fett angesetzt in Cincinnati, und der Atem ging ihm schwer, wenn er Treppen steigen oder sich sonstwie anstrengen mußte. Hätte er eine Kutte getragen, würde ihn jeder für einen Mönch gehalten haben, der gern aß und den köstlichsten Kräuterlikör destillierte. Verschmitzt und gemütlich wirkte er, doch Friedrich hatte schnell erkannt, daß das weithin nur Maske war und diesen Hermann Lemmerheert nur die eine kalte Leidenschaft erfüllte: das Dollarmachen. Mit diesem Ziele ließ er auch seinen eigenen Bruder bis weit nach Mitternacht in der Werkstatt schuften, und nicht aus christlicher Nächstenliebe hatte er Friedrich bei sich aufgenommen, sondern zur Expansion seines Geschäftes.

»Mein lieber Bosetzki, westlich des Mississippi und Missouri läßt sich mit gutem Schmuck viel Geld verdienen. Da haben die Frauen lange Zeit nichts anderes gehabt als harte Arbeit und viele Tränen, nun aber sind viele aus dem Gröbsten heraus und können sich schon mal eine Brosche, eine Kette und ein Armband leisten. Man muß es ihnen nur schmackhaft machen. Und mein Bruder sagt, Sie könnten das.«

»Ich bin Lehrer und Kantor gewesen.«

»Wunderbar, ein bißchen fromm zu sein, kommt bei den Frauen immer an. Auch bei denen, die ich sonst so im Auge habe ...« Er schnalzte mit der Zunge. »Die aus dem Vergnügungsgewerbe. Die erzielen ja ihre Wirkung auf uns Männer nicht zuletzt durch ihre Pretiosen.«

Friedrich war ein wenig erschrocken. »Soll ich also durch die Bordelle ziehen ...?«

Lemmerheert lachte genießerisch. »Sie dürfen, lieber Bosetzki, Sie dürfen. Und wenn ich nicht so glücklich verheiratet wäre mit meiner Eleonore, dann würde ich gern an Ihrer Stelle bei den Damen eintreten und ...« Er brach ab, da seine Frau ins Zimmer kam.

»Habe ich eben meinen Namen vernommen?«

»Ja, mein Täubchen, denn ich habe Friedrich Bosetzki gerade von deiner Schönheit und deiner Güte erzählt.«

Eleonore Lemmerheert merkte nicht einmal, wie sie da auf den Arm genommen wurde. Sie war ein hagerer Trampel von ziemlicher Häßlichkeit und so hartherzig wie sonst nur die Stiefmütter in den Grimmschen Märchen. Sie hatte heftig protestiert, als ihr Mann dem Wunsche seines Bruders nachgekommen war und Friedrich bei sich aufgenommen hatte. Eine Kammer unter dem Dach hatte sie ihm gegeben, eher ein Taubenschlag als ein Wohnraum für Menschen. Die war so niedrig und eng, daß Lemmerheerts Scherz, Friedrich solle nicht so viel furzen, sonst würde er – wie sein Vorgänger – an seinen eigenen Gasen ersticken, eigentlich eine Warnung war, die man ernst zu nehmen hatte. Ein Fenster gab es nicht, nur eine Luke.

Durch die starrte Friedrich nun stundenlang in den wolkenlosen amerikanischen Himmel. Er lag auf dem Bett und war in einer so depressiven Stimmung wie nicht einmal im Knast bei Wasser und Brot. Seine Hirnströme waren so weit abgeschaltet wie eben möglich, und nur ein Satz ging ihm im Kopf herum: *Errare humanum est.* Immer wieder, mit heilsamer Monotonie. Amerika war nichts als ein großer Irrtum. Seiner Frau konnte er entfliehen, Preußen konnte er entfliehen, nicht aber sich selbst. Was sollte das alles, was brachten ihm Amerika und Cincinnati ...? Nichts. Und so war es nur logisch, daß ein anderer Gedanke Gewalt über ihn gewann: »Ich möchte nur noch eines: sterben. Herr, hol mich heim in die Ewigkeit.«

Doch wer ihn holte, war nur Martin Lämmerhirt. »Komm, sieh dir mal die Werkstatt an und deinen Musterkoffer. Ich will dir gerade mal alles erklären, was du wissen mußt.«

Zwar duzten sie sich nun, und Lämmerhirt war geradezu rührend um ihn bemüht, doch immer noch gelang es dem Lübecker nicht, Friedrich offen in die Augen zu sehen. Es schien ihm sehr peinlich zu sein, wie unkameradschaftlich, wenn nicht gar feige er sich auf dem Dampfboot verhalten hatte. Das verzieh ihm Friedrich allerdings noch eher als die Tatsache, daß sie von Cincinnati aus wenig bis gar nichts unternommen hatten, ihn vorzeitig aus dem Gefängnis zu holen. Schließlich hatte der König von Preußen auch eine Botschaft in den Vereinigten Staaten. »Du vergißt, daß du kein Preuße mehr bist. Und Amerikaner auch noch nicht.« Und immerhin: Er, Martin, habe doch schließlich vor dem Gefängnistor gestanden, um ihn abzuholen und nach Cincinnati zu bringen.

»Goldener Schmuck ist das Geschenk der Götter an die Menschen, um sie göttergleich zu machen«, sagte Martin Lämmerhirt, »und wir Goldschmiede sind auserwählt, ihren Willen umzusetzen. Dazu haben sie uns mit viel künstlerischem Einfallsreichtum ausgestattet und uns Hände gegeben, die zaubern können. Sieh, aus diesem unscheinbaren Klümpchen Gold – ein *nugget* nennen sie das hier – mache ich eine wunderschöne Brosche, und wenn sie am Kleid von Mrs. Kennett funkelt, werden sich alle nach ihr umdrehen, und ihr Mann wird stolz auf sie sein.«

»Denselben Effekt hätte es, wenn sie sich eine Flasche Mundwasser kaufte.« Friedrich war Mrs. Kennett, der Frau eines angesehenen Rechtsanwalts, schon mehrmals begegnet und wußte, wovon er sprach. Nun, mochte er diese Bemerkung auch nur des Effektes wegen gemacht haben, so war seine Beziehung zu jeder Art von Schmuck keine sehr ausgeprägte und keine sehr glückliche. Gold und Edelsteine waren für ihn ein Synonym für das, wogegen er auf den Berliner Barrikaden gekämpft hatte: die Teilung der Welt in Reiche und Arme, in Herrschende und Beherrschte, in Mächtige und Ohnmächtige, kurzum, in Glückliche und Unglückliche. Und sein Ideal waren der Bettelmönch, der allem entsagt hatte, aber auch, so paradox das klang, Könige wie Friedrich der Große, deren Rock einfach und zerschlissen war. Und nun hatte er alles zu lernen, was man über Berg-, Seifen- und Waschgold und den Goldgehalt zu wissen hatte: »24 Karat, das ist reines Gold, dann zwanzig Karat, acht Karat und so weiter.« Lämmerhirt erklärte ihm alles, auch die Goldschmiedekunst, das Treiben,

Granulieren, Tauschieren, Prägen und Gießen. Sogar über Platin und Silber, über Edelsteine, Perlen und geschnittene Steine erfuhr er alles, was seinem Arbeitgeber nötig erschien. »Ich selbst liebe die geometrischen Motive der Griechen am meisten, aber auch die prächtigen Glasflüsse auf Gold im späten Rom.« Die Herren der Schöpfung dächten zwar meist nur an den Kauf von Eheringen, man könnte sie aber durchaus auch für schöne Ringe begeistern, und so sei es für Friedrich vonnöten, in punkto Edelsteine Bescheid zu wissen. »Hier haben wir einen Lapislazuli: undurchsichtig, intensiv blau. Das ist ein Onyx: undurchsichtig, schwarzweiß gebändert. Da liegt ein Goldberyll, dahinter ein Opal.«

Derart ertüchtigt trat Friedrich am 5. Mai 1855 seine erste Reise als Vertreter an, und zwar hatte Hermann Lemmerheert ihn in Richtung Milwaukee in Bewegung gesetzt. Dort am Westufer des Michigansees waren drei Viertel aller Einwohner deutscher Abstammung, und man erhoffte sich dadurch einen ganz besonderen Effekt.

»Gnädige Frau, dieser Schmuck ist von deutscher Hand extra für Sie gefertigt worden«, sagte Friedrich dann auch an der ersten Haustür, an der er geklingelt hatte, denn der Name auf dem Schild – Shultz – ließ auf deutsche Herkunft schließen.

Doch der Effekt war ein wenig anders, als ihn sich Lemmerheert gedacht hatte. »Hören Sie auf mit Deutschland, wir hassen Deutschland!« schrie Mrs. Shultz richtiggehend hysterisch und schlug ihm seinen Musterkoffer wieder zu. »*Get away!*«

Friedrich fühlte sich nun wieder genauso wie vor acht Monaten am Hudson, als er mit Pittsburg-Jack zusammen gebettelt hatte. Und was war er jetzt anderes als ein Bettler: jemand, der darum bettelte, daß ihm ein anderer etwas abkaufte. Nein, so durfte er die Sache nicht sehen, das war ihm schon klar, er mußte so auftreten, daß ihn die anderen als Glücksbringer sahen, als einen, der ihnen den Traum erfüllen half, so schön wie die Aphrodite zu sein. Also versuchte er es beim zweiten Versuch mit dieser Strategie.

»Gnädige Frau, mein Name ist Friedrich Bosetzki und ich komme eigentlich aus Berlin, das heißt, heute aus Cincinnati, um Ihnen ein Geschenk zu machen. Mit dem Schmuck von Lemmerheert können Sie im Nu von ... von ... also, schnell zu einer Aphrodite werden.«

»Und was bin ich jetzt? Eine graue Maus, ein Mauerblümchen – sind Sie gekommen, mir das zu sagen?«

»Nein, nein«, stammelte Friedrich, obwohl genau das die Wahrheit war. »Mit Abendkleid und ohne Lockenwickler und Schürze, da ...«

»Verschwinden Sie, junger Mann!«

»Verzeihen Sie, aber dies ist mein erster Tag ... und ich bin nun mal nicht der geborene Verkäufer. Aber ich habe noch Frau und Kind drüben in Deutschland und möchte sie nachholen.«

»Immer diese Mitleidsmasche, ich kann das nicht mehr hören!« Damit flog auch diese Tür ins Schloß.

Friedrich trollte sich und kam zu der Erkenntnis, daß er nicht über genügend Charisma verfügte, um als Verkäufer eine Chance zu haben. Er ging zum See hinunter und setzte sich ans Ufer. Wie am Meer kam er sich vor. Wenn er nun seinen Musterkoffer ins Wasser warf und sich davonstahl ...? Nie mehr Lemmerheert ... Der Impuls war stark, doch er widerstand ihm. Was hätte er dann für eine Alternative gehabt? Doch nur die, wieder als *tramp* in irgendeinem Knast zu landen, wo man die Menschen wie Tiere hielt. Er stand auf und bummelte durch die Stadt. Wenn der Herr es so wollte, dann traf er jetzt auf eine ebenso hochherzige wie vermögende Frau, die nichts weiter wollte, als eine Brosche zu tragen, die Martin Lämmerhirt mit seinen göttlichen Fingern gefertigt hatte. Und wenn der Herr es nicht so wollte, dann eben nicht, ER würde schon seine Gründe haben. So kam er an einem Lokal vorbei, an dessen Tür er ein handgemaltes Schild entdeckte: *Tellerwäscher gesucht*. Vielleicht war das der Fingerzeig Gottes. Zuerst einmal bekam er Appetit, und da es ein Restaurant war, das »Zur Alpspitz« hieß, bestellte er sich Weißwürstl und Münchener Bier.

Der Wirt war in der Tat ein dicker Bayer. Er begrüßte Friedrich mit einem kräftigen Handschlag und flüsterte ihm zu, daß hinten in der Ecke Carl Schurz säße. »Der hat sich jetzt hier eine Farm in Watertown/Wisconsin gekauft und reist als Rechtsanwalt umher.«

Friedrich hatte schon antworten wollen, dieser Schurz, der sei ihm schnurz, da fiel ihm ein, daß dieser Mann ja eine große Rolle bei den »48ern« gespielt hatte. Geboren in der Nähe von Köln, ein Preuße also, hatte er die Bonner Studentenschaft beim Kongreß in Eisenach vertreten und dann im Sommer 1849 in Baden auf seiten der Aufständischen gegen die preußischen Truppen gekämpft. Davon schien auch gerade im Gespräch mit seinem Tischnachbarn die Rede zu sein, denn das Stichwort Rastatt fiel.

»... da haben sie uns dann eingeschlossen. Ich habe zum Stabe des Kommandanten gehört. Die Kapitulationsverhandlungen waren abgeschlossen, die Übergabe lief bereits an ... Besonders schlimm wurde es nun für die geborenen Preußen unter uns, denn fielen wir in die Hände des Prinzen Wilhelm, des ›Kartätschen-Prinzen‹, hatten wir die besten Aussichten, standrechtlich erschossen zu werden, besonders diejenigen, die gerade in den militärdienstpflichtigen Jahren standen.«

»Wie Sie?« fragte der Tischnachbar, offensichtlich ein Zeitungsmann.

»So ist es. Ich konnte aber gerade noch mit einem Kameraden durch einen Abzugstunnel entkommen und nach ein paar Tagen französischen Boden erreichen.«

»Dann sind Sie aber doch wieder nach Deutschland zurückgekommen?«

»Ja, über die Schweiz, um mich in Bonn bei meinen Eltern zu verstecken. Dort habe ich dann die Frau meines verehrten Hochschullehrers Gottfried Kinkel getroffen. Der war auch in Baden beim Aufstand dabeigewesen, und sie hatten ihn zu lebenslanger Festungshaft verurteilt. Erst in Pommern, dann in Spandau bei Berlin.«

»Und dort ist es Ihnen dann gelungen, Kinkel zu befreien?«

»Ja. Einer der Beamten war bestechlich ... So konnte Kinkel die Krone der Festungsmauer erklimmen und sich an einem Seil zu mir herablassen. Ein Reisewagen mit schnellen Pferden stand schon bereit. Wir konnten uns nach Mecklenburg retten und dann per Schiff England erreichen ...«

Friedrich spürte genau, daß jetzt der Augenblick gekommen

war, den die Griechen *kairos* nannten, der Augenblick, wo sich ein Schicksal entschied. Schurz war drauf und dran, in Amerika Karriere zu machen – und wenn er, Friedrich Bosetzki, jetzt aufstand, auf ihn zuging und die passenden Worte fand, konnte er vielleicht ebenso sein Glück machen, wie es sein Großvater Johann vor hundert Jahren an der Seite des großen preußischen Reitergenerals Friedrich Wilhelm von Seydlitz gemacht hatte. Er brauchte nur aufzustehen, eine Verbeugung anzudeuten, sich kurz vorzustellen und dabei anklingen zu lassen, daß er '48 in Berlin auf den Barrikaden für dieselbe große Sache gekämpft habe ...

Doch er schaffte es nicht. War es nun Schwäche, war es Stärke, oder war es Gottes Wille, jedenfalls blieb er so lange regungslos sitzen, bis Schurz aufgestanden war und das bayrische Lokal am Michigansee verlassen hatte. Aufstöhnend schnitt Friedrich die erste Weißwurst auf. »Dummkopf, Dummkopf!« tönte es in ihm. Der Wirt kam vorbei und fragte, ob es ihm schmecken würde.

»Ja«, erwiderte Friedrich, obwohl er keinen Hunger mehr verspürte und ihm jeder Bissen vor dem Magen steckenblieb. »Muß gut gehen, Ihr Restaurant, wo Sie so vortreffliche Speisen anzubieten haben ...«

»Nun, ich kann nicht klagen.«

»Dann sollten Sie sich aber wirklich einmal selbst eine kleine Freude machen ... Wie wäre es mit diesem goldgefaßten Lapislazuli hier ...?« Schon hatte Friedrich seinen Koffer geöffnet und den Ring herausgezogen.

Der Wirt prallte zurück und lief rot an. »Wollen Sie mich auf den Arm nehmen, Sie ...?!« Und er zeigte Friedrich seine linke Hand. Der Ringfinger fehlte. »Den hat mir einer abgeschossen – unser königlicher Jagdaufseher vom Kochelsee.«

»Oh, Pardon.«

Friedrich mußte einsehen, daß ihm das fehlte, was für einen Reisenden unabdingbar war: Fortune. Und als er dann den Nachmittag über an zwei Dutzend Türen geklingelt hatte, ohne mehr zu verkaufen als einen lumpigen Armreif aus Silber, kam ihm die nächste Erkenntnis: »Du verkaufst deswegen nichts, weil du kein inneres Verhältnis zu deiner Ware hast, weil du Gold und Edelsteine haßt, anstatt sie zu lieben, vor allem aber, weil du die Menschen verachtest, die sie kaufen.«

So fuhr er nach Cincinnati zurück. Nicht als *tramp*, sondern, da Lemmerheert die Fahrt bezahlte, als normaler Passagier – was auch schon ein gewisser Fortschritt war. Aber es sollte vorerst seine letzte Reise auf Kosten Lemmerheerts gewesen sein, denn als er im Comptoir stand und seinem Chef Bericht erstattete, brach das große Donnerwetter los.

»Martin hat mir schon erzählt, was Sie alles verkauft haben – oder nicht verkauft haben. So etwas von Unfähigkeit ist mir noch nicht vorgekommen.« Lemmerheert schlug mit der Faust auf den Tisch. »Bosetzki, als Verkäufer sind Sie gefeuert. Amerika ist das Land der Tüchtigen und nicht der Versager.« Lemmerheert mußte einen Schluck Wasser trinken, weil ihn dieser Ausbruch doch arg erschöpft hatte. »Und eigentlich müßten Sie jetzt wieder auf der Straße liegen ... Doch mein Bruder hat immer wieder auf mich eingeredet, Sie nicht fallen zu lassen. ›Einen so lieben Freund, Hermann‹, hat er gesagt, ›darf man in der Not nicht alleine lassen.‹ Auch meine Frau hat sich für Sie verwendet. Nun gut, so will ich Sie zunächst noch in meinem Hause behalten. Sie können meiner Frau Englisch- und meiner Tochter Deutschunterricht erteilen – immer mal wieder, wenn es Ihre Zeit zuläßt, in der Hauptsache aber werden Sie als Bote und Diener für mich arbeiten.«

»Danke«, murmelte Friedrich, »haben Sie vielen herzlichen Dank, Herr Lemmerheert.«

»Ihr Lohn wird pro Jahr dreihundert Dollar betragen, abzüglich Kost und Logis. Sie können dann gehen.« Daß Friedrich sein Angebot ausschlagen würde, kam ihm gar nicht erst in den Sinn.

»Ich werde mir alle Mühe geben«, stammelte Friedrich. »Sie werden überaus zufrieden mit mir sein.«

Und mit einer leichten Verbeugung verließ er das Comptoir. Draußen auf dem Flur schwankte er zwischen drei Optionen. Erstens: Zum Ohio zu laufen und sich zu ertränken, weil er sich so unsagbar vor sich selbst ekelte. Zweitens: Sich in die Ironie zu flüchten und zu sagen: »Es ist nun einmal das Schicksal der Bosetzkis, Diener zu sein, ob nun bei einem König, einem General, einer

Freifrau, einem Grafen oder einem Pretiosenhändler.« Oder drittens: Ganz pragmatisch zu denken und froh zu sein, nicht wieder als Landstreicher leben zu müssen. »Kommt Zeit, kommt Rat.«

Eleonore Lemmerheert ließ ihm keine Zeit zum Nachdenken, denn wie aus dem Boden gezaubert stand sie plötzlich vor ihm und gab ihm die ersten Befehle: »In der Toilette ist der Abfluß verstopft, das bringen sie als erstes in Ordnung. Dann kommen Sie in mein Zimmer und beginnen mit dem Unterricht.«

Zu Friedrichs Überraschung war die erste Aufgabe die wesentlich angenehmere, denn als er in ihrem Zimmer saß und mit ihr die Stammformen der unregelmäßigen Verben übte, rückte sie mit ihrem Stuhl immer dichter an ihn heran, und es war unschwer zu erraten, was sie ersehnte. Ihr Mann schien nicht mehr in der Lage oder willens zu sein, sie angemessen zu bedienen, mochte es nun an seiner Fettleibigkeit liegen oder daran, daß er sich bei einer Geliebten oder einer käuflichen Dame zu sehr erschöpfte. Friedrich erinnerte sich an das, was sein Vater immer gesagt hatte: »Jedes Leben ist ein Roman, manches auch ein sehr schlechter.«

»*Forbid, forbade, forbidden. Forget, forgot, forgotten. Forsake, forsook, forsaken.*«

»Das ging ja schon ganz gut und nun: Frieren, gefrieren ...«

»*My heart is freezen ...*« Sie brachte ihr Bedürfnis nach Zärtlichkeit schnell auf den Punkt.

»Mrs. Lemmerheert, konzentrieren Sie sich bitte: *to freeze, froze, frozen*. Wenn Ihr Herz bei den Friesen ist, dann kann ich das verstehen, denn die friesischen Inseln sollen ja wirklich sehr schön sein, aber ...«

»Sie kleiner Schäker, Sie.« Eleonore Lemmerheert fuchtelte ihm mit ihrem knochigen Zeigefinger vor der Nase herum.

Friedrich rückte ein Stückchen von ihr weg. »*Get, got, gotten.*«

»Ach Gott, ja, was ist aus mir geworden: Alt und häßlich bin jetzt, zänkisch ...«

Was blieb Friedrich, als ihr zu widersprechen. »Durchaus nicht, Mrs. Lemmerheert, durchaus nicht.«

»Und wie finden Sie den Namen Eleonore ...?«

»Überaus reizvoll.« Friedrich erzählte ihr von Tamsel: daß da sein Großvater Johann von Bosetzki Kammerdiener der Luise Eleonore von Wreech gewesen sei. »... und von der hat Friedrich der Große gesagt, sie habe einen Teint wie Lilien und Rosen.«

»Wenn ich mich dagegen so im Spiegel sehe ...«

»Nicht doch: Alle beneiden sie Ihren Mann um eine so anmutige junge Frau wie Sie. Im ersten Augenblick habe ich Sie für die Tochter des Hauses gehalten.«

»Sie verstehen es aber, Komplimente zu machen.« Damit nahm sie seine Hand, um sie zu streicheln.

»Ich bin verheiratet, Mrs. Lemmerheert.«

»Ich auch, Mr. Bosetzki.«

Gegen seinen Willen begann sich bei Friedrich etwas zu regen. Sogar eine Frau wie diese schaffte das, denn zu lange hatte sich ihm kein Schoß mehr geöffnet. So war er bald bereit, es geschehen zu lassen, auch aus dem puren Überlebenstrieb heraus, denn war er ihr Geliebter, konnte er auf ihre Unterstützung rechnen.

Die Chaiselongue stand nur drei Schritt vom Tisch entfernt, und alles schien zu kommen, wie es kommen mußte, als es klopfte und Betty im selben Atemzug die Tür geöffnet hatte. Sie fuhren auseinander.

»*To slay, slew, slain*«, sagte Friedrich. »Erschlagen ...«

»*Whom do you want to slay?*« fragte Betty Lemmerheert, die mit ihren sechzehn Jahren wohl mehr oder minder alles begriffen hatte, auch im puritanischen Amerika. »Mich, weil ich ...?«

»Nach *sink, sank, sunk* und *sit, sat, sat* kommt nun mal *slay, slew, slain.*« Friedrich hätte sich am liebsten den Schweiß von der Stirn gewischt, aber das wäre nun wirklich ein Geständnis gewesen.

Auch Eleonore war spürbar befangen und versuchte, dies zu kaschieren, indem sie ihre Tochter anfuhr: »Warum störst du uns beim Unterricht?«

»Weil ich selber welchen haben will.«

Nun wurde es Friedrich noch um eine Spur heißer, denn was sich hier anbahnte, war ein bürgerliches Trauerspiel – und die endeten immer damit, daß sich die Protagonisten gegenseitig erschossen, erschlugen oder vergifteten. Manchmal ging auch einer ins Wasser oder sprang vom Felsen. In seiner Not hatte er dann die

Idee, die Lektion gemeinsam fortzusetzen. Was blieb den beiden Damen übrig, als dem zuzustimmen, und so war er zunächst einmal gerettet. Aber für wie lange?

Man sprach in diesen Tagen auch unter den Dienstboten in Cincinnati viel über die Sklaverei in den Südstaaten. Friedrich fügte dann immer hinzu, daß es auch im Norden Sklaven gebe, weiße sogar: »Nehmt mich doch bei Lemmerheert.« Mochte das juristisch auch nicht stimmen, so unterschied sich das, was er tat, faktisch kaum von der Arbeit eines Schwarzen unten in Louisiana oder Alabama. Morgens durfte er den Lemmerheerts das Frühstück servieren und danach ihre Nachttöpfe nach unten tragen und ihre Betten machen. Dann hatte er Eleonore beim Einkaufen und Kochen zu helfen und für Lemmerheert Botengänge zu erledigen. *Es ist ein Wunder, wofür man alles frei sein kann*, schrieb er in sein Tagebuch. In seinen Briefen nach Tamsel und Berlin, an Dorothee wie an Luise, verbreitete er aber einen Optimismus, der schon echt amerikanisch klang: *Jeden Tag komme ich meinem großen Ziel, hier in Cincinnati einen Verlag zu gründen, ein gutes Stückchen näher. Es gibt hier eine deutschsprachige Zeitung mit dem merkwürdigen Namen* »Cincinnati täglicher Volksfreund«, *und noch bin ich bloß deren Mitarbeiter, eines Tages werde ich aber ihr Eigentümer sein. Doch dann werdet ihr ja alle hier in Amerika leben und glücklich sein. Im Augenblick jedoch bin ich sehr einsam ...* Die Tatsachen waren andere. Die besagte Zeitung hatte bis dato lediglich einen kleinen Artikel von ihm über die Geschichte des Schlosses Tamsel abgedruckt – und das ohne jedes Honorar. Auch das mit der Einsamkeit stimmte nicht, denn fast jeden Abend saß er mit Martin, Eleonore und Betty zusammen, plauderte und spielte Karten, während Hermann Lemmerheert irgendwie aushäusig war. Auch das erotische Feuer flackerte weiter, wobei es ihm immer wieder gelang, Eleonore zu entkommen, dies vor allem durch Bettys Gegenwart. Betty ihrerseits wurde durch ihre Mutter gehindert. Martin schien von allem nichts zu merken.

Am späten Nachmittag wurde Friedrich oft zu den Landestegen unten am Ohio geschickt, um irgend etwas abzuholen, was die Schiffe für Lemmerheert brachten, mal Güter, mal Gäste. So stand er auch am 11. Juni an seinem angestammten Platz, als der Steamer, der von Louisville heraufgekommen war, die Leinen festmachte. Friedrich liebte die Raddampfer mit den zwei Schornsteinen vorn, und er stellte sich gerade vor, wie es denn sein würde, wenn er zwei davon nach Preußen bringen würde und den einen auf Spree und Havel und den anderen auf Oder und Warthe fahren ließ. In der *Vossischen* würde es dann heißen: *Im Sommer 1855 hatte Friedrich Bosetzki die Idee, unten am Ufer des Ohio, und heute ist er der bedeutendste Binnenreeder Deutschlands.* Gerade hatte er sich in diesem Traum verloren, da rief jemand vom Oberdeck des Dampfers seinen Namen.

»Hallo, Sie da, Mr. Bosetzki, muß ich hier aussteigen, wenn ich nach Tamsel will, zum Schloß ...?«

Er glaubte seinen Augen nicht zu trauen, aber es stimmte: Oben an der Reling stand Leo Leinhos, der Lederhändler. Wenig später war er an Land gesprungen und hatte Friedrich umarmt.

»Sie Unglücklicher! Ihren Brief aus dem Gefängnis habe ich erst viel zu spät erhalten, dann aber herausgefunden, daß Sie hier in Cincinnati gelandet sind, hatte es von der Überfahrt her auch noch im Gedächtnis. Sie hatten sich doch mit diesem Goldschmied aus Lübeck angefreundet: ›Meine Finger, meine Finger!‹«

»Dem Martin Lämmerhirt, ja, und bei dessen Bruder arbeite ich jetzt, als Vertreter für Schmuck ...«

»Na, wunderbar, da können Sie mich ja begleiten. Ich will nämlich morgen gleich weiter – und zwar nach Arkansas hinunter, wo es noch ein paar Trapper geben soll, die nicht an die Company gebunden sind.«

»Ist Ihre Catharina nicht auch mit an Bord?«

»Nein, die ist schon wieder in Berlin. Gleich nachdem wir wußten, daß sie schwanger war, ist sie wieder zurück. Mutter und Kind sind wohlauf, Viktoria heißt die Kleine.«

»Meinen Glückwunsch. Viktoria – Sieg auf der ganzen Linie.«

»Ja, warum nicht, man muß daran glauben. Haben Sie etwas gegen Sieger?«

»Ich wünschte, auch mal zu ihnen zu gehören.«

»Dann kommen Sie mit mir zum Fourche LaFave.«

»Lemmerheert, mein Chef, wird mich nicht gehen lassen.«

»Das lassen Sie mal meine Sorge sein. Dem werde ich schon weismachen, daß er sie unbedingt nach Arkansas schicken muß, weil die Leute da nach seinem Schmuck dürsten wie die Kamelreiter in der Wüste nach einem Schluck Wasser.«

Zwar hatte man in der ersten Hälfte des 19. Jahrhunderts große Gebiete von Frankreich und Spanien gekauft und die Union dadurch um die Staaten Ohio, Louisiana, Indiana, Illinois, Mississippi, Missouri, Arkansas, Michigan, Texas, Iowa, Wisconsin und California vergrößern können, doch auch im Jahre 1855 war die Karte westlich des Missouri und des Mississippi noch immer eine ziemlich weiße Fläche. Die wenigen Siedler, Trapper und Jäger verloren sich in den endlosen Weiten, in denen die Indianer noch die Herren waren. Dicht am linken Kartenrand las man: *Indian Territory*. Da endeten die Staaten Missouri und Arkansas und damit die Zivilisation europäischen Zuschnitts. Obwohl die rund 25 Millionen Amerikaner, die es um 1855 geben mochte, insgesamt wenig Neigung zeigten, in die neuen Gebiete überzusiedeln, war das Land schon auf dem großen Sprung nach vorn, und die ersten Schritte, den Kontinent von Küste zu Küste in Besitz zu nehmen, waren getan. 1846 hatte der Zug der Mormonen in den Westen begonnen, 1847 startete man die große Werbekampagne zur Besiedlung des Oregon-Territoriums, und 1848 waren aus Kalifornien gigantische Goldfunde gemeldet worden. Von Texas trieb man die Rinderherden nach Norden, und die große Zeit der Cowboys brach an. Die Pläne zum Bau einer transkontinentalen Eisenbahn reiften langsam heran.

So etwa konnte Friedrich Bosetzki sein Wissen über seine neue Heimat zusammenfassen, als er am Bug der »Constitution« stand und vor sich das Wasser des Ohio aufschäumen sah. Am linken Ufer lag Kentucky, und rechterhand hatten sie gerade die Stelle passiert, wo die Bundesstaaten Indiana und Illinois aneinanderstießen. Jetzt ging es weiter Richtung Missouri, Tennessee und Arkansas, und bei der Stadt mit dem schönen Namen Cairo kamen sie vom Ohio in den Mississippi.

»Na, ist das nun etwas anderes als die Warthe zwischen Landsberg und Küstrin?« Leinhos hatte sich zu ihm gesellt.

»Fluß ist Fluß, alles fließt: *pantha rei,* wie die Griechen sagen. Man kann nicht zweimal in denselben Fluß treten, wie schon Herakles anzumerken wußte.«

»Sie sind und bleiben ein Lehrer, mein Lieber.«

»In Tamsel durfte ich's nicht bleiben ...«

»Was machen wir nur mit Ihnen?«

»Daß ich Ihnen ans Leder will, schließen wir mal aus.«

»Sie scheinen gutgelaunt zu sein?« Leinhos freute es.

»Es ist wieder Bewegung in mein Leben gekommen. Immer Cincinnati, ich weiß nicht ... Ich hoffe auf mehr.«

»Ach, Bosetzki, sich immer nur treibenzulassen, das bringt doch nichts. Man kann im Leben nur etwas werden, wenn man ein festes Ziel vor Augen hat. Ohne Ziel aber irrt man nur im Kreise herum und verplempert sich.«

»Vielleicht ist das aber das wahre Leben, was Sie ›sich verplempern‹ nennen ...«

»Die einen haben das Brot, den anderen bleiben die Krumen, die vom Tische fallen. Wenn *Sie* mit den Krumen glücklich und zufrieden sind, bitte – *ich* bin es nicht.«

Friedrich blieb ihm eine Antwort schuldig, denn was ihm vorschwebte, war nicht in Worte zu fassen, und er hätte zumindest ein Halbgott sein müssen, um mit seinem Leben annähernd zufrieden zu sein. Schließlich erwiderte er dem Lederhändler, er sei gerade dabei, Descartes auf den Kopf zu stellen: »Nur wenn ich nicht denke, nicht reflektiere, dann bin ich.«

Die Fahrt mit dem Dampfboot verlief ohne jeden Zwischenfall, und das einzige, was Friedrich darüber in seinem Tagebuch vermerkte, war der lakonische Hinweis, daß er sich Cairo doch etwas anders vorgestellt hätte: *Keine Pyramiden, keine Hochkultur ...* In Cairo, Illinois, war umzusteigen auf einen Mississippi-Dampfer, und auf dem ging es dann hinunter nach Memphis, Tennessee, wo sie beschlossen, sich Pferde zu kaufen und über Brinkley und Little Rock zum Fourche LaFave zu reiten.

»Sie werden das doch schaffen?« fragte Leinhos.

Friedrich lachte. »Mein Großvater war schließlich einer der besten Reiter unter Seydlitz.«

Während des Rittes hatte Leinhos Zeit genug, Friedrich etwas über den Pelzhandel in den Staaten zu erzählen. »1807 hat es an der Mündung des Big Horn Rivers den ersten Handelsposten des Rocky-Mountain-Pelzhandels gegeben, und zwei Jahre später hat Manuel Lisa die ›Missouri Fur Company‹ gegründet. Dann kam die Zeit der großen Gesellschaften: die ›Hudson's Bays‹, die ›North West‹ und schließlich die ›American Fur Company‹ von Johann Jacob Astor. Überall werden nun Fallen aufgestellt, *traps.* Daher kommt der neue Berufszweig, der Trapper. Den Gesellschaften müssen die Trapper ihre Felle verkaufen. Das heißt, sie müssen nicht, aber wie sollen sie sie sonst loswerden?«

Friedrich lachte. »An Sie vielleicht ...«

»Ich werde sehen, was sich machen läßt.«

»Wenn Sie den Großen das Geschäft verderben, werden Ihnen bald die Felle wegschwimmen, fürchte ich.«

Doch Leinhos wußte, was er wollte. »Ich will eine gewisse Größe erreichen und mich dann aufkaufen lassen, dies mit einem Zusatz im Vertrag, daß ich für meine Geschäfte in Deutschland alles etwas billiger bekomme.«

»Nicht schlecht. Aber Sie haben mir immer noch nicht gesagt, warum Sie ausgerechnet an diesen Fourche LaFave wollen – ein schöner Name für einen Fluß, schon, aber das kann doch nicht Ihr Motiv gewesen sein ...«

»Nun, ich habe da in Cincinnati einen Pelzhändler namens Harper kennengelernt, der ungemein pfiffig ist ... In Kentucky hat er die Krämer mit alten Opossumfellen übers Ohr gehauen, denen er Waschbärschwänze angenäht hat. Mit dem möchte ich gern ins Geschäft kommen, und wir wollen uns bei seinem Bruder treffen, der eine Farm am Fourche LaFave besitzt.«

Ihr Ritt dauerte mehrere Tage, und Friedrich stöhnte schon, daß dies auch nicht aufregender sei, als von Tamsel nach Berlin zu reiten. Er hätte von Amerika mehr erwartet, zumindest ein paar Indianerüberfälle oder daß Banditen ihnen nachts die Pferde stehlen würden. »Ich möchte mich endlich einmal bewähren, mein Großvater war immerhin ein preisgekrönter königlich preußischer Kürassier.«

Leinhos lachte. »Warten Sie's nur ab, mal soll's ja nie beschreien.«

Und er sollte recht behalten, denn als sie endlich Harpers Blockhaus am Fourche LaFave erreichten, wurden sie nicht etwa von einem einsamen Siedler mit einem Freudenschrei begrüßt, sondern von einer Schar aufgeregter Siedler mit angelegten Gewehren.

»Was soll das, Freunde?!« rief Leinhos, als er sein Pferd mühsam durchpariert hatte.

»Die Hände hoch! Wer sind Sie?«

»Zwei harmlose Deutsche.« Leinhos erklärte den Leuten, wer sie waren und was sie in dieser Gegend wollten. »Mr. Harper kann mich fragen, wie sein Bruder aussieht und wie er spricht, dann wissen Sie, daß wir nicht lügen.«

»Harper liegt im Fieber und phantasiert nur noch.«

»Was ist denn hier passiert, daß Sie alle so in Panik sind?« fragte Friedrich.

»Hier sind Pferdediebe in der Gegend, und zwei Tote hat es auch schon gegeben: den alten Heathcott und eine Indianerin.«

»Wir sind keine Pferdediebe!« rief Friedrich. »Wir sind Händler, und ich bin außerdem noch Zeitungsschreiber, also Schriftsteller.«

»Okay«, sagte schließlich einer, der sich Roberts nannte. »Da war schon mal einer hier, der auch Friedrich hieß ... Gerstäcker, Friedrich Gerstäcker. Nun gut, steigt ab und bindet eure Pferde an. Wir wollten gerade mit unserer Mahlzeit beginnen, kommt und setzt euch zu uns.«

Sie taten es. Harpers Blockhaus stand keine hundert Schritte vom Fourche LaFave entfernt im Schatten junger Hickory- und Maulbeerbäume. Man hatte offensichtlich erst vor kurzem begonnen, das Land urbar zu machen, denn überall lagen noch Baumstämme, die gerade gefällt worden waren. Das Haus allerdings war schon fertig und zeigte sogar Fenster mit echten Glasscheiben. Auch einen Brunnen gab es und einen Schuppen für den Mais. Hühner, Enten und Truthähne liefen scharrend und gluckend umher. Ein bißchen wurde Friedrich an Szenen von Breughel erinnert, nur daß die Männer hier ein wenig anders gekleidet waren als die alten Niederländer. Die meisten trugen einen blauen Frack, der die gewöhnliche Tracht der amerikanischen Landleute war, dazu graue Hosen, saubere gelbe Westen, schwarze Schuhe und Hüte mit breitem Rand, einige wenige aber auch blauwollene Jagdhemden, lederne Leggins und Mokassins aus Rinderhaut. Die Farmen lagen weit verstreut zwischen dem Fourche LaFave und dem Petit Jean, aber von überall hatten die Neger Eßbares herbeigeschafft. Die Männer saßen auf umgestülpten Fässern, zurechtgerückten Kästen und roh zusammengezimmerten Stühlen an einem schmalen Tisch, dessen Mittelpunkt eine mächtige Schüssel mit gebratenen Bärenrippen und dünn geschnittenen Fleischstücken bildete. Maisbrot, eingekochter Kürbis, Honig und Milch ergänzten das Mahl. Die Messer klapperten, Finger und hohle Hände ersetzten die fehlenden Löffel und Gabeln. Dazu ging die Whiskeyflasche herum.

Die Gespräche kreisten alle um die Pferdediebe und ihre Geheimnisse. Es ging das Gerücht, daß es sich bei ihnen um eine wohlorganisierte Bande handelte, die ihr Hauptquartier auf einer Insel im Mississippi haben sollte. Sie seien aber nicht nur Pferdediebe, sondern auch Flußpiraten. Das bedeutete, daß einer der Ihren oben im Norden auf einem der reichbeladenen Boote, die den Fluß hinuntergingen, als Steuermann anheuerte. »... und der sorgt dann dafür, daß das Schiff auf die Pirateninsel aufläuft. Dann sind die Banditen da, bringen die Mannschaft um und verkaufen die Waren auf eigene Rechnung weiter unten im Süden.«

»Wie meine Pferde auch«, knurrte Husfield, dem sie die ganze Herde gestohlen hatten. »Hängen sollen sie alle!«

»Die Pferde?« lachte einer.

»Die Halunken.«

Friedrich verstand nicht, warum um ein paar gestohlene Pferde so viel Aufhebens gemacht wurde. »Brandenburg ist zwar auch ein Pferdeland, und wir brauchen die Tiere zum Reiten, auf dem Acker und im Krieg, aber wenn bei uns ein paar Pferde gestohlen werden, dann gibt es gerade mal eine kleine Notiz in der *Kreuzzeitung*, und der Gendarm wird in Marsch gesetzt.«

»Hier im Westen ist das anders«, belehrte ihn Husfield. »Mord und Pferdediebstahl sind die übelsten Verbrechen, denn das Land ist so weit, daß man ohne Pferd verloren ist. Man kann verhungern, verdursten, vom wilden Bären gerissen oder vom nächstbesten Indianer skalpiert werden. Nimmt man mir mein Pferd, ist das also wie ein Mordanschlag – und erwische ich den Dieb, dann ist es mein gutes Recht, ihn zu erschießen oder aufzuknüpfen.«

»Ist das nicht Sache des Gerichts ...?«

»Wie denn: Das nächste Gericht ist viele hundert Meilen entfernt – und Gefängnisse haben wir keine. Lynchjustiz wollen wir nicht, also bilden wir ein Gericht und führen das Verfahren selber durch ...«

»Ah ja, die berühmten Vigilanz-Komitees.« Friedrich hatte davon schon in Cincinnati gehört.

Diesen Ausdruck kannten die Siedler am Fourche LaFave aber nicht. »Bei uns sind es die Regulatoren.«

Da nun mußte Friedrich schmunzeln, denn das Wort erinnerte ihn an die alte Wanduhr zu Hause in Tamsel. Doch Regulation meinte wohl, daß Prozesse trotz aller wechselnder Umstände gleich und geordnet abliefen – bei der Zeitmessung in Deutschland wie bei den Siedlern in Arkansas.

Einer genoß bei den Männern besonderes Ansehen, wie Friedrich schnell bemerkte, und das war der Methodistenprediger Rowson. Als er nun das Wort ergriff, schwiegen alle anderen. »Ihr wißt alle, daß ich für meine Marion und mich schon ein Haus am Fourche LaFave gebaut habe ...«

»Marion ist meine Tochter«, erklärte Roberts den beiden Fremden.

»... und bald soll ja Hochzeit sein«, fuhr Rowson fort. »Ich baue zwar darauf, daß der Herr seine Hand schützend über uns halten wird, bin aber trotzdem voller Sorge über unsere Zukunft.«

»Ganz recht!« rief Husfield. »Denn eins steht ja fest: Die Burschen müssen hier in der Gegend einen Helfershelfer haben, einen, der mit ihnen unter einer Decke steckt. Denn wie hätten sie sonst wissen können, daß ich die besten Pferde habe?«

»Ich habe ja Atkins in Verdacht«, sagte einer, der Bowitt hieß und Müller war. »Auch dieser Johnson, der in seiner Nähe wohnt, kommt mir nicht ganz koscher vor.«

»Hütet euch vor solchen Verleumdungen!« rief Rowson.

Sie kamen nicht mehr dazu, ausführlich über ihre Nachbarn zu reden, denn im Blockhaus hatte der kranke Harper zu schreien begonnen: »Wasser! Wasser!«

Rowson eilte zu ihm und versorgte ihn. In diesem Moment legte unten ein Kanu an, und ein Indianer und ein junger Weißer sprangen ans Ufer und hoben einen Leichnam aus dem Boot. Das seien Harpers Neffe, Mr. Brown, und der Indianer Assowaum, wurde Friedrich erklärt. »Sie bringen Alapha, Assowaums Frau, die einer der Banditen getötet haben muß. Sie soll hier beerdigt werden.«

Nicht weit von Harpers Blockhaus entfernt befand sich ein alter indianischer Grabhügel, und dort nun ließen sie die junge Frau in die Erde hinab. Sie war von Rowson zum Christentum bekehrt worden, und so trat der Methodist jetzt mit dem Kreuz in der Hand an die offene Gruft, um mit seiner Rede zu beginnen.

Assowaum hatte die Hände vors Gesicht geschlagen, damit niemand seine Tränen sah. Wie in Stein gemeißelt kniete er da, doch als Rowson Gott um Vergebung für den Täter bat, sprang er auf, ergriff den Tomahawk seiner Frau und rief: »Nein! Keine Vergebung – Fluch treffe den Mörder! Assowaum wird ihn finden, sein Leben hat fortan nur noch den Zweck, Alaphas Mörder zu strafen!«

Rowson versank in ein stilles Gebet und sagte dann nach andächtiger Pause: »Vergib ihm, Herr, vergib dem Unglücklichen, der, von bitterem Schmerz übermannt, Worte des Zornes und des Hasses aussprach, wie sie nicht wohlgefällig vor deinem Angesicht sind. Erleuchte uns mit dem Licht, auf daß wir erkennen, wie nur in deiner Gnade das Heil liegt, das uns zu guten und gottesfürchtigen Menschen werden läßt. Amen!«

»Amen!« hauchten die Umstehenden, und damit waren die Feierlichkeit und die gesamte Zusammenkunft beendet. Die Siedler ritten wieder nach Hause, und Bowitt bot sich an, Leinhos und Friedrich bei sich in der Mühle nebenan bis auf weiteres unterzubringen.

Dort gab es dann auch einige Tage später die nächste Versammlung der Regulatoren von Arkansas. Anstelle des ermordeten Heathcott hatten sie jetzt den jungen Brown zu ihrem Führer gewählt. Der trat nun nach alter Sitte auf den Stumpf eines gefällten Baumes, um zu erläutern, daß alles rechtens sei, was sie da machten. Ob es wirklich so sei, fragte er.

»Ja!« riefen alle.

»Gentlemen«, fuhr er dann fort, »ich war gestern im Hause unseres bisherigen Freundes Atkins. Alles ist klar: Er ist der Verräter.«

Damit nicht genug, wenig später erreichte sie die Nachricht, daß Johnson, Atkins Nachbar, Heathcott ermordet habe. Assowaum hatte das herausgefunden, aber noch stärker erschütterte sie alle, was er dem hinzuzufügen hatte: »Auch Rowson, der blasse Mann, war bei den Pferdedieben. Und er hat Alapha, die Blume der Prärie, getötet.« Damit war der Indianer schon wieder im dichten Wald verschwunden.

Sie wollten es erst nicht glauben, dann aber spitzte sich alles hochdramatisch zu: Jemand anderes meldete, daß Rowson nun von Assowaum in die Enge getrieben worden sei und sich mit seinem Komplizen Cotton zusammen in seinem neuen Haus verschanzt habe. Marion, seine Braut, und Ellen, ihre Freundin, habe er als Geiseln genommen, um freien Abzug zu erreichen. Roberts, Harper und Bahrens verhandelten mit ihm, und er habe Bahrens schon den Hut vom Kopf geschossen.

Die Regulatoren mit Brown an der Spitze warfen sich auf ihre Pferde, um an der Belagerung teilzunehmen und den heuchlerischen Prediger zur Strecke zu bringen. Brown konnte es nicht eilig genug haben, und einige meinten, das läge daran, daß er eines der Mädchen liebe, Marion wohl. Leinhos und Friedrich folgten ihnen in nur geringem Abstand.

»Muß das sein!« rief Friedrich allerdings. »Seit meinem letzten Auftritt auf dem Alexanderplatz habe ich keine große Lust mehr, anderen als Schießscheibe zu dienen.«

»Ich muß diesen Assowaum noch sprechen. Was das Jagen und das Fallenstellen betrifft, da soll er hier am Fourche LaFave derjenige sein, der alles weiß und alles machen kann. Wenn ich ihn sozusagen als Agenten hätte ...«

»Der wird anderes im Kopf haben, jetzt, wo sie seine Frau ermordet haben.«

»Wenn er für mich arbeitet, kommt er auf andere Gedanken.«

»Das ist mir zu zynisch, das könnte ich nicht.«

»Darum wird aus Ihnen auch nie was Rechtes werden, mein lieber Bosetzki!« Leinhos gab seinem Pferd die Sporen.

Bald hatten sie die Lichtung am Fourche LaFave erreicht, auf der Rowson das Haus für sich und Roberts' Tochter gebaut hatte. Offensichtlich hatte er sich von seiner Doppelrolle als Verbrecher und Priester verabschieden wollen. Doch dann war alles anders gekommen. Einfach, aber traut war das flache Gebäude aus Brettern und Stämmen. Eine hohe Einzäunung umgab es.

Der Indianer, der hinter einem Baum in Deckung lag, jubelte in seiner Muttersprache, als die Regulatoren heransprengten und Rowsons Haus umzingelten. »Jetzt ist er mein! Jetzt hab' ich sein Blut!« Dabei war er aufgesprungen – und Rowson ließ sich die Chance nicht entgehen, auf ihn zu feuern. Die Kugel streifte Assowaum an der rechten Hüfte, und sein Blut färbte die Erde.

Husfield sprang als erster aus dem Sattel, setzte an, den Zaun niederzureißen, und schrie dabei: »Stürmen! Stürmen und die Bestien mit Gewalt herausholen. Mir nach, Kameraden, in fünf Minuten ist das Nest unser.«

Roberts fiel ihm in den Arm. »Halt! Das wäre Mord an den unschuldigen Mädchen. Treiben wir Rowson zur Verzweiflung, ist er zu allem fähig.«

Da ließ sich der Prediger am Fenster sehen. »Gebt uns freien Abzug und 24 Stunden Vorsprung – und die Mädchen sind frei.«

»Gut! Es sei!« rief Brown, dem es vornehmlich um Marions Leben ging.

Husfield war jedoch entschieden dagegen. »Halt, Sir! Hierüber hat die Versammlung zu entscheiden, nicht einer allein. Wollt ihr den Schuft entschlüpfen lassen, nur weil er damit droht, ein paar Mädchen, die er in seiner Gewalt hat, zu ermorden?«

»Nein, nein, nein!« schrie die Mehrzahl der Anwesenden.

»Laßt uns die Höhle stürmen!« riefen viele. »Rowson weiß, was ihn erwartet, und er wird seine Strafe nicht durch ein neues Verbrechen vergrößern wollen.«

»Doch, einen Tod kann er nur sterben!« Die beiden Männer, deren Töchter sich in Rowsons Gewalt befanden, Roberts und Curtis, setzten alles daran, die Erstürmung des Hauses zu verhindern, was ihnen schließlich auch gelang. Man beschloß, das Gebäude zu umstellen und zu warten, bis es dunkel geworden war. Mit Sicherheit würden die Eingeschlossenen dann einen Ausfall wagen – und man könne sie schnappen, wenn die Wachen nur gut genug verteilt seien – vor allem zum Fluß hin.

Assowaum ergriff nun das Wort. »Der blasse Mann gehört dem Gefiederten Pfeil, weil er Alapha erschlagen hat. Er ist meiner Rache verfallen, und keiner darf ihn vorher töten. Sobald der Whip-poor-will zum ersten Mal schreit, verschwimmt das Korn seines Rohres – und dann wird Assowaum euch führen.«

Das wurde akzeptiert, und man machte sich auf längeres Warten gefaßt. Assowaum wandte sich zum Fluß, um dort von seinem Kanu aus die Hinterseite des Hauses im Blick zu haben. Leinhos sah nun die Gelegenheit gekommen, mit dem Indianer zu reden und ihn für seine Geschäfte zu gewinnen. Schnell trat er an seine Seite.

»Ich habe da eine Idee, wie wir beide ...«

Weiter kam er nicht, denn in diesem Augenblick fiel ein Schuß, und die Kugel fuhr ihm rechts neben der Wirbelsäule in den Rükken. Rowson hatte es noch einmal auf den Indianer abgesehen und dabei den Mann aus dem Oderbruch getroffen. Leo Leinhos schrie auf und sank in sich zusammen. Assowaum trug ihn zu den Pferden, Friedrich wich nicht von seiner Seite.

»Schnell, schafft ihn zu Roberts nach Hause, damit sich die Frauen um ihn kümmern. Und einer soll zum Petit Jean reiten, dort am Fuße der Magazine Mountains soll es einen tüchtigen Wundarzt geben.«

Als Leinhos wieder zu sich kam, lag er schon bei Roberts in der Kammer. Er hustete Blut und hatte schreckliche Schmerzen, denn die Kugel steckte ihm im Rücken. Keiner konnte sie entfernen, weder die Frauen noch die Negersklaven, auch Friedrich nicht.

Man mußte auf den Wundarzt warten. Auch Assowaum hätte die Operation wohl vornehmen können, doch der kam nicht, bevor er den Mörder seiner Frau getötet hatte.

»Wäre ich doch bloß an der Oder geblieben«, stöhnte Leinhos.

Friedrich wechselte das kühle Tuch auf seiner Stirn. »Wenn es einen treffen soll, dann trifft es einen, wo immer man ist.«

Leinhos verlor das Bewußtsein. Dann kam das Fieber, und er begann zu phantasieren. »Catharina ... Der König ruft mich ... Wir sollen liefern ...« Offensichtlich war es sein Traum, Hoflieferant zu werden.

Friedrich saß die ganze Nacht an seinem Bett und betete, daß Leinhos am Leben bleiben möge. Er war mehr für ihn als nur Kamerad und Landsmann. Er war sein Rettungsanker, ein Mensch, auf den er hoffen konnte, wenn er in aussichtsloser Lage war. Früher in Deutschland hatte er immer auf Lellichow, seinen Schwager, bauen können. Er brauchte, obwohl er nun schon 38 Jahre alt war, jemanden, der wie ein Vater für ihn war. »Der himmlische Vater reicht dir wohl nicht?« dachte er mit der leisen Selbstironie, die ein Erbteil seines leiblichen Vaters sein mochte.

Roberts kam herein und riß ihn aus seinen Gedanken. »Alles ist entschieden, die Mädchen sind gerettet!« rief er schon in der Tür. »Ellen ist es gelungen, sich von ihren Fesseln zu befreien. Sie hat sich mutig auf Rowson geworfen, als Assowaum von unten durch die Bodenbretter in das Haus eingedrungen ist. Cotton konnte zwar durch einen unterirdischen Gang entkommen, Rowson aber haben wir.«

Friedrich hörte es ohne große Freude. Die Kugel blieb in Leinhos' Rücken. Brown wagte es schließlich, sie herauszuschneiden. Ein Betäubungsmittel gab es nicht, und es wurde eine solch entsetzliche Metzelei, daß Friedrich Leinhos' Schreie nicht ertragen konnte und aus der Kammer lief. Endlich war Leinhos wieder in Ohnmacht gefallen. Assowaum kam, die Wunde mit Kräutern zu versorgen. Eine der Negerinnen setzte sich nun ans Krankenbett, während Friedrich ein Lager bei den Pferden fand. Trotz aller Gemütsaufwallungen schlief er binnen weniger Minuten ein. Zu groß war die Erschöpfung.

Als er am späten Morgen erwachte, waren die anderen schon dabei, zum Gericht der Regulatoren zu reiten, das auf einem Hügel stattfinden sollte, der mit senkrechter Felswand am südlichen Ufer des Fourche LaFave gelegen war.

»Moment, ich komme mit!« rief er Roberts zu. »Wie geht es dem Verwundeten?«

»Er hat eine schlechte Nacht gehabt, schläft aber jetzt. Mach ihn nicht wach!«

So konnte Friedrich, während er sein Frühstück hinunterschlang, nur einen kurzen Blick auf Leinhos werfen. Blaß sah er aus, und sein Gesicht war eingefallen. Da war nichts mehr von dem Ausdruck »Zeig mir die Berge – ich will sie versetzen«, der ihn so vor allen anderen ausgezeichnet hatte, nichts mehr von seinem Optimismus, um den ihn Friedrich so beneidet hatte. Fast fühlte er eine gewisse Genugtuung, daß es den anderen erwischt hatte und nicht ihn. Er schämte sich dafür und versuchte, dagegen anzukämpfen. Für weitere Gedanken und Gefühle blieb keine Zeit mehr, denn Roberts drängte ihn, sich aufs Pferd zu schwingen.

Während des Rittes war Roberts neben ihm und zeigte sich ungewöhnlich gesprächig. Er war wegen der Ereignisse des gestrigen Tages noch immer mächtig aufgekratzt. »Meine Tochter geht nun mit Harpers Neffen nach Texas, und ich müßte Brown verfluchen, weil er mir die Tochter entführt. Doch ich umarme ihn ohne Unterlaß, denn er ist es ja, der sie ihrem Entführer entrissen hat: Rowson, diesem Teufel in Priestergestalt.«

»Nun ja ...« Ein besserer Kommentar wollte Friedrich nicht einfallen, hatte er doch nichts anderes im Kopf als Leinhos' Schicksal.

»Und ...« Roberts, der eine gewisse Ähnlichkeit mit Ludwig Urban haben mochte, sah ihn listig von der Seite an. »... wie gefällt es Ihnen hier an unserem Fluß ...?«

»Der Fourche LaFave ist ganz was anderes als die Warthe ... Die schlängelt sich durch eine Bruchlandschaft, hier aber haben wir Wälder und Hügel. Trotz alledem: Ich kann mir ein Leben ohne Fluß nicht denken.«

»Dann bleiben Sie doch hier. Das Haus, in dem Rowson mit

meiner Tochter leben wollte, ist billig zu haben. Und wir wären glücklich, einen wie Sie in unserer Mitte zu haben.«

»Danke, Sir, aber ...« Dieses Aber zu artikulieren, fiel ihm nicht leicht, denn zunächst dachte er nichts weiter als: »Warum denn nicht ...?« Er hatte genügend Bauernblut in den Adern, um hier als Farmer bestehen zu können. Johanne, seine Urgroßmutter, war aus einer Bauernkate an der Netze als Köchin nach Tamsel gekommen, und Johann, sein mit Ruhm bekränzter Großvater, war als Ziehsohn des Bauern Sengebusch groß geworden. Und Dorothee war ganz sicher hart genug, um hier als Pioniersfrau zu überleben. Blieb Wilhelm, sein Sohn. Wenn der hier aufwuchs, würde er so schnell keine Schule von innen sehen. Doch – war das so schrecklich ...?

Die Waage neigte sich immer mehr zum Fourche LaFave, doch eine endgültige Antwort brauchte er dem Farmer noch nicht zu geben, weil sie inzwischen den Gerichtsplatz oben auf dem Hügel erreicht hatten und anderes nun wichtiger war. An die zwanzig Jäger und Farmer lagerten schon unter den schlanken Kiefern und den dichtbelaubten Eichen. Auf der anderen Seite der Lichtung lagen die Gefangenen: Atkins, Johnson, Weston und Jones, alle gefesselt und zudem von zwei *backwoodsmen* bewacht. Rowson, von Marion beim Kampf durch einen Pistolenschuß verletzt, ruhte auf einem Bett aus Blättern, und neben ihm kniete Assowaum, der kein Auge von ihm ließ. Das Feuer, das die Nacht über gebrannt hatte, war langsam am Verlöschen.

Nun nahmen die Dinge ihren Lauf, und Friedrich notierte es aufmerksam, aber ohne große Emotionen. Zuerst wurde eine Jury aus zwölf der Ansiedler gewählt, und die Angeklagten bekamen sogar die Möglichkeit, den einen oder anderen als befangen abzulehnen, nutzten diese aber nicht. Des weiteren wurden vier Ankläger bestimmt, unter ihnen Curtis.

Als Verteidiger bot sich einer an, der erst am Morgen eingetroffen war – zufällig, wie er betonte. »Mein Name ist Wharton, ich bin Advokat in Little Rock und glaube nicht, daß Sie jenen Unglücklichen einen Fürsprecher verweigern werden.«

Einige der Regulatoren wollten dies verhindern, doch Brown

gestattete ihm die Verteidigung der Verbrecher. »Gibt es etwas, das zu ihrem Vorteil spricht, desto besser. Wir wollen beginnen.«

Die ersten Anklagen richteten sich gegen Atkins und Weston als die Hehler und gegen Jones als den, der Pferde gestohlen und der Bande zugeführt hatte. Als Weston leugnete, wurde er an einen Baum gebunden und mit den Zweigen eines Hickorybusches so lange gepeitscht, bis ihm das Blut über die Schultern rann. »Ja, ich war es!« schrie er schließlich, aber selbst der schlimmste Schmerz brachte es nicht zustande, daß er auch seine Komplizen verriet.

»Hängt ihn!« riefen die Regulatoren. »An die Eiche mit ihm.«

Brown konnte es gerade noch verhindern, indem er auf das Gesetz verwies. »Erst müssen alle angehört werden, und die Jury hat nachher über Leben oder Tod der Gefangenen zu entscheiden.«

Jones' Schuld lag zu klar zutage, als daß darüber lange zu debattieren war, und keinerlei Zweifel gab es auch daran, daß Johnson den Siedler Heathcott und daß Rowson Alapha, die Indianerin, ermordet hatte. Zu eindeutig und erdrückend waren die Beweise. *Doch wie konträr waren beider Reaktionen*, sollte Friedrich später in sein Tagebuch schreiben.

Johnson gab sich trotzig und verhöhnte seine Richter. »Ja, ihr Memmen, ich habe Heathcott erschossen, und Gott soll mich verdammen, wenn ich nicht eurer ganzen Regulatorenbande mit Wollust die Kehle durchschneiden würde!«

Rowson aber, der von Assowaum gestützt werden mußte, so schwach war er, flehte um Gnade: »Ich will alles gestehen, alles verraten. Ich werde dadurch selbst zum Gericht gehören, und niemand kann mich ...«

»Die Pest über deine feige, erbärmliche Seele!« schrie Johnson.

»Ihr dürft mich nicht ermorden!« rief Rowson mit Angstschweiß auf der Stirn. »Ich will alles gestehen, alles verraten – und dadurch dem Gesetz nach frei ausgehen. Ihr müßt wissen, daß am Mississippi Sachen geschehen sind, viel entsetzlicher als das, was hier ...«

Da sprang der fremde Advokat dazwischen. »Ich protestiere gegen dieses Verfahren ...« Und er trug eine Reihe von Argumenten vor, die Friedrich mangels juristischer Vorbildung nicht ganz verstehen konnte. Zugleich hatte er das dunkle Gefühl, daß dieser Mann nicht der war, für den er sich ausgegeben hatte, denn zu schnell und zu bewußt hatte er Rowsons Redefluß zu stoppen versucht. War er gar der Anführer jener Flußpiraten des Mississippi, von denen man immer wieder hörte, und hatte er befürchten müssen, daß Rowson alles verriet? Was flüsterte er jetzt diesem ins Ohr?

Wie auch immer, Rowson schwieg nun wieder, und die Geschworenen traten zusammen, um ihr Urteil zu fällen. Brown rief die Namen der Angeklagten auf, und ein jedes Mal tönte es im schaurigen Chor: »Schuldig!«

»Fort mit ihnen!« schrien einzelne in der Menge. »An die nächsten Bäume! Füttert die Aasgeier mit diesen Hunden.«

»Halt!« rief Brown dazwischen. »Nicht alle sind gleich schuldig, nicht alle müssen dieselbe Strafe erdulden. Ist keiner da, den ihr begnadigen möchtet?«

»Doch, Atkins. Sein Kind ist heute nacht gestorben, und er will nach Texas auswandern. Lassen wir ihn ziehen.«

»Ich stimme für Gnade«, sagte Friedrich, und die anderen schlossen sich an.

Atkins bedankte sich bei einigen der Männer mit einem langen Händedruck, ehe er sich in den Sattel schwang und mit verhängten Zügeln nach Hause ritt. Auch Jones entging dem Strick. Man einigte sich darauf, ihn nach Little Rock ins Zuchthaus zu schaffen, ihm aber vorher noch, da dies als nicht sehr ausbruchssicher galt, fünfzig Stockhiebe auf den Rücken zu verpassen. Nur bei Johnson und bei Rowson wollte keiner an Erbarmen denken. So rief also Brown, daß man die beiden Gefangenen zum Hängen führen sollte.

»Halt!« rief da der vermeintliche Advokat aus Little Rock. »Halt, im Namen des Gesetzes! Diese Verbrecher sind des Todes schuldig, das ist wahr. Aber ich protestiere gegen dieses Gerichtsverfahren, das ein ebensolcher Mord wäre, als sie ihn begangen haben. Überliefert sie mir, ich werde sie nach Little Rock schaffen und sie dort einem ordentlichen Gericht zuführen.«

Da schnellte Assowaum auf den Fremden zu. »Halt! Dieser Mann ist mein. Das Gericht hat ihn schuldig gesprochen – aber sein Henker bin ich!«

»Nein, nein, nein!« schrie Rowson in seiner Todesangst. »Los, ihr Regulatoren, hängt mich hier an diesen Baum, hängt mich, aber gebt mich nicht in die Hände dieses roten Teufels! Erbarmen! Rettet mich!«

Doch da hatte Assowaum schon einen Lederriemen um seinen Körper geschlungen und Rowson wie einen Baumstamm, den es wegzutragen galt, in die Arme genommen.

»Gentlemen, das ist ja entsetzlich«, sagte der Fremde. »Sie wollen doch nicht zulassen, daß der Wilde den Mann in den Wald schleppt und dort zu Tode martert?!«

Doch keiner der Regulatoren gab ihm eine Antwort. Regungslos starrten sie auf den Indianer, der Rowson nun aufnahm und auf einen schmalen Pfad zuschritt, der zum Fluß hinunterführte.

»Nein, das darf ich auf keinen Fall dulden!« Der Fremde stürzte dem Indianer hinterher, um ihn noch aufzuhalten.

Assowaum hielt auch wirklich an, aber nur um dem anderen zuzuraunen, daß er ihm nur folgen solle, wenn er vorhabe, nie wieder zum Mississippi zurückzukehren: »Ich kenne dich nämlich ...«

»Rettet mich!« flehte Rowson. »Rettet mich bei eurer Seligkeit.«

Doch der Fremde rührte sich nicht mehr von der Stelle.

Friedrich war indessen an den Rand des Felsens getreten, und wenig später sah er, wie der Indianer den gefesselten Methodisten in ein Kanu legte. Bald glitt es mit beiden auf dem Fourche LaFave dahin.

Jones' Wehgeschrei ließ ihn zusammenzucken. Der bekam inzwischen seine Prügel verpaßt. Auch mit Johnson machte man nun kurzen Prozeß. Während er die Regulatoren verhöhnte und bespuckte, hatte man ihn aufrecht sitzend auf ein Pferd gebunden und dies unter den Baum geführt, an dem er hängen sollte. Man hatte ihm eine Schlinge um den Hals gelegt, und einer der Negersklaven bekam nun den Befehl, hinaufzuklettern und das Seil oben um den Ast zu schlingen und zu befestigen. Sobald das Pferd nur einen Schritt nach vorne machte, war es um ihn geschehen – doch das Tier rührte sich nicht.

»Was sollen die Faxen?« rief Johnson. »Nehmt das Pferd und macht allem ein Ende.«

»Ein Schenkeldruck von dir tut's auch!« rief man ihm zu.

Doch Johnson bewegte kein Glied, das Tier, das ihn trug, ebensowenig.

Da schwang sich Brown in den Sattel, um den Hügel hinunterzusprengen. Die anderen folgten ihm, wobei sie aufpaßten, daß Jones und der Fremde nicht bei Johnson blieben. Friedrich hielt sich immer neben Roberts und hoffte nur, daß der Wundarzt vom Petit Jean inzwischen bei Leinhos angekommen war.

Doch als sie die Farm erreichten, kam ihnen nur Mrs. Roberts entgegen, und da sie Tränen in den Augen hatte, wußte Friedrich schon, was sie ihm sagen würde.

»Ihr Freund ist tot.«

Am 22. Oktober 1855 wurde Heinrich Brandes in der deutschen katholischen Kirche St. Paulus in Cincinnati vom Generalvikar Joseph Ferneding getraut – und zwar mit Catharina Brock aus Warendorf bei Münster, die ein Jahr zuvor mit dem Vollschiff »Marianne« nach Amerika gekommen war und als Dienstmädchen gearbeitet hatte. Heinrich Brandes war 1820 als Sohn eines Kleinbauern im westfälischen Ochtrup geboren worden, hatte seinen Militärdienst abgeleistet und als Tagelöhner auf dem Hof seiner Eltern geschuftet. Dort ging es immer weiter bergab, und er hatte es schließlich satt, in Demut da zu bleiben, wohin ihn die Vorsehung gestellt hatte. So hatte auch er sich zur Auswanderung nach Amerika entschlossen. Im Dezember 1853 war er in New York an Land gegangen und hatte sich nach Oldenburg/Indiana aufgemacht, wo sich ein paar Jahre zuvor ein Onkel von ihm angesiedelt hatte. Dieses Oldenburg in Ray Township, Franklin County, war anderthalb Jahrzehnte zuvor von den Katholiken Johann Heinrich Ronnebaum und Heinrich Plaspohl aus dem Kirchspiel Damme im Oldenburger Münsterland gegründet worden. Die nächstgelegene Großstadt war das westlich gelegene Cincinnati im Bundesstaat Ohio, mit dem man immer im regen Austausch stand. Dort hatte er auch seine Braut kennengelernt und sich beim Kauf der Hochzeitsringe im Schmuckwarenladen von Hermann Lemmerheert mit dessen Gehilfen angefreundet.

Friedrich saß in der zweiten Reihe und verfolgte die Hochzeit mit gemischten Gefühlen. Einerseits freute er sich mit dem jungen Paar, andererseits quälte er sich unaufhörlich mit seinen Selbstvorwürfen: Warum bist du nicht am Fourche LaFave geblieben, warum hast du Weib und Kind nicht nachkommen lassen? Dann könntest du jetzt in Little Rock in der Kirche sitzen und die Taufe deines zweiten Kindes erleben. »Herr, versteh mich bitte, ich habe da nicht bleiben können, wo wir Leo Leinhos begraben haben.« Doch das große *te absolvo* wollte nicht kommen.

Nun war er wieder in Cincinnati und gleichsam der weiße Sklave Hermann Lemmerheerts. Alles war wie vor seiner Reise nach Arkansas. Die Zeit verging. Er hatte schwer zu arbeiten und zudem noch alle Kräfte aufzuwenden, sich Mutter und Tochter vom Leibe zu halten, was ihm im Falle von Mrs. Lemmerheert immer schwerer gelang. Er war inzwischen zu dem geworden, was man einen Damenmann nannte, also einer, bei dem die Frauen Feuer fangen, und Eleonore hatte sich zweifellos in ihn verguckt. Nie hatte Friedrich die alte Weisheit »Harte Schale, weicher Kern« mehr bestätigt gefunden als bei ihr. Sie hatte es im Leben noch schwerer gehabt, als es die Frauen ihres Standes ohnehin schon hatten, war sie doch das älteste von zwölf Kindern eines Landarbeiters gewesen. Sie hatte die jüngeren Geschwister, kaum war sie sechs Jahre alt geworden, mehr oder minder aufziehen müssen, da ihre Mutter von einem Leiden nach dem anderen aufs Krankenbett geworfen wurde. Das hatte sie so hart gemacht. Auch die Ehe mit Lemmerheert, den sie als Soldaten bei einem Manöver kennengelernt hatte, war alles andere als ein Zuckerschlecken. Da gab es kein gutes Wort und keine Zärtlichkeit, sondern nur kühle Sachlichkeit. Sie wünschte sich manchmal, daß er sie so behandelte wie seine Hunde, denen er Leckerbissen reichte, die er streichelte und fragte, ob sie sich wohl fühlten und was sie zu unternehmen wünschten. Nach außen hin aber war er bemüht, immer wieder zu betonen, welch glückliche und harmonische Ehe sie führten, und Friedrich war sich sicher, daß Hermann Lemmerheert nie auf den Gedanken gekommen wäre, seine Frau könnte in dieser Hinsicht anderer Meinung sein als er, waren sie doch angesehene Leute. Alles war ausgerichtet auf das Geschäft und größtmögliche Gewinne, und nur dem hatte sie zu dienen. In ihr aber schlummerte eine verträumte und sehr romantische Frau, und all ihre geheimen und verdrängten Wünsche projizierte sie nun auf Friedrich. Wäre Friedrich ein Bruder Leichtfuß gewesen und hätte die Maxime vertreten, daß bei Nacht alle Katzen grau waren und selbst ein hageres Gestell wie Eleonore Lemmerheert einem ausgehungerten Mann noch Wollust verschaffte, dann wäre alles einfach gewesen – doch ein solcher war er nicht. Ein ganz hartgesottener Bursche oder einer vom Typ des Heiratsschwindlers wäre sogar mit ihr durchgegangen und hätte Hermann Lemmerheerts Dollars mit ihr verpraßt. So etwas schien ihr auch vorzuschweben, als sie eines Tages vom Englischunterricht abschweifte.

»Spucken, fauchen, sprühen – *to spit* ...«

»... *spat, spot.*«

»Nein«, korrigierte Friedrich sie: »... *spat, spat*. Ein *spot* ist ein Fleck, Tupfen, Makel, aber auch eine Stelle, ein Platz ...«

Eleonore lachte. »Neulich habe ich die Stelle gefunden, wo Hermann seine Notgroschen versteckt hat. Da, hinter dem Paneel.« Sie ging zur Wand und löste das Mahagoniholz. »Dreitausend Dollar ...«

Friedrich war die Szene peinlich. »Ich möchte das gar nicht gesehen haben.«

»Wäre das nicht ein schönes Stückchen Land am Fourche LaFave ...?«

»Meine Frau eignet sich nicht für das Leben in Arkansas.«

»Andere Frauen kommen vom Land und hätten gern eine eigene Farm ...«

Friedrich wurde es siedendheiß, denn wie in vielen Menschen schlummerte auch in ihm die Sehnsucht nach einem Leben mit irrwitzigen Wendungen, einem Leben, wo von heute auf morgen alles kippte und gänzlich anders war, wo aus Erzfeinden plötzlich enge Herzensfreunde wurden, aus dem verhaßten Nachbarskind die Frau, die man liebte. Und warum es nicht mit Eleonore Lemmerheert am Fourche LaFave versuchen? Dort standen ihm alle

Türen offen. Was würde er hier in Cincinnati verlieren? Doch nichts als seinen Sklavenstatus.

Und vielleicht hätte er sich in dieser Stunde für Eleonore und den Fourche LaFave entschieden, wenn sich nicht plötzlich unten auf der Straße ein gewaltiger Lärm erhoben hätte. Auch kamen Lemmerheert, Martin und Betty so schnell ins Zimmer gestürzt, daß Eleonore das Holzpaneel noch gerade eben in Ordnung bringen konnte.

»Deutsche in den Schweinestall!« schrien sie an der Ecke.

»Laßt sie ihr Sauerkraut alleine fressen!«

»Sie machen wieder Jagd auf die Iren und die Deutschen!« rief Hermann Lemmerheert. »Schnell, die Fensterläden zu!«

Doch zu spät, der Mob war schon heran. Der erste Stein zertrümmerte die Fensterscheibe, der zweite traf Martin an der Hand.

»Meine Finger!« schrie er. »Meine Finger!«

Hermann Lemmerheert stürzte zum Waffenschrank, riß seinen Karabiner heraus und feuerte mehrmals in die Luft. Die Menge stob auseinander. In den letzten Jahren hatte es immer wieder Tätlichkeiten gegen die Deutschen in Cincinnati gegeben, zuletzt erst Pfingsten 1856, als man die Turner angegriffen hatte.

Für Heinrich Brandes, Friedrichs neuen Freund, mochte dieser neue Angriff der letzte Auslöser gewesen sein, die Stadt zu verlassen und aufs Land zu gehen. Friedrich nahm sich zwei Tage frei, um ihnen beim Umzug zu helfen. Mit dem billigen Kanalboot ging es hinauf nach Metamora, wo sie alles Hab und Gut – viel war es nicht – auf ein Pferdefuhrwerk luden und so die Steigung hoch nach Oldenburg ohne Mühe schafften. Catharina und Heinrich hatten eine Farm von 120 *acres* gepachtet, etwa fünfzig Hektar, von denen aber nur ein Drittel gerodet war.

»Ach, was bin ich glücklich, nun mein eigener Herr zu sein!« rief Heinrich Brandes aus.

»Und es sind meine Pferde, Kühe und Schweine, die ich füttern muß«, fügte seine Frau hinzu.

Nicht ganz so schön hingegen war die Tatsache, daß sie Agnes Decker, so hieß die Eigentümerin des Landes, den größten Raum im Erdgeschoß und ein weiteres Zimmer im Obergeschoß ihres

Hauses überlassen mußten. Außerdem durfte sie sich einiges Vieh in Heinrichs Ställen halten und erhebliche Teile der Ernte für sich beanspruchen.

Der Freund ließ sich davon nicht entmutigen. »Das ist aber trotzdem allemal besser als im Kotten zu Hause in Ochtrup. Und außerdem kann ich jedes Jahr zwei Hektar Land roden und alles, was darauf wächst, für mich behalten.«

Friedrich wünschte den beiden alles Glück der Erde, als er wieder nach Hause fuhr. Nach Hause ...? »Schön wär's ...« murmelte er. Bestenfalls seine Kinder würden sich hier heimisch fühlen, vielleicht auch erst die Enkelkinder. Allem in Cincinnati fehlte etwas ganz Entscheidendes: Zeit, Vergangenheit, Geschichte. Alles war schlichtweg Un-Kultur.

»Zeit, daß Sie wieder zurück sind!« schnauzte Hermann Lemmerheert. Seinen Geschäften tat es keinen Abbruch, daß er deutscher Herkunft war, denn zum einen gab es nirgendwo besseren Schmuck, und zum anderen war er in alle amerikanischen Vereine eingetreten, die sich finden ließen. Auf diese Weise war er auch zu einer neuen Kundin gekommen, zu Lotta Deshler, die in der Elm Street einen Modesalon für die Dame von Welt eröffnet hatte. Von den einen wurde sie als Hure beschimpft, von den anderen als Vestalin des Schönen gepriesen. Zu ihr nun wurde Friedrich in Marsch gesetzt, um ihr eine Kollektion von Ketten, Armbändern, Ringen und Broschen zu bringen, die sie für Lemmerheert in Kommission verkaufen sollte, mit eigenem Gewinn natürlich. Nun fiel Friedrich durchaus nicht in Ohnmacht, wenn er schöne Frauen sah, denn er hatte ihrer viele im Tamseler Schloß und auch bei den Empfängen seiner Schwester in Berlin getroffen, doch bei Lotta Deshler blieb ihm der Atem weg. Sie war nicht nur eine schöne Frau, sondern zeigte auch jenes Maß an Verderbtheit, das jeden Mann sofort und nur noch an das eine denken ließ: an Wollust und Eroberung. Sie brauchte nicht einmal den Mund zu öffnen, und er wußte schon, wie sie zu ihrem Geld gekommen war. Doch das war nicht etwa abstoßend für ihn, ganz im Gegenteil, es zog ihn an. Keusch wie ein Mönch hatte er die letzte Zeit gelebt, und das, was es zuvor zwischen ihm und Dorothee gegeben hatte, war nicht eben lustvoll gewesen, eher Zwangsarbeit. Ausgehungert war er also und jubelte nun wie ein Goldsucher, der sich unter entsetzlichen Qualen durch den Urwald voran gekämpft hatte, um schließlich sein El Dorado vor Augen zu haben. Auch Lottas Augen leuchteten auf, als sie ihn bemerkte, und er war klug genug, dies richtig zu deuten: »Oh, ein neues Opfer!«, doch es schreckte ihn nicht, denn nichts anderes als ihr Opfer wollte er ja werden. Ohne eine Frau wie Lotta geliebt zu haben, das war ihm klar, würde er bis zu seinem letzten Atemzug unter dem Gedanken leiden, eigentlich nicht gelebt zu haben. Das gehörte dazu, und wenn es sein Untergang war. Was war daran so schrecklich, einer Frau hörig zu sein?

»Mein Name ist Friedrich Bosetzki, und Mr. Lemmerheert schickt mich zu Ihnen ...«

»Das ist nett von Mr. Lemmerheert.«

»Möchten Sie sich alles ansehen, was ich zu bieten habe?« Fast wurde Friedrich ein wenig rot, als ihm der Doppelsinn seiner Worte aufgefallen war.

»Das tue ich gern.«

Sie führte ihn an den Verkäuferinnen vorbei in ihr Büro, wo eine ältliche und sehr streng gekleidete Dame die Bücher führte – ihre Tante Florence, wie sich später herausstellen sollte.

Friedrich machte sich daran, sein Köfferchen zu öffnen und herunterzuspulen, was Lemmerheert ihm eingetrichtert hatte. »Diamanten, unvergänglich in ihrer Schönheit ... 585er Gold ... Collier 333er Gold ... Creolen, Medaillons ...«

»Perlenketten haben Sie keine dabei?«

»Doch, hier ... Dreireihig mit Zwischenstücken aus Gold. Die letzte Arbeit von Martin Lämmerhirt, bevor ihm die Finger ...«

Lotta erhob sich. »O wie herrlich! Die müssen Sie mir sofort einmal umlegen.«

»Zu Befehl, meine Dame, ganz Ihr Diener.«

Dicht vor ihm blieb sie stehen und bot sich dar, indem sie das Kinn etwas hob. Er faßte die Enden mit den Fingerspitzen, fuhr dicht über ihren Schultern nach hinten und versuchte, die Kette zu schließen. Doch der Verschluß klemmte etwas, und irgendwie verfing er sich auch in ihren langen dunkelblonden Haaren.

»Na, viel Übung scheinen Sie ja nicht zu haben ...«

»Ich lerne aber gern dazu.«

Er spürte ihre Wärme, und ihr Parfüm betäubte ihn. Fast hielt er sie im Arm wie eine Tänzerin. Sie genoß seine Nähe und begann so schwer, fast schon stöhnend zu atmen, daß er seiner Erregung nicht mehr Herr zu werden vermochte. Es war ihm peinlich. Doch als er seine Hüfte etwas zurücknahm, folgte sie ihm mit ihrem rechten Fuß, um sich mit dem Schenkel an ihm zu reiben. Erst als die Tante im Hintergrund warnend hustete, ließ er von ihr ab. Eine Verkäuferin trat ein, und sofort war Lotta Deshler wieder die unnahbare und stets unterkühlte Geschäftsfrau und Chefin.

»Mrs. Lemmerheert läßt fragen, ob ihr Kleid aus Paris schon angekommen ist?«

»Heute mittag soll es kommen, ich lasse es sofort vorbeibringen.«

Dann trat Lotta an ihr Stehpult, um aufzuschreiben, was sie aus Lemmerheerts Kollektion zu haben wünschte. Sie drückte Friedrich den Zettel in die Hand und brachte ihn zur Tür.

Friedrich verneigte sich. »Ich hoffe, Ihnen noch öfter zu Diensten sein zu können.«

»Sind Sie eine Stunde vor Mitternacht am Hintereingang«, flüsterte sie.

Er war es, und was dann geschah, übertraf alles, was er darüber bei Ovid und anderen gelesen hatte. Zum ersten Mal in seinem Leben schrie er vor Lust, denn Lotta verstand ihr Handwerk meisterhaft. Als er am Morgen in seine Kammer zurückgekehrt war, schrieb er in sein Tagebuch: *O Gott, ich bin ihr verfallen.*

So ging das den ganzen Sommer über, und mitunter glaubte er, daß sie ihn nicht nur der Fleischeslust wegen zu sich rief, sondern ein gemeinsames Leben mit ihm plante und sich tief im Innern nach etwas sehnte, das man in Deutschland mit »Trautes Heim, Glück allein« beschreibt. Sie war in einem kleinen Nest in Vermont zur Welt gekommen, und nachdem ihre Mutter früh gestorben war, hatte ihr Vater sie mit nach San Francisco genommen, wo sie in seinem kleinen Varieté bald singen, tanzen und jonglieren mußte. Nach seinem Tode war sie dann durch die Staaten getingelt, hatte mal mit diesem, mal mit jenem Mann gelebt und es verstanden, stets reich beschenkt zu werden. Bis es dann zu ihrem Modegeschäft in Cincinnati gereicht hatte.

»Immerhin ...« Sie rekelte sich. »Ich hab's geschafft. Und du?«

Friedrich war um eine passende Antwort verlegen. »Was hätte ich für Gaben, die deinen vergleichbar wären ...? Was die *ars amandi* betrifft, so hat sich mein Vater zwar nach allen Seiten hin betätigt – und wenn ich Friedrich heiße, so nach seinem Freund, dem Grafen Odereck –, aber ich bringe in dieser Hinsicht nichts Richtiges zuwege. Und in der Kriegskunst, in der es mein Großvater weit gebracht hat, versage ich erst recht. Ach, Lotta, ich bin geboren, um zu scheitern.«

»Nicht doch, Fritz!« Zwischen den einzelnen Rennen, wie sie die Liebesakte nannte, ließ sie aber nichts unversucht, seinen Ehrgeiz anzustacheln.

»Willst du ewig Lemmerheerts Laufbursche sein? Es steckt doch mehr in dir.«

Seine Erwiderung, an das Wort »stecken« anknüpfend, bestand in einer kleinen Ferkelei. »Mehr will ich nicht ...«

Sie stieß ihn von sich weg. »Ein Mann ist auf die Dauer nur ein Mann, wenn er auch Geld hat.«

»Willst du mir den Laufpaß geben?«

»Ich will auch einmal wer sein im Leben – und dazu brauche ich einen Ehemann, vor dem sie den Hut ziehen, wenn er auf die Straße tritt.«

»Kannst du mir mal sagen, wie ich hier in Cincinnati zu Geld kommen soll?«

»Ja, das kann ich.« Sie richtete sich auf und warf sich eine Decke über Schenkel und Schoß. »Ben Blevins, ein alter Bekannter von mir, hat hinten am Whitewater Canal von der Regierung ein großes Stück Land gekauft, ungerodet, hügelig, mit einem bißchen Wald drauf, und er kann dir auch noch was verschaffen, etwa anderthalb Dollar pro *acre*. Und genau dort soll ein neuer Stadtteil entstehen, denn Cincinnati platzt ja jetzt aus allen Nähten.«

»Woher weißt du das mit dem neuen Stadtteil?«

»Ich hab' da so meine Quellen ...«

»Ich kann mir schon denken, wie du die Leute zum Sprechen bringst.« Er riß die Decke weg und fiel erneut über sie her. Sie ließ es lachend geschehen. Als er sich ausgetobt hatte, kam sie auf das Thema Landkauf zurück.

»In spätestens zwei Jahren bekommst du für eine Parzelle schon zwanzig bis fünfundzwanzig Dollar und in zehn Jahren noch einmal das Doppelte bis Dreifache. Wenn du jetzt mit zweitausend Dollar einsteigst, dann ...«

»Rechnen kann ich selber, aber wie komme ich zu zweitausend Dollar?«

»Du, Lemmerheert hat genug davon ...«

»Der wird mir gerade was borgen!«

Doch als er dann in seiner Kammer lag und über all das nachdachte, was Lotta ihm gesagt hatte, ging ihm das mit dem Borgen nicht mehr aus dem Kopf und über den Englischunterricht mit Eleonore – borgen, ausleihen: *to lend, lent, lent* – kam er darauf, daß er sich ja von Lemmerheert die zweitausend Dollar auch ausleihen konnte, ohne daß der etwas davon merkte. Er brauchte nur das Paneel anzuheben ... Und ehe Lemmerheert seinen Notgroschen brauchte, lagen die Scheine, die er weggenommen hatte, wieder an der alten Stelle, denn daß Lottas Rechnung aufging, daran war nicht zu zweifeln. Vor ein paar Tagen erst hatte Heinrich Brandes erzählt, daß ein gewisser Ronnebaum in Oldenburg/Indiana ähnliche Geschäfte gemacht hatte und in kürzester Zeit ein reicher Mann geworden war.

So saß er am nächsten Vormittag bei Ben Blevins in dessen Büro in der Cincinnati, Hamilton & Dayton R. R. und kaufte für zweitausend Dollar unbebautes Land. Stolz kam er mit der Urkunde zu Lotta und bat sie, alles für sie aufzubewahren, in seiner engen Kammer sei kein Platz dafür.

»Das hast du wunderbar gemacht. Hat dir Lemmerheert das Geld nun doch geborgt?«

»Ja. Aber er möchte nicht, daß es irgend jemand erfährt – aus Angst vor seiner Frau.«

»Ich verstehe.«

Sommer und Herbst gingen ins Land, und Friedrich war dem

Herrn dankbar, daß er ihm den Weg in die U.S.A. gewiesen hatte, und oft zitierte er im Stillen den Prediger Salomo: »Darum merkte ich, daß nichts Besseres darin ist, denn fröhlich sein und sich gütlich tun in seinem Leben.«

Dann kam das Mittagessen, das Friedrich nie vergessen würde. Es gab deutsche Reibekuchen beziehungsweise Kartoffelpuffer. Hermann Lemmerheert berichtete langatmig über seine geschäftlichen Erfolge. Eleonore suchte mit ihren Fußspitzen Kontakt zu Friedrich. Betty übte Vokabeln. Martin Lämmerhirt blickte auf seine Finger, die immer noch nicht richtig heilen wollten.

»Insoweit kann ich also ganz zufrieden sein«, zog Hermann Lemmerheert sein Resümee, »nur das, was mir dieser Blevins schuldet, werde ich wohl als uneinbringliche Forderung abbuchen müssen.«

»Wieso?« Eleonores Frage entsprang bloßer Langeweile.

»Er hat pleite gemacht und ist auf und davon, das heißt, er war von Anfang an ein Betrüger und hat den Leuten nur vorgegaukelt, daß er das Land am Whitewater Canal von der Regierung gekauft hat, um es zu parzellieren und weiterzuverkaufen.«

Friedrich verschluckte sich derart, daß er sich vom Tisch erheben und hinauslaufen mußte. Nur schwer konnte er seine Contenance zurückgewinnen und die Mahlzeit zu Ende bringen, ohne weiter aufzufallen. Danach nutzte er die erstbeste Gelegenheit, um zu Lotta zu laufen und mit ihr unter vier Augen zu reden. Er beschwor sie, er flehte sie an, er kniete vor ihr nieder.

»Gib mir das Geld, bitte, du hast es doch.«

Sie sah über ihn hinweg. »Wenn *du* dazu geboren bist zu scheitern, dann bin *ich* dazu geboren, Geld von den Männern zu nehmen, aber nicht dazu, es ihnen zu geben.«

»Lotta, ich liebe dich doch!«

»Du hast mich oft genug geliebt – und das dürfte jetzt reichen.« Und sie winkte ihre Tante Florence herbei, Friedrich auf die Straße zu setzen.

Was dann geschah, war voraussehbar, obwohl Friedrich nie erfahren sollte, wie Hermann Lemmerheert darauf gekommen war, daß ihm zweitausend Dollar in seiner Geldscheinsammlung fehlten. Hatte er es durch Zufall herausgefunden? Aber warum war er dann sofort auf Friedrich gekommen? Es hätte doch auch jeder andere den Diebstahl begangen haben können. Betty zum Beispiel, Eleonore, Martin, vor allem einer der anderen Bediensteten ... Wahrscheinlicher war da schon, daß Eleonore es ihrem Mann gesteckt hatte, möglicherweise aus Eifersucht und enttäuschter Liebe heraus. Das setzte voraus, daß sie von seiner Affäre mit Lotta Deshler etwas gewußt hatte. Warum auch nicht, wo doch in Cincinnati die Wände Ohren hatten, und Eleonore immerhin eine gute Kundin Lottas war. Ganz ausgeschlossen war auch nicht, daß Lotta ihr gegenüber etwas angedeutet hatte, um ihn loszuwerden, seiner offenbar schon lange überdrüssig.

Wie auch immer: Eines Abends stand Hermann Lemmerheert in der Tür seiner Kammer und hielt Friedrich seinen Karabiner vor die Brust.

»Gestehen Sie ...?«

Friedrich fuhr hoch. »Was soll ich gestehen?«

»Daß Sie mir zweitausend Dollar gestohlen haben.«

»Ich habe sie nicht gestohlen, sondern mir geliehen, um mir bei Ben Blevins Land zu kaufen und Gewinn damit zu machen ... um meine Familie aus Deutschland nachzuholen ... nur aus Liebe zu meiner Frau und meinem Sohn ... nur darum habe ich's getan. Bitte, verstehen Sie mich doch!«

»Okay, das will ich gelten lassen. Aber wenn Sie's nur geliehen haben, dann geben Sie's mir bitte auf der Stelle zurück.«

»Sie wissen doch ganz genau, daß ich das nicht kann: Blevins ist doch damit auf und davon.«

»Dann ist es also ein Diebstahl gewesen und damit Sache der Polizei. Los, Sie laufen jetzt vor mir her, bis wir da sind.«

»Das können Sie nicht machen, das fällt doch auf alle Deutschen zurück.«

»Das ist mir egal. Sie gehören ins Gefängnis.«

»Da will ich nie wieder hin, lieber laß ich mich erschießen.«

Hermann Lemmerheert zielte noch genauer. »Ich zähle bis drei. Eins ...«

»Wenn Sie mich erschießen, dann ist das gar nicht gut für Ihr

Geschäft. Meinen Sie, da kommt noch einer her und kauft was von Ihnen?«

Lemmerheert ließ den Karabiner wieder etwas sinken. »Sie sind ein ganz verschlagenes Subjekt!«

»Ich möchte mich in aller Form bei Ihnen entschuldigen ... Es tut mir leid, und es ist sehr undankbar von mir gewesen, wo Sie mich so nett hier bei sich aufgenommen haben ... und mir Arbeit gegeben haben ...«

Diese Worte stimmten Hermann Lemmerheert etwas milder, aber sein Geld so ohne weiteres abzuschreiben und auf jede Strafe zu verzichten, das konnte er nicht, das war zu sehr wider seine Natur. »Okay, gehen wir nicht zur Polizei, wenigstens heute noch nicht, aber mein Geld will ich zurück.«

»Wie denn?«

»Nun, ich hätte da schon eine Idee ...«

Es kam das Jahr 1860, und mit dem Wahlsieg des Republikaners Abraham Lincoln und der Sezession der Südstaaten von der Union begann für die Vereinigten Staaten ein Jahrzehnt dramatischer Umwälzungen. Insbesondere die Männer im wehrfähigen Alter traf es schwer, denn sie wurden urplötzlich aus ihrer bürgerlichen Verwurzelung herausgerissen und zum Töten derer abgerichtet, die doch ihre Brüder waren. »Für Freiheit und Verfassung« hieß im Norden, »gegen die Sezession und die Anarchie des Südens«. So zog man 1861 in den Bürgerkrieg.

»Die Union ist ein Leuchtturm der freiheitlichen Ordnung und der Selbstbestimmung für die ganze Menschheit«, rief Friedrich Bosetzki ins Klassenzimmer. »Und sollte der Süden siegen, stirbt die Hoffnung von Millionen von Menschen in Europa, die Hoffnung auf Freiheit, und der Erdball verdunkelt sich für Generationen. Schluß mit aller Sklaverei!«

Friedrich war nun wieder das, was er in Preußen nicht mehr hatte sein dürfen, aber recht eigentlich auch nicht mehr hatte sein wollen: Lehrer. Und dies in Indianapolis, der Hauptstadt von Indiana, dem Bundesstaat, der westlich von Ohio lag. Hermann Lemmerheert hatte ihm hier nach längerer Suche eine Stelle in einer Schule verschaffen können, wo die Einwanderer aus Deutschland die Sprache und die Bräuche der alten Heimat nicht ganz vergessen hatten und ein wenig davon auch an ihre Kinder weitergeben wollten.

»Was hier in Nordamerika der Mississippi ist, *the Old Man River*, das ist in Deutschland der Rhein, der Vater Rhein. Die anderen drei Flüsse, die von Süden nach Norden fließen, sind die Elbe, die Weser, die Oder und die Weichsel. Und in Ost-West-Richtung haben wir die Mosel, den Main und vor allem die Donau, die erst ganz weit hinten am Schwarzen Meer ihr Mündungsdelta hat.« Friedrich hatte dies auf deutsch erzählt, obwohl er sicher sein konnte, daß nicht mehr alle seiner Schüler die Sprache ihrer Eltern verstanden. »Nun zeigt mal eure Hefte her, was ihr zu Haus geschrieben habt.« Das las sich dann so wie bei Dorothy, die gerade ihren fünfzehnten Geburtstag gefeiert hatte: *Wier von Indianapolis sint alle noch gutgesunt. Auch wenn es hier im somer simlich warm ist. Wie es mit den Krieg aussiet wissen wier noch nicht. Es heist daß die Sueden verlieren muß.*

Friedrich seufzte. Viel war es nicht, was er verdiente, und jeden Monat kam es ihn schmerzlich an, wenn er von dem Wenigen das meiste auch noch an »seinen Sklavenhalter« abzuführen hatte, wie er Lemmerheert in seinen Dialogen mit sich selbst nannte. Nicht einmal seinem Freund Heinrich Brandes hatte er sich offenbart, was das »Entleihen« der Dollars von Lemmerheert betraf, denn auch der hätte es als Diebstahl bezeichnet und ihm mit seiner streng katholischen Moral niemals verziehen. Auf die Frage, was er denn mit seinem restlichen Geld eigentlich machen würde, kam stets die stereotype Antwort: »Na, nach Hause schicken.« Daß er es nicht wirklich tun konnte, ließ Friedrich kaum noch richtig schlafen, und er machte sich so heftige Vorwürfe, bis es kaum noch Tage gab, da ihn nicht Magenschmerzen und Stiche in Brust und Lunge quälten. Alles schien so aussichtslos – bis der Bürgerkrieg ihm plötzlich eine Möglichkeit eröffnete, zu viel Geld zu kommen. Heinrich Brandes hatte ihn auf die Idee gebracht.

»Hast du gehört, Fritz, wir sollen nun auch eingezogen werden, obwohl wir gerade erst Amerikaner geworden sind. Ich bin kein begeisterter Soldat, aber meine Nachbarn sagen, daß es auch für mich Ehrensache sei, für mein Vaterland zu kämpfen. Und sie nehmen jeden Mann zwischen achtzehn und vierzig Jahren, bei dem Herz, Lunge und Backenzähne in Ordnung sind, der mindestens vier Finger an der rechten Hand hat, wenigstens mit einem Auge gut sehen kann und nicht bei Bahn oder Post beschäftigt ist.«

Friedrich versuchte ihn zu beruhigen. »Gemach, gemach: Jeder kommt erst einmal in die Lostrommel ...«

»Mich trifft es bestimmt«, jammerte Heinrich Brandes. »Ich bin nun mal 'n Pechvogel. Wenn ich wenigstens das Geld hätte, mir einen Stellvertreter zu kaufen. Aber im Gegenteil: Ich brauche Geld. Ich habe mir überlegt, mich selbst als Stellvertreter herzugeben. Meine Nachbarn sagen immer, daß jeder Gezogene, der seine Männlichkeit so weit vergißt, daß er sich einen Stellvertreter kauft, sofort in einen Unterrock gesteckt werden sollte. ›Das ist unpatriotisch und unmännlich!‹ schreien sie.«

Friedrich hatte nicht richtig zugehört. »Was soll unmännlich sein?«

»Na, sich einen Stellvertreter kaufen.«

»Wie, sich einen Stellvertreter kaufen?«

Daraufhin erklärte ihm der Freund die Sache: Viele von den wohlhabenden Leuten hätten keine Lust, im Krieg gegen die Südstaatler ihr Leben zu lassen, und sich deshalb per Gesetz das Recht gesichert, für sich einen anderen Mann aufs Schlachtfeld schicken zu können: den Stellvertreter eben. »Die sind knapp und heiß begehrt und können neunhundert bis tausend Dollar fordern.«

Friedrich zuckte regelrecht zusammen, als er diese Summe hörte, denn der Durchschnittsverdienst eines ungelernten Arbeiters – oder Lehrers – betrug im Jahre gerade einmal dreihundert Dollar. Bekam er das Geld, konnte er Lemmerheert auf einen Schlag seine restlichen Schulden zurückzahlen – und war fortan ein freier Mann. Es blieb auch noch so viel übrig, daß er Dorothee und Wilhelm schreiben konnte, endlich das Geld zur Gründung eines Verlages beisammen zu haben, daß ihre Existenz also gesichert sei, wenn sie zu ihm nach Indianapolis kämen. Solange der Bürgerkrieg noch tobte, sei das zwar ausgeschlossen, unmittelbar nach seinem Ende könnten sie aber einreisen. Doch der Preis dafür, der konnte sehr, sehr hoch sein: unendliche Leiden, maßlose Angst, Verstümmelung und Tod.

»Gott!« rief Heinrich Brandes, als ihm Friedrich seine Bedenken vortrug. »Du hast die Berliner Barrikaden überlebt, du wirst auch das überleben, denn so gut wie die Preußen schießen die Leute aus Alabama und Texas nun ganz sicher nicht. Ich mach's doch auch so und hab' sogar schon einen gefunden, der mich bezahlt.« Es war der Erbe einer Farm von 160 *acres* in Ray Township. »Für dich weiß ich einen Kaufmann aus Brookville, der für seinen Sohn einen Stellvertreter sucht, auch wenn der noch ein bißchen schwankt.«

Mit diesem Zögern war es schnell vorbei, als im *Franklin Democrat* vom 10. Oktober 1862 im Hinblick auf die sechzig Gezogenen aus Ray Township Folgendes zu lesen stand: »Sollte jemand sich nicht einfinden, wird der Marshal ihn verhaften.«

»Was nützt uns das alles, wenn das Los uns trifft?« brummte Friedrich.

»Nun unke mal nicht.«

Am 6. Oktober 1862 griff man in Brookville, dem Verwaltungssitz des County, in die Trommel – und beide hatten Glück, denn ihre Namen wurden nicht gezogen, wohl aber die der beiden Männer, für die sie als bezahlte Stellvertreter ins Feld ziehen sollten.

»Hoffen wir, daß wir damit das große Los gezogen haben«, sagte Friedrich.

»Ohne dieses Geld können Catharina und ich nicht leben. Zumal mit den beiden Kindern. Und was soll aus Antonius werden, wenn ich kein Land dazukaufen kann?« Sechs Jahre war sein ältester Sohn und schon überall als Anthony Brendes registriert. Er sollte mehr werden als sein Vater, am besten Anwalt. Das ging aber nicht bei einem Vermögen von nur dreißig Dollar, wie sie der Volkszähler bei der letzten Erhebung auf ihrem Bogen vermerkt hatte. »Der Krieg ist für mich die große Chance, endlich mal auf einen grünen Zweig zu kommen.«

Friedrich stöhnte. »Und für mich erst ... Vielleicht habe ich soviel Glück wie mein Großvater, und der Präsident erhebt mich in den Adelsstand – haha.«

Die beiden Freunde wurden vereidigt und kamen in die Kompanie D des 83. Freiwilligen-Infanterie-Regiments von Indiana. Friedrich schrieb in sein Tagebuch, daß er sich eigentlich schämen müßte. *Auf den Barrikaden habe ich für eine demokratische Verfassung und gegen den König gekämpft – aber hier, da schert mich nicht, um was es geht. Ich spüre, ich werde in diesem Lande niemals Wurzeln schlagen. Was geht mich Lincoln an, was der General Grant? Sicherlich, die Sklaverei ist ein Verbrechen, aber daß ich für die Neger liebend gern sterben möchte, wäre gelogen, so edel bin ich nicht. Hinterher, wenn ich alles überleben sollte, werde ich's womöglich behaupten, aber im Augenblick bin ich nichts weiter als ein Söldner, dem egal ist, wofür er hier kämpft. Was sind denn unsere Tagelöhner und Fabrikarbeiter in Preußen anderes als Sklaven? Und für deren Freiheit müßte ich kämpfen. Aber nun tue ich's hier für eine Sache, die mich recht eigentlich nichts angeht. Und die altgedienten Soldaten verachten einen wie mich ohnehin zutiefst, nennen mich Nichtsnutz und Schmarotzer.*

Den November 1962 verbrachten sie in Camp Carrington, das am nördlichen Stadtrand von Indianapolis und zwar zwischen dem Whitewater Canal und der Eisenbahn nach Lafayette gelegen war. Heinrich Brandes war gerade zum dritten Mal Vater geworden, freute sich über die Geburt seiner Tochter Anna Maria und schrieb unter anderem dieses nach Hause: *Wier Haben Jetz noch keine Kleuder bekommen, wie lange das wir hier noch liegen bleiben daß Wissen wier Nich. Von friede ist noch nicht an zu denken ... Essen giebts hier genug Fleusch und Broth. Ich grüse Alle meine Verwandte und bekante. Ich hoffe das ich euch Um neu Jahr wieder besuge. Heinrich Brandes.*

Friedrich mußte schmunzeln, wollte aber den Freund nicht dadurch kränken, daß er ihm vorschlug, ein paar kleine Korrekturen anzubringen. Verstehen würde seine Catharina den Inhalt auch so, und das war das Eigentliche.

Anfang Dezember brach man dann nach Memphis auf, wo man bei Regen und Schnee knietief im Schlamm versank und viele Kameraden in die Lazarette eingeliefert werden mußten. Vom Feind hatte man noch immer nichts zu sehen bekommen. Dreißigtausend

Mann wurden zusammengezogen, und am 20. Dezember ging es dann auf sechzig Dampfschiffen und sieben Kanonenbooten den Mississippi hinab nach Vicksburg, einem der mächtigsten Stützpunkte der Südstaaten. So verbrachte Friedrich das Weihnachtsfest 1862 im Dauerregen auf einem Mississippi-Dampfer. Statt der Weihnachtslieder gab es patriotische Musik, und was brannte, waren nicht die Kerzen am Tannenbaum, sondern die Farm- und Herrenhäuser am Ufer, von denen aus man auf sie geschossen hatte. General Sherman hatte sie stürmen und niederbrennen lassen. Am 27. Dezember erreichten die Schiffe die Stelle, wo der Yazoo in den Mississippi mündet. Nach einer Nacht im Freien ohne jedes Zelt ging es den Yazoo River hinauf. Am Chickasaw Bayou, einem fast stehenden Nebenarm des Flusses, bezog man die vorbereitete Stellung. Gegenüber am Steilufer, auf den sechzig Meter hohen Walnut Hills, hatte sich der Gegner verschanzt.

Friedrich verdrehte die Augen. »Yazoo, Chickasaw Bayou, Walnut Hills ... Namen, die einem auf der Zunge zergehen. Welch Glück muß es sein, hier zu sterben.«

Der nächste Tag begann mit kleinen Scharmützeln, dann gab General Sherman nach einer heftigen Kanonade den Befehl zum Sturm der Befestigungsanlagen. Über Knüppeldämme ging es durch den Sumpf hindurch auf das Steilufer zu. Ein Hagel von Granaten, Kartätschen und Gewehrkugeln ging über sie hinweg, und neben Friedrich fielen die ersten Kameraden. Ein kräftiger Deutscher verlor die Nerven. »Mein Gott, mein Gott, wir werden alle getötet!« rief er, rannte weg und steckte seinen Kopf zwischen zwei Baumwurzeln. Das 83. Regiment verlor neunzehn Mann: vier Tote und fünfzehn Verwundete. Heinrich Brandes und Friedrich waren für diesmal mit dem Schrecken davongekommen, und der Freund aus Ochtrup sollte zwei Wochen später folgendes nach Hause schreiben: *... wir sint 3 Tage und 3 Nechte ins feuer getan. 5 stunde in Heftigen Kampfe das Miliyonen Kugeln grose und kleine Mihr über die Hare geflogen Sind. Aber der Liebe Gott hat Mir Bewart.*

Vicksburg war nicht einzunehmen, und so beschlossen die Nordstaaten-Generale, sich dem Fort Hindman zuzuwenden, einer Militärbasis des Südens, die überall als »Old Arkansas Post« bekannt war. Von hier aus bedrohte man die Schiffe des Nordens auf dem Mississippi. 32 000 Soldaten wurden per Schiff zum Fort Hindman geschafft, und am 13. Januar 1863 kam es zur Schlacht.

Über hundert Schüsse hatte Friedrich schon abgefeuert, als der Befehl kam, mit aufgepflanztem Bajonett die gegnerische Stellung zu stürmen. Ihm grauste davor, seinen Stahl einem anderen Menschen in den Leib zu jagen. Zum Glück hißten die anderen die weiße Fahne. Beim 83. Regiment zählte man wiederum die Toten und Verwundeten, drei beziehungsweise achtzehn waren es – wenig Verluste, gemessen an dem, was es später geben sollte. Sie fuhren nach Vicksburg zurück und hielten wieder Einzug in ihre alten Quartiere. *Ich habe in 4 wochen Keine 3 nachte mehr geschlafen*, sollte Heinrich Brandes nach Indiana schreiben. *Wen wie Auf das Bot fahren So ist unser Lager Oben auf den Dache unter dem blauen Himmel wens regnet und Schneut. Von frost und kälter Werden wier Alle krank ...*

Und eine Woche später, am 29. Januar, klang es noch drastischer und verzweifelter: *... wier liegen 5 Meiln Von Wiesborg in einen Summigen Morassigen boden. Wier sint alle so Abgematterrt das wier kaum mehr gehen können. und wier sehen Alle aus wie Schaten an der Want. schlecht essen und das Wasser das man Trinken muß Saufen nicht mahl die Schweine bei uns.*

Friedrich las es und meinte, daß dem nichts mehr hinzuzufügen sei. Jetzt wußte er auch, wer ihm vor knapp zwanzig Jahren geraten hatte, in Tamsel aufzubrechen und das Glück am anderen Ufer des Flusses zu suchen: Der Teufel mußte es gewesen sein. »Will mit dem Allmächtigen rechten der Haderer?« hörte er, wie Gott mit Hiob sprach, und im Gegensatz zu diesem schrie er ein so lautes »Ja!« über den Yazoo, daß seine Kameraden schon glaubten, nun hätte auch ihn das Fieber erwischt. Das allgemeine Elend wurde noch größer, als General Grant befahl, durch die versumpfte Halbinsel in der Mississippi-Schleife vor Vicksburg einen Kanal zu graben und den Fluß durch dieses künstliche Bett zu lenken, um die Stadt dadurch abzuschneiden und auszuhungern.

Knietief stand Friedrich nun im Wasser und schippte Faulschlamm nach oben. War es in der Nacht feucht und kalt, so litten sie am Tage unter der ungewohnten Schwüle und konnten sich der Mücken kaum erwehren. Die Versorgung war weiterhin schlecht, und die Lazarette füllten sich mehr und mehr. Doch die waren so verdreckt, daß in ihnen mehr Menschen umkamen als auf den Schlachtfeldern. Die ersten Pockenfälle gab es schon, und Friedrich litt so sehr unter seinem Durchfall, daß er nicht nur im Nu zehn Pfund abgenommen hatte, sondern auch schon befürchtete, Typhus zu haben. Und Heinrich Brandes schrieb an seine Frau: *Die doctoren die Sein So schlecht. Sie geben den Soldaten Schlechte Medezin und Weis auch nicht was ein fehlt daum muß mancher ins Küle grab in ein. Aber Gott erbarme sich doch ... Oh Meine liebe Frau Ich habe dier Zeither wier Von indianapels fort Sein 9 Brife geschrieben und noch keine Bekommen.*

Anfang Mai waren beide wieder voll einsatzfähig. Nach fünf erfolglosen Versuchen setzte General Grant abermals an, Vicksburg einzunehmen. *Gott erbarme sich üeber daß arme Land Ammerica ...*, schrieb Heinrich Brandes in seinem nächsten Brief. *Aber die Hohen Offesieren wollen noch Lange fechten weil sie noch nicht Gelt genug Haben und um das Gute Ammerica zu Ver nichten. Es heist Das Wiesborg von Neihen an Gepäck werde, das wiert wohl viele Von uns daß Lebent kosten ... Schreubet mihr Balt wieder. Wier Sinnt noch 4 Man Von Oldenburg ...*

Bei ungewohnt warmem Wetter mußten sie an die zweihundert Kilometer marschieren, um den nördlichen Belagerungsring bei Walnut Hills zu erreichen. ... *den 6ten Mai müsen wier Vort von unserm Lager und wusten nicht wo hin. einen Mars Von 12 Tage in di Grose hitze 18 Meile per Tag. Rund Her um um Wiesborg. Da Waren wier So weit Bies vor die erste Forte Vor Wiesborg.*

Colonel Spooner, der Regimentskommandant, fand markige Worte: »Dies ist der Tag der Tage. Man erwartet von euch, daß ihr euch tapfer erweist ...« Er habe befohlen, sich vor Ende der Schlacht um Tote und Verwundete nicht zu kümmern.

Heinrich Brandes betete halblaut und flehte die Heilige Dreifaltigkeit und die Heilige Mutter Gottes an, und auch Friedrich fand, daß jetzt nur noch das Beten half: »Siehe, Gott ist mein Heil, ich bin sicher und fürchte mich nicht; denn Gott der Herr ist meine Stärke ...«

Schon kam der Trommelwirbel und der Befehl: »Jungs, denkt an eueren Staat. Vorwärts!« So stürmten sie ins Feuer, Friedrich und der Freund gegen ihren Willen ziemlich weit vorn. Über Gräben und gefällte Bäume war hinwegzuspringen, Fallgruben lauerten. Der Kugelhagel der Südstaatler war so dicht, daß es Friedrich vorkam wie die Gischt, die einem entgegenschlug, wenn man bei Sturm am Schiffsbug stand. ... *Ein Fürtiliges gemetzges fande stad. ich War 8 stunde in heftigen Kampfe. Wier Worden Herunter geschosen als wen Man raß Mähet.* Doch es erwischte nur die vor und neben ihnen. Sie selbst kamen bis an den Fuß der Schanzen. *Aber keine Kugel hat mier getroff. es Sint Wiele Von unser Regement gefallen ...* Die Helden unter ihren Kameraden versuchten, den Hügel hinaufzuklettern und die Regimentsfahnen auf die Brustwehr des Gegners zu pflanzen, bezahlten dies jedoch mit ihrem Leben.

»Was nun?« fragte Heinrich Brandes. Ihre Lage war fatal, denn ob sie nun die Schanze hinaufstürmten oder übers Vorfeld zu ihrem Regiment zurückliefen: In beiden Fällen würden sie wie die Hasen erschossen werden.

»Bleiben wir hier liegen, bis es dunkel wird«, sagte Friedrich, »denn von oben herunter erwischen sie uns nicht. Nur nicht den Kopf heben ... Laß sie glauben, daß wir tot sind.«

So lagen sie viele Stunden am Fuße der Walnut Hills, den Körper eng an zwei umgestürzte Bäume gepreßt. Es waren die fürchterlichsten Stunden ihres Lebens, denn jeden Augenblick konnte sich über ihnen doch jemand über die Brustwehr beugen und auf sie schießen oder aber einer der Kameraden beim pausenlosen Ansturm zu tief zielen und sie mit seiner Kugel durchlöchern.

»Herr, laß es Nacht werden!« flehten sie und erinnerten Jesus gleichsam an sein Versprechen, das er den Menschen im Johannes-Evangelium gegeben hatte: *Ich bin das Licht der Welt. Wer mir nachfolgt, der wird nicht wandeln in der Finsternis, sondern wird das Licht des Lebens haben.*

Und sie wurden wirklich gerettet, wenn auch um den Preis totaler Erschöpfung und einer fiebrigen Nervenerkrankung, die sie oftmals fast ins Koma fallen ließ. Heinrich Brandes ging es dabei besser als Friedrich, und am 7. Juni konnte er den folgenden Brief aus dem Lazarett nach Hause schreiben: *Ich bin jeß Von das Regement ab und bin in die Kämp wo wier Vorrigen Winter Waren den unser Regement Liegt 2 Meilen Von Wiesborg. es ist Hat Wiesborg zu Kriegen die Schlacht hat jeß Balt 4 Wochen gedauert in die Grose Hitze. Was Vüer ein Groses Schisa Wüer uns und das Süden das so Viele Tausen Hin geschlachtet Werden. wen Wier daß glück haben das wier Wiesborg unser Hende fall Wiert dan sint Wier gerettet. Aber ihr Könnet denken das Mier die zeit lang wiert zwischen den 7 und 8 in die Kämp woich jeß bin da sint Lauter Verwunt und Kranke ... Ich bete Tag und nacht daß der liebe Gott mir doch Beschütze ... die Hitze ist hier ueber Aus groß daß man nicht mehr Aushaltete Kann ... Ich Wer euch Balt wieder Sehen.*

Dieses Glück sollte ihm aber nicht mehr zuteil werden, denn in der Nacht vom 20. auf den 21. Juli beschloß der Herr, ihn heimzuholen. Im Hospitalregister wurden als Todesursache Wechselfieber, chronischer Durchfall, Lungenfieber und geschwollene Füße vermerkt.

Es waren in etwa dieselben Symptome, unter denen auch Friedrich zu leiden hatte, und er hatte nur noch den einen großen Wunsch: zurückzukehren nach Deutschland.

»Herr, ich flehe dich an, erlöse mich von dem Übel, das da Amerika heißt!«

Fünftes Kapitel

1864/65

Das Jahr 1864 stand auch in Berlin im Zeichen des Krieges – des Deutsch-Dänischen. Ministerpräsident war nun Otto von Bismarck, der die Zensur verschärfte und darauf achten ließ, daß sich die Beamten absolut königstreu verhielten. Die Reaktion hatte auf der ganzen Linie gesiegt. Wilhelm I., der zuvor als »Kartätschen-Prinz« in die Geschichte eingegangen war, hatte den preußischen Thron bestiegen. Friedrich Wilhelm IV., von seiner Familie als »Onkel Dicki« verspottet, war 1861 in geistiger Umnachtung gestorben. Wilhelm hatte zwar anfangs von einer »Neuen Ära« gesprochen und die Menschen auf eine gewisse Liberalisierung hoffen lassen, doch diese Hoffnungen waren alsbald wieder verflogen.

Seit der 48er Revolution hatte sich das Stadtbild gehörig verändert. Berlin war mit sechs großen Strecken zu einem Knotenpunkt des mitteleuropäischen Eisenbahnnetzes geworden, und Friedrich der Große ritt in Bronze gegossen Unter den Linden. Der Landwehrkanal war eröffnet worden, der Buchdrucker und Verleger Ernst Theodor Amandus Litfaß hatte seine ersten Anschlagsäulen aufgestellt, und Jobst Schultheiss schickte seine Bierkutscher zu den Gartenlokalen am Rande der Stadt. Im Botanischen Garten an der Potsdamer Straße in Schöneberg weihte man ein großes Palmenhaus ein, das Theaterleben blühte, und Wilhelm Raabe veröffentlichte *Die Chronik der Sperlingsgasse*.

Mit all diesen Neuheiten mußte sich Friedrich Bosetzki nun vertraut machen. Am 5. August 1864 war er auf dem Hamburger Bahnhof angekommen und hatte sich erst einmal ein möbliertes Zimmer in der Nähe der Weidendammer Brücke genommen. Sofort nach Tamsel weiterzureisen und mit leeren Händen vor Dorothee zu stehen, dazu fehlten ihm Mut und Kraft.

Elf Jahre lang war er nicht in Berlin gewesen, und alles erschien ihm unendlich fremd. Nur die Spree war ihm vertraut, was daran liegen mochte, daß er, ein Kind des Flusses, so oft an den Ufern des Ohio und des Mississippi gestanden, gesessen und gelegen hatte. Cincinnati, Indianapolis, Vicksburg ... Ob das alles nur Hervorbringungen seiner Phantasie waren, fragte er sich, Träume ...? Ja. Er war nie dort gewesen, sondern lag in Graudenz in seiner Zelle und träumte von Amerika. Sein Herz geriet ins Stottern, und er mußte schlucken, weil die Luft ihm wegzubleiben drohte. Da sagten sie immer, die Zukunft sei so ungewiß, aber mit der Vergangenheit war es ebenso. Auch sie war nichts als Traum und Vorstellung. Was ihn in dieser Sicht bestärkte, war der Umstand, daß er in der Rosenthaler Straße Bredows Schenke nicht mehr fand. Selbstverständlich war er sofort dorthin geeilt, um Charlotte zu sehen, in der großen Hoffnung, daß sie noch immer keinen Mann gefunden hatte und ihn mit offenen Armen empfing: »Mein Fritz, ich hab' auf dich gewartet. Nun wird alles gut.« Doch da, wo das Lokal gewesen war, gewesen sein mußte, flickte nun ein Schuster billiges Schuhwerk.

»Ist hier nicht mal Bredows Schenke gewesen?«

»Nein, als ich hier eingezogen bin, war ein Viktualienhändler drin.«

Der Mensch braucht ein gewisses Maß an Weltgewißheit, sonst zerfällt er, das wurde Friedrich mit einem Schlage klar. Und er war auf dem besten Wege dazu. Es hätte ihm sehr geholfen, wenn in diesem Augenblick jemand gekommen wäre, Ludwig Urban oder der Apotheker Fontane vielleicht, und ausgerufen hätte: »Ah, da sind Sie ja wieder, Herr Bosetzki, aus Amerika zurück!« Aber es kam niemand. Er ging in die Apotheke »Zum Schwarzen Adler« und fragte nach Fontane. Der sei schon lange als Korrespondent nach England gegangen, weile aber zur Zeit als Kriegsberichterstatter in Dänemark und Schleswig-Holstein. »Und der Seifensieder Kahlbaum?« Der solle, so hörte man munkeln, ins Rheinische gezogen sein, um dort bei dem Kapitalisten und Kommunisten

Friedrich Engels zu arbeiten und das Agitieren zu lernen. Friedrich bedankte sich. Einerseits war es betrüblich, die beiden nicht sofort sprechen zu können, andererseits aber war es beruhigend für ihn, daß der neue Apotheker sie beide kannte und nicht ausgerufen hatte: »Wer soll das sein? Hat es nie gegeben hier. Darf ich Ihnen die Karte eines guten Nervenarztes geben?«

»Und der Tierarzt Ludwig Urban, was ist aus dem geworden?«

»Dem ist im September '53 die Frau an Cholera gestorben. Ja, und unser Polizeipräsident Hinckeldey, das war ja ein furchtbarer Demokratenhasser. Um ihm zu entgehen, hat Urban sich eine Kossätenwirtschaft in Friedersdorf gekauft. Da ist er dann hin mit seiner neuen Frau, der Charlotte von hier nebenan.«

»Der Charlotte Bredow ...?«

»Ja ... Woher wissen Sie das ...?« Der Apotheker war nicht nur darüber erstaunt, sondern auch über die sonderbare Reaktion seines Kunden: wie er sich da an die Brust faßte und umzufallen drohte. »Ist Ihnen nicht gut, Herr ...?« Plötzlich begriff er aber, was Friedrich so erschütterte, und fügte schnell hinzu: »Aber Liebe war es nicht, bei beiden nicht. Er brauchte eine Mutter für seine Kinder, und sie war ja so lange Jahre sitzengeblieben und konnte froh sein, noch einen abgekriegt zu haben.«

Friedrich kaufte sich eine kleine Flasche mit dünner Lauge, setzte sich an die Königsbrücke und blies Seifenblasen in die Luft. Mit masochistischer Freude sah er zu, wie eine nach der anderen zerplatzte, und tröstete sich mit Sprüchen wie: »Es hat nicht sollen sein« oder »Wer weiß, wozu es gut ist«, aber auch dem einen oder anderen Psalm, wie etwa *Befiehl dem Herrn deine Wege und hoffe auf ihn; er wird's wohl machen* und *Die mit Tränen säen, werden mit Freuden ernten.*

Das brachte ihn wieder so weit ins Lot, daß er sich ohne weitere Beschwerden zum Schöneberger Ufer aufmachen konnte, um seine Schwester zu besuchen. Doch als er an der Wohnungstür stand und nach dem Klingelzug griff, krampfte sich sein Herz erneut zusammen, denn auf dem Messingschild war nicht mehr der Name F. von Lellichow eingraviert, sondern ein ganz anderer. »Kellermann ...« las er mit bebenden Lippen. »Nie gehört ...« Und wieder hatte er das Gefühl, daß sein Geist aus seinem Körper floh und sich in der Unendlichkeit verlor. Zurück blieb ein Rest von Fleisch und Blut, der nur noch eines denken konnte: »Wer bin ich, wo bin ich?« Er schlug sich mit der Hand vor die Stirn, daß es mehr als klatschte: »Ganz einfach, sie werden weggezogen sein.« Seit einem guten Jahr hatte er keine Post mehr aus Deutschland erhalten, was ganz einfach daran lag, daß die amerikanische Post nicht mehr in der Lage gewesen war, seine Adresse ausfindig zu machen, seit er in den Bürgerkrieg gezogen und Indianapolis verlassen hatte. Er klingelte nun bei den Hauswartsleuten, um sich zu erkundigen.

»Frau von Lellichow, die is weg von hier, seit ihr Mann tot is.«

Friedrich war bestürzt. »Wie, der Rittmeister ist gestorben?«

»Ja, jefallen. Bei Alsen oben, bei die Dänen. Et hat se schwer jetroffen, die arme Frau, und ihr Bruder, der is ja nu ooch ...«

»Was ist mit ihrem Bruder?«

»Na, ooch tot!«

»Wieso?«

»Weil da 'n Brief aus Amerika zurückgekommen is, wo druffjestanden hat, detta verstorben is.«

Friedrich lachte. »Wenn es stimmt, daß Totgesagte länger leben, dann kann ich mich ja darauf einstellen, hundert Jahre alt zu werden.«

»Ach, Sie sind det?«

»Ja. Wo kann ich denn meine Schwester nun finden?«

»Weg nach Köpenick isse jezogen.«

Friedrich bedankte sich und machte sich auf den Weg zurück in sein möbliertes Zimmer. Um mit dem Zug hinaus nach Köpenick zu fahren, war es für heute schon zu spät. Als er an einer Polizeiwache vorbeikam, fiel ihm wieder ein, daß er hier einmal fragen konnte, ob sie ihm wohl die Adresse der Catharina Leinhos, verwitwete Conradi, mitteilen könnten. Einmal war er es dem verstorbenen Freunde schuldig, der nunmehr doppelten Witwe von seinen letzten Stunden am Fourche LaFave zu berichten – und zum anderen glimmte da noch ein ganz kleines Fünkchen Hoffnung in ihm. Wenn Catharina nun doch noch ... Vielleicht war sie sein Strohhalm.

»Leinhos, Catharina, Witwe des Pelzhändlers Leo Leinhos, verzogen nach Bodenwerder an der Weser ...«

So lautete die Auskunft, die er erhielt, nachdem einige Schwierigkeiten überwunden worden waren. Damit war auch diese Hoffnung gestorben. Müde ging er weiter, mitunter schlurfend wie ein Greis. Als er am Spreeufer angelangt war, sah er sich unten am Fourche LaFave aus Rowsons Blockhaus treten, Betty Lemmerheert an seiner Seite. Was wäre, wenn ... Warum gab es nicht die Möglichkeit, an einen bestimmten Ausgangspunkt zurückzukehren und seinen Lebensweg immer wieder neu zu wählen – so lange, bis Wunsch und Wirklichkeit sich voll deckten ...?

Lange Zeit lag er angezogen auf dem Bett und versuchte, alles zu verarbeiten, was er da erfahren hatte, wobei er Catharina am ehesten beiseite schob. Aber das andere. Charlotte die Frau Ludwigs Urbans ... Lellichow auf dem Feld der Ehre geblieben ... Beides traf ihn schwer. Charlotte, einige Jahre älter als er, hätte ihm den Halt geben können, den er so dringend brauchte, und Lellichow hatte ihn zweimal gerettet, ihm zumindest erheblich aus der Bredouille geholfen. Und er hatte bei der Überfahrt zurück nach Europa immer wieder gedacht und gehofft, daß Lellichow inzwischen im Generalstab saß und in der Lage wäre, ihm einen Posten irgendwo in der Militärverwaltung zu verschaffen. Aus und vorbei.

Friedrich starrte an die Decke. Was waren das für komische Stuckornamente dort oben ...? Er brauchte einige Zeit, um zu begreifen, daß es sich dabei um Bücklingspellen handelte. Es war eine Studentenbude, in der er hauste, und die angehenden Herren Akademiker hatten die Pellen wohl nach einem Katerfrühstück nach oben katapultiert. Sein Blick ging zur Wand, wo in einem abbröckelnden Goldrahmen eine Lithographie von *Faust und Gretchen* hing. In den Gardinen klebten die Leichen diverser Fliegen und Mücken, von seinen Vorgängern mit der Klatsche erwischt und zwischen deren Leder und dem Stoff so zermanscht, daß sie nicht herabfallen konnten. Friedrich ließ seinen Blick nach unten wandern. Der Ripsbezug des Sofas mochte vor zwanzig Jahren, als Frau Kadritzke das gute Stück erworben hatte, die Farbe frischen

Grases gehabt haben, zeigte sich aber nun wie in Mehltau getaucht. Speckige Kissen lagen in den Mulden, und Häkeldeckchen tarnten die Stellen oben an der Lehne, wo die Patzköpfe der Mieter fettige Flecken hinterlassen hatten. Als Friedrich nun husten mußte, weil mit jeder Bewegung viel Staub aus seinem Bett aufstieg, ging die Tür des Marmorwaschtisches auf und gab den Blick auf den Nachttopf frei.

Friedrich seufzte und erinnerte sich an einen der Sprüche Salomos, an Agurs Bekenntnisse aus dem 30. Kapitel: *Ich habe mich gemüht, o Gott; ich habe mich gemüht, o Gott, und ablassen müssen*. Ablassen müssen von all meinen Träumen. *Denn ich bin der allernärrischste, und Menschenverstand ist nicht bei mir; ich habe Weisheit nicht gelernt* ... Denn er war nun 47 Jahre alt, und es war gewaltig, was er bislang im Leben alles erreicht hatte ... Kaum mehr als ein *tramp* war er, der Tamsel-Fritz, mit knapp dreißig Talern in der Tasche, nachdem Frau Kadritzke die Miete im vorhinein kassiert hatte.

Als es Nacht wurde, hatte er immerhin die Kraft, sich aus dem Bett zu hieven und seiner modrigen Gruft für ein paar Stunden zu entfliehen. Es war ein heißer Sommertag gewesen, und die Steine strahlten nun die Wärme, die sie gespeichert hatten, langsam wieder ab, so daß sich Friedrich tief im Süden wähnte. Nördlich der Weidendammer Brücke lag das Berlin der Kasernen und der Krankenhäuser, dominierten Tingeltangel und Studentenkneipen, fand man das Reich der Kellnerinnen, der gefälligen Mädchen, der Pfandleihen und der Armut.

Friedrich stand auf der Brücke und spuckte in die Spree. ... *da freut sich die Spucke, det se Kahn fahren kann*, hatten die Kinder immer gesungen. Wohin sollte er sich wenden? Am liebsten wäre er zuerst zum Speisen in den Pariser Keller am Brandenburger Tor und dann zum Tanzen in Kroll's Etablissement gegangen, doch dazu fehlte ihm das Geld. Ebensowenig reichte es zu einem der besseren Tanzlokale wie dem Gesellschaftshaus oder der Musen- und Friedrichstädtischen Halle. Blieben ihm also nur die Kaffeehäuser, Varietés und Singspielhallen in der oberen Friedrichstraße, also zwischen Weidendammer Brücke und Oranienburger Tor, und die immer etwas düsteren Keller in der Gegend hin zum Rosenthaler Tor. Er machte sich auf den Weg. Irgend etwas würde sich ganz sicher ergeben. In der Oranienburger Straße war er verwundert, welch ein großes Gebäude dort hochgezogen wurde, offensichtlich eine Synagoge. Was ihn aber nach so vielen Jahren im puritanischen Amerika noch viel mehr erstaunte, war der riesige Liebesmarkt, der hier entstanden war. Viele hundert Männer aus allen Schichten und Klassen waren hier auf der nächtlichen Pirsch, getrieben von der Lust und der Neugier. Da gab es Ladendiener, denen man deutlich ansah, daß sie brotlos waren, kürzlich entlassene Sträflinge, aber auch Ärzte aus der nahen Charité, Juristen und Offiziere in Zivil. Dazwischen immer wieder Provinzler, durch ihre rosigen Gesichter und breiten Schädel wie durch Kleidung und Sprache klar als solche auszumachen. Vielleicht auch jemand aus Tamsel? Ach, wie hätte er die nach all den Jahren noch erkennen können? Das Angebot an schönen und willigen Frauen war immens. Blonde Locken, dunkle Augen, in schottische Seide gezwängte schmiegsame Taillen. Friedrich gingen die Augen über, und zu gerne hätte er sich an der Seite einer der *Marchandes d'amour* gesehen, wenn da nicht die Angst gewesen, wieder auf eine hereinzufallen, die wie Lotta war. Allein aber machte es keinen Spaß, im Eldorado eine Csárdásfürstin tanzen zu sehen, und er flüchtete sich in den Strammen Hund, ein Kellerlokal, das vornehmlich Droschkenkutscher und Studenten frequentierten. Er fand einen freien Platz auf einer Plüschbank, rot und von Motten zerfressen, und wartete, bis der hemdsärmlige Kellner ihn endlich entdeckte.

»Ein großes Bier, dann eine Erbsensuppe und einmal Königsberger Fleck.«

Während er auf die Bestellung wartete, hatte er Zeit und Muße genug, die anderen Gäste ausgiebig zu mustern. Dabei blieb sein Blick an einem bäuerisch wirkenden jungen Mann von etwa dreißig Jahren hängen, von dem er hätte schwören mögen, daß er ihm in seinem Leben schon einmal begegnet war und zwar unter ganz besonderen Umständen. Aber auch der andere mußte ihn irgendwie erkannt haben, denn er musterte Friedrich mit so leuchtenden

Augen, wie man sie nur in solchen Fällen hatte. Schließlich stand er auf, nahm seinen Bierkrug und kam zu Friedrich an den Tisch.

»Sie gestatten ...?«

»Ja, bitte.«

Der junge Mann setzte sich. »Wir kennen uns gewiß ...«

Friedrich blieb auf Distanz. »Das könnte schon sein ...«

»Wenn auch nicht aus Amerika ... Ich sage nur: Tamsel.«

»Ah – ja!« Jetzt hatte es bei Friedrich gezündet. »Der Martin Pirtzel.« Richtig, der dummdreiste Kossätensohn, der immer wieder Fische gestohlen und ihn als Lehrer zur Weißglut gebracht hatte. Und beim Superintendenten hatte er ihn denunziert. Daß der König beim Kacken die Knie krumm mache wie jeder andere Mensch auch, hätte Friedrich Bosetzki gesagt. Eine schlimme Majestätsbeleidigung. Andererseits ... Pirtzel kam selbst darauf zu sprechen.

»Wissen Sie noch, wie ich Sie damals mit meinen Freunden aus der Warthe gefischt habe ...?«

»Ja, natürlich.« Ohne Pirtzel wäre er nie ans andere Ufer gelangt. Aber ob er ihm dafür wirklich danke sollte ... Er zögerte und flüchtete sich in die Fragen, die unumgänglich sind, wenn man einen Menschen nach vielen Jahren wiedersieht. »Und was machen Sie jetzt?«

»Ich bin beim Ministerium des Inneren beschäftigt ...« Mit welchen Aufgaben man ihn da betraut hatte, ließ Pirtzel zwar offen, doch Friedrich hatte da schnell eine ganz bestimmte Vermutung, denn sein ehemaliger Schüler schien ja überraschenderweise bereits zu wissen, daß er die letzten Jahre in Amerika verbracht hatte.

»Ich bin gerade eben erst heimgekehrt – und zwar aus Vicksburg.«

Worüber sich Martin Pirtzel halbtot lachen konnte. »Auf der Burg möchte ich auch mal leben, wo sie den ganzen Tag über wichsen – die Schuhe blank.«

Friedrich war etwas irritiert. »Diese Assoziation ist mir nie gekommen ...«

»Hier in Berlin wird sie Ihnen schon kommen, denn wir haben an die 15 000 Prostituierte in der Stadt. Für jeden etwas: die feineren und die Mätressen, die gewöhnlichen und zum Schluß die Diebesdirnen. Vor denen nehmen Sie sich ganz besonders in acht! Die verkehren vorzugsweise mit Verbrechern und helfen, das unredlich erworbene Gut zu verprassen, leisten aber selbst auch Beistand bei Diebstählen oder begehen selbständig Verbrechen.«

»Danke für die Warnung, nur ...« Ach, was brauchte der Spitzel von Lotta zu wissen? Friedrich war auf der langen Rückreise nie auf den Gedanken gekommen, daß man ihn in Preußen nach so vielen Jahren noch irgendwie beachten würde. Doch da schien er sich gründlich getäuscht zu haben. Nun, einerseits war es sicher süß und ehrenvoll, daß man ihn für potent genug hielt, die Monarchie nachhaltig zu erschüttern. Andererseits war es auch kein schöner Gedanke, nun auf Schritt und Tritt verfolgt zu werden. Da ritt ihn der Teufel. »Lieber Martin Pirtzel, wir sind ja nun beide aus Tamsel, und das verbindet mehr als alles andere. Und darum können wir ja auch ganz offen miteinander reden ...«

Pirtzel beugte sich nach vorn und begann unwillkürlich zu flüstern. »Ja ...«

»Mir ist schon klar, warum Sie mich hier getroffen haben.«

Pirtzel grinste nun doch. »Das ist reiner Zufall, Herr Bosetzki, reiner Zufall.«

»Gut. Dann sage ich Ihnen jetzt ganz zufällig, daß ich morgen zuerst meine Schwester in Köpenick besuchen werde und dann nach Tamsel reise, um das Wiedersehen mit meiner Frau und meinem Sohn zu feiern.«

»Um Ihren Sohn zu sehen, brauchen Sie nicht extra nach Tamsel zu reisen, der liegt hier im Lazarett in der Kirschallee ...«

»Wie ...?« Friedrich konnte dem anderen partout nicht folgen. Wilhelm, der war noch ein Kind.

»Er ist vor Düppel dabeigewesen, als sich der Pionier Klinke einen Pulversack auf den Rücken gebunden hat, um sich damit am Fuße der Schanze in die Luft zu sprengen und so eine Bresche zu schlagen, durch die seine Kameraden hindurchstürmen konnten. Ihren Sohn hat es dabei an der Schulter erwischt.«

»Er lebt aber noch?«

»Ja. Nur die Wunde wollte nicht so richtig heilen. Jetzt geht es aber wieder.«

»Gott sei Dank!« Friedrich rechnete. Natürlich war das möglich, denn im Mai dieses Jahres war Wilhelm siebzehn Jahre alt geworden. »Ich muß so schnell wie möglich zu ihm.«

Am nächsten Tag war Friedrich schon früh auf den Beinen und staunte, als er aus dem Fenster blickte, wie lebendig alles schon war, kaum daß der Morgen graute. Die Bäckerlehrlinge zogen ihre Handwagen scheppernd durch die Straßen, um die Viktualienkeller zu beliefern. Durch die Tore kamen die ersten Bauernwagen mit Feld- und Gartenfrüchten nach Berlin und fuhren mit lautem Hüh und Hott dorthin, wo die Märkte waren. Die Fuhrleute mit ihren Einspännern und Hundekarren beeilten sich, frische Milch in die Häuser zu liefern, wo der Rauch aus den Schornsteinen verkündete, daß man schon beim Kaffeekochen war. Um sieben Uhr begann die Arbeit in den Werkstätten, die Dienstmädchen begegneten sich am Brunnen, die Hausfrauen lüfteten ihre Zimmer, und die Rentiers rauchten ihre Morgenpfeife. Bei Friedrich, dem die Witwe Kadritzke ein sehr frugales Frühstück gebracht hatte, klopfte der Stiefelputzer an die Tür, doch es gab keine Arbeit für ihn.

Um halb acht stand Friedrich auf der Straße und machte sich auf den Weg zum Lazarett. Immer wieder war anderen auszuweichen. Die Comptoirdiener holten sich beim Tabakhändler noch schnell ihre Vierpfennig-Zigarren, ehe sie sich an ihre Pulte setzen. Die Lehrer schritten würdevoll das Trottoir entlang, hinter ihnen im Pulk die Schüler, vom barhäuptigen Kommunalschüler bis zum Primaner mit seiner Mütze und dem Köln-Mindener Vatermörder. Wenig später mischten sich die Handwerker in die Menge, um ihre Rohmaterialien einzukaufen und ihre Außenstände einzukassieren. Die Beamten wandelten in ihre Büros, und die Hausfrauen machten sich, das Dienstmädchen an ihrer Seite, auf den Weg zum Markt.

Wenn ich Gott wäre, dachte Friedrich, würde ich an diesem Treiben mein Wohlgefallen haben, so friedfertig war es und von hohem Nutzen für das Gedeihen des Ganzen. Und sogleich kam ihm der letzte Satz aus der Offenbarung des Johannes in den Sinn: *Die Gnade des Herrn Jesus sei mit allen!* Hier schien sie wirklich mit allen zu sein. Einmal Kantor, immer Kantor, dachte er. Wie sehr ihn doch die Zeit in Tamsel geprägt hatte.

Das Lazarett, von dem Martin Pirtzel gesprochen hatte, lag auf dem großen Areal zwischen dem Hamburger Bahnhof und der Chausseestraße, auf dem auch ein Exerzierplatz und eine langgestreckte Infanteriekaserne zu finden waren. Der Eingang befand sich an der Kirschallee, die ihren Anfang an der Invalidenstraße nahm. So hatte es Friedrich gar nicht weit zu seinem Sohn. Er mußte nur die Friedrichstraße hinaufgehen, am Oranienburger Tor nach links abbiegen und an der Mauer des Charité-Kirchhofs entlang zum Neuen Tor laufen, dann war er fast schon da.

Wilhelm ... Wann hatte er ihn zum letzten Mal gesehen? Im Sommer 1853, kurz vor seiner Abreise nach Bremerhaven. Vor elf Jahren also. O Gott! Unvorstellbar, daß seinem Sohn und ihm womöglich im selben Augenblick die feindlichen Kugeln um den Kopf geflogen waren – dem einen in Dänemark, dem anderen am Mississippi. Aus einem Schuljungen mit Schiefertafel und Schwamm war ein Mann in Uniform geworden, der seine Feuertaufe gerade hinter sich hatte. Und inwieweit er wohl ihm ähneln würde oder seinem Groß- und Urgroßvater? Er war gespannt und so voller Vorfreude wie lange nicht mehr. »Wilhelm, mein Sohn, welch Glück, dich nach so langer Zeit in die Arme schließen zu können!« Leise sprach er vor sich hin, was er alles sagen wollte.

An der Pforte des Lazaretts war man sehr freundlich zu ihm, sah in den Listen nach, fand einen Wilhelm Bosetzki ohne große Mühe und wies ihm den Weg zum Krankensaal im Flügel D. Ein Pfleger nahm sich seiner dort an und führte in zur richtigen Tür. An die zwanzig Verwundete ruhten hier auf ihren Betten, und auf den ersten Blick konnte Friedrich seinen Sohn nicht finden.

»Dort im Bett rechts am Fenster, das ist er.«

»Danke sehr.« Friedrich ging durch den Saal, und als der Soldat im angegebenen Bett den Kopf in seine Richtung wandte, wußte er, daß sich der Pfleger nicht geirrt hatte, denn wer ihn dort anschaute, war der junge Erdmann von Bosetzki, wie der Graf Oderreck ihn in seinen Bildern festgehalten hatte. Friedrich beschleunigte seine Schritte, und sein Herz klopfte, als er am Fußende des

Krankenlagers angekommen war. »Da bin ich!« stieß er hervor. »Endlich!«

»Wer sind Sie?«

»Wilhelm, ich bin dein Vater.«

»Ich habe keinen Vater mehr!« Wilhelm drehte sich weg von ihm.

»Wilhelm, verzeih mir«, brach es aus Friedrich heraus. »Ich konnte nicht anders, ich mußte nach Amerika gehen und sehen, daß ich mir da eine Existenz aufbauen konnte. Für euch, um euch nachzuholen. Sie haben mich ja aus Preußen vertrieben, und es war nicht meine Schuld, daß ich ...«

»Mein Gott, so gehen Sie doch!«

Köpenick war von Berlin mit der Frankfurter Bahn in einer knappen halben Stunde zu erreichen. Doch die Reiseführer rechneten das Städtchen an der Mündung der Dahme in die Spree mitsamt der Müggelberge zu den weiter entfernt gelegenen Gegenden, zu deren Besuch ein halber Tag nicht ausreichte, und priesen es, ganz im Gegensatz zu Potsdam, nicht weiter an. Das war auch nicht verwunderlich, denn Köpenick hieß Fischerei und Fischerkiez, und seine einzige Sehenswürdigkeit, das Schloß, beherbergte ein Schullehrerseminar. Wer sich hier in Köpenick verkroch, den mußte das Schicksal schon arg gebeutelt haben. Das jedenfalls dachte Friedrich, als er vom Bahnhof, der weit im Norden in der Vorstadt lag, am stillen Arm der Spree entlang und über die Dammbrücke hinweg die Altstadt erreichte. Auf dem Polizeirevier hatten sie ihm auf seine Anfrage hin erklärt, daß seine Schwester nahe der Laurentiuskirche wohnte, gleich am Luisenhain. Wie passend.

Als er dann vor dem kleinen Bürgerhaus stand, dessen Fassade eine etwas mißglückte Huldigung an den großen Schinkel war, wagte er minutenlang nicht, den Türklopfer mit dem Löwenkopf anzuheben. Zu groß war die Angst, daß ihm hier dasselbe wie im Falle Wilhelms widerfuhr: »Ich habe keinen Bruder mehr! So gehen Sie doch!« Nein, das konnte nicht sein, denn schließlich waren es doch Lellichow und sie gewesen, die seine Ausreise in die Staaten bewerkstelligt hatten. Dennoch, immer wieder verließ ihn der

Mut, und er beschloß, erst einmal auf der anderen Straßenseite zu warten und zu sehen, ob Luise nicht zufällig aus dem Fenster sah und ihn erblickte.

Und er hatte keine fünf Minuten so gestanden und gewartet, da trat sie wirklich, als wäre sie von der Kraft seiner Gedanken herbeigezaubert worden, an das große Fenster in der ersten Etage, um es aufzuziehen und ihr Zimmer zu lüften. Sekunden später hatte sie ihn erblickt, ohne daß er sich irgendwie bewegt hätte.

»Fritz!« rief sie, stand da wie zu einer Statue erstarrt und kippte dann wie eine solche ohne jeden Laut nach hinten weg, offenbar in Ohnmacht gefallen.

Friedrich stürmte nach drüben, riß und stieß nun wie von Sinnen gegen die Tür. »Aufmachen! So macht doch auf, in Gottes Namen.« Endlich erschien das Mädchen. »Seid ihr denn alle ...?!« herrschte er sie an. »Was ist mit ihr geschehen?«

»Sie hat doch gedacht, daß Sie schon lange tot sind.«

Friedrich fand Luise auf ihrem Sofa, das Fläschchen mit dem Riechsalz noch immer vor der Nase. Er fiel auf die Knie, um sie zu umarmen. »Meine teure Schwester!«

»Nun laß mal, wir sind hier nicht im Theater.«

»Daß ich dich noch einmal wiedersehen darf!«

Luise machte sich los. »Ich habe dir nach Indianapolis geschrieben und den Brief mit dem Vermerk *Empfänger verstorben* zurückbekommen. Und da hier in den Zeitungen zu lesen war, daß eine Entscheidungsschlacht zwischen Nord und Süd stattgefunden hatte, da dachte ich: Ferdinand bei Alsen gefallen, du bei Vicksburg ... Wie sagte Großmutter immer? ›Wenn es kommt, dann kommt es mit Macht – und keiner kann es halten.‹ Aber setz dich erst mal. Betti, hol die letzte Flasche Champagner aus dem Keller, wir wollen darauf anstoßen, daß Fritz noch lebt und heil zurückgekommen ist.«

Als dies geschehen war, mußte ihr Friedrich bis ins letzte Detail erzählen, wie es ihm ergangen war, seit er seinen letzten Brief nach Berlin geschrieben hatte. Er tat es mit schonungsloser Offenheit, nicht einmal Lotta ließ er aus. Und er schloß mit dem Seufzer: »Ach Gott, Luise, warum bin ich nur nach Amerika gegangen?

Wer sich absondert, der sucht, was ihn gelüstet, und setzt sich wider alles, was gut ist. Nun habe ich den Scherbenhaufen, König Salomo ...«

»Hör auf zu jammern! Larmoyanz ist das Letzte, was ich an den Männern schätze.«

»Ja, du hast gut lachen, du bist so ganz anders als ich, in dir steckt der bessere, der härtere Kern der Bosetzkis, und du müßtest eigentlich Johanna heißen.«

»Nur schade, daß dieser Teil mit mir aus dieser Welt verschwinden wird und nur das bleibt, was Erdmannsch ist: Das Ambivalente, das ewig Zögerliche. Ja, aber ... Sowohl als auch ...« Sie stand auf und trat ans Fenster.

»Ich bewundere dich ja auch, wie du mit Lellichows Tod zu Rande kommst.«

»Ach, man muß es hinnehmen. *Warum so zaghaft zittern vor dem Tod, / Dem unentfliehbaren Geschick?*«

Friedrich sah zu ihr hoch, und sie war keine Frau von Fleisch und Blut, sondern eine griechischen Göttin, aus Marmor geformt, die auf die seengroße Wasserfläche blickte, die Spree und Dahme bildeten. Nicht umsonst mochte sie eben die Jungfrau von Orleans bemüht haben, denn straff und kriegerisch wirkte sie mit ihren 53 Jahren, so daß er nicht so ganz verstehen konnte, weshalb sie sich hierher nach Köpenick in die Einsamkeit geflüchtet hatte. Er fragte sie danach.

»Weil ich nach Ferdinands Tod in Ruhe über alles nachdenken will. Niemand kennt Tag und Stunde, aber sollte ich noch zehn, fünfzehn Jahre zu leben haben, was mache ich mit dieser Zeit? Bislang habe ich nur für Ferdinand gelebt und war eigentlich nur die Frau Ferdinand von Lellichow. Jetzt endlich bin ich ein eigenständiges Wesen. Vielleicht gehe ich irgendwann nach Darmstadt zu Prinzessin Alice, ich korrespondiere schon mit ihr ...«

»Zu wem?«

»Alice von Großbritannien, die schon lange für die Frauenrechte kämpft: daß es nicht bis in alle Ewigkeit unser Schicksal ist, dem Manne zu gehören und zu dienen. Sie hat gerade Ludwig von Hessen geheiratet, und alles wird zu ihr nach Darmstadt pilgern. Vielleicht aber bleibe ich auch hier und widme mich ganz der Botanik. Das wäre die rechte Wissenschaft für mich. Sie trägt zur Gesundheit des Körpers und zur Heiterkeit der Sinne bei. Man bewegt sich viel in frischer Luft, und die Studienobjekte kosten einen nichts.«

Friedrich lenkte das Gespräch auf das, was ihn am meisten bewegte: Wilhelm. »Auch hier ist der Krieg der Vater aller Dinge«, sagte er nicht ohne alle Ironie. »Insbesondere der gegen Dänemark ...« Und nun erzählte er, was den Tag zuvor geschehen war: »Ich war gestern bei ihm im Lazarett. ›Ich habe keinen Vater mehr!‹ hat er ausgerufen.«

Luise nahm es gelassen. »Das Pathos hat er wohl von Lellichow. Ach ja, Wilhelm ... In den letzten drei Jahren hat er hier bei uns gelebt wie ein Adoptivsohn. Ferdinands Wunsch nach einem eigenen Sohn ist ja nie in Erfüllung gegangen ...«

»Wer hat ihn denn so gegen mich aufgehetzt: Dorothee oder dein Mann?«

»Ferdinand ganz sicher nicht, und Dorothee ist eine kranke Frau. Sie hat die Schwindsucht – wie viele aus den Fischerfamilien.«

»Mein Gott.«

»Es ist die dauernde Feuchtigkeit und liegt irgendwie im Blut. Aber sie gibt dir die Schuld daran, weil du sie verlassen hast. Lange wird es nicht mehr dauern mit ihr, und wenn du sie noch einmal sehen willst, müssen wir uns sehr beeilen.«

Nun stand er wieder an der Warthe und wünschte sich, daß das Leben wie ein Würfelspiel wäre: Flog man raus, durfte man noch einmal von vorn anfangen. Und er sah sich am Ende seiner Soldatenzeit vor der Kaserne stehen und ausrufen: »Vater, jetzt werde ich ...« Nicht Lehrer und Kantor, nicht Korrespondent, sondern ... Ja, was? Nichts fiel ihm ein. Wirr dachte er: König, General, Astronom, Pelzhändler, Goldschmied, Eisenbahner ... Aber was sollte das? Nein, an einen neuen Anfang zu denken, war höchst sinnlos, denn alles ist vorherbestimmt – oder anders formuliert: Niemand kann aus seiner Haut heraus. Mehr noch: Alles Geschehen existiert bereits, und Leben ist nichts weiter als die Möglichkeit, es zu erfahren. Wenn man versucht, gegen das anzugehen, was beschlossen ist, dann muß das scheitern. So wie bei ihm vor siebzehn Jahren, als er hier im Wasser der Warthe den Tod gesucht hatte und gerettet worden war. Von Martin Pirtzel, bei dessen Eltern er jetzt Quartier genommen hatte, während seine Schwester im Schloß ihr Zimmer hatte. Eine Frau von Lellichow war dort immer willkommen.

Dorothee lag im Sterben. Man hatte Wilhelm vorzeitig aus dem Lazarett entlassen, damit er Abschied von seiner Mutter nehmen konnte. Sie wollte im Hause ihrer Familie sterben, und Friedrich hätte sich nicht zu den Zanders getraut, auch weil er Wilhelm nicht treffen wollte. Luise sollte erkunden, ob Dorothee ihn noch einmal zu sehen wünschte. Unter dem alten Gingkobaum am Schloß sollte er auf eine Nachricht von ihr warten. Friedrich tat es, aber gut hinter den Büschen versteckt, daß ihn keiner so schnell sehen konnte, fürchtete er doch, alle würden mit dem Finger auf ihn zeigen. »Versteht doch, ich habe nur gegen den König gekämpft, damit es dem Volke besser geht, ich bin nur nach Amerika gegangen, damit Dorothee und Wilhelm überleben können.« Aber was war seine Verteidigung gegen ihre Anklage: *Weh denen, die Böses gut und Gutes böse heißen, die aus Finsternis Licht und aus Licht Finsternis machen, die aus sauer süß und aus süß sauer machen!*

Luise kam gegen Mittag, um ihn zu Dorothee zu bringen, und ihm war, als würde ihn der Henker holen und das Fallbeil auf ihn warten.

»Wie geht es ihr?«

»Noch schlechter als die Tage zuvor, nur noch Haut und Knochen.«

Trotz dieser Vorwarnung erschrak er, als er am Bett seiner Frau angekommen war. Sie war gerade einem Erstickungsanfall entkommen, rang nach Luft und versuchte zu lächeln. »Sieh an, Friedrich, dies ist dein Werk.«

Wilhelm stand hinten am Ofen, auch drei Cousinen waren da, und alle, auch Luise, erwarteten, daß er nun vor ihr auf die Knie sank und sie um Vergebung bat. Doch Friedrich empörte ihre Anklage, und so rief er aus, daß er doch nicht die Schuld an allem

Elend trage, denn Schuld setze Absicht voraus. »Es ist bitter für mich, Dorothee, daß es mit dir, daß es mit uns so enden muß, es ist ein unendlicher Schmerz in mir und ich bin voller Mitleid für dich, aber mach bitte nicht mich für das verantwortlich, was allein Gottes Sache ist.«

»Geh, fort mit dir! Nur du bist schuld an allem, kein anderer, nur du!«

Wilhelm kam herbei gestürzt, um ihn auf den Flur zu stoßen.

Friedrich ließ es nicht geschehen. Er packte seinen Sohn und konnte ihn, der vom langen Krankenlager noch immer sehr geschwächt war, auch bändigen. Und über Wilhelms Schulter hinweg richtete er noch einmal das Wort an seine Frau.

»Sieh die Tränen in meinen Augen, Dorothee. Es tut mir so unendlich leid, daß ich dir kein anderes Leben mehr bereiten konnte. Es ist deine Tragik, daß du dich so in mir getäuscht hast, und meine, daß ich viel zu spät gemerkt habe, daß ich dir nie das geben konnte, was du dir von einem Mann erhofft hast.« Die Stimme versagte ihm, und er konnte nur noch flüstern: »Alles ist dahin, für immer, unwiederbringlich.«

Nun wollte er vor ihr niederknien und sie noch einmal küssen, doch jetzt waren alle über ihm und warfen ihn hinaus.

Zwei Tage später starb Dorothee. Auf ihren ausdrücklichen Wunsch hin wurde sie nicht da begraben, wo die Bosetzkis alle lagen, sondern weitab davon neben ihren Eltern.

Seit dem 1. November 1864 wohnte Friedrich Bosetzki als Schlafbursche im Voigtland, dem berüchtigten proletarischen Viertel zwischen der ehemaligen Stadtmauer und der Brunnen-, Invaliden- und der Gartenstraße. Nach der Szene am Sterbebett in Tamsel hatte sich auch Luise von ihm abgewandt, jedenfalls insoweit, als daß sie ihm kein Geld mehr schenken oder leihen wollte. Und da er weder als Lehrer noch als Zeitungsschreiber Arbeit fand, mußte er, um sein täglich Brot zu verdienen, das nehmen, was Leuten seines Schlages noch blieb: die Fabrik. Aber so sehr er sich auch mühte, es blieb ein Hungerlohn, den er nach Hause brachte, denn weder verfügte er über eine handwerkliche Ausbildung noch über besondere körperliche Kräfte. Im Gegenteil: Alles ließ schon nach, schließlich ging er auf die Fünfzig zu.

»Aufstehen, fünf Uhr!«

Frieda Siedentopf riß das Bettlaken weg, das auf einer Wäscheleine hing und den Vorhang zwischen Friedrichs Schlafstelle und dem Rest der Stube bildete. Sie tat es nicht nur, damit er pünktlich zur Arbeit kam, sondern auch des Schichtwechsels wegen, denn jeden Augenblick konnte ihr zweiter Schlafbursche vor der Tür stehen und ungeduldig klopfen. Er war Nachtwächter, so daß alles ganz wunderbar ineinander griff. Da war er schon und so durchgefroren, daß es Friedrich jammerte.

»Komm, Paul, ich hab' sechs Stunden lang alles für dich vorgeheizt.« Friedrich hielt ihm die Bettdecke hin. »Da müßte ich dir eigentlich 'n paar Silbergroschen für abnehmen.«

»Ich borg' dir mal meine Schlittschuhe dafür.« Paul, nur halb so alt wie Friedrich und geborener Königsberger, ließ Hose und Joppe da fallen, wo er gerade stand, streifte nur noch die Schuhe von den Füßen, sank dann mit einem Laut des Wohlempfindens in die gemeinsame Falle und war wenig später eingeschlafen. Friedrich trat an die Waschschüssel, die auf einem Brett stand, das über dem Ausguß lag. Die beiden jüngeren Siedentopfschen Kinder waren schon wach und verfolgten aufmerksam, was er da tat. Genierlich war das nicht weiter, denn einmal behielt er Unterhemd und Unterhose beim Waschen ohnehin an und zum anderen spendete die Petroleumlampe, die neben dem Webstuhl stand, nicht ganz das Licht eines Kronleuchters aus Kroll's Etablissement.

Emil Siedentopf war Weber und schon seit einer halben Stunde bei der Arbeit. Seine chronische Bronchitis machte ihm in diesem Winter ganz besonders zu schaffen. Am anderen Webstuhl saß sein ältester Sohn, gerade fünfzehn Jahre alt geworden. In der Ecke bullerte der Kochofen, und Friedrich nahm sich den Topf mit dem heißen Wasser, um sich seinen Malzkaffee zu brühen. Frau Siedentopf stand von ihrem Spinnrad auf und füllte ihm etwas von ihrer dünnen Mehlsuppe auf den Teller. Für die drei Pfennige, die er ihr dafür zu zahlen hatte, war das recht wenig, aber er hatte keine Lust, mit ihr darüber zu streiten.

Sein Blick schweifte durch die Stube, die nicht mehr als fünf mal sieben Schritte maß. Die Wände hatten einen ockerfarbenen Anstrich, an vielen Stellen aber war der Kalk herabgefallen. Ansonsten war alles sehr ordentlich, mußte es auch sein, denn jedes Plätzchen und jeder Winkel wurde gebraucht und hatte seine ganz spezielle Bestimmung. In diesem Raum lebten zeitweise sieben Menschen, hier wurde gekocht und gegessen, gearbeitet und geschlafen. Dicht bei dicht standen Betten, Kommode, Kochofen, Tisch, Stühle und Hocker, die beiden Webstühle und ein Spinnrad. Es war so eng, daß Friedrich beim Frühstücken seine Beine keinen Zoll weit ausstrecken konnte, sondern mit angezogenen Knien dasitzen mußte. Das Schlimmste aber war die verbrauchte Luft. Bis auf wenige Minuten am Tage blieben die Fenster fest verschlossen, denn Holz und Kohlen waren knapp. In den ersten Nächten hatte Friedrich unter wahren Erstickungsanfällen leiden müssen, nun hatte sich sein Organismus auf den Sauerstoffmangel und den ewigen Dunst schon besser eingestellt.

»Oh, Fritz, das ist ja wie ein Rattenloch!« hatte Luise ausgerufen, als sie zu Besuch gekommen war, ein einziges Mal. »Wie tief bist du gefallen ...« Er hatte gelächelt: »Man kann nicht tiefer fallen als in die Hand Gottes.« Je mehr er litt, desto besser war es für ihn. An Dorothees Sterbelager hatte er es nicht wahrhaben wollen, auf der Rückreise nach Berlin aber hatte er genau in sich hineingehört und das Urteil über sich empfangen: »Du bist schuldig und deine Schuld ist unermeßlich. Du hast Weib und Kind verlassen, du hast die Ehe gebrochen, du hast alle ins Elend gestürzt.« War es nun seine innere Stimme gewesen oder Gottes Stimme, was dasselbe sein mochte, er war in sich gegangen und hatte alles gestanden, denn: »Wer seine Missetat leugnet, dem wird es nicht gelingen; wer sie aber bekennt, der wird Barmherzigkeit erlangen.« Immer wieder rief er aus: »Gott sei mir Sünder gnädig.« Und als Strafe hatte er sich dieses elende Leben im Berliner Voigtland auferlegt, und es vergingen die Tage, ohne daß eine Klage über seine Lippen kam. Er hatte nichts anderes im Sinn, als sich zu geißeln und zu kasteien, sich zu quälen und zu beschmutzen, eben Buße zu tun.

Zugleich war Friedrich klug genug zu erkennen, daß ihm sein

Schuld-und-Sühne-Wahn dazu diente, etwas zu verdrängen, was Tatsache war: daß mit ihm der erste Bosetzki ins Proletariat abgeglitten war. Hatte anfangs in seinem Tagebuch als Überschrift gestanden: *Der Aufbruch nach Berlin*, so war dies längst durchgestrichen und ersetzt worden durch: *Der Abstieg in Berlin*. Aber war sein tiefer Fall schon zu Ende, oder ging er weiter ins Bodenlose ...? Das war zu befürchten, denn nach der Arbeit eilte er immer öfter in die Kneipen, um zu trinken. Andererseits schrieb er in jeder freien Minute an seinem ersten Roman, der Geschichte eines jungen Deutschen, der nach Amerika gegangen war, dort sein Glück zu machen. Einen Titel hatte er schon: *An den Ufern des Fourche LaFave*. Er begann mit den Worten: *Down by the banks of the Fourche LaFave, of the Ohio, of the Mississippi, of the Yazoo ...*

In Gedanken war er dort jeden Morgen, wenn er zur Arbeit ging, immer die Torstraße Richtung Osten, wo die Borsigsche Maschinenbauanstalt gelegen war. Mehr als tausend Männer hatten denselben Weg wie er, und wenn er beim Gehen die Augen schloß, mußte er nicht befürchten, in eine Baugrube zu stürzen, denn der große Strom trug ihn sicher bis zur Pforte. Schneeflocken tanzten in der Luft und bildeten einen solchen Kontrast zum schwarzen Rauch, der aus den Schornsteinen stieg, daß er Maler hätte sein mögen. Welch Lust mußte es sein, dies einzufangen. Und auf den ersten Blick hatte auch die gesamte Anlage etwas durchaus Poetisches, wenn nur die Knochenarbeit und die Schinderei nicht gewesen wären, und das von morgens bis abends.

Er war als Hilfsarbeiter im Zusammensetzungssaal eingestellt worden, also da, wo man aus den vielen Dutzend Einzelteilen Lokomotiven zusammensetzte und betriebsbereit auf die Schienen stellte. Seine Aufgabe bestand darin, das heranzukarren und herbeizuschleppen, was am Rand der Riesenhalle und in ihren Vorbauten schon gelagert war oder aber noch aus Gießhaus, Schmiede oder Drehsaal abzuholen war. So kam er viel herum. Die Gießerei fürchtete er: Oft sah er sich im Traum in die Riesenpfannen stürzen und im flüssigen Metall verglühen. So und nicht anders war die Hölle zu denken. Dann kam der Guß. Zischend und im feurigen Purpurbogen entströmte das Metall den Öfen und verlief sich in der feuchten Form, deren Erde sich in grauen Dämpfen aufzulösen schien.

Ein faszinierendes Schauspiel war für Friedrich die Arbeit der Schmiede auf dem Hof, wenn sie die gewaltigen Dampfkessel nieteten. In den hohlen Bäuchen standen sie, rußig das Gesicht, die schweren Hämmer in den muskulösen Fäusten, und stemmten sich von innen mit aller Kraft gegen den Bolzen, auf den die Kollegen von der anderen Seite donnernd einschlugen.

Ebenso gebannt starrte er im Drehsaal auf das Gewirr der Transmissionsriemen, die von der Hallendecke bis zur Werkbank reichten und von einer einzigen Dampfmaschine angetrieben wurden. »Was Menschengeist so vermag«, hörte er die Besucher sagen, wenn sie unter Führung eines Ingenieurs durch die Werkstatt gingen. Manchmal war August Borsig höchstpersönlich dabei – für viele der wahre König Preußens. Dann schnappte Friedrich Sätze auf wie: »Durch Borsig sind wir in Hinsicht unserer Eisenbahnen vom Auslande unabhängig. In dem Feldzug der Berliner Industrie gegen Beamtentum und Feudalherrschaft wirkt das Beispiel dieses tatkräftigen Mannes sehr ermutigend.« Aber nicht lange konnte er staunend stehenbleiben, schnell war sein Vorarbeiter zur Stelle, um ihn wieder anzutreiben. »Bosetzki, dir werd' ich Beine machen!«

So war er schon mittags, wenn die große Glocke zur Pause ertönte, völlig erschöpft. Die kleine Ottilie Siedentopf brachte ihm im Tragekorb das Essen: entweder Quetschkartoffeln mit ein, zwei Stückchen Speck oder aber Hafergrütze. Mal auch einen halben Hering. Auf mehr war nicht zu hoffen.

Die Zeit bis zum Feierabend verging quälend langsam, und beim Schleppen der schweren Bodenplatte für den Stand des Lokführers wäre er fast zusammengebrochen. Da hielt ihn dann nicht mehr sein Bedürfnis nach Qual und Selbstkasteiung aufrecht, sondern einzig und allein der Gedanke an Bier und Korn. Inzwischen war es Brauch bei ihm geworden, mit einigen Kollegen nach der Arbeit am Tresen zu stehen und den Tag hinwegzuspülen. Um sich richtig zu betrinken, fehlte ihnen das Geld, doch für ein Gefühl »als wennste schwebst« reichte es immer, und ohne dieses Gefühl konnte Friedrich schon gar nicht mehr leben. War es anfangs nur Mittel gewesen, die Arbeit aus- und durchzuhalten, wurde es ganz allmählich das Eigentliche im Leben. Friedrich sah es wohl, doch er sah weder Grund noch Möglichkeit, es aufzuhalten.

So kehrte er auch an diesem Abend leicht angesäuselt in sein Quartier zurück. Im »Langen Haus« in der Gartenstraße, in dem auch die Siedentopfs wohnten, gab es insgesamt 426 Stuben vom Zuschnitt der ihrigen, so daß Friedrich immer wieder Mühe hatte, sich zurechtzufinden und dort zu landen, wo er hinwollte. Die Treppen waren nichts weiter als drei Fuß breite Holzstiegen, die auf ihrer Unterseite offen waren und damit Leitern glichen. Das Geländer bestand aus einer Latte, und wenn Friedrich am Wochenende einmal mehr getrunken hatte, drohte ihm der Sturz in die Tiefe. Nicht auszudenken, was passierte, wenn es hier brannte.

Fluchend schaffte er es bis ins oberste Stockwerk, stand aber nun auf einem gänzlich dunklen Flur. Vom Treppenabsatz gingen Gänge ab, die so schmal waren, daß nicht einmal zwei Menschen nebeneinanderher gehen konnten. Hatte es auf der Treppe noch die eine oder andere Lampe gegeben, fehlten diese auf den Korridoren gänzlich. Zum Glück waren einige der dreißig Stubentüren noch offen, so daß man sich am herausfallenden Licht etwas orientieren konnte. Das war auch dringend nötig, denn vor den Stuben standen vollgefüllte Abfalleimer, die man noch nicht auf den Hof getragen hatte, und die ebenfalls ungeleerten Töpfchen der Kinder. Das sorgte für einen pestilenzialischen Geruch, der kaum abziehen konnte, da nicht nur Siedentopfs die Fenster im Winter kaum öffneten. Er nahm sich die Zeit, in die Stuben hineinzusehen und die zu grüßen, die er kannte. Der Holzhacker Blumenthal war krank aus dem Krieg gegen Dänemark zurückgekommen, und die Webstühle standen still. Die Kinder lagen nackt auf dem Stroh und wärmten sich aneinander. Ab und an borgte oder schenkte er der Frau ein paar Silbergroschen für das Nötigste, doch im Augenblick stand sie kurz vor ihrem epileptischen Anfall, hatte schon mit den Fingern die Tischkante umklammert und war nicht ansprechbar. Ein Stückchen weiter zuckte der Schuster Schildknecht zusammen, als er ihn erblickte, denn er hatte ihn im ersten Augenblick für den Inspektor gehalten, dem er Miete schuldete. »Wir haben schon ein paar Kindersachen verkauft ...« Jetzt nähte seine Frau ein paar Lumpen zusammen, damit die Kinder wieder auf die Straße hinuntergehen und die reparierten Schuhe austragen konnten. »Aber habe ich einen fertig, kommen sie ohne Geld zurück, weil die Leute nichts haben, womit sie bezahlen können.« Am schlimmsten stand es um den Weber Wuthenow. Er trank und konnte kaum über die Straße gehen, ohne vom Polizeibeamten aufgrund seines struppigen Haares, seiner finsteren Augen und seines zerlumpten Anzuges angehalten zu werden. Seine Frau sah ebenso liederlich aus. Sie saß mit zerzaustem Haar auf dem schmutzigen Bett und strickte. Acht Kinder waren ihnen bereits gestorben. Zwei Stuben weiter war der Glaser Sendrowski dabei, seinem elfjährigen Sohn, der keine Schule besuchte, das Schreiben und Lesen beizubringen. Auf eine Schiefertafel hatte er oben *Trink und ess* geschrieben, und Karl hatte das nun fleißig mit seinem Griffel zu kopieren. Immer wenn er sich verschrieb, bekam er mit einem Strick eins übergezogen.

Jetzt kam die Stube Nummer 31. Da war die Tür bisher immer geschlossen gewesen, und Friedrich wußte nicht, wer die Bewohner waren. An sich konnten es nur die acht alten Frauen sein, die immer wie die Kletten aneinander hafteten, wenn sie auszogen, Knochen und Lumpen zu sammeln. Als die Stubentür heute offen stand, dachte er sofort: »Aha, da ist jemand gestorben, die holen den Leichnam ab ...« Um so erstaunter war er – ja, er prallte fast zurück –, als er am Kochofen ein junges, hübsches Mädchen sah, das Hafergrütze rührte. Sie trug einen dünnen, fast durchsichtigen Rock aus Kattun und ein weißes, ungewöhnlich sauberes Hemd. Ihre Beine, ihre Hüften, ihre Schultern, ihr Hals – alles war so schön geformt, daß es Friedrich den Atem nahm. Jetzt verließ sie den Herd und ging zum Haken, um sich ihre Jacke anzuziehen. Auch sie war aus Kattun.

»So«, sagte die junge Schöne zu den Frauen. »Euer Essen ist fertig. Ich muß noch einmal in die Fabrik.«

»Danke, Auguste!« riefen die alten Frauen im Chor.

Friedrich ließ das Mädchen vorüber, grüßte sie nur kurz und

scheinbar gleichmütig, doch da war es schon um ihn geschehen: Er hatte Feuer gefangen und Auguste ging ihm nicht mehr aus dem Kopf. Wie züchtig sie ihre Jacke über der Brust zusammengezogen hatte, und doch ... Die ganze Nacht lag er wach und schmückte seine Träume mit immer neuen Varianten aus: Wie er Auguste rettete, wie sie die Seine wurde, wie ein neuer liberaler König ihn rehabilitierte und als preußischen Botschafter nach Amerika schickte. Auguste schien Vollwaise zu sein und ihren Lebensunterhalt in einer Kattunfabrik verdienen zu müssen. Zehn, elf, zwölf Stunden am Tag. Und dann kam sie nach Hause ins Elend des »Familienhauses«. Viel Freude und Vergnügen hatte sie bisher in ihrem Leben gewiß nicht gehabt, und ihre Zukunft war noch düsterer. Wahrscheinlich heiratete sie einen Weber oder Seidenwirker, wurde dadurch seine Sklavin und hatte seine sieben bis zehn Kinder großzuziehen. »Ich werde dich retten, Auguste, ich werde dich retten, ich schwöre es dir«, flüsterte Friedrich und hatte nicht einmal Angst, daß Siedentopfs es hören würden. Er stellte sich so lebhaft vor, Auguste neben sich im Bett zu haben, daß er seinen Samen nicht mehr zurückhalten konnte. Gott, wenn das bis zum Morgen nicht getrocknet war. Voluptas, die Göttin der Begierde, hatte sich seiner von neuem bemächtigt.

Am nächsten Abend sprach er Auguste dann an. Ob sie nicht Lust hätte, mit ihm am Sonntag nachmittag nach Moabit zum Tanzen zu gehen? Er tat dies so chevaleresk, wie es ihm sein Vater immer vorgespielt hatte und wie man früher in Tamsel die Damen aufgefordert hatte.

»Oh ...« Sie errötete und war so unverbildet, daß sie sofort mit dem herausplatzte, was sie dachte. »Sie könnten mein Vater sein ...«

Das traf Friedrich wie ein Keulenhieb, und er schämte sich im selben Augenblick unendlich für seine nächtliche Lust. Aber er wäre nicht er gewesen, wenn er nicht sofort gedacht hätte: »Warum denn eigentlich, sie *ist nicht* meine Tochter – und ich kann mir vorstellen, was ich will!« Doch damit war die Sache nicht erledigt, denn im selben Augenblick war eine Stimme in ihm, gegen die nicht anzukommen war: »Du willst Buße tun, Friedrich Bosetzki, um deine Schuld zu tilgen – wenn du dieses Mädchen aber anrührst und mit deiner Wollust ihr Leben zerstörst, denn bist du der größte Lump, den ich mir denken kann.«

»Ist Ihnen nicht gut?« fragte Auguste. »Sie sehen plötzlich so blaß aus.«

»Nein, nein ...« Friedrich schaffte es nicht, ihr in die Augen zu sehen.

Auguste war klug genug zu ahnen, was ihn bewegte, und sie legte sacht ihre Hand auf seinen Arm. »Es ist ja auch schön, einmal mit seinem Vater auszugehen. Ich habe meinen leiblichen Vater nie gesehen, und er soll auch schon lange tot sein. Aber Tanzen, nun, das ist eher etwas für den Sommer ... Ich wünsche mir, daß wir auf den Weihnachtsmarkt gehen.«

So zogen sie am nächsten Sonntag, es war schon der dritte Advent, zum Schloßplatz und bogen von dort in die Breite Straße ab, wo die Buden in dichten Reihen standen.

»Wie es hier riecht!« rief Auguste.

»Riechen tut es auf dem Abtritt«, wurde sie von Friedrich lachend korrigiert. »Hier hingegen duftet es.« Damit meinte er die Wohlgerüche des Schmalzgebackenen, der Honigkuchen und der zum Verkauf aufgestellten Tannenbäume, die den althergebrachten Weihnachtspyramiden Konkurrenz machten. »Aber dieser Lärm!«

Auguste widersprach ihm. »Das ist Musik in meinen Ohren.« Gemeint war das, was Knarren, Trompeten, Pfeifen und Waldteufel an Geräuschen produzierten. Sie konnte sich nicht satt sehen am Schmuck und am Spielzeug, vor allem an den bunten Spaßvögeln, die zusammenklappten, wenn man an der Strippe zog. »Vorne nickt er, hinten pickt er!« rief die Händlerin.

Friedrich kaufte ihr ein großes Honigkuchenherz mit der Aufschrift *Ewig will ich an dir kleben*.

»Nicht doch«, sagte sie nur.

»Immer ran, Madameken!« rief es vom Obststand her. »Schöne Rostocker, Borschdorfer, Wallnüse, Haselnüsse!«

»Wo gibt es hier das Geld dafür zu kaufen?« fragte Friedrich. Dann geriet er aber doch in eine etwas poetischere Stimmung, als er seiner schönen Begleiterin das Gedicht vortrug, das seine Schüler in Tamsel immer lernen mußte, wenn es Weihnacht wurde. »*Weihnachtsmarkt*, von Carl Seidel ... *Fahnen zum Kauf! Pyramiden zu Hauf! / Knarren, schnurrt um! Waldteufel, brumm!*« Das sei der Prolog gewesen, dann erst hätte es so richtig begonnen. »*Herbei zum Kauf! Geschwind heran / Beim Strahlenglanz der Kerzen; / Hier kaufen Sie, mein lieber Mann, / Kandierte Zuckerherzen ... Was suchen Sie, mein schönes Kind? / Vielleicht den schmucken Jäger, / Den Müller, Gärtner, hold gesinnt, / Den flinken Schornsteinfeger?*«

»Sie sehen mich so an?«

»Nun, raus mit der Sprache: Wen haben Sie im Sinn?«

Auguste hielt an und wurde ernst. »Was hat ein Mädchen aus dem Voigtland schon groß an Auswahl ...?«

»Ich war immerhin mal Lehrer und Kantor ...«

»War ...«, wiederholte sie.

Friedrich wußte darauf wenig zu erwidern und war froh, daß sie nun vom Strom der Passanten mitgerissen wurden. Alle Stände wogten fröhlich durcheinander und schwatzten laut. Ein bejahrter Bürger trug einen Knaben auf dem Arm und zeigte ihm die aufgestellten Zinnsoldaten, eine Mutter hob ihre kleine Tochter hoch, damit sie die Puppen bestaunen konnte, deren Gesichter aus Wachs waren und die Natur anmutig nachahmten. Ein Kavalier kaufte seiner auffällig geschmückten Dame Kirschen, Birnen und Äpfel, die man täuschend echt aus Marzipan geformt hatte, und warf den Silbergroschen, den er herausbekommen hatte, einem Bettler in den hingehaltenen Hut. Alles hatte rote Nasen und Wangen, und die Händler, obwohl dick vermummt, trampelten mit den Füßen, bliesen sich warme Atemluft in die blau gefrorenen Hände oder streckten sie über ihren kleinen Feueröfen aus. Irgendwo sangen Waisenkinder Weihnachtslieder. Fetzen von *Stille Nacht*, *O du fröhliche* und *O Tannenbaum* wurden vom schneidend kalten Ostwind zu ihnen herübergeweht.

Auguste kuschelte sich an ihn. »Ist das schön ... Daß ich das erleben darf! Ich danke dir ... äh: Ihnen.«

»Laß es doch beim Du ...«

»Nein, Friedrich.«

»Fritz ...«

»Zerstöre bitte nicht alles.«

Sätze wie diesen bekam Friedrich auch in den nächsten Tagen zu hören, sosehr er sich auch Mühe gab, Auguste davon abzubringen, in ihm nichts als den Vater zu sehen, nach dem sie sich ein Leben lang so gesehnt hatte. Aber noch hoffte er auf den Weihnachtsabend und den tief verwurzelten Brauch, sich an diesem Tage zu verloben. Von Dorothee hatte er den Satz »Ein Mann muß doch einer Frau was bieten können!« so oft gehört, daß er nun in der verbleibenden Woche alles daran setzte, vom Status des Hilfsarbeiters bei Borsig wegzukommen und Auguste sagen zu können: »Du, ich bin wieder Korrespondent bei einer großen Zeitung, und meinen Roman *An den Ufern des Fourche LaFave* werden sie drucken. Das bringt so viel Geld, daß wir uns eine schöne Wohnung nehmen können. Raus aus dem Voigtland, nie wieder dieses Elend. Du als meine Frau ...« Der ihm dieses Wunder ermöglichen konnte und sollte, war sein alter Bekannter aus der Neuen Königsstraße, der Apotheker Fontane. Der war inzwischen mit seinen Balladen, seinen Reiseberichten aus England und Schottland und vor allem den beiden ersten Bänden seiner *Wanderungen durch die Mark Brandenburg* recht bekannt geworden und war zudem, wie Friedrich erfahren hatte, Mitarbeiter der *Neuen Preußischen (Kreuz-)Zeitung*.

Er traf Theodor Fontane am Sonntag vor Weihnachten in einem von Tabaksqualm durchzogenen Kaffeelokal in der Leipziger Straße, in dem sich »Der Tunnel über der Spree« diesmal versammelt hatte. Studenten, Auskultatoren, junge Kaufleute, Assessoren, Schauspieler und Offiziere wuselten herum, alles dilettierende Dichter, aber auch gestandene Schriftsteller und Poeten.

Fontane machte einen sehr nervösen Eindruck. Friedrich hörte ihn sagen, er habe furchtbar schlecht geschlafen, weil sein jüngster Sohn die Nacht über ununterbrochen geschrien habe. Er hatte tiefe Ringe unter den Augen und schien sich mit seinem Riesenwerk, den *Wanderungen* wie der Kriegsberichterstattung, ein wenig übernommen zu haben. Wie im Fieber sprach er mit den Umstehenden: »Wie wird das werden? Welches Buch brauchst du noch? An wen mußt du noch schreiben? Wer weiß was davon? Wie komponierst du dies, wie gruppierst du das? Wird es auch kein dummes Zeug, was du schreibst?« Ein Hustenanfall zwang ihn, hier abzubrechen.

Unter diesen Umständen zögerte Friedrich immer wieder, auf Fontane zuzutreten, hoffte aber inständig, daß der ihn erblicken und sich an ihre Begegnungen in der Apotheke »Schwarzer Adler« erinnern würde. Und so geschah es in der Tat, Fontane kam auf ihn zu.

»Ah, der Friedrich Bosetzki, seien Sie gegrüßt ihn unserem erlauchten Kreise. Ich dachte, Sie seien in Amerika.«

»Da bin ich wieder zurück. Gescheitert, ausgestoßen ... Und lebe nun im Voigtland und bin bei Borsig. Ich war ja von Tamsel aus aufgebrochen, das Glück am anderen Ufer des Flusses zu suchen, und stehe nun mit leeren Händen da.«

Die Zustände in der Fabrik wie auch im Voigtland waren für Fontane kein Thema, aber beim Wort Tamsel hakte er ein. »Denken Sie an, da bin ich bei meinem Besuch von den Schloßbesitzern zu Tisch gebeten worden. Zur einen Seite Gräfin Finckenstein, zur anderen Gräfin Schwerin, ich selbst in Reisekleidern, die Stiefel ungeputzt. Aber nun ... Eigentlich ist es ganz gleich, wie man vor solchen Herrschaften erscheint, die Kluft ist doch einmal da, und kein Lackstiefel der Welt ist im Stande, sie auszufüllen; man ist nicht ihresgleichen, und weil man es nicht ist, ist es gleichgültig, ob man im Büffel oder Casimir vor ihnen erscheint.«

Friedrich bemühte sich krampfhaft, das Gespräch auf seine Nöte zu lenken. »Ich möchte gern heiraten, kann aber die Frau, die ich liebe, nicht für mich gewinnen, solange ich nur einfacher Arbeiter bin. Aber mit einem Roman ... Wenn ich Ihnen einmal den Anfang zur Prüfung überreichen dürfte ...« Und mit schweißigen Finger zog er die ersten Seiten seines Manuskriptes aus der Innentasche seines Rockes. »Darin ist meine Zeit in Amerika enthalten. Heißen soll er *An den Ufern des Fourche LaFave,* das ist da unten in Arkansas«

»Ah, interessant. Ich habe da auch einen Stoff im Kopf, wo jemand in Deutschland einen Mord begeht, der recht eigentlich aber keiner ist, weil es einen Tyrannen trifft, und dann in die Staaten geht, um in einer Sekte zu leben und auf die Vergebung seiner Schuld zu hoffen.« Damit faltete Fontane das Manuskript zusammen und steckte es ein. »Wenn ich Zeit dazu finde ... Sie fragen im nächsten Jahr einmal nach ...«

»Mein erster Roman ... Es ist wenig genug ...«

»Das Wenigste ist immer das meiste. Die Fälle, wo alles Gute zusammenfällt, sind selten, aber hoffen wir, daß es bei Ihnen so ist. Aber Gott, die Menschen aus der Mark haben es schwer, denn wer aus der Mark ist, hat meist keine Phantasie. Die anderen sind witziger, liebenswürdiger, natürlicher. Die Märker haben etwas Steifleinernes, scheint mir.«

»Und wie ist es mit einer Stellung bei Ihrer Zeitung, wenn ich fragen darf ... Ich habe ja früher schon als Korrespondent ...«

Fontane winkte ab. »Das ist aussichtslos, denn *meine* Zeitung ist es leider nicht, ich schreibe nur etwas über die Ereignisse in England. Ach ja, das Schreiben ... Das ist immer das Schlimme, daß die Menschen gerade die Passion haben, die sie nicht haben sollen.«

»Was soll ich denn nur machen?!«

»Ach ja, wir stecken schlimm drin, das heißt Mensch sein.«

Damit war ihr Gespräch zu Ende, denn die heutige Versammlung des »Tunnels« sollte nun eröffnet werden, und man riß Fontane mit in den Saal.

Niedergeschlagen kehrte Friedrich zu den Siedentopfs und in »seine« Stube zurück, und wie das so ist im Leben: Ein Unglück kommt selten allein. Auf seinem Bett lag ein Brief seiner Schwester, in dem ihm Luise mitteilte, Wilhelm würde die Weihnachtstage draußen bei ihr in Köpenick verbringen, und damit sei es wenig opportun, daß er dasselbe täte.

»Glattweg ausjeladen hat die Ihnen!« rief Frau Siedentopf. »Det is vielleicht 'n Aas uff de Baßgeige.«

»Nein, nein«, sagte Friedrich tapfer, obwohl ihm die Tränen in den Augen standen. »Sie hat schon recht.« Es gehörte zu seiner Buße. Blieb ihm nur noch Auguste. »Nur noch ...?« murmelte er. »Sie ist doch das Eigentliche.« Aber wie sie gewinnen, wenn er ihr nichts weiter bieten konnte als Armut. Wie lange wog die Liebe alles Elend auf? Wohl Minuten nur ...

Der Heiligabend kam, und Friedrich verbrachte ihn weithin in Augustes Stube. Aber nicht allein mit ihr, sondern mit den acht armen alten Frauen zusammen. Eine Kerze brannte, und Friedrich und Auguste hatten zusammengelegt, um für alle einen Christstollen zu kaufen. Auch zu einer Tasse Bohnenkaffee hatte es gereicht.

»Ich muß weinen vor Glück«, sagte Elisabeth. Sie war schon 75 Jahre alt und konnte selbst heute nicht davon lassen, das Spinnrad zu drehen. Ihr Mann hatte als Leierkastenmann so viel verdient, daß es zu einer Kellerwohnung in der Auguststraße gereicht hatte, doch vor zwei Jahren war er gestorben, und sie hatte zu ihren Freundinnen ins Familienhaus in der Gartenstraße ziehen müssen. In jüngeren Jahren hatte sie zum Spiel ihres Mannes auf den Höfen gesungen, und sie besaß auch heute noch eine schöne Stimme. Also wurde sie gebeten, Weihnachtslieder zu singen. Erst zierte sie sich ein wenig, dann begann sie mit *O du fröhliche*.

Da geschah es, daß Auguste, die neben Friedrich auf der Bettkante saß, seine Hände nahm und drückte. Er fühlte, was sie jetzt erwartete: Daß er sich erklärte und sie fragte, ob sie seine Frau werden wolle. Es war eng und durch den Stoff seiner Hose und ihres Kleides hindurch spürte er ihre Wärme, übertrug sich das Vibrieren ihres Körpers auch auf ihn und alles in ihm schrie danach, sie zu umarmen und eins mit ihr zu werden. Ein Wort von ihm, und auch in einem so mit Menschen vollgestopften Haus wie diesem gab es einen Platz, wo man ... »Nein!« schrie da die Stimme in ihm. »Du darfst es nicht tun, um Gottes willen, laß es! Du reißt auch sie ins Elend. Lade nicht neue Schuld auf dich, bevor nicht einmal die alte abgetragen ist.«

Es wollte ihn schier zerreißen. Seine Gedärme krampften sich derart zusammen, daß er auf den Abtritt laufen mußte. Auf dem Rückweg in Augustes Stube traf er Paul und flehte ihn an, ihm einen Schluck von seinem Branntwein abzugeben, anders hielte er es nicht mehr aus. Es blieb indes nicht bei dem einen Schluck, und als er wieder neben Auguste Platz nehmen wollte, roch die nur kurz und stieß ihn von sich.

»Geh! Ich will keinen Trinker, denn mit dem Trinken fängt alles Elend an.«

Er flehte sie an. »Auguste, bitte ... Auguste, ich liebe dich doch!«

»Raus hier!«

Mit Hilfe der alten Damen gelang es ihr, ihn auf den Flur zu stoßen. Die Tür der Stube Nummer 31 flog hinter ihm zu. Er lief auf die Straße hinunter und suchte die nächstbeste Kneipe, um sich nun wirklich zu betrinken, nur noch mit dem einen Ziel vor Augen, alles zu vergessen. »Herr Wirt, alles an Branntwein her, was Sie noch haben!«

Er kam erst am späten Vormittag des ersten Weihnachtstages wieder zu sich, als ihm die Holzbank in der Stadtvogtei langsam doch zu hart wurde. Mühsam machte er sich klar, was geschehen war. Der Rauswurf durch Auguste, der Bummel durch die Kneipen, die Gendarmen, die ihn irgendwo aufgelesen hatten, wahrscheinlich an der Weidendammer Brücke. Neben ihm hatte sich ein Betrunkener aufgerichtet und forderte seine Freilassung, weil er sonst seinen Dienst verlieren würde. Doch der Aufseher in der Ecke, ein alter Soldat, hörte gar nicht hin, sondern zog seelenruhig an seiner Pfeife. Viele lange Bänke standen im Raum, und Friedrich fühlte sich ein wenig an seine Tamseler Schule erinnert. Wie glücklich würde er dort sein und sich an seinem Festbraten gütlich tun, wenn er nicht damals diesem Bürgermeister Tschech über den Weg gelaufen wäre. Damit hatte alles angefangen ... Den König hatte Tschech nicht ermorden können, aber ihn, ihn hatte er gleichsam hingerichtet, langsam aber sicher. Friedrichs anderer Nachbar, ein junger Mann in eleganter Kleidung, hatte sich gerade aufgerichtet, lallte einige französische Worte und wunderte sich, daß man ihn hier eingelocht hatte. »Sie da: Setzen!« rief der Aufseher herüber. Der Mann tat es, schnellte aber sofort wieder hoch und rief: »Kellner, den Champagner!«

»Ruhe!« schrien nun andere. »Wir wollen noch schlafen. Legt dem doch mal 'ne Zwangsjacke an!«

Der Aufseher kam herbei und drückte den Eleganten wieder auf die Bank. »Wenn Sie nich stille sind, denn sperr ick Ihnen ins schwarze Loch. Jeder muß hier sein Pflicht tun, wir ooch.«

»*Ah, pardon, Monsieur, je ne comprends pas allemand.*«

»Is ja jut!«

Da der Aufseher gerade in der Nähe war, bat Friedrich ihn, doch bitte den Konstabler zu holen, damit er entlassen werde. Er sei ja nun nüchtern genug. Und demütig fügte er hinzu: »Ich hoffe, keine Fehlbitte getan zu haben.« Eine Stunde später stand er wieder auf der Straße und war sehr glücklich darüber, nicht in Amerika zu sein und noch für drei Monate ins Gefängnis zu wandern.

Die Siedentopfs freuten sich zwar, daß er gesund und munter war, bedauerten aber, ihn nicht vor sechs Uhr abends einlassen zu können, denn im Bett liege ja noch der andere, der Paul. Friedrich überlegte lange, dann überwand er sich und klopfte bei Auguste. Man öffnete nicht und rief durch die Tür, daß sie ausgegangen sei. Er glaubte es nicht und flehte und jammerte so lange, bis Elisabeth Mitleid mit ihm hatte und öffnete. Tatsächlich, Auguste war nicht da. »Keiner weiß, wo sie ist. Sie wird sich doch nichts angetan haben ...« So lief er den ganzen Weihnachtstag über voller Hoffen und Bangen durch die Straßen, um sie zu suchen. Doch er fand sie nicht. So blieb ihm nichts weiter, als zu warten, bis Paul das Bett zu räumen hatte, und dann zu hoffen, daß ihn der Schlaf erlöste.

Auch am nächsten Tag blieb Auguste verschwunden, in ihrer Kattunfabrik war sie nicht zur Arbeit erschienen. Friedrich ging zum Polizeirevier, doch da hieß es nur lakonisch, eine Leiche sei nirgendwo aufgefunden worden, ansonsten wisse man von nichts.

Friedrich ging es so schlecht, daß Paul am nächsten Sonntag zu ihm kam und ihm seine Schlittschuhe hinhielt. »Hier, die borg' ich dir. Lauf 'ne Weile draußen auf'm See, damit du mal auf andere Gedanken kommst.«

»Danke ...« Friedrich nahm die Schlittschuhe und überlegte laut, wo man denn am besten laufen könne. »Im Tiergarten ...?«

»Nee, da fühlt sich unsereiner doch nur deplaziert. Weiter draußen ist es am besten, da ist jetzt alles schon zugefroren. Am besten auf'm Rummelsburger See.«

Friedrich hatte eine Idee. »Da kann ich ja gleich die Spree rauf bis zu meiner Schwester laufen: Stralau, Schöneweide, Oberspree, Köpenick – das schaff' ich noch gerade.« Vielleicht wußte Luise Rat, was Auguste betraf.

So machte er sich denn auf den Weg. Mit dem Pferdeomnibus

vom Molkenmarkt nach Stralau, das ließ sich gerade noch bezahlen, auch die Rückfahrt mit der Eisenbahn von Köpenick. Gegen elf Uhr war er in Stralau angekommen und schnallte sich die unförmigen holländischen Schlittschuhe unter die Füße. Bevor er die ersten Schritte wagte, setzte er noch einmal seine Branntweinflasche an die Lippen. Ohne ging es nicht mehr. »Leer ...« Die Flasche flog ins Gebüsch. Er wartete, bis der Alkohol zu wirken begann, und flog dann über das Eis. Wer an der Warthe groß geworden war, der konnte Schlittschuhlaufen. Immer schneller wurde er und breitete die Arme aus, um davonzufliegen wie ein großer weißer Schwan. Hinauf in den Himmel, hinein in die Sonne. Alles Schwere fiel von ihm ab, er war erlöst von allem Übel.

Doch nun – er begriff das alles nicht – war ein Loch in der Luft ... Er stürzte ab, prallte im Fliegen gegen etwas Hartes, fiel und fiel, glitt durch Wattewolken ... Nein, das war Wasser, nichts als Wasser. Alles Licht war erloschen, nur ein heller Schimmer war noch auszumachen. Über ihm. Er wollte hin. Doch da stieß er gegen das Eis. Die Eisfischer. Er war in eines ihrer Löcher gefallen.

»Aus. Das ist das Ende. Das ist der Tod.«

Kam man im Winter nach Stralau, so fand man ein verschlafenes Fischerdörfchen, fernab dem Lärm der Landstraße, und konnte sich nur schwer vorstellen, daß hier, wenn im Sommer der traditionelle Fischzug gefeiert wurde, ein gewaltiger Jahrmarktstrubel herrschte. War aber der freundliche Wald- und Wiesengrund auf der Halbinsel zwischen Rummelsburger See und Spree tief verschneit und alles Wasser zugefroren, so verirrten sich nur wenige Ausflügler nach Stralau, die meisten der frischen Luft wegen, manchmal aber auch, um die Kirche zu besichtigen, deren Turm der Berliner Stadtbaurat Langerhans entworfen hatte. Viele Gastwirtschaften hatten um diese Zeit gänzlich geschlossen, nicht aber der »Fröhliche Krebs« der Witwe Pittelkow, der am äußersten Ende der Stralauer Landzunge gelegen war, gegenüber den beiden kleinen Eilanden mit ihren so widersprüchlichen Namen: Liebesinsel und Kratzbruch.

»Frau Pittelkow, bitte noch ein Bier und ein Korn!«

»Ich fliege ja schon.« Die Wirtin hatte die Ärmel hochgekrempelt und arbeitete für drei, nämlich für den Kellner, den Zapfer und den Koch, die sie im Winter alle nicht bezahlen konnte oder wollte. Als einzige Hilfskraft stand ihr die Schwiegermutter zur Verfügung, aber die war mit Spülen, Kartoffelschälen und Gemüseputzen voll beschäftigt.

Der Mann, der eben nach Bier und Korn gerufen hatte, war ein Maler und konnte nicht mehr an sich halten. Schnell hatte er einen kleinen Skizzenblock hervorgezogen und begann nun, die Witwe Pittelkow mit einem Stückchen Kohle festzuhalten. Korpulent war sie und dennoch – oder gerade deswegen – mit ihren nicht ganz dreißig Jahren fast eine Schönheit. Ihre Arme waren kräftig und konnten zupacken wie die eines Bierfahrers. Eine wie sie ließ sich nie die Butter vom Brot nehmen, und wenn sie sprach, klang das ein wenig nach Marktweib, doch nie war ihre Sprache grob, immer ließ sie einen gewissen »Hang zum Höheren« erkennen. Wenn sie mit weiten Ärmeln, Schürze und gebauschtem Rock durch die Reihen rauschte, gab es einen solchen Luftzug, daß die Servietten hochgewirbelt wurden. Der Maler, der die Allegorie über alles liebte, schrieb *Die Tatkraft* unter das Porträt der Witwe Pittelkow.

Gerade hatte sie das knappe Dutzend ihrer ebenso hungrigen wie durstigen Gäste fürs Erste versorgt und sich einen Augenblick zu ihrer Schwiegermutter in die Küche gesetzt, um etwas zu verschnaufen, erhob sich nebenan in der Gaststube ein ziemlicher Lärm. Alles schrie durcheinander.

»Gibt es hier ein freies Bett oder wenigstens ein Sofa?«

»Ein Grog muß her.«

»Erst mal ein Arzt.«

»Zieht ihm die nassen Kleider aus!«

»Was ist denn mit dem?«

»Der ist im Eis eingebrochen.«

»Ist er tot?«

»Wissen wir nicht.«

»Sieht aber ganz so aus.«

»Holt doch mal einer den Gendarmen.«

Als die Witwe Pittelkow aus der Küche stürzte, sah sie, daß eine Schar von Offizieren und Studenten einen Mann hereingetragen und erst einmal auf der Ofenbank abgelegt hatte. Sie drängte die jungen Leute beiseite, um selbst zu entscheiden, wie am besten zu verfahren war. Das Gesicht des Leblosen war zu den grünen Kacheln hin gewendet, und sie faßte nach seinem Kopf, um ihn zu sich herumzudrehen. Als ihr dies gelungen war, schrie sie auf und sank ohnmächtig in sich zusammen.

Als Friedrich die Augen aufschlug, glaubte er, das sei seine eigene Geburt, die er da durchmachte. Viel Wasser gab es, alles war naß. Alles schmerzte, er schrie. Viele Menschen standen um ihn herum. Plötzlich war es hell geworden. Man kam mit warmen Tüchern an. Etwas Warmes wurde ihm eingeflößt. Milch? Nein, Grog. Wieso? Eine Frau mit großen Brüsten preßte ihn an sich.

»Komm wieder zu dir, Onkel Fritz, bitte.«

Wer war Onkel Fritz? Fritz gleich Friedrich. Das war er selbst. Wo war er hier? Langsam begriff er, daß er in einem Gasthaus lag. Warum in einem Gasthaus ...? Er war doch zum Schlittschuhlaufen hier.

»Du bist eingebrochen, Onkel Fritz«, sagte die Frau, die seinen Kopf in ihren Schoß gebettet hatte und ihm die nassen Haare mit ihrer Schürze trocknete.

Wer nannte ihn Onkel Fritz ...? Luises Kinder hätten das getan, doch Luise hatte keine Kinder. Er verstand das alles nicht. Er hatte zu lange unter der Eisdecke festgesessen, sein Gehirn funktionierte nicht mehr. Wer war die Frau, die ihn da hielt und tröstete? Offenbar die Wirtin.

»Erkennst du mich nicht mehr?« fragte sie ihn.

»Nein ...« So sehr er sie auch musterte. Oder doch ... »Irgendwie kommt mir aber Ihr Gesicht ... als hätte ich's schon mal gesehen ...«

»Hast du auch, damals am Alexanderplatz ...«

Da fuhr er hoch und war im Nu wieder voller Leben. »Charlotte!«

Die Wirtin lächelte. »Nicht Charlotte, da wäre ich ja fast meine eigene Mutter! Nein: Ich bin die, die dich angehimmelt hat, die immer wieder neue Geschichten von dir hören wollte.«

»Mein Gott, die Käthe!«

»So ist es.«

In der Folgezeit stellte Friedrich fest, daß er mit dem Bild von seiner Geburt gar nicht so falsch gelegen hatte. Nach seiner Rettung aus dem Rummelsburger See schrieb er oft die Worte *Wiedergeburt* und *ein neues Leben* in sein Tagebuch. Schluß war es mit dem Elend in der Siedentopfschen Stube, er zog schon am nächsten Vormittag in einen Anbau des »Fröhlichen Krebses«, dahin, wo im Sommer die Saisonkellner wohnten. Und mit deren Schlafstelle übernahm er auch ihre Funktion: Er nahm die Bestellungen auf und brachte den Gästen Speisen und Getränke. Und er machte seine Sache gut. »Kein Wunder«, pflegte er zu sagen, »sind doch die Bosetzkis die geborenen Diener, und ob wir nun Könige und Grafen bedienen oder biedere bürgerliche Gäste, das bleibt sich letztendlich gleich.« Neben seiner Arbeit in der Gaststube kaufte er ein, hielt Garten und Keller in Ordnung und eignete sich mit der Zeit auch so viele handwerkliche Fähigkeiten an, daß er zugleich Maurer, Maler, Tischler, Glaser und Klempner war. Als Belohnung dafür nahm ihn Käthe zu allen möglichen Vergnügungen mit in die Stadt – dies allerdings auch, um sich vor den Attacken liebes- und lebenshungriger Männer in Sicherheit zu bringen, denn die Witwe Pittelkow galt bei vielen als ausgesprochen gute Partie.

So lernte Friedrich Welten kennen, von denen er nach seiner Rückkehr nicht einmal zu träumen gewagt hätte. Zum Beispiel Kroll's Etablissement am ehemaligen Exerzierplatz vor dem Brandenburger Tor, 1851 niedergebrannt, danach vom Baumeister Tietz so geschmackvoll und großartig wiederhergerichtet, daß es in seiner Art einzigartig in Europa war. Aus der Garderobe kam man in den Rittersaal, dann in den Königssaal, den stolzesten von allen. Friedrich, nur die Dimensionen des Tamseler Schlosses gewohnt, konnte es nicht fassen.

»Das ist ja eine Länge von hundert Fuß!«

Käthe faßte ihn am Arm. »Und sieh doch mal die Bühne vorn. Wenn ich doch nur ein bißchen davon bei mir in Stralau hätte.«

Der Königssaal war im Renaissancestil gehalten, und in seinen Farben – weiß, gold und meergrün – wirkte er, von Tausenden von Gasflammen erhellt, wie der Zauberpalast einer Meeresgöttin. Kannelierte und vergoldete Pilaster mit Karyatiden, Konsolen und Medaillons schmückten die Wände, während die Decke an ihren Rändern die Porträts von Männern zeigte, die in Dichtkunst, Musik, Bildhauerei und Malerei als Koryphäen galten.

Käthe kam noch einmal auf die Bühne zurück. »Weißt du, Onkel Fritz, wovon ich träume ...?«

»Daß dein Waldemar wieder aufersteht von den Toten ...«

»Hör auf damit: Pittelkow war ein grober Klotz, und ich hab' ihn nur geheiratet, weil Charlotte mich dazu gezwungen hat. Nein, etwas anderes ... Ich möchte, daß der »Fröhliche Krebs« eine kleine Bühne bekommt und wir im Sommer für unsere Gäste kleine Stücke spielen.«

»Warum nicht?«

»Und du, Onkel Fritz, schreibst diese kleinen Stücke und inszenierst sie für mich.«

Friedrich erschrak. »Ach, Käthe, du mit deinem Drang und Hang zum Höheren.«

»Davon träume ich, und das wünsche ich mir, seit du bei Vater in der Schenke warst, damals in der Rosenthaler Straße, vor den 48er Zeiten.«

»Komm, gehen wir weiter.«

Der Ball der Gastwirtsinnung fand im Römersaal statt, und bald war er angefüllt mit vielen hundert elegant gekleideten und fröhlich dinierenden Damen und Herren. Welch ein Glanz, welch ein Luxus! Friedrich dachte zurück an seine Zeiten im Gefängnis und an die Stuben im Voigtland, die der Siedentopfs und die von Auguste und ihren acht alten Frauen. Gott, was mochte aus ihr geworden sein, wo steckte sie jetzt? Immer noch wurde ihm siedendheiß, wenn er an Auguste dachte. Er mußte etwas für sie tun, er mußte mit Käthe über alles reden. Ob sie etwas ahnte, als sie ihn jetzt bei der Hand nahm?

»Wir sollten auch tanzen, Onkel Fritz.«

»Ja gern, Nichte Käthe.«

Friedrich hatte zum ersten Mal seit seinem Aufbruch ans andere Ufer das Gefühl, angekommen zu sein, wieder zu Hause zu sein. Und gleich am nächsten Tage machte er sich daran, für Käthe und ihre Freilichtbühne ein kleines Stück zu schreiben. Die Idee dazu war schnell gefunden: Ein Ehepaar, bei dem die Liebesglut schon ein wenig erloschen ist, wird zu einem Maskenball eingeladen, der im Hause eines befreundeten Kommerzienrates stattfinden soll. Doch sie muß mit Migräne zu Hause bleiben. Prompt verliebt er sich in eine Spreewälder Amme und bedrängt sie heftig. Bei der Demaskierung stellt sich dann heraus, daß es sich bei der Amme um keine andere handelt als um seine eigene Frau, die doch noch zum Fest erschienen ist. Als Titel hatte er sich *Wo die Liebe hinfällt* ausgedacht.

»Wunderschön«, sagte Käthe und küßte ihn auf die Stirn. »Bloß ... sind das nicht zu viele Leute, die da mitmachen müssen?«

»Nun ...« Friedrich überlegte einen Augenblick. »Die beiden Protagonisten, das machen wir selber, wir beide. Und die anderen, den Kommerzienrat und die Gäste beim Maskenball, die hole ich mir aus der Gartenstraße, aus den Stuben im Familienhaus. Die kosten uns nicht viel, aber das bißchen, was sie dabei verdienen, ist für sie noch immer ein Segen.«

So machte sich Friedrich mit Feuereifer ans Werk, doch etwas hemmte ihn beträchtlich: der Gedanke an Auguste. Wie leichtfertig hatte er Käthe doch versprochen, sein Bühnenpersonal aus dem Voigtland zu holen. Wenn er nun hinging und Auguste traf? Noch schlimmer aber würde es sein, traf er sie nicht. Was war aus ihr geworden, wie war sie mit allem fertig geworden? Gleich nach seiner Rettung aus dem Rummelsburger See war er ja in den Anbau des »Fröhlichen Krebses« gezogen. Er hatte zwar beim Abschied noch an ihre Stubentür geklopft, doch sie war nicht dagewesen, und die alten Frauen hatten auf seine Fragen hin feindselig geschwiegen. Wenn sie sich etwas angetan hatte, wenn sie irgendeine Dummheit begangen hatte, dann war das seine Schuld. Eben hatte er noch gemeint, glücklich zu sein, schon zogen neue Schatten auf. Käthe mußte es gemerkt haben, denn immer wieder drang sie in ihn, was er denn habe, ob es wohl mit seinem Sohn zusammenhinge.

»Mit Wilhelm, nein, obwohl auch das noch auf mir lastet ...« Und spontan entschloß er sich zur Ehrlichkeit, bei Käthe konnte er nicht anders. Doch einen kleinen Umweg wählte er dennoch. »Eher mit meiner Tochter ...«

»Wie, du hast auch noch eine Tochter ...?! Davon hast du mir nie was erzählt.«

»Es ist ja auch keine richtige Tochter, sondern eine Ziehtochter ... sozusagen.«

Käthe legte die Stirn in Falten. »Was heißt das: sozusagen?«

»Na, ganz einfach: Da in der Stube 31 lebt ein Mädchen, die Auguste, ein Waisenkind, und für die bin ich wie ein Vater gewesen.«

Käthe verstand nun alles. »Ah ja: Sie hat dich als Vater gesehen, du wolltest aber als etwas anderes gesehen werden?«

Friedrich wand sich. »Anfangs, ja, zugegeben ... Dann jedoch ... Ich wollte ihr Leben nicht zerstören ... Jetzt aber war sie es, die mich ... Weihnachten ... Und da bin ich dann geflohen und hab' mich mit Branntwein betäuben wollen ... Danach war sie dann verschwunden, und ich bin Schlittschuh gelaufen und hier auf dem Rummelsburger ins Eisloch gefallen ...« Nach diesem Geständnis war Friedrich so erschöpft, daß er seinen Kopf in die Schale seiner aufgestützten Hände betten mußte.

Käthe schwieg eine Weile, dann kam sie zu ihm und strich ihm mit den Fingern durch die Haare. »Ach ja, mein Onkel Fritz ist eben das, was die Leute einen ›Damenmann‹ nennen. Und nun sitzt du hier und willst dein Leben lang an deiner Sehnsucht lutschen.«

»Ach, Käthe, nein, aber ...«

Käthe wechselte das Thema, und auch Friedrich dachte nicht mehr so oft an Auguste, schob aber den Besuch im Voigtland, den er zur Gewinnung seiner Komparsen irgendwann ja unternehmen mußte, immer wieder vor sich her. Anderes wurde vorübergehend wichtiger. Wer Kontakt zu Käthe und zu Friedrich suchte, aus einer gewissen Scheu und allerlei Bedenken heraus aber niemals privat bei ihnen vorgesprochen hätte, kam im Sommer als Gast »rein zufällig« oder eben nur einmal so und ganz unverbindlich nach Stralau ins Gartenlokal – so auch Charlotte, Käthes Schwester. Sie hatte sich schon vor neun Jahren von Ludwig Urban getrennt, wohnte nun in der Taubenstraße und verdiente ihren Lebensunterhalt als »prinzliche Garderobiere«. Sie hatte sich derart zu ihrem Nachteil verändert, daß Friedrich froh war über das, was damals nicht geschehen war.

»Was macht denn Urban jetzt?« fragte Friedrich. Er selbst hatte ihn seit den Tagen auf den Barrikaden nicht mehr zu Gesicht bekommen.

»Der ist jetzt Tierarzt 1. Klasse und Vorsitzender der Berliner Schlächterinnung und trägt in der Trichinenfrage erbitterte Kämpfe mit Professor Virchow aus. Der verweist auf die tödlichen Gefahren, die von den Trichinen ausgehen, und fordert, daß nur noch kontrolliert geschlachtet werden darf. Urban aber lehnt die öffentlichen Schlachthäuser ab, weil sie die kleinen Schlächter arbeitslos machen würden. So bleiben die Trichinen weiterhin im Fleisch und töten die, die es essen.«

Nun, dachte Friedrich, vielleicht hatte das Schicksal nicht ganz so unrecht damit, daß es diesen Mann '48 nicht nach oben gespült hatte. Erst konnte er von seiner Liebe zum Königshaus und dem »Kartätschen-Prinzen« nicht lassen, jetzt leugnete er die Erkenntnisse der Wissenschaft und setzte leichtfertig Menschenleben aufs Spiel. Ein enervierender religiöser Eiferer sei er auch noch gewesen, fügte Charlotte hinzu.

Die nächste Besucherin war Luise. Sie zeigte sich sehr erfreut darüber, daß er dem Voigtland entronnen war. »... und daß du nun einen Boden gefunden hast, auf dem sich gut anwachsen läßt.« Dann wurde sie, was er bei ihr noch nie erlebt hatte, sogar ein wenig schelmisch. »So wie die Wirtin dich ansieht, da glaube ich bald, daß du der neue Herr Pittelkow wirst.«

Friedrich wehrte ab. »Ich bin ihr Onkel, sie ist meine Nichte.«

Am nächsten Morgen war Käthe verschwunden, und Friedrich begann schon, sich Sorgen um sie zu machen, da sie weder dem neu eingestellten Ober noch ihm gesagt hatte, daß sie fortgehen würde, als sie plötzlich in die Gaststube trat, wo Friedrich gerade beim Gläserputzen war.

»Geh mal raus und sieh, wen ich mitgebracht habe ...«

Draußen stand Auguste. Friedrich stockte der Atem, und er flüchtete sich in den Gedanken, daß ja alles nur ein Traum sei. Lange fand er nicht das erste Wort. Auguste sah das etwas unbefangener und sagte, daß es ihr leid täte.

»Was tut dir leid?«

»Daß ich Weihnachten zu meiner Großmutter nach Werneuchen bin, ohne euch Bescheid gesagt zu haben.«

»Schon gut ...«

»Jetzt soll ich hier anfangen, in der Küche, als Beiköchin, als kalte Mamsell.«

Friedrich beeilte sich klarzustellen, daß das nicht seine Idee gewesen sei. »Ich hatte Käthe von dir erzählt, und da ist sie dann losgefahren, ohne daß ich davon etwas ahnen konnte.«

»Ich weiß ...«

Sosehr sich Friedrich in den nächsten Tagen auch mühte, er konnte sich keinen Reim auf alles machen. Warum hatte Käthe das getan? Sie verlor kein Wort über Auguste und behandelte das Mädchen aus dem Voigtland wie jede andere Arbeitskraft: gleich streng und immer auf das Tempo drängend. Was blieb Friedrich, als dasselbe zu tun. Und wo immer möglich, ging er Auguste aus dem Wege.

Der Sommer hatte schon seinen Zenit überschritten, als am 24. August ganz Berlin nach Stralau strömte. Nach dem Fliegenfest der Leineweber und dem Mottenfest der Kürschner und Raschmacher im Juli war der Fischzug der große Höhepunkt des Jahres. Ab zwei Uhr nachmittags waren die zum Stralauer und zum Schlesischen Tor führenden Straßen vollgepfropft mit wandernden Menschen, und in den Fenstern lagen die, die – aus welchen Gründen auch immer – zu Hause blieben. Das waren sehr begehrte Plätze, und die Anwohner konnten sich derer gar nicht erwehren, die zufällig gerade heute vorbeigekommen waren, um eine ersterbende Freundschaft wiederzubeleben. Lange Reihen von Fuhrwerken, Droschken, großen Familienwagen mit bis zu dreißig Personen an Bord und selbst Privatequipagen wanden sich zur Stadt hinaus. An der Stralauer Brücke stauten sich die festlich geschmückten Gondeln und Kähne, und das ungeduldige Tuten der Dampfer mischte sich mit Blasmusik und den Klängen von Gitarren, Mandolinen und Schifferklavieren. Die Wanderer auf dem buschigen Fußweg zwischen staubiger Chaussee und Fluß hatten ihre Freude daran. Von den aufgebauten Buden und Ständen wehten Düfte von Fett und Knoblauch herüber. Bayerisches Bier gab es, Birnen, Pfefferkuchen, Porzellan und Mordgeschichten, vom Moritatensänger vorgetragen.

Wer es dann glücklich bis nach Stralau hinein geschafft hatte, wurde von Käthe empfangen, die einen großen Krebs aus Pappe schwenkte: »Treten Sie herein, meine Herrschaften! Vergnügen Sie sich! Wenn Sie übers Jahr wiederkommen, kann's Ihnen passieren, daß Sie gar nicht mehr existieren.«

Um diesen größten Tag des Jahres optimal zu nutzen und den Umsatz zu erhöhen, hatte Käthe beschlossen, den großen Kahn des »Fröhlichen Krebses« zur Gondel zu machen und Friedrich als Fährmann einzusetzen. »Du kennst das ja von der Warthe her ...« Also stand er jetzt am Rande der drängenden Menge und schrie: »Hier noch eine Person nach Stralau! Es geht gleich ab, einen Silbergroschen nur.« Manchmal riß er Zögernde auch heftig am Arm und stieß sie gleichsam in den Kahn. War der randvoll, griff er nach den Rudern, um sich abzustoßen. Auf der großen Fläche zwischen Stralau und Treptow wimmelte es von unzähligen Schiffchen, und einige spotteten, daß man mit großen Schritten trockenen Fußes ans andere Ufer gelangen konnte. Ab und an stießen die Kähne zusammen, und dann gab es jedesmal einen großen Schrei und den Spott der anderen: »Na, wat machste denn ooch, oller Nassauer.«

Es war ein anstrengendes Geschäft, und Friedrich war froh, daß er früher Schluß machen konnte als die Konkurrenz, denn er mußte sich ja noch umziehen, um mit Käthe zusammen Theater zu spielen. Nur mühsam konnte er sich zum Restaurant durchkämpfen, denn viel Volks mit Pappnasen und anderer Maskerade wogte zum Zirkus, den man auf feuchtem Wiesengrunde aufgeschlagen hatte.

»Seelöwen, direkt aus Spitzbergen, speziell für Berlin gefangen!« schrie der Anreißer.

»Wat habt ihr denn schon?« kam es aus der Menge. »Lahme Pferde und alte Weiber.«

Trotzdem strömten die Leute in den Zirkus, und Friedrich fürchtete schon, daß Käthes kleines Theater leer bleiben würde, doch auch für dessen Stühle blieb genügend Publikum – und das goutierte alles, was ihm geboten wurde. *Wo die Liebe hinfällt* wurde ein voller Erfolg, und Friedrich genoß den Beifall wie selten etwas im Leben. Leise sprach er vor sich hin: »Werd' ich zum Augenblicke sagen: Verweile doch! Du bist so schön!« Dies war ein solcher Augenblick. »Dann will ich gern zugrunde gehen!«

Es war dunkel geworden, und das Volksfest strebte seinem Höhepunkt entgegen. Die Ufer waren illuminiert, Girlanden von farbigen Ballons zogen sich am Wasser entlang, und drüben in Treptow erhellte bengalisches Feuer die Nacht.

Friedrich stand am Ufer und starrte mit großen Kinderaugen hinüber. Da kam Käthe, und ehe er wußte, wie ihm geschah, umschlang sie ihn mit beiden Armen.

»Ja, Onkel Fritz: Wo die Liebe hinfällt ... Bei mir muß es in Vaters Schenke gewesen sein, als ich dich zum ersten Mal gesehen habe. Darum soll nun Schluß sein mit dem Onkel ... und du wirst endlich mein Mann. In vier Wochen heiraten wir. Keine Widerrede!«

Sechstes Kapitel

1870/71

»Bin ich der König? Oder der Franzosenkaiser? Wollen sie mich auf dem spanischen Thron? Nein. Also laß mich in Frieden, verstanden!« Viele Berliner riefen das im heißen Juli 1870, doch die meisten warfen sich in ihren Sonntagsstaat, um Unter die Linden zu eilen und im vorweggenommenen Siegesrausch zu jubeln. Es gab Krieg mit Frankreich, und Wilhelm I. begab sich zur Armee. Alle Fahnen wehten, alle Herzen schlugen höher. Jeder Einzelne wuchs zu Titanengröße, denn der Mann dort in der offenen Kutsche, heute nur König von Preußen, war morgen Kaiser aller Deutschen, das lag in der Luft, das fühlte man, »det hatte man so im Urin«, und war er es, dann war man's auch: als Preuße allen Deutschen über. Die Zeit war reif, es mußte sein, und war der Anlaß auch ein nichtiger: Die Spanier brauchten nämlich einen neuen König und hatten sich den Fürsten Karl-Anton von Hohenzollern-Sigmaringen ausgeguckt. Das hatte die Franzosen, die sich eingekesselt glaubten, in neurotische Erregung versetzt und Bismarck die Chance gegeben, die Sache mit seiner »Emser Depesche« an den König gehörig anzuheizen. Das war am 13. Juli geschehen. Zwar hatte der Mann aus Sigmaringen inzwischen auf den spanischen Thron verzichtet, aber die Ehre Wilhelm I. ließ es nicht zu, das zu tun, was Napoleon III. von ihm verlangte: den endgültigen Verzicht aller Hohenzollern zu erklären. So kam es am 19. Juli zur Kriegserklärung Frankreichs.

Friedrich erfuhr davon im Biergarten des »Fröhlichen Krebses«, als einer der Gäste die Nachricht aus Berlin mitbrachte. Auch hier in Stralau brach man in Jubel aus. Vom plötzlichen Schwindel gepackt, mußte sich Friedrich am Tisch festhalten. Vicksburg sah er vor sich, den Sturm auf die Walnut Hills ... Nun traf es seinen Sohn, nun stand die Erstürmung von Metz und Diedenhofen an. Noch immer hatte es zwischen ihm und Wilhelm kein klärendes Gespräch gegeben, war ihm, dem Vater, nicht verziehen worden. Das schmerzte wie nichts anderes.

Käthe kam und war ein wenig ungehalten. »Du sitzt hier rum und guckst Löcher in die Luft, während wir uns in der Küche den Allerwertesten aufreißen. Auguste ist noch nicht gekommen.«

»Die Mobilmachung. Ihr Bräutigam muß in den Krieg – da gilt es Abschied zu nehmen.«

»Du nimm mal ooch Abschied: von dem Tisch hier nämlich. Da können noch sechs Gäste dranne sitzen.«

»Und ich?« Er wollte seinen Zeitungsartikel über das Wohnungselend in Berlin zu Ende schreiben.

»Du kommst mit in die Küche, Kartoffeln schälen, sonst schaffen wa det allet nich.«

Friedrich folgte ihr, jedoch nicht ohne zu murren, daß er schon einmal für die Abschaffung der Sklaverei gekämpft habe. Das war schon das Höchstmaß seines Widerstandes, und die Leute murmelten nicht ganz zu unrecht, daß Friedrich ganz schön unter dem Pantoffel stünde. Seit fünf Jahren waren sie nun Mann und Frau, »die beiden Bosetzkys«, wie die Leute sagten. Das y hinten war eigentlich ein Schreibfehler des Beamten, der Friedrichs Wiedereinbürgerung in Preußen Gesetzeskraft verliehen hatte, doch Käthe hatte ihn daran gehindert, eine Korrektur zu verlangen. »Laß ma, so sieht det schöner aus.« Friedrich war ein gutsituierter Bürger geworden, und alle hielten ihn für einen glücklichen Menschen. In Käthe hatte er eine ansehnliche, über alle Maßen tüchtige und von allen geschätzte Frau gefunden, sein Roman *An den Ufern des Fourche LaFave* hatte ihm viel Anerkennung eingetragen, und die Zeitungen rissen sich geradezu um seine Beiträge. Aber war er wirklich ein glücklicher Mensch? War er in sich ruhend, ein Lebenskünstler, der es verstand, jedem Tag viele Minuten des stillen Behagens und des jauchzenden Entzückens abzugewinnen, ganz im Sinne Goethes: *Lerne nur das*

Glück ergreifen, / Denn das Glück ist immer da? Nein, er war es nicht. Und den Grund kannte er auch: Es war seine Sucht, außergewöhnlich zu sein, von der Welt wahrgenommen zu werden. Was war er denn? Ein Nichts, in keiner Enzyklopädie verzeichnet, in keinem Adelskalender, war ohne Einfluß, ohne Macht, wurde zu keinem Ball ins Rathaus oder Schloß geladen. »Friedrich, sei nicht undankbar!« rief er sich immer wieder zu. »Denk an dein Elend am Mississippi oder im Voigtland!« Und was war denn Glück anders als die Summe des Unglücks, dem man entgangen war. Trotzdem ... Alles war ambivalent, sowohl als auch ... Käthe war sein großer Halt – und zugleich war der »Fröhliche Krebs« ein großer Käfig. Sie stieß ihn im Leben voran, zum Beispiel in die Zeitungsredaktionen, und er liebte und haßte sie gleichermaßen dafür. Sie hatte ihn gerettet, dafür war er ihr von Herzen dankbar bis in alle Ewigkeit, doch mit ihren vielen guten Taten hatte sie so viel Macht über ihn gewonnen, daß er sie aus seinem tief verwurzelten Anarchismus heraus als Feind betrachten mußte, den es zu bekämpfen galt. Das zerriß ihn, das ließ ihn mitunter depressiv am Ufer sitzen.

»Wie wäre es, Friedrich, wenn du nach Frankreich gingest, um nachher ein Kriegsbuch zu schreiben, das einzigartig ist?« Käthe stand hinter ihm, ohne daß er ihre Schritte bemerkt hätte.

Er fuhr herum. »Ich hab' genug vom Krieg.«

»Du bist doch nicht als Soldat da ... Aber Wilhelm wird es sein, und du solltest mit deinem Sohn endlich mal ins Reine kommen.«

»Nein ...«

»Doch, du wirst! Das Geld dafür ist da.«

Was blieb ihm, als sich zu fügen. Sie hatte ja recht. Außerdem war es abzusehen, daß im Deutschen Reich – das nach einem Sieg Preußens unabwendbar kommen würde – nur die erfolgreich sein konnten, die rechtzeitig Hurra geschrien hatten. Vielleicht hätte er Käthe doch noch Widerstand geleistet, wenn nicht Luise ins selbe Horn gestoßen hätte: »Fritz, sie hat in allem recht.«

Luise kam jetzt des öfteren bei ihnen vorbei, war sie doch fast täglich in Berlin, um an irgendeiner Versammlung teilzunehmen. Sie war sowohl dem Allgemeinen Deutschen Frauenverein als auch dem Lette-Verein beigetreten, um den Frauen größere Erwerbsmöglichkeiten zu sichern, und hatte Lina Morgenstern, der berühmten »Suppenlina«, bei der Gründung ihrer Volksküche alle mögliche Unterstützung zuteil werden lassen.

»Laßt starke Frauen um mich sein«, murmelte Friedrich, »damit ich mir meiner eigenen Schwäche um so bewußter werde.«

Im ersten Stockwerk des Fröhlichen Krebses befanden sich die Privatgemächer der beiden Bosetzkys. Hier hatte man ausreichend Ruhe vor den Gästen. Kaum hatte Luise in der guten Stube Platz genommen, kam sie wie immer auf Wilhelm zu sprechen. »Er ist ja letztes Jahr zu den 4. Ulanen übergetreten ...«

»Ich weiß, daß die in Schneidemühl stehen.« Friedrich faßte inzwischen alles, was sie über Wilhelm sagte, als Vorwurf auf.

»Wenn du schon, wie Käthe mir sagte, nach Frankreich gehst, solltest du sehen, in seiner Nähe zu sein.«

»Selbstverständlich, liebe Schwester. Er ist mein Sohn, bis daß der Tod uns verbindet.«

»Laß die Ironie! Sie ist eine Krankheit, mit der keiner kokettieren sollte.«

Mit den Jahren war Luises Ton immer schärfer geworden, und so murmelte er, wie um weiteren Schlägen zu entgehen, schnell sein: »Entschuldige bitte.« Aber er liebte es doch zu sehr, drastisch und sarkastisch zu sein, um nun völlig zu schweigen. »Doch du weißt ja, daß ich ein verhinderter Theaterdichter bin, und als solcher gibt es Szenen für mich, die ich mir einfach nicht entgehen lassen kann: Wie sich da Vater und Sohn versöhnen und sich freudetrunken in den Armen liegen – mitten auf dem Schlachtfeld ... Und im Augenblick des höchsten Glücks von einer Kugel zerrissen werden ...«

»Du hast eine abartige Phantasie!«

»Du solltest endlich in den Reichstag, Luise! Und wenn du drin bist, werden alle singen: Keine ist wie diese.«

Luise nahm die *Gartenlaube*, die vor ihr auf dem Tischtuch lag, und warf sie auf das Sofa hinüber. »Frauen können auch noch etwas anderes, als in der Welt der Marlitt zu leben und deren Romane zu verschlingen. Die bürgerliche Gesellschaft unterdrückt die

Frau, aber im Sozialismus wird Schluß damit sein. Ich habe mit August Bebel darüber gesprochen: Er wird eine großartige Analyse zu diesem Thema liefern.«

»Wozu doch Männer alles fähig sind ...«

Nein, es wurde kein ersprießliches Gespräch an diesem Nachmittag, und als Käthe zu ihm sagte, er möge sie mit seiner Schwester einmal eine Weile allein lassen, nahm er das Angebot dankend an und machte sich noch einmal auf in die Stadt, um das eine oder andere für seine große Reise einzukaufen.

Sechs Jahre war es nun her, seit er aus Cincinnati zurückgekommen war ... Und fünf Jahre lang war er schon Käthes Ehemann. Unfaßbar das alles. Er lachte leise vor sich hin. *»Ja, ja: Die Zeit geht aufrecht unter ihrer Last ...«* Indem er an Shakespeare dachte, verschlechterte sich seine Laune augenblicklich. Warum war er kein solches Genie, sondern höchstens in der Lage, einen Schwank für Käthes angesäuselte Gäste zu schreiben ...?

Der Pferdebus brachte ihn nach Berlin, wo sich in den letzten Jahren einiges getan hatte. Die Zoll- und Stadtmauer war überall niedergerissen worden, und bis auf das Brandenburger Tor waren auch alle Tore verschwunden. Er fand das barbarisch. Dafür wies die Silhouette der Stadt zwei neue imposante Türme auf: den der Synagoge in der Oranienburger Straße und den des Roten Rathauses an der Königsstraße. Mit der Königsstraße assoziierte er sofort die Barrikaden. »Gott, das ist doch schon so lange her, das kann doch gar nicht wahr gewesen sein ...« Was ihn am meisten reizte, war die Pferdebahn, die zwischen dem Kupfergraben und Charlottenburg verkehrte. Nachdem er seine wichtigsten Besorgungen erledigt hatte, stieg er auf das offene Oberdeck und machte eine Stadtrundfahrt bis zum Brandenburger Tor, von wo aus er den Weg durch den Tiergarten nahm, um sich im »Hofjäger« zwischen Rauch- und Tiergartenstraße niederzulassen, ein Bier zu trinken und im Französisch-Lehrbuch zu blättern. Fremde Gartenlokale hatten den Vorteil, daß keiner an seinem Tisch erschien und rief: »Fritz, komm doch mal Kartoffeln schälen, der Auguste ist gerade schlecht geworden!«

Als er dann am frühen Abend wieder zu Hause war, setzte sich

Käthe neben ihn aufs Sofa und küßte ihn. »Fritz, ich hab' Angst um dich.«

»Ich auch.«

»Sei doch mal ernst!«

»Ernst Bosetzky – wie klingt das denn ...?«

»Wir sind hier nicht in einem deiner Stücke ... auf der Bühne, meine ich.«

»Doch ...« Er kam nicht mehr von seinem Shakespeare los. *»Die ganze Welt ist Bühne, / Und alle Frau'n und Männer bloße Spieler. / Sie treten auf und gehen wieder ab, / Sein Lebenlang spielt Einer manche Rollen ...«* Er nahm sie in die Arme. »Ach, Käthe, bei dir spiele ich nicht nur die Hauptrolle, bei dir drehe ich hauptsächlich auch die Rolle ... nach jeder großen Wäsche.«

»Fritz, du bist unverbesserlich.«

»Das ist ja eben mein ganzes Elend.«

»Komm ins Bett.«

Offensichtlich war ihr danach, und entsprechend sträubte er sich. Obwohl sie so viel jünger war als er, war der eheliche Vollzug nicht sonderlich lustvoll für ihn, denn wie überall sonst führte sie auch hier ein strenges Regiment und dirigierte das Geschehen. »Nein, ich hab' Kopfschmerzen heute.«

»Solange du deine Schmerzen nicht woanders hast.«

So folgte er ihr und sagte sich dabei, daß er es schon packen würde, wenn er nur an Lotta dachte.

Es war der 25. Juli 1870, als sich Friedrich Bosetzky in die Bahn setzte, um an den Rhein zu reisen. Er rechnete nach und kam zu dem Schluß, daß es im Herbst 1792 gewesen sein mußte, als sein Vater an der Seite des Grafen Odereck eine ähnliche Reise unternommen hatte. Auch damals hatte es einen Krieg zwischen Frankreich und Preußen gegeben, und diese hatten sich nach der berühmten Kanonade von Valmy zurückziehen müssen. Aber die Schlachten waren Erdmann von Bosetzki ziemlich egal gewesen, wovon er immer wieder erzählt hatte, war die Begegnung von Prinz Louis Ferdinand mit Goethe mitten auf einem Feld.« ... ohne etwas zu essen und zu trinken. Louis Ferdinand hat Goethe lediglich die besten Rezepte aus einem erbeuteten Kochbuch vorlesen können, während der vor Heißhunger laut aufgestöhnt und sich den leeren Bauch gerieben hat.«

Gerne hätte er diese und andere kleine Geschichten dem älteren Herrn erzählt, der das Coupé mit ihm teilte, doch der war voll und ganz mit seinem Schnupfen beschäftigt. Wittenberg sollte die erste Station ihres Zuges sein, Friedrich fühlte sich mit jeder Meile, die sie nach Süden fuhren, doppelt einsam. Wie schön mußte es sein, einen Freund neben sich zu haben, mit dem man über alles reden konnte. Andererseits ... Es hatte auch seine Vorteile, sich nicht im munteren Geplauder zu verlieren, sondern Stunde für Stunde nichts zu tun, als aus dem Fenster zu schauen und in stiller Kontemplation über alles nachzudenken – über seinen Sohn beispielsweise. War es mit dem denn anders als mit Käthes Wachhund: Der lief auf der Straße an Mutter, Vater, Tochter oder Sohn vorbei, wußte nicht, daß sie es waren und verhielt sich ihnen gegenüber keinen Deut anders als gegenüber Artgenossen, die aus ganz anderen Zwingern kamen. War das natürlich, und waren die Familienbande bei den Menschen etwas Unnatürliches? Hatte Wilhelm nicht recht, wenn er zu Luise sagte: »Hör mir auf mit meinem Vater! Er hat mich gezeugt – und damit ist die Sache abgetan, ein für alle Mal. Alles andere sind Sentimentalitäten.«

Wittenberg kam, und es ging hinein nach Sachsen und nach Thüringen. Merseburg und Kösen wurden ausgerufen. Er schaute auf die Saale und die Burgen hoch über ihr und ging dann in den »Salon«, um zu speisen. Hier beherrschten einige höhere Offiziere das Terrain, und wieder fand er keinen adäquaten Gesprächspartner. Überhaupt hatte sich das Militär der Eisenbahn bemächtigt, um die Truppen so schnell wie möglich an die Westgrenze des Landes zu schaffen, und es gab unterwegs kaum einen Bahnhof, wo nicht Züge standen – oft nur aus Packwagen gebildet –, die von Soldaten überquollen. Für die Zivilisten gab es dadurch oft Aufenthalt, aber schließlich rasselten sie doch an der Wartburg vorbei und ins Maintal hinein und erreichten um neun Uhr abends Frankfurt. Erst am nächsten Morgen sollte es weitergehen nach Landau, Pirmasens, Saarbrücken oder Trier, jedenfalls dicht an die

Grenze heran. Ein Hotel in der Nähe des Bahnhofs war schnell gefunden.

Die nächsten vierzehn Tage waren auch nicht wesentlich ereignisreicher, als sie es in Berlin gewesen wären, und bei den ersten Schlachten – am 4. August bei Weißenburg und am 6. August bei Wörth und Spichern – war Friedrich so weit weg vom Schuß, daß über Moltkes Strategie der Umfassung und Vernichtung nichts zu notieren war. Nicht einmal den König sah er. Der hatte am 31. Juli in Mainz den Oberbefehl über seine Truppen übernommen. Eine Marie Ihering hatte gedichtet: *Herr, sende deine Engelsscharen, / Als unsichtbare Himmelswehr, / Daß sie im Strudel der Gefahren / Den König schirmen wie bisher.* Das schien Friedrich auch dringend angeraten, denn es hatte sich herausgestellt, daß die französischen Chassepot- den deutschen Zündnadelgewehren, was die Reichweite und die Flachheit der Flugbahn betraf, um einiges überlegen waren. Über die Waffen und die deutschen Armeen wußte er schon eine Menge, nicht aber, wo sein Wilhelm derzeit war. Die Angst vor Spionen ging um, und man hielt sich überall ziemlich bedeckt, wenn er seine Fragen stellte. Um seinen Sohn brauche er aber keine Angst zu haben, denn: *Schon zündet der Blitz und der Donner ist da, / Gott mit uns Preußen! Hurra! Hurra!* Nach dem deutschen Sieg bei Colombey-Nouilly bekam Friedrich den Hinweis, daß sich Wilhelm in der Nähe von Metz aufhalten würde. Von Saarbrücken aus machte er sich auf den Weg, immer den vorrückenden deutschen Truppen hinterher.

In der Nähe von Gorze konnte er bei einem Bauern ein angemessenes Quartier finden und von einer Anhöhe aus die Schlacht bei Mars-la-Tour in Teilen verfolgen. Die preußischen Reiter jagten auf die Franzosen zu, die Rittmeister vor ihren Eskadrons. Friedrich zitterte am ganzen Leib und litt unter Atemnot, denn er glaubte, seinen Sohn erkannt zu haben. Unsinn, das waren Dragoner, keine Ulanen – Gewehre statt Lanzen. »Marsch! Marsch!« kommandierte ein Oberst. Mit »Hurra!« ging es dem Feind entgegen. Das Feuer der französischen Bataillone war unregelmäßig, aber außerordentlich heftig. Friedrich dachte an die Tage von Vicksburg ... Die preußischen Reiter verschwanden im Pulverdampf. Als der wieder abgezogen war, war der Kampf zu Ende, wurde kein Signal mehr gegeben, kein Kommando mehr vernommen, Tote und Verwundete bedeckten das Schlachtfeld. Einzeln oder in kleinen Trupps sprengten nun die Dragoner wieder hervor, verfolgt von den tödlichen Geschossen. Wer sein Pferd verloren hatte, irrte angsterfüllt umher und war für jede Deckung dankbar. Erst als es dunkel wurde, erloschen die Blitze drüben auf den feindlichen Hügeln.

Friedrich war sehr erstaunt, als es nachher in seinem Bauernhaus hieß, die Preußen hätten dennoch gesiegt. Am nächsten Morgen stieß Friedrich dann auf einen Verbandsplatz, wo auch Ulanen lagen, und fragte nach seinem Sohn.

»Wilhelm Bosetzki, von den 4. Ulanen ... kennt den hier jemand?«

»Nein, wir sind die 13.«, bekam er zu hören.

Friedrich war enttäuscht, wollte aber dennoch die Gelegenheit nutzen, Material für sein Kriegsbuch zu sammeln, und kam mit einem der Ulanen ins Gespräch, einem jungen Mann aus Schwedt. »Was soll ich groß sagen«, begann der seine Schilderung. »Zwei, drei französische Kürassiere machen sich über mich her. Ich wehre sie ab und verpasse ihnen dabei einen Denkzettel, den sie nicht vergessen werden. Ich will gerade über einen Graben setzen, hinter dem die Unseren sind, da kommt noch einer von links rückwärts und stößt mir seinen Degen zwischen die Rippen. Da aber meine Stute gerade abgesprungen ist, gerät der Stich nicht so tief, daß er mich tötet. Ich fliege aber aus dem Sattel ... und genau auf einen toten französischen Dragoner rauf. Das Blut rinnt mir aus der Wunde, und ich stelle mich tot. Über mir wogt das Gefecht, Mann gegen Mann. Die Hufe der Pferde berühren mich, doch keiner trifft mich am Kopf. Endlich ist es still, und ich stehe auf. Der Blutverlust ist so stark, daß ich nicht mehr schreien, sondern nur noch röcheln kann. Ich glaube, meine letzte Stunde ist gekommen. Doch ehe ich wieder zusammenbreche, sind Dragoner und Ulanen da, denen sie die Pferde totgeschossen haben. Die holen aus dem nächsten Gehöft einen Wagen und legen mich rauf ...«

Friedrich blieb zunächst bei seinem Bauern in Gorze, denn es war klar, daß es hier vor Metz zu weiteren Schlachten kommen würde. Die Preußen und die mit ihnen verbündeten deutschen Fürsten konnten den Krieg nur gewinnen, wenn sie die Festung Metz in ihre Hand bekamen – und dies zu verhindern, mußte demnach das vornehmste Ziel des Gegners sein. Es ging bald das Gerücht, daß es schon am nächsten Tage bei Gravelotte und St. Privat soweit sein würde, ganz in der Nähe also.

Und richtig, kaum war der Morgen des 18. August angebrochen, stand der Wirt an Friedrichs Lager. »Ihr König kommt nach Gorze ... Wenn Sie ihn sehen wollen, müssen Sie sich auf den Weg machen.«

Friedrich verzichtete auf Morgentoilette und Frühstück und warf sich aufs Pferd. Doch als er in der kleinen Stadt westlich der Mosel angekommen war, hatte sich Wilhelm I. schon auf die Höhe von Flavigny begeben. Friedrich hatte keine zuverlässige Karte auftreiben können und ritt auf gut Glück in Richtung St. Privat. Es war ein rauschhaftes Glücksgefühl, nicht auch Soldat zu sein, involviert in alles, sondern nur Schlachtenbummler und Berichterstatter. Mehrmals wurde er von fiebrig erregten Offizieren brüsk zurückgeschickt. Einige Male half es ihm, wenn er rief, daß er's nur tue, um von Preußens Gloria zu künden. »Einer muß doch in die Heimat melden, welche Heldentaten hier geschehen.«

Irgendwie traf er auf die Bataillone der 1. Gardebrigade, die sich vor ihren aufgestellten Gewehren zum Feldgottesdienst versammelt hatten. Unter Musikbegleitung wurde das Lied *Wachet auf, ruft uns die Stimme* gesungen, dann gedachte der evangelische Brigadeprediger mit kurzen, kernigen Worten der ernsten Bedeutung dieses Tages und erinnerte an den biblischen Spruch *Sei getreu bis in den Tod, so will ich dir die Krone des Lebens geben*. Nun, dachte Friedrich, viele der Soldaten würden sie heute abend tragen. Und wieder forschte er nach seinem Sohn, und ab und an zuckte er zusammen, denn irgendwie sahen sich die jungen Männer alle ähnlich. Nein, Wilhelm war nicht unter ihnen. Die Morgensonne war von solcher Schönheit, daß es schmerzte. Warum Gott die Menschen auch noch verhöhnen mußte, fragte sich Friedrich. Nun wurden die Truppen für den bevorstehenden

Kampf gesegnet, jede Konfession von ihrem Pfarrer, dann brachte der General von Medem ein Hoch auf Seine Majestät den König aus, und die Regimentsmusikanten spielten *Heil Dir im Siegerkranz*. Alle sangen mit, auch Friedrich.

Dann begann der Marsch auf St. Privat, und Friedrich mußte zurückbleiben. Mußte? Später sollte er in sein Tagebuch schreiben: *St. Privat ... Wie glücklich war ich, privat in Frankreich zu sein.* Schon hörte er das Gewehrfeuer, dann sausten Granaten durch die Luft. Er warf sich auf sein Pferd und jagte in die entgegengesetzte Richtung. Doch der Versuchung, auf der erstbesten Höhe haltzumachen und das grausige Schauspiel unten zu verfolgen, widerstand er nicht. Schließlich war er hier, um alles zu notieren. Die Reihen der Preußen waren schon lichter geworden. Die markerschütternden Schreie der zu Tode getroffenen Infanteristen drangen bis zu ihm hinauf. Doch unbeirrt davon, wie die Kameraden sterbend niedersanken, stürmte das Bataillon weiter voran. Wie graue Käfer wirkten sie, unaufhaltsam, nicht wissend, was das ist: der Tod. Friedrich wandte sich ab.

Auf deutscher Seite hatte es bis zu diesem Abend in den nun vierzehn Tagen des Feldzuges fünfzigtausend Tote gegeben. Der König telegraphierte, wie Friedrich später erfahren sollte, nach der Schlacht an die Königin Augusta: *Biwak bei Rezonville, 18. Aug., 9 Uhr Abends. Die französische Armee in sehr starker Stellung westlich von Metz heute unter Meiner Führung angegriffen, in neunstündiger Schlacht vollständig geschlagen, von ihren Verbindungen mit Paris abgeschnitten und gegen Metz zurückgeworfen. Wilhelm.*

Friedrich fragte sich, was *sein* Wilhelm wohl machen würde. Der Brigadeprediger Gerlach, den er am Morgen gehört und auch nach seinem Sohn gefragt hatte, bekam es schließlich heraus und sagte ihm, als sie sich Anfang Oktober in der Nähe von Orléans zum zweiten Mal trafen: »Er liegt mit seinem Regiment in Garsch, das ist ein Dorf gleich bei Thionville.«

Friedrich machte sich auf den Weg. Thionvillle lag wie Metz im Tal der Mosel, und zwar nördlich der lothringischen Metropole auf halbem Weg zum Saarland hin. Beide Festungen wurden noch immer von den Franzosen gehalten, während sich das Land ringsum schon weithin in preußisch-deutscher Hand befand. So hatte Friedrich wenig Mühe, nach Garsch zu gelangen, in dem es von preußischen Ulanen nur so wimmelte. Schon die erste Frage brachte ihm den erhofften Erfolg: Sein Sohn, der Fähnrich, wohne beim Bürgermeister, dem *Maire* Bauer. Und richtig, als er dessen Gehöft gefunden hatte, sah er Wilhelm, wie er auf dem Hof saß und aus einem Stück Holz Soldaten für die Kinder schnitzte, die um ihn herumwuselten. Warum, dachte Friedrich, konnte das nicht in Tamsel sein? Wilhelm als glücklicher Vollbauer im Kreise seiner Kinder, die gleich in Freude ausbrechen würden, wenn sie ihn, den Großvater, sahen.

Als sein Sohn ihn erblickte, sprang er hoch und zeigte einen Gesichtsausdruck, den Friedrich später in seinem Tagebuch als *freudiges Erschrecken* bezeichnen sollte, und schon glaubte er, daß Wilhelm ihm mit ausgebreiteten Armen entgegeneilen würde, da erstarrte der plötzlich und verharrte in feindseliger Abwehrhaltung.

»Wilhelm, ich bin's!« rief Friedrich. »Dein Vater.«

»Das sehe ich.«

»Wilhelm, hör nicht auf die Stimme deiner Mutter, hör auf dein Herz!«

»Heb dir dein Pathos für Stralau auf, für dein Vorstadttheater.«

Friedrich gelang es noch immer nicht, seiner Emotionen Herr zu werden, und er blieb pathetisch. »Dorothee hat dich vergiftet.«

Wilhelm blieb im Gegensatz zu ihm kühl und kontrolliert und führte den Dialog weiterhin im spöttisch überlegenen Kasino-Ton. »Ich hätte sie vor jedem Gericht, auch dem Jüngsten, dafür verteidigt, wenn sie das auch mit dir getan hätte.«

»Wilhelm, laß uns miteinander sprechen!« Das war ein einziges Flehen. »Es ist Krieg, und keiner weiß, was morgen ist.«

»Doch: Morgen haben wir gesiegt, und ich werde Leutnant sein.«

Friedrich wollte seine Chance nutzen und hatte sich nun auch so weit im Griff, daß er sachlich scheinen konnte. »Du bist Fähnrich, hat man mir gesagt?«

»Weißt du eigentlich mehr von mir, als daß ich Wilhelm heiße?«

Friedrich schluckte. »Erst war ich im Gefängnis, dann in Amerika ...«

»Tante Luise hat das getan, was deine Pflicht gewesen wäre: Sie hat mich vom zehnten Lebensjahr an auf das Werdersche Gymnasium geschickt ...«

»Davon hat sie mir nie erzählt ...«

»Manche Menschen können eben sehr feinfühlig sein.«

»Und weiter ...?« Friedrich war glücklich, langsam Zugang zu Wilhelm zu finden.

»Nun, als *Studiosus juris* habe ich mich auch versucht, bevor ich, wohl unter dem Einfluß Lellichows, meine Liebe zum Militär entdeckt habe.«

Friedrich hatte Mühe, das alles zu begreifen, wie ein Fremder wirkte Wilhelm auf ihn. »Du bist jetzt 23 Jahre alt ...« Er sprach es vor sich hin, um sich zu vergewissern, daß da wirklich und leibhaftig sein Sohn Wilhelm Erdmann Johann vor ihm stand, doch es klang wie eine Frage.

»23 Jahre, ja ... Und die bin ich ohne dich ausgekommen – genauso wie ich die nächsten 23 Jahre ohne dich auskommen werde.«

»Wilhelm, verzeih mir, laß mich alles noch einmal erklären, laß uns Frieden miteinander schließen!«

»Wie kann ich Frieden mit einem Menschen schließen, der für mich nicht existiert und der für mich niemals existent gewesen ist?«

»Ohne mich wärst du nicht auf der Welt!« rief Friedrich.

»Das war vor meiner Geburt«, sagte Wilhelm, »das zählt nicht.« Damit verschwand er im Haus, ohne seinen Vater eines weiteren Blickes zu würdigen.

Friedrich schrieb später über diese Szene in sein Tagebuch: *Völlig am Boden zerstört blieb ich zurück, angestarrt von einer Schar französischer Kinder, die Wilhelm wohl liebten und für die ich die Inkarnation des Bösen war. Zu meinem Schmerz kam nun der Zorn auf Wilhelm, daß er mich so verleugnen und verkennen konnte. Gleichzeitig aber war ich auch ein wenig stolz auf ihn, denn die Bemerkung, mit der er abgegangen war, hatte Karat.*

Was blieb Friedrich nun, als sich in der Nähe eine Unterkunft zu suchen und einfach abzuwarten. Wie damals am Fourche LaFave fand er auch diesmal in einer Mühle ein Nachtlager. Der Müller hieß Schleret, und Friedrich kam mit ihm ins Gespräch, als er ihm eröffnet hatte, daß sein Großvater mütterlicherseits aus Frankreich stammte und nach Thüringen gekommen war, um auf der Heidecksburg bei Rudolstadt als Lehrer Lohn und Brot zu finden. »Kurz vor der Schlacht bei Jena und Auerstedt hat mein Vater meine Mutter aus einem brennenden Haus gerettet ... Später ist sie dann mit einem französischen Offizier durchgegangen ... Jetzt stehe ich nun hier in ihrer alten Heimat, um mit ihrem Enkel ins Reine zu kommen. Komisch ... Unfaßbar ist das alles.«

Schleret war ein Philosoph. »Wir Menschen sind doch alle nur Blätter, die einen welk, die anderen noch ein bißchen grüner, und wenn die großen Stürme kommen, werden wir durch die Welt gewirbelt.«

»Ja ja, wenn dein König es will, pustet er dich bis nach Amerika hinüber.«

Friedrich erzählte von seinen Erlebnissen in Cincinnati und am Fourche LaFave, wobei sich herausstellte, daß Schlerets Vorfahren zu den ersten französischen Siedlern in Louisiana und Arkansas gehört hatten. »So um 1750 herum.« Bei einer Flasche Rotwein wurde nun so lange geplaudert, bis beiden die Augen zufielen.

Bald begann sich Friedrich in Garsch heimisch zu fühlen. Er schrieb in der Schleretschen Mühle seine Berichte für die Berliner Zeitungen. Die deutschen Siege häuften sich: am 2. September bei Sedan und am 10. und 11. Oktober bei Orléans. Inzwischen war auch Paris eingeschlossen worden. Wilhelms Truppenteil verblieb in der Reserve, aber sooft Friedrich das Gespräch auch suchte, sein Sohn behandelte ihn wie einen absolut Fremden.

Am 15. Oktober sollte dann alles eine abrupte Wendung nehmen. Wie immer machte sich Friedrich gegen Mittag zum Gehöft des *Maires* auf, um Wilhelm zu sehen. Für gewöhnlich herrschte dort zu dieser Tageszeit eine wohltuende Schläfrigkeit, doch heute fand er dort alles in heller Aufregung. Da sein Französisch längst nicht ausreichte, auch ländliche Dialekte zu verstehen, dachte er zuerst, die Preußen und ihre deutschen Verbündeten hätten zum Sturm auf Thionville geblasen, doch das war es nicht, denn in der Hauptsache ging es wohl um seinen Sohn, aber auch um Monsieur Bauer, der nach Thionville gefahren war. Der Kommandeur des Ulanen-Regiments war es schließlich, der ihm Gewißheit verschaffte.

»Ihr Sohn war schon immer ein Bruder Leichtfuß, aber das, was er sich heute geleistet hat, setzt doch allem die Krone auf.«

»Was ist denn passiert?«

»Der *Maire* hier will mit dem Ackerwagen nach Thionville fahren und fragt Ihren Sohn so zum Scherz, ob er mitkommen wolle in die Festung. Der sagt ›Ja‹ und hat im Nu die Uniform gegen eine blaue Bluse gewechselt. So geht es über die Festungsbrücke nach Thionville hinein. Keiner der Posten merkt etwas, Ihr Sohn gilt als Franzose. Am Café Luxemburg steigen sie ab, und Monsieur Bosetzki frühstückt dort. Die *Dame du comptoir* erkennt ihn wohl als *Prussien,* aber sie ist von Welt und nimmt es leicht. ›Passen Sie auf!‹ warnt sie jedoch noch Ihren Sohn. Alles scheint auch gutzugehen, doch dann wollen sie in einem Gasthaus nahe dem Tor noch einen Abschiedstrunk nehmen, und die Leute dort haben weniger Humor. Minuten später kommt die Polizei – und unter dem Jubel der Menge wird Ihr Sohn als preußischer Spion verhaftet, mit ihm der *Maire* als sein Komplize. In ein paar Tagen wird das Kriegsgericht zusammentreten ...«

Wach' ich oder träum' ich ...? Friedrich brauchte einige Sekunden, um zu begreifen, was da geschehen war. Dann stürzte er mit einem lauten »Mein Gott ...!« zum Gasthaus von Garsch, wo sich die Offiziere des 4. Ulanenregiments Quartier genommen hatten, und beschwor sie, sofort bei den Franzosen vorstellig zu werden.

Ein Leutnant, dessen Namen er in seiner Aufregung nicht verstanden hatte, schloß die Augen und murmelte, daß sie den Fähnrich wohl nach dem Artikel 207 des *Code militaire* verurteilen würden: *Est puni de mort tout ennemi, qui s'introduit déguisé dans une place de guerre ...*

Friedrich wurde bleich, denn so viel Französisch verstand er, daß *puni de mort* Todesstrafe heißen mußte. »Aber das war doch keine Spionage, sondern nur ein Spiel. Eine Bagatelle!«

»Wir haben Krieg, mein Lieber, und jeder Leichtsinn wird bestraft. Wer ohne Not seine Deckung verläßt, ist selber schuld, wenn ihn die Kugel trifft.«

»Ich bin schuld, ich!« rief Friedrich. »Daß ich hier bin, hat ihn so furchtbar durcheinander gebracht. Ohne mich hätte er eine solche Dummheit nie begangen.« Und er erzählte den Offizieren, wie er nach Amerika gegangen ist, um seine Familie zu retten, und sein Sohn dies als Verrat und Fahnenflucht gewertet hatte. »So ist er bei meiner Schwester aufgewachsen, der Frau eines Kameraden von Ihnen, des Rittmeisters von Lellichow ...«

»Von Lellichow, oh!« Das änderte die Lage, und sofort setzte man sich hin, um eine Bittschrift an den Obersten Turnier zu verfassen, des ersten Kommandanten der Festung Thionville. »Vielleicht wird er Ihren Sohn begnadigen, denn er wird sich ausrechnen können, daß wir seine Festung in den nächsten Wochen erobern werden – und dann muß er auf *unsere* Gnade hoffen.«

So ging Friedrich mit einer gewissen Erleichterung zur Mühle zurück, und auch Schleret war voller Hoffnung, doch in den nächsten Tagen tat sich nichts, und weder der *Maire* noch Wilhelm Bosetzki kehrten nach Garsch zurück. Am 28. Oktober, einem Freitag, bot sich der Müller dann an, gleich in aller Herrgottsfrühe mit Pferd und Wagen in die Festung zu fahren, um sich umzuhören. Die Nachricht, mit der er gegen Mittag zurückkam, war schrecklich.

»Vor vier Tagen ist das Kriegsgericht zusammengetreten, und nach Lage der Dinge hat man nicht anders gekonnt, als ihn zum Tode zu verurteilen. Morgen um halb sieben in der Frühe soll er am Wallgraben erschossen werden.«

Friedrich sank in sich zusammen, und Schleret hatte Mühe, ihn zum Lager zu tragen und mit etwas Branntwein wieder auf die Beine zu bringen.

»Ich muß nach Thionville, ich muß mit dem Oberst selbst sprechen, ich muß zu meinem Sohn, ihn retten!« schrie Friedrich.

»Wie denn?« fragte Schleret. »Gerade ist die Nachricht eingetroffen, daß Metz kapituliert hat – da werden sie in Thionville bestimmt keinen Deutschen zum Kommandanten vorlassen.«

»Kann man nicht irgendwie über den Wall?«

»Nein, alles ist dicht.«

Da durchfuhr Friedrich ein Gedanke, der rettende Gedanke. »Monsieur Schleret, wenn ich Sie so ansehe ... Sie sind ein Menschenfreund, Sie sind mein Freund ... Wenn Sie mich in einen Ihrer Mehlsäcke stecken und mit mir nach Thionville fahren ...?«

Schleret zuckte zurück. »Ich war doch heute schon da, das fällt doch auf ... Und Bauer, unser Bürgermeister, der wird auch erschossen. Nein! Bitte, verstehen Sie mich, ich habe Frau und Kinder ...«

»Schon gut ...« Friedrich stürzte aus der Mühle, um draußen auf den Feldern und Wiesen wieder zur Besinnung zu kommen. Als er nach etwa einer Stunde zur Mühle zurückkehrte, war Schleret zur Dorfversammlung gegangen. Man wolle noch einmal eine Petition verfassen, um den *Maire* zu retten, sagte einer der Knechte. Friedrich setzte sich auf einen ausrangierten Mühlstein, fühlte sich matt wie ein Greis, der auf die Hundert zuging, und hoffte nur noch, daß der Tod ihn holte. Die Leere, die ihn erfüllte, war sanft und tröstlich, und so dämmerte er dahin, bis sein Blick auf Schlerets Wagen fiel. Der hielt vor ihm, die beiden Pferde waren noch nicht ausgespannt. Vielleicht weil einer der Knechte noch wegfahren wollte. Die Tür zur Mühle stand offen, und an ihrer Innenseite hingen Kittel und Mütze des Müllers. Offenbar war er in seinem guten Anzug zur Gemeindeversammlung gegangen. Langsam fügten sich diese Beobachtungen in Friedrichs Kopf zusammen: Schlerets Wagen, Schlerets Kleidung, die Posten kennen Schleret und lassen ihn passieren ... Bin ich Schleret, dann bin ich in der Festung ...

Sekunden später war er als französischer Müller verkleidet und befand sich auf der Straße nach Thionville. Alles ging glatt, am späten Nachmittag war er in der Stadt. Erst jetzt fiel ihm ein, daß er nur bis zu diesem Augenblick gedacht hatte. Was nun? Würde Schleret Alarm schlagen und seinen Wagen suchen lassen? Würden die Posten Verdacht schöpfen, wenn er bis Toresschluß Thionville nicht wieder verlassen hatte? Wo konnte er den Obersten Turnier erreichen, wo sich ihm zu Füßen werfen? Wo steckte

Wilhelm? Wohin mit dem verdammten Fuhrwerk und den beiden Pferden? Ziellos fuhr er in der Stadt umher, immer in der Angst, daß er auf Franzosen traf, die Schleret persönlich kannten. Nie gekannte Panik erfaßte Friedrich. Er machte sich Mut, indem er sich vor Augen führte, was er in seinem Leben schon alles überstanden hatte: den Selbstmordversuch in der Warthe, die Kugeln auf dem Alexanderplatz, die Überfahrt nach Amerika, das unfreiwillige Bad im Hudson, die Schlacht um Vicksburg, das Eislaufen auf dem Rummelsburger See ... »Dann schaffst du das hier auch!«

Diesmal waren es die Ufer der Mosel, an denen sich womöglich alles entschied. Zunächst einmal fand er hier einen Platz, wo er den Wagen abstellen und die Pferde ausschirren konnte. Unbemerkt gelang es ihm auch, Schlerets Kleidung abzulegen und wieder in den eigenen Reiseanzug zu schlüpfen. Sonderlich deutsch sah der nicht aus, das mochte so gehen. Wie aber sollte er mit seinem holprigen Französisch zum Kommandanten vordringen, ohne sofort als Preuße erkannt und ins Gefängnis geworfen zu werden ...? Gott, vielleicht war das eine Möglichkeit, Wilhelm zu sehen. »Ja, aber um den Preis, daß wir morgen früh beide erschossen werden ...« Plötzlich hatte er die Lösung seines Problem: »Natürlich, ich werde als Amerikaner auftreten, als Korrespondent aus Cincinnati.«

»*Please, where can I find the commander of your fortress?*« Mutig war er auf den ersten Franzosen zugegangen, der so aussah, als würde er zu den Honoratioren Thionvilles gehören. Doch der Mann zuckte nur mit den Schultern. Immerhin nahm er Friedrich ab, daß er aus den Vereinigten Staaten kam, und ging weiter, ohne einen Gendarmen zu rufen.

Inzwischen hatte Friedrich so viel an Verstandeskraft zurückgewonnen, daß er alleine wußte, wo er den Festungskommandanten finden würde: »Auf der Festung natürlich ...« Also eilte er dorthin. Natürlich gab es an deren Fuß eine strenge Kontrolle. Mit klopfendem Herzen ging er auf die Soldaten im Wachhäuschen zu und fragte auf Englisch nach dem Oberst Turnier. Man verstand ihn nicht und holte einen Offizier, der des Englischen in etwa mächtig war.

»*Sorry, Mister ... Monsieur Turnier is not here, he has gone away with his wife and I don't know when he will be back.*«

Friedrich nickte und ging spontan aufs Ganze. »*I'm here in Thionville to write an article about the famous Prussian prisoner you have, the young man from Berlin, who was condemned as a spy. I think, he was only a gambler. Where can I find him?*«

»*In the Maison d'Arrêt ... the prison ...*« Und er war so freundlich, Friedrich den Weg dorthin genau zu beschreiben.

Doch als er das überaus massive Gebäude erblickte, ließ er jede Hoffnung fahren: Aus diesem Gemäuer konnte er Wilhelm niemals befreien, weder mit List noch mit Gewalt. Was blieb ihm, als sich in der Nähe zu verstecken und so zu beten wie in alten Zeiten: »Herr, höre mein Gebet und laß mein Schreien zu dir kommen! O Herr, hilf, laß die Rettung meines Sohnes wohl gelingen! Führe meine Sache und erlöse uns!«

Die Nacht verbrachte Friedrich in einer schützenden Toreinfahrt, frierend, fiebernd, betend, immer wieder kurz einnickend und von wirren Gedanken und Träumen geschüttelt. Er sah sich in ein Haus einbrechen und ein Gewehr stehlen ... Damit bedrohte er dann das Exekutionskommando, nahm Turnier als Geisel und verließ mit ihm und Wilhelm die Festung ... Als der Morgen graute, machte er sich dann tatsächlich auf, ein Haus zu suchen, in das einzudringen möglich war. Es war eine Tischlerei. Doch ein Gewehr fand er ebensowenig wie eine Pistole. Mit einem Stechbeitel zog er schließlich wieder ab.

Da war es auch schon soweit. Punkt halb sieben versammelten sich acht, neun Soldaten zu Pferde vor dem *Maison d'Arrêt*, und eine Kutsche fuhr vor. Wenig später wurde Wilhelm herausgeführt. Elastisch und voller Kraft war er. Sichtlich nervös, aber durchaus beherrscht zündete er sich eine Zigarette an und stieg in den Wagen. Ab ging es Richtung Wallgraben. Friedrich lief hinterher und verlor die Gruppe alsbald aus den Augen. Was hatte Schleret gesagt, wo sollte die Hinrichtung stattfinden? Am Wallgraben, im Wallgraben. Er sah die Festung vor sich aufragen, an ihrem Fuße mußte es sein.

Als er die Stelle endlich erreichte, war das Exekutionskommando schon angetreten, und der Oberst Turnier gab letzte Befehle. Wilhelm lehnte es ab, sich niederzuknien. Auch die Augenbinde, die man ihm reichte, schleuderte er auf den Boden. Aufrecht stellte er sich vor die Gewehrläufe. Gleich mußte das Kommando kommen.

Friedrich war nur noch vom Instinkt gesteuert, brach durch den Kordon der Wachmannschaft und schrie: »Nicht meinen Sohn ... Ich bin schuld an allem ... Nehmt mich!«

Doch keiner verstand ihn, und bevor er zu Turnier vorgedrungen war, hatte man ihn zu Boden geworfen und seinen Kopf in die Erde gepreßt.

»Wilhelm, ich bin hier, dein Vater ...!« schrie er dennoch.

Und Wilhelm bemerkte ihn tatsächlich. »Ihr kommt zwar spät, doch Ihr kommt ... Das ist schön ... Wie schade ... Vielleicht im nächsten Leben ...« Dann wandte er sich an das Exekutionskommando. »Gut schießen ... Hierher ...« Dabei legte er die rechte Hand auf die Brust. Dann warf er mit der Linken seine Zigarette in die Luft und rief: »Es lebe der König!«

Friedrich bäumte sich noch einmal auf, doch schon fielen die Schüsse. Von neun Kugeln durchbohrt, brach Wilhelm zusammen. Friedrich fiel in Ohnmacht.

Als er wieder zu sich kam, huschten Ratten über sein Gesicht. Da wußte er sofort, wo er war: wieder einmal im Gefängnis.

Anfang 1871 fand der Krieg ein schnelles Ende. Mit dem Sturz Napoleon III. endete das französische Kaisertum, und der neu errichteten Republik blieb nichts anderes, als nach dem Fall von Belfort am 16. Februar einen Vorfrieden mit den Deutschen zu schließen. Die hatten am 18. Januar im Spiegelsaal von Versailles König Wilhelm I. von Preußen zu ihrem Kaiser aufgerufen. Die siegreichen Truppen sollten erst im Juni nach Berlin zurückkehren und jubelnd empfangen werden. Vorher litt die Stadt noch unter den Pocken, den die französischen Kriegsgefangenen eingeschleppt hatten.

»Meine Schafe hören meine Stimme, und ich kenne sie, und sie folgen mir, und ich gebe ihnen das ewige Leben, und sie werden nimmermehr umkommen, und niemand wird sie aus meiner Hand reißen.« So sprach der Pfarrer in der Tamseler Kirche gleich neben dem Schloß, und das Kirchenbuch verzeichnet für den

19. April 1871 gleich zwei Begräbnisse, das von Luise von Lellichow, geb. Bosetzki (* 18. Februar 1811 in Tamsel, † 12. April 1871 in Köpenick) und das von Wilhelm Bosetzki (* 20. Mai 1847 in Tamsel, † 29. Oktober 1870 in Thionville). »Vater im Himmel, viele Jahre, viele Jahrzehnte waren uns vergönnt, mit den beiden Menschen gemeinsam zu erleben, die du, Herr, zu dir genommen hast. Unser Mitgefühl gilt vor allem dem unter uns, dessen Schmerz am größten ist, dem Vater und dem Bruder, gilt dir, Friedrich Bosetzky, der du gerade erst aus schmachvoller französischer Kriegsgefangenschaft freigekommen bist, mit dem Zug zurückgekommen nach Berlin, nach Tamsel, du vorn im Coupé, der Sarg mit deinem Sohn hinten im Gepäckwagen ... Luise, für den Wilhelm, unser Fähnrich, wie ein Sohn war, ist am gebrochenen Herzen gestorben, und dir Wilhelm, der du hier in Tamsel das Licht der Welt erblickt hast, möchten wir auf deinen Grabstein schreiben: Ruh' aus, tapferes Herz. Vater im Himmel, wir sind leer von Tränen ...«

Das bezog sich auf Friedrich, der dasaß wie in Stein gehauen und sich nur noch dadurch aufrecht halten konnte, daß er aus sich selbst floh und draußen am Kirchenfenster stand, um sich verwundert zu fragen, was das wohl für Menschen waren, die sich da zur Trauerfeier eingefunden hatten. Wenn nur Käthe neben ihm gewesen wäre. Doch Käthe hatte die beschwerliche Reise an die Warthe nicht antreten wollen, sie war hochschwanger. »Es ist alles ein ewiges Kommen und Gehen ...«

Als Friedrich dann am späten Nachmittag des 20. April 1871 nach Stralau zurückkehrte, drang aus dem »Fröhlichen Krebs« schon Kindergeschrei.

Heinrich Bosetzky war um sieben Uhr morgens geboren worden.

ZWEITER TEIL
Heinrich

Siebentes Kapitel

1888–1892

Man schrieb das Jahr 1888 – und Berlin war nicht mehr dieselbe Stadt wie am Ende des deutsch-französischen Krieges. Seit 1871 war Berlin nicht nur Hauptstadt Preußens, sondern auch die des Deutschen Kaiserreichs, das aus vier Königreichen, achtzehn Großherzog-, Herzog- und Fürstentümern, drei Hansestädten und dem »Reichsland« Elsaß-Lothringen zusammengewürfelt und -gezimmert worden war. Berlin – es wuchs und wucherte, gewann viel an Glanz dazu, aber auch an Elend, wie das bei den herrschenden Verhältnissen wohl unvermeidlich war. Der Reichstag versammelte sich im Gebäude der Königlichen Porzellanmanufaktur (KPM) in der Leipziger Straße, Reichsbehörden wurden gegründet. Aus allen Teilen des Landes zogen Politiker und oberste Beamte nach Berlin, aber auch Menschen aller anderen Klassen und Stände. Alles wurde anders, neu, moderner. Die Geschichte kreißte und war dabei, Deutschlands erste Metropole zu gebären.

1876 hatte man die Rohrpost in Betrieb genommen und 1879 die erste elektrische Bahn der Welt in Bewegung gesetzt. Seit 1877 konnte man die Stadt auf der Ringbahn umrunden und seit 1882 auf der Stadtbahn Berlin im Zug durchqueren. Seit 1881 gab es ein öffentliches Fernsprechnetz. Elektrische Straßenlaternen machten die Nacht zum Tage. Moabit erlebte 1879 eine gigantische Gewerbeausstellung. An der Technischen Hochschule wurde gelehrt und gelernt, auf daß es mit dem technischen Fortschritt so weiterginge.

Auch mit der Hygiene und der medizinischen Versorgung ging es voran. Städtische Krankenhäuser und Hallenbäder wurden errichtet. Eilige Männer brauchten sich zum Urinieren nicht mehr an die Hauswand stellen, sondern konnten Pissoirs benutzen, die antiken Tempeln nachempfunden waren. Robert Koch hatte den Erreger der Tuberkulose gefunden. In Dalldorf wurde die Irrenanstalt ihrer Bestimmung übergeben.

Was die politischen Verhältnisse anging, so wurde zwar viel debattiert, aber die Herrschenden blieben weiterhin die Herrschenden. Die Sozialdemokraten jedoch waren immer stärker geworden, und Bismarck hatte 1878 für den Erlaß der Sozialistengesetze gesorgt.

Im kulturellen Bereich versuchte Berlin das aufzuholen, was Paris, London, Rom und Wien, aber auch so manche deutsche Residenzstadt der Hauptstadt noch immer voraus hatten. 1873 eröffnete man mit »Castans Panoptikum« ein Wachsfigurenkabinett, 1874 wurde das Märkische Museum gegründet, der Historienmaler Anton von Werner brachte die *Kaiserproklamation in Versailles* auf die Leinwand und Adolph von Menzel *Das Eisenwalzwerk.* 1877 begann Leopold Ullstein mit der Errichtung seines Zeitungsimperiums. Die ersten Reliefs des Pergamonaltars kamen nach Berlin. Der Ausbau des Kurfürstendamms zur großartigen Prachtstraße wurde in Angriff genommen. 1881 eröffnete man das Kunstgewerbemuseum von Martin Gropius und Heino Schmieden. 1882 wurde das Berliner Philharmonische Orchester neu gegründet und wenig später von Hans von Bülow zur ersten Blüte geführt. 1886 beschloß Samuel Fischer, statt mit Möbeln lieber mit der Ware Buch zu handeln.

Auch der Sport hatte seinen Siegeszug begonnen: 1876 war in der Hasenheide die erste deutsche Rollschuhbahn eröffnet worden, hatte sich in Stralau der erste Ruderverein in die Register eintragen lassen. 1881 gab es auf der Grünauer Regattastrecke die ersten Rennen, und auch die Radfahrer begannen mit ihren Wettkämpfen. 1885 schlossen sich Berliner Kicker im ersten Fußballverein der Stadt zusammen, dem BFC Frankfurt.

Die innerdeutschen Zollschranken waren gefallen, mit den französischen Reparationsleistungen flossen Millionen ins Land, im Rausch der Gründerjahre entstanden Hunderte von Aktiengesellschaften. Ein nie gekannter Gründerboom erfaßte Berlin. Tapeten und Leder, Petroleum und Wellblech, Eisenbahnen und Spinnereien, Dampfziegeleien und Schiffswerften – es gab alles. 1883 war die Deutsche Edison-Gesellschaft, die spätere AEG, entstanden, 1886 die Zentralmarkthalle eröffnet worden. Auch eine neue Währung war eingeführt worden: die Goldmark zu hundert Pfennigen. Ein Goldregen rieselte über die trunkene Stadt. Und überall wurde gebaut, eröffnet, eingeweiht: der Lehrter Fernbahnhof, die Kaiserpassage Unter den Linden (Ecke Friedrich- und Behrenstraße), die Reichsbank, das Nobelhotel mit Namen »Kaiserhof«, die Nationalgalerie, der Anhalter Bahnhof, der Zentralschlachthof ...

Immer mehr Menschen wohnten in Berlin, 1877 war die Millionengrenze überschritten. Ganze Straßenzüge und Quartiere wurden aus dem Boden gestampft, Baugesellschaften machten Riesengewinne, auf den Gerüsten wimmelte es von Maurern.

Heinrich Bosetzky hatte seinen Arbeitsplatz an der Rückfront des Reichstagsgebäudes am Königsplatz. Seit 1884 zog man es hoch, und die Bauzeit war auf zehn Jahre veranschlagt worden. Lehrling war er noch, aber das hieß nicht, daß er weniger hart rangenommen wurde als die Gesellen, die im Zeitlohn standen. Fünfhundert Steine war sein Tagessoll, und der Trost war nur, daß die Akkordmaurer noch einmal zweihundert Steine mehr zu schaffen hatten. Die wurden ihnen von speziellen Trägern nach oben geschleppt, meist ehemaligen Soldaten vom Garde du Corps oder von den Garde-Kürassieren. Der Steinträger, der Heinrich und die beiden Maurer neben ihm versorgte, hieß Paul Labitzke und war sein Freund.

»Ich hab' mir mein ganzes Leben lang solch tragende Rolle gewünscht ...« Keuchend setzte Paul Labitzke die nächste Hucke neben Heinrich ab. Auch er kam eigentlich aus besserem Hause, hatte sich aber wie Heinrich mit seinem Vater überworfen. Dessen Kolonialwarenhandlung hatte er übernehmen sollen, war aber davongelaufen, um zum Theater zu gehen und den Hamlet zu spielen. Das hatte er sich allerdings alsbald abschminken müssen, denn die Intendanten meinten unisono, er habe bestenfalls das Zeug zu einem Edelstatisten. Nun rannte er ab und an im Friedrich-Wilhelmstädtischen Theater über die Bühne und schwenkte eine Fahne oder war einer von zwanzig marschierenden Soldaten, aber davon konnte er nicht leben. So war er Steinträger beim Reichstagsbau geworden.

Heinrich wischte sich den Schweiß von der Stirn, während er den Mörtel, die Speis, umrührte. Es ging schon auf die Mittagspause zu, und er war stolz darauf, noch nicht das geringste Anzeichen von Müdigkeit zu spüren. Es war die reine Lust für ihn, die Steine so herumzuwirbeln, als wären sie aus Kork und nicht aus Kalk. Ab und an trat er auf Rummelplätzen auf und verbog dicke Eisenstangen, und seine absolute Lieblingsbeschäftigung war es, bayerische Kollegen im Armdrücken und Fingerhakeln zu besiegen. Sein Spitzname auf dem Bau war dementsprechend Herkules.

»Du, Herkules«, sagte Paul Labitzke zu ihm, bevor er wieder nach unten stieg, die nächste Ladung Steine auf das Zwischengeschoß zu schleppen, »ich hab' gestern bei mir in der Straße einen getroffen, der bei Gustav Zumpe in der Woche eine Mark mehr verdient als wir hier.«

»Wer ist Gustav Zumpe?«

»Die bauen oben auf'm Wedding. Für das Erdgeschoß 2,75 Mark pro tausend Steine, 25 Pfennige mehr als hier.«

Heinrich zeigte wenig Begeisterung. »Mir gefällt's hier auf'm Reichstag. Das ist doch was, wenn man sagen kann: Ich hab' das gebaut, wo Bismarck seine Reden drin hält.«

»Du bist der Paul Wallot, ah ja ...«

»So was wie der kann ich schon lange.«

»Die Sonne ist 'n bißchen heiß heute, wie?«

Der Polier kam heran. »Los, dalli, die großen Reden werden hier von den Abgeordneten gehalten und nicht von meinen Maurern.«

»Man wird doch noch mal 'n paar Worte mit seinem Freund reden dürfen«, maulte Heinrich.

»Jede Minute, die ihr herumsteht, wird euch vom Lohn abgezogen!« schnauzte der Polier.

»Wenn wir den mal kriegen würden!« rief Paul Labitzke.

»Sonnabend nachmittag wird der Maurermeister Vogel hier sein.«

Als es dann Sonnabend war, legten sie alle, die Mauer wie die Steinträger, die Arbeit nieder und umzingelten die Baubude am Spreeufer und schrien, daß Vogel und der Polier nicht lebend herauskommen würden, wenn sie ihr Geld nicht auf Heller und Pfennig ausgezahlt bekämen.

»Kommt am Sonntag in meine Wohnung!« rief Vogel durch das halb offene Fenster.

»Du bist wohl vom wilden Eber gebissen!« schrie einer der Steinträger. »Jetzt sofort! Ich hab' kein Brot zu Hause, meine Kinder verhungern mir.«

Vogel hielt sie nun so lange hin, bis die Polizei erschien und sie auseinandertrieb. Auf die Baustelle ging keiner mehr zurück, es war ohnehin gleich Feierabend. Alle kochten vor Wut und beschlossen, sich am nächsten Vormittag tatsächlich Punkt elf Uhr vor Vogels Villa einzufinden, Köpenicker Straße, gleich am Schlesischen Busch.

»Du gehst doch mit?« fragte Paul Labitzke.

Heinrich stieß die Luft aus den Lungen, um anzuzeigen, wie schwer er sich mit einer Antwort tat. »Ich bin Lehrling und will mal Meister werden, Baumeister ...«

»Also einer wie Vogel: dick und gefräßig ...?«

»Nein, aber ...«

»Du kommst mit, basta!«

Was blieb Heinrich anderes übrig, als sich dem Willen des Freundes zu beugen, doch leicht fiel es ihm nicht, denn er haßte alles, was nach Auflehnung und Anarchie aussah. Er geriet auch jedesmal gewaltig in Rage, wenn sein Vater mit leuchtenden Augen erzählte, wie er '48 auf den Barrikaden gekämpft hatte, in der Hoffnung, daß sie den König zum Teufel jagen würden. Innerlich stand er auf seiten Vogels, auch wenn der ihn um ein paar Mark betrügen sollte. Hier ging es um mehr.

So hielt er sich am Sonntag morgen auch sehr zurück, als die anderen Maurer und Steinträger vor Vogels Villa standen und am Klingelzug rissen. Es dauerte ein Weilchen, dann erschien das

Dienstmädchen in der Tür, um ihnen mitzuteilen, daß Herr Vogel ausgeflogen sei.

»Du lügst!« schrie Paul Labitzke, der einer der Anführer war. »Der hat sich nur aus Angst vor uns unterm Sofa verkrochen.«

»Kommt, laßt uns sehen, ob das stimmt!« rief es aus der Menge.

Das Dienstmädchen wollte die Tür zuschlagen, doch schon hatte Paul Labitzke seinen Fuß dazwischengesetzt und sich in den Flur gedrängt. Wie nach einem Deichbruch strömte nun alles hinein. Da stand Vogel in der Tür seines Salons, eine Pistole in der Hand.

»Halt! Keinen Schritt weiter, oder ich schieße.«

Paul Labitzke prallte zurück, dachte aber nicht daran, schon aufzugeben. »Den ersten von uns können Sie erschießen, den zweiten auch noch, aber dann sind die anderen über Ihnen und erschlagen Sie.«

Vogel hatte Schweißperlen auf der Glatze. Er sah ohnehin sehr aufgelöst aus. Sein weißes Hemd hing ihm noch aus der Hose, die Hosenträger waren nicht richtig am Bund befestigt, und Schuhe trug er auch nicht. Was blieb ihm, als zu kapitulieren. »Schön, tretet einzeln vor und laßt euch auszahlen, was euch zusteht.« Damit verschwand er in seinem Büro, setzte sich an den Schreibtisch und holte eine schwarze Geldkassette hervor. »Labitzke ...«

»Hier ...«

Jeder der Arbeiter nahm seinen ausstehenden Lohn in Empfang und bedankte sich. Heinrich Bosetzky war der letzte in der langen Reihe. Als er sein Geld eingesteckt hatte, hörten sie draußen auf der Köpenicker Straße ein paar scharfe Kommandos.

»Polizei!«

Ehe sie es richtig begriffen hatten, waren sie alle festgenommen. Zwar ließ man sie wieder gehen, nachdem man ihre Personalien festgestellt hatte, doch gegen den Freund und drei andere Steinträger wurde später Anklage wegen Freiheitsberaubung, Bedrohung und Hausfriedensbruch erhoben. Die anderen kamen glimpflicher davon: Sie verloren lediglich die Arbeit, Heinrich die Lehrstelle.

»Ich wünsche Ihnen für Ihren ferneren Lebensweg alles Gute,

meine Herren«, rief ihnen Vogel hinterher. »Wir jedenfalls haben uns heute zum letzten Mal gesehen.«

Während Paul Labitzke mit den anderen noch in ein Lokal ging, um sich zu beraten und zu sehen, ob sich einer der sozialdemokratischen Reichstagsabgeordneten ihrer Sache annehmen würde, machte sich Heinrich auf den Weg nach Stralau, um bei seiner Mutter Rat zu suchen. Oft war er nicht mehr im »Fröhlichen Krebs«, seit er sich in der Auguststraße ein möbliertes Zimmer gemietet hatte. Käthe zahlte es ihm, denn den dauernden Streit zwischen Vater und Sohn hatte sie nicht mehr ertragen können.

So war seine erste Frage an diesem Sonntag auch: »Ist Vater da?«

»Nein, der hockt wieder bei diesem Fontane.«

»Na, Gott sei Dank.«

»Der schreibt einen Kriminalroman, der teils in Amerika spielt, irgend etwas mit *Quitt* im Titel, und Friedrich soll ihm dabei helfen.«

»Umgekehrt wär's besser ...«

Käthe Bosetzky wurde nun ein wenig unruhig, denn der Garten war bis auf den letzten Platz gefüllt. Auguste und der Aushilfskellner waren dem Ansturm nicht mehr gewachsen. »Junge, ich muß wieder ... Willst du auch was essen?«

»Nein, mir ist der Appetit gründlich vergangen ...«

»Heinrich, hast du was?«

»Ja, meine Lehrstelle bin ich losgeworden.« Und er erzählte seiner Mutter alles.

»Mitgegangen, mitgehangen ... So ist es nun mal. Aber setz dich erst mal in die gute Stube, wir reden nachher über alles.«

Heinrich holte sich vom Tresen eine Weiße mit Schuß und zog sich zurück. Eigentlich wollte er sich nur auf die Chaiselongue legen und ein wenig Schlaf nachholen, doch als er auf dem Eßtisch eine Skizze mit der Aufschrift *Anbau Restaurant Fröhlicher Krebs* entdeckte, war er sofort wieder munter. Gott, war das scheußlich, was sich der Baumeister da für seine Mutter ausgedacht hatte, eine Mischung aus Reichstag und Botanischem Garten. Hier in Stralau an Spree und Rummelsburger See ging nur Fachwerk mit viel verspieltem Holz, vielleicht auch noch der frühe Schinkel, aber nicht so etwas Klotziges. Er setzte sich, trank sein Glas zur Hälfte leer und hing dem liebsten seiner Träume nach: Ludwig II. zu sein und bauen zu können, was sein Herz begehrte, Berlin und Brandenburg mit den Pendants zu Neuschwanstein, Herrenchiemsee und Linderhof zu schmükken.

Seine Mutter kam herein, hatte sich wohl für einen Augenblick freimachen können. »So ...«

Heinrich wies auf die Pläne. »Wer hat denn diesen Mist verbrochen?«

»Meinen Anbau meinst du ...?«

»Ja, was sonst?«

»Der ist vom Baumeister Zumpe.«

Heinrich überlegte. Irgendwann hatte er den Namen schon einmal gehört. Ja, richtig, Paul Labitzke hatte davon gesprochen, daß man bei Gustav Zumpe mehr verdienen könne als bei Vogel. »Du, Mutter, das ist ein Wink des Schicksals ...«

»Wieso?«

»Na, du erteilst ihm den Auftrag nur, wenn ich bei ihm meine Lehre fortsetzen kann.«

Käthe sah voller Bewunderung zu ihrem Sohn hinüber. »Junge, was du immer für Einfälle hast. Ganz die Mutter. Klar, das machen wir.«

Als Heinrich eine Stunde später mit der Bahn nach Berlin zurückfuhr, hatte er nicht den geringsten Zweifel daran, daß sein Plan gelingen würde. Er war und blieb eben ein Liebling der Götter. Von seiner Mutter hatte er die Tatkraft geerbt, von seinem Vater Intelligenz und Phantasie, von Großvater Bredow das kommerzielle Talent und aus der hugenottischen Linie seiner Großmutter Cathérine ganz zweifellos die Schönheit. Alle riefen sie: »Ah, da kommt ja unser Adonis!« Was er auch anpackte, immer gelang es. Als er in dieser Hochstimmung Bahnhof Friedrichstraße aus dem Vorortzug stieg, überkam ihn der unstillbare Drang nach einer Frau. Das brauchte er jetzt, um alles abzurunden. Nun hatte ihm seine Mutter so viel Geld zugesteckt, daß es sogar für die schönste Dame am Café Bauer gereicht hätte, doch das wollte er nicht. Heute jedenfalls nicht. Er wollte eine, die ihn anhimmelte. Also machte er sich auf die Suche.

Auf der Weidendammer Brücke sah er eine schlanke junge Frau am Geländer stehen und eine trockene Schrippe aus einer Tüte ziehen. Ihre Gestalt versprach genau die Genüsse, nach denen er suchte. Schon war er neben ihr und hob spaßhaft drohend seinen neuen Spazierstock. »Das Füttern der Tiere ist bei Todesstrafe verboten!«

Die junge Frau lächelte matt. »Das ist mein Mittagessen ...«

»Oh, Entschuldigung.« Sosehr er in ihr auch die ersehnte Beute witterte, so war er doch voller Mitleid für sie. »Gestatten ...« Er zog seinen Hut und stellte sich vor. »Ich habe gerade einen Teil meines Erbes ausgezahlt bekommen und suche nach einem Restaurant, wo man gut essen kann ... Doch allein schmeckt es mir nicht.«

Sie musterte ihn nur kurz und wußte, was hier gespielt wurde. »Ich heiße Betti und arbeite in der Fabrik als Näherin. Da kann ich heute nicht ausgehen, weil ich sonst morgen früh mein Pensum nicht schaffe.«

Heinrich lachte, griff in die linke Westentasche, zog ein Geldstück hervor und drückte es ihr in die Hand. »Nehmen Sie es, dann brauchen sie morgen nicht in die Fabrik zu gehen und können jetzt mit mir in den Tiergarten fahren.« So wie er auftrat, kam niemand auf die Idee, daß er nichts weiter als ein simpler Maurerlehrling war. Sein Leben lang hatte ihn sein Vater darauf getrimmt, einmal Professor zu werden und in den Reichstag zu kommen. Wie er das gehaßt hatte! Aber in manchen Situationen war es zweifellos von Nutzen.

So hielt er die nächstbeste Droschke an und fuhr mit Betti in die Zelten. Sie aßen Zander und tranken Rheinwein dazu. Heinrich fühlte sich wie der junge Graf von Bosetzky und Betti wie eine Mätresse von Ludwig IV. Was er denn erbe, fragte sie. Ein wenig spöttisch, wie ihm schien.

Heinrich überlegte nicht lange. »Die Firma Gustav Zumpe ... Der alte Zumpe wird meine Mutter heiraten und mich adoptieren. Meine Mutter ist die Wirtin vom ›Fröhlichen Krebs‹ in Stralau.«

Das konnte er ihr anhand einer bräunlichen Photographie, die er in der Innentasche seines Jacketts stecken hatte, auf der Stelle beweisen, und er sagte sich, daß sie das andere dann auch als Faktum nehmen würde. »Oder haben Sie etwa angenommen, ich wäre auf unehrenhafte Weise zu meinem Geld gekommen – durch Diebstahl und Unterschlagung vielleicht ...?«

»Nein, nein«, log sie und wurde dabei auf eine Art und Weise rot, die sie unwiderstehlich werden ließ. »Dann wohnen Sie sicher in einer Villa ...?«

»Das würde ich schon gern, aber mein Vater schwört nun mal auf das einfache Leben und hat mir ein möbliertes Zimmer in der Auguststraße gemietet. Er hat sich von klein auf hochgearbeitet und meint, daß ich es auch nicht besser haben soll als er. Ich soll von der Pike auf lernen: Maurer.« Das mußte er ihr sagen, denn sie hatte seine rissigen Hände längst entdeckt.

Eine Kapelle begann, gefühlvolle Lieder zu spielen. *Was kann denn schöner sein, / Als so recht tief hinein / Den holden Frau'n / Ins Auge schau'n ...* Heinrich tat es und griff Bettis Hand. »Gehen wir ...«

Drei Tage blieb Betti bei ihm in der möblierten Wohnung, dann trat seine Wirtin auf ihn zu, als er auf dem Treppenabsatz erschien, um Wasser zu holen. »Woll'n Se mir in't Zuchthaus bringen, Herr Bosetzky?!«

»Wieso? Haben Sie etwas gegen meine Schwester? Ich zahle Ihnen ja gerne etwas mehr für sie.«

»Ihre Schwesta, det ick nich lache! Darauf steht Zuchthaus, wenn ick det dulde. Ick bin 'ne anständige Witwe von einem königlichen Beamten, und mein Mann war zwanzig Jahre bei die Post.«

»Schreien Sie doch nicht so, sonst gibt's mal 'ne kleine Abkühlung!« Heinrich hob den Wassereimer. Auf dem Bau herrschten rauhe Sitten.

Damit aber war er bei Frau Barnikow an die Falsche geraten. »Eene Stunde jeb' ich Sie noch Frist! Is dann det Frauenzimma nich for imma weg, dann jeh' ick uff die Wache!«

Zum Abschied führte Heinrich Betti noch ins Café Bauer.

»Morgen steh' ich wieder auf dem Gerüst, und du sitzt an deiner Nähmaschine ...«

Unten auf dem Fahrdamm glitten auf Gummirädern die Hofequipagen vorüber, und auf dem Mittelstreifen promenierten Militärs und wohlhabende Bürger.

»Es war schön mit dir«, sagte Betti und strich sich die kastanienbraunen Haare zurück. »Danke ...«

»Gern geschehen.«

Betti hatte Tränen in den Augen. »Heinrich, du, ich liebe dich ...«

Er beugte sich vor und küßte sie. »Nein, richtig muß das heißen: ›Heinrich, mir graust vor dir.‹ Und bitte kein großes Lamento.« Dann brachte er sie hinunter zum Pferdeomnibus, löste ihr eine Fahrkarte und winkte ihr noch lange nach. Der Abschied schmerzte auch ihn, doch was sein mußte, das mußte sein, denn er wollte ein großer Baumeister werden und Berlin erobern und nicht mit Betti Torgelow eine Familie gründen und als Maurer, sprich Hungerleider in die Grube sinken, kaum älter als vierzig. Auch ihr hätte das nichts als Kummer und Elend gebracht. Oder ...? Ach! Wie sagte seine Mutter immer: »Wirste sentimental, schwimmste bloß als Leiche im Landwehrkanal.«

Die Firma Gustav Zumpe hatte sich darauf spezialisiert, im Weddinger Planquadrat X 2, also an der Biesenthaler, Freienwalder, Wriezener und Soldiner Straße Wohnhäuser zu errichten. Dort nun stand Heinrich Bosetzky auf dem Gerüst, arbeitete und lernte dabei, Steine immer so ineinanderzulegen und zu verkitten, daß eine geschlossene Verbundwirkung entstand: der Mauerverband. Und immer wieder hämmerte der Polier ihm ein: »Keine Stoßfugen übereinander!« Eine Stoßfuge, das war die senkrechte Fuge zwischen zwei Ziegeln. Sie war etwas dünner als die Lagerfuge, die waagerecht zwischen zwei Ziegeln verlief. Und Ziegel war nicht gleich Ziegel. Lag er mit seiner Längsachse in der Laufrichtung der Mauer, hieß er Läufer, lag er quer, war es ein Binder. Das zu kapieren war nicht schwer, Schwierigkeiten hatte er schon eher beim Mörtel. Da das richtige Mischungsverhältnis von Kalk und Sand zu finden, war eine Wissenschaft für sich, denn beim Mischen verdichtete sich die Masse, so daß drei Teile Sand und ein Teil Kalk nicht vier, sondern nur drei Raumteile ergaben. »Bosetzky, man gibt immer so viel Mischwasser zu und mischt so lange, bis der Mörtel breiig und geschmeidig ist.«

»Jawoll!« Er wußte, daß sich ein Stift auf der Baustelle so verhalten mußte wie ein Rekrut auf dem Kasernenhof, und seine Militärzeit hatte er schon hinter sich.

So schwang er denn Tag für Tag die Berliner Maurerkelle, deren Stiel einem Schwanenhals nachempfunden war. Gustav Zumpe hatte sich den Bitten seiner Mutter nicht verschließen können und ihn als Lehrling übernommen. »Haste Glück, machste dick«, sagte Paul Labitzke, bevor er sich auf den Weg nach Rummelsburg machte, um seine Haftstrafe anzutreten. Vierzehn Tage wegen »Freiheitsberaubung« hatte man ihm zugemessen, eine Rädelsführerschaft war aber nicht nachzuweisen gewesen. »Schade«, murmelte er, »denn so etwas hebt ja immer ungemein.«

Auf der Baustelle ging es hoch her. Vom Gerüst aus erinnerte alles an einen Ameisenhaufen und sein Gewimmel, nur daß die Tiere keine Ameisen waren, sondern Pferde, und daß sie keine Aststückchen hinter sich herzogen, sondern Wagen. Sie brachten Steine und Mörtel und fuhren mit dem Sand davon, der aus der Baugrube nach oben flog. Da es dem Bauunternehmer verboten war, die Materialien auf der Straße zu lagern, war die eine Hälfte des Hofes bis auf den letzten Quadratmeter belegt, während man auf der anderen noch beim Ausschachten war und die ersten Mauern hochzog. Auch durften die Straßen nicht mit Gerüsten versperrt und verschandelt werden, so daß man gezwungen war, den Rohbau von innen hochzuziehen. So stand Heinrich hinter der Frontwand, hatte aber trotzdem die Fügung der äußeren Fläche zu mauern, obwohl er die nicht sehen konnte. Dieses »Über-der-Hand-Mauern« aus der Lamäng zu können, war eigentlich für einen Lehrling zuviel verlangt, doch er schaffte es mit Bravour und sah sich in seiner Selbsteinschätzung bestätigt: Ich kann alles, ich schaffe alles, ich schlage alle anderen aus dem Feld.

In einer solchen Stimmung fuhr er am 12. Juni nach Stralau hinaus, wo seine Mutter ihren fünfzigsten Geburtstag groß feiern wollte. Das Geld für fünfzig Rosen hatte er nicht, aber er kannte eine Stelle im Monbijou-Park, wo welche wuchsen. Käthe war gerührt.

»Für die beste aller Mütter«, sagte er, umarmte und küßte sie. »Herzlichen Glückwunsch und alles Gute bis zur nächsten Null.«

»Junge, ick bin jerührt wie Appelmus.«

»Dir hab' ich alles zu verdanken. Bleibe nur weiterhin so, wie du bist, so voller Energie.«

»So, nu' mußte mich aber entschuldigen, ick hab' noch alle Hände voll zu tun ... So'n jroßet Fest. Mal doch bitte schnell 'n Schild *Geschlossene Gesellschaft* und häng' et vorne an't Tor.«

Das war schnell erledigt. Bevor die ersten Gäste eintrafen, mochten noch gut zwei Stunden vergehen, und Heinrich nutzte die Zeit, sich im Langstreckenschwimmen zu üben. Immer um die Landzunge herum und wieder zurück. In mehreren Wettkämpfen war er schon als Sieger aus dem Wasser gestiegen und hoffte, daß es 1896 in Athen wirklich die ersten olympischen Spiele der Neuzeit geben würde, wie gelegentlich zu hören war. Pflügte er durch den Rummelsburger See, so hatte er einen festen Orientierungspunkt: den hölzernen und sonnengelb gestrichenen Pavillon des »Fröhlichen Krebses«, der auf einem Steg errichtet worden war. Seine Mutter vergab ihn als »Séparée im See« gern an Paare, die Wein bestellten und auf Romantik schworen. Mit seinen acht Ekken war er wirklich ein Kleinod. Heinrich allerdings haßte ihn eher, weil man ihn im Frühling und im Herbst, aber auch an Regentagen im Juni, Juli und August immer zwangsweise in diesen Pavillon gesteckt hatte: »Da kannst du in Ruhe deine Schularbeiten machen und lernen.« Dicht neben dem Pavillon befand sie die Leiter, die vom Steg ins Wasser reichte, und neben ihr lagen auch sein Handtuch und seinen Schuhe aus Segeltuch. Er hatte sich total verausgabt und legte sich die letzten Meter auf den Rücken, um wie ein Toter langsam stromauf zu treiben. Da er nur ein wenig mit den Händen plätscherte, konnte er ganz genau verstehen, was oben im Pavillon geredet wurde. Bemerkt haben konnten sie ihn nicht, dazu war der Winkel zu schlecht.

»Dein Waldemar ... schön, daß du ihn mitgebracht hast«, sagte ein Mann, dessen Stimme schon fast ein wenig greisenhaft klang. »Ich kann es nicht fassen, wie groß der schon ist.«

»24 wird er dies Jahr«, erwiderte eine wesentlich jüngere Frau und ließ eine kleine Pause entstehen. »Tja, wenn es damals zwischen uns beiden was geworden wäre ... Aber du hast ja nun selber noch einen Sohn bekommen ...«

»Und was für einen!«

Heinrich war sehr schnell klar geworden, wer es sich da im Pavillon bequem gemacht hatte: Sein Vater mit Auguste, die schon längst nicht mehr im »Fröhlichen Krebs« als Köchin tätig war, aber immer noch aushalf, wenn Hochbetrieb herrschte, ja fast zur Familie zählte.

»Ach, Friedrich, du und deine Söhne«, sagte Auguste mit leichten Spott. »Keiner schafft es, ein großer deutscher Dichter und Denker zu werden ...«

»Du hast recht: Beide sind sie aus der Art geschlagen. Keinerlei Sinn, keinerlei Talent für Poesie und Prosa, generell für keine der Musen. Beide sind sie der Johann, keiner hat etwas vom Erdmann oder Friedrich oder auch von ihrer Urgroßmutter, der Elisabeth. Heinrich, dem geht doch jede Bildung ab, jedes Feingefühl, alles Schöngeistige. Maurer, Prolet, Rummelplatzcharmeur, mein Gott! Wie tief sind die Bosetzkys gesunken. Es ist zum Heulen.«

Da konnte Heinrich nicht mehr an sich halten, schwang sich auf den Steg und fuhr seinen Vater an: »Dann heul doch los, aber vor allem darüber, daß du ein alter Tattergreis geworden bist, der es im Leben zu nichts weiter gebracht hat als zum Schmarotzer hier draußen in Stralau. Mit deinem bißchen Geschreibsel kannst du dir doch bloß den Hintern abwischen! Aber so warst du ja schon immer: kein Saft, keine Kraft. Auf so einen Vater scheiß' ich!«

»Junge, reiß dich zusammen!« rief Auguste.

»Soll er sich doch zusammenreißen!«

»Ich wußte doch nicht, daß du ...«, stammelte Friedrich Bosetzky.

»Um so schlimmer!« Heinrich hätte seinen Vater nehmen und ins Wasser werfen können. Dieser Hochmut des Alten, dieser arrogante Glaube, daß nur er allein entscheiden konnte, was gut und edel war, das ließ ihn noch immer erzittern. »Mir und meinen Freunden, den Baumeistern und den Ingenieuren, uns gehört das neue Jahrhundert und nicht euch parfümierten Tintenklecksern. Begreif das endlich mal und freu dich, daß du einen Sohn hast, der es versteht, mit der neuen Zeit zu gehen.«

»Mit dem letzten Teil des Satzes, da hat er recht«, sagte Auguste, wie immer um Ausgleich bemüht. »Um Gottes willen, tut mir den Gefallen und schließt wenigstens für heute einen Waffenstillstand, eurer Gattin und Mutter zuliebe, denn deren großer Geburtstag ist das heute.«

Zähneknirschend mußte Heinrich nicken, vermied es aber für den Rest des Tages, mit seinem Vater zu sprechen. Der Alte war nur noch Luft für ihn. Als dann entfernte Verwandte kamen, eine Nebenlinie der Bosetzkys aus Tamsel, mußte er so tun, als herrschte zwischen ihm und seinem Vater eitel Sonnenschein. Der war in letzter Zeit wieder öfter in Tamsel gewesen, vor allem um nach den Gräbern zu sehen, und hatte dabei festgestellt, daß inzwischen dort wie auch im nahen Warnick eine andere Linie der Bosetzkys ansässig geworden war. Über die legendäre Köchin Johanne, die »Urmutter aller Bosetzkys«, wie sein Vater immer spottete, hingen sie irgendwie zusammen. Tante Sophie jedenfalls war eine geborene Bosetzky und hatte den Arbeitsmann Martin Gossert geheiratet. Beide wohnten jetzt in Küstrin, wo sich die Gosserts als Fischer einen Namen gemacht hatten.

»Und du willst nicht nach Tamsel zurück?« fragte Tante Sophie, die auch schon auf die Fünfzig zuging.

Heinrich lachte. »Nur als Leiche.«

Onkel Martin, Jahrgang 1831, schluckte. »Wo kann es schöner sein als an Oder und Warthe?«

»Na, in Berlin.«

Tante Sophie schüttelte den Kopf und zeigte zu Friedrich Bosetzky hinüber. »Na, ich weiß nicht, dein Vater hat es wohl schon ein paar Mal bedauert, daß er damals nach Berlin aufgebrochen ist, sein Glück zu machen.«

»Hat er doch, schließlich hat er mich.«

Weiter kam er nicht, denn nun rückte ein Blaskapelle an, das Ständchen für seine Mutter zu spielen. Danach ließ man sich im Biergarten nieder, um Kaffee zu trinken und Kuchen zu essen. Das vorherrschende Gesprächsthema war nun nicht etwa Käthes Leben und wie bravourös sie es gemeistert hatte, sondern das Schicksal des Hauses Hohenzollern. Am 9. März war Wilhelm I. gestorben, der Kaiser.

»Ich habe stundenlang geweint«, bekannte Tante Sophie.

»Und ich mich stundenlang gefreut«, rief Friedrich Bosetzky. »Daß dieser fürchterliche ›Kartätschen-Prinz‹ von '48 endlich abgetreten ist.«

»Da tun Sie ihm aber Unrecht, Herr Bosetzky«, meinte der Tischlermeister Ziebura, Augustes Mann, »denn zwischendurch ist er doch ein richtiger Liberaler geworden.«

»Es lebe unser Kaiser Wilhelm!« rief nun Martin Gossert, und die anwesenden Herren schlossen sich einhellig an. »Er hat Deutschland groß gemacht, und jetzt geht es aufwärts mit uns allen. Ein dreifach Hoch!«

»Auf das Geburtstagskind!« fiel Friedrich ein.

»Und auf den Kaiser!«

So schallte es weit über das Wasser. Doch sofort begannen einige der Frauen zu klagen, wie krank doch der neue Kaiser sei. »Friedrich III. wird es auch nicht mehr lange machen.«

Heinrich hielt sich da heraus. Auf die Meinung eines Siebzehnjährigen hätte ohnehin keiner gehört. Er setzte voll auf Kronprinz Wilhelm, Friedrichs Sohn, und hoffte, daß sich unter dem das Deutsche Kaiserreich zu vollem Glanz entfaltete und in Berlin ein Prachtbau nach dem anderen entstand. Und in dieser großen Zeit wollte er ein großer Baumeister sein.

Jetzt stand sein Vater auf, um ein Gedicht vorzutragen. Heinrich starrte dabei auf seinen Kuchenteller.

»Johann Wolfgang von Goethe, *Die glücklichen Gatten*: *Nur in der blauen Trübe / Verliert sich fern der Blick; / Hier wandelt noch die Liebe, / Hier hauset noch das Glück ... / Wir wandelten zufrieden – / Wir glaubten uns zu zwei; / Doch anders war's beschieden, / Und sieh! wir waren drei ...*« Er zeigte auf ihren Sohn, und alles klatschte. »Und nun will ich selber ein paar Verse hinzufügen. Liebes Geburtstagskind, meine liebe, liebe Käthe. Also: Unter der Last meiner Aufgabe schimpf' ich, / Denn Du wirst heute Sechzig. / Doch für mich, da bleibst Du ewig jung, / Blühst in voller Schönheit, hast den alten Schwung.« Er mußte eine kleine Pause einlegen, denn alle Gäste jubelten nun. »Welch ein erfülltes Leben, / Und wieviel hast du uns allen gegeben! / Damals war ich so einsam, doch der Herr erhöhte meine Gebete, / Da stand sie vor mir: meine Käthe. / Mit ihrem Mut, mit ihrer Kraft / Hat sie hier, ihr seht es alle, unendlich viel geschafft.«

So ging es noch ein Weilchen weiter, und Heinrich verstand, warum sein Vater nie in den »Tunnel über der Spree« oder eine andere Dichtergruppe aufgenommen worden war. Nach dem Kaffeetrinken erging man sich ein wenig an den Ufern der Spree und des Rummelsburger Sees. An die dreißig Leute mochten es sein. Heinrich hätte sich die Geburtstagsgäste seiner Mutter ein wenig illustrer gewünscht. Ein paar Kommerzien- und Regierungsräte hätten es schon sein können, denn er brauchte ganz sicher Referenzen, wenn er nach seiner Gesellenprüfung an der Bauakademie aufgenommen werden wollte. Mit den Verwandten seiner Mutter war ebensowenig Staat zu machen wie mit den Bosetzkys, und auch von seiten Pittelkows, ihres ersten Mannes, waren nur biedere Händler und Handwerksmeister gekommen. Die Honoratioren von Stralau, Rummelsburg, Treptow und Boxhagen, Bürgermeister, Pfarrer und dergleichen, die machten den Kohl auch nicht mehr fett. Und wenn er seinem Vater noch etwas vorzuwerfen hatte, dann das, daß der nicht mehr geworden war.

So trottete er mit den anderen mit, zusätzlich verstimmt, weil sich kein weibliches Wesen unter den Gästen befand, das ihn irgendwie reizte, und mußte sich anhören, wie man am besten einen Rumtopf ansetzte und wo man seine Gürtelrose am besten besprechen lassen könnte. So die Damen. Aber bei den Herren war es auch nicht kurzweiliger. Da ging es darum, ob man sich ein Grammophon kaufen sollte oder nicht und ob es gut und richtig war, daß man noch mit 45 Jahren zum Landsturm einberufen werden konnte, aber auch um Bismarcks großen Satz: *Wir Deutschen fürchten Gott, aber sonst nichts auf der Welt!*

Heinrich war sich nicht einmal sicher, ob er Gott wirklich fürchten sollte, denn irgendwie glaubte er weniger an ihn denn an das, was sein Freund Paul Labitzke sagte: »Nicht Gott hat die Menschen gemacht, sondern die Menschen haben Gott gemacht.«

Wie auch immer, gab es aber einen Gott, dann meinte der es gut mit ihm, denn als sie nach dem kleinen Verdauungsspaziergang wieder am Zaun des »Fröhlichen Krebses« angelangt waren, hatten sich dort im Garten noch andere Gäste eingefunden, unter anderem ein korpulenter Mann mit einem grauen Bismarck-Schnauzer, neben dem ein Mädchen saß, bei dem Heinrich auf der Stelle Feuer fing. Sie war ein Typ wie Betti: klein, brünett, geschmeidig. Als sich ihre Augen trafen, zuckte auch sie ein wenig zusammen.

»Oh, Herr Zumpe!« rief Käthe Bosetzky. »Das ist aber nett, daß Sie auch gekommen sind.«

Gustav Zumpe erhob sich, um seine Glückwünsche formvollendet anzubringen. »Sie wissen ja, daß ich Witwer bin ... Und das hier ist Emmi, die ihre Mutter bei Anlässen wie diesen würdig vertritt.«

Vor dem Halleschen Tor, genauer gesagt, auf der dürren Ebene des Tempelhofer Feldes, gab es schon seit 1829 Pferderennen, und die Berlin-Führer ließen sich das Thema nicht entgehen. *Diese Lustbarkeit*, war zu lesen, *bezweckt die Veredlung und Vervollkommnung der inländischen Pferdezucht. Der Hof, der hohe Adel und die dabei interessierten Privatpersonen nehmen einen lebhaften Antheil daran ... Hier herrscht allgemeine Aufregung. Es wird gerufen, gestritten, gefragt, gewettet, und selbst unsere Damen bekommen einige Aehnlichkeit mit den schönen Spanierinnen, die dem schlanken Matador zuschauen, wenn er dem Stier einen geschickten Stoß versetzt ... Wie der vom Bogen geschnellte Pfeil fliegen die edelen, gehegten und gepflegten Thiere mit ihren Reitern dahin. Man sieht und sieht sie nicht. Ehre und Geld setzt die Wettenden in eine fiebernde Aufregung.*

Heinrich Bosetzky schätzte das eher plebejische Tempelhofer

Feld nicht so sehr, sondern liebte vielmehr Hoppegarten mit seinen großen Armee-Jagd-Rennen. Wenn er genau nachrechnete, dann mußte ihn seine Mutter im Sommer 1878 zum ersten Mal dorthin mitgenommen haben, als Siebenjährigen also, und er kannte noch zehn Jahre später die Namen etlicher Reiter und Pferde, zum Beispiel Leutnant von Witte auf Quasimodo, Rittmeister Erbprinz zu Bentheim auf Aladin oder Rittmeister Freiherr von Maltzahn auf Dietrich.

Beim heutigen Rennen aber träumte er weniger davon, Besitzer und Reiter eines edlen Rosses zu sein. Mit seinen Gedanken war er ausschließlich bei Gustav Zumpes Tochter.

»Du, Paul«, stöhnte er, »ich vergehe vor Sehnsucht, ich muß sie besitzen, ich muß ...«

Sein Freund Paul Labitzke, inzwischen aus der Haft entlassen, lächelte nur altersweise. »Die schmink dir mal ab, das ist die Taube auf dem Dach, die du nie ergreifen wirst.«

»Seit ich sie gesehen habe, kann ich nicht mehr schlafen.«

Paul Labitzke hätte als Mann des Theaters und der Dichtung vor so viel romantischer Liebe eigentlich in Begeisterung ausbrechen müssen, gefiel sich aber in diesem Dialog viel eher als Materialist und Skeptiker. »Komm, Heinrich, du willst sie doch nur, damit du Zumpes Schwiegersohn wirst und dann, wenn der Alte abtritt, seine Firma erbst. Die Baufirma, das ist dein großer Traum, und nicht die Emmi Zumpe.«

»Du verkennst mich, Paul!«

»Nun ja ...« Paul Labitzke schwankte in seinem Urteil und zitierte Goethe: *»Jeder Weg zum rechten Zwecke / Ist auch recht in jeder Strecke.«*

»Schreibst du mir Gedichte für sie?«

»Nur, wenn du mich nachher in deiner Firma als Direktor einstellst.«

»Ich schwöre es dir!«

Und so erhielt denn das Fräulein Emilie Zumpe in den nächsten Tagen und Wochen immer wieder per Post Liebesbriefe und -gedichte von einem großen Unbekannten, unterzeichnet nur mit *H.* Eigentlich hätte ein *W.* wie Wolfgang darunter stehen müssen, denn was Paul Labitzke da zu Papier brachte, war im wesentlichen – mit einigen kleinen Variationen – von Goethe abgeschrieben, aber er glaubte nicht, daß die Empfängerin das merken würde. Meistens klang es so: *Ein Blick von Deinen Augen, o Emmi, in die meinen, / Ein Kuß von Deinem Mund auf meinem Munde – / Wer davon träumt, wie ich, von Stund' zu Stunde, / Mag dem wohl etwas anderes wichtig scheinen? / Vernimm das Rauschen dieses Liebessturmes in Deiner Stille, / Es wird auch in die fernste Ferne reichen. / Mein einzig Glück auf Erden ist Dein Wille, / Dein freundlicher zu mir; gib mir ein Zeichen!* Zumpe bewohnte mit seiner Tochter und einigen Bedienten ein wenig repräsentatives altes Haus in der Wriezener Straße, und das Zeichen Emmis sollte darin bestehen, daß sie ein buntes Tuch aus dem Fenster wehen ließ.

Doch nichts geschah, und inzwischen war es schon Ende August. Immer wenn Heinrich nach der Arbeit oder am Wochenende Paul Labitzke traf, konnte er nur traurig den Kopf schütteln. Beim Rudern auf der Spree versuchte er, Emmi zu vergessen und sich abzulenken. Zusammenschlüsse gab es in Berlin seit 1876, und Heinrich und Paul waren in den Spindlersfelder Ruderverein Sturmvogel e. V. eingetreten. Dort gaben zwar die Akademiker den Ton an, doch da die beiden von Kraft und Geschick her allen anderen überlegen waren, wurden sie schnell akzeptiert. Bei jedem Wetter ging es hinaus, um sich mit zwei anderen »Ruderknechten« und dem Steuermann Fridolin im Gig-Vierer einzuüben, doch oft genug verhinderte das bewegte Wasser die Arbeit. Schließlich stieg man in ein Rennboot um, und die erste Regatta stand an.

»Gebt mir mal lieber alle Kostbarkeiten«, sagte ihr Vereinsvorsitzer, als sie am Steg erschienen. »Wenn ihr den ersten Krebs fangt und umschlagt, da liegt ihr im Wasser und alles sinkt auf den Grund.« Brav lieferten sie Uhr, Brieftasche, Geldbeutel und Hausschlüssel ab. Es ging vom Wilhelmstrand nach Karolinenhof hinunter. Die Startkommandos wurden auf französisch erteilt, aber ihr Schlagmann, ein angehender Staatsanwalt, verstand das alles. Los ging es. Sie kamen gut ab und lagen schon nach den ersten Spurts an der Spitze. Sie ruderten, was Kraft und Lunge hergaben, dauernd angefeuert von den Zurufen ihres Steuermanns. Bald hatten sie anderthalb Längen Vorsprung und kamen schließlich mit weitem Abstand als Sieger ins Ziel.

»Das ist ein schönes Gefühl«, sagte Heinrich. »Da könnte ich mich dran gewöhnen.«

Beim Rudern, diesmal im Zweier ohne Steuermann, hatte Paul Labitzke auch die seiner Meinung nach geniale Idee, wie Heinrich Emmi sozusagen im Handstreich erobern konnte. Das hing mit dem letzten Gedicht zusammen, das er für den Freund geschrieben und ihm vorhin im Bootshaus ausgehändigt hatte. Er trug es nun vor: *»Zu Dir, Liebste, bin ich heute Nacht geschlichen / Und fand Dich zierlich eingeschlafen. / Konnt' nur eine Rose auf Dein Bette legen / Als das Zeichen meiner zarten Liebe.«*

»Das reimt sich ja nicht mal«, maulte Heinrich.

»Bei Goethe reimt sich auch nicht alles«, sagte Paul Labitzke. »Das ist auch nicht so wichtig jetzt, vielmehr kommt es darauf an, daß du ihr dieses Gedicht mit einer langstieligen dunklen Rose wirklich vors Bett legst – zusammen mit einer Karte fürs Friedrich-Wilhelmstädtische Theater.«

»Wieso das?«

»Mein Gott, weil du die andere Karte hast, den Platz neben Emmi. Wenn sie dann neben dir sitzt, kannst du dich endlich erklären.«

»Wird sie denn kommen?«

»Bei einer solchen Heldentat ganz sicher. Das ist Romantik pur, Minnesang, Romeo, alle Frauen lieben das und schmelzen dahin.«

»Dann muß ich aber einbrechen bei Zumpes ...«

»Ja, mußt du wohl.«

»Wenn sie mich erwischen, kann ich mich auf ein halbes Jahr Gefängnis einrichten.«

»Von nichts kommt nichts.«

Heinrich ließ sich schließlich überzeugen, denn wenn einer das Motto »Wer nicht wagt, der nicht gewinnt« voll verinnerlicht hatte, dann er. »Aber nur, wenn du mitkommst, Schmiere stehen.«

»Was wird mir weiter übrigbleiben.«

Also verabredeten sie sich für die nächste Nacht, und diesmal ging Heinrich sogar in einen Blumenladen, denn mit einer geklauten Rose gelang der Emmi-Coup ganz sicher nicht. Die beiden Theaterkarten zu besorgen war kein Problem, denn die Saison hatte gerade wieder begonnen.

»Zweimal Fremden-Loge ...« Das war, hatte Paul Labitzke ihm erklärt, auf Höhe des ersten Ranges direkt vor der Bühne, der Königlichen Loge gegenüber, und mit sechs Mark der absolut teuerste Platz. Seine Mutter steckte ihm immer etwas zu, und so war das kein Problem. Was sie in der Schumannstraße spielten, war ihm egal.

Die Karte für Emmi hatte er, die Rose auch, blieb nur noch die Frage, wo sie denn ihr Nachtlager hatte.

»Wo möchtest du im Falle eines Falles begraben werden?« fragte Paul Labitzke.

»Wieso – in welchem Fall?«

»Wenn du nicht ihr Schlafgemach erwischst, sondern das ihres Vaters ...«

»Du hast gut lachen.«

Was blieb ihm, vor Einbruch der Dunkelheit erst einmal um das Haus herum zu schleichen und zu hoffen, daß Emmi vor dem Zubettgehen noch einmal an das Fenster trat, um frische Luft zu atmen. Viele Passanten gab es hier nicht, denn die Wriezener Straße endete als Sackgasse am St.-Elisabeth-Friedhof, doch die Stämme der Straßenbäume waren zu dünn, um ausreichend Deckung zu geben. Und wenn Zumpe oder Emmi ihn hier sahen, war alles vermasselt. Also zog er sich auf den Friedhof zurück und verbarg sich hinter einem hoch aufragenden Grabstein. Paul Labitzke verblieb an der Ecke Wriezener und Soldiner Straße und paßte auf, daß kein Schutzmann kam. Das Gebäude bestand aus einem Erdgeschoß, das heißt mehr einem Hochparterre und einem Souterrain, in dem offenbar ein Ehepaar wohnte, das Vater und Tochter den Haushalt besorgte. Sonderlich feudal war das alles nicht, aber es ging ja auch das Gerücht, daß sich Gustav Zumpe am Zeuthener See ein Grundstück gekauft habe, um sich da eine Prachtvilla hinsetzen zu lassen.

Und Heinrich hatte Glück, denn kaum daß er zehn Minuten gewartet hatte, erschien Emmi im äußeren linken Fenster und suchte nach den ersten aufgegangenen Sternen. Heinrich, dem man eine wunderbare Stimme nachsagte, wäre am liebsten als Troubadour vor ihr niedergekniet und hätte sie mit einem Liebeslied becirct. Doch nach Lage der Dinge konnte er nicht anders, als sie stumm anzuflehen, doch bitte das Fenster nicht zu schließen. »Bitte ... Lau genug ist die Nacht, und Mücken gibt es hier keine.«

Und sie erhörte ihn, lehnte das Fenster nur an. Er zog seine Uhr aus der Tasche: Zehn Uhr war es. Eine Stunde mochte es dauern, bis sie eingeschlafen war. Der Alte hoffentlich auch. Es war eine elend lange Wartezeit, doch sie verging ihm schnell, weil er sich immer wieder ausmalte, wie es sein würde, wenn er mit ihr zum Traualtar schritt und dann zur Hochzeitsreise nach Italien in die Eisenbahn stieg. Sein Vater hatte ihm vorgeworfen, ein einfältiger Bauer zu sein ... und nun erwies er sich als vollendeter Romantiker.

Endlich war es dunkel geworden, und niemand flanierte mehr durch die Wriezener Straße. Heinrich schlüpfte durch die Friedhofspforte. Die Gaslaternen waren zwar leise zischend aufgeflammt, verbreiteten aber kein so helles Licht, daß er sie fürchten mußte. Bis an die Fassade des Zumpeschen Hauses reichten sie kaum. Der Mond hielt sich bedeckt. Von der Soldiner Straße her kam ein leiser Pfiff. Aha, Paul Labitzke hatte also ausgehalten. Heinrich klemmte die Rose zwischen die Zähne, um sich über den Zaun zu schwingen. »Aua!« Den kleinen Aufschrei konnte er nicht unterdrücken, denn einer der Stacheln hatte sich tief in seine Unterlippe gebohrt. »Herzensblut für die Geliebte«, sollte Paul Labitzke später sagen. Heinrich hielt inne, als er unter Emmis Fenster stand. Alles war ruhig geblieben, alle schienen fest zu schlafen. Einen Hund hatte Zumpe nicht. Heinrich richtete den Blick nach oben. Es sah gut aus. Sockel und Souterrain waren mit Natursteinblöcken verkleidet, was breite Fugen ergab, so daß er mit seinen Füßen stets genügend Halt finden konnte. Links von ihm war das Fallrohr für den Regen angebracht. Das griff er nun mit beiden Händen und konnte sich so ohne Mühe nach oben hangeln. Jetzt kam der gefährlichste Teil seines Unternehmens: Er mußte das Rohr loslassen und sich auf einem schmalen Sims zwei, drei Meter nach rechts bewegen, um zu Emmi zu gelangen. Wenn er jetzt abstürzte, brach er sich nicht nur den Fuß, sondern machte auch so viel Lärm, daß Zumpe aufwachte. Und was dann geschah, war klar: Er verlor nicht nur Emmi, sondern alles, seine Lehrstelle, seine Zukunft ... Doch die Angst lähmte ihn nicht, sie verlieh ihm im Gegenteil außergewöhnliche Kräfte. So konnte er nach ein paar bangen Minuten das Fensterkreuz packen und sich auf das glatte Zinkblech schwingen. Leichter Wind war aufgekommen, und wie ein Schleier streifte ihn Emmis Gardine. Er küßte sie, nachdem er die Rose aus dem Mund genommen hatte, und schob sie dann zur Seite. Der Fensterflügel ließ sich nach innen drücken, ohne allzusehr zu knarren. Dann stand er in Emmis Zimmer, leicht erbebend. Die Wolken waren eben aufgerissen, und im Schein von Mond und Gaslaternen sah er sie im hinteren Teil des Zimmers, wegen der Hitze so weit aufgedeckt, daß er all das von ihrem Körper sehen konnte, was er bislang nur erahnt hatte. Sie war göttlich, und der Impuls, zu ihr hinzustürzen, ließ sich kaum mehr unterdrücken. Da stand er verdurstend in der Wüste vor einem köstlichen Trank und durfte ihn nicht greifen. Aus Angst, sich doch noch zu vergessen, legte er Rose, Theaterkarte und Brief schnell neben ihr Bett, hauchte einen Kuß auf ihre Zehenspitze und schlich wieder zum Fenster. Der Abstieg gelang ohne jede Schwierigkeit, und wenig später umarmte er den Freund: »Geschafft!«

Nun war auf den zweiten Akt ihres Stückes zu warten. Der Sonntag wollte und wollte nicht kommen. Als es dann endlich soweit war, schleuste ihn Paul Labitzke durch den Schauspielereingang ins Theater.

»Durch das Loch im Vorhang können wir sehen, ob sie oben in der Loge sitzt. Wenn ja, dann gehst du nach oben und nimmst neben ihr Platz. Dann kommst du ihr mit dem *Faust,* was immer Eindruck macht: *Und du verzeihst die Freiheit, die ich nahm? / Was sich die Frechheit unterfangen ...* Sie wird antworten: *Mich überläuft's!* Dann wieder du: *O schaudre nicht! Laß diesen Blick, / Laß diesen Händedruck dir sagen, / Was unaussprechlich ist ...«*

»Paul, laß das Theater!«

»Entschuldige: Wir sind hier im Theater, und alles Leben ist nur Spiel.«

Heinrich war nun doch über alle Maßen nervös. Kam sie oder kam sie nicht, fielen heut die Würfel oder fielen sie nicht? Selten hörte man die Männer auf dem Rummelplatz rufen: »Achtzehn, Hauptgewinn, freie Wahl!«, aber ausgeschlossen war es nie.

Zehn Minuten vor Beginn der Vorstellung stieß ihn der Freund wieder zum Vorhang. »Deine letzte Chance, dann wirft der Inspizient dich raus.«

Heinrich suchte mit schwitzigen Fingern die kleine Öffnung in den Falten des weinroten Samts und fand sie nicht. Dann aber ... Ein kleiner Schrei.

»Was ist?« fragte Paul Labitzke, der hinter ihm stand und wartete.

»Ihr Platz ist frei – und auf meinem sitzt Zumpe.«

Gustav Zumpe war 1838 als Sohn eincs Fischers zur Welt gekommen, und zwar in einer Hütte am Zeuthener See, direkt neben Hankels Ablage, jener Stelle, die später durch Fontanes Roman *Irrungen Wirrungen* in aller Munde sein sollte. Nach seiner Militärzeit war er in Berlin hängengeblieben und hatte als Steinträger auf dem Bau begonnen, um sich langsam hochzuarbeiten und mit viel Fleiß und noch mehr Frechheit in den Gründerjahren zu einer eigenen Firma zu kommen. Seine Frau war ihm kurz nach der Geburt des ersten Kindes gestorben, und er hatte sich in der Zeit danach eher zu einem richtigen Hagestolz entwickelt. Überhaupt war er stets übellaunig und bei seinen Leuten gefürchtet wie sonst keiner. Seine Tochter war sein ein und alles, und immer wieder erklärte er, sich nur für sie so abzurackern. Nun war er endlich so weit, daß er sich seinen Kindertraum erfüllen konnte: eine Villa am Zeuthener See. Noch war die Gegend von den Berlinern nicht recht entdeckt, und die Makler warben noch nicht mit dem Spruch *Der Traum von allen Großstadtleuten ist ein Grundstück im schönen Zeuthen*, so daß er ein Seegrundstück am südlichen Ende der Grimnitz, das war die Ausbuchtung des Sees nach Schmöckwitz hin, preiswert erwerben konnte. Auch der Bau kam ihn nicht so teuer, weil er überwiegend die eigenen Arbeiter einsetzen konnte, zu denen seit kurzem auch der Steinträger Paul Labitzke zählte. Man schwang für ein paar Pfennige mehr sogar am Sonntag seine Maurerkelle. Um zu dem Baugrundstück zu gelangen, mußte man mit der Görlitzer Bahn bis zum Haltepunkt Schmöckwitz (»Bude 18«) fahren.

So hielten es auch die beiden Freunde Heinrich Bosetzky und Paul Labitzke am ersten Septembersonntag des Jahres 1888. Sie hatten ein Weilchen zu laufen und kamen, nachdem es lange Zeit um Lohnfragen gegangen war, auf den neuen Kaiser zu sprechen. Friedrich III. war gestorben, und Wilhelm II. hatte am 25. Juni den Thron bestiegen.

»Wie herrlich: drei Kaiser in einem Jahr«, sagte Paul Labitzke, der alles mit den Augen des Theatermannes sah: »*Die Masse könnt ihr nur durch Masse zwingen, / Ein jeder sucht sich endlich selbst was aus. / Wer vieles bringt, wird manchem etwas bringen* ... Ich bin für Friedrich III.«

»Und ich für Wilhelm II.!« rief Heinrich. »Für den will ich bauen.«

»Du bau man erst mal deinen Maurergesellen und dann den Meister ... Und heirate dann ohne viel Remmidemmi deine Emmi. Womit wir wieder beim Thema wären.«

»Ob ich sie jemals wiedersehen werde, nach dem, was letzten Sonntag geschehen ist?« war Heinrichs bange Frage.

Paul Labitzke lachte. »Der Alte wird sie nach deinem mißglückten Theatercoup streng bewachen und mit ihr reden wie weiland der Laertes mit seiner Schwester, der Ophelia: *Bedenk, was deine Ehre leiden kann, / Wenn du zu gläubig seinem Liede lauschest, / Dein Herz verlierst und deinen keuschen Schatz / Vor seinem ungestümen Dringen öffnest.*«

»Hör auf! Mir läuft das Wasser im Munde zusammen!«

»Na, wenn's nur das ist.«

Mit diesen und anderen munteren Reden erreichten sie die Baustelle am Ufer des Zeuthener Sees. Bevor sie sich umzogen, warfen sie noch einen Blick auf das Wasser.

»Rudern müßte man jetzt ...« Paul Labitzke machte die entsprechenden Bewegungen.

»Eine Segelyacht wäre mir lieber ... Ich würde sie Emmi nennen ... Und sie dann mit ihrem keuschen Schatz bei mir in der Kajüte ...«

»Hoffen und Harren macht manchen zum Narren. Los, fang an, hol die Zeichnung aus der Bude, ich rühr' den Mörtel an.«

Der Rohbau der Villa Gustav Zumpe war schon zu einem guten Drittel hochgezogen, und ihre Aufgabe bestand darin, die Lücke am östlichen Giebel zu schließen, was nicht viel Maurerkunst erforderte. Nach und nach trafen noch drei andere Maurer ein. Man hatte einigen Spaß miteinander, und so ging die Arbeit munter von der Hand. Heinrich fühlte sich wohl in seiner Haut und mochte seine Kollegen, obwohl er sich nie als Maurer fühlte, also als einer von ihnen, denn sie blieben immer nur Raupen, während er zum Schmetterling wurde. In diesem Bewußtsein klatschte er seinen Mörtel auf die Ziegel.

»Mittagspause!« rief Heinrich. Obwohl er der jüngste Lehrling war, akzeptierte man ihn als den, der das verkünden durfte. Alle stiegen vom Gerüst, holten ihre Thermos- oder Bierflasche und das obligatorische Stullenpaket aus der abgewetzten Tasche und setzten sich ans Ufer. Das Wasser war noch so warm, daß sich die meisten Schuhe und Strümpfe auszogen, um die »Käsebeene« zu kühlen. Sie hatten es sich gerade gemütlich gemacht, als oben eine Droschke vorfuhr.

»Der Zumpe!« rief einer, und alle fuhren erschrocken hoch. Am schlimmsten aber traf der Schrecken Heinrich, denn hinter dem Alten sah er Emmi auf die Straße springen. Mein Gott, wenn sie ihm hier vor versammelter Mannschaft eine Standpauke wegen des Einbruchs und der Theaterkarte hielten ... Es war ihm alles furchtbar peinlich, als hätte er ihr lauthals einen unsittlichen Antrag gemacht. Am liebsten wäre er in den See gesprungen und zum Schmöckwitzer Werder hinübergeschwommen.

Doch da war Emmi schon heran. Sie trug ein Kleid aus veilchenblauer Seide, und keine Prinzessin konnte schöner sein als sie. Ihr Blick traf Heinrich, und ihre Augen sagten alles: Du warst es, ich weiß es. Ich wäre auch liebend gern zu dir ins Theater gekommen, doch Vater hat alles entdeckt und war sehr zornig. Einen reichen Mann will er für mich oder einen von Adel, aber keinen kleinen Maurer und Hungerleider wie dich. Die paar Mark von deiner Mutter ... Aber ich liebe dich so heiß und innig, wie du mich liebst. Seit wir uns im »Fröhlichen Krebs« zum ersten Mal gesehen haben.

Heinrich war sich sicher, daß es so war. Er hatte den Instinkt aller großen Liebhaber und wußte, daß es Frauen gab, die von einer Art Sucht befallen wurden, wenn sie ihm begegneten, und an nichts anderes mehr denken konnten als das Beisammensein mit ihm.

Emmi war gehörig befangen und gab sich große Mühe, allen zu erklären, daß sie nur zufällig vorbeigekommen waren. »Meine Tante Luise ist gestorben, hinten in Königs Wusterhausen ... und wir haben ein bißchen was geerbt. Zum Beispiel diesen Wellensittich hier, den ›Piepsi‹. Mit dem hab' ich schon als Kind gespielt, und ich hänge so an ihm ...« Sie hob das Bauer hoch und spitzte die Lippen, um den kleinen blau-weißen Vogel durch die Gitterstäbe hindurch zu küssen.

Heinrich sah verstohlen zu Gustav Zumpe hinüber. Ob er ahnte, daß der Schuft, der versucht hatte, die Ehre seiner Tochter anzutasten, hier zum Greifen nahe vor ihm stand? War das Ganze vielleicht nur eingefädelt worden, ihm ein Geständnis zu entlocken? Nun begannen seine Knie doch leise zu zittern.

»Nun zeigt mir mal, was ihr schon alles geschafft habt heute«, sagte Gustav Zumpe und stampfte in Richtung Baustelle. Wie ein tapsiger – aber nicht lieber, sondern heimtückischer – schwarzer Bär kam er Heinrich vor, nein, wie ein Henker auf dem Schafott. Wenn das sein Schwiegervater werden sollte ... Dann war ihm sein eigener Vater doch schon lieber, auch wenn der noch so parfümiert und weichlich war. Aus Angst, sich und Emmi zu verraten, blieb er am Schluß der kleinen Gruppe, immer bemüht, nicht Emmi anzusehen, sondern die Blicke aufs Wasser zu richten. So wußte er gar nicht, warum Emmi plötzlich schrie: »O mein Gott, nein ...!«

Was war geschehen? Das Bauer stand plötzlich offen, und der Wellensittich erhob sich in die Lüfte, flog höher und höher, um sich schließlich ganz weit oben auf einer abgestorbenen Kiefer niederzulassen.

Emmi brach in Tränen aus und preßte ihr Gesicht gegen den schwarzen Paletot ihres Vaters. Alle anderen starrten nach oben, wo das Tierchen hilf- und ratlos auf einem dünnen Aste hockte.

»Der kann in freier Wildbahn niemals überleben«, sagte Paul Labitzke.

»Paß ma uff, den holen jleich die Krähen«, fügte einer der Maurer hinzu, worauf Emmi einen Weinkrampf erlitt.

»Los, auf den Baum rauf, den Vogel wieder runtergeholt!« schrie Gustav Zumpe, doch keiner seiner Leute rührte sich.

»Det Jenick brechen, nee«, murmelte einer.

»Ein Goldstück für den, der es wagt«, fügte Gustav Zumpe hinzu.

»Nich für den janzen Juliusturm, denn wat haste als Leiche davon?«

Heinrich war ein ausgezeichneter Turner und hatte auf den Stralauer Bäumen das Klettern gelernt wie kein Zweiter weit und breit, doch der Kollege hatte recht: Zu glatt und morsch war die Kiefer, es ging einfach nicht.

Da sah ihn Emmi mit ihren dunklen Augen an. »Sie tun es doch für mich ... oder?«

Heinrich schluckte. Dies, das spürte er, war der Augenblick, wo sich sein Leben entschied. Schaffte er es, hatte er nicht nur Emmi für immer gewonnen, sondern auch ihren unerbittlichen Vater, denn sogar der mußte dieses Stück Heldentum zu würdigen wissen. Vielleicht war das Bauer gar nicht von alleine aufgegangen, sondern Emmi hatte es geöffnet. Das Vögelchen oben stand für ihre Liebe ... Und dennoch zögerte er.

Paul Labitzke ließ es sich nicht nehmen, mit leiser Stimme aus Schillers *Handschuh* zu zitieren: »*Da fällt von des Altars Rand / Ein Handschuh von schöner Hand / Zwischen den Tiger und den Leun / Mitten hinein. / Und zu Ritter Delorges spottender Weis / Wendet sich Fräulein Kunigund: / Herr Ritter, ist Eure Liebe so heiß, / Wie Ihr mir's schwört zu jeder Stund', / Ei, so hebt mir den Handschuh auf.*« Als der Freund ihn irritiert ansah, fügte er hinzu:

»Es muß ja nicht immer ein Handschuh sein, ein Wellensittich tut es auch.«

Heinrich atmete tief durch und starrte auf Kiefer und Vogel. Auf der Welt gab es nichts anderes mehr. Alles schwieg. Sollte er es wagen, konnte er es wagen ...? Es war ein sehr alter und ausgewachsener Baum, und der Wellensittich mochte sich in einer Höhe von gut zehn Metern befinden. Die Borke hatte sich schon nahezu völlig vom Stamm gelöst, und der glänzte nun blaß und nackt wie ein Knochen in der Septembersonne. Der Wurm steckte drin, gelbes Holzmehl sickerte allenthalben heraus. Ganze Generationen von Spechten hatten sich hier ihre Nahrung geholt und mit ihren Schnäbeln tiefe Löcher geschlagen. Unten waren die Äste alle abgesägt, und weiter oben schienen sie so morsch zu sein, daß sie der nächste Sturm abbrechen würde. Wie sollten sie da seine achtzig Kilo aushalten können? Vielleicht doch.

Plötzlich lief er auf die tote Kiefer zu. Gegen seinen Willen. Getrieben von einer Kraft, die stärker war. Und er schlang die Arme um den fahlen Stamm, preßte die Knie dagegen und ruckte Zoll für Zoll nach oben, angefeuert von den anderen. Schon wurden seine Arme schlaff, da erreichte er den ersten Ast. Er bemühte sich, ihn ganz dicht am Stamm zu packen, um die Hebelkraft gering zu halten. Ein Blick nach oben zeigte ihm, daß das Vögelchen noch immer so hoch über ihm war, als sei es ein Stern am Himmel. Und er durfte es nicht erschrecken, sonst flog es weiter in die Krone und war vollends verloren. Seine Augen gingen nach unten, zu Emmi hin. Das spornte ihn an, und immer höher schwang und zog und drückte er sich die Kiefer hinauf, bis der Wellensittich zum Greifen nahe war. Wie Stecknadelköpfe waren die Augen. »Piepsi, ganz ruhig«, flüsterte er. Dann schnellte seine rechte Hand nach vorn ... und schon hielt er das kleine Stückchen Leben fest umfangen.

Von unten kam ein Schrei der Erlösung ... und mischte sich mit seinem Schrei, denn der letzte Ast war doch noch gebrochen, und kopfüber stürzte er zu Boden.

»Die sind beede hinüber«, sagte einer der Maurer, als Heinrich neben ihm aufgeschlagen war.

1889 war das Jahr der Massenstreiks. Im Mai befanden sich im Ruhrgebiet, an der Saar, in Sachsen und in Niederschlesien über hunderttausend Bergarbeiter im Ausstand. In Berlin und den angrenzenden Gemeinden gab es einen Generalstreik der Maurergesellen. Bei der großen Versammlung im Tivoli-Saal trat auch Paul Labitzke ans Rednerpult.

»Wir fordern die neunstündige Arbeitszeit!« rief er den Kollegen zu. »Von sieben bis achtzehn Uhr bei einem Stundenlohn von sechzig Pfennig, je eine halbe Stunde Frühstück und Kaffeepause sowie eine Mittagspause von einer Stunde. Und wir spucken aus vor allen Streikbrechern!«

»Pfui, schämt euch!« schrien sie im Saal.

»... vor allen Streikbrechern aus dem Eisenbahnregiment, die auf den königlichen Bauten arbeiten sollen, und vor allen Streikbrechern aus Venedig, die man mit hohen Löhnen nach Berlin lokken will.«

»Besetzt die Bahnhöfe, laßt sie nicht rein!«

Man bildete Kommandos für die einzelnen Bahnhöfe, und Heinrich Bosetzky kam zum Anhalter Bahnhof. »Nicht so schnell!« rief er, als die anderen loszogen, denn noch immer schmerzte ihn der rechte Knöchel ein wenig. Ansonsten ging es ihm blendend. Die Ärzte in der Charité hatten ihn nach seinem Sturz von der Kiefer wieder zum Leben erweckt und so kunstvoll zusammengeflickt, daß er von sich sagte, wenn er ein Anzug wäre, dann könnte er für neu weggehen. Nach Ende der Schlechtwetterperiode hatte er auch wieder auf dem Bau erscheinen und seine Lehre fortsetzen können. Emmi hatte er nicht wiedergesehen, aber sie hatte ihm auf geheimem Wege ein paar Zeilen zukommen lassen: *Das werde ich Ihnen nie vergessen. Aber bitte versuchen Sie nicht, mich wiederzusehen, es brächte großes Unheil für uns alle. Ihre E.*

»Davon kann ich mir auch nichts kaufen«, hatte er zu Paul Labitzke gesagt und sich alle Mühe gegeben, es gleichgültig klingen zu lassen, und dann sarkastisch hinzugefügt: »... großes Unheil! Na, vielleicht fällt sie auch mal vom Baum.«

»Sie kann nichts dafür, ihr Vater verhindert jeden Kontakt zu dir. Er hält sie wie eine Gefangene.«

»Ich weiß.« Heinrich war oft genug um die Villa am Zeuthener See herumgeschlichen, ohne daß er Emmi zu Gesicht bekommen hätte. »Wir sollten ihn anzeigen: Sie ist seine Tochter, nicht seine Frau.«

»Heinrich, laß es, das zerreißt sie doch. Wenn du sie wirklich liebst, dann laß sie in Frieden.«

»Paul, das ist dasselbe, als wenn ich von dir verlangen würde, du sollst aufhören zu atmen.«

»Unsinn. Ich hab' auch mal gedacht, ich könnte nicht leben, ohne als großer Schauspieler auf der Bühne zu stehen ... Nun steh' ich nicht da – und kann trotzdem noch lachen.«

Dieses Lachen verging ihm auch nicht, als sie ihren Streik alsbald abbrechen mußten. *Aufgrund der Zerstrittenheit der Berliner Arbeiterklasse im allgemeinen*, schrieb Paul Labitzke in einem Aufsatz, *und der partikularistischen Bestrebungen der einzelnen Gewerke im Baugewerbe.*

Heinrich hatte zwar die Italiener auf dem Anhalter Bahnhof am Aussteigen gehindert, war aber ansonsten wenig daran interessiert, was Sozialisten und Kommunisten so taten und dachten. »Ich will selber mal so viel Geld haben, daß ich dasselbe wert bin wie Gustav Zumpe und seinesgleichen.«

»Komm, Heinrich, wir machen Pfingsten mal 'ne Kremserfahrt mit, da lernste andere Mädchen kennen und kommst endlich von dieser Emmi los.«

»Meinetwegen. Vielleicht gibst da draußen im Wald auch Bäume, 'n Strick nehm' ich mir jedenfalls schon mal mit.«

»Der Ast, an dem *du* dich aufhängen willst, der bricht doch ab«, lachte Paul Labitzke.

Am Pfingstfeiertag hielt der mit Birkenreisern geschmückte Kremser in aller Herrgottsfrühe vor dem Haus des Kolonialwarenhändlers Ludwig Labitzke in der Linienstraße, und der Kutscher knallte mit der Peitsche. Heinrich und Paul kamen von der Rosenthaler Straße und wurden von den Versammelten mit verhaltener Freude begrüßt. Man war noch zu müde, um viel zu reden. Einige Herren trugen bunte Papiermützen, die allerdings sehr hinderlich waren, als man jetzt daranging, ein Bierfaß unter dem Wagen zu befestigen. »Wir woll'n doch nich verdurschten«, sagte Labitzke senior. Er hatte seinen »Salz-und-Pfeffer«-Anzug an und sah mit dem vorgebundenen Chemisette und dem breiten Umlegekragen, dessen schwarzer Knoten als Krawatte diente, sehr manierlich aus. Die Damen hatten sich fein herausstaffiert. Madame Labitzke trug ihr »Lila-Seidenes« und hatte einen Kapotthut mit Kamillenblüten aufgesetzt, ihre jüngere Schwester war ganz in Weiß mit einer schottisch karierten Schärpe und einem Florentiner mit Vergißmeinnicht erschienen. Viele Frauen hielten Futterkörbe in der Hand, die Kinder hatten Botanisiertrommeln über der Schulter hängen. Der alte Labitzke prüfte die Qualität der Pferde. »Wegen der Rückfahrt ...« Dann erzählte er, wie sie vor Jahren einmal im Restaurant »Sadowa« in der Wuhlheide abends nicht mehr weggekommen waren. »Keene Kutsche, keen Dampfer, keen Zug mehr ... Da hat uns der Wirt uff die Billardtische schlafen lassen. Na, jetzt wär' det nischt mehr für meinen Vater sein Sohn.«

Heinrich musterte die anwesenden jungen Damen und fand keine, die ihn irgendwie in ihren Bann geschlagen hätte. So hockte er, als die Pferde endlich anzogen, mißmutig zwischen Paul und seinem Vater. Am Prenzlauer Tor blies der Kutscher ins Horn, dann ging es die Prenzlauer Chaussee entlang. Die Bank war hart und der Weg bis zum Wandlitzsee hinaus endlos lang. Dazu staubte es gewaltig, und das, was sich die Leute erzählten, interessierte ihn wenig. Die Frauen tauschten Kochrezepte aus und klatschten über die mißratenen Bälger der Daheimgebliebenen. Die Männer – Schuhmacher, Klempner, Glaser – ließen sich über Bismarck und den Kaiser aus und nuppelten ansonsten an ihren Zigarren. Endlich kamen sie auf eine Waldchaussee, und eine Welle würzigen Kiefernnadelnduftes drang in den Wagen. Man bekam Hunger und holte das Frühstück aus den Körben: Butterstullen mit Schweizerkäse oder Schinken belegt, Schrippen mit Braunschweiger Wurst bestrichen, Zervelat- und Leberwürste, Karbonaden und harte Eier. Aus Bierflaschen wurde schwarzer Kaffee getrunken, und die Männer nahmen einen Schluck Kümmel. Nur Heinrich rührte nichts an. Er wurde in seiner mißmutigen Stimmung nur noch von

Pauls Mutter übertroffen, die ununterbrochen am Meckern war. »Man hat nischt von so 'ne Fahrt, is nich ausjeschlafen und muß nu schwarze Lorke trinken, wo man zu Hause so schön jemütlich an'n Kaffeetisch sitzen könnte.« Ihr einziger Vorderzahn, ein langes gelbes Ding, rutschte ihr beim Sprechen immer über die Unterlippe. Zu Heinrichs Verdruß fing man nun auch noch zu singen an: *»Im Wald und auf der Ha-ide / Da hab' ich meine Freu-ide / Ich bin ein Jägersmann ...«*

Endlich schimmerte unten das Wasser des Sees, und man hielt vor einem großen Gartenlokal. »Da hätten wir auch um die Ecke zu meiner Mutter fahren können«, brummte Heinrich. »Im ›Fröhlichen Krebs‹ isses schöner als hier – und nur halb so laut.« Andere Kremser mit anderen Gesellschaften waren vor ihnen angekommen und hatten die besten Tische am Wasser besetzt. Der Kellner, ein älterer Mann in Hemdsärmeln und blauer Latzschürze, hatte Mühe, sie zufriedenzustellen. Endlich saß man und bestellte etwas zu essen: Wiener Schnitzel, Rührei mit Schinken oder Gänsebraten. Heinrichs stiller Protest gegen alles, was war, bestand darin, daß er sich so zur Seite drehte, daß der Kellner ihn übersehen mußte. Sein Glas Bier reichte ihm. Während die anderen dann aßen, sah er zur Kegelbahn hinüber, von der immer erst das Rollen der Kugel zu hören war, dann das Krachen der zusammenstürzenden Kegel und schließlich die Stimme der Jungen: »Jrenadier!« oder »Alle Neine!«

Nach dem Essen spazierte man in den nahen Wald und suchte sich eine passende Lichtung, um dort zu lagern und »Blinde Kuh« und »Wer hat Angst vorm Schwarzen Mann« zu spielen. Bertha Labitzke ließ es sich trotz der bösen Blicke ihres Mannes nicht nehmen, Paul in die Mitte des Kreises zu stoßen und ihn aufzufordern, ein paar Gedichte vorzutragen. »Aba wat Schönet, wo wa nich bei einschlafen tun.«

Paul Labitzke war das einerseits peinlich, zum anderen war er zu exhibitionistisch veranlagt, um sich nicht über einen solchen Auftritt zu freuen, und so begann er mit einem seiner Paradestücke: »Friedrich von Schiller, *Der Handschuh*: ... *Vor seinem*

Löwengarten, / Das Kampfspiel zu erwarten, / Saß König Franz ...«

Heinrich dämmerte vor sich hin und war dem Einschlafen nahe, als er die Worte vernahm, die ihn wie elektrisiert hochschnellen ließen: »*Da fällt von des Altars Rand / Ein Handschuh von schöner Hand / Zwischen den Tiger und den Leun / Mitten hinein. / Und zu Ritter Delorges spottender Weis / Wendet sich Fräulein Kunigund: / Herr Ritter, ist Eure Liebe so heiß, / Wie Ihr mir's schwört zu jeder Stund', / Ei, so hebt mir den Handschuh auf.*« Das waren sie wieder, die alten Bilder: Der Zeuthener See ... Der Wellensittich oben im Baum ... Emmis flehende Blicke ... Sein Sturz in die Tiefe ... Es hielt ihn nicht mehr, er sprang auf und lief zum See hinunter, wollte nur noch allein sein mit sich und seinem Schmerz.

Lange saß er am Ufer und sah auf den See hinaus. Ach ja, die Bosetzkys und das Wasser, die Flüsse und Seen ... Die Warthe, die Oder, die Spree ... An die Spree waren sie gezogen, das Glück zu suchen ... Doch sie fanden es nicht. Sein Vater war aufgebrochen nach Berlin ... und gescheitert. Und er, Heinrich, war auch dabei zu scheitern. Zwei Söhne hatte sein Vater gezeugt: Der eine war in Frankreich erschossen worden ... und der andere? Wo würde *er* erschossen werden? Er sprang auf, voller Ekel vor sich selbst. Mein Gott, nun war er genauso weich und wehleidig geworden, wie sein Vater es war! Er lief zur Kegelbahn, um endlich etwas Spaß zu haben. Die Leute, die gerade an der Reihe waren, ließen ihn auch mitmachen. »Alle Neune!« Na, bitte.

Als er sich den Schweiß von der Stirn wischte, sah er zwei junge Damen vorbeischlendern – und eine von ihnen war Emmi. Er fuhr zurück und verbarg sich hinter einem hölzernen Pfeiler, denn dicht hinter ihr stampfte Gustav Zumpe durch den Sand, dunkel und drohend. Emmi war zum Greifen nahe und doch so unerreichbar. Wenn doch nur jemand käme und diesen Zumpe über'n Haufen schoß ... Der einzige Trost für ihn war, daß Emmi Arm in Arm mit einer Freundin ging und nicht mit einem Bräutigam. Das ließ ihn wieder hoffen und mutig werden. Immer in Deckung wie ein Soldat beim Rekognoszieren folgte er den dreien und sah mit

Freude, wie Zumpe erschöpft das Restaurant ansteuerte und dort niedersank, während die beiden jungen Frauen zum Steg hinuntergingen, um sich dort ein Ruderboot zu mieten. Heinrich wartete, bis sie losgefahren waren, dann schlich er ihnen nach – immer mit dem Rücken zu Zumpe hin – und sprang in den nächsten Kahn, der gerade frei geworden war. Als er seine Ruder ins Wasser tauchte, waren Emmi und ihre Freundin schon weit draußen auf dem See. Mit wild klopfendem Herzen folgte er ihnen.

Valeska von Ackermann war mit ihren achtzehn Jahren ganz zweifellos ein kapriziöses Geschöpf. Das lag weniger an ihrem Vater, der ein knochentrockener Kommerzienrat war, als vielmehr an ihrer Mutter, die sich zur Kunstmalerin berufen fühlte und sogar einige Zeit an der Slade School of Fine Arts in London studiert hatte. Und als die Münchner Künstlerinnen vor ein paar Jahren eine Damenakademie gegründet hatten, war sie selbstverständlich mit von der Partie gewesen. Die Villa in der Wollankstraße bot Platz genug für ein eigenes Atelier. Dort war Valeska aufgewachsen, doch im Umgang mit Pinsel und Farbe zeigte sie wenig Talent, ihre ganze Liebe galt der Photographie. Im Lyzeum bekam sie regelmäßig die schlechtesten Zensuren, denn sie hatte nichts anderes im Kopf als ihre Motive und die richtige Beleuchtung. Ihre Mutter, die vom Bodensee kam, war gut bekannt mit den beiden Münchner Fotografinnen, die das Fotoatelier Elvira betrieben, und Valeska hatte gerade gestern Abzüge von ihren Männerporträts an die Isar geschickt. Eines von ihnen trug die Unterschrift *Adonis mit Maurerkelle* und zeigte keinen anderen als Heinrich Bosetzky. Immer wieder wußte sie es einzurichten, daß er und ihre Freundin Emmi sich heimlich im Atelier der Mutter treffen konnten ...

Heinrich stand vor einem Gemälde mit der Villa Borghese und rief, daß er etwas so Schönes auch einmal bauen wolle. »Hier in Berlin ... an einem unserer Seen.«

»Aber nicht mit der Firma Gustav Zumpe!« lachte Emmi. »Wenn mein Vater wüßte, daß wir hier sind, würde er dich im Fundament einmauern lassen.«

»Und mich vorher noch vierteilen lassen, wenn er sehen würde, was jetzt geschieht.« Er setzte sich neben Emmi auf die Chaiselongue und küßte sie.

Seit sie sich vor drei Wochen auf dem Wandlitzsee getroffen hatten, ging das so, und er fühlte genau das, was sein Freund Paul Labitzke immer spöttelnd zitierte, wenn sie sich auf den Baustellen trafen: »*O Lieb', o Liebe! / So golden schön! / Wie Morgenwolken / Auf jenen Höhn! / O Mädchen, Mädchen, / Wie lieb' ich dich! / Wie blickt dein Auge! / Wie liebst du mich!*« Ja, Emmi tat es, da bestand kein Zweifel.

Heinrichs Hand fuhr unter ihren Rock, und seine Finger suchten die Stelle, bei deren Berührung sie vor lauter Lust so stöhnte, daß er selbst mitgerissen wurde.

Da flog die Tür auf, und so sehr Valeska auch seinen rechten Arm umklammerte, sie konnte Gustav Zumpe nicht mehr aufhalten ...

Die Zeitungen hatten im Sommer und Herbst 1889 eine Menge zu melden: die Gründung der Zweiten Internationale unter Mitwirkung von Friedrich Engels, die Erstbesteigung des Kilimandscharo durch Meyer und Purtscheller, die Aufführung von Gerhart Hauptmanns Sozialdrama *Vor Sonnenaufgang*, die Gründung der Künstlerkolonie Worpswede und die Veröffentlichung der Schrift *Der Vogelflug als Grundlage der Fliegekunst* von Otto Lilienthal. Was sie nicht meldeten, war das, was Heinrich Bosetzky bewegte und sein Leben bestimmte: Daß Emmi Zumpe von ihrem Vater in ein Internat in der Schweiz gegeben worden war und dort Selbstmord begangen hatte. Daß die Gastwirtin Käthe Bosetzky am Dönhoffplatz unter eine Straßenbahn geraten und wenig später verstorben war.

Es war der letzte Sonntag im November, wo man sich allgemein zum Gedenken der Verstorbenen auf den Friedhöfen traf, als Friedrich und Heinrich Bosetzky am Grab ihrer Frau und Mutter in Stralau standen und sich so nahe waren wie noch nie zuvor.

»Sie ist die erste, die den Namen Bosetzky trägt und nicht in Tamsel begraben worden ist. Wenn ich einmal sterbe, möchte ich aber nach Tamsel.«

»Laß es gut sein, Vater, es ist genug gestorben worden«, sagte Heinrich.

»Glück und Glas, wie leicht bricht das ... Das ist banal, ich weiß, aber ... Wäre ich Emanuel Geibel, dann hätte ich gesagt haben können: *Steigen und sinken lautet das Gebot, / Das uns beherrscht, und König ist der Tod.*«

»Vater, bitte!« Heinrich fürchtete, ihn wieder so zu erleben, wie er ihn immer verabscheut hatte.

»Ich verstehe ... Wir müssen uns nun gegenseitig stützen.«

»Willst du wirklich nach Friedrichshagen ziehen?«

»Ja, *nomen est omen*. Dort bildet sich langsam ein Dichterkreis – und vielleicht gehöre ich zu den Spätberufenen.«

Heinrich nickte schweigend. Sicherlich, es war das Beste für ihn. Sie gingen in den »Fröhlichen Krebs« hinüber, aber schon der Name auf den Schildern war der blanke Hohn für sie. Außerdem war das Lokal seit kurzem verkauft, an Auguste und ihren Mann.

In sich versunken saßen sie beim Tee. Bis Heinrich seiner Aufwallungen nicht mehr Herr werden konnte.

»Ich bleibe hier ... Und wenn auch nur, um mich an Zumpe zu rächen.«

»Weil er dich rausgeworfenen hat, weil er alle gegen dich aufhetzt und keiner mehr da ist, wo du deine Lehre zu Ende bringen kannst ...«

»Nein, nicht deswegen ...« Und nun steigerte sich Heinrich in eine Erregung hinein, die seinen Vater fürchten ließ, wieder den Arzt rufen zu müssen. »Er hat Emmi in den Tod getrieben, und ich werde nicht eher ruhen, als bis ich ihn vernichtet habe!«

»Junge, mach dich nicht unglücklich!«

»Unglücklicher als jetzt kann ich nicht mehr werden.«

Auguste kam an ihren Tisch und redete begütigend auf Heinrich ein. »Deine Nerven, du mußt unbedingt zur Kur.«

Heinrich fuhr auf. »Ich bin kein Tattergreis!«

Hätte Cécile hundert Jahre später gelebt, wäre es für die Menschen viel einfacher gewesen, sie richtig einzuordnen. Man hätte ihre psychische Auffälligkeit richtig einordnen können. Sie schien ihre

Umwelt gar nicht wahrzunehmen, sondern abgekapselt von allem nur sich selbst zu leben. Andere wieder hätten ausgerufen, daß sie irgendwie dem Werk Marcel Prousts entstammen mußte – auf der Suche nach der verlorenen Zeit. Im Jahre 1890 aber erschien sie den meisten als unheimlich, und man vermutete eine schwere Gemütskrankheit bei ihr. Alle, die ihr im Harz, in Thale, begegnete, rätselten über ihr Schicksal. »Die muß doch ein Geheimnis haben«, hieß es allenthalben. Und das hatte sie auch ...

Sie war schon immer eine Frau von erlesener Schönheit gewesen. Ihr Profil war von der Reinheit einer Aphrodite, und ihr Gesicht war so ohne jede Farbe, daß es wie aus Marmor schien. Dazu paßte ihre Schläfrigkeit, die aber durchaus etwas Laszives an sich hatte. Erfahrene Männer wußten das sofort einzuordnen: So wie sie lag eine Frau auf dem Bett, wenn der Liebesakt vorüber war. Jede Affektiertheit fehlte ihr, und wenn andere Kurgäste mit ihrer Bildung prahlten, ließ sie erkennen, daß sie von Musik, Literatur und Kunst nur wenig verstand, alles auch langweilig fand. Sie wußte, daß sie an einer unheilbaren Krankheit litt und nicht mehr lange leben würde, und war in die Abgeschiedenheit Thales gekommen, um hier in Frieden zu sterben, fernab all derer, die sie auch als Todkranke noch anrüchig fanden. Sie stammte aus einer verarmten oberschlesischen Adelsfamilie und war mit siebzehn Jahren die Vorleserin eines alternden Fürsten geworden – jemand mit einem Bindestrich im Namen. Offiziell war sie die Vorleserin, in Wirklichkeit aber die Geliebte des Fürsten. Und dies mit Billigung der Fürstin. Das allein hätte man ihr womöglich noch verziehen, dann aber war der alte Fürst gestorben, und Cécile war in den Besitz seines Neffen übergegangen, nicht ohne vorher einem Kammerherrn zu Diensten gewesen zu sein. Die Fürsten hatten ihr ein Gut vererbt, und nicht nur manch Offizier, sondern auch Männer aus dem Bürgertum hätten sie trotz allem geheiratet – der zu erwartenden Wollust wie ihres Geldes wegen. Doch sie hatte alle abgewiesen, denn zu genau wußte sie, daß und wie man sie ächten würde. »Alles hat seine Zeit«, war ihr Lieblingsspruch. Sie hatte ihre Zeit gehabt, die Uhr war abgelaufen.

Wenn sie Spaziergänge unternahm, dann allein. So hatte sie auch an einem Tag im Juni den Aufstieg zur Roßtrappe bewerkstelligen wollen, war aber ausgeglitten und hatte sich den Knöchel verstaucht. Da saß sie nun auf einem Felsabsatz und wartete, bis der Schmerz ein wenig nachgelassen hatte.

»Pardon, darf ich Ihnen behilflich sein ...?«

Der junge Mann, der da fragte, war kein anderer als Heinrich Bosetzky. Er war nicht ganz zufällig zur Stelle, denn schon seit Wochen war er Cécile unauffällig auf allen Wegen gefolgt und hatte auf eine Gelegenheit wie diese gehofft. Intuitiv hatte er erfaßt, wie es um sie stand, und er wußte, daß sie einen Menschen brauchte, der so war wie er – wie auch er auf Heilung hoffen konnte, wenn sie sich seiner annahm.

»Sie schickt mir der Himmel«, sagte Cécile.

Achtes Kapitel

1897–1901

Die Jahrhundertwende kam immer näher, und im deutschen Kaiserreich gab es den dramatischen Umbruch von der Agrar- zur Industriewirtschaft. Wer in großem Maßstab chemische Produkte, Elektrogeräte und Maschinen herstellen wollte, der brauchte neue Fabriken, riesige Werkhallen. Die mußten ebenso gebaut werden wie die Wohnungen für die Arbeiter, die in die Städte strömten. Tausende neuer Häuser mit zehn-, mit zwanzigtausend Wohnungen wurden ebenso aus dem Boden gestampft wie die Büros für die Banken und die Versicherungen und die Gebäude für all die anderen Dienstleistungsbetriebe, die Krankenhäuser, Theater, Restaurants, Hotels, Museen, Theater und Varietés. Neue Hochschulen wurden nötig – insbesondere im technischen Bereich. Immer neue Straßen, Brücken und Kanäle tauchten in den Stadtplänen auf, und überall, auch in Berlin, konstruierte und trassierte man Hoch- und Untergrundbahnen. Das Telefon begann seinen Siegeszug, das Automobil sollte alsbald folgten. Die Bauwut kam über Berlin, man baute und baute, und wo es eben noch grüne Wiesen gegeben hatte, da fanden sich nun Stein, Asphalt und Beton, aber auch ganze Villenvororte wie Lichterfelde und Westend, Waidmannslust und Karlshorst. Die Stadt wucherte, explodierte. Berlin zeigte sich als Supernova im märkischen Raum.

Das Zimmerei- und Baugeschäft Heinrich Bosetzky war erst spät gegründet worden, hatte sich aber in kurzer Zeit zu stattlicher Größe entwickelt. Überall in Berlin und den städtischen und dörflichen Gemeinden ringsum – bis hin nach Oranienburg, Bernau, Strausberg, Erkner, Königs Wusterhausen, Potsdam, Spandau und Nauen

– sah man vor den Baugruben und an den Gerüsten das charakteristische HB, wobei sich das H mit seinem rechten und das B mit seinem linken Balken an einen aus Klinkern gemauerter Schornstein lehnte. Und dieser Schornstein rauchte kräftig.

Auf dem Lagerplatz von HB-Bau am Rummelsburger See ging es auch an diesem Morgen wieder hektisch zu. Ein Pferdefuhrwerk nach dem anderen kam, um Feldbahngleise, Holz, Steine, Kies, Zementsäcke und Bohlen aufzuladen. Heinrich lief vom Zementschuppen, wo es beim gestrigen Wolkenbruch durchgeregnet hatte, zur Kaimauer, wo eine Zille mit Baumstämmen angelegt hatte. Die brauchte man dringend für den Bau eines Mietshauses auf den feuchten Rixdorfer Wiesen. Heinrich hätte sich Stahlträger für diesen Zweck gewünscht, doch die gab es noch nicht in hinreichender Güte. Die Dampframme war entzwei, und die Monteure mühten sich immer noch vergeblich, sie wieder in Ordnung zu bringen. Ab und an aber krachte sie mit Donnergetöse herunter. Doch das war es nicht, was Heinrich in Rage brachte. Es waren vielmehr seine Leute in den weißen Kitteln, die an den Zeichenbrettern standen und Entwürfe für die Berliner Hochbahn zu Papier brachten, Haltestellen wie Viadukte. Siemens wollte nicht alles alleine bauen und hatte einiges für die Konkurrenz ausschreiben lassen.

»Nein, das sieht mir zu verspielt aus, zu sehr nach Budapest. Wir sind hier nicht bei den Osmanen, sondern in Brandenburg-Preußen. Den Bahnhof Schlesisches Tor kann ich mir wie eine Burg vorstellen. Fahrt mal nach Bernau oder Gransee und seht euch an, was da vorhanden ist.«

»Wie ist es mit Tunnelbau?«

»Wir werden in Berlin eine Hochbahn haben.«

»Die Charlottenburger sind gegen die Umfahrung der Kaiser-Wilhelm-Gedächtniskirche. Sie wollen, daß die Bahn hinter dem Nollendorfplatz in einem Tunnel verschwindet.«

»Dann werden wir die ersten sein, die der Hochbahngesellschaft mit ausgereiften Plänen kommt. Hopp, an die Arbeit, keine Müdigkeit vorschützen.«

Heinrich kümmerte sich aber auch um die kleineren Sachen. zum

Beispiel um eine Villa in Wendenschloß. »Nicht so viele Schornsteine. Jeder Baumeister sollte dies bedenken. Je weniger Dachaufbauten angeordnet werden und je kleiner diese sind, um so dichter ist das Dach und um so weniger wird auch die ruhige Gesamterscheinung des Hauses gestört.«

Heinrich war in seinem Element. Wenn seine Mutter das gesehen hätte, sie wäre stolz auf ihn gewesen. Einen Steinwurf entfernt lag sie auf dem Friedhof. Seine urwüchsige Kraft und den eisernen Willen, etwas zu schaffen, hatte er von ihr geerbt. Und er hatte schon viel erreicht mit seinen jungen Jahren. Doch er unterdrückte jeden aufschießenden Stolz. Noch war er weit von seinem Ziel entfernt ...

Über allem wehte an einem hohen Mast die weiß-rote Fahne mit dem übergroßen HB, das ein Synonym für gutes, schnelles Bauen und für geschäftlichen Erfolg geworden war. Die Zeitungen befaßten sich immer wieder mit Heinrich Bosetzky, war der doch gerade erst 26 Jahre alt geworden. Die präziseste Beschreibung seines Aufstiegs findet sich jedoch in einem Brief, den sein Vater, nun schon achtzig Jahre alt, im Mai 1897 an Mrs. Betty Barling, geborene Lemmerheert, geschickt hatte, hinüber nach Cincinnati:

Liebe Betty, obwohl meine Augen immer schlechter werden, möchte ich Dir wieder einmal aus dem Lande Deiner Väter und von meinem Schicksal berichten. Ich hoffe, daß Ihr alle wohlauf seid, Du, Dein Mann und Deine vielen Kinder und Kindeskinder. Meinen alten Freund Martin, Deinen lieben Onkel, habt Ihr nun auch am Ufer des Ohio begraben ... Ich träume oft von ihm, wie er schreit: »Meine Finger! Meine Finger!« Nun modern sie dahin ... Verzeih mir, aber ich bin selbst kurz davor, in diesen Zustand überzugehen ... Die Sonne verschwindet, ich muß aufhören, denn ich sehe nur noch etwas, wenn sie ganz hell scheint ... Eine halbe Stunde später: Die Wolken haben sich verzogen, es kann weitergehen. Ich hatte Dir zuletzt aus Friedrichshagen geschrieben, vom Berliner Müggelsee, doch dort in der »Dichterkolonie« habe ich es nicht mehr ausgehalten. Schriftsteller sind schlimm, und ich habe nun am Ende meines Lebens erkannt, daß ich keiner bin. Mein Sohn, über den noch zu berichten ist, hat mir so viel Geld geschenkt, daß ich in mein altes Dorf zurückgehen konnte, nach Tamsel an der Warthe, und mir hier ein kleines Häuschen, mehr eine Kate, zwischen Schloß und Friedhof kaufen konnte. Hier warte ich nun auf das Ende meiner Tage. Als ich vor fünfzig Jahren aus Tamsel aufgebrochen bin, wollte ich das Glück am anderen Ufer meines Flusses finden ... Und, habe ich es? Ja und nein, wie heißt es doch bei Euripides in den »Troerinnen«: »Töricht der Mensch, der froh auf seines Glückes / Bestand vertraut. Des Glückkes Launen wechseln, / Wie eines Narren Sinn, von heut' auf morgen. / Nie bleibt es einem auf die Dauer treu.« Da weiche ich mir selber aus. Nein, ich habe nur das kleine Glück gefunden, nicht das große. Ich wollte mehr, viel mehr, als ich von Tamsel nach Berlin gegangen bin, damals 1847, wollte so hervorragend sein, daß mein Name im Großen Brockhaus erscheint. Dort steht er jedoch nicht. War damit alles vergebens? Ach, ich hätte die Bibel und den Salomo ernster nehmen sollen (22/28): »Verrücke nicht die vorigen Grenzen, die deine Väter gemacht haben.« Nun, vielleicht schafft es Heinrich.

Über den wollte ich Dir ja ausführlich berichten. Nun, also: Du erinnerst Dich noch, daß im Jahre 1889 seine Mutter gestorben ist, meine, unsere liebe und herzensgute Käthe, von einer Straßenbahn zermalmt, zerstückelt. Das allein hätte seine Seele, kraftvoll wie sie war, noch bewältigt, wenn ihn nicht vorher ein weiterer Schicksalsschlag getroffen hätte: der Freitod seiner Emmi. Es war eine romantische Liebe, wie ich sie bei ihm nie vermutet hätte, schien er mir doch in Herzensdingen eher ein grober Klotz zu sein. Wie auch immer, kurz nachdem beide Frauen in der Erde waren, ist er mir zusammengebrochen. Die Ärzte haben ein schweres Gemüts- und Nervenleiden konstatiert, worauf ich ihn zur Kur in den Harz geschickt habe, nach Thale. Und was passiert da? Er begegnet Cécile, einer wunderschönen, aber todkranken Kurtisane aus Oberschlesien, und sie trösten sich gegenseitig über ihren Schmerz hinweg. Er ist ja der Mann, von dem die Frauen träumen und der eine jede glücklich machen kann. Er schaffte es in der Tat, Cécile den Ab-

schied vom Leben erträglich zu machen, sich selbst dabei heilend. Als sie starb, hinterließ sie ihm ein kleines Gut in der Nähe von Gleiwitz. Dorthin ging er 1893, beendete seine Maurerlehre und brachte es dank seiner Tatkraft, seines Fleißes und seiner Verbissenheit, aber auch seiner guten Beziehungen und seines Geldes alsbald zum Baumeister. Als solcher kam er nach Berlin zurück und gründete mit dem Geld aus dem Verkauf des ehemals Céciles chen Gutes und mit dem Erbe seiner Mutter eine Baufirma, die sich schnell einen Namen machte. HB-Bau heißt sie. Ich hätte sie Phoenix genannt, denn wie ein solcher ist er aus der Asche aufgestiegen – und himmelhoch fliegt er jetzt. Am Bau des »Theater des Westens« ist er ebenso beteiligt wie an repräsentativen Wohnhäusern in Schöneberg, Wilmersdorf und Friedenau. Bald wird er Kommerzienrat sein und eines Tages wird man ihn adeln – so wie das schon einmal, im Jahre 1758 nach der Schlacht bei Zorndorf, seinem Urgroßvater Johann widerfahren ist. Genau 150 Jahre später – das wäre ein Tag. Ich werde ihn wohl nicht mehr erleben, denn jeden Morgen spüre ich mein Alter mehr und mehr. Ach, Betty, ich denke an die Zeit zurück, wo Du danach gedürstet hast, bei mir Unterricht zu nehmen ... Ich wage es, Dich daran zu erinnern, weil ich spüre, daß dies mein letzter Brief an Dich sein wird.

So verbleibe ich bis in alle Ewigkeit als Dein Friedrich Bosetzky aus Tamsel.

Heinrich war nun aber – was sein Vater nicht ahnte – beileibe kein glücklicher Mensch, erfüllt vom Rausch seines Erfolges. Was ihn trug und vorwärts trieb, war nicht die Freude am Bauen und Gestalten, die ja schon Goethes Faust wie Ibsens Peer Gynt erlöst hatte, sondern die Rache. Über seinem Schreibtisch hing der Ausruf aus Meyerbeers Oper *Die Hugenotten,* in großen Buchstaben geschrieben und eingerahmt: *Geheiligt sei die Rache!* Und immer wieder schwor er seinem Freund Paul, nicht eher ruhen zu wollen, bis er Gustav Zumpe in den Ruin getrieben und ins Irrenhaus gebracht hatte, egal, ob nun nach Herzberge oder Dalldorf. Dies zu erreichen, wurde zur fixen Idee, geriet zur Raserei, war letzter Lebenssinn und -zweck. Dagegen gab es kein Heilmittel, Paul Labitzkes beschwörende Worte schon lange nicht. Der war zwar noch immer sein engster Freund, aber, wie Heinrich zuweilen spottete, ein viel zu edler Mensch, als daß er sich dafür hergegeben hätte, Gustav Zumpe zu vernichten. Für diesen Zweck hatte sich Heinrich schon einen anderen suchen müssen – und mit Walter Jagow hatte er in der Tat den gesuchten Finsterling gefunden.

Jagow war Mitte fünfzig und kam aus Gleiwitz in Oberschlesien, wo ihn Heinrich auch erstmals getroffen hatte. Nach dem Studium der Ingenieurskunst in Aachen und Berlin hatte er seine ersten Berufsjahre bei Bethel Henry Strousberg verbracht, dem deutschen »Eisenbahnkönig« der Privatbahnzeit, der es mit einem windigen Finanzierungssystem verstanden hatte, durch den Bau von Eisenbahnen ein steinreicher Mann zu werden, dem schließlich Zechen, Erzgruben, Eisen- und Stahlwerke, Maschinenfabriken, der Zentralschlachthof von Berlin, Sägewerke und ganze Wälder gehörten. 1870, als er sich mit dem Bau von Bahnen in Rumänien übernommen hatte, war dann sein Imperium zusammengebrochen, und Walter Jagow hatte sich nach einem anderen Arbeitgeber umsehen müssen, was ihm aber – die »Gründerzeit« brach ja gerade an – nicht schwergefallen war. Doch immer hatte es ihn zu zwielichtigen Vabanquespielern und unlauteren Geschäftemachern hingezogen, nie zu seriösen Geschäften, denn was er brauchte, war das schnelle Geld für seine Sucht: die Rennbahn. Da verlor er viel, und was er gewann, investierte er in schöne Frauen. Charmant war er und von hoher Intelligenz und Wortgewandtheit, wirkte äußerlich ruhig und gelassen, Vertrauen einflößend, doch das täuschte. Er kannte weder Reue noch Schamgefühl, war krankhaft egozentrisch und unfähig zu wirklicher Liebe und Bindung wie zur Planung seines Lebens.

Auch an diesem Vormittag saß er bei Heinrich im Büro, um ihm zu berichten, wie es um Gustav Zumpe stand. Natürlich war es ihm längst gelungen, einen von dessen Polieren für ein wenig Geld dazu zu bringen, ihm alles mitzuteilen, was in der Firma lief.

»Zumpe soll Interesse haben, am Kaiserplatz zu bauen ...«

Heinrich überlegte nicht lange. »Versuch weiterhin, ihn zu unterbieten, wo immer er baut. Und wenn wir auch noch so viel zusetzen – wir haben das Geld. Ein Auftrag nach dem anderen muß ihm durch die Lappen gehen, so daß er schließlich gezwungen ist, alles auf eine Karte zu setzen. Das ist dann unsere große Stunde.«

Walter Jagow nickte, genau das sei seine Strategie. »Aber wie ...?«

»Denk dir was aus, dazu hab' ich dich engagiert.«

Walter Jagow setzte an, seine Pläne zu entwickeln, doch er kam nicht weit, denn die Vorzimmerdame meldete, daß Paul Labitzke soeben mit einer Droschke vorgefahren sei. Heinrich beeilte sich, den Mitarbeiter schnell in sein Büro zurückzuschicken, denn Paul mochte ihn nicht und hielt ihn für Heinrichs Untergang.

»Der Mann heißt nicht umsonst Jagow«, war seine stehende Wendung, wobei er das w nicht mitsprach, wie der andere es tat. »Und denk immer daran, daß Jago es war, der seinen Herrn dahin gebracht hat, Selbstmord zu begehen.«

»Hör auf damit, ich bin nicht Othello, ich habe keine Desdemona.«

Doch diesmal war Paul Labitzke nicht gekommen, um ihm Vorhaltungen zu machen, weder in bezug auf Walter Jagow noch auf die Tatsache, daß Heinrich sich von aller Welt abgeschottet hatte und nicht einmal eine Wohnung sein eigen nannte, sondern in einer kleinen Mansarde auf dem Dach seines Bürogebäudes schlief.

»Weißt du was ...?«

»Nein ...« Heinrich wäre lieber Ausschreibungen durchgegangen, als jetzt mitten in der Arbeitszeit mit dem Freund zu plaudern.

Paul Labitzke zögerte. »Ich weiß, es wird dich schmerzen, aber ...«

Heinrich blätterte in den Blaupausen, die vor ihm lagen. »Du willst also heiraten ... Valeska ...«

»Es sollte eine Doppelhochzeit werden ... sie und Valeska ...« Den Namen Emmi wagte er noch immer nicht auszusprechen. »Ich habe nun vier Jahre gewartet ...«

Heinrich stand auf, um den Freund zu umarmen. »Es ist dein gutes Recht ... Laß mich wenigstens euer Trauzeuge sein.«

»Deswegen bin ich ja hier.«

Nun, da Paul Labitzke nur noch seine junge Frau und das Kinderzeugen im Kopf hatte, fühlte Heinrich sich so einsam, daß auch die Arbeit nicht mehr half. Der Freund beschwor ihn immer wieder, sein mönchisches Leben aufzugeben, und hatte ihm sogar ein Zitat aus Fontanes *Stechlin* hinter den Spiegel geheftet: *Sich abschließen heißt sich einmauern, und sich einmauern ist Tod.* Nein, den wollte er nicht, dazu war er viel zu pragmatisch veranlagt, denn es war nicht anzunehmen, daß sich dadurch irgend etwas verbesserte. Dann blieb ihm nicht einmal der Gedanke an Emmi. So holte er eines Nachmittags seine besten Sache aus dem Schrank, bürstete sie ab und machte sich auf den Weg in die Stadt. Walter Jagow fragte ihn, ob er seine Begleitung wünschte. »Ist der Mai kühl und trokken, dann kann man schon im Freien bocken.«

Heinrich zögerte, denn nur wenn er allein war, konnte er ganz in seinem Schmerz aufgehen, doch schließlich siegte die Erkenntnis, daß er sich ja gerade eben von diesem ablenken wollte und mußte, und er nickte.

Sie nahmen sich eine Droschke und fuhren zum Alexanderplatz. Als sie ausgestiegen waren, sah sich Heinrich ungläubig um. Wo war er hier? Er hätte schwören können, nie in Berlin gewesen zu sein.

»Da hinten kenne ich ein paar Mädchen«, sagte Walter Jagow. »Du solltest dir einmal wieder tüchtig die Seele aus dem Leib ...«

Heinrich zuckte zusammen. Das Wort, das der andere gebraucht hatte, stieß ihn ab, und er dachte mit Ekel an die Sache, die Walter Jagow meinte. Nach Emmi wollte er keine Frau mehr anrühren und bestimmt nicht für Geld. »Gehen wir ...«

Von der Landsberger Straße her zog der Geruch von frischem Asphalt herüber. Nach dem war Heinrich geradezu süchtig. Eine amerikanische Firma war hier dabei, die Straßen zu asphaltieren, und ließ dazu auch Farbige für sich arbeiten.

»Auf den Straßenbau sollten wir uns stürzen«, sagte Heinrich.

»Je mehr Automobile wir haben, desto glatter wollen die Leute die Fahrbahn.«

»Ich hab's mir notiert.«

Sie gingen los, und ihr größtes Interesse fand zunächst die Dombaustelle mit ihrem riesigen, 120 Meter hohen Holzgerüst.

»Beim Modell hat man bestimmt alle Streichhölzer der Welt verbaut«, sagte Walter Jagow. »Alles Holz, was hier in den Gerüsten steckt, soll aneinandergelegt eine Länge von 250 Kilometer ergeben.«

»Hör auf«, brummte Heinrich. »Das ist nicht unsere Baustelle. Was das für ein Feuer geben würde ...«

Sie schlenderten um das Schloß herum, und er ließ sich von Walter Jagow erzählen, was es mit dem Apothekenflügel und dem Eosander-Portal alles auf sich hatte. Er hörte gar nicht richtig hin.

»... und drüben die Barockfassade der Bibliothek ... die ist nach Plänen Fischers von Erlach gestaltet worden.«

»Mich interessiert nur der Eingang zum U-Bahnhof Wittenbergplatz – und dafür ist das Ding entschieden zu groß. Wir müssen den Auftrag an Land ziehen, unbedingt.«

Man schrieb nun das Jahr 1898, und HB-Bau florierte und expandierte mit amerikanischem Tempo. Seit zwei Jahren bauten Siemens & Halske und die Hochbahngesellschaft an der »Stammlinie« der U-Bahn zwischen Warschauer Brücke und Zoologischem Garten, und Heinrich war es gelungen, als Subunternehmer am Bau des Hochbahnhofs Nollendorfplatz beteiligt zu werden. Auch die Brandenburgische Städtebahn stand kurz davor, einige ihrer Bahnhofsgebäude von HB-Bau errichten zu lassen. Heinrich war froh über dieses »zweite Standbein«, das sie jetzt hatten. Er war nun wer in Berlin, und eigentlich hätte er nun völlig abheben müssen – Freude, schöner Götterfunke! –, sich ein Loch in den Popo freuen können, wie man es hierzulande auszudrücken pflegte, doch mitnichten: Stets sah er ernst und verdrossen aus, und wer von ihm zu einer Geburtstagsfeier eingeladen worden war, merkte später meistens an, daß es bei vielen Beerdigungen fröhlicher zuginge. Die Wunde Emmi wollte und wollte nicht heilen, und Heinrichs Rachepläne zerstörten seine Seele. Doch wie auch immer: Dies machte ihn zu einer imposanten Gestalt. Er war gewaltig, er war unheimlich, er war faszinierend, und es gab nicht wenige Frauen, die nahezu in Ohnmacht fielen, wenn sie ihn sahen. Doch er hatte nicht das geringste Interesse daran, die offenen Türen einzurennen. Alles ließ er anbrennen.

»Gott, ist dieses Berlin langweilig!« schimpfte Heinrich, als sie das Zeughaus passierten.

»Was kann ich denn nur noch mit dir anstellen?« Walter Jagow gab sich alle Mühe und schleppte Heinrich zuerst ins Café Bauer, wo die feine Welt zu Hause war, doch es wurde ihm wenig gedankt. Selbstzufriedene Menschen waren Gift für Heinrich. Am liebsten hätte er Jagow einen Tritt in den Allerwertesten gegeben, als der ihn für die Stettiner Sänger begeistern wollte: »Der große Dünne und der kleine Dicke ... in den Reichshallen am Dönhoffplatz ...«

»Hör auf!« fuhr Heinrich ihn an. Überall sangen sie dieses bescheuerte Lied: *Im Dunkeln ist gut munkeln, ganz leis, ganz leis, zu zwei'n, / Zum Herzen und Schmerzen taugt nicht der Sonnenschein!* Schon, wenn er daran, packte ihn der kalte Zorn.

»Gehen wir irgendwo essen?« fragte Walter Jagow, nun vorsichtiger geworden.

»Damit ich mir die Paare ansehen kann, wie sie dasitzen: glücklich Händchen haltend?«

Als hätte das Schicksal nur darauf gewartet, diesen Hinweis zu bekommen, wie sich der Mensch Heinrich Bosetzky am besten quälen ließ, liefen ihnen auf Höhe der Linden-Passage Paul und Valeska Labitzke über den Weg. Gemeinsam schoben sie den Kinderwagen, in dem ihr kleiner Sohn selig schlummerte.

»Wie süß«, sagte Heinrich, nachdem er die beiden begrüßt hatte, doch es klang so falsch, daß alle es merkten.

»*Bedecke deinen Himmel, Zeus, / Mit Wolkendunst ...*« Paul Labitzke, der sich als Rezitator einen Namen gemacht hatte, konnte nicht anders, als den Prometheus zu bemühen. »*Wähntest du etwa, / Ich sollte das Leben hassen, / In Wüsten fliehen, / Weil nicht alle / Blütenträume reiften?* Heinrich, lieber Freund, wann bist du endlich zurück aus deiner Wüste?«

»Wenn ich Zumpe in selbige geschickt habe.«

Sie redeten noch ein Weilchen über dieses und jenes, doch das Gespräch blieb bemüht und oberflächlich, und jeder versuchte, um alles auf der Welt nicht von Orten, Dingen oder Menschen zu reden, die irgendwie an Emmi erinnern konnten. »Hast du gehört: Der Reichstag hat beschlossen, daß Sozialdemokraten keine Privatdozenten sein dürfen.« Das konnte Paul Labitzke sagen, weil es weder Heinrich und noch Emmi irgendwie tangierte. Aber schon seine Bemerkung, ob denn Heinrich nun eine Firmenfiliale in Kiautschou eröffnen werde, wo doch China den Deutschen dieses Stückchen Erde für 99 Jahre verpachtet habe, war deplaziert, denn sofort wurde Heinrichs Stimmung noch düsterer. »Gerne ... Wenn ich mit Emmi dorthin gehen könnte.«

So sagten sich die beiden Freunde bald ade, und was Walter Jagow in der nächsten Zeit auch versuchte, keine Zerstreuung war stark genug, Heinrich von dem abzulenken, was allein wichtig für ihn war: »Wie bringe ich Gustav Zumpe in die Irrenanstalt?« Nun gut, man kam voran, aber noch war er nicht dort, nicht in Dalldorf, nicht in Herzberge. Heinrich drückte es gern in der Boxersprache aus: »Er taumelt schon, er hängt schon in den Seilen, jetzt noch der entscheidende Punch, dann ist er k. o.« Zu viele Aufträge hatten sie ihm mit Dumping-Preisen weggenommen, ihn zu oft über Strohmänner gehörig reingelegt, als daß er es bei seiner dünnen Kapitaldecke überstanden hätte, ohne Schaden zu nehmen.

»Walter, wann kommt der tödliche Schlag?« war Heinrichs Standardfrage, immer wenn er mit Jagow allein war. So auch heute, als sie auf die Habelsche Weinhandlung zusteuerten, um dort zu speisen.

»Der Pleffka, der Polier, hat mich gestern abend angerufen. Wir sollten uns mit ihm mal treffen ... aber an einem Ort, wo uns nicht jeder sehen kann ...«

»Das klingt ja sehr vielversprechend ...«

»Soll ich ihm Sonnabend nachmittag, vier Uhr, Bahnhof Grünau vorschlagen? Da kennt uns nicht jeder.«

»Ja, mach das mal.«

Nach dem Essen bei Habel trennte sich Heinrich von seinem Begleiter und fuhr mit einer Droschke zum Wedding hinauf. Dort in der Gegend der Soldiner Straße wartete das einzig echte Vergnügen dieses Tages auf ihn. Es bestand darin, vor einer Destille zu stehen, zu warten und dann zuzusehen, wie ein schwergewichtiger Mann von Wirt, Zapfer oder Kellner auf die Straße geführt wurde und bis zur nächsten Laterne taumelte, um sich zu erbrechen. An anderen Abenden ging er auch in die Knie und kroch auf allen Vieren weiter, bellte gar. Selten schaffte er es, zum Harnlassen den Hosenschlitz zu öffnen, meist ließ er alles laufen, wie es gerade kam. Dann rappelte er sich wieder etwas auf, ging mit rudernden Armen weiter Richtung Wriezener Straße und sang dabei so grölend obszöne Lieder, daß fast immer ein Gendarm erschien und ihn zur Ordnung rief: »Herr Zumpe, ich muß doch bitten! Wo bleibt denn Ihre Reputation?!«

Seine Zeuthener Villa hatte Gustav Zumpe schon verkaufen müssen. Nun wohnte er wieder in dem Haus, in das Heinrich eingestiegen war, um Emmi Rosen und Theaterkarten vor das Bett zu legen. Und seine Geschäfte gingen so schlecht, daß er seinen Kummer mehrmals in der Woche ertränken mußte. Er sah sein Unglück in den Machenschaften der finsteren Mächte des Marktes begründet und ahnte nichts von Heinrichs Treiben. Den Freitod seiner Tochter führte er auf deren krankes Gemüt zurück. Er kam nicht auf den Gedanken, daß die durch ihn verhinderte Heirat zwischen Emmi und Heinrich sein Kind in den Tod getrieben hatte. So konnte er auch nicht erkennen, daß der Konkurrent die Ursache seines geschäftlichen Niederganges war. Ein Fluch lag über seinem Leben – und er wußte nicht, warum.

Ferdinand Pleffka hatte schon bessere Tage gesehen. Um die Jahrhundertwende war es ihm gelungen, eine kleine Baufirma zu gründen – und die Zukunft schien für ihn, seine Frau und seine Kinder gesichert zu sein. Mit dem Bankier K. hatte er auch einen Geldgeber gefunden, mit dessen Hilfe er sein erstes Wohnhaus hochziehen wollte. K. verkaufte ihm eine Baustelle in Friedenau und verpflichtete sich, ihm die zum Bauen nötigen Baugelder in Raten per

Balkenlage vorzustrecken. Da Pleffka nur einen kleinen Teil des Kaufpreises in bar bezahlen konnte, wurde der Rest des Kaufgeldes als Hypothek auf die Baustelle eingetragen. So weit, so gut. Nur zeigte sich, daß in der Praxis der Bau wesentlich mehr Gelder verschlang, als Pleffka von K. bekam, so daß das Gebäude immer stärker mit Hypotheken belastet werden mußte. Das hatte Pleffka nicht vorhersehen können, und es traf ihn besonders hart, weil er sich inzwischen am Kaiserplatz eine Wohnung in großartigem Stile eingerichtet hatte und seine Frau sich immer eleganter kleidete – was man auch mußte, um auf die Handwerker Eindruck zu machen. Als der Bau nahezu vollendet war, erschien Pleffka bei K. im Büro, um sich die letzte Rate abzuholen. »Tut mir leid, mein lieber Pleffka«, erklärte da Herr K., »aber ich sehe mich außerstande zu zahlen. Zu viele Ungehörigkeiten hat es in bezug auf die Einhaltung des Bauvertrages gegeben. Zeugen kann ich Ihnen viele nennen.« Pleffka befand sich nun in größter Verlegenheit, denn ohne weiteres Geld konnte er das Mietshaus nicht fertigstellen. Und die Handwerker rannten ihm die Bude ein, um ihr Geld zu bekommen. Sie ließen bei ihm zu Hause pfänden. Seine schöne Wohnung stand schnell leer. Er wollte sich schon das Leben nehmen, doch seine Frau entdeckte ihn ihm letzten Augenblick und entriß ihm den Strick. Da stand K. vor seiner Tür und spielte den Retter. »Gut, lieber Pleffka, Sie sollen alles haben, was Sie noch brauchen.« Die Bedingung dafür sei allerdings, daß Pleffka in eine Zwangsversteigerung des Grundstücks einwillige. Das tat er, denn er sah kein anderes Mittel, dem Ruin noch zu entgehen. Bei der Zwangsvollstreckung erstand dann Herr K. das Grundstück samt Haus gegen ein niedriges Gebot. Niemand konnte ihn überbieten, da die eingetragenen Hypotheken den Wert des Grundstücks überstiegen. Die Handwerker waren um ihre Forderungen geprellt, Pleffka hatte sein kleines Vermögen verloren und mußte sehen, daß er als Maurer Arbeit fand. Schließlich wurde er Polier bei Gustav Zumpe, doch er hatte nie verwunden, was *die* ihm angetan hatten, all die K.s und die Zumpes, und er beschloß, Wolf unter Wölfen zu werden.

Mit diesem Ferdinand Pleffka hatten sich Heinrich und Walter

Jagow nun am Bahnhof Grünau getroffen, um mit ihm unauffällig als kleine Herrenpartie durch den Wald zu wandern und ohne jeden Zeugen das zu besprechen, was zu besprechen war. Walter Jagow, mit seinem genialen Gespür für angeknackste Menschen und willige Helfershelfer, hatte Pleffka sehr schnell als den geeigneten Mann entdeckt, Gustav Zumpe den Todesstoß zu versetzen.

»Mit der von uns vorgeschlagenen Summe sind Sie einverstanden?« fragte Heinrich.

»Ja. Ich will mit meiner Familie nach Amerika gehen und da ein völlig neues Leben anfangen.«

»Ich wünsche Ihnen viel Glück dabei.« Heinrich hieb mit seinem Spazierstock ein paar trockene Äste vom Baum. »Und Sie garantieren, daß bei dem, was Sie uns vorschlagen, Menschenleben nicht gefährdet werden?«

»Selbstverständlich. Morgens um drei ist kein Mensch auf der Kaiserallee, und der Rohbau stürzt ja in sich zusammen.«

Pleffka blieb stehen und zeichnete mit seinem Spazierstock in den Sand des Waldweges, wie er sich das Ganze vorstellte. An ganz bestimmten Stellen waren Steine zu lockern, war dem Beton zuviel Sand zuzusetzen, war der Statiker zu überlisten ... Er lächelte. »Mein Vater war Sprengmeister im Erzgebirge ... Ich kenne mich da aus ... Alles wird zusammenstürzen wie ein Kartenhaus.«

Heinrich sah Jagow an. »Walter, ist das der tödliche Schlag?«

»Ja, davon wird sich auch ein Gustav Zumpe nie wieder so richtig erholen.«

Seit fast zwanzig Jahren gab es die Irrenanstalt in Dalldorf, doch als sich Heinrich Bosetzky am Stettiner Bahnhof eine Fahrkarte nach Dalldorf lösen wollte, sah ihn der Mann hinter der Scheibe nur grinsend an.

»Das liegt doch an der Nordbahn, da ist doch ein Bahnhof ...?«

»Schon, doch hier löst keiner ein Billett nach Dalldorf, hier wollen alle weiter bis nach Hermsdorf ... Um nicht ausgelacht zu werden.«

»Ach so ...« An das Naheliegende hatte Heinrich nicht gedacht.

»Nein, ich will da nicht selber hin, ich will nur einen Verwandten besuchen.«

»Das sagen alle.«

»Nun werden Sie mal nicht komisch!«

Dann saß er im Zug und fuhr nach Norden. Gesundbrunnen. Pankow. Obwohl in Berlin geboren, war das eine fremde Welt für ihn. Hier war er weder privat gewesen noch mit seinen Sportvereinen, noch hatte es in dieser Gegend ein Bauvorhaben gegeben. Berlin als Scheibe – so wie sich die Urmenschen die Erde vorgestellt hatten –, so war die Hauptstadt in seinem Bewußtsein abgebildet, und hinter der Wollankstraße, da wo Emmi gewohnt hatte, war für ihn der Rand der Scheibe. Also war jetzt ein kindlich naives Staunen in ihm, daß es jenseits des Scheibenrandes auch noch Straßen gab und Häuser und Menschen.

Hinter Schönholz verzweigte sich die Strecke. Geradeaus ging es weiter nach Oranienburg und links ab nach Kremmen. Reinikkendorf war die nächste Station, dann kam Dalldorf. Heinrich stieg aus und hatte für Augenblicke das Gefühl, selbst wieder Patient zu sein wie damals in Thale. Und vielleicht war er tatsächlich krank ... Nur ein krankes Gehirn konnte sich das ja ausgedacht haben: den halb fertigen Rohbau eines Wohnhauses einstürzen zu lassen. Pleffka schwamm schon auf dem Atlantik, niemand hatte Verdacht geschöpft.

Die gelben Klinkerbauten der Irrenanstalt lagen unweit des Bahnhofes, und nach kurzem Fußweg stand er an der Pforte. Zwar war er nicht allein aufs Geratewohl nach Dalldorf gefahren, denn es war ihm berichtet worden, daß Zumpe abgeführt worden war, nachdem er sein Haus in der Wriezener Straße in Brand gesteckt und mächtig randaliert hatte, doch definitiv wußte er nichts über dessen Verbleib. So schlug sein Herz ungewohnt schnell, als er in die Pförtnerloge trat. Auch aus der Angst heraus, daß man sagte, er solle gleich hier bleiben, man habe schon auf ihn gewartet.

»Guten Tag. Ich bin der Bauunternehmer Heinrich Bosetzky ...« Die Stimme, mit der er da sprach, kannte er nicht.

»Und? Bitte?«

»Ich komme gerade von einer längeren Reise zurück, und man hat mir gesagt, daß sich mein Schwiegervater zur Zeit hier aufhalten soll, der Baumeister Gustav Zumpe ... Ob Sie wohl bitte mal ...?«

»Ja, warten Sie ...« Der Mann rückte seine Mütze zurecht, zwirbelte den Schnauzbart und schaute in seinen Kladden nach. »Zumpe, Gustav ...«

»Ja, wohnhaft Wriezener Straße ...«

»Haben wir nicht ...«

»Sind Sie sicher?«

»Moment mal ...« Der Pförtner holte einen Kollegen herbei und ging mit dem zusammen noch einmal die Listen durch. »Doch hier ... In dem Pavillon gleich geradezu.«

»Danke sehr.«

Heinrich trat wieder ins Freie und machte ein paar Schritte in die angegebene Richtung. Als er den Blicken des Pförtners entschwunden war, stellte er sich hinter einen Baum und wartete. Es dauerte nicht lange, da sah er Gustav Zumpe zwischen zwei Wärtern über den Rasen schlurfen. Heinrich ballte die Fäuste, und sein Gesicht verzerrte sich, als hätte man ihn selbst mit Elektroschocks traktiert. Dann löste sich der Krampf, und er richtete das Gesicht gen Himmel.

»Emmi, du bist gerächt! Ich habe Wort gehalten und bin jetzt wieder ein freier Mann.«

Gleiwitz, die Stadt, in der Heinrich mit den Geldern seiner Cécile die Maurerlehre zu Ende gebracht hatte, war vor über sechshundert Jahren vom Oppelner Herzog Wladislaus als Stadt nach deutschem Recht am linken Ufer der Klodnitz gegründet worden. Aus der Zeit seiner Lehre war ihm mit Hugo Zimmermann ein enger Freund verblieben, und der hatte sich inzwischen ebenfalls selbständig gemacht und in der Schröterstraße 11 ein Zimmerei- und Baugeschäft eröffnet. Ab und an sah man sich noch.

Der Herbst des Jahres 1899 war gekommen, und das Jahrhundert ging nun wirklich mit Riesenschritten seinem Ende entgegen. Heinrich hatte, nachdem das Kapitel Gustav Zumpe für ihn erledigt war, mit HB-Bau zu neuen Höhenflügen angesetzt und suchte jetzt vermehrt außerhalb Berlins nach lukrativen Aufträgen. Die konnte er am ehesten an Land ziehen, wenn es ihm gelang, mit örtlichen Unternehmern zu kooperieren. Er brachte das Kapital und die Technik ein, die Partner die Ortskenntnis und die Verbindungen zu den Honoratioren in ihrem Umfeld. Da hatte es nahegelegen, daß ihm auch Hugo Zimmermann eingefallen war.

So saßen sie jetzt in einem Restaurant am Gleiwitzer Markt und plauderten über dieses und jenes, über Väter, Frauen, Liebhabereien, Pläne und Geschäfte.

»Was ich meinem Vater zu verdanken habe?« Heinrich mußte eine Weile nachdenken. »Zum Glück nichts. Denn in allem ist er doch gescheitert: als Lehrer, als Amerika-Auswanderer, als Soldat, als Dichter ... Das ist wohl der größte Fluch, der einen treffen kann: Zu etwas ein bißchen Begabung zu haben, zuviel, um es zu lassen, aber zuwenig, um damit Erfolg zu haben.«

»Den hast du ja nun in deinem Metier.«

Heinrich hob das Glas. »Du in deinem nicht minder.«

»Ich verdanke das nun weniger meinem Vater als vielmehr meinem Schwiegervater Josef Hauke, dem Maurermeister am Breslauer Dom.«

»Auf deinen Schwiegervater!«

»Auf dich und dein wunderschönes Geschenk!« Hugo Zimmermann zeigte auf die kleine Repetieruhr, die Heinrich bei einem Trödler am Rosenthaler Tor erstanden hatte. »Ich zeige dir nachher, wenn wir im Büro sind, was ich schon alles gesammelt habe. Aber wie sieht es denn aus bei dir: schon verheiratet ...?«

Heinrichs Miene verdüsterte sich. »Ich werde niemals heiraten!« Und er erinnerte den Freund an das Drama um Emmi.

»Da bist du wirklich zu bedauern ...«

»Ja und nein. Ich mache es wie ein Mönch, nur daß ich die Zeit des Betens auch noch nutze, um zu arbeiten. Apropos: Arbeit ... Wie sieht's denn da aus in Oberschlesien?«

»Es könnte besser sein ... Ich zeig dir mal, wo wir hier in Gleiwitz was haben.« Hugo Zimmermann winkte den Kellner herbei und zahlte für beide.

Eine Stadtführung wurde es nicht, denn Heinrich kannte Gleiwitz von seiner Lehrzeit her. Nur die tanzenden Faune auf dem Brunnenrand wollte er noch einmal sehen. »Die haben mich immer so schön angeregt, wenn es zum Tanzen ging ... Ach ja, mit vielen hab' ich damals am nächsten Morgen eure Kruppnioken gegessen ...« Das war eine Suppe aus Wellwurst und Graupen, den berühmten Kälberzähnen.

Hugo Zimmermann lachte. »Und du willst nichts von deinen Vätern geerbt haben?«

»Wieso? Ich bin ein nüchterner preußischer Baumeister.«

»Du bist ein schlimmerer Romantiker als Erdmann und Friedrich, denk nur an die Sache mit Emmi und daß du nun allem entsagen willst.«

Heinrich war nachdenklich geworden. »So unrecht magst du gar nicht haben ...«

Sie wanderten durch die Stadt und kamen schließlich zum Hafen, denn Hugo Zimmermann mußte dem Berliner Freund natürlich auch seinen Lagerplatz zeigen. Gleiwitz war durch einen Kanal, der knapp oberhalb von Kosel in die Oder mündete, mit den Wasserstraßen des Reichs verbunden. Am Kai der Firma Hugo Zimmermann lag gerade ein Oderkahn, aus dem etliche Arbeiter mit einer etwas vorsintflutlichen Hebevorrichtung schwedischen Granit entluden.

»Den brauche ich für eine Fabrikantenvilla in Petersdorf«, erklärte ihm der Freund. »Ein Direktor der Graf von Ballestremschen Güterdirektion will hier ansässig werden.«

»Sehr schön, ja ...«

»Aufpassen, heh!« Der Oderschiffer, der das Entladen seines Kahns penibel überwachte, hatte Angst um seine Aufbauten. Und in der Tat schrammte einer der riesigen Granitbrocken haarscharf an seiner Kajüte vorbei. Schuld daran war ein Mädchen von knapp fünfzehn Jahren, das eben im Barchenthemd aus der Kajüte gekommen war und die Arbeiter gebührend abgelenkt hatte. Auch Heinrich war unwillkürlich zusammengezuckt, denn die Kleine sah seiner Emmi so ähnlich, daß er für einen Augenblick dachte: »Sie ist gar nicht tot, Zumpe hat dir das nur vorgegaukelt.«

Hugo Zimmermann lachte. »So eine große Tochter schon! Na, Ihr in Tschicherzig, Ihr scheint ja früh damit anzufangen.«

Der Oderschiffer winkte ab. »Nein, das ist nur meine jüngere Schwester, die meine Frau entlasten soll ... Die kriegt 'n Kind.«

Heinrich ging weiter, denn nichts quälte ihn mehr als fremdes Glück. Er hatte gehofft, ein gänzlich neuer Mensch zu werden, wenn er nur erst sein Ziel erreicht hatte, Gustav Zumpe nach Dalldorf zu bringen – doch nun saß der dort ein, und Heinrich ging es noch immer nicht besser.

Am nächsten Tag fuhr er mit der Bahn über Breslau nach Berlin zurück und war nicht eben heiter gestimmt, denn ein gemeinsames Projekt mit Hugo Zimmermann hatte sich nicht finden lassen. Auch zu einer gemeinsamen Silvesterfeier hatte der Gleiwitzer Freund nicht in die Hauptstadt kommen wollen. »Was an diesem Abend machen?« Das war die Frage, die Heinrich in den nächsten Wochen am meisten beschäftigte. »Mit wem feiern?« Walter Jagow fiel aus, denn der wollte nach Paris reisen und den Jahrhundertwechsel in den Armen einer willigen Dame verleben. Und von Paul Labitzke hatte er sich zu sehr entfremdet, seit der zu Hause nur noch das eine Stück auf dem Spielplan hatte: »Trautes Heim, Glück allein«. Längst erzählte er dem anderen nicht mehr alles, was ihn bewegte, und daß sie ein Haus Zumpes zum Einsturz gebracht hatten, wußte Paul natürlich nicht. Sicherlich wäre der zur Polizei gegangen. Daß Heinrich so einsam war, lag primär darin begründet, daß sich sein Wesen nach dem Tod Emmis und seiner Zeit mit der sterbenden Cécile so sehr verändert hatte. Seine Wohnsituation lud allerdings auch nicht gerade zur Geselligkeit ein. So wie er hauste, auf dem Dach seines Bürogebäudes in Stralau, konnte er natürlich keine Gesellschaften geben und niemanden kennenlernen – eine Frau schon gar nicht. Und dieses Problem wurde immer drängender. Walter Jagow hatte es neulich sehr drastisch formuliert: »Du kannst dir doch nicht alles durch die Rippen schwitzen! Niemand kann an gegen die Natur, ohne Schaden zu nehmen. Wenn sich nicht bald ein Schoß für dich öffnet, dann verfällst du dem Wahnsinn und kommst dahin, wo Zumpe schon ist.« Doch die Dame, die er ihm dann nach Stralau geschickt hatte, war mit einem Fluch zurückgekehrt: »Bei einem Eunuchen wie dem ist auch meine Kunst vergeblich gewesen.«

Manchmal erwog Heinrich auch, zwischen den Jahren in Tamsel zu bleiben, denn Weihnachten war er ja ohnehin dort bei seinem Vater. Warum nicht gleich bis Neujahr bleiben? Nein, dann schon lieber allein Trübsal blasen als mit dem Alten zusammen. Er holte sich die nächste Flasche Rotwein aus dem Keller nach oben ...

Als dann wirklich auf dem Kalenderblatt *31. Dezember 1899* zu lesen war, hatten sich für Heinrich keine anderen Perspektiven ergeben, und er hatte beschlossen, allein ins neue Jahrhundert zu feiern. Als es aber neun Uhr geworden war, hielt er es nicht länger aus, zog sich an und stürzte ins Freie. Er lief nach Treptow und setzte sich am Spreetunnel, der gerade ein paar Tage vorher eröffnet worden war, in eine bereitstehende Straßenbahn der Linie 83, um zur anderen Endstation zu fahren, zur Behren-, Ecke Friedrichstraße. Dort herrschte genau der Trubel, von dem er sich Rausch und Ablenkung versprechen konnte. Aus allen Himmelsrichtungen strömte es in Scharen den Linden zu, nicht nur aus Berlin selbst, sondern auch aus den Städten und Gemeinden ringsum, angefangen von Charlottenburg und Schöneberg bis Potsdam, Spandau, Bernau, Königs Wusterhausen und Klein Kleckersdorf. Heinrich ließ sich treiben, immer hoffend, daß sich irgendwie die Gelegenheit ergab, die Bekanntschaft einer Dame zu machen, mit der sich das neue Jahrhundert Arm in Arm erobern ließ. Aber nichts tat sich, es war wie verhext. Er mußte an einen Ausspruch seiner Mutter denken: »Mit Gewalt läßt sich kein Bulle melken.« Erschwerend kam hinzu, daß die Cafés und Restaurants Unter den Linden und in der Friedrichstraße aus Sicherheitsgründen ihre Tore um elf Uhr schlossen und nicht wieder öffneten, bevor sich die Massen verzogen hatten. Was blieb Heinrich da, als zuzusehen, daß er in die Nähe des Schlosses gelangte, wo am meisten zu erwarten war.

Am Dom ging es nicht mehr weiter, und das Gedränge wurde so stark, daß er immer wieder in sehr engen Kontakt mit der einen oder anderen Berlinerin geriet. Es war höchst unschicklich, aber über alle Maßen reizvoll für ihn, hatte er es doch seit Céciles Ableben nicht mehr kennengelernt.

»Heh, Sie, lassen Sie das!« Die große Brünette, die vor ihm stand, fuhr zornig herum.

»Was denn?« Heinrich war sich keiner Schuld bewußt.

»Nehmen Sie die Hand aus meiner Tasche.«

»Na, hören Sie mal.«

»Hier muß es Taschendiebe geben, Edith!« Empört wandte sie sich an ihre Freundin.

Heinrich beeilte sich, Abstand zu gewinnen. Er konnte sich losmachen und noch ein paar Meter Boden in Richtung Lustgarten gutmachen.

»... zehn ... neun ... acht ... sieben ... sechs ... fünf ... vier ... drei ... zwei ... eins ... Prost Neujahr!«

Die Geschütze des 1. Garde-Feld-Regiments, die im Lustgarten aufgefahren waren, schossen dem neuen Jahrhundert Salut. Die Glocken sämtlicher Kirchen begannen zu läuten. Von den Zinnen des königlichen Schlosses ergoß sich aus sechs elektrischen Scheinwerfern eine Fülle blendenden Lichtes über das Denkmal Kaiser Wilhelm I., Hochrufe der Menge durchbrausten die Linden und die Friedrichstraße. Wildfremde Menschen umarmten Heinrich und wünschten ihm Glück und Segen, zum Teil in Sprachen, die er noch nie in seinem Leben gehört hatte.

Doch richtig Anschluß fand er nirgends, und so machte er sich dann, während die anderen freudetrunken feierten, zu Fuß auf den Heimweg nach Stralau, um sich in seiner Mansarde derart zu betrinken, daß er am 2. Januar, als die Arbeit wieder begann, noch immer nicht so richtig nüchtern war.

Statt seiner Bauzeichnungen las Heinrich erst einmal die Zeitungen. *2. Januar 1900* ... Gott, ehe man sich daran gewöhnt hatte und nicht mehr 18 schrieb.

»Was wird erst sein, wenn es 2000 heißt?«

Walter Jagow sah ihn an. »Es wird jedenfalls keinen Bosetzky mehr geben, wenn du so weitermachst wie bisher.«

Heinrich ignorierte es. Doch was in der Zeitung stand, erfreute ihn auch nicht sonderlich. Immer zog man andere vor, immer wurden andere ausgezeichnet – nie er. War er zur Neujahrs-Gratulations-Cour des Kaisers eingeladen worden? Natürlich nicht. *Se. Maj. der Kaiser und König haben allergnädigst geruht, aus Anlaß der Jahrhundertwende Allerhöchst ihrem Oberst Schenk, Fürsten Hermann von Hatzfeldt zu Trachenberg ... die Herzogswürde zu verleihen ...* Nun, das mußte ja nicht unbedingt sein, aber zum Frühstück hätte der Kaiser ihn und die anderen Baumeister, die seine Hauptstadt zum Spreeathen machten, schon einladen können, fand Heinrich. Aber denkste! *Zur gestrigen Frühstückstafel bei dem Kaiserpaar waren geladen die hier anwesenden Militärattachés, die Flügeladjutanten Major v. Chelius, Rittmeister v. Bülow und Oberst Graf v. Moltke, Kommandeur des Leibkürassier-Regiments.* Spätestens hier dachte Heinrich schmerzlich an seinen Urgroßvater Johann zurück, der doch, stimmte die Überlieferung, mit Friedrich dem Großen sozusagen auf du und du gestanden hatte. »Ach ja ...« Heinrichs Seufzer war weithin zu hören. Es war eine ziemliche Qual für ihn, dies alles zu lesen, denn es zeigte ihm, wie tief unten er doch trotz aller kommerziellen Erfolge noch immer stand. Das war ebenso schmerzlich wie sein Pech in der Liebe. Erhebend fand er lediglich die *Kundgebung des Kaisers an die Armee*, in der es unter anderem hieß: *Vollendet ist das Jahrhundert, dessen Beginn das Vaterland in seiner tiefsten Erniedrigung sah, dessen Ausgang gekrönt ist durch die Wiedererstehung von Kaiser und Reich!*

In diesem Moment kam seine Aufwartung ins Büro, die alte Wruckel, und warf ihm eine zierliche Damenhandtasche aus schwarzer Stickerei auf das Stehpult.

Heinrich war ein wenig verwirrt. »Was soll ich damit? Als Henriette zum Fasching gehen?«

»Det hat bei Sie in Ihr'm Rock gesteckt.«

Walter Jagow lachte. »Ha, da haben wir ja das galante Abenteuer.«

»Wenn man eins gewesen wäre.«

»Dann bist du unter die Taschendiebe gegangen ...«

Da zündete es bei Heinrich. »Mensch, du ...« Deutlich stand ihm die Szene vor Augen, wo die große Brünette vor ihm von einem Taschendieb gesprochen hatte. Den mußte es wirklich gegeben haben, und der war ganz offensichtlich in Panik geraten und hatte das Diebesgut schnell dem Nächstbesten in die Manteltasche praktiziert. »Guck doch mal, was drin ist ...«

»Nichts Besonderes ... Abgerissene Theaterkarten, ein paar Münzen, Bonbons, Riechsalz ... Briefe, Billets, einiges sehr Persönliche ... Und eine Puderdose, offensichtlich aus Gold ...«

»Keine Adresse?«

»Nur eine Telefonnummer ... Amt Wilmersdorf.«

»Gib her, ich ruf mal an ...« Heinrich machte sich ans Werk und bekam schließlich ein Mädchen an den Apparat.

»Hier bei von Hagemann.«

»Hier HB-Bau in Berlin-Stralau-Rummelsburg. Einer unserer Arbeiter hat in einer Baugrube Unter den Linden eine Damenhandtasche mit wertvollem Inhalt gefunden ...«

»Det is dem jnädigen Frollein ihre, die tut sie vermissen.«

»Dann möge die Dame doch so nett sein und hierher kommen, sie in Empfang zu nehmen ...« Heinrich gab noch die genaue Adresse durch.

»Als echter Kavalier hättest du sie ihr auch bringen können«, sagte Walter Jagow.

»Wenn es die ist, die ich in Erinnerung habe, dann kann sie ruhig hier antanzen, denn so etwas von Hochmut ist mir noch nicht begegnet.«

»Der kommt ja bekanntlich vor dem Fall ... Und ich seh' sie schon, wie sie dein Büro als gefallenes Mädchen verläßt.«

»Ach, Walter, bei einer wie der ist mir schon früher alles vergangen.«

Als dann zwei Stunden später Bettina von Hagemann mit ihrer Freundin Edith vor ihm auf dem Bauplatz stand, wurden seine Befürchtungen noch um vieles übertroffen, denn das gnädige Fräulein war ihm alles andere als dankbar.

»Sie sind das!« schrie sie. »Der Taschendieb aus der Silvesternacht! Und Sie haben die Frechheit, mir noch einmal unter die Augen zu treten?! Hat Ihr Chef schon die Polizei verständigt?«

»Bitte, nein ... Ich habe mich doch reuig zu all meinen Sünden bekannt.« Heinrich war wohl doch zu lange mit Paul Labitzke befreundet gewesen, als daß ihn dessen Lust an der Schauspielerei nicht irgendwie angesteckt hätte. Da er gerade wegen der Reparatur seiner Dampframme im Schlamm gelegen hatte, sah er wirklich wie ein Bauarbeiter aus.

»Bettina, komm, laß dieses Subjekt!« Die Freundin zog sie weiter. »Wo ist denn nun die Tasche, die sie gestohlen ... äh, gefunden haben? Stehlen heißt ja, etwas finden, bevor es der andere verloren hat.«

»Bitte, führen Sie uns sofort zu Herrn Heinrich Bosetzky.«

»Sofort.« Wie ein Zauberer schnippte Heinrich mit dem Finger. »Da steht er schon, direkt vor Ihnen.«

»Was denn – Sie sind das?« Edith konnte es nicht fassen.

Fräulein von Hagemann lief rot an. »Dann haben *Sie* mir die Handtasche gestohlen, um mich hierher zu locken ...?«

»So war es zwar nicht, aber wenn Ihnen diese Version besser gefällt als die Wahrheit ...«

»Sie wagen es ...!«

Heinrich lachte. »Ich wage noch ganz etwas anderes: nämlich Sie hier stehenzulassen.« Und jetzt zeigte sich, daß er sein halbes Leben auf dem Bau verbracht hatte. »Verdammt noch mal, nehmen Sie jetzt Ihre Kackstelzen und holen Sie sich Ihren Plunder oben im Büro ab, oder der ganze Mist fliegt in den Ofen.«

Im Jahre 1865 hatte der Hamburger Kaufmann Johann Anton Wilhelm Carstenn die Rittergüter Lichterfelde und Giesendorf im Süden Berlins zu einem Preis von 345 000 Talern vom Grafen Karl von Königsdorf erworben, um eine vornehme Villenstadt errichten zu lassen. Zwar brach sein Geschäftsimperium schon 1878 wieder zusammen, doch sein Lichterfelde hatte inzwischen erheblich an Gestalt gewonnen und galt bei den Berlinern als gute Adresse, befand sich doch hier die weltberühmte Kadettenanstalt. Außerdem war in Groß-Lichterfelde die erste elektrische Straßenbahn der Welt in Betrieb genommen worden.

Im Spätsommer des Jahres 1900, gerade war wieder einmal der Sedanstag gefeiert worden, begann HB-Bau an der Paulinenstraße, unweit der Finckensteinallee, die eine Art Magistrale war, mit dem Bau einer Villa, für die sich ihr Architekt ein ganz besonderes historischen Vorbild auserwählt hatte, nämlich Schloß Tamsel an der Warthe. »Da, wo es mit Johann von Bosetzki in der Geschichte unserer Familie so glorreich begonnen hat, da wollen wir zu Beginn des neuen Jahrhunderts wieder ansetzen.« So Heinrich Bosetzky bei der Grundsteinlegung. Die meisten hielten es für einen Spleen, hatte er doch bislang diesen Wurzeln seiner Familie väterlicherseits wenig Beachtung geschenkt.

Nach längerem Hin und Her hatte man sich geeinigt, die Hochzeit auf den letzten Freitag im Oktober zu legen. Was Heinrich und Bettina verband, ließ sich schwer ergründen. Die pure Lust war es ganz sicher nicht, denn Heinrich war es eher zuwider, sich die Braut ohne jede Hülle vorzustellen, und mehr als einmal sagte er zu Walter Jagow, er ließe sich lieber einen Zahn ziehen, als in ihren Schoß zu dringen. Sie war ihm zu groß und viel zu männlich, von ihrer Behaarung ganz zu schweigen. Und ihr Miteinander romantische Liebe zu nennen, wäre grotesk, ja zynisch gewesen, denn sie schnauzten sich nur pausenlos an und gefielen sich darin, die Schwächen des anderen schonungslos aufzudecken. Aber auch das, was die meisten dachten, daß sie nämlich allein durch kommerzielle Überlegungen zusammengefunden hätten, traf den Kern der Sache nicht. Schön, sie war die Tochter eines Kommerzienrates, der mit seinen Farben und Tapeten und seinem Titel als Königlicher Hoflieferant eine Menge Geld verdiente. Die Gewerbe von Schwiegervater und -sohn paßten glänzend zusammen, doch war von Hagemanns Kapital viel zu gering, um Heinrich das zu erlauben, was er eigentlich *á la longue* vorhatte: die Nummer eins im Kaiserreich zu werden und eines Tages in die deutschen Kolonien zu gehen und dort zu bauen, in Deutsch-Südwest vor allem. Nein, diese Ehe ließ sich mit keiner Ratio erklären, sie war vor allem Spiel. Schon die Art und Weise, wie sie sich kennengelernt hatten, war ja Theater pur, und so kam Paul Labitzke der Lösung vom Rätsel der Trauung Bosetzky und von Hagemann auch am nächsten, als er sagte: »Beider Leben war zum Verzweifeln leer, und indem sie nun das Irrwitzige tun, versuchen sie, ihm Inhalt und Gewicht zu geben.« Das war tatsächlich nicht weit von der Wahrheit entfernt, denn auch Bettina hatte ihre große Liebe schon hinter sich und alle Hoffnung auf ein erfülltes Leben fahren lassen. Er war italienischer Diplomat und hatte sich nach Washington versetzen lassen müssen. Nach dem Abschied fühlte sie sich reif fürs Grab, denn was sollte nun noch kommen? Alles drehte sich im Leeren. Daß sie Heinrich da getroffen hatte, war ihr als der berühmte Wink des Schicksals erschienen: Die Ehe mit ihm, der Reiz des Spiels, war allemal besser als der Stumpfsinn zu Hause in Wilmersdorf. Außerdem war auf ein Kind zu hoffen, und ihr Vater sah darin das Allheilmittel gegen alle Schwermut.

Daß Heinrich den alten von Hagemann quasi miterwerben mußte, wurmte ihn gewaltig, denn er hieß nicht nur Gustav mit Vornamen, sondern sah dem unseligen Zumpe auch zum Verwechseln ähnlich. Das war sein Fluch, davon kam er nicht los.

»Junger Mann, können Sie meine Tochter auch glücklich machen?« fragte er Heinrich mit einem Blick, der alles sagte.

»Herr Sanitätsrat Conrad wird mir gern ein Attest darüber ausstellen wollen.«

»Ach was, das kann die Miezi besser.«

Heinrich spielte mit und hatte danach Mühe, der Frau Kommerzienrätin unter die Augen zu treten, doch Bettinas Mutter schien von den erotischen Eskapaden ihres Mannes wohl zu wissen. Sie war als Dienstmädchen aus Pommern nach Berlin gekommen und nun selbst eine Gnädige: Bertha von Hagemann. Daran berauschte sie sich jeden Tag – und das allein zählte. Als sie ihren Mann kennengelernt hatte, hatte der auf einem Hinterhof in der Luisenstadt Farben gemischt und war damit hausieren gegangen. Und nun saß man in einem kleinen Schlößchen an der Dorfaue in Wilmersdorf und hatte Zugang zu den höchsten Kreisen. Die nächste Abendgesellschaft war ins Auge zu fassen.

»Heinrich, wer sollte von Ihrer Seite aus zu Tische gebeten werden?«

»Am besten meine Tante Luise ... Luise von Lellichow ... mit meinem älterem Bruder Wilhelm, dem Helden von Thionville, nunmehr Generalmajor bei den Schwedter Ulanen ... Aber ich fürchte, sie werden auch diesmal wieder verhindert sein.« Den Grund nannte er nicht. Für ihren Tod hätte seine Schwiegermutter auch wenig Verständnis aufzubringen vermocht. Sie war überaus einfachen Gemüts, und auch bei der Vergabe von Tugenden wie Wärme, Herzensgüte und Aufrichtigkeit war sie von der Natur schlecht bedacht worden. Mit anderen Worten: Sie war eine giftige alte Vettel. Walter Jagow meinte immer, man sollte sie nach Afrika verschiffen und den Kannibalen in den Kolonien als Geschenk des Kaisers überreichen: »Kommt die bei denen in den Kochtopf, kann sich ein ganzer Stamm einen Monat davon ernähren. Nur die Feinschmecker, die das Gehirn auslutschen, werden nicht auf ihre Kosten kommen.«

Dies also war die Familie, in die Heinrich Bosetzky einheiratete, und zwischen ihrer Verlobung am Ostersonntag des Jahres 1900 und ihrer Hochzeit am 27. Oktober holte Heinrich alles nach, was er in den Jahren zuvor versäumt hatte: Kein vornehmes Restaurant, in dem er nicht speiste, kein Ball, auf dem er nicht tanzte. Statt in seiner Stralauer Mönchsklause speiste und trank er nun bei F. W. Borchardt in der Französischen Straße, bei Lutter & Wegner gleich nebenan, bei Kempinski in der Leipziger Straße und im Esplanade in der Bellevuestraße. Getanzt wurde im Wintergarten des Central Hotels in der Friedrichstraße und im Palais de Danse, wo die Kellner im Rokokostil gekleidet waren und Heinrich immer an seine Vorfahren denken mußte, an Johann und Erdmann von Bosetzki. Ihr größter Spaß hatte darin bestanden, am Wochenende vor einem der großen Berliner Hotels vorzufahren und sich ein Zimmer zu nehmen, so am Potsdamer Platz im Grand-Hotel Bellevue und im Fürstenhof, am Kurfürstendamm im Eden und in der Bismarckstraße im Grand Hotel am Knie, in Mitte im ehrwürdigen König von Portugal und dem Hôtel de Rome und schließlich Unter den Linden im Bristol, Kaiserhof und Adlon.

»Ihr lebt ja wirklich wie Gott in Frankreich«, sagte Paul Labitzke, der immer mehr zu knapsen hatte, da bei ihm nun schon drei hungrige Mäuler zu stopfen waren und er über die Statisterie noch immer nicht hinausgekommen war. Auch die Ressourcen seiner Frau waren nun erschöpft. »Wie machst du das bloß, daß du ...?«

»Ganz einfach: indem ich andere für mich arbeiten lasse.«

»Das ist Zynismus.«

»Das ist die Welt.«

Als er in der Kaiser-Wilhelm-Gedächtniskirche zum Traualtar schritt, wußte Heinrich, daß er auf dem Gipfel angekommen war, was das »Haste was, dann biste was« betraf. Und mit den Beziehungen, die der alte von Hagemann hatte, war seine Zukunft gesichert. Das nächste Ziel war greifbar nahe: den Adel in die Familie Bosetzky zurückzuholen. Wenn er sich um Berlin und seine Bauten weiterhin so verdient machen würde wie bisher, hieß es in gut unterrichteten Kreisen, könnte man das für seinen vierzigsten Geburtstag ins Auge fassen.

»Vater im Himmel, dieses Brautpaar tritt heute vor dich, um deinen Segen für seine Ehe zu empfangen. So bitten wir dich, Herr, unser Vater: Stehe diesem jungen Paar bei, damit es voll Zuversicht in die gemeinsame Zukunft geht. Laß es in guten wie in bösen Tagen daran glauben können, daß du ihnen nahe bist in ihren Hoffnungen und Wünschen und sie auch nicht allein lassen wirst mit ihren Sorgen und Ängsten. Ja, Herr, segne dieses Paar, damit sie einander zum Segen werden ...«

Tastend gingen Heinrichs Blicke zu Bettina hinüber, deren schimmerndes Weiß ihn blendete. Der lange, wallende Schleier und der zarte Myrtenkranz im Haar kaschierten ihre hagere Figur und ließen sie so erscheinen, wie sie keineswegs war: ebenso schön wie demütig. Seine Schwiegermutter, ganz in perlgrauer Seide, hatte sich so fest geschnürt, daß sie kaum noch Luft bekam. Dafür trug der alte von Hagemann einen viel zu weiten Frack, aus dem sich ein weißes Westenvorgebirge wölbte, das seinesgleichen suchte. Friedrich Bosetzky hatte leider nicht kommen können. Er war bei einem Spaziergang auf dem Warthedeich gestürzt, hatte sich den Arm gebrochen und war daher nicht reisefähig. Von Heinrichs Seite waren also nur die beiden Freunde erschienen. Walter Jagow haßte Hochzeiten und saß da wie der grimme Hagen, und auch Paul Labitzke fühlte sich in diesem Kreise nicht sonderlich wohl. Verstohlen hielt er Valeskas Hand. »Dies ist nicht mehr der Heinrich von früher«, flüsterte er, »offen und geradeheraus, das ist ein ganz anderer Mensch.«

Heinrich ahnte, um was es da ging, doch es berührte ihn wenig. Jeder hatte sein eigenes Leben zu leben.

Es gab eine große Feier draußen bei Otto Schramm in Wilmersdorf, und gegen neun schlich er mit Bettina hinaus auf die Straße, wo eine Droschke wartete, um sie zum Anhalter Bahnhof zu bringen. Nach Italien ging die Hochzeitsreise, und neun Monate später, am 26. Juli 1901, konnte man voller Stolz die Ankunft eines Erben vermelden: Der kleine Joachim war da.

Paul Labitzke zitierte auf seiner Glückwunschkarte Gottfried Keller: *Ruhig, mit nur wenigen Meisterschlägen schmiede der rechte Mann sein Glück!* Und er fügte hinzu, daß Heinrich gerade dies getan habe.

Neuntes Kapitel

1903–1905

Mein lieber Heinrich, schrieb Friedrich Bosetzky mit seinen kraftvollen, aber zugleich flüchtigen Buchstaben, die zu einem Teil aussahen wie Hieroglyphen, zum anderen wie persische Zeichen, *laß mich das hellste Sonnenlicht nutzen, das ein Mittag im Juni mir schenkt, denn ohne diese wundervolle Gottesgabe kann ich trotz der besten Brille kaum mehr erkennen, was die mit leicht zittriger Hand geführte Feder auf dem Papier an Tintenklecksen hinterlassen hat. Nun ist es etwa sechzig Jahre her, daß ich beschlossen hatte, das Glück am anderen Ufer der Warthe zu suchen, am berlinischen sozusagen. Der Aufbruch der Bosetzkis nach Berlin – Bosetzki damals noch mit i. Weshalb, wieso, warum? Es war die menschliche Natur, von Pindar in den schönen Satz gekleidet: »Werde der, der du sein kannst.« In Tamsel wäre das nicht gegangen, zumal ich ja stigmatisiert war als Königsmörder. (Du weißt ja, daß ich ein entfernter Bekannter des Attentäters Tschech gewesen bin.) Wäre ich damals nicht nach Berlin gegangen, wärst Du heute nicht der, der Du bist: ein großartiger Baumeister, ein Millionär. Bis hierher in die Terra Transoderana, wie man die Neumark zu Zeiten der Askanier nannte, sind die Nachrichten von Deinem Glanz und Deinem Ruhm gedrungen. Würde ich nicht durch Rheuma und Gicht – weniger durch die Einsicht – vom Wahne befreit sein, ein Theaterstück schreiben zu müssen, würde ich sofort damit beginnen und es »Der Väter Traum« betiteln. Ich weiß auch, mein lieber Heinrich, wie sehr Du unter einem Vater, wie ich einer bin, gelitten hast, wie Du mich verflucht und verspottet hast als parfümiert und weibisch, nie eines kraftvollen Entschlusses fähig … Zugegeben, doch wie auch immer: Ich habe mir nicht nur auf den Barrikaden in Berlin und den Schanzen vor Vicksburg die Kugeln um die Ohren fliegen lassen, ich habe auch zwei Söhne gezeugt, auf die das Land stolz sein kann: einen prachtvollen Soldaten und einen ebenso prachtvollen Baumeister. So schlecht also kann doch mein Samen nicht gewesen sein, denke ich, wo es immer schneller dem Tag entgegengeht, an dem ich meinen 86. Geburtstag feiern kann, hoffentlich mit Dir, Deiner trefflichen Gemahlin und dem goldigen Achim hier in Tamsel ...*

Als er bis zu dieser Zeile gekommen war, verließen ihn die Kräfte, und er mußte sich erst einmal auf seinem Bett ausstrecken. Dann betete er. »Herr, Gott, du bist unsre Zuflucht für und für. Ehe denn die Berge wurden und die Erde und die Welt geschaffen wurden, bist du, Gott, von Ewigkeit zu Ewigkeit ... Lehre uns bedenken, daß wir sterben müssen, auf daß wir klug werden.«

Er konnte stundenlang so liegen und an die Decke seiner Kate starren. Sie war niedrig und voller gelbbrauner Wasserflecke, deren Ränder so ausgezackt waren, daß sie ihn an einen Südsee-Archipel erinnerten, Insel an Insel. Sein Schiff fuhr gerade in die Lagune, um Anker zu werfen. Er war eben zwanzig Jahre alt geworden und dabei, sein Leben zu beginnen. »O Herr, laß alles noch einmal von vorne beginnen, laß mich jung sein, laß mich gesund sein!« Warum konnte man nicht zwei Leben haben, drei, vier, fünf ... Eines war zuwenig. Lehrer werden, Dorothee heiraten, nach Amerika gehen – welch Narretei! Auguste ... Wenn das etwas geworden wäre. Käthe ... Wie schnell sie ihn verlassen hatte. Der Vater, Dorothee, Luise, Wilhelm, Käthe, Leo Leinhos ... Sie alle waren ihm vorangegangen. In eine Existenzform, die besser war ...? Was wäre, wenn er nicht geboren wäre? Gäbe es die Welt, wenn er nicht in der Lage wäre, sie zu denken? Mit solchen Gedanken fiel er in einen flachen Schlummer.

Als er wieder erwachte, machte er sich auf, zum Warthedeich zu gehen, quer durch den Schloßpark, über die Schienen hinweg, durch die Wiesen. Wie vor siebzig Jahren ... Was war von damals noch geblieben? Nur die Steine am Wegesrand ... Es hatte etwas Heroisches an sich, wie er da so ging, wanderte, schlurfte, stolperte. Aber nur er selbst merkte es. Die Welt hatte anderes zu tun, als sich um ihn zu kümmern. Im Schloß war er vergessen, als Sonderling verschrien, als Anarchist, und die Bauern hatten mit sich selbst genug zu tun. Niemand brauchte ihn, niemand hörte ihm noch zu. Nur der Krämer, bei dem er das bißchen kaufte, was er zum Leben brauchte, hatte ein Interesse daran, daß er noch ein paar Jährchen lebte. Alle waren sie schon tot, auch der Theodor Fontane, sein alter Nachbar aus der Neuen Königsstraße, doch der war ja nun unsterblich geworden, zumindest mit seinem letzten Roman, dem unnachahmlichen *Stechlin.* Friedrich las immer wieder darin.

Da war zum Beispiel die Passage über Adelheid, die Schwester des alten Stechlin: *Was aber … den Verkehr mit ihr so schwer machte, das war die tiefe Prosa ihrer Natur, das märkisch Enge, das Mißtrauen gegen alles, was die Welt der Schönheit oder gar der Freiheit auch nur streifte.* Und weiter hinten: *Wer aus der Mark ist, hat meist keine Phantasie.* Da fühlte er sich auch getroffen, denn Tamsel, das märkisch Enge, hatte ihm ja auch zeitlebens wie ein Klotz am Bein gehangen und jeden Höhenflug verhindert. O wie gerne hätte er einen Schuß mediterraner Leichtigkeit in sich gehabt!

Oder der Satz, der ihn mitten ins Herz getroffen hatte: *Unglücklich sind immer bloß die Halben.* Und als solch ein Halber fühlte er sich.

Schließlich hieß es: *Die Scholle daheim, die die Freiheit gibt, ist doch das Beste.* Ja, und darum war ein heimgekehrt nach Tamsel in seine kleine Kate mit dem Stückchen Garten dahinter.

Vieles aus Fontanes großem Roman war ein letzter Trost für ihn, und dennoch fügte er ihm Schmerzen zu, die Qualen narzißtischer Kränkung. Warum hatte das Schicksal diesen Mann so groß gemacht und ließ ihn, Friedrich Bosetzki, als *Quantité négligeable* in Tamsel enden? Warum nur, warum?

»Herr!« schrie er zur Warthe hinunter. »Du bist ein ungerechter Gott, du bist ein elender Gott, du bist ein Mistgott, du bist ein Scharlatan, du bist ein Betrüger! Nein, es gibt dich gar nicht! Ich lache über dich!«

Erschrocken über diese Blasphemie stieg er auf den Deich hinauf und sank auf die kleine weiße Bank, die man vom Schloß herbeigetragen hatte, damit die von Schwerins den Sonnenuntergang am Fluß genießen konnten. Er war erschöpft. Nun war alles verloren. Das ließ sich nie wiedergutmachen. Und wenn er hundert würde. Aber der Trotz war stärker als die Angst: Hatte er nicht allen Grund zu klagen und mit seinem Gott zu richten? Doch, den hatte er. Mit jedem Jahr, das er älter wurde, hatte er gehofft, seinen inneren Frieden zu finden, doch vergeblich. Nichts weiter wollte er, als so mählich dahinzugleiten wie die Wasser der Warthe, doch noch schäumte es in ihm und brodelte und war wie ein wilder Bach in den Bergen.

Vier Flüsse hatte es in seinem Leben gegeben: die Warthe, die Spree, den Ohio und den Fourche LaFave – und an keinem Ufer war er auf längere Zeit glücklich geworden. »Vielleicht am Hades«, lachte er.

Sein Blick ging auf den Fluß hinaus. Begradigt war er jetzt, fast ein Kanal, und alle die kleinen Inseln, die ihm vormals sein unverwechselbares Gesicht gegeben hatten, waren nun verschwunden. Auch die Liebes-Insel, auf der sich dreimal Ei und Samenzelle vereinigt hatten, auf daß neun Monate später ein neuer Bosetzki das Licht der Welt erblickte: Johann, Erdmann und Friedrich. Heinrich nicht mehr – und vielleicht ließ das auf bessere Zeiten hoffen.

Eine nie gekannte Müdigkeit erfüllte ihn. Er lehnte sich zurück. Die Lehne knarrte so, daß er meinte, in seinem alten Bett zu liegen. Der *Prinz von Homburg* kam ihm in den Sinn: *Nun, o Unsterblichkeit, bist du ganz mein ... Durch stille Ätherräume schwingt mein Geist ... Und jetzt liegt Nebel alles unter mir ...*

Der Klassizismus war in Deutschland zum offiziellen Stil der Gründerjahre nach 1870 und des Wilhelminismus geworden, und HB-Bau verdiente mit ihm naturgemäß da meiste Geld, doch Heinrich war von seinem Freund Paul Labitzke immer wieder darauf gestoßen worden, daß es anderswo, vor allem in Worpswede und Wien, noch etwas anderes gäbe als Klassizismus, Viktorianismus und Pariser Pomp: den Jugendstil nämlich. »Du mußt unbedingt zu Heinrich Vogeler nach Worpswede und dann nach Wien.«

Er war zuerst nach Österreich gefahren, angelockt von den Briefmarken mit dem Kopf von Kaiser Franz Joseph I., entworfen von Kolo Moser. Den hatte er getroffen, ebenso auch Otto Wagner und Adolf Loos, und einige Tage war er im Haus der Wiener Sezession ein und aus gegangen. Er hatte Wagners erste Entwürfe zum Gebäude der Österreichischen Postsparkasse und der Loosschen Geschäftshäuser gesehen und war tief beeindruckt. Adolf Loos war ein elegant gekleideter Gentleman, der ziemlich schwerhörig war, so daß man mit ihm sehr langsam sprechen und jedes Wort genau artikulieren mußte. Ganz glatt wollte er bauen, völlig schmucklos, jedes Ornament verdammte er, alles Aufgepappte, Angeklebte, Aufgemalte. Heinrich war hin und her gerissen, denn eigentlich hing er noch immer Henry van de Velde und seiner Lehre von der Macht der Ornamente an: *Die Griechen empfanden die Notwendigkeit, das Ornament da anzubringen, wo ... eine tiefbeschattete Fläche sich befand, bei deren Anblick man ohne Ornament die schreckliche Ahnung des Nichts gespürt hatte. Bei den Griechen ist das Ornament das Leben, es hat das Leben in sich.* Wie auch immer: So viel war klar, daß man große Fabrikgebäude viel billiger und viel funktionaler bauen konnte, wenn man sich Adolf Loos als Vorbild nahm. Also sollte sich Walter Jagow einmal nach jungen Leuten umsehen, die das in Berlin umsetzen konnten. Er machte sich eine entsprechende Notiz. Auch in Halle hatte er sich umgesehen, und von dort kam er jetzt mit dem D-Zug. Er wäre gern noch länger unterwegs gewesen, aber morgen hatte sein Sohn Geburtstag. Der kleine Joachim wurde schon zwei.

Heinrich stand auf, trat auf den Gang hinaus und stellte sich ans Fenster. Eben flog der Haltepunkt Lichterfelde Ost vorbei. Für einen Augenblick zuckte es ihm in den Fingern. Wenn er jetzt die Notbremse zog und auf die Böschung sprang, wäre er im Nu zu Hause gewesen. Seine beiden Lieben hätten vielleicht gestaunt. Nein, er ließ es. Südende. Nun war es nicht mehr weit. Als das Stellwerk Tpa auftauchte, ärgerte er sich, denn was die Eisenbahnbauten betraf, so hatte HB-Bau in letzter Zeit nur wenige Aufträge verbuchen können. Sie fuhren über die Weiche, mit der die Strecke aus Dresden in ihre mündete, und die Räder schlugen so kräftig, daß es ihn mit dem Gesicht an die Scheibe preßte. General-Pape-Straße, der Vorortbahnhof, die Ringbahn. Er war wieder in Berlin, wieder zu Hause, der erste Bosetzky, der geborener Berliner war. Sein Blick fiel auf die Kasernen an der General-Pape-Straße, in denen die Eisenbahnregimenter und das Landwehr-Bezirkskommando saßen. Er selbst hatte nicht dienen müssen, weil ihm ein Militärarzt eine kranke Lunge bescheinigt hatte. Seine Mutter hatte das irgendwie gedeichselt. Damals war er froh gewesen, heute aber war es ein Fluch, nicht gedient zu haben. Es hatte ihn schon manchen Auftrag gekostet. Wenn Joachim die Firma übernahm, sollte er unbedingt Leutnant der Reserve sein.

Jetzt ging es unter der hölzernen Kolonnenbrücke hinweg, dann in hohem Bogen über Tempelhofer Ufer, Landwehrkanal und Hallesches Ufer. Über ihm rollte die Hochbahn Richtung Warschauer Brücke. Er ging ins Abteil zurück, um sich den leichten Sommermantel anzuziehen und den Koffer aus dem Gepäcknetz zu nehmen.

»Berlin – Anhalter Bahnhof.«

Von draußen wurden die Abteiltüren aufgeschlagen, die Lautsprecherstimme drang herein. Walter Jagow stand auf dem Perron, winkte ihm zu und kam angelaufen.

»Herzlich willkommen in der Heimat. Komm, gib deinen Koffer her.«

»Schön, daß du mich abholst. Was gibt es Neues?«

»Wir müssen gleich zur Grundsteinlegung der Staatsbibliothek.«

»Sehr schön.«

Heinrich war sehr stolz darauf, einer der ersten Berliner Automobilisten gewesen zu sein, und er legte großen Wert darauf, überall in seiner Benzinkutsche vorzufahren. Natürlich hatte er vor zwei Jahren auf der Trabrennbahn in Westend gestanden, als die Automobile der Fernfahrt Paris–Berlin nacheinander eingetroffen waren. Sein Automobil wartete auch heute samt Chauffeur schräg gegenüber am Askanischen Platz. Sie stiegen ein.

»Wie hast du es denn geschafft, daß wir an der Staatsbibliothek doch noch mitbauen dürfen?« fragte Heinrich.

Walter Jagow schmunzelte. »Das laß mal mein Geheimnis sein.«

Heinrich wurde nach vorn geworfen, denn wegen eines scheuenden Pferdes neben ihnen hatte der Chauffeur allzu heftig bremsen müssen. »Diese verdammten Gäule. Gott, warum gibt es kein Gesetz, daß die Pferde endlich von unseren Straßen verbannt.«

In der Nähe des Preußischen Landtages entdeckte er ein Firmenschild, das sein Herz höher schlagen ließ: HB-Tiefbau. Seit kurzem bemühten sie sich auch um den Straßenbau, denn wenn sich der Kraftwagen endgültig durchsetzte, und davon ging er aus, dann war das der Markt der Zukunft. »Ich sage nur ein Wort: Asphalt.« Gab es erst genügend Automobile, dann würden die Eigentümer den Magistrat schon gehörig unter Druck setzen, das Stuckerpflaster herauszureißen und für eine glatte Fahrbahn zu sorgen. Damit ließen sich dann Millionen verdienen.

»Halten Sie mal!« Heinrich tippte seinem Chauffeur auf die Schulter.

»Was ist denn?« fragte Walter Jagow. »Mußt du mal?«

»Nein. Sieh dir diesen Mann mal an.«

»Du, ich bin versorgt ...«

Heinrichs Aufmerksamkeit galt einem Arbeiter von etwa 25 Jahren, der damit beschäftigt war, große Pflastersteine von einem Pferdefuhrwerk abzuladen, wozu er eine ganz besondere Methode entwickelt hatte. Er hob die Steine nicht etwa bis knapp zur Kniehöhe an und warf sie über den Rand des Wagens hinweg nach unten auf den Boden, so wie es jeder andere Arbeiter gemacht hätte, nein, er legte sich die Steine auf die rechte Schulter und stieß sie dann mit großer Wucht in hohem Bogen vom Wagen, gut und gerne zehn, elf Meter weit.

»Heh, Sie da!« schrie Heinrich. »Wie heißen Sie?«

Der Mann hielt inne. »Wieso?«

»Ich bin Ihr Chef.«

Der Mann nahm Haltung an. »Zu Befehl: Gottfried Dinkelacker!«

Heinrich schmunzelte. »Danke. Rühren. Heute nachmittag um drei sind Sie auf dem Bauplatz in Stralau. Alles weitere dort.«

»Zu Befehl!«

Walter Jagow war ins Staunen geraten. »Was hast du mit dem vor?«

»Gold will ich mit ihm machen.«

»Bist du unter die Alchimisten gegangen?«

»Wart's ab ...«

Die Reden bei der Grundsteinlegung für die neue Staatsbibliothek waren eine Qual für ihn, und nur mühsam konnte er vermeiden, daß er sanft entschlief. Danach nahm er sich die Zeit, durch die Kaufhäuser zu ziehen und Spielzeug für Joachim einzukaufen.

»Mein Sohn wird morgen zwei – was können Sie mir denn da empfehlen?«

»Da hätten wir hier für fünfzehn Mark und vierzig ein Schaukelpferd zum Schaukeln und Fahren mit echtem Fell, Zaumzeug von Leder, verzinnten Steigbügeln und Kandaren, verzierter Schabracke.«

»Packen Sie's bitte ein.«

Auch einen Kürassierhelm, einen Dachshund auf Rädern, einen Satz Zelluloid-Schwimmfiguren, ein Äffchen, das tanzen und sprechen konnte, und ein Lastautomobil mit Chauffeur und etlichen Frachtstücken orderte er. Danach ließ er sich nach Stralau fahren, um aufzuarbeiten, was sich während seiner Wien-Reise angesammelt hatte.

Pünktlich um drei Uhr erschien Gottfried Dinkelacker auf dem Bauplatz, und Heinrich führte ihn zu einem abgelegenen Eckchen hinten am Wasser, wo in einem Schuppen eine Eisenkugel von siebeneinhalb Kilo lag. Sie war schon ein wenig verrostet, denn seit er verheiratet war, hatte er kaum noch Zeit gehabt, Sport zu treiben.

»Kommen Sie, Dinkelacker, die nehmen Sie mal. Versuchen Sie, das Ding von dem Ring hier über diese Linie zu stoßen.« Er maß mit langen Schritten zwölf Meter ab. »Wenn Sie das schaffen, brauchen Sie ab morgen nur noch den halben Tag zu arbeiten – die andere Hälfte trainieren Sie hier und beim Sportverein Berolina.« Das war der Club, den Heinrich reichlich unterstützte.

»Zu Befehl!« Gottfried Dinkelacker hob die Kugel an und fand, sie sei eigentlich zu leicht für ihn.

»Vielleicht ist das die Schwierigkeit. Am besten, Sie machen es so ... Sie legen die Kugel hier in die Vertiefung zwischen Schulter und Hals, beugen den Rumpf über das rechte Knie, strecken das linke Bein parallel zum Boden, schwingen ... und stoßen.« Er freute sich, daß die Kugel auch bei ihm noch knapp zehn Meter weit flog. »Ja, als alter Ruderer, da hat man noch Muskeln.« Wer über zwölf Meter weit stieß, gehörte in Deutschland zu den Besten, und international konnte man sich mit Weiten zwischen dreizehn und vierzehn Metern durchaus schon sehen lassen. »Nun Sie ...«

»Zu Befehl!«

Gottfried Dinkelacker griff sich die Kugel, trat in den Ring und wuchtete sie trotz miserabler Technik so weit, daß sie genau auf Heinrichs Zwölf-Meter-Linie aufschlug.

»Bravo!« Heinrich klatschte in die Hände. »Damit ist beschlossen und verkündet, was ich Ihnen versprochen habe.«

Zufrieden ließ sich Heinrich nach Lichterfelde fahren. Unterwegs summte er *Schlösser, die im Monde liegen* und anderes, was er aus Paul Linckes *Frau Luna* noch im Gedächtnis hatte. Bettina stand oben vor der Villa Tamsel wie weiland die Frau von Wreech, als sie auf Friedrich den Großen gewartet hatte. Heinrich wußte das aus einem kleinen Bilderbuch, das sein Vater nur für ihn geschrieben hatte. Aus Versehen war es ihm einmal in den Herd gefallen und verbrannt ... Joachim kam die Treppe heruntergerannt, ihn zu begrüßen. Er bückte sich, und der Kleine fiel ihm um den Hals.

»Papa, bist du wieder zu Hause?«

»Ja, mein Kleiner.«

»Daß er sich nicht überanstrengt!« rief Bettina von oben. »Ich glaube, er brütet etwas aus.«

»Dann komm mal ...« Heinrich nahm Achim an die Hand und ging mit ihm nach oben. Das Dienstmädchen bekam den Auftrag, die Geschenke aus dem Auto zu holen und so ins Haus zu schaffen, daß der Kleine sie nicht sah. Dann ging er hinauf, um Bettina zu begrüßen. Als er sie umarmte, hatte er das Gefühl, eine Schaufensterpuppe an sich zu pressen. Er packte ihr Gesäß, um es lustvoll zu kneten. Sie schlug seine Hände zur Seite.

»Nicht hier vor dem Kind.«

»Immer nur das Kind. Ich bin doch auch noch da.«

»Und ich bin keine Hure.«

»Leider«, entfuhr es ihm.

Wortlos saßen sie dann im Salon und wärmten sich an den Teetassen. Heinrich sah über sie hinweg auf die *Märkische Landschaft* von Walter Leistikow, die ihm Paul Labitzke so empfohlen hatte. Als Zierde seiner Villa wie als Kapitalanlage. Die Standuhr in der Ecke tickte wie ein Metronom. Obwohl er noch so jung war, hatte Heinrich das Gefühl, daß seine Zeit schon vorüber war. Was sollte jetzt noch kommen? So wie er und Bettina saßen sich steinalte Ehepaare gegenüber.

»Ich habe in Wien vieles gesehen, was auch in Berlin auszuprobieren wäre«, sagte er schließlich.

»So ...« Bettinas Augen blieben leblos wie die einer Statue.

Er wußte sich nicht anders zu helfen, als zu ihr zu gehen, vor ihr niederzuknien, ihre Hüften zu umschlingen und seinen Kopf in ihren Schoß zu betten. Wie anders sollte man das Eis zum Schmelzen bringen. Schon waren seine Hände unter ihren Rock gefahren. Das konnte er, die Liebeskunst beherrschte er. Es war der archaische Glaube, ihr mit seinen heißen Stößen und dem herausschießenden Samen wieder Leben einzuhauchen. Sie ließ es über sich ergehen wie den Zahnarztbohrer, und wenn sie schrie, dann höchstens vor Schmerz. Er hielt es für Lust und glaubte, daß nun alles besser würde.

»Achtung, der Junge kommt!« Schnell brachte sie ihre Kleidung wieder in Ordnung.

Heinrich knöpfte sich die Hose zu und kam sich klein und schäbig vor. Wie in einem Brief an Paul formulierte er im Kopf den Satz: »Mein Leben ist verpfuscht.« Und dies, obwohl er einer der erfolgreichsten Bauunternehmer war, die das Kaiserreich kannte, obwohl er Millionen besaß, eine Villa, die ein kleines Schlößchen war, eine Frau von höchster Reputation und einen Sohn, den alle einen kleinen Engel nannten. Es war das Erbe seines Vaters, und er verfluchte es.

Der Tag verging mit Arbeit und einem kleinen Spaziergang zur Baustelle des Teltowkanals, dann nahm er *Auerbach's Kinder-Kalender*, um Joachim etwas vorzulesen. »*Im Juli regt sich in der Brust / Unwiderstehlich Reiselust: / Man packt, man treibt, man eilt zur Bahn / Und kommt – zu spät doch manchmal an.* Sieh mal hier, das ist eine Lokomotive, eine Puffbahn, und das sind die Wagen, wo die Leute drin sitzen. Da ist der Papa mitgefahren.«

Der Kleine machte »Tsch-tsch-tsch« und bewegte die Ärmchen, als wären es die Pleuelstangen einer Lok. Heinrich fand es rührend, und es versöhnte ihm mit vielem, zugleich aber dachte er: »Gott, was wird mit dir sein, wenn du zwanzig bist, dreißig, vierzig?«

Bettina kam, den Jungen abzuholen und ins Bett zu bringen. Heinrich küßte ihn auf die Stirn. »Schlaf schön in deinen Geburtstag hinein.«

»Dann betomme ich ein Dreirad.«

»Ja, und am Vormittag geht der Papa nicht zur Arbeit, da geht der Papa mit dir in den Zoologischen Garten, wo die vielen Tiere sind: der Bär, der Löwe, der Tiger und der Elefant.«

»Und die Äffchen«, lachte Joachim.

»So kleine Äffchen wie du!« Er kitzelte den Kleinen, daß er nur so juchzte.

Bettina verfolgte es stirnrunzelnd. »Du sollst ihn abends nicht so aufregen, sonst schläft er mir wieder nicht ein.«

Und so war es denn auch. Erst nach einer Stunde kam Bettina zurück, und sie war noch mürrischer als sonst. »Ich glaube, er hat Fieber.«

»Das wird die Aufregung sein, daß er morgen Geburtstag hat.«

»Er weiß doch noch gar nicht, was das ist.« Bettina griff zur Zeitung, um sich abzulenken.

»Sollen wir nach Doktor Salzmann schicken?« fragte Heinrich.

»Nein.«

Heinrich saß im üppig ausgestatteten Salon seiner Villa und fühlte sich wie in einem Gefängnis. Bettina war der Wärter. Die

Mauern waren sein Erbteil, seine Vergangenheit, das ewige Wenn-doch und Hätte-doch. Wenn doch Emmi damals ... Er stand auf. »Ich bin müde, ich geh' schlafen.«

»Frieda hat das Bett im Gästezimmer für dich aufgezogen.«

»Wieso das?«

»Ich kann es nicht ertragen: Du schnarchst so entsetzlich.«

»Ach so ...«

»Und wenn der Junge weiter fiebert, muß ich ihn zu mir holen.«

»Ja, natürlich.«

Heinrich konnte sich nicht einmal zwingen, sie auf die Stirn zu küssen. Er warf die Tür hinter sich zu und lief eine Stunde durch die Sommernacht. Woanders saßen sie auf der Terrasse und lachten. Als er wieder zu Hause war, schrieb er an seinen Freund Paul Labitzke: *Ich bin in eine Sackgasse geraten und sehe keinen Ausweg mehr. Bettina war nicht die Rettung ... Was mich am Freitod hindert, ist allein mein Sohn. Morgen vollendet er sein zweites Lebensjahr – und bevor es nicht sein zwanzigstes ist, kann ich ihm so etwas nicht antun. Ich fürchte immer mehr, bald ein Zimmernachbar meines alten Feindes Gustav Zumpe zu werden ... Du wolltest doch immer selber ein Theaterstück schreiben – das wäre doch der Stoff dafür. Jammerschade, daß ihr morgen nicht nach Lichterfelde zum Geburtstag kommen könnt, aber Dein Engagement in Breslau geht natürlich vor ... Ich gehe vormittags mit dem Kleinen in den Zoo, auch das ist ein Geschenk von mir, und am Nachmittag kommt dann das zu uns heraus, was du immer die Mischpoke nennst. Immer öfter spiele ich mit dem Gedanken, hier alles stehen- und liegenzulassen und nach Amerika zu gehen ... Danke, daß ich Dir schreiben durfte, nun geht es mir schon wieder besser, und ich werde auch den morgigen Tag mit Anstand hinter mich bringen.*

Das tat er dann auch. Was Joachim im Zoo am meisten erfreute, war die Bärengrube, wo Meister Petz und seine Genossen halsbrecherische Kletterübungen anstellten, während er im Affenhaus eher Angst bekam und ins Raubtierhaus erst gar nicht wollte.

»Achim ... wäne seh'n und Enten füttern.«

»Das kannst du doch auch zu Hause am Teich.«

»Achim ... weine sehen, den Wauwau ... treicheln.«

»Der Wauwau ist ein Wolf, da kannst du nicht hin.«

»Achim Durst!«

Heinrich ging mit ihm zum Restaurant am Neptunsteich und bestellte ihm ein Glas Apfelsaft und eine Portion Erdbeereis. Danach bekam Achim Bauchschmerzen, und Heinrich mußte Frieda heranwinken, die dem Kleinen die Windeln wechseln sollte.

Frieda, die sich bis dato in gehörigem Abstand zu Vater und Sohn gehalten hatte, um deren inniges Verhältnis nicht zu stören, war ein wenig verwirrt. »Auf welche Retirade soll ick'n nu: Uff die für Damen, wo ick hinjehöre, oder uff die für Herren, wo er hinmüßte ...?«

»Auf die Damentoilette natürlich.«

Während die beiden verschwanden, trank Heinrich sein Weißbier und stellte sich vor, ein absolut freier Mann zu sein, ohne Bettina, ohne Achim, ohne die Villa und ohne die Firma am Hals ... Wie herrlich müßte das sein! Und vielleicht hatte es Gustav Zumpe viel besser als er ...

Am Nachmittag traf sich dann die ganze große Familie Hagemann zum Kindergeburtstag draußen bei ihm.

»Von deiner Seite ist wohl keiner da?« fragte seine Schwiegermutter und brachte damit zum Ausdruck, wie unleidlich er doch sein mußte, da alle ihn mieden.

»Mein Vater wollte schon kommen, aber ihm fällt das Reisen immer schwerer.«

Joachim konnte sich über die vielen Geschenke gar nicht richtig freuen. Er saß die ganze Zeit über bei seiner Mutter oder bei Frieda auf dem Schoß und war am Greinen.

»Das liegt daran, daß er so verzogen ist«, sagte die Oma.

»Mutter, er ist krank. Hörst du nicht, wie er hustet?«

»Dann holt einen Arzt.«

Das taten sie dann auch, doch Dr. Salzmanns Diagnose blieb äußerst ungewiß. »Eine Influenza, ein Magen-Darm-Katarrh, das Drei-Tage-Fieber, eine der möglichen Kinderkrankheiten. In diesem Stadium läßt sich mehr nicht sagen. Bettruhe und abwarten, mehr läßt sich im Augenblick nicht tun.«

Die Erwachsenen feierten nun Achims Geburtstag allein und sagten immer wieder: »Es wird schon nichts weiter sein.«

Um neun Uhr läutete ein Telegrammbote. Frieda kam in den Salon und hielt Heinrich das Tablett hin. »Eine Depesche für Sie.«

Heinrich dachte zuerst, daß es um einen Auftrag ging, doch als er *Tamsel* las, da wußte er Bescheid. Der Pfarrer teilte ihm mit, daß sein Vater zuerst im Dorf vermißt worden sei und man ihn dann tot auf dem Warthedeich gefunden habe.

Alle verstummten und sprachen ihm ihr Beileid aus. Er sah Bettina an. »Kann ich denn fahren, wo Achim krank ist ...?«

»Morgen früh wird es ihm besser gehen. Du mußt hin, ich bleibe aber auf alle Fälle bei dem Kind. Erst kommen die Lebenden, dann die Toten.«

Heinrich hatte es nicht über sich gebracht, am Abend vor der Beerdigung in Tamsel einzutreffen und die Nacht in der Kate seines Vaters zuzubringen. Vielleicht hätten ihm die Schwerins ein Zimmer gegeben, aber so groß war das Schloß nun auch wieder nicht, und ihm fehlte der Mumm, dort vorzusprechen. Noch immer stand er viele Stufen unter ihnen, so wohlhabend er inzwischen auch geworden war. Da mochte neben einem Richtkranz noch so oft die Fahne seiner Firma wehen und der Name Heinrich Bosetzky einen weitaus besseren Klang haben als der eines x-beliebigen Krautjunkers – neben einem Trutz von Hosenschlitz war er noch immer ein Nichts. Das mochte erst ein wenig anders werden, wenn sie ihn zum Kommerzienrat und Hofbaurat gemacht hatten, aber das konnte dauern, dafür war er noch zu jung. Und wie albern war das manchmal, wenn ein von Müller auf einen von Bülow traf oder ein von Schulz auf einen von Bismarck.

Also hatte er sich in Küstrin in »Conrad's Hotel« an der Kreuzung Bahnhof- und Plantagenstraße ein Zimmer genommen und war in gehörigem Abstand zu Tamsel geblieben. Er hatte Angst davor, daß sie den Deckel des Sargs aufklappten und er seinen Vater noch einmal sah, sehen mußte. Je älter er wurde, desto stärker spürte er, daß sehr viel Friedrich in ihm steckte, viel zuviel. Er wäre lieber so hart und so simpel geblieben wie als junger Mann. Leben und nicht denken. Genießen und nicht fragen. Stark sein, kraftvoll, wagen und nicht wägen. Wie es seine Mutter getan hatte. Doch seit er Emmi begegnet war, hatte sich alles umgekehrt. Nun verachtete er sich, ja haßte er sich für das, was auch in ihm war, für das, was sein Vater ihm vererbt hatte. Zugleich aber war ein tiefer Schmerz in ihm, daß er seinem Vater immer recht eigentlich fremd geblieben war. »Dabei hat man doch nur einen Vater«, sprach er vor sich hin, als er an der Festungsmauer spazierenging und tief unter sich die Oder sah. »Und alles ist unwiederbringlich dahin.« Wie gern hätte er dem Alten noch gesagt, wie sehr er ihn bewunderte, daß er, der Dichter, auf den Berliner Barrikaden ebenso tapfer gefochten hatte wie bei der Schlacht um Vicksburg. Gott, war das ein Leben gewesen, und welche gewaltige Zeitspanne es umfaßte. *Friedrich Bosetzky: * 16. März 1818 † 3. Juli 1903.* So würde es auf dem Grabstein stehen.

Nachdem er sich im Hotel ein wenig frisch gemacht hatte, bummelte er zur Altstadt hinüber und sah vom Katte-Wall auf die Oder hinunter. Ein altes Männlein, dessen Rücken so krumm geworden war, daß es Rumpf und Kopf parallel zur Erde trug, blieb neben ihm stehen und zeigte ihm mit dem erhobenen Krückstock, wo sie im Jahre 1730 den Katte geköpft hatten.

»Ich weiß«, sagte Heinrich, »mein Urgroßvater ist dabeigewesen, der Johann von Bosetzki.«

»Das ist ja ein Zufall! Dann sind Sie der Sohn vom Friedrich, den sie morgen in Tamsel zu Grabe tragen werden ...?«

»Ja, der bin ich.«

»Nun, das ist mein Lehrer gewesen. Ein guter Lehrer, ein sehr guter Lehrer. Aber die Besten gehen ja immer zuerst ...«

»Er ist 85 Jahre alt geworden, immerhin ...«

»Ich meine: nach Berlin. Wer gut ist, geht nach Berlin, um dort sein Glück zu machen. Aber hat er's gemacht?«

Heinrich überlegte nicht lange. »Wäre er nicht gegangen, lebte ich nicht.«

»Immer hoffen wir, daß die nächste Generation das erreichen wird, was uns verwehrt geblieben ist. Aber was wollte er werden:

ein großer Dichter, ein Staatsmann … was eigentlich? Außer glücklich …«

»Baumeister bestimmt nicht, wie ich einer geworden bin.«

»Vielleicht war es sein Fehler, daß er nicht genau gewußt hat, was er eigentlich wollte. Nur weg von hier, nur ans andere Ufer gelangen, nur gegen den König angehen – vielleicht war das zuwenig und zu unbestimmt.«

Heinrich sah den Alten an, der immer mehr der Erde entgegenwuchs. »Sie sind auch Lehrer gewesen?«

»Ja, Friedrichs Nachfolger. Und mein Leben lang in Tamsel und Küstrin geblieben – wie Kant in Königsberg.«

Heinrich lud den Alten zu einem Glas Rotwein ein und hörte sich all das über Tamsel an, was er wohl einmal gewußt, aber längst vergessen hatte.

»Mein Vater hat mich damit traktiert, kaum daß ich aus den Windeln war. Es kam eine Zeit, wo ich das Wort schon nicht mehr hören konnte, ohne schreiend aus dem Zimmer zu laufen. Aber immerhin: So viel Tamsel hat doch in mir gesteckt, daß das Schloß Vorbild für meine Lichterfelder Villa wurde.«

Er brachte den alten Mann nach Hause und wanderte dann ruhelos durch die nächtliche Altstadt. Berliner Straße, Rathaus, Kommandantenstraße, Scharrnstraße, Kietzer Straße, Zorndorfer Tor, Marktplatz, Schloß, Renneplatz, Berliner Tor – das war sein Weg, Mal für Mal. Die letzte Straßenbahn rumpelte an ihm vorbei. Auf dem Markt stand das Denkmal zu Ehren der im Krieg 1870/71 gefallenen Soldaten, und er setzte sich auf das Gitter, damit sich die Füße ein wenig erholten. Schließlich nahm er sich eine Droschke und fuhr über die Warthe hinweg in die Neustadt zurück. Auf der Landsberger Straße war noch einiges Leben. Gegen drei Uhr morgens lag er endlich im Bett, schlief aber so grausam schlecht, daß er wohl besser getan hätte, gleich aufzubleiben.

Um neun Uhr kam die Kutsche vorgefahren, die ihn nach Tamsel bringen sollte. Der Mann auf dem Bock hörte auf den Namen Sengebusch und erzählte ihm, daß er über fünf Ecken mit seiner Tante Luise verwandt gewesen sei. »Bei uns hat es auch viele Heinrichs in der

Familie gegeben, und einer ist sogar der beste Freund vom Johann gewesen ...«

»Das ist der, der dem alten Fritz in der Schlacht bei Zorndorf das Leben gerettet hat.«

»Da, hinter dem Tamseler Busch, so ist es ...« Der Kutscher zeigte nach Norden. »Gott sei Dank haben wir ja nun den Kaiser, und keiner traut sich mehr nach Deutschland rein, der Franzose nicht, der Russe nicht. Als Ihr Vater auf die Welt gekommen ist, da hat ja der Napoleon noch auf seiner Insel gesessen, aber gesehen hat er ihn nicht mehr.«

»Aber meine Großmutter wahrscheinlich, die ist ja mal mit einem französischen Major auf und davon ... die Cathérine Bosetzki.«

»Das erzählen sie sich hier in Tamsel immer noch, wenn sie im Winter beim Spinnen sitzen und ihnen die Zeit lang wird.«

»Tja ...« Heinrich verfiel in bedeutungsschweres Schweigen. Was sollte er zu allem sagen? Daß die Zeit verging? Daß keiner das aufhalten konnte, was unvermeidlich war? Daß alles auf Erden nichts anderes war als ewiges Kommen und Gehen? Darüber mußte man nicht reden, das konnte man sich schenken. Aber wie sagte Bettina immer? »Durch Reden kommt nun mal 'ne Unterhaltung zustande.«

»Was machen Sie denn mit dem kleinen Häuschen Ihres Vater?« fragte der Kutscher. »Das haben Sie ja nun geerbt.«

Heinrich lachte. »Das hebe ich mir auf als Schlupfwinkel, wenn meine Firma mal pleite ist und meine Gläubiger mich jagen.«

»Ich meine ja nur.«

»Ich gebe Ihnen ein paar Mark, wenn Sie immer mal ein Auge drauf werfen.«

»Darüber kann man reden. Aber verkaufen wollen Sie's nicht?«

»Nein. Meine Frau meint, daß man es doch zur Sommerfrische ausbauen könnte. Mit der Bahn ist es ja nicht weit. Vielleicht kommt sie mit unserem Sohn mal her, wenn die Schwerins an unserer Gesellschaft Interesse haben sollten.«

Sie passierten Warnick und sahen wenig später Tamsel vor sich liegen. Gleich links neben der Straße zog sich der Tamseler Busch entlang, und Heinrich wußte von der Karte her, daß an seinem Südhang der Friedhof lag.

Vor der Kirche hinterm Schloß, die auch als Kapelle diente, hatten sich so wenige Trauergäste versammelt, daß es ihm die Tränen in die Augen trieb. Aus Berlin waren Auguste und ihr Mann gekommen und aus Küstrin die Gosserts mit Tante Sophie. Alle anderen kannte er nicht. Als er ihnen die Hand drückte, murmelten sie »Mein herzliches Beileid« und fügten dann nuschelnd ihren Namen hinzu. Zumeist lautete er Petras, Zander oder Sengebusch. Die erste Frau seines Vaters war ja eine geborene Zander gewesen. Vom Schloß ließ sich niemand blicken, und auch die Schulbehörde hatte die Dienste des Verblichenen lange vergessen. Oder trug man ihm noch immer nach, was 1848 und davor gewesen war, auch daß er nach Amerika gegangen war? Heinrich nahm es einerseits als persönliche Kränkung, blickte aber andererseits auch ein wenig vorwurfsvoll zum Sarg hinüber: »Ein bißchen mehr Pomp bei deiner Beerdigung wäre mir schon lieber gewesen ... Ach Gott, Vater.« Mehr als ein Blatt im Wind war er wirklich nicht gewesen.

Während Orgelspiel und Predigt saß Heinrich wie in Trance auf der harten Kirchenbank. Die Plätze neben ihm waren frei. Sowohl Auguste wie Tante Sophie schienen ihn nicht sonderlich zu schätzen, wußten wohl auch, daß es, bis er in Stralau ausgezogen war, zwischen ihm und seinem Vater ständig Krach gegeben hatte. Wie ein Angeklagter fühlte er sich. Aber auch mit seinem anderen Sohn, dem Wilhelm, sollte ja sein Vater über Kreuz gelegen haben.

Der Pfarrer kam vom Hundertsten ins Tausendste. »Mir hat er immer gesagt: ›Jedes Leben ist ein Roman‹ – und sein Leben ist ein ganz besonderer Roman. Wir alle hoffen, daß eines Tages einmal einer kommen und ihn aufschreiben wird, vielleicht sein kleiner Enkel Joachim in Berlin, an dem er mit ganz besonderer Liebe gehangen hat.«

Heinrich zuckte zusammen. Alles sollte Achim werden, nur kein verquaster Dichter wie sein Opa aus Tamsel!

Dann wurde Friedrich Bosetzky ausgesegnet und der Sarg mit seiner sterblichen Hülle auf einem schwarzen Wägelchen zum Friedhof gerollt, um neben den anderen Bosetzkis ins Grab gesenkt zu werden, als da waren: Johanne, Johann, Elisabeth, Anna, Cathérine, Erdmann, Wilhelm und Luise. Nun kam Friedrich hinzu. Nur Käthe fehlte, aber die hatte in ihrem Testament ausdrücklich vermerkt, ihr geliebtes Stralau nie verlassen zu wollen.

Nach der Trauerfeier gab es noch den üblichen Leichenschmaus im Krug, und dann ließ sich Heinrich nach Küstrin zum Bahnhof fahren, das ja an der Ostbahn nach Königsberg lag und gute Anschlüsse bot. Im Abteil erster Klasse bekam er einen Fensterplatz und legte die Zeitung, in der sie doch nur vom drohenden Streik der Textilarbeiter in Crimmitschau schrieben, schnell beiseite, um Karl Mays *Winnetou* zu lesen. Er tat dies auch in Erinnerung an seinen Vater, der ja in Arkansas einiges erlebt hatte, was an Old Shatterhand erinnerte. Heinrich hatte nie gern gelesen, obwohl oder weil ihn der Vater fast zum Buch geprügelt hatte, aber Karl May, den ließ er sich gefallen. Außerdem gab es keine bessere Ablenkung.

So stieg er am frühen Abend einigermaßen ausgeglichen aus dem Zug und nahm sich vom Schlesischen Bahnhof nach Lichterfeld eine Kraftdroschke. Daß er sich einen solchen Luxus gönnen konnte, erfüllte ihn ein jedes Mal mit stiller Genugtuung, insbesondere wenn der Fahrer ihn erkannte. »Ah, Sie sind doch der Herr Bosetzky von HB-Bau ... Es ist mir eine Ehre, Sie fahren zu dürfen ...« Das, was sein Vater nie erreicht hatte, war ihm gelungen: in Berlin wer zu sein.

Als er vor seiner Lichterfelder Villa hielt, erschien sie ihm schöner und größer als das Schloß in Tamsel, und irgendwie kam es ihm recht realistisch vor, bis zum Ende des Jahrzehnts so viel Geld angesammelt zu haben, daß es vielleicht reichte, Tamsel zu kaufen und zum Stammsitz derer von Bosetzky zu machen. »Alles ist möglich!« Er ballte die Fäuste. »Ich habe die Kraft, eines Tages ist alles geschafft.«

In dieser Hochstimmung sprang er aus dem Wagen und lief zur Gartenpforte. Im Haus brannte überall noch Licht. Bettina schien Gäste zu haben. Nein, als er in der Tür stand, brach sie in Tränen aus.

»Achim ist tot.«

Die Dritten Olympischen Spiele der Neuzeit fanden vom 1. Juli bis zum 23. November 1904 in St. Louis statt. 554 Teilnehmer gingen an den Start, acht davon waren Frauen. Unter den zwölf Ländern, deren Fahnen über den Arenen wehten, befand sich auch das deutsche Kaiserreich, und man konnte schließlich mit fünf Goldmedaillen nach Hause fahren, wovon vier auf das Konto der Schwimmer gingen. Das war gegen die Ausbeute der US-Amerikaner, die es auf achtzig brachten, nicht eben viel. Aber wer hatte schon das Geld für eine so lange Schiffsreise und eine Woche Hotel? Paul Weinstein hatte es, und er holte sich mit 1,77 Meter im Hochsprung die Bronzemedaille. Gottfried Dinkelacker wollte es ihm nachmachen, aber die Kugelstoßer aus den USA schienen schier unbesiegbar zu sein.

»Volle Konzentration!« schrie Heinrich Bosetzky, der hinter der Barriere stand und hoffte, daß sein Zögling im letzten Versuch doch noch auf eine Weite kam, die ihm wenigstens die Bronzemedaille bescherte. Drei Amerikaner lagen in Front: Ralph Rose mit 14,81 Meter, William W. Coe mit 14,40 Meter und Leon Feuerbach mit 13,37 Meter. Gottfried Dinkelacker hatte bislang nur knapp über dreizehn Meter gestoßen.

Der Riese aus der Ackerstraße packte die Kugel wie andere Leute einen Tennisball und trat in den Ring.

»Der ist doch von der Kraft her in der Lage, über fünfzehn Meter zu stoßen«, sagte Heinrich.

Bettina gähnte und prüfte mit Hilfe eines kleinen Taschenspiegels, ob sie genügend Puder auf der Nase hatte. »Wie lange wirft er denn noch?«

»Stößt«, korrigierte Heinrich sie. »Es heißt Kugelstoßen und nicht Kugelwerfen.«

»Meinetwegen.«

Sie hatten die USA-Reise unternommen, um über den Tod Joachims hinwegzukommen. An einer Gehirnhautentzündung war er gestorben. Vielleicht hätte Bettina sich wieder gefangen, denn bald hatte sich herausgestellt, daß sie wieder schwanger war. Doch eine Fehlgeburt zu Beginn des Jahres hatte zu einer Verdüsterung ihres Gemüts geführt, gegen die keiner der Berliner Nervenärzte ankommen konnte. Ihr ging es mindestens so schlimm wie Heinrich nach dem Freitod Emmis.

»Gottfried, los, du schaffst es!« schrie Heinrich.

Und in der Tat, Gottfried Dinkelacker setzte so viel Kraft hinter die Eisenkugel und gab ihr mit den Fingerspitzen noch den letzten entscheidenden Drall, daß sie über die Fünfzehn-Meter-Marke flog.

Heinrich riß die Arme hoch. Das war der Sieg.

Doch da ging die rote Fahne hoch: »Übergetreten.«

Fluchend lief Heinrich zum Ausgang, Bettina folgte ihm wie eine Schlafwandlerin. Sie hatte jedes Interesse an ihrer Umgebung verloren, und es war ihr völlig egal, ob sie in St. Louis am Ufer des Mississippis stand oder in Königs Wusterhausen am Notte-Kanal. Jedes Lachen hatte sie verlernt, und in ihrem Gesicht stand seit Joachims Beisetzung stets dieselbe Trauer. Sie aß kaum etwas, schlief schlecht und wehrte Heinrich schreiend ab, wenn er sie in dem Glauben berührte, eine neue Schwangerschaft sei das einzige, was sie noch heilen konnte. »Kein drittes Kind mehr – ich verliere es ja doch wieder!« Sie gab sich die Schuld an Joachims Tod und auch an ihrer Fehlgeburt und zermartete sich den Kopf, wie sie denn alles hätte besser machen können. Von Tag zu Tag ging sie langsamer, und wenn sie eine Kaffeetasse hob, dann schien es Heinrich Minuten zu dauern, bis sie die an den Mund herangeführt hatte. Fragte er sie, ob sie noch ein Brötchen wollte, verging bis zu ihrer Antwort mitunter so viel Zeit, daß er seines schon mit Butter bestrichen und mit Schinken belegt hatte. Saß sie ihm gegenüber, so knetete sie ohne Unterlaß ihre Hände. Heinrich schrieb in seiner Verzweiflung an Paul Labitzke nach Berlin, daß er mitunter das Gefühl habe, einen lebenden Leichnam neben sich zu haben.

In dieser Stimmung fuhren sie mit der Bahn von St. Louis hinauf nach Chicago und Buffalo, wo Heinrich den amerikanischen Konstruktivismus und seine Hochhäuser studierte, insbesondere das Monadnock Building von Burnham & Root und das Guaranty Building von Louis Sullivan. Bettina stand immer schweigend und apathisch dabei und hielt ihm Skizzenblock und Fotoapparat.

»Wenn du wieder ganz gesund geworden bist, baue ich dir in Berlin das höchste Hochhaus der Welt.«

»Ich will zum Fourche LaFave.«

Sie hatte ihrem Schwiegervater nie irgendwelche Beachtung geschenkt, doch als sie nach seinem Tode den Roman *An den Ufern des Fourche LaFave* entdeckt hatte, war sie geradezu besessen von der Idee, auf den Spuren des Alten aus Tamsel durch Amerika zu reisen und am Ufer des besagten Flusses zu sitzen. Heinrich hatte nichts dagegen, schlug aber vor, dabei einen Halt in Cincinnati einzulegen. »Vater hat dort eine Weile gelebt und immer noch Briefe an eine Frau geschrieben, die ihn früher mal verehrt hat. Betty Lemmerheert, wenn ich mich nicht irre. Ihr Vater und ihr Onkel sollen ein Schmuckgeschäft gehabt haben.«

Und das fanden sie in der Tat – im Jahre 1904 geführt von William, einem Enkel jenes Martin Lämmerhirts, mit dem Friedrich Bosetzky im Jahre 1853 nach Amerika gekommen war. Die beiden Brüder, Hermann und Martin, waren schon gut fünfzehn Jahren verstorben, ebenso wie Eleonore, Hermanns Frau. Auch Betty, die Tochter, lebte inzwischen nicht mehr. Dies alles konnte Heinrich nur mit großer Mühe erfahren, denn sein Englisch war mehr als miserabel, und Bettina hatte sich zwar im Lyzeum einiges an Sprachkenntnissen aneignen können, doch tat sie sich mit aller Konversation sehr schwer. Die einzige, mit der sie sprach, war Ruth, Williams Frau, die nur wenig älter war als sie selbst und mit ihr das Schicksal teilte, auch einen Jungen verloren zu haben. Nachdem sie mit Ruth durch die Stadt gebummelt war, sah Heinrich sie fast schon wieder lächeln.

Er küßte sie auf die Wange. »Du wirst sehen, es wird alles wieder gut.«

»Ich will zum Fourche LaFave.«

»Ist das nicht zu riskant?«

»Fahrt nur«, sagte Ruth Lemmerheert, die ein wenig Deutsch verstand, wenn auch kaum sprechen konnte. »Wenn der Herr es so beschlossen hat.«

Ruth war blond und weich und ungemein verführerisch. Heinrich hätte für eine Liebesnacht mit ihr zehn Jahre seines Lebens hingegeben. Er wagte es jedoch nicht, ihr Avancen zu machen, weil er befürchten mußte, daß es Bettina für immer niederwerfen würde, wenn sie davon erfuhr, so apathisch sie ansonsten auch war. Ruth war derselbe Typ Frau wie Edith, die Schul- und Jugendfreundin, die nach England geheiratet hatte, auch dies ein herber Verlust für Bettina. Als Heinrich im Bett lag – sie hatten Einzelzimmer –, dachte er lustvoll an Ruth, aber auch daran, wie sein Vater hier in Cincinnati in Panik geraten war, als Eleonore und Betty sich ihm liebend gern hingegeben hätten. Er nun lechzte nach Ruth und bekam sie nicht. Immerhin merkte er, daß er noch gut im Saft stand und sein Appetit nicht ein für allemal erloschen war.

Als Ruth Lemmerheert sie am nächsten Tag zum Landungssteg brachte, überlief es ihn heiß, als er ihr in die Augen sah. Sie schien von seiner Begierde ganz genau zu wissen. Was wäre das für ein Tausch, dachte Heinrich, mit Ruth würde ich ein neuer Mensch werden, und Bettina paßte wunderbar zu diesem William, der den Mund nie aufbekam.

Heinrich sah Ruth und sang: »Ich wär' ja so gern noch geblieben, aber der Wagen, der rollt ...«

Ruth lachte so kehlig, so erotisch, daß er sogar dabei war, Emmi zu vergessen. »Es ist ja in diesem Fall wohl mehr ein Dampfer. Und hoffentlich nicht der falsche ...«

Er sah sie lange winkend am Ohio stehen und fragte sich nicht nur die ganze Flußfahrt nach Memphis hinunter, sondern auch später immer wieder, was wohl passiert wäre, wenn er sie bestürmt und bedrängt, sich ihr erklärt und sie in dieser letzten Nacht erobert hätte. Sein Leben wäre so ganz anders verlaufen und damit die Familiensaga der Bosetzkys ... So aber fuhr er mit Bettina nach Little Rock hinunter und von da weiter mit der Post zum Fourche LaFave, immer auf den Spuren des Friedrich Bosetzky, wenn auch Heinrich mehr Karl Mays *Schatz im Silbersee* im Kopf hatte als den Roman seines Vaters. *Es war um die Mittagszeit eines sehr heißen Junitages, als der »Dogfish«, einer der größten Personen- und Güterdampfer des Arkansas, mit seinen mächtigen Schaufelrädern die Fluten des Stromes peitschte. Er hatte am frühen Mor-*

gen Little Rock verlassen und sollte nun bald Lewisburg erreichen, um dort anzulegen.

Im Städtchen Moab, dessen Name Heinrich sehr an das Berliner Moabit erinnerte, fanden sie ganz in der Nähe des Fourche LaFave eine Pension mit ausreichendem Komfort und beschlossen, eine paar Tage zu bleiben, zumal sich Bettinas Zustand zusehends besserte. Ruth Lemmerheert hatte offensichtlich nicht nur auf Heinrich wie ein Elixier gewirkt.

Am nächsten Tag ließen sie sich mit einem kleinen Boot flußaufwärts fahren und entdeckten den Hügel, auf dem, so Friedrich Bosetzkys Beschreibung, Gericht über Rowson, den heuchlerischen Prediger, und die anderen Diebe und Mörder gehalten worden war.

»Steigen wir hinauf«, sagte Bettina.

Heinrich glaubte sich verhört zu haben. Zum ersten Mal seit über einem Jahr kam ein Vorschlag von ihr, ergriff sie eine Initiative. Er konnte also aufatmen, die Krise war vorüber, die Krankheit war besiegt. Jetzt würde alles wieder gut werden.

Bettina war vor ihm oben, setzte sich auf einen umgestürzten Baumstamm und sah auf den Fourche LaFave hinunter.

Heinrich setzte sich neben sie und legte ihr den Arm um die Schultern. »Küß mich.«

Sie tat es, ohne sich aber an ihn zu schmiegen.

»Was ist noch? Wollen wir es nicht wagen? Ab heute beginnt ein neues Leben für uns.«

»Ja, so ist es. Ich habe mich eben entschlossen, bei Ruth in Cincinnati zu bleiben. Du wirst allein nach Hause fahren müssen.«

Drehte man die Edison-Walze im Salon mit einer kleinen Handkurbel, so ertönte aus dem Trichter die Stimme Kaiser Wilhelm II.: *»Hart sein im Schmerz, nicht wünschen, was unerreichbar oder wertlos, zufrieden mit dem Tag, wie er kommt; in allem das Gute suchen und Freude an der Natur und an den Menschen haben, wie sie nun einmal sind; für tausend bittre Stunden sich mit einer einzigen trösten, welche schön ist, und an Herz und Können immer sein Bestes geben, wenn es auch keinen Dank erfährt. Wer das lernt und* *kann, der ist ein Glücklicher, Freier und Stolzer; immer schön wird sein Leben sein.«*

Walter Jagow lachte. »Da hast du das Rezept. Du brauchst dich nur daran zu halten.«

»Ich gebe mir ja alle Mühe«, erwiderte Heinrich ihm. »Ich habe gestern sogar der Massary Blumen geschickt und dann im ›Trocadero‹ gesessen und sie angehimmelt. Ein Blick aus ihren Samtaugen ... Das war viel ... viel zuwenig.«

»... für einen, der alles von ihr will.«

»Das auch. Vor allem, daß sie ein Teil ihres Geldes in meine Firma investiert.«

Viel war in Berlin im Laufe des Jahres 1904 gebaut und eröffnet worden: das Krankenhaus Westend, das Warenhaus Wertheim an der Leipziger Straße und das Kaiser-Friedrich-Museum auf der Museumsinsel. HB-Bau hatte vom großen Kuchen allerdings wenig abbekommen und steckte nun im März 1905 tief in der Krise. Das lag auch daran, daß Bettina und ihr Vater all ihre Gelder aus der Firma abgezogen hatten und Walter Jagow gezwungen gewesen war, die entstandenen Löcher durch teure Kredite zu stopfen. »Und ist die Bonität erst einmal im Eimer, zahlst du immer mehr ...« Als die Not zunehmend größer wurde, war Heinrich auf die Idee gekommen, sich an Fritz Massary heranzumachen. Die war aus Österreich nach Berlin gekommen, um am Metropoltheater als Schauspielerin und Sängerin Triumphe zu feiern, und kassierte inzwischen phantastische Gagen. Doch es waren zu viele Bewerber um die Gunst der Schönen im Spiel, als daß er reelle Chancen hatte.

»Noch eine Hiobsbotschaft«, sagte Walter Jagow.

»Wir sind auch an der Schönhauser Allee leer ausgegangen ...?«

»So ist es.«

Da hatte es sich um den Neubau der Malzbierbrauerei Christoph Groterjahn gehandelt.

»Und weißt du, wer den Zuschlag bekommen hat ...?«

»Nein.«

»Willst du's wissen?«

»Wenn du schon so fragst, dann ahne ich Schreckliches ...« Doch er wagte nicht auszusprechen, was er dachte.

»Richtig: Gustav Zumpe. Er ist als geheilt entlassen und hat die Zügel wieder in die Hand genommen.«

Heinrich schwieg. Ein Kind war ihm bereits gestorben, nun war sein zweites an der Reihe, das ältere: die Firma. Todkrank lag HB-Bau im Bett, und er saß daneben und konnte nur noch hilflos zusehen, wie sie langsam dahinsiechte. Der Stapel mit den unbezahlten Rechnungen wuchs von Tag zu Tag. »Was haben wir denn noch im Repertoire?«

Walter Jagow überlegte nicht lange. »Den Rest des Geldes nehmen und alles auf eine Karte setzen.«

»Im Spielsalon?«

»An der Börse. Ich habe da ein paar todsichere Papiere im Auge.«

»Mach es.«

Walter Jagow nahm seine Aktentasche, setzte den Bowler auf und verließ die Villa Richtung Innenstadt. Heinrich brachte ihn zum Tor und ging dann mit gesenktem Kopf im Garten auf und ab, die Hände auf dem Rücken verschränkt. Die ersten Krokusse begannen zu blühen, Ostern stand vor der Tür, das Fest der Auferstehung. Es wäre schön gewesen, wenn es auch bei ihm eine geben würde ... Aber wie? Ein Bild stand ihm vor Augen: die große Rutsche im neuen Lunapark in Halensee. War man da erst einmal in der Abwärtsbewegung, gab es absolut kein Halten mehr. Und auch die beiden ganz Großen in der Berliner Baubranche – Carstenn und Strousberg – waren ja am Ende kläglich gescheitert. Er fühlte sich einsam, unsagbar einsam, allein gelassen von allen. Vor allem Paul Labitzke fehlte ihm, doch der war nicht nur weit weg in Breslau, sondern hatte ihm auch im letzten Brief die Freundschaft mehr oder minder gekündigt: *Alles hat seine Zeit, auch die Freundschaft zwischen zwei Männern. Und unsere ist vorbei, denn zutiefst mißbillige ich das, was du in der letzten Zeit getan hast. Da ist Deine Affinität zu diesem finsteren Jagow, der, vom Teufel geschickt, nur eines im Sinn hat: Dich ins Elend zu stürzen. Da ist die grausame Art, wie du den armen Zumpe hingerichtet hast, ist er doch ein Opfer wie du und hat er schließlich seine über alles geliebte Tochter verloren. Und da ist Deine Tren-*

nung von Bettina, die Du mit Ihrem kranken Gemüt in Amerika gelassen hast, um in Berlin neue Liebesabenteuer zu suchen. Ja, lüge nicht, meine Freunde vom Theater haben Dich gesehen, wie Du schamlos um die Gunst der Massary buhlst. Da kann ich nur das tun, was die Margarete im »Faust« mir vorgemacht hat, nämlich ausrufen: »Heinrich / Mir graut's vor dir.« Und ich hatte Dich einst so bewundert wegen Deiner Kraft und Deiner Klarheit ...

Heinrich zog sich an und lief zum Bahnhof Lichterfelde West, um in die Stadt zu fahren. Auto und Chauffeur waren zu Beginn des Jahres abgeschafft worden. Als er das Gartentor hinter sich zuschlug und sein Blick zur Villa ging, wurde ihm bewußt, daß ihm das alles recht eigentlich schon nicht mehr gehörte: Zu viele Hypotheken lagen auf Haus und Grundstück. Aber noch war ja nicht alles verloren. Wenn Walter Jagow Glück an der Börse hatte ... Und wenn die Scheidung von Bettina erst vollzogen war ... Er war gerade 34 Jahre und noch immer ein Mann, von dem die Frauen träumten. Als er im Zug saß, verstärkte sich sein Hochgefühl mit zunehmender Geschwindigkeit und im Rhythmus, in dem die Räder in die Schienenstöße krachten, und immer wieder dachte er: »Noch ist nicht aller Tage Abend ... Noch ist Polen nicht verloren ... Auferstanden von den Toten ...«

Als er in Stralau im Büro erschien, war er von neuem Tatendrang erfüllt, stürzte sich in den Kampf mit den Banken und spornte seine Leute an, neue Bauherren zu suchen. Er war so mit Eifer bei der Sache, daß er die beiden Männer gar nicht bemerkte, die gegen Mittag auf seiner Schwelle standen.

»Herr Heinrich Bosetzky ...?«

»Ja.« Heinrich hielt sie für Baumaschinen-Vertreter.

»Wir hätten gern einen gewissen Walter Jagow gesprochen.«

»In welcher Angelegenheit bitte?«

»Kriminalpolizei ...«

Es stellte sich heraus, daß Jagow den Auftrag zum Bau der Staatsbibliothek nur mit Hilfe erheblicher Bestechungsgelder bekommen hatte.

Heinrich hatte nur noch einen Wunsch: den Rausch, die Betäubung, alles vergessen. Sein ganzes Elend, Bettina, die Firma. Alles zerbrach, alles war in totaler Auflösung begriffen. Wie gewonnen, so zerronnen. Nichts war mehr aufzuhalten. *Der Rest ist Schweigen* ... So löchrig seine Bildung war, so viel vom *Hamlet* kannte er. Wäre er nur der Kraftkerl gewesen, für den er sich immer gehalten hatte, so hätte er den Mut gehabt, zum Bahnhof Stralau-Rummelsburg zu gehen und sich vor einen Zug zu werfen. Dann wäre er wenigstens so gestorben wie seine Mutter. Wenn die noch gelebt hätte ... oder Emmi oder Cécile. »Was ist das für ein komisches Leben, das ich führen muß?! Warum liegt dieser Fluch auf allen Bosetzkys, daß sie nie mit sich ins Reine kommen?«

Was er brauchte, war ein einfaches, aber erfahrenes Mädchen, das sich nicht lange zierte und sich an einem richtigen Schwengel freuen konnte. Wenigstens in der Sekunde, in der sein Samen aus ihm heraus und in ihren Körper schoß, vergaß er das, was ihn so quälte – daß ihm im Leben alles mißlang: die Liebe, die Aufzucht der Kinder, das innige Verhältnis zum Vater, die Freundschaft, die Firma. Obwohl ja da noch immer ein wenig Hoffnung war, denn Walter Jagow saß zwar im Gefängnis, doch die Aktien waren gekauft ... Vielleicht schrammte er noch einmal an einer Katastrophe vorbei ...

Schrammte ... Schramm ... Da war der Gedanke geboren, an den Wilmersdorfer See zu fahren und bei Otto Schramm nach einem Mädchen Ausschau zu halten, das der Fleischeslust nicht abgeneigt war. Ein Dienstmädchen oder eine aus der Fabrik. So wie er es früher gemacht hatte, bevor Emmi gekommen war. Bei Schramm gegenüber der Auen-Kirche gab es neben der Badeanstalt einen richtigen Rummelbetrieb mit Militärkapellen und Tanz. Die Arbeit auf dem Bau, der Rudersport, beide hatten dafür gesorgt, daß sein Körper so vollkommen war, daß er ab und an von Künstlern angesprochen wurde, ob er ihnen nicht Modell stehen mochte. Nein, aber es schmeichelte ihm. Paul Labitzke hatte immer gespottet, daß er das Zeug zu einem Gigolo der Extraklasse habe und er, sollte seine Firma einmal pleite sein, durchaus genügend Frauen finden würde, die ihn aushielten. »Es ist schwer, mich auszuhalten«, hatte er gelacht, ohne dabei an Cécile zu denken. Das damals war ein fairer Tausch gewesen.

Es war erst Ende April und noch ziemlich kühl, als Heinrich auf dem Bahnhof Wilmersdorf-Friedenau aus der Ringbahn stieg. Über den Kaiserplatz hinweg und ein Stückchen die Kaiserallee hinauf kam man schnell zu Schramm. Am Ufer des Sees war man dabei, zum großen Tanz in den Mai alles aufzubauen: Würfelbuden, Karussells, Schießbuden und Luftschaukeln. Die Laubengänge im Garten waren dann das Eldorado der Liebespaare. Heute aber fand alles noch im Saale statt, aber Musik und Gesang drangen nach draußen, und Heinrich summte mit: »*Hört ihr das Klavier? Für'n Jroschen tanzt man hier: Polka, Walzer und Mazurka – Träderäderäh!*« Die Scheiben waren beschlagen, und er sah nur die Schatten der vorüberwirbelnden Paare. Es war Mittwoch, und die Dienstmädchen hatten heute Ausgang. Heinrich trat ein, legte seinen Mantel ab und stürzte sich alsbald ins Vergnügen. Ein schneidiger Tanzmeister im Frack führte das Kommando. Man tanzte eine Quadrille. Gerade kamen die Tänzerinnen vorbei, und eine schlanke Blondine löste sich aus ihrer Umklammerung, um mit ihm weiter zu tanzen. Das fing ja gut an. Mitten im Tanz brach die Musik dann urplötzlich ab, und die Herren mußten »eenen Groschen die Tour« bezahlen. Heinrich drückte dem *Maître de plaisir* gleich fünfzig Pfennige in die Hand und erhielt dafür ein rotes Bändchen, das er sich ins Knopfloch stecken konnte und das ihn für den weiteren Abend von allen Zahlungen befreite.

Während er damit beschäftigt war, entschwand ihm die Blondine, und sein Blick fiel auf eine junge Frau, die dicht neben der Tanzfläche auf einem Stuhl saß und ihn ihrerseits mit erkennbarer Neugierde ins Auge gefaßte hatte.

»Das ist deine Emmi!« fuhr es ihm durch den Kopf. »Mein Gott, diese Ähnlichkeit.« Als ob sie wirklich auferstanden wäre. Und er war sich absolut sicher, daß er ihr schon einmal begegnet war. Er hätte sich beide Hände dafür abhacken lassen. Wo nur und unter welchen Umständen ...? Neben ihr stand ein freier Stuhl, und er zögerte keine Sekunde.

»Sie gestatten?«

»Ja, gerne.«

Er winkte dem Kellner zu und bestellte sich ein Bier. Dies aber weniger des Durstes wegen als der Möglichkeit, wieder zur Besinnung zu kommen. Nahm er diese junge Frau für seine Emmi, konnte er das große Spiel des Lebens noch einmal von vorn beginnen ... Sein Bier kam, und er tat einen langen Zug, ehe er das Wort ergriff. »Sie werden verzeihen ... und es wird Ihnen plump vorkommen, aber ich könnte schwören, daß ich Ihnen schon einmal begegnet bin ...«

»Das könnte schon sein, mir ist auch so ... Aber es muß schon lange her sein.«

Er stand noch einmal auf und machte eine leichte Verbeugung. »Heinrich Bosetzky, Baumeister, HB-Bau ...«

»Ah ja, angenehm ... Ich bin Fräulein Anna Walter, in Stellung beim Professor Korthaase in der Ringbahnstraße, gleich hier nebenan.«

»Und Sie kommen aus ...?«

»Tschicherzig an der Oder.«

»Das ist es!« Heinrich schlug sich mit der flachen Hand gegen die Stirn. »Als ich vor fünf Jahren bei meinem Freund Hugo Zimmermann in Gleiwitz gewesen bin, da waren Sie auf einem Oderkahn.«

»Das muß bei meinem Bruder Reinhold gewesen sein.«

»Richtig. Da sind Sie im Barchenthemd aus der Kajüte gekommen.«

Anna wurde rot. »Nicht so laut!«

»Darf ich bitten?« Dann tanzten sie, und als Heinrich sie fest an sich drückte, da wußte er, daß er in den nächsten Tagen und Wochen nur noch das eine Ziel haben würde: sie zu besitzen. Anna machte ihn so trunken, daß er sein ganzes Elend vergaß. Wäre er in Annas Schoß, dann spielte das andere keine Rolle mehr: Bettina, die Firma, Jagow, die Börse.

»Darf ich Sie am Sonntag nachmittag abholen?« fragte er, als Anna Punkt elf mit ihrer Freundin Elise nach Hause wollte, denn kam sie später, machte die Gnädige fürchterlich Theater.

»Ja, ich freue mich darauf.«

Sie hatte Feuer gefangen, ganz zweifellos. Er registrierte es mit großer Freude und Genugtuung.

Das Rathaus Charlottenburg, wo man anfangs von gotischen Formen ausgegangen und dann beim Jugendstil gelandet war, stand kurz vor seiner feierlichen Einweihung, und die Sonntagszeitung vom 2. Mai 1905 nahm das zum Anlaß, über die vielen Rathäuser zu berichten, die man in den Berliner Randgemeinden in den letzten Jahren errichtet hatte: Wilmersdorf, Steglitz, Rixdorf, Köpenick und Lankwitz. Nur in Steglitz und Lankwitz war HB-Bau beteiligt gewesen, und Heinrich fand das wenig berauschend. Schöner war da schon, daß einer der Vereine, zu deren Gründern und Förderern er zählte, der Berliner Thor- und Fußballclub Union 1892, auf dem Wege war, deutscher Fußballmeister zu werden. Was gab es des weiteren? Im Kulturteil trauerten sie noch immer um Adolph von Menzel, der im Februar verstorben war. Heinrich war ihm einige Male persönlich begegnet und verehrte ihn in höchstem Maße, obwohl seine Versuche, sich von Menzel den Firmensitz in Stralau malen zu lassen, immer wieder gescheitert waren.

Heinrich schlug die Zeitung zu und ging ins Badezimmer, wo das Wasser schon in die Wanne lief. Ein älteres Ehepaar besorgte ihm den Haushalt, aber die Leute wohnten nicht hier und hatten sonntags frei. Seit sich Bettina von ihm getrennt hatte und die Scheidung lief, war er am liebsten allein. Tagsüber sah er im Büro und auf den Baustellen genügend Menschen.

Dann lag er in der Wanne und träumte von Anna. Er war verrückt nach ihr und glaubte, nicht mehr leben zu können, wenn er sie nicht bald besessen hatte. »Heute Nacht oder nie!« rief er immer wieder und wiederholte, was Paul Labitzke früher immer ausgerufen hatte: »Ich vergehe vor Lust!« Der Plan, Anna zu erobern, war so gut, daß es nicht schiefgehen konnte. Anna war Emmi, Anna war der Neubeginn. Er stieg aus der Wanne, frottierte sich ab und legte beim Ankleiden so viel Sorgfalt an den Tag wie seit langem nicht mehr. Das Telefon klingelte, und das Fräulein vom Amt meldete ihm Walter Jagow.

»Was? Du bist wieder draußen?«

»Nun ...«

»Ich verstehe.« Heinrich wußte, daß Walter Jagow überall gute Freunde hatte, auch bei der Staatsanwaltschaft. »Und was machst du jetzt?«

»Ich sitze in Stralau im Büro und kämpfe um die Rettung deiner Firma. Kommst du auch?«

»Nein. Ich muß um die Rettung meiner Seele und meiner Manneskraft kämpfen.«

»Gratuliere. Wie heißt sie denn?«

»Anna und ist Dienstmädchen in Wilmersdorf.«

Walter Jagow gab ihm in allem recht. »Das ist das Beste, was du tun kannst.«

»Und du kannst mir dabei helfen.«

»In allem ja, aber dabei wohl kaum.«

»Doch: Indem du nichts weiter machst als einen großen Diener, wenn du mich siehst. Ich habe nämlich ein Motorboot gemietet für Anna und mich, und der Eigentümer wird es bei uns an der Kaimauer festmachen. Wenn ich dann gegen drei komme, begrüßt du mich voller Ehrerbietung.«

»Und den Champagner für euch ... Reicht dafür denn die Portokasse?«

»Mach den letzten Pfennig locker. Wenn mich Anna heute nicht erhört, verfalle ich dem Wahnsinn.«

»Gut.«

Das Überleben der Firma, was eigentlich das Wichtigste war, geriet zur Nebensache. »Was macht die Börse?«

»Die Würfel werden in den nächsten Tagen fallen, das hängt davon ab, ob ...«

»Du, ich muß los!« Heinrich hängte auf. Nur nicht zu spät kommen! Er stürzte zur Schreibkommode, seinem wertvollsten Möbelstück: Holland, 18. Jahrhundert, Nußbaumwurzel. Darin befand sich im oberen Teil ein Geheimfach ... und in dem lagen seine letzten Geldscheine. Er riß sie heraus und lief nach unten, wo die bestellte Kraftdroschke schon stand. Alles war ein Rausch, ein großes Abenteuer: Anna! Er war wieder jung und so voller Tatendrang wie damals, als er in Emmis Zimmer eingestiegen war, um ihr Rosen und Theaterkarten vor das Bett zu legen.

»Zum Kaiserplatz bitte.«

Und kaum war er dort ausgestiegen, sah er Anna, wie sie aus einer Haustür trat und ihm mit kleinen, aber sicheren Schritten entgegenkam. Er küßte ihr formvollendet die Hand und reimte in der Art eines Paul Labitzke: »Es entzückt mich, Sie zu begrüßen, Fräulein Walter, auch als Mann schon in gesetztem Alter.«

»Kein Theater! Meine Gnädige hat heute schon genug Theater gemacht, nur weil die Kartoffeln ein bißchen zu weich gekocht waren.«

»Ich darf mir erlauben, Sie nachher zum Essen bei Borchardt einzuladen. Da können wir ja dann entscheiden, wem die Kartoffeln besser gelingen. Dort steht unser Auto. Steigen Sie bitte ein zu einer Fahrt ins Blaue.«

»Da bin ich aber gespannt ...«

Dann saß sie links neben ihm, und ihr langes Kleid war von der Taille bis zu den Knien so eng geschnitten, daß seine Phantasie reichlich Nahrung bekam. Er starrte immer wieder verstohlen auf die Stelle, auf die sein ganzes Sinnen und Trachten von nun an gerichtet war. Da wollte er hin, nichts anderes zählte mehr. Und wenn er dafür sterben sollte. Er war Frauenkenner genug, um zu spüren, daß sie nicht mehr das war, was man »unberührt« nannte. Das war gut so, das kam seinen Plänen entgegen. So eine zierte sich viel weniger. Andererseits störte es ihn, weil er sich Emmi immer nur rein und unschuldig denken konnte. Egal, was hatte er sonst noch im Leben als eben das, woran er in einem fort dachte. Er gab sich einen Stoß, das Spiel zu beginnen: Anna amüsieren, Anna Champagner einflößen, Anna dahin bringen, es nicht nur geschehen zu lassen, sondern mit ihm ekstatisch zu genießen. Sie kam aus den Weinbergen, wenn auch nicht von Rhein und Mosel, aber auch in Tschicherzig verstand man es ganz sicher, sich einmal gehenzulassen.

»Wollen wir mal ins Metropoltheater gehen ...? Kennen Sie die Fritzi Massary?«

Anna Walter zuckte mit den Schultern. »Mir geht das nichts an.«

»Mich«, korrigierte Heinrich mit einem Reflex, der sich nicht unterdrücken ließ, doch damit sie nicht einschnappte, fügte er schnell hinzu: »... mich interessiert auch mehr das richtige Theater und nicht die Operette, denn ich hatte mal einen engen Freund, einen Schauspieler, der aber leider nach Breslau gegangen ist.«

»Das liegt auch an der Oder.«

»Ja, natürlich ...« Heinrich merkte schnell, daß Anna nicht Bettina war. Hoffentlich beherrschte sie die andere Kunst etwas besser als die der gehobenen Konversation und war auch da das genaue Gegenteil seiner Frau.

»Wo entführen Sie mich denn hin?« fragte Anna, als sie das Tempelhofer Feld und Rixdorf hinter sich gelassen hatten und nach Treptow kamen. »Ins Eierhäuschen?«

»Warten Sie's ab.« Sie hielten vor HB-Bau in Stralau. »Dies ist mein kleines Reich, und ich darf Ihnen erst einmal zeigen, wo ich ... Ah, mein Prokurist wartet schon.«

Walter Jagow kam, um ihnen aufzuschließen und Heinrich mit einer devoten Verbeugung »Guten Tag« zu sagen. »Möchten Sie sich mit Ihrer Begleiterin erst im Büro erfrischen, Herr Bosetzky, oder gleich ... Ihr Motorboot wartet da links, gleich hinter der Zille mit dem Kies ...«

»Danke, Jagow.«

Anna staunte. »HB heißt Heinrich Bosetzky?«

»Das darf ich in aller Bescheidenheit bejahen ... Kommen Sie.« Er zeigte ihr Bauplatz und Bürogebäude und bot ihr im Chefzimmer als Erfrischung eine Apfelschorle an.

»Danke.« Sie sah sich alles an, und ihre Augen wurden immer größer. An der Wand hing ein großes gelbbraunes Foto der Lichterfelder Villa. »Und da wohnen Sie ...?«

»Ja, das ist meine Villa Tamsel. Das heißt, Tamsel ist ein Ort an der Warthe mit einem Schloß, in dem die Bosetzkys sozusagen ihre Wurzeln haben. Darum ist mein Haus in der Paulinenstraße draußen diesem Schloß auch ein wenig nachempfunden.«

»Schlösser, die im Monde liegen«, sagte Anna, um überhaupt etwas sagen zu können.

»Nicht auf dem Mond: in Lichterfelde.«

Annas Stimme wurde plötzlich etwas schrill. »Und das hier: Das ist wohl Ihre Frau?«

»Nein, nein.«

»Na, mir geht das nichts an.«

Heinrich verzog ein wenig das Gesicht. »Das ist meine Mutter. Sie hatte hier gegenüber das schöne Restaurant, den ›Fröhlichen Krebs‹.«

Anna ließ nicht locker. »Und Sie sind gar nicht verheiratet?«

»Doch ... gewesen. Meine Frau ist letztes Jahr verstorben ... Während unserer Amerikareise ... Nach dem Tod unseres Jungen, unseres Joachims ... Sie liegt jetzt am Ufer des Ohios begraben, in Cincinnati.« Mit Freude bemerkte er, daß Anna ihm glaubte, denn auf seinem Schreibtisch stand, an der rechten oberen Ecke noch immer mit einem Trauerflor versehen, eine Photographie seines Sohnes, und wenn a der Wahrheit entsprach, denn stimmte auch b. »Kommen Sie, Anna, die Sonne scheint gerade so schön – und das Boot wartet auf uns.«

Sie gingen an Bord und fuhren die Spree hinauf, am Plänterwald und an den Häusern Schöneweides vorbei, bis sie hinter Spindlersfeld die Türme Köpenicks erblickten. Nun ging es die Dahme bis Grünau hinunter. Instinktiv hatte er das Richtige getroffen, denn als Kind der Oder war eine Flußfahrt genau das, was Anna in eine Stimmung versetzte, die seiner Absicht günstig war. Der Champagner tat ein übriges, und so durfte er, als sie die Regattastrecke erreichten, schon den Arm um ihre Hüfte legen und sie auf das Ohrläppchen küssen. Doch schnell entzog sie sich weiteren Zärtlichkeiten, denn anderes bewegte sie.

»Hier wird doch immer gerudert?«

»Ja.«

»Und da ist doch der Kaiser dabei.«

Heinrich lachte. »Wenn Kaiserwetter ist, dann ist auch der Kaiser dabei.«

Anna geriet ins Schwärmen. »Wenn ich Seine Majestät sehe, dann sinke ich dahin.«

»Darum sind Sie also am Kaiserplatz in Stellung gegangen?«

»Ja, auch.« Anna war seine leise Ironie entgangen. »Ich würde alles dafür hergeben, wenn mir der Kaiser einmal diese meine Hand hier drücken würde.«

Heinrich nahm Annas Hand und küßte sie. »Tut mir leid, daß Sie mit mir vorlieb nehmen müssen.« Dabei versuchte er, das Boot »aus Versehen« ins Schilf zu lenken. Die Kajüte war groß genug, und wenn er schon hier an der Bammelecke sein Ziel erreichte, um so besser. »Anna«, hauchte er, »Anna, bitte ... Ich liebe Sie, ich bin verrückt nach Ihnen.«

Sie stieß ihn zurück. »So eine bin ich nicht, Sie ...! Lassen Sie mich los, ich schreie sonst!«

Heinrich ließ wieder ab von ihr, obwohl seine Erregung so groß war, daß es schmerzte, als er nun wider die Natur das abbrechen mußte, was eigentlich kommen sollte. Sie schmollte, er schwieg. Er wendete und lenkte das Motorboot nach Stralau zurück.

»Verzeihen Sie«, sagte er schließlich, den Blick starr auf das Wasser gerichtet. »Sie sind eine wunderschöne Frau ... und ich bin ein Mann in den besten Jahren, der, seit Bettina ... nicht mehr ... Ich brauche jemanden, den ich einmal in die Arme nehmen kann.«

»Sie haben doch das Geld für ein ganzes Dutzend!«

»Aber wenn das Herz nicht dabei ist ...« Das war nicht einmal gelogen, wenn auch nicht die ganze Wahrheit, denn er liebte ja Anna nicht als Anna, sondern als Emmi. Doch wenn er ihr das alles erklärte, hatte er sein Spiel auf der Stelle verloren. So aber gab es noch ein wenig Hoffnung. »Fräulein Walter, ich versichere Sie, daß ich Sie nicht mehr belästigen werde. Aber lassen Sie uns nicht so im Groll auseinandergehen. Wir essen noch zusammen, und dann bringe ich Sie zum Kaiserplatz zurück. Ja ...?«

»Ich weiß nicht ...«

»Im ›Borchardt‹ soupiert manchmal auch der Kronprinz – und das wollen Sie sich entgehen lassen?«

»Na schön.«

F. W. Borchardt in der Französischen Straße war ein verhältnismäßig kleines, aber sehr diskretes und vornehm eingerichtetes Lokal, das die Gourmets ganz besonders schätzten, weil sie sich hier ihre Lieblingsgerichte nach langen und gründlich beratenen Rezepten zubereiten lassen konnten. Anna wünschte sich Schlesisches Himmelreich und bekam es, aber weder ihr Leibgericht noch der feurige italienische Wein konnten sie für das geneigter machen, was Heinrich noch mit ihr vorhatte. Je eindeutiger seine Bemerkungen wurden und je zärtlicher er über ihre Handrücken strich, desto mehr erstarrte sie zu Eis und glich eigentlich immer mehr dem lebenden Leichnam, als den er Bettina am Fourche LaFave empfunden hatte. Er hatte alle Register gezogen und war nun mit seinem Liebeslatein absolut am Ende. »Außer Spesen nichts gewesen«, hatte Paul Labitzke in solchen Fällen immer gemurmelt.

»Dann lasse ich eine Droschke rufen und Sie nach Hause fahren.«

»Ja, bitte. Ich muß morgen wieder in aller Herrgottsfrühe aus den Federn raus.«

Zwischen ihnen blieb fast ein halber Meter Zwischenraum, als sie von der Französischen Straße zum Kaiserplatz fuhren. Es wurde auch nichts mehr gesprochen. Was auch?

Kaiserplatz, Ecke Ringbahnstraße ließ Heinrich den Kutscher halten und bezahlte ihn. Wenn er Anna an der Haustür abgeliefert hatte, wollte er noch sehen, ob sich bei Schramm etwas anderes finden ließ. Ganz Kavalier, küßte er Anna die Hand, als sie vor dem Dienstboteneingang standen. Es war dunkel geworden und merklich kühler. Sie fröstelte ein wenig. So wie sie sich den Kragen ihres Kleider gegen den Hals drückte, um etwas Wärme zu spüren, war genau die Bewegung gewesen, die Emmi immer an sich gehabt hatte. Und im milden Schein der Gaslaterne glich sie nicht nur seiner Emmi, das war sie, seine Emmi.

Er riß sie an sich. »Emmi, Emmi ... Anna, Anna!«

Sie hielt still, obwohl sie sich noch immer anfühlte wie eine Schneiderpuppe, offensichtlich nur darauf bedacht, nicht aufzufallen und ihre Herrschaft nicht aus den Betten zu holen.

Heinrich küßte ihren Nacken, ihren Mund, hauchte, flüsterte, keuchte. »Anna, wir beide ... Ich kann es nicht mehr aushalten ... Nimm mich mit in deine Küche ... Du kannst alles haben von mir ... alles ... Ich werde Hofbaurat, ich nehm' dich mit zum Kaiser.«

»Zum Kaiser ...« Anna zitterte am ganzen Leib.

»Ja, ich schwöre es dir. Bei meinem Leben!«

»Dann komm ... aber leise!« Das war der Vorteil des gesonderten Dienstbotenaufgangs.

Oben in der Küche fiel er über sie her und war im Nu unter ihren Röcken. Doch Anna hatte plötzlich Bedenken, wehrte sich, preßte die Schenkel zusammen.

»Ich will nicht auf dem Fußboden. Hier geht es nicht.«

»Dann so ...«

»Psst! Die Gnädige ... oder der Herr Professor ...«

»Ja. Ganz leise ...«

Er setzte sich auf den Küchenstuhl und zog sie zu sich auf den Schoß, seine Stirn auf ihrer Stirn. Anna hielt es für ausgeschlossen, daß es so gehen könne, verfolgte aber amüsiert, wie er sich daran machte, ihr zu beweisen, was zu beweisen war.

Dritter Teil

Anna

Zehntes Kapitel

1905/06

Anna Walter wagte es nicht, sich zu dehnen und zu strecken, denn ihr Hängeboden war eng wie ein Sarg, und stieß sie irgendwo gegen Wand oder Decke, denn klang das so, als würde ein Pferd mit den Hufen gegen eine Bretterwand schlagen. Sofort wäre die Gnädige wach und machte Theater, und der Herr Professor würde schreien, daß die Ordnung es gebiete, ihn erst Punkt halb sieben zu wecken, keine Minute später, aber auch keine Minute früher. Der Hängeboden war schlimm, vor allem auch wegen der schlechten Luft und der schier unerträglichen Hitze, aber hätte sie in der Badestube geschlafen, wäre das noch schlimmer gewesen, denn es war eine ziemliche Pein für alle Dienstmädchen, wenn die anderen, insbesondere der Hausherr, nächtens ihre Notdurft verrichteten, während sie sich schlafend stellen mußten. Außerdem dienten diese Badestuben zumeist auch noch als Rumpelkammer und zum Aufbewahren schmutziger Wäsche.

Wie spät mochte es sein? Da ihr Hängeboden kein Fenster hatte, konnte sie nicht erkennen, ob es schon dämmerte. Sie tastete nach ihrem Wecker, der überlaut neben ihr tickte. Er besaß zwar keine Ziffern, die leuchteten, doch sie hatte sich zu helfen gewußt und die Glasscheibe zerschlagen, so daß sie mit den Fingern die Zeiger ertasten konnte. Fünf Uhr schien es zu sein. Sie freute sich auf die Stunde, die sie noch schlafen konnte. Sie stellte sich vor, statt in ihrer Bratröhre in der Villa Bosetzky in einem großen Schlafzimmer zu liegen und zu warten, bis die Zofe kam, sie anzukleiden.

Der Wecker riß sie aus den Träumen. Sie kletterte die Leiter hinunter. Rechts von ihr hingen ihre Kleider an krumm eingeschlagenen Nägeln, links waren Preßkohlen aufgeschichtet. Zwischen Leiter und Wand standen ein Holzkasten und ein Reisekorb, in dem sie ihre Habseligkeiten aufbewahrte. Nie hatte sie sich darüber beschwert, nie über ihr Leben gejammert, denn wenn der Herr es so gewollt hatte, dann war es auch richtig. Ein Löwe war ein Löwe, und eine Ratte war eine Ratte. Was hatte es für einen Sinn, wenn die Ratte heulte und rief, sie wolle nun auch mal ein Löwe sein? Ihre Lieblingswendung »Mir geht das nichts an« übertrug sie auch auf ihr eigenes Leben. Ihr eigenes Schicksal prallte sozusagen von ihr ab. Und sie hätte es ja auch viel schlimmer haben können als hier bei Korthaases am Berliner Kaiserplatz – zum Beispiel als Kuhmagd in Tschicherzig oder als Näherin in einer der Fabriken am Dönhoffplatz.

Schnell hatte sie sich angezogen und war zur Morgentoilette in die Badestube gelaufen. Mehr als eine Katzenwäsche wurde es nicht, denn legte sie Kleid und Hemdhose ab, stand bestimmt wieder Korthaase in der Tür, um sie lüstern anzustarren.

Zehn Minuten später sah man sie dann in ihrem kleinen Reich: der Küche. Zuerst war die Kochmaschine in Gang zu setzen. Sie prüfte, ob sich die Glut die Nacht über gehalten hatte. Ja. Koks, Eierkohlen und Anthrazit hatten in diesem Jahr die richtige Mischung. Sie bückte sich und schichtete Anmachholz und Preßkohlen darüber. Mit Hilfe eines Blasebalgs war alles schnell entfacht. Der Aschkasten mußte nachher entleert werden. Wenn sie das vergaß, regte sich Korthaase am Abend wieder mächtig auf. Mit dem ersten heißen Wasser brühte sie sich ihren Kornkaffee und schmierte sich zwei Graubrotstullen mit Schmalz. Sechzehn Stunden Arbeit lagen vor ihr. Doch das machte ihr nichts, dazu war sie geboren worden. Die Henne zum Eier legen, die Kuh zum Milch geben, sie zum Arbeiten. Und fröhlich sang sie: *»Hinaus in die Ferne / Mit Butterbrot und Speck, / Det eß ick so jerne, / Det nimmt mir keener weg!«*

Sie lauschte. War schon jemand wach geworden? Nein, sowohl im Schlafzimmer der Herrschaft wie in den beiden Kinderzimmern war noch alles ruhig. Schnell riß sie noch das Blatt vom Kalender. Heute war Donnerstag, der 11. Mai 1905.

»O du mein himmlischer Herrgott!« rief sie, als ihr bewußt wurde, daß sie in zwei Monaten Geburtstag hatte und schon zwanzig wurde.

Sie machte sich daran, im Eß- und im Herrenzimmer für Ordnung zu sorgen. »Anna, Menschen sind eine sehr erfindungsreiche Spezies, und für alles, was an Stellen zu erledigen ist, wo sie mit ihrer geringen Körpergröße nicht direkt hingelangen können, haben sie etwas erfunden, das sie Leiter nennen. Und mit einer solchen Leiter läßt sich sogar der Staub oben auf einem Kachelofen abwischen.« Die Gnädige gewöhnte sich immer mehr an, wie ihr Mann zu sprechen, und Anna lernte es von Tag zu Tag besser, sich so etwas ohne jede Emotion anzuhören. Sie holte sich so leise es ging die Leiter aus der Badestube und machte sich daran, den Staub aus den Ornamenten des großen grünen Kachelofens zu entfernen. Ein wenig schwindlig war ihr schon, als sie auf der obersten Stufe stand und sich nach vorne reckte, doch fiel sie runter, dann fiel sie eben, denn wie sagte doch der Pfarrer in Tschicherzig immer: »Man kann nicht tiefer fallen als in die Hand Gottes.« Ein bißchen ins Wackeln kam sie erst, als sie an Heinrich dachte. Ob er wohl länger mit ihr gehen wollte oder sie nur schnell mal besprungen hatte wie ein Hahn im Hühnerhof? Nun, ein bißchen anders hatte er es ja mit ihr gemacht. Im Sitzen. Daß es so etwas gab! Die Männer waren eben so, und wenn es nicht richtig gewesen wäre, wie sie waren, denn hätte der himmlische Herrgott sie auch nicht so geschaffen. Heinrich hatte viel zu tun, aber vielleicht fand er doch einmal Zeit, heimlich in der Küche aufzutauchen und nach ihr zu sehen, wie das Emil getan hatte, ihr erster Freund in Berlin. Schade, daß ihr der abhanden gekommen war.

Langsam wurde es Zeit, ans Frühstück für Korthaase und die Große zu denken. Die hieß Marianne und war Annas ein und alles. Seit zwei Jahren ging sie nun zur Schule, und der Professor hatte zu ihrer Erziehung sogar ein Fräulein engagieren wollen, dies aber nicht bezahlen können. Jetzt versuchte die Gnädige, das Geld dafür bei ihrer Familie lockerzumachen. Marianne war ein blonder Engel und aß morgens am liebsten Mehlsuppe mit süßen Klütern darin. Also beeilte sich Anna, ihr welche zu kochen. Der Professor liebte ein kräftiges Frühstück mit Speck und Spiegelei. »Morgens soll man essen wie ein Kaiser, mittags wie ein König und abends wie ein Bettelmann«, sagte er immer. Also machte sich Anna ans Werk, wobei sie streng darauf achtete, daß sich beim Aufschlagen der Eier das Weiße und das Gelbe nicht vermischten. Das regte Korthaase immer fürchterlich auf. Noch mehr geriet er in Rage, wenn sich auch nur ein winziges Stückchen Eierschale in seinem Spiegelei befand. Da drohte er dann schon einmal, sie auf der Stelle auf die Straße zu setzen, auf alle Fälle aber etwas in ihr Dienstbuch zu schreiben, das es ihr unmöglich machen würde, jemals wieder eine andere Stelle zu finden. Anna nahm das stets mit einem Gleichmut hin, der vielleicht ihre größte Gabe war. Dann saß sie eben auf der Straße. »Wer weiß, wozu das gut ist ...« Das wäre ihr einziger Kommentar gewesen. Vielleicht noch: »Der Mensch denkt, Gott lenkt.« Angst hatte sie vor Korthaase also keineswegs. Dennoch versuchte sie ihrem Dienstherren immer aus dem Weg zu gehen, und zwar wegen seines starken Mundgeruchs. Ihr Bruder Fritz hatte das, als er neulich zu Besuch in Berlin gewesen war, sehr drastisch ausgedrückt: »Der stinkt ja aus dem Mund wie 'ne Kuh aus'm Arschloch.«

Professor Constantin Korthaase unterrichtete Deutsch und Latein am Friedenauer Gymnasium, das man im Jahre 1902 südlich des Ringbahnhofs Wilmersdorf-Friedenau am Maybachplatz errichtet hatte. Er war in einem Pfarrhaus aufgewachsen und streng religiös erzogen worden. Seine Liebe galt der Astronomie, was dann zusammen das ergab, was er in seinen Lehrbüchern immer wieder in den Mittelpunkt zu stellen wußte: *Alle Ordnung ist von Gott – und wer ein gottgefälliges Leben führen will, der muß überall, im Großen wie im Kleinen, Ordnung schaffen und erhalten. Die Lebensbahn eines Menschen muß, will man sie als ideal bezeichnen, der eines Planeten gleichen, das heißt, sie muß in allen Phasen und zu allen Zeiten voll berechenbar sein. Ein jedes Ding gehört an seinen vorgesehenen Platz, in jedem Satz gibt es nur ein einziges Wort, welches das Gemeinte wirklich trifft, und für alle menschlichen Handlungen existiert nur ein einziges optimales Muster. So will es der Kosmos, von dem unser Gott nur ein Teil ist, und nur wer die kosmischen Gesetze anerkennt und verinnerlicht hat, der wird sich glücklich preisen dürfen und aufsteigen in die höheren Stände.*

Marianne kam aus ihrem Zimmer und lief auf Anna zu, um aufgefangen und geherzt zu werden.

»Hast du gut geschlafen, mein Engelchen?«

»Ja, und rate mal, was ich geträumt habe.«

»Daß du zum Geburtstag ein großes Puppenhaus bekommst.«

»Woher weißt du das?«

»Du träumst doch seit einer Woche immer dasselbe.«

Kaum hatten sie ein paar Worte miteinander gewechselt, stand Korthaase in der Küche und warf mißbilligende Blicke zu Anna hinüber. Er mochte es gar nicht, wenn seine Tochter mit einem Dienstbolzen, Küchendragoner oder Trampel zusammen war und dadurch verdorben wurde. Anna wußte das, ohne daß es sie groß gekümmert hätte.

Als Vater und große Tochter abgefrühstückt waren, wie Anna das nannte, und sich die Mäntel anziehen wollten, erschien die Frau des Hauses zur Begrüßung auf dem Korridor. Sie war unausgeschlafen und mürrisch, und Anna wußte, daß sie mit ihrem Leben höchst unzufrieden war. Trotzdem bemühte sich Frau Korthaase, so frisch und strahlend zu wirken wie eine Fürstin auf der Operettenbühne.

»Da sind ja meine beiden Lieben, fertig zum Abmarsch. Jeder neue Tag bringt neues Glück.«

Henriette Korthaase war die Tochter eines wohlhabend gewordenen Kolonialwarenhändlers aus der Luisenstadt und unglücklich von der Minute an, da sie ihr Vater in den Vorratskeller gesperrt hatte, um zu verhindern, daß sie sich einem italienischen Opernsänger in die Arme warf und mit ihm nach Mailand ging. Wieder befreit, war sie ins Wasser gegangen, doch ihr Suizidversuch war ebenso an ihren Schwimmkünsten wie an ihrem Lebenstrieb gescheitert. Zwar hatte sie sich ihrem Giuseppe nicht wirklich hingegeben, doch ihre Chancen auf dem Berliner Heiratsmarkt für höhere Töchter war dennoch erheblich gesunken, so daß sie über einen Bewerber wie Constantin Korthaase schließlich froh sein mußte. Der war aus Zehdenick an die Spree gekommen und hatte von allem nichts erfahren. Sitzengeblieben zu sein und als »altes Mädchen« verspottet zu werden, wäre noch schlimmer gewesen als das Leben an C.K.s Seite. Und ohne ihn wären Ottilie, Georg und Marianne nicht auf der Welt gewesen. Neben der Großen, die von Anna gerade eben in die Schule gebracht wurde, hatte sie noch ihren Georg, der mit seinen fünf Jahren ein überaus putziges Kerlchen war, das glücklicherweise keinerlei Ähnlichkeit mit seinem Vater hatte, und ihre kleine Ottilie, das Nesthäkchen, das gerade dabei war, das Krabbeln zu erlernen.

Als Anna von der Schule zurückkam, blieb sie am Bahnhof stehen, denn ein Zug aus Richtung Schmargendorf war soeben eingelaufen. Vielleicht stieg Heinrich aus und wollte sie besuchen. Nein ... Auch gut. Sie ging weiter, ohne irgendwie enttäuscht zu sein. Was nicht war, war eben nicht.

»Nun, Anna, hast du noch ein Rendezvous gehabt?«

»Nein.« Anna fragte sich, ob die Gnädige schon etwas ahnte. Woher aber? »Ich habe nur gesehen, daß ich noch ein paar Kastanien für Georg finde.« Damit machte sie sich wieder an die Arbeit. Nachdem Ottilie ihr Fläschchen und der Junge seine Haferflocken bekommen hatte, ging sie daran, Kinder- und Schlafzimmer, Salon und Korridor zu säubern und in Ordnung zu bringen. Zeit zum Ausruhen blieb keine, denn vieles lag noch an: Das Frühstücksgeschirr war abzuräumen, abzuwaschen, abzutrocknen und wegzustellen, die Betten mußten in die Fenster gelegt und ausgelüftet werden, der Mülleimer nach unten getragen und ausgeleert werden.

»Und bring gleich Kohlen aus dem Keller mit, wenn du wieder raufkommst.«

»Ja-a.« Das vergaß sie immer wieder, wenn es Frühling geworden war. Aber abgesehen davon, daß die Kochmaschine und der Ofen im Badezimmer auch im heißesten Sommer eine Menge Kohlen brauchten, gab es ja auch im Mai noch genügend kalte Tage, kamen doch die Eisheiligen mit der kalten Sophie.

Als sie aus dem Keller wiederkam, drückte ihr die Gnädige einen Einkaufszettel in die Hand, und sie mußte sich erneut ihre Pelerine überwerfen und das Haus verlassen. Sie ging gern zum Grünkramladen, Bäcker, Schlächter und Kolonialwarenhändler, denn da gab es immer etwas zu sehen und zu plauschen. Am meisten trödelte sie beim Fleischer. Wie es da roch und wie die Würste an den Stangen hingen. Sie glaubte immer, beim Schweineschlachten zu Hause zu sein. Den Schinken schnitt ihr Elise, die auch von der Oder kam, aus Grünberg nämlich, und die wußte längst von Heinrich.

»Paß bloß auf, daß er dir kein Balg anhängt!« Keinen Tag ließ sie aus, Anna vor einer Schwangerschaft zu warnen. »Und dann läßt er dich sitzen.«

Anna sah das gelassen. »Ich pass' schon auf, ich kenn' da was aus Tschicherzig von meiner Patentante Pauline.« Sie beugte sich vor, um Elise etwas ins Ohr zu flüstern. »Und wenn schon ...« Sie war ein einfaches Dienstmädchen vom Lande, und was konnte es für ihr Kind Besseres geben, als einen Mann wie Heinrich Bosetzky zum Vater zu haben: Schön war er, stark war er, tüchtig war er – und er hatte Geld wie Heu.

Sie schleppte ihre beiden Körbe die drei Treppen hinauf. Der Dienstbotenaufgang war eine Art Wendeltreppe, von deren Absatz man direkt in die Küche gelangte. Dort angekommen, machte sie sich sofort daran, Gemüse zu putzen und Kartoffeln zu schälen. Kotelett mit Leipziger Allerlei sollte es geben, dazu Suppe und Nachtisch. Alles war zu braten, zu kochen und schließlich zu servieren. Für sie blieb keine Zeit zum Essen, sie begnügte sich mit einer weiteren Stulle, mit Griebenschmalz bestrichen, die sie beim Abwasch kaute. Der Kaffee, den Korthaase jetzt dringend brauchte, weil er sonst keine Arbeiten korrigieren konnte, stand schon gebrüht bereit.

»Du kannst ihn servieren«, sagte die Gnädige. »Ottilie müßte mal wieder an die frische Luft.«

»Und wann soll ich abwaschen und die Küche saubermachen?«

»Wenn du zurück bist.«

Wenig später schob Anna Walter den Kinderwagen, in dem die kleine Ottilie Korthaase selig schlummerte, durch die Kaiserallee, die von Tag zu Tag prächtiger wurde, und etwas von deren Glanz fiel auch auf sie. Ihr Heinrich konnte stolz auf sie sein. Und das war er auch, sonst hätte er sie nicht zu seiner Braut gemacht. Als sie den Park erreichte, bog sie links ab. Wohin es sie zog, war klar: zu Schramm. Dort hatte sie ihr großes Los gezogen, ihren Heinrich. Was würden sie in Tschicherzig für Augen machen, wenn sie mit einem Bräutigam wie diesem kam? »Er ist Baumeister mit einem eigenen Geschäft und einer Villa in Lichterfelde.« Sie umrundete den Wilmersdorfer See zur Hälfte, um wie immer an der Wilhelmsaue stehenzubleiben und zuzusehen, wie die Pferdestraßenbahn zum Zoo abgeklingelt wurde. Ab und an durfte sie die Gnädige zu ihren Einkäufen in die Innenstadt begleiten, und dann fuhren sie von hier bis zur Uhlandstraße, um dort in die U-Bahn umzusteigen. Einmal waren sie sogar mit der Hochbahn gefahren, und Anna hatte mächtige Angst gehabt, in den Landwehrkanal hinunterzufallen.

Nagelneu – wie aus Georgs Anker-Steinbaukasten – ragte die Auenkirche in den blankgeputzten Maienhimmel. Anna sah sich an Heinrichs Seite als Braut zum Altar schreiten, ganz in Weiß ... Und vielleicht kauften sie sich dann so ein Schlößchen wie das, das sich der Augenarzt Prof. Schoeler gerade hergerichtet hatte.

Zurück am Kaiserplatz, staunte sie über die neuen Häuser, die man dort baute. Bei einem hatten sie gerade das Richtfest gefeiert. Es war noch um einiges prächtiger als das in der Ringbahnstraße 29, wo sie in Stellung war. Fast hätte sie den Kinderwagen durch den großen Eingang geschoben, dessen reich mit schmiedeeisernen Ornamenten geschmückte Tür gerade offenstand. Erst im letzten Augenblick, als ihr das Schild *Aufgang nur für Herrschaften* so richtig bewußt wurde, riß sie den Wagen nach links. Es war ja auch klar und deutlich zu lesen: *Hausangestellte und Lieferanten dürfen nur den Nebeneingang benutzen.* Daneben hing ein drittes Schild: *Betteln und Hausieren verboten.* Ottilie begann zu weinen. Nur schnell zurück, sonst gab es erneut Theater.

In der Küche angekommen, band Anna sich die Schürze um und begann mit dem Abwasch. Schon allein das Putzen der Töpfe und Pfannen brauchte eine halbe Stunde. Danach war alles abzutrocknen und in die Schränke zurückzustellen und schließlich die Küche aufzuwischen. Dabei passierte Georg wieder einmal das Malheur, den vollen Wischeimer umzustoßen. Oder hatte er es mit Absicht getan? Jedenfalls amüsierte er sich köstlich und zog sich Hausschuhe und Strümpfe aus, um Hochwasser zu spielen. Anna konnte nicht einmal schimpfen, denn das hätte nur Korthaase auf den Plan gerufen und die Sache noch schlimmer gemacht: »Müssen Sie Trampel den Eimer immer so hinstellen, daß sich der Junge daran verletzt?!«

Als der Schaden endlich behoben war, hatte sie vom vielen Auswringen des Wischlappens ganz aufgeweichte Haut, eine richtige Waschfrauenhand. Mit der ließ sich nun schwer Strümpfe stopfen, was ihr aber befohlen worden war. Als es ihr nicht gelang, den Faden einzufädeln, half ihr schließlich Marianne. Ihre kleine Freundin holte auch schon einmal das Plättbrett hervor und begann mit dem Bügeln. Ausgerechnet in dem Augenblick, in dem Korthaase in die Küche kam, um sich ein Glas Wasser zu holen. Sofort fuhr er Anna an: »Sind Sie denn vom Wahnsinn befallen, das Kind mit den glühenden Bolzen hantieren zu lassen? Wenn sie sich damit das Fleisch bis auf die Knochen verbrennt, wird sie nie wieder Klavier spielen können. Und wenn Sie noch einmal vergessen sollten, meine Stiefel zu putzen, dann ...«

Anna kam langsam ins Schwitzen, denn so leicht wie am Morgen gingen ihr die Dinge nun nicht mehr von der Hand. Gemessen an der Feldarbeit in Tschicherzig, war aber das, was sie hier in Stellung tun mußte, noch immer nahezu ein Kinderspiel, also klagte sie nicht. Und es gab ja auch noch Geld dafür.

Um sieben Uhr hatte sie schon die Schlafzimmer zu lüften und die Betten aufzuschlagen, bevor sie den Tisch für das Abendbrot deckte. Das Abendessen ... Korthaase liebte es schlicht und einfach, meckerte aber oft, daß es ihm nicht mundete. Am besten war es wohl, sie kochte ihm noch schnell seine Brotsuppe. Die liebte er über alles, und sie war auch Annas absolute Spezialität. Schon von Tschicherzig her. Das älteste Rezept hatte sie von ihrer Mutter:

150 g altes Brot
1 1/2 l Wasser
1 Stück Zitronenschale
Salz
1 Stück Zimt nach Geschmack
30 g Korinthen
ca. 40 g Zucker
375 g geschälter Äpfel oder Apfelwein

Der Professor lobte sie dann auch gehörig, als er ihre Brotsuppe aus einem tiefen Teller löffelte: »Tüchtig, Anna, tüchtig, fürwahr!« und zitierte dann aus Schillers *Wallenstein*: »*Er reitet dem Schicksal entgegen keck, / Trifft's heute nicht, trifft es doch morgen, / Und trifft es morgen, so lasset uns heut / Noch schlürfen die Neige der köstlichen Zeit!*«

Zwei Stunden später war dann ihr Tagewerk geschafft. Gerade wollte sie sich ans offene Küchenfenster setzen und mit ihrer Handarbeit beginnen, als die Gnädige noch einmal erschien, um mit ihr durchzusprechen, was in dieser Woche alles noch zu machen war: »Am Donnerstag sind die Teppiche zu klopfen und das Silber zu putzen, am Freitag muß das Fenster im Salon geputzt werden, und am Sonnabend werden die Lampen wieder einmal gründlich gereinigt.«

»Jawohl!« Anna gab sich alle Mühe, es recht militärisch klingen zu lassen.

In der nächsten Woche lag das an, wovor sich die meisten Dienstmädchen am meisten graulten: die große Wäsche. Auch für Anna war das eine riesengroße Plackerei, doch sie kannte es von Tschicherzig nicht anders und nahm es hin, wie man eine Influenza oder den Tod hinnehmen mußte. Es war eben so, wie es war. Und wer am meisten jammerte, dem ging es oft am besten. Klagen gehörte eben zum Handwerk – wo gehobelt wird, fallen Späne –, und sie sollten mal alle nicht so zimperlich sein. Alles nahm seinen vorbestimmten Gang, eins nach dem anderen. Am Abend zuvor war sie mit der Gnädigen in die Waschküche gegangen, hoch unterm Dach, um die Wäsche in mehreren Zubern kalt einzuweichen. Sie begannen mit Frauenhemden, dann kamen Herren- und Frauenbeinkleider, weiße Strümpfe, hierauf die Bettwäsche wie Kissenbezüge, Unterleintücher und Nachtjacken, dann die Kinderwäsche, dann Herrenhemden und feine Oberleintücher, Halstücher, Manschetten, Kragen und so weiter und sofort. Die feinste Wäsche kam immer obenauf zu liegen. Tischtücher, Servietten und Handtücher wurden in ein anderes Gefäß getan, ebenso die Taschentücher. Anna gab sich Mühe, alles auseinanderzuhalten, machte aber dennoch einen Fehler.

»Die Küchenhandtücher nicht wieder zu den anderen Handtüchern!« fuhr die Gnädige sie an. »Daß das nicht in deinen Kopf rein will! Und alle Öl- und Fettflecke werden vorher tüchtig eingeseift und ausgerieben.«

Nachdem das erledigt war, goß Anna alles Einweichwasser wieder aus und füllte die Zuber mit guter, warmer Sodalauge. Zog das alles die Nacht über, konnte man saubere Wäsche erwarten, und die war, wie Korthaase immer wieder betonte, ein Indikator für den Gütegrad eines Menschen: »Eine weiße Weste und eine reine Seele – das hängt eng miteinander zusammen.« Natürlich gab es da immer ein Riesentheater, wenn ein Wäschestück nicht ganz von der Lauge bedeckt war, sozusagen im Trockenen lag, weil es dadurch häßliche braune Flecke bekam.

Am Waschtag selbst war Anna schon um halb sechs in der Waschküche, um unter dem großen Kessel Feuer anzumachen. Unterstützt von einer extra hinzugezogenen Waschfrau, der alten Moritzen, begann man dann eine Stunde später mit der Arbeit. Zuerst kam alle Bett- und Leibwäsche in heiße, aber nicht kochend heiße Sodalauge, deren Zubereitung eine Wissenschaft war.

»Nich so ville Soda«, sagte die Moritzen, die klein und O-beinig war. »Für den jroßen Kessel da jenügt eene Hand voll, sonst wird noch allet jelb und braun und et sieht aus, als wenn eena rinjekackt und rinjepinkelt hat. Und det bei die frische Wäsche.«

Die Wäsche wurde nun ausgewrungen und kam für etwa fünf Minuten zum Kochen in den Kessel. Mit einem großen Holzlöffel wurde sie immer wieder umgerührt und schließlich herausgenommen und zum erneuten Auswringen in einen Zuber geworfen.

Dieses Wringen, wo man das Wäschestück mit aller Kraft wie einen Strick in sich verdrehen mußte, um auch den letzten Wassertropfen herauszupressen, brachte den Frauen zwar muskulöse Oberarme ein, aber auch schlimme Schmerzen in Kreuz und Nakken. Beide haßten es, und die Moritzen verschaffte sich dadurch Erleichterung, daß sie sich bei jedem langen Nachthemd vorstellte, sie würde Korthaase den Hals umdrehen. Dabei versuchte sie, sich immer wieder selbst zu bremsen: »Nicht zu doll, Wilhelmine, det schadet det Jewebe.« Ihr Zorn rührte daher, daß sich Korthaase weigerte, eine Wringmaschine zu kaufen, wie sie jetzt modern war. Aber es gab noch schlimmere Herren, als es Korthaase war. »Ick hatte mal eenen, der hat jesagt, wenn er nach elfe noch mal eenen inne Küche erwischt, den schießt er mit'm Revolver tot. Da hab' ick mir nich mal jetraut, noch 'n Jlas Wassa zu hol'n und ooch keen' Kerl mehr rinjelassen.«

Ab und an bekamen sie Besuch. Mal waren es Georg und Marianne, die ein wenig helfen wollten und alles gehörig bestaunten, mal war es die Gnädige, die ihren Kontrollpflichten Genüge tun mußte, sonst gab es wieder ein Donnerwetter ihres Mannes.

Zweimal wurde nun alles in klarem, kaltem Wasser gespült, was bei Anna immer dazu führte, daß die Haut ihrer Hände endgültig aufzuspringen begann. Und noch ein drittes Mal war alle weiße Wäsche in kaltes Wasser zu tauchen: beim Blauen nämlich. Erst wenn alles einen feinen Blauton hatte, sah es sauber aus, wie neu. Die beiden Frauen schwitzen inzwischen so, daß man sie selbst auswringen konnte. Bis zum späten Nachmittag hatten sie zu tun, ehe alle Wäsche auf dem Trockenboden an den langen Leinen hing, jeweils mit zwei bis drei hölzernen Klammern befestigt. Anna hatte abends kaum noch die Kraft, auf ihren Hängeboden hinaufzusteigen. Wie eine Tote sank sie auf ihre Matratze.

War die große Wäsche der eine Höhepunkt ihres Dienstmädchendaseins, so waren die Abendgesellschaften im Hause Korthaase der andere. Bei solchen Anlässen erfuhr sie fast immer Unterstützung durch einen Lohndiener, ab und an, wenn auch Korthaases Vorgesetzte eingeladen worden waren, sogar durch eine Köchin und eine Zofe.

Diesmal war der Lohndiener Alfons engagiert worden. Der kostete am wenigsten, denn er war immer ein wenig fahrig und konnte die Spuren seiner Trunksucht nur mühsam kaschieren. Außerdem hatte man Elise aus dem Fleischerladen als Köchin angeheuert. Korthaase hatte es in seiner Position als Rektor für richtig befunden, ihm besonders eng verbundene Kollegen vor den großen Ferien noch einmal in vertrautem Kreise um sich zu haben. Dazu hatte er alte Freunde eingeladen, vor allem aus der Studienzeit, aber auch aus dem Philologenverband und aus seiner Partei, den Konservativen. Seine Frau hatte darauf gedrungen, auch ein paar jüngere Männer einzuladen, zwei Doktoren anderer Wissenschaften, einen Justizrat, einen Assessor und einen Leutnant.

Zu acht Uhr hatte man die Gäste gebeten, aber zu pünktlich zu sein, galt als wenig schicklich, und so würde es wohl wieder halb zehn werden, ehe alle eingetroffen waren. Seit dem späten Nachmittag befand sich Henriette Korthaase in einer solchen Aufregung, daß Anna einmal an ihre Mutter nach Tschicherzig geschrieben hatte, die Vorbereitung einer Abendgesellschaft erinnere sie an eine Mobilmachung. Sie hatte Korthaase aus dem ehelichen Schlafgemach gescheucht, um sich in Ruhe ankleiden und schminken zu können.

»Anna, glaubst du wirklich, daß ich als Frau noch in weißem Kaschmir gehen kann? Warum hat mir mein Mann noch kein Braunseidenes gekauft!«

»Weil es ihn so an'n Pferderücken erinnert.«

»Pfui, Anna!«

Der Professor stand indessen in seinem Arbeits- und Studierzimmer und versuchte, seinen Schnurrbart mit der Brennschere in die Form zu bringen, die am ehesten das zum Ausdruck brachte, was man an ihm schätzen sollte: Geist und Ordnung. Frack und Glanzstiefeletten fand er in ausreichendem Maße geputzt, doch sein Oberhemd mußte ihm Anna noch einmal neu aufbügeln.

Als sie das erledigt hatte, war der Gnädigen noch das Korsett zu schnüren und beim Anlegen der Perlenkette behilflich zu sein, dann konnte sie wieder in die Küche eilen, um der Köchin zur Hand zu gehen. Elise verstand sich nicht nur ganz besonders auf das Fleischbraten, sondern als Tochter eines Oderfischers auch wie keine andere auf die Zubereitung von Hecht, Zander, Karpfen, Lachs und insbesondere von Krebsen.

»Das wird ja wieder eine Abfütterung heute!« rief Elise und entzifferte mühsam, was die Gnädige ihr aufgeschrieben hatte, wobei sie die französischen und englischen Worte so aussprach, wie sie auf Deutsch dastanden. »Haricots verts, Sauce Béarnaise, Sauce Cumberland, Soupe à la Reine, Cremor tartari, Aspik, Fricassé vom Huhn, Roulettes von Seezungen mit Krebsragout ...«

»Da läuft einem ja das Wasser im Mund zusammen«, sagte Anna. »Hoffentlich bleibt noch was für uns übrig.«

Doch sie warnte Elise davor zu naschen, denn lieber würde Korthaase alles wegwerfen, als den Dienstboten einen Happen zu gönnen. »Jedem das Seine, kennste doch, und für uns sind eben Pellkartoffeln und Leinöl bestimmt.«

»Anna, komm mal!« Die Gnädige hatte bei der Besichtigung der Festtafel feststellen müssen, daß zwar die Gläser alle funkelten, das geliehene Neusilberbesteck aber noch zu wünschen übrigließ.

»Da können Se rubbeln, wat Se wollen, so blank wie richtiget kriegen Se det nie.« Seit sie in Berlin in Stellung war, fiel Anna nicht nur mehr und mehr in die hiesige Mundart, sondern wurde auch zunehmend kesser.

»Diesen Ton lassen wir mal!« Henriette Korthaase ärgerte sich aber weniger darüber als über die Tatsache, daß sie das Geld nicht hatten, für vierzig Personen Messer, Gabel und Löffeln aus echtem Silber zu kaufen. »Irgendwann erben wir das alles, wozu also kaufen?«

Anna seufzte. »Ach, ja: Wenn de nischt erheiratest und nischt ererbst, dann bleibste arm als bis de sterbst.«

Korthaase kam herein, um die Hiobsbotschaft zu überbringen, daß Schulrat von Gosen und seine Gattin wegen sommerlicher Unpäßlichkeit abgesagt hätten, was für seine weitere Laufbahn sehr nachteilig war. Aber nicht nur das, es brachte auch die Tischordnung gehörig durcheinander. Die war nach Rangordnung und Dienstalter und unter Berücksichtigung etwaiger Ordensauszeichnungen wie persönlicher Sympathien und Antipathien mühsam ausgetüftelt worden und mußte nun neu beraten werden.

»Da sind die ersten Gäste schon!« rief Henriette Korthaase. »Mein Gott!«

Anna band sich ihre absolut saubere Schürze noch einmal fest, rückte ihr frisch gestärktes Häubchen zurecht und lief auf die Diele hinaus. Herr Assessor von Schattenfroh mit Gattin waren die ersten. »Bitte ... die Damen legen hier ab ...« Anna wies der jungen Gnädigen den Weg zu einem einfenstrigen Stübchen, das zum Hof hinausging, während der Assessor mit Hilfe einer mitgebrachten Bürste seinen Scheitel vor dem Flurspiegel nachziehen konnte. Dann kam die Frau Assessor zurück, zog sich die langen Handschuhe noch ein wenig straffer um den etwas mageren Unterarm, ließ ihre Armbänder klimpern, reckte sich in der engen Schnürbrust, bis die Nähte ihres neuen Kleides gefährlich krachten, und legte dann ihre Hand lose auf den dargereichten Arm ihres Mannes. Anna lief los, um die Flügeltüren zu öffnen. Aus dem Salon kam ihnen Korthaase entgegengeeilt.

»Zu hübsch, daß der Herr Assessor uns sein kleines Frauchen mitgebracht hat!«

So ging es nun Schlag auf Schlag. Die Herren, fast alle Kneiferträger und vom einheitlichen Typus des kaiserlich-deutschen Mannes, ernsthaft und auf stille Größe bedacht, wechselten ab mit aufgeputzten Müttern, die ihre ledigen Töchter begleiteten und immer nur an das eine dachten: Wo ist der richtige Mann für sie? Zuerst einmal aber standen sie alle in separaten Gruppen beieinander: die älteren Herren, die jungen Herren, die Mütter und die Töchter. Anna, das Tablett mit dem Willkommenstrunk auf beiden Händen balancierend, pendelte von einer Gruppe zur anderen, sofern sie nicht gerade neue Gäste zu empfangen hatte. Die Gespräche, die sie verfolgen konnte, waren nicht so sensationell, daß sie Elise damit eine Freude machen konnte.

»Haben Sie auch in Bonn studiert, Herr von Chassenot ...?«

»Schattenfroh, bitte ...«

»O Pardon, ich dachte, Sie seien hugenottischen Abkunft.«

»Nein, niederrheinischer.«

»Bonn, Bonn ... Kannten Sie da vielleicht Herrn von Borke von den ›Westfalen‹?«

»Bedaure, ich war in keiner Verbindung.«

Anna ging in die Küche, neuen Vortrunk zu holen. Korthaase bestand auf diesem Begriff, ebenso wie man die Sauce nicht mehr Sauce, sondern Beiguß nennen sollte. Alfons, der Lohndiener, hatte sich wieder einmal verspätet. Endlich kam er, ihr diese Arbeit abzunehmen. Schon bald aber war er in der Badestube verschwunden, wo man den Wein kaltgestellt hatte ...

Gerade hatte das Souper begonnen und Professor Korthaase wollte zu einem Toast ansetzen, da wurde noch einmal geläutet.

»Nanu, Henriette, erwartest du noch einen Gast?«

»Nein ... Du, Constantin ...?«

»Auch nicht ... Doch, entschuldige, ich hatte da heute morgen in aller Eile ... Anna, öffnen Sie bitte!«

Sie tat es. Draußen stand Heinrich Bosetzky. Nur mit Mühe konnte sie verhindern, in Ohnmacht zu fallen.

»Mein lieber Herr Baumeister!« rief Korthaase, der nun auch an der Tür erschienen war. »Schön, daß Sie uns doch noch beehren ...«

Anna kam erst wieder zu sich, als sie auf einem Küchenstuhl saß und sich die Stirn mit einem nassen Handtuch kühlte. Dann wurde sie von Elise mit der Seezunge in den Salon gescheucht. »Alfons kann das nicht alleine schaffen.« Öfter noch hatte sie den Gästen vorzulegen, auch Heinrich, doch sosehr sie seinen Blick auch suchte, er tat so, als hätte er sie nie im Leben gesehen. Aber warum war er dann hier? Sie gestand Elise alles und stöhnte, daß sie wohl bald ins Irrenhaus müsse.

So ging es den ganzen Abend über. Erst als Elise schon gegangen war und Alfons wieder einmal in der Badestube den Wein verkostete, kam Heinrich zu ihr in die Küche und riß sie an sich.

»Anna, ich bin verrückt nach dir, ich bin wie von Sinnen.« Und schon war er mit den Händen unter ihrem Rock. »Ich habe Korthaase in seiner Schule getroffen ... Wir bauen da die neue Turnhalle ... und mich selber eingeladen. Eine Villa will er von mir entworfen haben ... O Gott, Emmi ... Anna, Anna! Ich kann es nicht mehr aushalten! Anna, mein Annekin ... Noch ein letztes Mal, morgen muß ich verreisen, weit weg ... Wir kriegen was bei der Bagdad-Bahn ...«

In diesem Sommer gab es, was das Kaiserhaus betraf, etwas zu bestaunen, das fast so selten war wie das Erscheinen eines großen Kometen: Am 3. Juni 1905 geleitete Kronprinz Wilhelm seine Braut, Prinzessin Cecilie von Mecklenburg-Schwerin, vom Schloß Bellevue durch das Brandenburger Tor zum alten Hohenzollernschloß im Herzen Berlins. Vierzig Postillione kündeten ihr Kommen an. Ihnen folgte die Kapelle des Garde-Dragoner-Regiments und nach altem Privileg als Ehrengeleit die Eskorte der Berliner Fleischer-Innung. Zu der gehörte ja auch Elises Meister, und so hatte sie für sich und Anna einen wunderbaren Platz gleich am Brandenburg Tor ergattern können.

»Ich bin ja so aufgeregt ...« Anna zitterte am ganzen Leibe, und es war noch erregender, als wenn Heinrich sie berührte. Und hatte sie in ihrer Küche nicht schreien können, jetzt konnte sie es ungehemmt tun. »Hoch! Hoch! Hoch!« In diesem Augenblick war sie nicht mehr Anna Walter, sondern Cecilie, die sagenhaft reiche Braut mit ihrer überirdischen Anmut.

Schon in der Schule hatte sie es gelernt: *Der Kaiser ist ein lieber Mann, er wohnet in Berlin, und wär' es nicht so weit von hier, so zög' ich heut noch hin.* Für sie war es nicht zu weit gewesen, sie war nach Berlin gezogen, kaum daß sie siebzehn Jahre alt geworden war. In jeder freien Stunde war sie in den Tiergarten geeilt, immer in der Hoffnung, ihn bei einem Spazierritt zu treffen. Auch vor dem Zeughaus wartete sie, wenn Wilhelm II. mit seinen Söhnen, dem Kronprinzen Wilhelm und den Prinzen Eitel Friedrich, Adalbert, August Wilhelm, Oskar und Joachim zur Paroleausgabe erschien. Wenn es irgendwie ging, stand sie auch in der Menge, die dem Kaiserpaar zujubelte, das zur Einweihung von Kirchen und Gebäuden fuhr, eskortiert von einer Eskadron Kavallerie oder der Leibbatterie des Garde-Feldartillerie-Regiments. Endlich war er wirklich gekommen, der Tag, an dem Seine Majestät auch ihr huldvoll zugelächelt hatte: im März am Großen Stern.

Wenn Henriette Korthaase überhaupt noch eine Leidenschaft hatte, dann war es das Einkaufen bei Rudolph Hertzog. Bekam sie eine Zeitung in die Hand, suchte sie zuerst nach Anzeigen, in denen die Neuheiten angepriesen wurden. Dies das ganze Jahr über. Im Januar waren es neue Kleiderstoffe für Ball und Gesellschaft, gestickte Tülle, Batiste, Mulls etc., schwarze Spitzenstoffe und abgepaßte Spitzen-Roben. Im Februar folgten neue baumwollene Druck- und Webstoffe, im März neue Möbel- und Vorhangstoffe, Portièren, Tisch- und Divandecken, Teppiche, Vorleger, Gardinen, *Rouleaux,* Glacèhandschuhe und Seidenstoffe für Frühjahr und Sommer und im April Neuheiten in Sonnenschirmen, *En-tout-cas* und Regenschirmen in Seide, Halbseide und Wolle – die neuen klaren Stoffe für die Sommersaison. Im Mai gab es dann neue Umhänge, leichte Sommerblusen, Jupons, Kostüme, Waschkleider, poröse Sommerkorsette und Reisekostüme, aber auch neue Möbel für Balkone, Veranden und Loggien und im Juni neue Staub- und Regenmäntel, Capes, leichte Sommerjupons, Kostüme und Blusen für die Reise, aber auch alles für das Badeleben am Strand: Badehandtücher, -laken, -anzüge, -hauben und -hosen.

»Jetzt haben wir schon den 13. Juni – und ich habe noch immer nichts für Ahlbeck gekauft!« rief die Gnädige prompt wie jedes Jahr vor der Sommerfrische. »Anna, laß alles stehen und liegen, wir fahren los.« Anna tat nichts lieber als das. Es kam viel zu selten vor, daß die Gnädige sie zum Einkaufen in die Stadt mitnahm.

Ins Berliner Zentrum ging es, Berlin C 2, meist zur Breitestraße, seltener Brüderstraße. Zurück, wenn sie vollbepackt waren, nahmen sie sich selbstverständlich eine Droschke. Doch zur Hinfahrt benutzten sie die Bahn, dies ebenso aus Gründen der Ersparnis wie des Vergnügens, das Henriette Korthaase hatte, wenn sie wieder einmal unter Menschen war. Mit der Ringbahn ging es zum Potsdamer Platz und von dort mit der Straßenbahn zur Breitestraße. Annas Herz schlug höher, als sie vor dem Kaufhaus standen, das eine Mischung von Tempel, Schloß und Speicher war, links und rechts zwei höhere Gebäudeteile, Türme, Bastionen mit dem Firmennamen unter der Dachballustrade und dazwischen ein langgestrecktes Mittelteil. Zwischen den einzelnen Geschossen waren riesengroße Schilder angebracht, an den Enden jeweils abgerundet, die Anna stets mit Freude las, manchmal auch entziffern mußte, zum Beispiel: *En Gros*. Am meisten faszinierte sie das Schild, das am linken Gebäudeteil zwischen dem ersten und dem zweiten Stockwerk hing: *Aussteuer*. Wenn Heinrich aus dem Orient zurückgekehrt war, dann würde sie hier ...

»So, dann gehen wir mal rein.« Die Gnädige war etwas ungeduldig heute. Sie durchquerten die Eingangshalle, und Anna fühlte sich wie in einem Liebesroman der Marlitt oder der Courts-Mahler. Von denen las sie öfter etwas, abends in der Küche. Die schöne Anna Walter betrat am Arm des Grafen von Greifenklau die Halle des Adlon. Als sie in die Abteilung für schwarze Stoffe kamen, glaubte Anna, sie hätten sich verlaufen und wären in einen Saal des nahen Hohenzollernschlosses geraten. Mund und Augen aufgerissen, stand sie da. Wie prächtig war das alles, allein diese Lüster an den Decken. »O du mein himmlischer Herrgott ...«

»Nun mach mal den Mund wieder zu, sonst kommen Fliegen rein!« Für Henriette Korthaase war das alles selbstverständlich. Im Eilschritt rauschte sie durch die Damenkonfektion im Erdgeschoß, lief die geschwungene Freitreppe zum ersten Stock hinauf, zeigte wenig Interesse für die Abteilung mit den Korsetten, wollte nur schnell in die Abteilung mit der Badebekleidung, doch als sie an der Ausstellung von Brautausstattungen vorbeikamen, blieb Anna ein wenig zurück.

»Was ist denn?« Die Gnädige war reichlich ungehalten.

»Mir ist so schlecht ...«

»Laß die Ausreden! Ich weiß doch: Alle Dienstmädchen bleiben hier stehen und sind dabei, den Verstand zu verlieren.«

»Mir ist wirklich schwindlig ...« Vor Anna begann sich alles zu drehen, zugleich hatte sie das Gefühl, auf der Stelle brechen zu müssen.

»Ein Stuhl, schnell ...!« Henriette Korthaase winkte eine Verkäuferin herbei, die sie in eine Nische führte, wo sich Anna setzen konnte.

»Danke ...« Sie begriff das alles nicht. »Vielleicht hätte ich den alten Eisalat nicht essen sollen.«

»Gott, ja, wie blaß du aussiehst. Oder ...« In ihren Augen lag plötzlich ein merkwürdiger Schimmer. »... du hast doch aber keinen Freund ...?«

»Nein«, log Anna, und im selben Augenblick schoß ihr das durch den Kopf, was so nahe lag: »Ich bekomm' ein Kind.« Oder war es doch nur der verdorbene Salat? Nein, im Mai war ihre Regel ganz schwach gewesen, und jetzt im Juni tat sich auch noch nichts. Also doch ... Keiner darf was merken. Wie auch immer. Sie sprang auf. »Es geht schon wieder.«

Es begannen Wochen voll quälender Ungewißheit. Zum Glück brauchte sie nicht mit den Korthaases an die Ostsee zu reisen, die hatten dafür ein Kinderfräulein engagiert, während sie die Wilmersdorfer Wohnung bewachen und in Ordnung halten sollte. Als sie beim nächsten Einkauf in der Fleischerei Elise erzählte, daß sie womöglich schwanger war, schrie die auf. »Mensch, laß et wegmachen, ick kenn' da eene im Scheunenviertel.«

Anna zuckte zusammen. »Sicher ist es ja noch nicht.«

»Wenn de zu lange warten tust, isset zu spät.«

Anna schwieg. Heinrich war im Nahen Osten – und wenn er dort starb, was sollte dann werden ...? Aber zu einer Engelmacherin zu gehen, widerstrebte ihr. Wenn ihr Herrgott wollte, daß sie von Heinrich ein Kind bekam, dann durfte sie sich nicht an ihm versündigen und das Kind wegmachen lassen.

»Nein, ins Scheunenviertel geh' ich nicht«, sagte sie am nächsten Sonntag zu Elise. »Aber wenn du mitkommst nach Lichterfelde ... Ich will mal sehen, ob Heinrich nicht doch schon wieder zurück ist. Und warum er gar nicht geschrieben hat ...« Vielleicht wußten die Dienstboten, wie es ihm in der Ferne erging. Und sie brauchte ja auch seine Adresse, um ihm eine Depesche zu schikken, daß er Vater werden würde.

So gingen sie zum Bahnhof Wilmersdorf-Friedenau, um mit der Wannseebahn nach Lichterfelde zu fahren. Umzusteigen war am Potsdamer Ringbahnhof. Als sie an der Station Lichterfelde West ausgestiegen waren, konnten sie sich anhand eines aufgehängten Planes ohne Mühe orientieren. Es war immer nur der Kadettenweg südwärts zu gehen, dann war man schon in der Paulinenstraße. Die genaue Hausnummer wußte Anna nicht, aber daß Heinrich von der Paulinenstraße gesprochen hatte, daran konnte sie sich ganz genau erinnern. »Wegen meiner Tante Pauline in Tschicherzig ... Von seiner Firma hat er mir erzählt und von seinem großen Haus hier und daß ihm seine Frau zu Weihnachten gestorben ist.«

Elise war da skeptisch. »Wenn dit ma' nich 'n Heiratsschwindler jewesen is.«

»Ich hab' doch das Foto mit seiner Villa drauf gesehen.«

»Det kann sich jeda vaschaffen.«

Anna ließ sich nicht beirren. »Und überall, wo 'ne Baustelle ist, da stehen doch die Schilder: HB-Bau. Und in seiner Firma in Stralau, da bin ich selber schon gewesen. Außerdem hat Korthaase ihn auch gekannt und eingeladen.«

Elise tippte sich gegen die Stirn. »Trotzdem wird er dir 'n janz schönen Bären uffjebunden haben. Du hättest det ooch jegloobt, wenna jesagt hätte: ›Ick bin der Prinz Eitel Friedrich.‹« Und sie fühlte sich in ihrem Verdacht bestätigt, als sie zunächst in der Tat keine Villa fanden, von der Anna spontan ausgerufen hätte: »Ja, das ist sie!« Die Häuser in der Paulinenstraße sahen sich alle so ähnlich. Sie fragten den ersten Anwohner, den sie beim Blumengießen trafen.

»Heinrich Bosetzky? Ja, da drüben an der Ecke.«

»Na, bitte!« Annas Augen leuchteten. Ihr Heinrich war kein Schwindler, ihr Heinrich hatte es ernst mit ihr gemeint. Und sie glaubte zu fühlen, wie sich das Kind in ihr regte. Heinrichs Kind.

Elise war schon dabei, Abbitte zu leisten. »Haste wohl doch recht jehabt, entschuldige, det ick imma so mißtrauisch bin.«

»Ja, das ist sie wirklich!« rief Anna, als sie vor der Villa standen, zu der der Nachbar sie gewiesen hatte. »Genau wie auf der Photographie. Und hier, was steht denn da, groß und golden?«

»H. Bosetzky«, las die Freundin.

Anna zögerte nicht lange und drückte auf den Klingelknopf. Einmal, zweimal ... Ihre Hände zitterten ein wenig, und im Magen wurde es ihr fast so flau wie im Kaufhaus Hertzog.

»Nischt ...« Elise biß sich vor lauter Aufregung in die Fingerknöchel.

»Er kann doch gar nicht da sein, er ist doch verreist«, sagte Anna. Aber daß kein Diener und keine Aufwartung da waren, fand sie schon erstaunlich.

»Hallo, ist da jemand?« rief Elise über den schmiedeeisernen Zaun. Vielleicht war die elektrische Klingel kaputt. Sie hielt nichts von diesem neumodischen Kram. Doch auch diese Aktion blieb ohne Ergebnis. »Wenn ich dreißig Pfund Lebendgewicht weniger hätte, würde ick ja über'n Zaun klettern.«

»Was nicht ist, ist nicht.« Anna nahm es gelassen. Heinrichs Adresse im Ausland bekam sie auch heraus, wenn sie sein Büro anrief.

Schon wollten sie wieder zur Bahn zurückgehen, da kam eine Droschke herangerollt und hielt unmittelbar vor ihnen. Zwei Herren in dunklen Anzügen und steifen schwarzen Hüte sprangen auf die Straße. Sie trugen große Aktenmappen unter dem Arm. Anna versuchte sie einzuordnen. Geheim- und Kommerzienräte sahen so aus, Bankiers, Advokaten ...

»Det sind Jerichtsvollzieher«, flüsterte Elise ihr zu.

»Dafür sind sie zu vornehm gekleidet ...«

Jetzt zog der Ältere der beiden einen Schlüsselbund aus seiner Tasche und bemühte sich, den richtigen Schlüssel zu finden und das Gartentor zu öffnen. Das dauerte, und so faßte sich Anna ein Herz.

»Pardon, die Herren ... Wollen Sie vielleicht zu Heinrich Bosetzky?«

»Wieso?«

»Weil ... Ich bin seine Braut.«

Der Mann, der eine gewissen Ähnlichkeit mit Korthaase hatte, musterte sie so herablassend, wie es eben ging. »Seine Braut ... so so ...«

Da hielt es Elise nicht mehr. »Ja, sie bekommt 'n Kind von dem.«

»Ihr Pech.«

Der jüngere der beiden Männer, der mit dem Kneifer, schien nun so etwas wie Mitleid für Anna zu empfinden. »Sie wissen wirklich nicht, was hier los ist?«

»Doch, doch …«, stotterte Anna. »Heinrich ist in den Nahen Osten, die Bagdad-Bahn bauen.«

»Richtung Osten ist er schon …« Der Mann lächelte ein wenig melancholisch, als er seinen Kneifer abnahm, um die vom Schweiß beschlagenen Gläser mit einem Taschentuch zu putzen. »Östlich von Küstrin soll er hocken, in Tamsel.«

Anna konnte das alles nicht fassen. »Wieso denn das?«

»Weil seine Firma in Konkurs gegangen ist.«

»In Konkurs …«, wiederholte sie.

»Ja, pleite ist er, völlig pleite. Seine Firma, das Haus hier, alles gehört seinen Gläubigern, und wir sind gerade dabei, die gesamten Werte festzuhalten.«

Anna brach in Tränen aus. »O du mein himmlischer Herrgott!«

Auch Elise stimmte ein Klagelied an. »Der Ärmste! Erst stirbt ihm die Frau weg, und dann verliert er allet, watta sonst noch so hat.«

Der Mann mit dem Kneifer stutzte. »Was reden Sie da: Die Frau ist ihm doch nicht weggestorben! Die hat ihn lediglich verlassen und lebt jetzt in Amerika.«

»Ach, du jrüne Neune!« rief Elise. »Verheiratet issa ooch noch. Anna, am besten, du nimmst dir 'n Strick und hängst da uff!«

Das tat Anna Walter mitnichten. Sie griff vielmehr in ihren Sparstrumpf und kaufte sich eine Bahnkarte, um nach Tamsel zu reisen und selbst mit Heinrich zu reden. Vielleicht war das ja alles nicht wahr, was die Konkursverwalter über ihn gesagt hatten. Elise hatte nicht mitkommen wollen. Zum einen war ihr die Fahrt zu teuer gewesen, und zum anderen hatte sie gerade einen Unteroffizier aus den Kasernen am Tempelhofer Feld kennengelernt, auch einen Heinrich, der ihr nicht nur mächtig imponierte, sondern auch das signalisiert hatte, was sie immer so ersehnte: Spätere Heirat nicht ausgeschlossen. »Und weeßte, da is mir mein Heinrich wichtiger als deiner.«

Anna klagte nicht darüber. Sie kam auch allein zurecht. Das lag ihr so im Blut. Die Walters hatten schon immer einen guten Ruf gehabt und waren nie gezwungen gewesen, anderen in den Hintern zu kriechen. Ihr Vater als Weinbergsbesitzer, Großvater Walter als Oderschiffer und der Großvater mütterlicherseits als selbständiger Bauer.

Tamsel hatte jetzt einen eigenen Bahnanschluß, und so mußte man von Berlin aus keine Weltreise mehr machen. Als sie in Küstrin über die Oder fuhr, fühlte sich sie wieder zu Hause. Heinrich hatte ihr erzählt, daß die Bosetzkys von der Warthe kamen, und vielleicht konnte sie ihn überreden, für immer in Tamsel zu bleiben und hier beziehungsweise in Küstrin einen neuen Anfang zu machen.

Als sie in Tamsel aus dem Zug gestiegen war und sich umsah, bemerkte sie, daß sich gleich neben den Gleisen der Schloßpark erstreckte. Daß hier mit einer Köchin namens Johanne alles seinen Anfang genommen hatte, wußte sie von Heinrich. Und deren Sohn, der Johann, hatte dann Friedrich den Großen in der Schlacht bei Zorndorf gerettet und war in den Adelsstand erhoben worden. Vielleicht sollte sie ihr Kind Johann oder Johanna nennen. Johann hießen auch ihre beiden Großväter. Nein. Ottilie sollte es heißen, wenn es ein Mädchen wurde, denn in die kleine Ottilie Korthaase war sie furchtbar vernarrt und hatte sich insgeheim immer eine eigene kleine Ottilie gewünscht. Und sollte es ein Junge werden, dann ging folglich nur Otto.

Sie durchquerte den Schloßpark, der allen offenstand, und der erste Mensch, der ihr über den Weg lief, war ein Gärtner des Grafen, ein steinalter Mann. Als sie den nach einem Heinrich Bosetzky aus Berlin fragte, zuckte der nur mit den Schultern. »Haben wir nicht ...« Dann aber schien er sich an etwas zu erinnern, das weit, weit zurücklag. »Aber einen Friedrich Bosetzky hatten wir mal, der war Lehrer hier ... und dann dabei, als sie anno 1848 auf den König geschossen haben. Der is auch hier gestorben ... der Friedrich Bosetzky.«

»Und der Heinrich, das ist dem Friedrich sein Sohn.«

»Na, dann gehen Se mal ins Dorf, junge Frau, da sind die Zöllners und die Zanders und die Sengebuschs, bei die könnt' er stekken.«

Beim Bauern Gottlieb Sengebusch fand sie ihn dann auch ... und zwar in der Scheune auf einem Haufen Stroh. Da war er offensichtlich gestern abend eingeschlafen. Stockbesoffen – wie die leere Flasche Doppelkorn neben ihm erkennen ließ. Das Erbrochene am Kopfende war weithin eingetrocknet. Seine hellgraue Hose zeigte neben dem Schlitz die scharfen Ränder eines Urinflecks.

Anna betrachtete ihn mit großen Kinderaugen. Natürlich verstand sie, was da geschehen war, doch fassen konnte sie es nicht. Um das zu schaffen, sagte sie alle Formeln auf, die sich für Situationen wie diese finden ließen: »Gestern noch auf hohen Rossen, heute durch die Brust geschossen.« Und, als würde das alles erklären: »Glück und Glas, wie leicht bricht das.« Aber auch Teile in der Schule gelernter Gedichte fielen ihr ein: »Mit des Geschickes Mächten ist kein ew'ger Bund zu flechten.« Am meisten machte ihr die Umkehrung der gesellschaftlichen Stufenleiter zu schaffen. Als Bauunternehmer und Villenbesitzer hatte Heinrich turmhoch über ihr gestanden, doch nun stand sie als Dienstmädchen weit über ihm, dem Landstreicher. Alles hatte sich so verschoben, daß es sie richtiggehend schmerzte. Die Welt war aus den Fugen geraten. Aber das Kind hatte er ja noch als reicher Mann gezeugt, was sie ungemein beruhigte. So konnte sie später immer sagen: »Ottilie, Otto, dein Vater ist so schön und so reich gewesen wie ein Prinz.«

Doch was hatte sie mit diesem verkommenen Subjekt zu tun, das da vor ihren Füßen seinen Rausch ausschlief? Nichts, reineweg gar nichts. Es war ein schrecklicher Gedanke, daß er sich aufrappelte und um ihre Hand anhielt. »Annekin, laß uns gemeinsam durch das Leben gehen.« Unwillkürlich wich sie einen Schritt zurück und stieß dabei eine Forke um. Ihr Scheppern ließ Heinrich hochfahren.

Er rieb sich die triefenden Augen und erinnerte Anna so an einen alten Bernhardiner. »Wo bin ich?«

»In der Gosse«, erwiderte sie so lakonisch, wie nur sie das konnte: Mir geht das nichts an ...

Da erkannte Heinrich sie. »Anna ...!« Es war mehr ein Schrei des Entsetzens als der Freude. »Wie kommst du nach Tamsel?«

»Mit der Bahn.«

»Und warum?«

»Weil ich ein Kind von dir bekomme.«

»Von mir?«

»Ja, von dir, Heinrich Bosetzky.«

Für einen Augenblick huschte so etwas wie Freude über sein zerknautschtes Gesicht, dann fiel alles wieder zusammen. »Ach, Gott, ich habe alles verloren, mein Leben ist verpfuscht.«

»Ich hab's nicht glauben wollen. Darum bin ich hergekommen.«

»Von mir kannst du nichts kriegen, ich habe nur noch Schulden. Mehr Schulden als Haare auf dem Kopf.«

Anna überlegte einen Augenblick. Und wenn er sich nun doch noch einmal aufrappeln sollte ...? »Aber du wirst es anerkennen als dein Kind?«

Er wollte sie noch einmal in die Arme nehmen. »Wenn dir damit geholfen ist.«

Sie wich ihm aus. »Mir nicht, dem Kind.«

»Zeig ihm das, was sein Vater mal gebaut hat.«

Nun hatte sie doch Mitleid mit ihm. »Wie ist das alles bloß gekommen?«

»Ich hab' zu hoch hinaus gewollt. Ach, wenn Emmi nicht gewesen wäre ...« Er seufzte, dann kamen ihm die Tränen, so daß er sich abwenden mußte, um im Stroh nach seinem Taschentuch zu suchen.

»Wer ist Emmi? Ich denke, deine Frau hieß Bettina ...?«

»Du hast mich so an Emmi erinnert ...« Dann setzte er sich auf die Gabel eines Heuwagens, um ihr alles zu erzählen.

»Und nun?« fragte Anna, als er am Ende war. »Was willst du jetzt machen?«

»Hier in Tamsel oder nebenan in Warnick als Landarbeiter leben. Mehr darf ich ja sowieso nicht verdienen, sonst ist der Gerichtsvollzieher da und pfändet es weg.« Er sah sie flehend an. »Bleibt bei mir, Annekin ...«

Sie schwankte. Vielleicht hörte er wieder auf zu trinken, vielleicht bekam er doch einen Teil seiner Firma zurück. Und ihr Kind hätte wenigstens einen Vater. Aber er war ja noch nicht einmal geschieden. »Ja, ich weiß nicht ...« Sie wartete auf ein Zeichen von irgendwoher, von irgendwem.

Er sah seine Chance. »Hier hast du's gut bei mir und den Bosetzkys. Gehst du nach Berlin, kriegst du keine Stelle mehr, mit dem Kind am Hals, und landest doch nur auf dem Strich.«

Das hätte er nicht sagen sollen. »Nur weil ich mit dir ...«

»So kommt es doch immer.«

»Na schön, da passen wir ja prima zueinander: Ich auf dem Strich und du als Säufer in der Gosse.« Sie war unter Oderschiffern groß geworden, und die waren mit dem Maul immer vorneweg.

»Es tut mir ja alles so leid ...« Wieder brach er in Tränen aus.

»Meinst du, ich kann darüber jubeln?«

Heinrich sank ins Stroh herab und suchte auf den Knien nach seiner Flasche mit dem Doppelkorn. Die Finger zitterten dabei. Auf seiner Stirn stand kalter Schweiß. Da ging Anna, denn die Männer in ihrer Familie hatten ihr immer wieder eingeschärft, daß sie als Nichtschwimmerin niemals versuchen sollte, einen Ertrinkenden dadurch zu retten, daß sie ihm hinterher sprang. »Es ist sinnlos, da gehst du nur mit ihm unter.«

»Mir geht das nichts an.« Und sie hatte ja nicht nur an sich zu denken, sondern auch und vor allem an ihr Kind. Otto, Ottilie.

»Berliner Kind, / Spandauer Wind, / Charlottenburger Pferd, / Sind alle drei nichts wert.« Im Volk hatte man um die Jahrhundertwende anderes zu tun, als sich pausenlos um seine Brut zu kümmern, und verzärteln wollte man sie ganz sicher nicht. »Na warte, deine Dresche kriegste doch!« Damit war die Maxime zeitgemäßer Erziehung auf den Punkt gebracht. Ach Jott, die Jöhren ...! Am liebsten spielten sie auf dem Hof – gerade weil es ihnen strengstens untersagt war – und auf der Straße, denn in den Wohnungen war es fürchterlich eng. Ein eigenes Kinderzimmer war reinste Utopie. Und blieben sie zu Hause, steckten sie nur das ganze Mietshaus in Brand oder erstickten im Kohlendunst. Wohlhabende Leute hatten zwar ein »Fräulein« für ihre Kinder, aber auch die zog es zumeist zu ihren Spielgenossen auf die Straße. Da war immer etwas los. Auf unbewachten Möbelwagen konnte man herrlich Festung und Belagerung spielen, und die Handkarren, deren Besitzer mal eben in einer Destille verschwunden waren, ließen sich zu Kremserfahrten in die nähere Umgebung benutzen. Unbewachte Bauplätze waren besonders beliebt. Da konnte man auf den Gerüsten herumklettern, die Ziegelhaufen abtragen und alles klauen, was nicht niet- und nagelfest war, Bretter vor allem. Aber auch Sand gab es da in Hülle und Fülle. Die Jungen hoben Laufgräben aus und schütteten Schanzen auf, spielten aber auch Trapper und Indianer. Buntzeuglappen und pommersche Gänsefedern ergaben herrliche Gewänder. Vieles spielte sich in Kuten ab, muldenartigen Vertiefungen im Sand, in denen man sich so wunderbar geborgen vorkam. Die Mädchen hielt es eher auf dem Bürgersteig, wo sie beim Hopsespiel mit kunstvollen Sprüngen über die »Hölle« hinweg in den »Himmel« kommen konnten. Marianne Korthaase liebte Hopse noch mehr als Trieseln und Murmeln. Ihre Stärke aber waren die Abzählreime, zum Beispiel: »Ong dong dree / Katterlemmersee, / Lemmersi, Lemmerso, / Die Kapelle Sanktimo, / Sanktimo de Colibri, / Colibri de Tepperi, / Ong, dong, dree, / A ree!« Für Georg hatte die große Plumpe am Kaiserplatz die größte Anziehungskraft, und besonders gern blieb er stehen, wenn sich die größeren Jungen hauten. Mit dem Schlachtruf »Wisten paa hab'n?« ging es los, und dann folgte ein Handgemenge, das den Kleinen ein jedes Mal laut jubeln ließ.

Anna blieb immer stehen, wenn sie unterwegs war und Kinder spielen sah. Die Zeit verging ja so schnell! Bald würde ihre Ottilie beim Einkriegezeck mitmachen oder ihr Otto auf einem Holzbrett balancieren, das auf der großen Pfütze schwamm, die sich nach dem letzten Wolkenbruch gebildet hatte. Angst vor der Zukunft hatte sie keine: Die Gnädige war ja eigentlich eine herzensgute Frau, da würde sie ganz sicher nichts dagegen haben, wenn sie Otto oder Ottilie bei sich in der Küche aufzog. Für eine kleine Wiege war immer Platz genug. So ein kleiner Wurm, der kostete ja die Korthaases nichts: Anfangs säugte sie ihn, und dann ließen ja Marianne, Georg und Ottilie immer so viel Milch, Brot und Suppe übrig, daß es für drei Kinder gereicht hätte. Und was ein Säugling so an Sachen brauchte, viel war das ja nicht. Ein bißchen hatte sie im Sparstrumpf stecken, und aus Tschicherzig von ihren Verwandten bekam sie sicherlich auch noch das eine oder andere. Außerdem fiel ja das an, was die Korthaase-Kinder nicht mehr tragen wollten und konnten.

Doch dem Rat ihrer Freundin Elise folgend, hatte sie sich der Gnädigen auch jetzt noch nicht anvertraut, als es nun Oktober wurde, sie also schon im sechsten Monat war. »Warte uff alle Fälle bis zuletzt, denn je dichta an'ne Jeburt dran, desto mehr sind se jerührt.« Elise hatte Anfang September geheiratet und war nach Neuruppin gezogen, wo eine Menge Soldaten lagen. Seither hatte sie sich nicht mehr gemeldet. Aus den Augen, aus dem Sinn, so war das eben. Auch Heinrich hatte nichts mehr von sich hören lassen. Elise hatte ihr geraten, nach der Geburt bei der Behörde unbedingt anzugeben, daß er der Vater ihres Kindes sei. »Vielleicht kommt er ja doch noch mal uff de Beene und wird wieda 'n reicher Mann.«

Ihr Bauch wurde zunehmend dicker, doch sie schnürte sich eng, und Schürze, Rock und Unterrock bauschten sich ohnehin über dem Nabel, so daß die Gnädige noch nichts gemerkt hatte. Wer wie Anna vom Lande kam, hatte viele Geburten miterlebt – und so anders als bei Schweinen, Pferden und Kühen war es ja bei den Menschen sicher nicht. Alles war in der Natur so eingerichtet, daß es letztendlich glatt ging, so höllisch es auch schmerzte. Sie traute sich auch zu, es alleine zu schaffen, hinten in der Küche. Ohne Hebamme und ohne Arzt – ohne den erst recht.

Wenn sie oben auf ihrem Hängeboden lag, dann war es ihr oft, als würde drinnen in ihrem Bauch eine Seifenblase zerplatzen oder ein winzig kleines Vögelchen mit den Flügeln schlagen. Manchmal schien es ihr, als würde Otto oder Ottilie Purzelbäume schlagen. Wenn sie morgens die eisernen Ringe auf die Herdplatte warf, glaubte sie, daß das Kind zusammenzucken würde, und mit den Worten »Ruhig, ruhig« legte sie dann die rechte Hand auf ihren Bauch.

»Was machen Sie denn da?« fragte Korthaase, der oft früher aufstand, als er eigentlich mußte, um lange vor den anderen in der Schule zu sein.

Anna stammelte, daß das ihre Gedärme sein würden. »Da rumort es so seit gestern abend. Ich muß was Verdorbenes gegessen haben ... etwas, was von letzter Woche übriggeblieben ist.«

»Wie oft sage ich Ihnen, daß nur so viel gekocht wird, wie wir essen. Das muß doch zu dosieren sein, wozu haben wir wohl eine Küchenwaage?«

»Ich gebe mir ja auch alle Mühe, Herr Professor, aber ...«

»Das Aber streichen wir mal aus unserem Sprachschatz!« Damit nahm er sein Glas Wasser und verschwand wieder Richtung Arbeitszimmer. »Frühstück wie gewöhnlich.«

Anna atmete auf. Doch sie hatte sich zu früh gefreut, denn Korthaase kam zurück, setzte sich auf einen Stuhl und musterte sie eindringlich. Anna spürte instinktiv die drohende Gefahr und bemühte sich, ihm stets den Rücken zuzukehren, während sie im Vorratsschrank nach Butter, Milch und Honig suchte.

»Anna ...«

»Ja, Herr Professor?« Sie drehte nur den Kopf über die Schulter.

»Sie verschweigen mir etwas!«

»Ich habe vergessen, Ihren Rock zum Lüften auf den Balkon zu hängen.«

»Nein ...« Korthaase ließ sie zappeln.

Anna hatte wenig kleine Sünden zu beichten und mußte nachdenken, um noch etwas zu finden. »Ich habe die Kartoffeln wieder viel zu dick geschält – das ist Verschwendung.«

»Nein ...«

»Die Bücher auf Ihrem Schreibtisch sind verschoben gewesen.«

»Wiederum nein.«

»Dann weiß ich es auch nicht ...« Anna beugte sich tief in den Vorratsschrank hinein.

Korthaase lachte. »Nun, manchmal läßt sich etwas nur erfühlen.« Damit stand er auf, trat hinter Anna, griff an ihr vorbei und fuhr mit seiner rechten Hand über ihren Bauch. »Was ist denn das hier wohl?«

Anna entschlüpfte ihm so, wie sie es als Kind bei ihrem Bruder Fritz in Tschicherzig immer gemacht hatte. »Nicht doch, Herr! Ich bin dicker geworden, ich esse zuviel.« Um das zu unterstreichen, steckte sie sich ein Stück Käse in den Mund.

»Das, wodurch Sie dicker geworden sind, dürfte wohl kaum durch den Mund in Ihren Körper hineingekommen sein.«

Anna fuhr zurück, denn in seinem Gesicht stand jene Lüsternheit, vor der man sie als junges Mädchen immer gewarnt hatte. »Wenn der ›böse Mann‹ kommt, rennst du auf der Stelle weg.« Nun konnte sie nicht wegrennen. Sie hätte schreien können, sicher, aber dann wäre die Gnädige in der Küche erschienen, und das Unheil hätte seinen Lauf genommen: »Anna, pack deine Sachen, in eine Viertelstunde bist du hier verschwunden!« Und mit dem, was dann in ihrem Dienstbuch gestanden hätte, wäre sie bei der Suche nach einer neuen Stelle überall harsch abgewiesen worden. Also schwieg sie, obwohl sie wußte, daß ihr Korthaase sofort wieder auf die Pelle rücken würde. Da war er auch schon heran.

»Anna!« Er schnaufte wie ein Walroß im Zoologischen Garten. »Anna, ich lechze nach Vereinigung! Nur wenn eine Frau gesegneten Leibes ist, kann ich die Liebeslust genießen. Anna, bitte, bitte ...« Damit sank er vor ihr auf die Knie und hob Röcke hoch, um mit dem Kopf darunterzufahren. Sie stand regungslos da, bemüht, sich so zu retten, wie die Käfer es machten, wenn sie in Gefahr geraten waren. Mir geht das nichts an, dachte sie. Das war ihre Art, sich totzustellen. Nur half ihr das im Augenblick nicht viel, denn Korthaase wurde immer stürmischer, war nun aufgesprungen und setzte all seine Kräfte ein, sie mit dem Oberkörper auf den Küchentisch zu pressen, um sie *a tergo* zu nehmen. Was blieb ihr, als es über sich ergehen zu lassen? Wehrte sie sich, dann lag sie auf der Straße. Schaden konnte es ihrem Kinde nicht, wenn er sie ... und schwanger werden von ihm, das konnte sie ja auch nicht. Wenn sie dieses Opfer brachte und ihn von sich abhängig machte, konnte sie ihr Kind hier in dieser Wohnung zur Welt bringen und aufziehen. Also: Mir geht das nichts an.

Doch gerade als Korthaase seinen Hosenschlitz aufgeknöpft hatte, ging die Tür zum Kinderzimmer auf, und Georg erschien weinend. »Mama, ich hab' so'ne Bauchschmerzen. Anna, bist du schon wach? Mach mir Pfefferminztee.« Damit kam er in die Küche gelaufen.

So entging Anna zwar dem Äußersten, doch Korthaase scharwenzelte nun in einer Tour um sie herum und ließ nichts unversucht, zu seinen Genüssen zu kommen. Wenn die Gnädige auch nur eine Sekunde irgendwo in den hinteren Zimmern beschäftigt war, stand er hinter ihr, streichelte ihren Bauch und preßte sich so eng an sie, daß sie sein hartes Geschlecht deutlich spüren konnte. Einmal vergaß er sich so weit, daß er eine Ejakulation nicht mehr verhindern konnte. Entsetzt ließ er von ihr ab und stürzte in die Badestube.

Anna glaubte aufatmen zu können, denn nach dieser Szene würde er es bestimmt nicht mehr wagen, ihr an die Wäsche zu gehen. Zu groß war seine Angst, sich zu verraten. Und in der Tat: Er ließ sie in Ruhe, obwohl seine Blicke so gierig waren wie zuvor. Als sie abends auf ihrem Hängeboden lag, sprach sie mit dem Kind: »Ottilie, Otto, nun wird alles gut. Du wirst in meiner Küche zur Welt kommen und hier aufwachsen wie die Korthaase-Kinder. Die Gnädige ist eine herzensgute Frau und wird mich nicht auf die Straße werfen, und der Herr Professor erst recht nicht, weil er mich braucht.«

Am nächsten Morgen ging auch alles seinen altgewohnten Gang. Erst als Korthaase fort war und sie Georg in seinem Klassenzimmer abgeliefert hatte und die Gnädige fragte, was als Erstes zu erledigen wäre, brach das Unheil über sie herein.

»Anna ...?« Die Gnädige sah vom Küchenfenster in den Hof hinunter und drehte sich nicht um, während sie sprach.

»Ja, bitte?«

»Du bekommst ein Kind?«

Was sollte sie leugnen? Wie sie sich auch trug und band, man sah es jetzt, wenn man es sehen wollte. »Ja.«

»Dann packe bitte deine Sachen und verlasse das Haus.«

Sie ahnte alles. »Ich habe Ihren Mann nicht ... Das Kind ist doch nicht von ihm, das ist vom Heinrich, von Heinrich Bosetzky, dem Baumeister ...«

»Keine Widerworte! Pack deine Sachen und verlasse das Haus.«

Tschicherzig war eine um die tausend Köpfe zählende brandenburgische Landgemeinde an der mittleren Oder, dort wo sie Schlesien gerade verlassen hatte. *Dort wo die Oder sich im Bogen / In's Brandenburger Land ergießt, / Dort wo mit ihren dunklen Wogen / Im Wiesengrund die Oder fließt, / Dort wo der Schlesier frei und stark /*

Die Hand darbot dem Sohn der Mark, / Dort liegt, ich jubel's freudig laut / Schön Tschicherzig so lieb und traut. So stand es auf den Ansichtspostkarten, auf denen sich das große Dorf oder kleine Städtchen – ganz wie man wollte – als Trauben- und Luftkurort empfahl, und so sagte man es auf. Kam man von Glogau und Beuthen die Oder herab, so sah man schon von weitem die Oberweinberge von Tschicherzig in der Sonne liegen. An dieser Stelle machte die Oder einen scharfen Knick nach Westen und nahm die Wasser der Faulen Obra auf. Anderthalb Kilometer stromab führte dann eine malerische Holzklappbrücke über den Strom und verband Tschicherzig und das im Osten angrenzende Züllichau mit dem linken Ufer und den Orten Gipsthal, Angersaue, Waldkrug und Glauchow. Wer es mehr geprägt hatte, die Weinbauern oder die Schiffer, das ließ sich schwer entscheiden. Der Weinbau wurde hier auch um die Jahrhundertwende noch eifrig betrieben, und das Winzerfest von Tschicherzig war weithin berühmt. Rechts und links vom Dorf lagen die rebenbekränzten Höhen, und wer einen Weinberg besaß, betonte dies mit einigem Stolz. Aber auch die Oderschiffer hatten hier am hohen Ufer ihre Häuser, oft schon Villen, wenn die Geschäfte gut gingen. Sicher, die letzten Kriege hatten auch vielen Männern aus Tschicherzig das Leben gekostet, daß aber bei der letzten Volkszählung, nämlich der von 1885, auf 545 ortsanwesende Frauen nur 383 ortsanwesende Männer gekommen waren, war wohl in der Hauptsache darauf zurückzuführen, daß die Schiffer und ihre Bootsmänner das Jahr über unterwegs waren. Sie waren nur dann zu Hause, wenn der Fluß zugefroren oder wegen Hoch- beziehungsweise Niedrigwassers nicht mehr zu befahren war.

Auch Anna Walters Vater hatte seinen Lebensunterhalt als Weinbauer verdient, und zwar im nahen Züllichau/Unterweinberge. 1900 war er gestorben, am zweiten Weihnachtstag, und Fritz, ihr jüngerer Bruder, hatte Haus und Weinbau übernommen. Ihre Mutter, gerade 62 Jahre alt geworden, lebte bei ihm als Ausgedingerin, auf dem Altenteil also.

Doch als Anna Walter nun am 1. November 1905, einem Mittwoch, auf dem Weg nach Tschicherzig war, hoffte sie, daß Reinhold sie aufnehmen würde, ihr älterer Bruder, schon 1865 auf die Welt gekommen. Alle zehn Jahre war es dann weitergegangen: 1875 war ihre Schwester Emma geboren worden und 1885 sie selbst. Nur Fritz hatte eine Ausnahme gemacht: Der war schon ein gutes Jahr nach ihr auf die Welt gekommen – »kurz vor Toresschluß«, wie sie es im Hinblick auf das Alter ihrer Mutter immer wieder betont hatten.

Naßkalter Nebel lag über dem Fluß, den sie seit Crossen stets zu ihrer Linken hatte. Über Frankfurt und Guben war sie gekommen, ihr ganzes Hab und Gut in einem Reisekorb verstaut. Sie war nach Berlin gegangen, um dort ihr Glück zu machen ... Und nun? Vielleicht war das Kind ihr Glück, vielleicht wurde Ottilie einmal, einmal ... ja, was eigentlich? Verkäuferin bei Rudolph Hertzog. Oder Opernsängerin. Am besten aber war es, wenn sie reich heiratete. Einen Mann wie Heinrich Bosetzky – bevor der in der Gosse gelandet war. Das Kind strampelte heftig, als wollte es sich an den Überlegungen der Mutter beteiligen. Wenn es so kräftig war, dann wurde es doch ein Junge. Ein Junge konnte Leutnant werden, Lokomotivführer oder Schiffer auf der Oder. Die Oder ... »Was ist tiefer: Teller Oder Tasse?« – »Die Tasse.« – »Nein, die Oder.«

Anna wurde immer schläfriger, und die Bilder, die in ihr aufstiegen, waren eine Mischung aus Träumen, Wünschen und Erfahrungen. Sie schob einen Kinderwagen durch den Tiergarten, drin lag Ottilie – ihre Ottilie, Korthaases Ottilie, sie konnte es nicht auseinanderhalten. Da kam die Kaiserin und stolperte über eine hervorstehende Wurzel. Sofort war Anna bei ihr und half ihr auf. »Ich danke dir, mein Kind«, sagte die Kaiserin. »Und zur Belohnung will ich dich mit aufs Schloß nehmen, wo du meine Zofe werden sollst. Deine Tochter soll zu den Prinzessinnen kommen und mit ihnen zusammen aufwachsen.«

»Rothenburg!«

Die Stimme des Bahnhofvorstehers riß sie in die Wirklichkeit zurück. Sie hätte ihm dafür eins auf die Mütze geben können. So etwas Schönes wie eben erlebte sie nie wieder.

Ein Pfiff mit der Trillerpfeife, und weiter ging es. Weit war es nicht mehr. Und je näher sie Tschicherzig kamen, desto drängender wurde die Frage, was denn ihre Verwandten sagen würden, wenn sie jetzt schon heimkehrte ... ohne Geld auf der Sparkasse und vor allem: ohne Mann. Dafür mit einem Kind im Bauch, das kostete und kostete. Und Geld zuviel, das hatte keiner, ganz im Gegenteil. Von allen hieß es, daß sie auf den Pfennig schissen. Alle sparten immerzu für irgend etwas. Um sich einen neuen Kahn zu kaufen, womöglich einen mit Motor, oder ein weiteres Stückchen Land. Und die Reparaturen, was die an Geld verschlangen: am Dach, am Zaun, am Kahn. Und da kam sie und brachte einen neuen Esser mir. Strampeljäckchen, Hemdchen, Windeln, Nuckel, Flaschen, die Wiege, das Steckkissen ... von Henriette Korthaase, die in einem fort am Stöhnen war, kannte sie das alles.

»Am besten du gehst gleich ins Wasser ...« Die Stimme in ihr wurde immer lauter. Sie konnte keine fünfzig Meter schwimmen. In zwei Minuten wäre alles vorbei. Lieber zwei Minuten qualvoll sterben, als zwanzig Jahre qualvoll leben zu müssen. Und für Ottilie oder Otto war es auch das Beste, denn was sollte unter diesen Umständen schon aus ihnen werden? Sie würden nur wie ihr Vater in der Gosse landen. So etwas vererbte sich sicher.

Doch das dachte sie nur, weil es sie entlastete. In Wirklichkeit war sie nicht der Mensch, der in den Freitod ging. Dazu war sie viel zu sehr der Meinung, daß ihr Schicksal nicht von ihr selber bestimmt wurde, sondern daß da andere Kräfte am Werke waren. Die Natur, Gott, der Kaiser oder wer und was auch immer. Sie konnte daran ohnehin nichts ändern und mußte das Leben nehmen, wie das Leben gerade kam. Und wenn die höheren Mächte beschlossen hatten, daß sie als ledige Mutter ein Kind bekommen sollte, dann war es, verdammt noch mal, auch deren Sache, dafür zu sorgen, daß dieses Kind irgendwie zum erwachsenen Menschen reifte.

Zwischen Rothenburg und Pommerzig ging es über die Oder hinweg. Dann sah sie, wie sich links die von Schwiebus herkommenden Gleise in ihre Strecke einfädelten und von rechts die schmaleren aus Kontopp auf sie zuliefen. Der Zug hielt ziemlich abrupt. »Züllichau! Hier Züllichau!« Sie kletterte aus ihrem Abteil, bekam von einem höflichen Herren ihren Korb hinausgereicht und stand nun mutterseelenallein auf dem zugigen Perron, der aus nichts anderem als etwas festgestampften Sand bestand. Wenn sie da an die Berliner Bahnhöfe dachte. Allein Wilmersdorf-Friedenau machte ja tausendmal mehr her als Tschicherzig an der Oder – auf dem alten Schild noch mit einem t geschrieben, was ja eigentlich besser aussah als ohne.

Sie erschrak. Gott, sie hatte ja das Kind im Zug vergessen. Und der dampfte gerade weiter Richtung Kienitz und Boyadel. Um ein Haar hätte sie »Halt!« geschrien. Erst in letzter Sekunde wurde ihr bewußt, daß das Kind noch gar nicht da war, sondern bei ihr im Bauch. Wie es jetzt mit den Beinchen um sich stieß. »Ja doch, Ottilie, ja doch, Otto, wir sind ja gleich zu Hause.« Doch wo war dieses Zuhause? Warum war keiner gekommen, sie abzuholen? Sie war enttäuscht. Natürlich konnte keiner am Bahnhof sein, denn sie hatte ja keinem geschrieben, daß sie kommen würde. Und möglicherweise lagen die Kähne von Reinhold und Wilhelm, Emmas Mann, noch nicht im Winterquartier, sondern fuhren noch auf Oder, Warthe, Spree, Havel und Elbe herum.

Der Bahnhofsvorsteher kam auf sie zu und musterte sie. »Ist das nicht Wilhelm Walters jüngste Tochter, die Anna ...?«

»Ich kann es nicht anders leugnen.«

»Zu wem willst du denn mit diesem Trumm?« Er zeigte auf ihren Reisekorb.

Anna überlegte einen Augenblick. »Zu Reinhold.«

»Zu Reinhold?« wiederholte der Bahnhofsvorsteher und zwirbelte seinen Bart, mit dem er versuchte, dem Kaiser ein wenig ähnlich zu sehen. Das gelang ihm wegen der Ähnlichkeiten ihrer Uniformen auch in solch einem Maße, daß er fast schon als eine Parodie des Monarchen gelten konnte. »Soweit ich weiß, bist du doch mit dem Fritz immer besser ausgekommen als mit dem Reinhold ...«

»Ja, aber ...«

Der Bahnhofsvorsteher hatte nun die Rundung entdeckt, die alles verriet. »Aha. Da liegt der Hund begraben.«

»Ich muß doch sehr bitten!« rief Anna und imitierte nun ihrerseits jemanden: die Gnädige, die sie aus dem Haus geworfen hatte.

»Zu Hause, da wissen sie von nichts?«

Anna sah zu Boden. »Nein ...«

»Da ist es ja weniger gut, gleich mit der Tür ins Haus zu fallen. Na, paß mal auf ...« Der Bahnhofsvorsteher, der die Familie Walter schon seit Ewigkeiten kannte, hatte eine Idee. »Du kommst mit deinem Reisekorb in den Wartesaal, und ich schicke meine Frau zu Fritz, daß er anspannen läßt und dich hier abholt. Dabei kann sie ja so nebenbei erzählen, daß du ...«

Anna nickte. »Ja, bitte.« Alles, was geschah, hatte seinen Sinn. Wenn es nicht so war, hätte man ja gar nicht auf der Welt zu sein brauchen. Aber sie war auf der Welt, also war die Sache klar.

So setzte sie sich in den Wartesaal, blätterte in der Oder-Zeitung, die auf der Ofenbank lag, und wartete, daß ihr Bruder kam, sie abzuholen. Sie wartete eine halbe Stunde, sie wartete eine Dreiviertelstunde, sie wartete eine ganze lange Stunde ... und konnte sich allmählich denken, was da geschehen war: Keiner wollte sie haben, und die gute Frau Bahnhofvorsteher lief von einem zum anderen, von Fritz zu Reinhold, von Reinhold zu Fritz ... Vielleicht steckte Emma dahinter? Die war nun schon fünf Jahre lang verheiratet, ohne daß ein Kind gekommen wäre. Alle verspotteten sie schon.

Anna nahm es hin, ohne irgendeine Spur von Panik zu zeigen. Irgendwie kam sie schon unter. Als sie jetzt aufstand, dann lediglich, weil ihr der Allerwerteste wehtat. Und wenn sie schon mal stand, dann konnte sie auch gleich vor das Empfangsgebäude treten, um ein wenig frische Luft zu schnappen. Als sie ein paar Schritte gegangen war, sah sie hinter dem Kriegerdenkmal den Giebel ihres Elternhauses. Dort drinnen hatte sie fast ihr ganzes Leben verbracht, und doch war es ihr fremder als das Haus der Korthaases in der Wilmersdorfer Ringbahnstraße. Alles hatte seine Zeit – und diese hier war vorüber. Schon mit dem Tode des Vaters war sie zu Ende gegangen.

Es wurde Anfang November viel schneller dunkel, als sie es erwartet hatte. Sie blieb stehen und überlegte, ganz ruhig und ohne sich irgendwie zu echauffieren. Zurückfahren nach Berlin konnte sie heute abend schwerlich. Sollte sie ins Gasthaus gehen und für eine Nacht ein Zimmer nehmen? Und dann ...? Irgendwie war ihr auch so komisch im Magen, und sie hatte das Gefühl, sich erbrechen zu müssen. Hier am Kriegerdenkmal – unmöglich. Da sah sie im Zimmer der Mutter das Licht angehen. Die Mutter, an die hatte sie bislang keinen Gedanken verschwendet, denn deren Worte hatte sie noch zu genau im Ohr: »Wenn du dir in Berlin von einem hergelaufenen Kerl ein Balg andrehen läßt, dann kriegst du eine Tracht Prügel, daß sie dich bis Glogau schreien hören, wenn du hier jemals wieder auftauchen solltest.« Doch sie saß ja jetzt auf dem Altenteil, und in der Familie hatte Reinhold das Sagen, von dem hing ab, ob und bei wem sie bleiben konnte. Doch sie hatte ihn nie wie einen Bruder gesehen – wie denn auch, wo er zwanzig Jahre älter war als sie –, sondern immer mehr als ihren Onkel.

Da sah sie die Frau des Bahnhofsvorstehers von Unterweinberge her auf sie zugelaufen kommen. »Keiner da«, rief sie schon von weitem. »Die sind alle nach Hundsbelle hin, wo dem Reinholden sein Freund 'n Schwein geschlachtet hat, da ist 'n großes Fest.«

Anna bedankte sich und ging in den Wartesaal zurück. Der Bahnhofsvorsteher kam, sie zu trösten. »Ich an deiner Stelle würde doch zu meiner Mutter gehen.«

»Was soll ich denn bei Ihrer Mutter ...?« Sie hatte die Frau in ihrem Leben kaum ein halbes dutzend Mal gesehen. Und um das Kind wegzumachen, war es ja viel zu spät.

Der Bahnhofsvorsteher lachte. »Nicht meine, deine Mutter.«

Anna merkte, daß sie innerlich nun doch ein wenig durcheinander war. »Ja, Pardon.« Diese vornehme Wendung war eine Erbschaft der Korthaases. »Ich kann's ja mal probieren, mehr als mir die Tür weisen wird sie nicht. Den Reisekorb geb' ich Ihnen so lange in Verwahrung.«

Damit machte sie sich auf zu ihrem Elternhaus, das noch im Odertal gelegen war. Oben auf dem Hügel schimmerte der Turm der evangelischen Kirche golden in den letzten Sonnenstrahlen. Sie nahm nicht den kürzesten Weg, sondern zog es vor, am Schulhaus vorbeizugehen. Sie sah sich in der ersten Bankreihe sitzen und hörte, wie der Lehrer fragte, was sie sich denn wünschen würde, wenn die gute Fee erschiene. »Nach Berlin in Stellung gehen und den Kaiser sehen!« hatte sie geantwortet.

Nun war sie nach Tschicherzig zurückgekommen und stand wieder vor ihrem Elternhaus – als Bittstellerin. Ihr Herz klopfte. Aber das hatte es auch getan, wenn sie von der Gnädigen zur Nachbarin geschickt worden war, sich ein paar Eier auszuborgen. Sie klinkte das Gartentor auf, ging zur Haustür hinauf und klopfte an die Tür.

»Mutter, ich bin's, Anna ...«

Nichts rührte sich. Sie wußte, daß Luise Walter in steter Angst vor Dieben lebte und alles verrammelte, wenn sie alleine war. Auch hatte sie stets dicke Füße und offene Beine, die hochzulagern waren, so daß sie nicht gern zur Tür ging. Fritz hatte ja einen Schlüssel, und andere Menschen wollte sie ohnehin nicht sehen.

»Mutter, ich bin's, Anna ...«, wiederholte sie und klopfte etwas lauter. Als das nichts nützte, ging sie um das kleine Haus herum und versuchte, durch eines der Fenster zu sehen. Sie erreichte das der guten Stube in genau dem Augenblick, als die Mutter es aufzog, um zu sehen, wer da klopfte.

»Anna!« Sie prallte zurück. »Was machst du denn hier?«

»Ich suche Reinhold, ich suche Fritz ...«

Die Mutter versuchte ihr Haarnetz in Ordnung zu bringen und ihre Kittelschürze vollends zu schließen. »Ist was passiert?«

»Ja, ich bekomme ein Kind.«

Da warf die Mutter das Fenster wieder zu und, ratsch, flog der Vorhang hinterher. Wie im Theater am Ende eines Stückes. Anna blieb der Atem weg, sie taumelte. Gerade noch konnte sie das Regenrohr packen und sich daran festhalten. Der Zorn brachte sie wieder auf die Beine. Sie wußte, wo die Leiter stand. Schon war sie an den Giebel gelehnt. Oben befand sich ihre Mädchenkammer, und sie wußte noch, wie die Fensterflügel aufzudrücken waren. Der Riegel war seit ewigen Zeiten entzwei. Sie setzte den Fuß auf die erste Stufe. Und zögerte. Wenn sie nun abstürzte und das Kind verlor? Egal, dann war es ihr so vorbestimmt.

Minuten später hatte sie sich ausgekleidet und lag in ihrem alten Bett. Es war zwar klamm, aber mit ihrer Körperwärme war es schnell wieder kuschlig. Das Kind strampelte freudig, und sie spürte die kleinen Füßchen unter der Bauchdecke. Die Mutter schien nichts gemerkt zu haben, denn das Bummern an der Tür, mit dem Anna fest gerechnet hatte, war ausgeblieben. Zudem hatte sie die Leiter ins Zimmer gezogen und so zwischen Fensterbrüstung und Tür geklemmt, daß sich diese nicht nach innen drücken ließ. Sie war müde. Alles war sehr anstrengend gewesen und hatte Kraft gekostet. Die Reise, das Warten, die Szene mit der Mutter, die noch hartherziger war, als sie befürchtet hatte. Morgen war auch noch ein Tag. Sollte Reinhold sehen, was mit seiner kleinen Schwester wurde. »Mir geht das nichts an.«

Als sie wieder wach wurde, glaubte sie, auf ihrem Hängeboden zu liegen, und tastete vorsichtig nach der hölzernen Wand. Doch die war weg! Sie fuhr hoch ... O du mein himmlischer Herrgott! Sie war ja zu Hause in Tschicherzig. Nur mühsam brachte sie zusammen, was an diesem Tag geschehen war. Ihre Blase drückte. Doch sie traute sich nicht auf den Flur hinaus, denn von unten drangen Stimmen herauf. Sie ging zur Tür und legte das Ohr gegen das kühle, glatte Holz. Das waren ihre Geschwister, ganz ohne Zweifel. Wahrscheinlich waren sie aus Hundsbelle zurückgekommen und hatten vom Bahnhofsvorsteher und dessen Frau, aber auch der Mutter erfahren, daß sie wieder in Tschicherzig war. Und wenn sie Spuren unter ihrem Zimmer entdeckt und die Leiter nicht an ihrem angestammten Platz gefunden hatten, dann ... Anna hörte nun genauer hin, fiel doch ihr Name immer wieder.

»Sie hat sich die Suppe eingebrockt, nun soll sie sie auch selber auslöffeln.« Das war Emma.

»Wird sie ja auch müssen. Oder willst du das Kind zur Welt bringen, hat sie das von dir verlangt?« Das war Reinhold.

»Was habe ich immer gesagt: ›Wenn du dir in Berlin von einem hergelaufenen Kerl ein Balg andrehen läßt, dann kriegst du eine Tracht Prügel, daß sie dich bis Glogau schreien hören, wenn du hier jemals wieder auftauchen solltest.‹ Ja, das habe ich immer zur Anna gesagt.« Die Mutter, das war unschwer zu erraten.

»Soll sich doch der um sie kümmern, der ihr das Kind angedreht hat.« Das konnte nur der Wilhelm sein, Emmas Mann. »Weiß denn einer, wer das war?«

»Nein, woher denn?«

»Dann geh doch mal einer rauf, sie fragen.«

»Das wird sie selber nicht wissen.«

»Gott, sie ist doch keine ...«

»Dann geh doch rauf, sie fragen.«

Und in der Tat kam jemand die Treppe herauf, wahrscheinlich Fritz, dem das Haus jetzt gehörte. So war es denn auch. Leise klopfte er. »Anna, schläfst du ...?«

»Nein ...«

»Dann komm gefälligst runter.«

»Moment, ich muß mich erst anziehen.«

Sie tat es und fühlte sich wie ein Diebin, die vor Gericht erscheinen mußte. Genaugenommen stahl sie ja ihren Brüdern auch etwas von deren Geld, denn sie selber hatte kaum noch etwas, und das Kind würde eine Menge kosten. Und die Kammer, in der sie mit Otto oder Ottilie wohnen würde, ließ sich nicht mehr an einen Sommerfrischler vermieten. Dennoch war sie nicht etwa gelähmt, als sie jetzt in die gute Stube trat und der Reihe nach alle begrüßte. War es denn ihre Schuld, daß alles so war, wie es war? Nein, sicher nicht. Konnte sie etwas für ihren Trieb oder gar für den von Heinrich? Nein. Wenn die Natur das so gemacht hatte, dann trug die Natur Schuld an allem. Und daß Heinrich nun pleite war und sich dem Trunk ergeben hatte, war ihr erst recht nicht anzulasten.

»Nun erzähl mal, wie das passieren konnte.« Reinhold, selbstbewußter Oderschiffer und durch und durch ein imposanter Mann, begann die Verhandlung.

Anna erzählte und war, wie immer in solchen Situationen, schlafwandlerisch: Mir geht das nichts an. Als sie geendet hatte, schwiegen alle. Was sollten sie auch sagen? Alles war so, wie es war. Man konnte nichts anderes tun, als die Sache pragmatisch zu sehen. Wo war mehr Platz? Wo waren immer mehrere Frauen zur Stelle, wenn das Kind so plötzlich auf die Welt kam, daß man keine Hebamme mehr holen konnte? Wie waren die Kosten auf alle umzulegen? Anna fragte keiner, was sie sich denn wohl wünschen würde, aber das stieß kaum übel bei ihr auf. Einerseits wäre sie lieber zu Fritz gegangen als zu Reinhold, andererseits war dessen Frau, die Schwägerin Pauline, wesentlich leichter zu ertragen als die eigene Mutter mit ihren dauernden Vorwürfen.

»Wir nehmen sie gern«, sagte Reinhold schließlich, »aber wir haben kein Zimmer für sie.« Schließlich wohnten Emma und Wilhelm bei ihm in der oberen Etage. »Bei dir, Fritz, hätte sie ihr Zimmer.«

»Ja, aber Mutter ist krank, die kann sich nicht um sie kümmern, wenn sie im Wochenbett liegt.«

»Meine Pauline hat die Gicht und kann es auch nicht«, erwiderte Reinhold.

»Aber bei euch ist die Emma da und kann der Anna helfen.«

»Das mache ich gern.« Emma nickte, war aber dennoch voller Bedenken. »Aber bei uns ist es viel zu eng für noch ein Bett ... Und dann die Wiege erst. Das geht nicht bei Reinhold oben.«

Der Familienälteste dachte nach. »Nun, im Oderhafen liegt noch mein alter Kahn ... zum Abwracken. Wenn wir da die Kajüte abtrennen und hinten zu mir in den Garten schaffen lassen, da könnten Anna und das Kind dann ...«

»Und wer soll das bezahlen?« fragte Fritz.

»Na, du!« lachte Reinhold. »Womit du dann aus dem Obligo wärst.«

So wurde es dann beschlossen. Als der erste Schnee zu fallen begann, war Anna Walter in ihr neues Heim gezogen, dem Hinterteil der »Pauline II«, und konnte in aller Ruhe ihrer Niederkunft entgegensehen.

Kam man die Oder herauf, sah man das Haus des Schiffers Reinhold Walter schon von weitem am hohen Ufer liegen, schräg hinter ihm die Kirche. Die glasierten roten Ziegel spiegelten die Sonnenstrahlen weit über den Fluß, so daß man meinen konnte, ein Leuchtturm stünde dort. Wegen des möglichen Hochwassers ragte der Keller wie ein Souterrain aus dem Boden hervor, und die Fenster des ersten Stockwerks waren höher als bei mancher Villa in Berlin. Damit das Dachgeschoß nicht nur Mansardenzimmer bot, hatte der Baumeister zur Uferseite hin noch eine Art Querschiff eingezogen, so daß es quasi einen dritten Giebel gab, der das Ganze viel zu wuchtig werden ließ. Um dem entgegenzuwirken, hatte man auf das Dach Schornsteine gesetzt, die verspielt wie kleine Türmchen wirkten. Dennoch wurde Anna, wenn sie das Haus ihres Bruders betrachtete, immer an das Moabiter Gefängnis erinnert, wozu auch die hohe gelbe Backsteinmauer beitrug, die alles umschloß. So war sie gar nicht so unfroh, daß sie mit ihrem Kind außerhalb des Walterschen Anwesens leben konnte, denn das Hinterteil der »Pauline II« lag auf dem schmalen Grasstreifen zwischen Umfassungsmauer und Fluß.

Das Kind war am 24. Januar 1906 gegen drei Uhr nachmittags zur Welt gekommen. »Ein gesunder Junge ...« Sie hatte die Hebamme, halb ohnmächtig vor Schmerzen, kaum verstehen können. Sie hatte das Wochenbett ohne Fieber hinter sich gebracht und war nun, als es Juli geworden war und sie gerade ihren 21. Geburtstag gefeiert hatte, schon wieder so bei Kräften wie ehedem. Das mochte auch daran liegen, daß alle sagten, ihr Otto sei ein selten stilles Kind. Sie nährte ihn noch, weil alle sagten, daß dies das Beste sei.

Pauline, ihre Schwägerin, Reinholds Frau, kam durch ein Tor in der Mauer zu ihr herunter. Hinter ihr rannte Hermann durchs Gras, ihr Sohn, nicht ganz sechs Jahre alt. Er wollte um alles in der Welt auch Schiffer werden und hatte das Hinterteil der »Pauline II« zu seinem Lieblingsspielplatz erkoren.

Pauline hatte Gicht und war wegen ihrer Knoten in den Fingern gewiß nicht zu beneiden. Anna kam nicht gerade blendend mit ihr aus, denn die Schwägerin, nicht der Bruder, hatte im Grunde am meisten dagegen gehabt, sie im Haus wohnen zu lassen, obwohl es dort mit einem bißchen guten Willen schon noch Platz gegeben hätte. Aber Schwamm drüber, eigentlich hatte sie ja gar nicht in dem gelben Kasten wohnen wollen.

»Wer soll denn nun als Gevatter stehen?« fragte Pauline, denn die Taufe des kleinen Otto rückte immer näher. Freitag war es nun schon, und Sonntag sollte sie stattfinden.

»Na, die Emma und als Mann ... weiß ich noch nicht.«

»Nimm doch den Wilhelm Schwalbe«, stichelte die Schwägerin und freute sich, daß Anna richtiggehend rot wurde. Wilhelm, ein Maurer aus dem benachbarten Dorfe Glauchow, war der erste Mann in ihrem Leben gewesen. In den Weinbergen hinter ihrem

Elternhaus war es geschehen, nach dem Tanz beim Winzerfest – zum Glück ohne Folgen. Doch zur Frau hatte Wilhelm sie nicht haben wollen, und so war sie nach Berlin in Stellung gegangen. Jetzt gab es welche in Tschicherzig, die meinten, der Otto sehe aus wie dem Wilhelm Schwalbe aus dem Gesicht geschnitten. Und war der nicht in der fraglichen Zeit in Berlin gewesen ...? »Den Heinrich Bosetzky hat sie doch nur vorgeschoben, weil der mehr Abfindung zahlt, das soll doch ein reicher Bauunternehmer sein. Überall in Berlin stehen seine Bauschilder rum.« Je mehr Anna das abstritt, um so weniger glaubte man ihr. Und auf dem Standesamt in Züllichau/Unterweinberge hatte sie sogar gezögert, Heinrich Bosetzky als den Vater ihres Kindes anzugeben. Otto fuhr sicherlich besser, wenn Wilhelm Schwalbe als sein Vater galt und nicht dieses verkommene Subjekt, das da in Tamsel vegetierte. Nein, das ging nicht, daß sie den falschen Mann der Vaterschaft bezichtigte, dafür wäre sie ins Gefängnis gekommen.

»Ja, wen nehmen wir bei Ottos Taufe als Mann? Ich würde ja sagen, Reinhold, aber da bist du wohl sicher dagegen.«

»Nein, meinetwegen.« Pauline hatte, schien es, etwas wiedergutzumachen.

Die Taufe hatte bisher noch nicht angesetzt werden können, weil sowohl Reinhold als auch Wilhelm mit ihren Kähnen unterwegs waren und Emma immer mitfuhr. Nun aber hatte die Oder Niedrigwasser, und die beiden waren gezwungen gewesen, in Glogau zu leichtern. Da konnten sie am Samstag abend schnell einmal mit der Bahn zur Taufe nach Tschicherzig fahren.

Bis dahin war noch eine Menge zu tun. Während ihr Otto schlief, fiel es Anna zu, lose Braunkohlebriketts vom Hof in den Keller zu tragen und dort fein säuberlich zu stapeln. Wer einen Frachtkahn hatte, bei dem blieb immer etwas im Laderaum liegen, ob es nun Steine, Sand oder Preßkohlen waren. Sie wußte auch nicht, woran das liegen mochte, daß sie so verrückt war nach dem Geruch von Briketts, Anthrazit, Eierbriketts und Koks. »Daran könnt ick mir direkt belümmeln!« bekannte sie des öfteren. Vielleicht lag es daran, daß Wilhelm sie in einem Kohlenkeller zum ersten Mal umarmt und heiß geküßt hatte. Wie auch immer, wo es um Kohlen ging, war sie zur Stelle und riß sich um die Arbeit. Zuletzt hatte sie der Professor Constantin Korthaase im Kohlenkeller bedrängt ... O du mein himmlischer Herrgott, wie lange war das schon her! Nicht mal ein Jahr ... Sie konnte es nicht fassen, und die Sehnsucht nach Berlin erfaßte sie wie ein plötzliches Fieber. Sie glaubte, keinen Tag mehr existieren zu können ohne ihre Straßen-, ihre Ring- und ihre Hochbahn, ohne das bunte Treiben auf der Friedrichstraße und Unter den Linden, ohne Rudolph Hertzog und vor allem ohne Kaiserin und Kaiser. In Tschicherzig war man bei lebendigem Leibe begraben, und nur in Berlin, da lebte man. »Ich will zurück nach Berlin! Ich will zurück nach Berlin!« Immer wieder sprach sie es vor sich hin. Doch wie denn? Wie denn mit dem Kind, diesem Klotz am Bein? Ein Dienstmädchen mit Kind, das nahm doch niemand. Nur hier in Tschicherzig im Schoße ihrer Familie hatte sie eine Chance, sich und ihren Otto durchzubringen. Ihre Unterkunft hatte sie umsonst, an Essen und Kleidung fiel immer etwas ab, und überall war Hand mit anzulegen, so daß sie niemals das Gefühl haben mußte, von den anderen ausgehalten zu werden.

Aber ihr Berlin, das fehlte ihr wie der Pflanze das Wasser: Sie kümmerte dahin.

Dann kam die Taufe, und der Pfarrer hielt eine so schöne Rede, daß die Frauen alle weinen mußten. »Gott, unser Vater, nirgends erfahren wir das Wunder der Schöpfung wohl so unmittelbar wie bei der Geburt eines Kindes. Wir können nur staunen über dieses Wunder, das nun so lebendig in unseren Armen liegt. Gott, unser Vater, wir loben und preisen dich, daß wir in diesem Kind ein Geschenk deiner Liebe empfangen dürfen. Viel Raum wollen wir unserem Kind schenken in unseren Gedanken, Plänen und Zielen.«

Emma hielt den kleinen Otto mit Stolz und Freude über das Becken. Nie war Anna ihre Schwester so weich und schön erschienen, richtig selig sah sie aus.

»Er schreit gar nicht bei dir«, sagte Anna und rückte Otto das Häubchen zurecht.

»Bei mir fühlt er sich immer viel wohler als bei dir.« Emma küßte ihren Neffen auf das kleine Kinn, das sie wegen seines Grübchens über alles liebte. »Ich möchte ihn eigentlich nie wieder hergeben ...«

Anna sah ihre große Schwester fragend an. »Bei euch auf'm Schiff ...?«

»Was meinst du, wie viele Frauen ihre Kinder auf'm Schiff großziehen?«

»Na, wenn du ihn unbedingt haben willst ...« Mir geht das nichts an.

Einen Monat später kamen Ziegelmanns mit der »Ella« wieder einmal an Tschicherzig vorbei und machten für ein paar Minuten im Oderhafen fest. Nur für so lange, bis Anna ihrer Schwester das Steckkissen mit dem kleinen Otto hinübergereicht hatte. Ein paar Kleinigkeiten wurden noch an Bord genommen, dann ging es weiter.

Anna lief zur Brücke und wartete, bis der Schleppzug kam. Sieben Kähne hatte der Dampfer am Haken. Die »Ella« war der fünfte. Emma stand neben der Kajüte und hatte Otto im Arm. Anna weinte Tränen des Schmerzes und der Freude zugleich. Sie winkte noch, als die »Ella« schon im Oderbogen bei Glauchow verschwunden war.

Elftes Kapitel

1907–1909

Kalt und zugig war es auf dem Schlesischen Bahnhof. Der Sturm blies den Schnee derart kräftig in die große Halle, daß die Eiskristalle die Haut wie kleine Pfeile trafen. Auch vor fünf Jahren hatte Anna Walter hier gestanden und gefroren. Damals aber hatte sie gewußt, wohin sie gehörte, denn wegen der Stelle bei den Korthaases war ihr Bruder Reinhold schon vorher in Berlin gewesen. Nun aber war sie gezwungen, sich selbst etwas zu suchen. »O du mein himmlischer Herrgott, steh mir bei!« Und er schien ihr Stoßgebet erhört zu haben: Eine Frau von der Bahnhofsmission kam auf sie zu und fragte, ob sie ihr helfen könne. »Ja, gerne ...« Was sie bekam, war die Adresse einer guten Mädchenherberge und eines Vermittlungsbüros in der Jägerstraße.

Dorthin fuhr sie mit der elektrischen Straßenbahn. Mit der Linie 9 kam sie zur Leipziger Straße und konnte dann die Markgrafenstraße hinauflaufen. Als sie das Vermittlungsbüro erreichte, hatte sie zwei Bilder vor Augen: Es sah aus wie auf einem Ameisenhaufen oder wie beim Viehauftrieb im Schlachthof. Das Gedränge nahm ihr den Atem. Eine unüberschaubare Menge von Frauen aller Stände hatte sich hier versammelt. Hoch und kahl waren die Säle, ein Labyrinth die Wandelgänge. Pförtner schrien den Ankommenden irgendwelche Zahlen zu, doch niemand verstand so recht, welchen Weg er nehmen sollte, und der Stau am Eingang wurde immer größer. Anna wurde vom Strom der Frauen und Mädchen mitgerissen, wurde geschoben, getreten und gestoßen, kam sich vor wie ein Baumstamm, der in den Strudel eines Wehrs gerissen wurde. Frauen mit weißen Binden an den Armen hängten sich an ihren Arm und versprachen ihr das Blaue vom Himmel. Sie hatte Mühe, sie wieder abzuschütteln. Die Hitze war unerträglich. Als sie es nicht mehr aushalten konnte und in Ohnmacht zu fallen drohte, wurde sie auf einen Innenhof gespült, und der Schweiß auf ihrer Stirn schien zu Eis zu werden. Endlich kam sie in einen Saal, in dem an langen Ladentischen Schreiber saßen. Sie entdeckte einen freien Stuhl und lief auf ihn zu. Neben dem Schreiber saß eine modisch gekleidete Frau von knapp vierzig Jahren, die sie mit ihrer Lorgnette vom Scheitel bis zur Sohle musterte.

Anna machte einen Knicks und zeigte auf den Stuhl. »Darf ich ...?«

Statt ihr eine Antwort zu geben, stieß der Schreiber harsch »Ihr Dienstbuch!« hervor und wartete mit vorwurfsvollem Blick, bis sie es aus ihrer Handtasche genestelt hatte. Die Augen niedergeschlagen, blieb sie stehen, während der Mann es in die Hand nahm und in ihm zu blättern begann. Im Gesindedienstbuch stand die Beurteilung Korthaases, und die war nicht schlecht, weil nämlich ihr Bruder Reinhold vorher mit dem Professor gesprochen und einige Andeutungen gemacht hatte. Von Elise und anderen Dienstmädchen wußte Anna, daß man das stille Examen durch den Vermittler bestanden hatte, wenn er das Dienstbuch bei sich auf dem Tisch behielt. Und das tat der Mann ihr gegenüber. Sie durfte sich nun setzen, um ausgefragt zu werden. Die Gnädige, die ganz offensichtlich gekommen war, um ein neues Mädchen mit nach Hause zu nehmen, verfolgte das Verhör mit vornehmer Schläfrigkeit.

»Warum haben sie Ihre Herrschaft verlassen?«

Anna wußte, daß sie sofort weggeschickt wurde, wenn sie antwortete, daß das wegen ihrer bevorstehenden Niederkunft gewesen sei. Also verdrehte sie die Wahrheit ein wenig. »Weil meine Schwester in Tschicherzig an der Oder ein Kind bekommen hat und ich ihr im Haushalt helfen mußte. Sie sind Oderschiffer und da ...«

Das klang so plausibel, daß der Schreiber und die Gnädige keinen Verdacht zu schöpfen schienen. »Haben Sie einen Bräutigam?«

»Nein!« schmetterte Anna, froh darüber, diesmal nicht lügen zu müssen.

»Gehen Sie tanzen?«

Anna hatte das Gefühl, puterrot anzulaufen, denn sofort mußte sie an Heinrich und an ihre vielen Besuche bei Schramm in Wilmersdorf denken. »Ganz selten nur ...«

»Was sind Ihre Eltern?«

»Weinbergsbesitzer.« Was sich gut anhörte.

»Sind Sie sauber?«

»Immer sauber und adrett!«

»Zerschlagen Sie viel?«

»Nein, nie etwas.«

»Können Sie kochen, waschen, plätten, und wissen Sie mit Parkettböden Bescheid?«

»Ja.«

»Können Sie mit feinen Nippessachen umgehen?«

»Ja.« Anna nickte wie eines dieser mechanisches Äffchen, die man manchmal in den Schaufenstern sah.

»Sind Sie gesund?«

»Ja. Da, wo ich herkomme, sind alle gesund.«

»Sind Sie kinderlieb?«

»Ja, ich habe ja ...« Fast hätte sie sich doch verraten. »... ich, ich habe ja den Sohn von meiner Emma, meine Schwester Emma, den Otto ... wie mein eigenes Kind ... und da bin ich ...« Sie war sehr verwirrt in diesem Augenblick, bekam sich aber noch rechtzeitig wieder in den Griff, indem sie einfach das dachte, was ihr bislang immer über alle Hürden des Lebens hinweggeholfen hatte: Mir geht das nichts an.

Nun machte die Dame mit der Lorgnette dem Verhör ein Ende. »Lassen wir's gut sein.« Sie streckte Anna die Hand hin. »Ich bin Viktoria von Wilkersdorff. Mein Mann ist Oberregierungsrat im Innenministerium. Wir wohnen in Riehmers Hofgarten und haben zwei Kinder. Für fünfzig Thaler können Sie bei uns anfangen, das ist aber das Alleräußerste. Ausgehen können Sie alle vierzehn Tage, müssen aber um zehn Uhr wieder zu Hause sein. Im Ausnahmefalle aber wird sich über alles reden lassen. Sind Sie einverstanden damit?«

»Ja.« Anna nickte ebenso automatisch, wie sie die ganze Zeit über genickt hatte, und war damit engagiert.

Der Maurermeister Wilhelm Riehmer hatte in den Jahren 1881 bis 1892 mit wachem Unternehmergeist am Fuße des Kreuzbergs einen Gebäudekomplex errichten lassen, in dem sich die Mieter der gehobenen Gesellschaft wohlfühlen sollten. Das waren in der Hauptsache Offiziere der benachbarten Dragonerkaserne, wohlhabende Rentiers, Beamte der nahen Wilhelmstraße, Direktoren, Gastwirte und Handwerksmeister, aber auch erfolgreiche Architekten, Porträtmaler und Rechtsanwälte. An der Hagelberger Straße, der Großbeeren- und der Yorckstraße wollten sie zwar mitten in der Stadt, aber doch abseits von Lärm und Hektik leben, angelockt vom großen, gärtnerisch ausgestalteten Hof, von intimen Privatstraßen und glanzvollen Stuckfassaden. Der Haupteingang in der Yorckstraße wurde von zwei Muskelprotzen bewacht.

Der Oberregierungsrat Theodor von Wilkersdorff kam aus Ostpreußen und zwar aus Kossewen am Ixt-See, was im Kreise Sensburg und an der Bahn nach Nikolaiken lag. Er hatte in Berlin und Königsberg Jura studiert und war, nicht einer mit den besten Noten, als Assessor von einem Nest ins andere geschickt worden. Nun war er 45 Jahre alt und überglücklich, daß man ihn endlich in eine Planstelle eingewiesen hatte, wenn auch die Archivverwaltung nicht gerade das war, wonach er sich gesehnt hatte. Großen Ehrgeiz besaß er nicht, und seit seine Frau vor kurzem in der *Gartenlaube* den Fontane-Roman *Mathilde Möhring* gelesen hatte, mußte er sich immer wieder vorhalten lassen, dem Protagonisten Hugo Großmann aufs Haar zu gleichen, das hieß, kein rechtes Vertrauen zu seinem Wissen und Können und kein Feuer im Leib zu haben und ein »Schlappier« zu sein. Die Gnädige war eine Bürgerliche und zwar die Tochter eines Wollwarenhändlers aus der Landsberger Allee, die bei der Wahl des Ehegatten einen armen Adligen einem reichen Wurstfabrikanten vorgezogen hatte. »... gegen alles Kalkül, aber nur Liebe legitimiert zum Geschlechtsverkehr.« Zwei Kinder gab es im Hause Wilkersdorff: die zwölfjährige Luise, die nach ihrem Vater kam und ähnlich antriebsschwach geraten war, und den siebenjährigen Heinrich, der wie die Mutter immer allen überlegen sein wollte. Sie hatte Lehrerin werden wollen, doch ihr Vater hatte es verhindert.

»Heinrich, hör mit dem Lernen auf und erfrische dich noch auf dem Hof.«

»Ja, Mutter.«

Immer wenn der Name Heinrich fiel, zuckte Anna zusammen. So ganz war die Wunde noch immer nicht verheilt, so gelassen sie ihr Schicksal auch nahm. Wäre es so gekommen, wie es ihr versprochen worden war, lebte sie jetzt in einer Lichterfelder Villa und hätte ein Dienstmädchen gehabt, anstatt selbst eins zu sein. Sie jammerte nicht, sie dachte es nur ohne jede Emotion und mit der Nüchternheit, die ihr eigen war.

Nach ihrer Zeit in Wilmersdorf und den fünfzehn Monaten in Tschicherzig hatte Anna Walter einige Mühe, sich in der Tempelhofer Vorstadt zurechtzufinden, der Gegend, die dreizehn Jahre später Teil des Bezirks Kreuzberg werden sollte. Das Schönste weit und breit war der Viktoria-Park, in den sie Heinrich oft begleiten mußte. Der kleine Mann wollte Bergsteiger werden und auch das Matterhorn erklimmen, und sie mußte ihn deswegen jeden Tag zur künstlichen Felsschlucht führen, damit er dort üben konnte. Die Großbeerenstraße hinunter waren es ja nur wenige hundert Meter bis zum Park. Hatten sie den Gipfel des Kreuzbergs erstiegen, erfreuten sie sich des herrlichen Blicks auf Berlin, und sie mußte Heinrich all die Kirchtürme nennen, die da aufragten. Auf der anderen Seite, zum Tempelhofer Feld hin, lag der riesige Komplex der Brauerei Tivoli, die neuerdings zu Schultheiss gehörte. Das Restaurationsgebäude am nordöstlichen Eingangstor war ein turmbewehrtes, trutziges Bauwerk im Stil der märkischen Backsteingotik, für Heinrich eine Ritterburg, die er erstürmte, wenn er einen Knüppel schwang und »Ich bin Albrecht der Bär« spielte. Anna dachte des öfteren, ob ihr Otto auch so sein würde, wenn er sieben war. Bis dahin hatte sie ganz sicher einen Vater für ihren Sohn gefunden. Sie war so attraktiv, daß bestimmt bald einer kam, der sie trotz des Kindes nahm. Vielleicht einer aus der Garde-Dragoner-Kaserne am Halleschen Tor. Die nun sah aus wie ein normannisches Kastell und wurde ebenfalls hin und wieder von Heinrich erobert.

Dies alles war für seine Schwester ohne jeden Reiz, für sie

stand die große Schokoladenfabrik in der Belle-Alliance-Straße obenan, und das Wort Sarotti war für sie der Inbegriff des Exotischen. »Wenn Luise mal heiratet, dann den Sarotti-Mohren«, sagte ihre Mutter des öfteren, und nichts konnte Luise glücklicher machen, als wenn sie ihrer umfangreichen Sammlung von Reklamemarken eine neue hinzufügen konnte. »Ist das nicht entzückend, Mama!« Aber auch Anna konnte minutenlang in stiller Andacht vor diesen kleinen Bildchen sitzen und mit großen Augen staunen. Da saßen Neger unter Palmen und sortierten Kakao-Bohnen. Darunter stand dann *V = Vanille-Schokolade*. Bei *N = Nuss-Schokolade* sah man Senn und Sennerin in den Alpen mit einem Mädchen im Hintergrund, das etwa Luises Alter hatte. »Sieh mal, Mama, das bin ich, wie ich einen großen Korb mit Nüssen herbeischleppe. Fahren wir dieses Jahr in den Ferien in die Schweiz?«

»Nein, nach Ostpreußen.«

Anna gefiel das Bild 1 aus der Serie IV am besten, das eine vornehme Dame zeigte: *SAROTTI-Tabletten M-N-V – Edelschokolade in eleganter Kartonpackung*. Wilkersdorff, ansonsten dem familiären Geschehen gegenüber mehr als gleichgültig, begann schon zu brummen: »Ich kann gar nicht so schnell das Geld verdienen, das ihr für Schokolade ausgebt ...«

Alles in allem hatte es Anna im Hause Wilkersdorff besser als bei den Korthaases, obwohl auch hier die Arbeit schwer und gleichförmig war, Tag für Tag dasselbe. Doch sie kannte es nicht anders und jammerte nicht, denn ihr himmlischer Herrgott hatte die Welt nun mal so eingerichtet, daß jedes Lebewesen das tat, wofür es geschaffen worden war: Das Huhn hatte Eier zu legen, das Pferd Fuhrwerke zu ziehen, ein Oberregierungsrat Akten zu bearbeiten und ein Dienstmädchen auf den Markt zu gehen und Gemüse einzukaufen. Das tat sie jetzt meistens alleine, denn die neue Gnädige traf sich lieber mit Freundinnen, um Gedichte zu lesen und Artikel für das Monatsheft des Verbandes für Frauenstimmrecht zu verfassen. Ohne daß der Hausherr es wußte oder wissen wollte, trafen sich bei Viktoria von Wilkersdorff Frauen, die man schon vor drei Jahren beim großen internationalen Kongreß in

Berlin gesehen hatte. Anna interessierte das wenig, aber irgendwie spürte auch sie, daß in diesem neuen Jahrhundert vieles anders werden würde.

Anna hatte nun auch ein eigenes kleines Zimmer, wenn es auch nur so winzig war, daß kaum mehr als Bett und Schrank hineinpaßten. Saß sie da auf der Bettkante, dann wagte sie schon einmal, eine Photographie hervorzuholen, die sie mit ihrem Otto zeigte. Ob Emma ihn in dieser Sekunde gerade wickeln würde? Bekam er auch die Flasche, schrie er nicht? Und wenn er nun in dieser Sekunde gerade über Bord fiel und ertrank? Da schossen ihr die Tränen in die Augen, und sie merkte gar nicht, daß Frau von Wilkersdorff in diesem Moment die Tür geöffnet hatte.

»Anna, was ist mit Ihnen?«

»Nichts, nichts!« Anna hatte nur den einen Gedanken: das Foto verschwinden zu lassen.

Doch die Gnädige hatte es schon entdeckt und ihr aus der Hand gerissen. »Aha! Wer ist denn das?«

»Der Otto ...«

»Wer ist ›der Otto‹?«

»Das ist ein Junge ...«

»Sieh mal einer an! Und wessen Junge ...?«

»Der Junge von meiner Schwester Emma.«

Die Gnädige studierte das Foto mit Hilfe ihrer Lorgnette und gab es dann Anna zurück. »Sie wissen, daß Sie auf der Stelle entlassen sind und dies auch in Ihrem Dienstbuch eingetragen wird, wenn Sie lügen ...«

»Ja ...«

»Und: Haben Sie gelogen?«

Anna wand sich. »Otto ist wirklich bei meiner Schwester in Tschicherzig ... Die haben da einen Oderkahn, die ›Ella‹, und da drauf wird er großgezogen. Da gibt es Kajüten, die sind wie kleine Wohnstuben, da kann man ...«

Frau von Wilkersdorff unterbrach sie. »Reden Sie nicht um den heißen Brei herum: Wer ist die Mutter dieses Kindes?«

Da konnte Anna nicht mehr. »Ich!« stieß sie hervor.

»Haben Sie also doch gelogen?«

»Damit Sie mich nicht rauswerfen. Aber ich geh' ja schon von alleine!« Anna sprang auf, um ihre Sachen zu packen.

»Lassen Sie das!« Die Gnädige drückte sie aufs Bett zurück. »Nicht Sie sind schuld, daß Sie mir nicht die Wahrheit gesagt haben, die Verhältnisse sind es. Nun erzählen Sie mal, aber der Reihe nach.« Anna tat es, und als sie am Ende war, schien die Gnädige ratloser als sie zu sein. »Ja, Anna, das ist das Dilemma der Frauen Ihres Standes ... Was kann ich Ihnen raten ...? Zunächst einmal bleiben Sie natürlich hier bei uns ... Dann aber ... Mein Mann kränkelt und dann ...? Ich habe fünf Brüder und das Geschäft meines Vaters steht vor der Aufgabe, da ist nicht viel mit erben ... Aber Sie ...? Am besten, Sie würden einen Witwer finden, der auch schon ein Kind hat. Oder träumen Sie noch immer davon, daß Ihr Heinrich Sie eines Tages doch noch ...?«

Anna wurde rot. »Ja ... Nein ...«

»Ich verstehe ...« Die Gnädige lächelte. »Dann gehen Sie mal auf den Markt. Auf dem Küchentisch liegt der Zettel, auf dem steht, was heute einzuholen ist.«

»Ja, und dazu noch das hier, was ich für mein Rezept brauche. Ihr Mann hat sich gewünscht, daß es mal wieder Brotsuppe gibt. Diesmal mache ich sie nach polnischer Art, das kennt er noch von zu Hause.

200 g Rinderknochen
Wurzelwerk
1 gehackte Zwiebel
1 dicke Scheibe altbackenes Schwarzbrot
2 Eigelb
100 ml Sahne
3 Eßlöffel Butter
frische Petersilie und Kümmel

Brotsuppe war für Anna etwas Reelles. Schlicht und einfach war sie und dennoch schmack- und nahrhaft. Es ging ihr gehörig gegen den Strich, altes und trockenes Brot einfach in den Müll zu werfen, denn alles Brot kam vom Herrn – der hatte es mit seinen Jüngern gebrochen. Brot wegzuwerfen war deswegen eine Sünde. Wer es tat, verging sich gegen Gottes Gebote. So hatte es sie die Mutter gelehrt. Gottgefällig war es dagegen, nicht gegessenes Brot aufzuheben und daraus Brotsuppe zu kochen.

Anna tat also an diesem Tag ihre Pflicht wie auch in den nächsten Wochen und Monaten. Das Leben schwang sich wieder ein wie das Perpendikel am großen Regulator im Wohnzimmer, wenn man es einmal angestoßen hatte. Dabei gab sich die Gnädige alle Mühe, sie ab und an zu den Zerstreuungen mitzunehmen, zu denen sie selbst Zeit gefunden hatte.

»Kommen Sie, Anna, wir Frauen müssen mal raus aus der Küche.« Die Kinder brachte man für ein paar Stunden zur Großmutter in die Landsberger Allee. Ein besonderes Faible hatte Frau von Wilkersdorff für Castans Panoptikum entwickelt, das sich im Pschorr-Haus Friedrich-, Ecke Behrenstraße befand, aber auch für das nahebei in der Kaisergalerie gelegene Passage-Panoptikum. Im ersten Etablissement bestaunte man die Fürsten Europas, und obwohl sie nur aus Wachs geformt waren, erstarrte Anna in Ehrfurcht und machte verschämt ihren Knicks. Im zweiten Wachsfigurenkabinett war die Schreckenskammer das, wovon sie am meisten angezogen wurde. Schon der Hinweis *Die Besichtigung wird Nervenschwachen nicht empfohlen* löste höchstes Kribbeln aus. Das Leben eines Verbrechers bis zu seiner Hinrichtung war nachgestellt worden. Dazu gab es das große Sündflut-Panorama, die blaue Grotte von Capri und diverse Felsgrotten mit Darstellungen aus der Märchen- und der Gnomenwelt. Vom Eingang Unter den Linden konnte man mit einer elektrischen Eisenbahn fahren und fünf Minuten lang die schönsten Teile der Schweiz erleben. »Da muß man gar nicht dagewesen sein«, sagte Anna. Wenn es warm genug war, fuhren sie auf dem offenen Oberdeck eines Autobusses durch die Friedrichstraße und genossen das Gewimmel und Gewusel.

»Jetzt weiß ich, warum ich nicht in Tschicherzig geblieben bin«, sagte Anna.

»Da denken Sie auch mal an Ihren Otto: Kann der denn ein richtiger Mensch werden, wenn er woanders aufwächst als hier in Berlin?«

»Ich geb' mir ja schon alle Mühe, aber …« Ein Bräutigam für sie war nicht in Sicht.

Viktoria von Wilkersdorff ließ es sich auch nicht nehmen, auf einem Dürkopp-Fahrrad durch die Straßen der Tempelhofer Vorstadt zu fahren, wozu sie sich bei Rudolph Hertzog »Reformbeinkleider in Pumpform« beschafft hatte. Höhepunkte im Leben Annas waren auch jetzt noch ein Spaziergang im Tiergarten, bei dem sie einen Blick auf Kaiser oder Kaiserin erhaschen konnte, und der Einkauf bei Rudolph Hertzog.

Da nun hatte die Gnädige im Juni 1907 für ihre Reise nach Ostpreußen zu den Verwandten ihres Mannes ein taubenblaues Reisekostüm käuflich erworben, zu Hause aber feststellen müssen, daß die Jacke hinten eine schiefe Naht aufwies.

»Anna, nehmen Sie das gute Stück, fahren damit zu Hertzog und reklamieren Sie den Schaden. Entweder sie mindern mir den Preis um zwanzig Prozent oder tauschen mir die Jacke um. Wenn nicht, drohen Sie mit der Zeitung oder unserem Anwalt.« Da war sie ganz die Tochter ihres Vaters.

Anna machte sich also auf den Weg von der Yorck- zur Breitestraße. Mit der Straßenbahn kam sie schnell zum Schloßplatz, sie kannte sich mit den Linien, so verwirrend sie waren, schon ein wenig aus. Mit dem Großen Ring, der Linie 3, gelangte sie zum Alexanderplatz und stieg dort in die 58 zum Mühlendamm um, wenn die gerade kam. Ansonsten konnte man auch laufen.

Sie hatte Mühe, sich im Labyrinth des Kaufhauses zurechtzufinden, und immer wieder nannte man ihr eine andere Anlaufstelle für Reklamationen. Da sie sichtbar nur ein Dienstmädchen war, wurde sie auch nicht gerade hofiert. Nun war sie ein Mensch, der nie die Contenance verlor, doch nach einer Viertelstunde taten ihr so die Füße weh, daß sie an die nächstbeste Tür klopfte, schnell eintrat und sich mit den Worten »Ich geh' nicht weiter, als bis mir einer das hier abnimmt!« auf einen herumstehenden Stuhl fallenließ und das schön eingewickelte Kostüm ihrer Gnädigen hochhielt wie ein Kuchenpaket.

»Hier ist die Buchhaltung«, sagte einer der Männer, kaum von seinem Stehpult aufsehend.

Anna überhörte es. »Frau von Wilkersdorff kauft immer bei Ihnen, und ihr Mann ist ein hohes Tier beim Reichsminister.«

»Umtausch bitte in der zweiten Etage, hier ist die Buchhaltung.«

»Mit zwanzig Prozent Nachlaß sind wir auch zufrieden.«

»Da müssen Sie sich bitte an die Direktion wenden, Zimmer ...«

Nun wurde Anna doch ein wenig unwirsch. »Ich bleibe hier sitzen, bis ich das Geld habe ... oder ein neues Kostüm.«

»Wollen Sic, daß wir die Polizei holen?«

»Ja.« Anna fühlte sich so im Recht, daß sie nichts befürchtete.

»Nun also ...«

In diesem Moment erhob sich eine Frau etwa in Annas Alter, die am Tisch in der Ecke hochkonzentriert Zahlenkolonnen addiert hatte, und wandte sich an Anna und den Kollegen. »Lassen Sie nur, Herr Heinrich, ich bringe die Dame schon schnell in die richtige Abteilung ... Das spart uns allen Ärger.«

Als der Name Heinrich fiel, war Anna etwas verwirrt. Mußte denn hier alles Heinrich heißen?! Dann aber stand sie willig auf und folgte der jungen Buchhalterin. In kürzestes Zeit war alles erledigt: Anna bekam ein neues Kostüm derselben Größe und Farbe ausgehändigt und dazu noch eine Bonbonniere für die Gnädige mit einem angehefteten Entschuldigungsschreiben der Direktion. Sie bedankte sich und fuhr frohgestimmt wieder nach Hause. Sie dachte später noch einmal kurz an ihre Wohltäterin, war aber überzeugt, daß sie sie in dieser Riesenstadt, die Berlin geworden war, nie wiedersehen würde. Doch da sollte sie sich geirrt haben.

Ein Vierteljahr später, es war nun Mai geworden, war sie wieder einmal auf dem Weg in die große Markthalle am Marheinekeplatz, wo nun schon seit zwanzig Jahren alles unter einem Dach zu finden war. Das Mädchen vom Geheimrat nebenan hatte sogar ein Gedicht darüber geschrieben, und Anna kannte es halb auswendig: *So bei die Buden stehn zum Inzukoofen, / Det kricht ick schon von Kindheit uf nie dick; / Mir zingert's orndtlich in de Einjeweide – / Marchthalle, du bist meine jroße Freide!*

Zuerst lief sie zum Fischhändler – und wurde sofort von einem der Aufseher angefahren: »Heh, Sie, det Drücken der Karpfen zwecks Feststellung des Rogens ist vaboten!« Seit vor einiger Zeit die konkurrierenden Fleischer ihre unbewachten Rinderhälften gegenseitig so zugerichtet hatten, daß sich das Fleisch nicht mehr verkaufen ließ, herrschte hier ein etwas gereizter Ton. Am liebsten kaufte sie bei Seifen-Losch gleich am Eingang, wo es immer so wunderbar roch, und beim Obst- und Gemüsehändler C. Krak an den Ständen 215-218, weil da die eine Verkäuferin aus Züllichau kam und man immer ein wenig über die alte Heimat plaudern konnte.

Da nun ließ sich die junge Buchhalterin aus dem Kaufhaus Rudolph Hertzog gerade Bananen auswiegen.

»Was denn: Sie auch hier?« rief Anna.

»Ja, wir wohnen zwar hinten in der Wrangelstraße, aber ich muß zur Versammlung hier um die Ecke und habe nichts zu essen dabei.«

Spontan sagte Anna, daß sie doch schnell zu ihr in die Küche kommen sollte. »Da steht immer was auf dem Herd.«

»Wenn das die Gnädige merkt!«

Anna winkte ab. »Die ist nicht so, obwohl se 'ne ›von‹ ist.«

Die junge Buchhalterin lächelte. »Trotzdem ... Wir organisieren gerade einen Dienstbotenverein und wollen die Lage der Dienstmädchen und -boten verbessern ... Uns geht es um eine bessere Stellenvermittlung, um eine ordentliche Krankenversicherung, um die Reform der Gesindeordnung und generell um die Einführung des Wahlrechts für Frauen.«

Anna staunte. »Alles nur so ...?«

»Ich bin überzeugte Sozialdemokratin.«

»Wir sind königstreu und gottesfürchtig!« rief Anna Walter und sah sich schon nach einem Schutzmann um.

»Und wir sind keine Menschenfresser. Wie ist es denn: Darf ich Sie einladen, mich einmal zu Hause zu besuchen. Marie Quade ist mein Name, Wrangelstraße 58, zwischen Falkenstein- und Cuvrystraße.«

Die Wrangelstraße ... Da waren doch irgendwo die Kasernen. Anna fuhr mit der Hochbahn von der Möckernbrücke bis zum Schlesischen Tor und ging dann Richtung Schlesischer Busch. Da war sie auch schon, die Hausnummer, zu der sie wollte, auf der rechten Straßenseite. Dennoch war sie ein wenig verwirrt, denn ganz automatisch wollte sie das Haus durch den Eingang für Dienstboten betreten, doch hier gab es keinen. Personal konnte sich in den Mietskasernen von SO 36 kaum jemand leisten. Der Stille Portier füllte die halbe Wand des Flures. Viele Mieter waren anzuzeigen: aus dem Vorder- und dem Hinterhaus und den beiden Seitenflügeln. Der Name *Quade* fand sich im Vorderhaus, vier Treppen, Mitte rechts. Sie stieg nach oben und hielt ihren Blumenstrauß bereit. Man sollte ihr nicht nachsagen, daß sie keine Bildung hatte. Als sie dann die Hand am Klingelzug hatte, zögerte sie doch ein wenig. Das waren doch alles Fremde für sie. Unwillkürlich machte sie einen Schritt zurück zur Treppe und blieb unschlüssig stehen, bis sie drinnen im Korridor Geräusche hörte, Schritte. O du mein himmlischer Herrgott! Die Tür ging auf, es war Marie Quade.

»Herzlich willkommen, liebe Anna!« rief sie und schloß sie in die Arme. »Immer hereinspaziert, der Kaffee steht schon auf dem Tisch.«

Die ganze Familie saß beisammen, und Anna hatte Mühe, sie alle auseinanderzuhalten. Sie gingen um den Tisch herum, und die neue Freundin stellte alle Familienmitglieder der Reihe nach vor.

August Quade war Mitte vierzig und erinnerte sie an einen verwitterten bayerischen Bergbauern, wie er in Öl bei den Korthaases an der Wand gehangen hatte – zumal mit seiner Shagpfeife im linken Mundwinkel. »Er ist ein begnadeter Kunsttischler, mal hier in Berlin in der Nähmaschinenfabrik bei Pfaff, mal in St. Moritz, um die Hotels, und mal in Hamburg, um die Luxusschiffe mit Intarsien auszustatten. Er kommt aus der Neumark, aus dem Kreis Soldin.« Das war gar nicht weit weg von Tamsel. Aus der Neumark stammte auch seine Ehefrau Bertha, geborene Meier, die ein Jahr älter war als er. Sie lächelte so lieb und warmherzig, daß Anna sofort Zutrauen zu ihr faßte und sich dankbar auf den Stuhl neben ihr setzte. Als auch die Freundin Platz genommen hatte, sahen die fünf großen Quade-Kinder wie die Orgelpfeifen aus: Marie war mit einundzwanzig Jahren die Älteste, dann folgten Klara mit zwanzig, Martha mit achtzehn, Reinhold mit vierzehn, und Albert mit neun Jahren. Dazu kam Berthold, der aber noch – nur wenig älter als ihr Otto – in der Wiege lag.

»Greifen Sie nur zu«, sagte Bertha Quade und wies auf den großen Kuchenteller. »Alles selbstgebacken.«

Das merkte Anna schnell, denn so gut wie ihrer schmeckte er bei weitem nicht. Aber das tat ihrem Glück keinerlei Abbruch. Endlich hatte sie hier in Berlin eine neue Familie gefunden! Doch so herzlich und harmonisch wie die Quades auf den ersten Blick zu sein schienen, waren sie dann doch wohl nicht, denn schon während des Kaffeetrinkens gab es Streit. Um die Politik und den Kaiser ging es – wie immer.

»Es war so ein erhebendes Gefühl, den Kaiser zu sehen! Auge in Auge.« Martha erzählte von der Einweihung des Teltowkanals im Juni letzten Jahres. Obwohl seitdem ein Jahr vergangen war, zehrte sie von diesem Erlebnis noch immer. Sie sprach mit gespitzten Lippen und so vornehm wie die Offiziersfrauen, die sie im Wäschegeschäft zu bedienen hatte. Verkäuferin war sie geworden.

»Ja, unser Kaiserpaar ...« Ihre Schwester Klara stand ihr kaum nach, wenn es um die Verehrung des Hauses Hohenzollern ging. Auf ihrem Nachttisch stand eine farbige Postkarte, die Wilhelm II. und die Kaiserin Auguste Viktoria anläßlich ihrer Silberhochzeit im Kreise ihrer sieben Kinder zeigte.

Ihr Vater verzog das Gesicht. »Über unseren Kaiser, da jubele ich erst, wenn er abgedankt hat. Und das wird er bald, denn morsch ist das Gebälk.«

Marie stimmte ihm zu. »Wie morsch, das hat uns ja der Hauptmann von Köpenick gezeigt.« Die Sache mit dem Schuster Wilhelm Voigt war zwar auch schon im letzten Herbst passiert, Marie benutzte sie aber immer noch als Munition im Kampf gegen das Preußentum.

August Quade und seine älteste Tochter waren glühende Sozialdemokraten und hielten den Kaiser für einen Popanz der Bourgeoisie.

Zwischen Kaffee und Abendessen wurde bei August Quade immer gespielt, vornehmlich »Gottes Segen bei Cohn«, wozu sie bei Anna in Tschicherzig immer »Schlesische Lotterie« gesagt hatten, aber auch Domino und Quartett standen hoch im Kurs. Oft ging es um kleine Geldbeträge, obwohl Bertha Quade immer warnte: »Der Spieler wird von Gott verachtet, alldieweil er anderen nach dem Gelde trachtet.« Martha tat dies ganz besonders, und jeden gewonnenen Pfennig stopfte sie in ein kleines selbstgestricktes Täschchen, das sie am Rockbund hängen hatte. Anna sorgte einmal für ein gewisses Stirnrunzeln bei den anderen, als sie nach einer Pechsträhne sagte: »Mir ist das Glück im Hintern verfroren.«

Man hielt bei den Quades viel auf gehobene Umgangsformen und eine überdurchschnittliche Allgemeinbildung. Die Kinder sollten alle was Ordentliches werden und immer Obacht geben, wie die es machten, die wohlhabender waren. »Mit den Augen kann man stehlen.« So hatte Reinhold beschlossen, »Koofmich« zu werden, während Albert in die Fußstapfen seines Vaters treten wollte: »Ick werde ooch Tischler, aba mit 'ner eignen Firma.« Gefragt, wie er das denn anstellen wollte, kam die Antwort: »Wir jagen die Burschwasie aus'm Tempel und machen allet alleene.«

»Albert!« rief Martha voller Empörung. »Du bringst uns alle noch um Kopf und Kragen.«

»Ja«, stimmte ihr Klara zu. »Wenn die jungen Männer dich hören, lädt uns keiner mehr zum Tanzen ein.«

Die beiden setzten darauf, durch geschicktes Heiraten in die höheren Stände aufzusteigen, und gaben sich, was Frisuren, Kleidung und »vornehmes Getue« betraf, auch alle Mühe, den Männern zu gefallen. Martha setzte dabei auf die Karte »englische Gouvernante«, während Klara mehr auf die »flotte Motte« aus war und sich zu diesem Zwecke auch Claire nannte, gesprochen: Kläre – also das e hinten mitgesprochen. Daß ihr Vater wie ihre ältere Schwester darüber spotteten, etwa mit Sprüchen wie »Pommersche Beene, aber Pariser Schuhe«, störte sie wenig.

Marie hingegen setzte ganz auf ihre eigene Kraft und wollte nur durch sie wer sein. Früh hatte sie sich in der sozialen Bewegung engagiert und nutzte jede freie Minute, um sich im sozialdemokratischen Arbeiterbildungsverein das anzueignen, was ihr in der Schule vorenthalten worden war.

Anna galt bald als Familienmitglied, obwohl sie doch ganz anders war als die drei Mädchen. Bei Martha und Klara hatte sie immer das Gefühl, einer »Gnädigen« gegenüberzustehen, doch mit ihnen teilte sie die Liebe zum Kaiserhaus, zu den großen Kaufhäusern und berühmten Sängerinnen wie Emilie Herzog, die Donna Anna in *Don Juan,* und Therese Rothauser, die *Carmen,* und Schauspielern wie Otto Sommerstorff, Harry Walden, Franz Schönfeld und Max Paregg.

Marie war ihr vom Kopfe her um vieles überlegen, doch sie zog sie den beiden anderen vor, weil sie so herzensgut und einfühlsam war.

Mit den Quades ging sie an ihren freien Nachmittagen in die Museen und abends ins Theater, oft aber auch in Restaurants, Destillen oder Biergärten. August Quade, der ja viel in der Welt herumgekommen und auch in Süddeutschland und in der Schweiz gewesen war, hatte ein besonderes Faible für bayerische und fränkische Biere, wobei er dem Tucherhaus den Vorzug gab, das an der Ecke der Friedrich- und Taubenstraße lag. Anna konnte nicht glauben, mitten in Berlin zu sein, zu exotisch wirkten der nachempfundene braunrote Sandsteinsockel, die bunt bemalte Fassade, die barocken Erker und die kleinen spitzen Giebel. Fast genauso schön war das Spatenhaus ein paar Häuser weiter in der Friedrichstraße. Öfter aber waren sie bei Aschinger am Moritzplatz, denn dorthin schaffte man es von der Wrangelstraße in einer Dreiviertelstunde zu Fuß. Das Geld für die Hochbahn hatte man nicht übrig, und wenn es in der Kasse gewesen wäre, dann hätte August Quade dennoch auf dem Fußmarsch bestanden, »weil et für alle so jesund is«. Am Moritzplatz gab es aber nicht nur die Bierquelle, sondern auch Café und Konditorei, so daß auch die Damen auf ihre Kosten kamen. Insbesondere Martha und Klara hatten es schon gern etwas gehobener, und ganz hoch in ihrer Gunst standen da die Weinstuben Trarbach in der Behrenstraße mit ihrem Rosensaal. Trotzdem reichte das den beiden manchmal nicht.

»Martha ...?«

»Ja, Claire ...?«

»Weißt du, wovon ich träume?«

»Nein.«

»Daß wir einmal zum Tanztee ins Esplanade gehen, in den Palmengarten.«

»Du, ich auch.«

Da konnte Marie nicht mehr länger an sich halten. »Und ich träume davon, daß man alle Schmarotzer, die da ihren Tee trinken, rauswirft und aus dem Palmengarten ein Erholungsheim für Mütter mit sechs Kindern macht – damit unsere Mutter auch mal was hat.«

Anna hatte sich nie Gedanken darüber gemacht. Wozu auch? Ob sie sich nun welche machte oder nicht, ändern tat sich ja doch nichts. Also konnte sie es auch lassen.

Gerne ging man auch in den Lunapark, fuhr am Pfingstsonntag zum Frühkonzert in den Zoo, saß in Treptow in der Abtei und im Eierhäuschen und versäumte natürlich nicht, zur Baumblüte nach Werder zu fahren, wo man zumeist in der Bismarckhöhe Einkehr hielt, sofern noch Tische frei waren. Anna brauchte sich keine Sorgen zu machen, daß sie den Obstwein nicht vertrug, denn von Tschicherziger Winzerfesten war sie einiges gewohnt. Trotzdem war sie immer ziemlich »dick und duhn«.

Wenn es am Sonntag bei schönem Sommerwetter richtig ins »Jriene« ging, bevorzugte man die Örtlichkeiten, die sich mit der Görlitzer Bahn vergleichsweise bequem erreichen ließen, und fuhr entweder bis Grünau oder bis Eichwalde-Schmöckwitz. War man in Grünau ausgestiegen, gab es zwei Möglichkeiten: Entweder man lief zu Fuß zur Bammelecke am Langen See, lagerte und badete dort, oder man ließ sich mit der Fähre übersetzen, um auf die Müggelberge zu wandern und dann in einem der beliebten Ausflugslokale – Marienlust oder Schmetterlingshorst – am anderen Ufer des Langen Sees zu essen und zu trinken. In jenen Jahren verdiente August Quade nicht schlecht und konnte sich das ab und zu leisten. Kam man in Eichwalde-Schmöckwitz an, war rund eine Stunde durch Wald und Siedlungsland zu wandern, ehe man sich an der Badewiese hinter der Schmöckwitzer Brücke in den Sand fallen lassen konnte.

Diesen Ausflug nach Schmöckwitz liebte Anna ganz besonders, weil hier auf der Spree-Dahme-Wasserstraße ab und an auch

Schleppzüge vorüberkamen. Dann kniff sie die Augen zusammen und suchte nach den Namen der Kähne und der Schlepper. Kannte sie einen von der Oder her? Vielleicht war Reinhold unterwegs nach Königs Wusterhausen. Wenn nun ihr Schwager Wilhelm mit der »Ella« kam und ihr Otto mit seiner Tante Emma oben am Steuerhaus stand, was dann ...? Sollte sie aufspringen und winken oder sollte sie sich verschämt zur Seite wenden. »Seht mal die Anna, die hat erst ein Kind in die Welt gesetzt und dann nichts mehr von ihm wissen wollen.« Sie nahm einen Schluck aus der Weißbierkruke, um auf andere Gedanken zu kommen.

Schön war es auch, mit geschlossenen Augen auf der Decke zu liegen und dem Tuten der Ausflugsschiffe zu lauschen. »Damper tuten«, sagte sie immer, denn mit bestimmten Worten tat sie sich schwer. So konnte sie nicht Dampfer sagen, aber auch nicht Knochen und Elektrische. Der »Nochen« und die »Lektrische« waren das bei ihr.

Die alte Schmöckwitzer Brücke war aus Holz und ließ sich über der Fahrrinne ebenso hochklappen wie die in Tschicherzig, nur sah sie etwas mehr nach Holland aus. Den Anblick der Fahrgastschiffe liebte sie. Wie dicke weiße Schwäne sahen sie aus, die Berliner »Dampfer«. Und wunderschöne Namen hatten sie: »Theodor Fontane«, »Adolf v. Menzel«, »Prof. Rudolf Virchow«, »Graf H. Moltke« und »Fürst O. Bismarck«. Ganz neu in diesem Jahr waren die »Leopold von Ranke« und die »Werner von Siemens«. Aber die fuhren nicht den Zeuthener See entlang. Hoffen konnte sie nur auf die »Sterne« der Stern-Reederei: die Schiffe »Orion«, »Jupiter«, »Venus«, »Saturn« und »Sirius«. Die fuhren manchmal bis nach Teupitz hinauf. Als Kind der Oder hatte sie ein besonderes Gedächtnis für die Namen und die Formen von Dampfern und Kähnen. Stundenlang hatten sie auf der Brücke gestanden und gespielt: »Wer kann als erster erkennen, wie der Dampfer heißt?« Viele schwarze Schleppdampfer hatte es gegeben, aber der Raddampfer »Adler«, das war ihr absoluter Liebling gewesen.

Nachdem sie sich etwas abgekühlt hatten, gingen sie ins Wasser. Marie schwamm hinüber ans andere Ufer der Dahme, Anna, die beiden Schwestern und Reinhold kamen da nicht mit. August und

Bertha Quade konnten nicht schwimmen, und Albert lernte es gerade mit Hilfe von zwei zugelöteten Blechbüchsen, die ihm unter Brust und Bauch gebunden wurden.

Nach dem Baden wurde der Picknickkorb geöffnet, den sie abwechselnd und ohne Murren vom Bahnhof hergetragen hatten. Wie immer gab es Buletten mit Kartoffelsalat und als Nachtisch Grießpudding mit Himbeerkompott.

»Jetzt kann ich es mit jedem aushalten, der vierzehn Tage nischt gegessen hat«, sagte August Quade und wischte sich den Mund mit seinem Hemdsärmel ab, worauf seine Tochter Martha sehr pikiert guckte.

»Vater, man blamiert sich ja mit dir.«

»Morgen wird es in der Zeitung stehen.« August Quade angelte sich eine übriggebliebene Schrippe aus dem Korb und begann, sie mit Messer und Gabel zu essen. »Ist euch das nun vornehm genug?«

Klara stöhnte auf. »Wenn das einer sieht ... Wie soll man denn da jemals einen Mann bekommen?!«

»Meinst du, der Kronprinz steht hier hinterm Baum und sieht uns zu?«

»Kinder, vertragt euch!« rief Marie.

Ihre Mutter unterstützte sie. »Wenn ihr denkt, hier ist der Reichstag – hier ist nicht der Reichstag.«

August Quade lachte. »Daß sie da über Klaras und Marthas Männer reden, ist mir neu. Eher schon über Annas Mann, das heißt über seine Firmenpleite und die neuen Konkursgesetze. Hast du denn mal wieder was von diesem Heinrich Bosetzky gehört?«

»Nein«, antwortete Anna und nahm, wie sie das so an sich hatte, zur Unterstützung ihrer »Mir-geht-das-nichts-an-Haltung« die Handtasche auf den Schoß. Da sie noch immer ihren Badeanzug mit den vielen Rüschen anhatte, sah das ein wenig komisch aus, gab ihr aber den notwendigen inneren Halt für diese Diskussion.

»Anna, wie oft habe ich dir gesagt, daß du dich um deine Abfindung kümmern sollst. Leute wie dieser Bosetzky sind Stehaufmännchen, und da ist immer was zu holen. Nächste Woche schleppe ich dich mal zu einem Anwalt.«

Nach dem Mittagessen ging es wieder beschaulich zu, und jeder ließ sich treiben. Bertha Quade machte ein Nickerchen und schnarchte nicht schlecht. Klara und Martha dachten schon an die Weihnachtsgeschenke und häkelten Deckchen. Marie lag auf der Decke und las, was Franz Mehring über die soziale Lage der Frau geschrieben hatte. Reinhold hatte sich einem fliegenden Händler als Gehilfe angedient und half ihm beim Verkauf von Eis und Kuchen. Sein kleiner Bruder Albert kniete unten am Wasser und baute den Osthafen nach. August Quade sagte: »Ich geh' mal in die Pilze« und verschwand im nahen Wald. Auch Anna dachte ans Kulinarische und watete im seichten Wasser, um Krebse zu fangen. Sie hatte darin eine ungeheure Ausdauer und schon etliche dieser Tiere in ihrer Salatschüssel gefangen, als Klara und Marie oben am Ufer auftauchten.

»Erkälte dir nicht die Blase, Annekin!« rief Marie, immer besorgt. »Komm mal raus aus dem Wasser.«

»Ja, schnell!« Auch Klara war dafür und winkte aufgeregt. »Aber nicht wegen der Blase, sondern weil der Hakenmann dich holt, wenn du ihm alle Krebse wegnimmst.«

»Claire, du mit deinem Aberglauben!«

»Das ist kein Aberglauben, Mariechen! Warum ertrinken denn so viele Menschen?«

»Huuuch ...!« schrie Anna in diesem Augenblick und glaubte wirklich, ein böser Wassergeist würde sie auf den Grund des Flusses ziehen. Doch sie war lediglich in ein Loch getreten und schnell wieder aufgetaucht. Die Krebse hatte ihre Chance genutzt und waren allesamt entkommen.

»Ich sage ja: Der Hakenmann hat seine Lieblingsspeise nicht hergeben wollen.« Klara fühlte sich in ihrer Sicht der Dinge voll bestätigt.

Anna kletterte auf die Grasnabe und ging zum Lagerplatz der Quades, um sich den Badeanzug aus- und ihr Kleid wieder anzuziehen, wobei ihr Mutter Quade mit einem riesigen Bettlaken Hilfestellung gewährte, obwohl sie immer wieder meinte: »Dir wird schon keena wat abgucken.« Dann ging sie zum Ufer zurück, wo inzwischen alle drei Schwestern standen und philosophierten.

»Hier möchte ich einmal eine Parzelle haben ... mit einem kleinen Häuschen drauf.« Maries Blicke gingen über das Wasser, wo der Dorfanger von Alt-Schmöckwitz lag. »Wasser, Wald und frische Luft ... Herz, was willst du mehr? Bald soll es auch eine Straßenbahn von Grünau nach Schmöckwitz geben, dann könnt ihr mich jedes Wochenende besuchen kommen.«

»Keine Parzelle, ein Boot müßten wir haben«, sagte Martha.

»Ja, eine Motoryacht.« Das war Klaras großer Traum. »So groß, daß man darauf eine Gesellschaft geben kann.«

»Mir würde schon ein Ruderboot reichen.«

»Du und rudern!«

»Nein, ich sitze hinten und halte das Steuer.«

Anna lachte. »Ihr könnt ja mal mit mir nach Tschicherzig kommen und sehen, daß ihr 'n Oderschiffer abbekommt.«

Doch da protestierten beide, denn als Mann wünschten sie sich ja jemanden aus den höheren Ständen, einen Kaufmann, Arzt, Anwalt oder Ingenieur. »Und so wie wir gebaut sind, da kriegen wir den auch.«

»Gott, Mädchen, da seid ihr aber schief gewickelt!« August Quade war mit seinem Korb, in dem sich einige wenige Pilze verloren, aus dem Wald getreten und hatte heimlich gelauscht. »Einen Leutnant müßt ihr nehmen. Guckt euch mal die Hofrangordnung an. Jeder Leutnant ist hoffähig, aber kein Bürgerlicher – und wenn er noch so gebildet ist. Ein Oberst gehört in die 35. Rangstufe, der Berliner Bürgermeister aber nur in die 39.«

Seine älteste Tochter stellte fest, daß wohl keine einen Soldaten wollte, weil er ihnen das Militär von Anfang an vermiest habe. »Was ja auch gut ist. Und außerdem: Eine Frau muß es durch ihr eigenes Können im Leben zu etwas bringen, nicht durch die Heirat.«

»Richtig«, sagte Anna. »Ich will meinen eigenen Kohlenkeller haben.«

Klara lachte. »Hoch hinaus in den Keller!«

In diesem Moment kam ein kleines Segelboot vorbei, das sehr nach Eigenbau aussah. An Bord befanden sich drei Männer, die sehr fesch aussahen und offensichtlich Brüder waren. Der eine schwenkte seine Mütze.

»Hallo, Fräulein Quade, wie kommen Sie denn hierher?«

Gemeint war offensichtlich Marie, denn sie errötete und war so perplex, daß sie so schnell nichts zu erwidern vermochte. Das tat Klara an ihrer Stelle, die von allen dreien am wenigsten auf den Mund gefallen war. »Mit dem Zeppelin, mein Herr, und nur Ihretwegen!« Zugleich fragte sie ihre ältere Schwester zischelnd, wer denn das wohl sei.

»Unser Elektroinstallateur aus dem Kaufhaus, Herr Oskar Schattan.«

»Was denn: Den Vornamen weißt du auch schon?«

»Ich kenne den Vornamen von vielen hundert Herren ... Ich schreibe schließlich ihre Lohn- und Gehaltsstreifen. Außerdem waren wir einmal zusammen in derselben Tanzstunde.«

»Na, das läßt ja tief blicken.«

Oskar Schattan ließ sein Boot eine kleine Schleife fahren und kam so dicht ans Ufer heran, daß es unter seinem Kiel schon knirschte. »Das sind meine beiden Brüder Paul und Adolf. Wie ist es denn: Wollen wir nicht nebenan in der ›Palme‹ gemeinsam Kaffee trinken?«

Marie druckste ein wenig herum. »Wir sind ja mit der ganzen Familie hier ...«

»Familie ist doch schön! Kommen Sie über die Brücke, wir legen drüben an.«

So ging auch dieser Tag vergnüglich zu Ende. Als Höhepunkt des auslaufenden Sommers gab es dann am 2. September den »Sedanstag«. Anna stand mit Klara und Martha in der Belle Alliancestraße, um dem Kaiser zuzujubeln, als er nach der Truppenparade auf dem Tempelhofer Feld zurückritt ins Schloß.

»Mich hat er ganz besonders lange angesehen!« rief Anna.

»Mich auch!«

»Nein, mich.«

So zwingend pflegte Wilhelm II. die Menschen zur Linken und Rechten zu mustern, daß jeder meinte, gerade ihn habe »S. M.« ganz besonders ins Auge gefaßt. Die Zurufe schwollen an, und der Kaiser grüßte mit dem Marschallstab.

»Das war der schönste Tag in meinem Leben«, sollte Anna nachher ausrufen. »Was für ein Mann!«

»Ooch der macht beim Kacken die Knie krumm«, sagte August Quade daraufhin.

Aber Anna Walter ließ sich dadurch die Liebe zu ihrem Kaiser nicht nehmen. In jeden freien Stunde stand sie im Winter vor dem Schloß, wenn das Kaiserpaar dort residierte und der Adel ringsum von seinen Gütern kam, um sich bei Hofe zu zeigen. Im Januar war sie gleich zweimal zur Stelle: Am 18., dem wichtigsten preußischen Gedenktag, an dem der Kaiser den Schwarzen Adlerorden verlieh, und am 27., dem Geburtstag des Kaisers. Da wehten auf allen öffentlichen Gebäuden die schwarz-weiß-roten Fahnen des Reiches und die Farben Preußens: weiß-schwarz. Viele Private schlossen sich an, und es gab kaum ein Schaufenster, in dem nicht inmitten reicher Dekorationen ein Kaiserbild stand, blumengeschmückt. Am Abend leuchteten in stillen Seitenstraßen Kerzen in den Fenstern, und in der Innenstadt wetteiferten die großen Unternehmen mit phantastischen Illuminationen. Die beiden jüngeren Quade-Schwestern und Anna Walter hatten sich festtäglich gekleidet und bewunderten die Pracht der Schaufenster und Fassaden.

»Ist das nicht herrlich?!« rief Klara und umarmte Anna. »So etwas kann man nur in Berlin erleben.«

Auf dem Umgang der Schloßkuppel ließen die Bläser der 2. Garde-Dragoner einen Choral erklingen. Die drei jungen Frauen standen mit heißem Herzen in der Nähe des Zeughauses und erbebten, als die Leibkompanie des 1. Garde-Feldartillerie-Regiments unter Trompetenklang vorbeimarschierte.

»Hör mal, die Salutschüsse!« rief Anna.

»Die Gratulationscour beginnt«, wußte Martha.

In langer Reihe eilten die Offiziere ins Zeughaus, eine Uniform prächtiger als die andere. »Wie im Märchen«, hauchte Anna.

Um halb eins erschien der Kaiser mit seinen Söhnen zu Fuß vor dem Zeughaus.

»Da ist die Kaiserin, da ist die Kaiserin!« rief Anna und entdeckte den Galawagen. Und in diesem Augenblick war sie die Kaiserin, sie selbst, und weil sie es war, erschien ihr das Leben als ein wunderschönes Geschenk ihres himmlischen Herrgotts. »Herr, ich danke dir, daß ich das miterleben darf.« Das hier ging sie an.

»Gott, Ihr seid ja alle drei meschugge.« Marie Quade konnte nur mitleidig den Kopf schütteln, als sie ihr am Abend Bericht erstatteten.

»Das verstehst du nicht, Mariechen«, sagte Anna. »Der 27. Januar ist für mich der schönste Tag im Jahr – noch schöner als Weihnachten.«

»Den 24. Januar hast du darüber ganz vergessen«, sagte Marie Quade mit einem leichten Vorwurf in der Stimme.

»Wieso?« fragte Anna.

»Da hat dein Otto Geburtstag gehabt, da ist dein Otto zwei geworden.«

Die Zeit verging im Sauseschritt, und ehe sich's Anna richtig versehen hatte, war es schon wieder Sommer geworden, der Sommer des Jahres 1908. Ihr Otto war jetzt schon zweieinhalb Jahre alt, und sowohl die Gnädige als auch ihre Freundin Marie drängten sie, doch einmal für mindestens eine Woche nach Tschicherzig zu fahren und sich intensiv um den Kleinen zu kümmern. »Er weiß ja sonst gar nicht, daß du seine Mutter bist.«

Anna murmelte Unverständliches. Nicht daß sie ihren Sohn vergessen hätte, aber sie konnte sich auch nur schwer vorstellen, ihn jeden Tag um sich zu haben. Dieses dauernde Geschrei und Gewusel. Alles mußte man in Sicherheit bringen, alles wurde verschleppt, nachdem es vorher noch angesabbert worden war. Und sie haßte nichts mehr als Schmutz und Unordnung. Anderer Leute Kinder machten ihr schon Arbeit und Ärger genug.

»Emma schreibt doch, daß sie froh und glücklich mit Otto ist.«

»Paß mal auf, wenn sie erst eigene Kinder hat.«

»Noch hat sie ja keine.« Anna ahnte aber, daß sie eines Tages nicht umhinkommen würde, Otto zu sich zu nehmen. Aber wie denn? Wo sollte er den ganzen Tag bleiben, wenn sie arbeitete? In ein Heim wollte sie ihn auch nicht geben. Blieb nur der Ausweg, daß sie einen Mann für sich und ihren Otto fand. Aber wo immer einer mit ihr anbändeln wollte, nahm der schnell Reißaus, wenn sie durchblicken ließ, daß sie schon ein Kind hatte, ein uneheliches noch dazu.

Marie Quade scheute sich nicht, ihr die Leviten zu lesen. »So geht das nicht weiter mit deinem andauernden: ›Mir geht das nichts an.‹ Außerdem heißt es: mich. Mich geht das nichts an.«

»Dann misch dich doch nicht ein, wenn es dich nichts angeht.« Anna war schon zu lange in Berlin, um nicht auch frech und schlagfertig zu sein.

Die Freundin sah es ihr nach und blieb bei ihrer Meinung. »Ein Kind gehört auf die Dauer zur Mutter, die Mutter zum Kind. Obwohl ...« Wenn nun die Schwester die bessere Mutter sein sollte?

Anna baute auf dieses Obwohl und vermied es weiterhin, sich mehr als alle halbe Jahre einmal in Tschicherzig sehen zu lassen. »Die sind ja mit ihrem Kahn doch nie da.« Das war allerdings ein Argument. Und um selbst auf der »Ella« mitzufahren, gab es dort zuwenig Platz für sie, auch hätte ihr die Gnädige nicht so lange freigegeben. Sie schrieb nach Tschicherzig an ihre Schwägerin Pauline und bat sie, dafür Sorge zu tragen, daß der Brief irgendwie an Bord der »Ella« kam, durch die Post, durch Reinhold oder durch irgendwelche anderen Oderschiffer. Das dauerte, und Emma konnte ja nie im voraus sagen, wann sie wo sein würden, weil da viel zu viele Imponderabilien waren: Bei Hoch- oder Niedrigwasser lag man fest und wußte nie, wann es weitergehen würde. Keine der üblichen Wartezeiten war voll berechenbar: das Warten auf die Ladung, das Warten auf einen Schleppdampfer, das Warten darauf, daß alles ausgeladen war. Ende Juli aber war alles geklärt, und Emma wollte am 1. August 1908, wenn die »Ella« von Berlin nach Kosel unterwegs sein würde, in Tschicherzig von Bord gehen und mit dem kleinen Otto so lange dort bleiben, bis der Kahn wieder aus Oberschlesien zurück war.

Diesmal stand jemand am Bahnhof, um sie abzuholen, und zwar die dicke Pauline. Die Trittbretter waren hoch, der Bahnsteig niedrig – und so fiel Anna ihrer Schwägerin im wahrsten Sinne des Wortes in die Arme. Die hielt dem Aufprall zwar mühelos stand, schrie aber auf, weil ihr ständig die Gelenke schmerzten. »Immer diese feuchte Luft unten am Fluß ... Meine Gicht, mein Rheumatismus!«

Anna entschuldigte sich und hob ihre Reisetasche aus dem Waggon. Jetzt war es ein Uhr, und sie hätte eigentlich zu Hause das Essen für Heinrich und Luise fertigkochen müssen. Hoffentlich schaffte die Gnädige das allein, und die Kinder hatten keinen Hunger zu leiden. An Heinrich und Luise hing sie immer mehr, das waren ihre Kinder. Otto hingegen, der gehörte zu Emma. Otto war nicht ihr Kind, Otto war ihr Neffe.

Pauline hatte ihren Hermann mitgebracht, der schon groß genug war, einiges anzustellen, was die Erwachsenen in Rage versetzte. Zum Beispiel die Handweiche eigenmächtig umzulegen, um den Zug nach Kontopp aufs Abstellgleis zu schicken, wo sich viel besser Lokführer spielen ließ.

»Hermann, wirst du wohl! Weg da!« Fast wäre ihm der Fuß abgequetscht worden. Pauline stürzte hin, riß ihn von den Gleisen fort und verpaßte ihm links und rechts ein paar, daß er ordentlich rote Ohren bekam.

Anna verfolgte es mit Grausen. »Kleine Kinder – kleine Sorgen, große Kinder – große Sorgen«, dachte sie. »Was Emma da noch bevorsteht ... Mir geht das nichts an.« Warum war sie eigentlich hier, wenn die Dinge so lagen? Am liebsten wäre sie in den Gegenzug gestiegen und nach Berlin zurückgefahren, doch der kam erst eine Stunde später.

Als der Bahnhofsvorsteher den Zug nach Kontopp abgefertigt hatte, kam er auf sie zu. »Na, da ist ja unser Fräulein Mutter ... Auch wieder mal in Tschicherzig?«

»Hätt' ich meine Gnädige schicken sollen?«

»Wenn die Sozialdemokratie erst an der Macht ist, dann wird's wohl so kommen.«

»Gott sei Dank haben wir ja unseren Kaiser«, sagte Anna.

Jetzt war Hermann so weit gebändigt, daß man sich auf den Weg machen konnte. Pauline kam mit dem üblichen Familienklatsch: daß sich Reinhold und Fritz wieder einmal gezankt hatten, daß ihre Mutter, eine geborene Fechner, immer wunderlicher würde, daß einer aus der Fechnerschen Familie als Clown im Circus Busch gelandet sei ... und und und ... Anna hörte gar nicht mehr hin.

Endlich waren sie bei Reinhold im Haus. Ihr Bruder hatte aber noch Behördengänge zu erledigen und war noch nicht aus Züllichau zurück. Essen gab es auch nicht, Pauline wollte damit warten, bis alle da waren. Das Hinterteil der »Pauline II«, auf dem Anna nach Ottos Geburt gewohnt hatte, war nun endgültig verschrottet worden, und sie bekam eine Kammer im Keller. Anfangs wollte sie dagegen protestieren, aber es roch hier so schön nach Kohlen, daß sie es ließ.

Kaum hatte sie sich ein wenig frisch gemacht, rief Pauline von oben, daß sie sich nun auf den Weg zum Hafen machen sollte, denn die »Ella« käme bald. »... mit Wilhelm, Emma und deinem Otto.«

Fast hätte sie nach oben gerufen: »Das ist nicht mein Otto!« Die Begegnung mit ihrem eigenen Kind schreckte sie mehr als die mit einem Frauenmörder. Sie zitterte am ganzen Leib, als sie auf die Straße trat. Dabei waren es dreißig Grad und mehr. Warum konnte sie nicht zu Hause in ihrer Küche sitzen und die Reste ihrer Kinder aufessen? »Heinrich, nimm deinen Reifen und geh auf den Hof. Luise, du solltest erst deine Schularbeiten machen – ich nehm' dir *Auerbach's Kinder-Kalender* gleich wieder weg.«

In dieser Stimmung trat sie auf die Oderbrücke und sah stromab. Doch gleich hinter Tschicherzig kam der große Oderbogen, und weit konnte ihr Blick nicht wandern.

Das erste, was sie vom Schleppzug bemerkte, waren die beiden nebeneinanderliegenden Schornsteine des Dampfers, die höher waren als die Bäume auf der Innenseite des Oderbogens. Es sah immer komisch aus, zumal wenn schwarzer Rauch aus ihnen stieg. Anna wußte, daß die Schiffer jetzt zu fluchen begannen, denn die alte Tschicherziger Straßenbrücke war ein großes Ärgernis für sie. Zu eng waren die Joche, zu mächtig die hölzernen Eisböcke, zu langsam der Mechanismus der Mastenklappe.

Sie ging zu dem kleinen Hafen hinunter und wartete, bis die »Ella« aus dem Verband ausgeschert war und langsam an Fahrt verlor. Wilhelm Ziegelmann und sein Schiffsjunge stakten sie die letzten Meter bis zur Kaimauer. Da ging die Kajütentür auf, und Emma erschien, an ihrer Hand einen Jungen von zweieinhalb Jahren, der sich von ihr losmachte und auf die Abdeckung des Laderaums kletterte. Anna fragte sich, wer das wohl sein mochte. Otto nicht, denn als sie den Weihnachten das letzte Mal gesehen hatte, da ... Natürlich war er es, wer sonst. Emma winkte ihr zu, sehr verhalten, wie es so ihre Art war. Sie winkte zurück.

In diesem Augenblick krachte der Kahn gegen die Kaimauer. Otto verlor den Halt, rutschte die Abdeckung, die schräg wie eine Rampe war, mit immer höherem Tempo hinunter, fand keinen Halt mehr, denn eine Reling gab es nicht, fiel ins Wasser und versank sofort.

Gottlieb Paschirbe war Bauer in Glauchow, das man von Tschicherzig erreichte, indem man durch den Ortsteil Oberweinberge ging und dann die Faule Obra überquerte. Er galt als einer der stärksten Männer im ganzen Oderland, ob es nun zu Schlesien oder Brandenburg gehörte. Baumstämme, die andere kaum über den Boden zu rollen vermochten, stemmte er mühelos hoch, und zu seinen bevorzugten Scherzen gehörte es, Eisenstangen zu verbiegen. Und als letztes Jahr beim Winzerfest ein Preisboxer demjenigen zwanzig Goldmark angeboten hatte, der es wagte, mit ihm in den Ring zu klettern, hatte der Mann in weniger als zwei Minuten nicht nur sein Geld, sondern auch mehrere Zähne verloren. Man riet Paschirbe, nach Berlin zu gehen und sein Glück im Boxring zu versuchen, doch er hing zu sehr an seinem Ochsengespann. »Kein Wunder, bei der Ähnlichkeit mit seinen Tieren ...«, spotteten die Männer aus Glauchow und Tschicherzig, die von ihm schon einmal verprügelt worden waren. Dennoch hatte er bald eine Frau gefunden, denn er galt als ausgesprochen gute Partie. Seine Eltern waren tot, und sein Hof war von ansehnlicher Größe. Zur Jahrhundertwende hatte man geheiratet, und vor vier Jahren hatte es Nachwuchs gegeben, die Olga. Alles hatte sich wunderbar entwickelt, bis sich seine Frau letztes Jahr beim Sturz vom Heuboden das Genick gebrochen hatte. Nun saß er allein da mit Hof und Kind und hoffte, daß die Anna Walter ihn nahm. Er kannte sie vom Sehen und hatte Wilhelm Schwalbe sehr beneidet, daß der Anna schon besessen hatte. Reinhold hatte ihm den Mund wäßrig gemacht. »Am besten, du kommst morgen mit der Olga zu uns zum Kaffeetrinken.«

Anna sah ihn vom Kellerfenster aus, wie er mit seiner kleinen

Tochter den Weg heraufkam, und dachte sich nicht das Geringste dabei, wußte gar nicht, daß er verwitwet war. Außerdem saß ihr der Schreck noch in allen Gliedern. Otto hatte zwar alles Wasser schon lange ausgehustet, und der Doktor hatte gemeint, daß da nichts übrigbleiben würde, doch so richtig spielen wollte er noch immer nicht. Statt dessen saß er auf dem Boden und sagte das Vaterunser auf, immer wieder. »Vater unser, der du bist im Himmel, dein Reich komme ...«

»Otto, hör jetzt auf damit.«

»Ja, Tante ...«

»Ich bin nicht deine Tante, ich bin deine Mutter.«

Da weinte er und schrie, daß seine Mutter auf dem Kahn sei und er wieder zu ihr wolle.

»Der Kahn ist schon wieder weg.«

»Aber Mama ist noch da!«

»Deine Mama sitzt hier vor dir.« Anna riß ihn hoch und hätte ihm ein paar hinter die Ohren gegeben, wenn er nicht heute schon genug gelitten hätte. Sie hatte das Bild, wie er versunken war, immer wieder vor Augen. Wie zuerst Wilhelm und dann der Schiffsjunge ins Wasser gesprungen waren, ihn noch zu packen. Emma war wie Anna eine furchtbar schlechte Schwimmerin, und tauchen konnten sie beide schon gar nicht. Die beiden Männer hatten Otto anfangs nicht entdecken können. Zu schmutzig war das Wasser. Zudem hatte er einen schwarzen Kittel an, weil er sich an den Kohlen immer dreckig machte. Da kam er noch einmal nach oben, und Wilhelm schnellte heran, um ihn zu packen. Emma war inzwischen in Ohnmacht gefallen. Anna saß da wie im Theater und konnte nicht fassen, was geschah. Es konnte nicht sein, daß es so etwas wie eben wirklich gab. »Anna, an die Leiter!« hatte Wilhelm Ziegelmann geschrien. »Nimm ihn ab!« Dann hatte er Otto das Wasser aus den Lungen gepreßt und ihn beatmet. »Er schlägt die Augen auf, er schlägt die Augen auf!«

So war der kleine Otto gerettet worden, und daß Anna so apathisch war, regte insbesondere ihre Mutter auf: »Dir wär es wohl am liebsten gewesen, wenn er ertrunken wäre. Dann wärst du ihn endlich los gewesen, den Klotz am Bein.«

Da hatte nun Emma zu weinen begonnen. »Es ist mein Otto, ich lasse mir meinen Otto nicht nehmen.«

»Hör auf zu jammern! Es ist Annas Kind, und ein Kind gehört nun mal zu seiner Mutter. Du schaff dir lieber selber Kinder an. Aber die jungen Frauen von heute sind ja zu dumm, so was zu schaffen.«

Obwohl sie eigentlich alle hätten jubeln müssen, daß ihr Otto noch lebte, war die Stimmung in der Familie Walter ziemlich gereizt. Reinhold bat seine Mutter, doch hier in seinem Haus bitte einen anderen Ton anzuschlagen, worauf sein Bruder Fritz losfauchte, daß man sich nicht habe einladen lassen, nur um beschimpft zu werden.

»Ihr seid ja nicht unseretwegen hier, sondern wegen Anna.«

Anna hatte ihre Handtasche auf den Schoß gestellt und saß steil aufgerichtet da, steif und kerzengerade, den Rücken an die Lehne ihres Stuhls gepreßt. Dabei war ihr Blick so verschleiert, wie man es bei Hühnern sah, als hätte sich eine dünne weißliche Haut straff über die Augäpfel gelegt: Mir geht das nichts an. Manch ein buddhistischer Mönch hätte sie um ihre kontemplative Kunst beneidet, ihre Familie aber regte sich darüber auf. »Anna, aufwachen!«

Aber das tat sie nicht, auch als Gottlieb Paschirbe jetzt den Raum betrat. Aufgeregt und unsicher wie er war, hatte er immer wieder gezögert und war noch ein Weilchen draußen auf und ab gegangen. Und entgegen jeder Absprache mit Reinhold, der sich alles so schön diplomatisch ausgedacht hatte, fiel er sofort mit der Tür ins Haus.

»Guten Tag ... Ich bin hier ... Ich bin mit meine Tochter hier ... um ... um ... um ... dem Fräulein Anna seine Hand anzuhalten.«

Anna hielt das für einen jener Scherze, die Brüder ihren Schwestern gerne spielten, und lachte nur. »Haha, du bist ja schon verheiratet. Was willste denn mit zwei Frauen auf einmal?«

»So wie der Gottlieb gebaut ist, da schafft der das auch mit drei Frauen auf einmal!« Die Männer schlugen sich auf die Schenkel.

»Anna, meine Frau ist tot«, sagte Paschirbe mit einem naiven Ernst, der anrührend war. »Und nun sollst du an ihre Stelle treten.«

»Das ist eine gute Idee!« rief Reinhold. »Und die Olga und der

Otto, die passen ja beide vom Alter her bestens zusammen. O zu O.«

Alle stimmten ihm zu: seine Frau, seine Mutter, sein Bruder Fritz, sein Schwager Wilhelm, nur Emma nicht. Sie hatte ihr Gesicht in ihre Hände gebettet und schluchzte immer wieder auf. »Ich will meinen Otto nicht hergeben.«

Ihr Mann wurde drastisch. »Damit er ein zweites Mal ins Wasser fällt und dann wirklich ertrinkt.«

»Du bist herzlos, Wilhelm!«

»Kann ja sein, aber ich kann wenigstens schwimmen und ihm das Leben retten. Ich bleibe dabei: Der Junge muß vom Kahn und zu seiner Mutter.«

»Und du, Anna, was sagst du dazu?« fragte Reinhold nun.

Anna sah einen nach dem anderen an. Was wollten die von ihr? Es war doch alles gut so, wie es war. Emma liebte den kleinen Otto über alles. Warum sollte man das ändern? Und in Berlin, da war kein Platz für Otto. Als sie das mühsam in Worte gefaßt und ausgesprochen hatte, fielen alle über sie her.

»Das ist doch eine bodenlose Dummheit, so etwas auszuschlagen: In Glauchow wird Otto adoptiert und erbt mal einen großen Hof.«

»So einen Mann wie Gottlieb wirst du nie wieder finden.«

»Otto braucht doch ein Geschwisterchen. Siehst du nicht, wie schön er und Olga zusammen Puppenküche spielen.«

»Mein Kind, dein Kind, unser Kind. Bald kommt noch eins dazu, und dann seid ihr die glücklichste Familie.«

Anna hörte zu, ohne die geringste Regung zu zeigen. Obwohl die anderen in Reichweite saßen, schienen ihre Stimmen von weither zu kommen. Sie sah ihren Heinrich vor sich, wie er bei ihr am Küchentisch gestanden hatte: ein schöner Mann, ein Mann von Welt. Paschirbe dagegen erinnerte sie an den Glöckner von Notre Dame, wie sie ihn in der *Gartenlaube* abgebildet hatten. »Lieber gehe ich ins Kloster«, murmelte sie, »als daß der mich anfassen tut.«

Reinhold wurde immer böser. »Anna, was soll bloß aus dir werden?!«

Anna wandte den Kopf zur Seite, um ihn nicht ansehen zu müssen. Ihr Blick ging durch das hohe Fenster auf die Oder hinunter, wo gerade ein Schleppzug vorüberkam, der Steinkohle für Berlin geladen hatte. Hoch ragten die schwarzen Berge über den Bordrand hinauf. Wieder spürte sie, daß die Kohle irgendwie ihr Schicksal war. Und plötzlich sagte sie laut und ernsthaft, was sie in Berlin schon einmal mehr im Scherz gesagt hatte: »Ich mach' in Berlin 'n Kohlenkeller auf – das soll aus mir werden.«

Alle lachten. »Und das Geld dazu, das bekommst du durch Betteln zusammen und daß du auf die Höfe singen gehst.«

»Irgendwann werde ich von Heinrich 'ne Abfindung für Otto bekommen.«

»Hoffen und Harren macht manchen zum Narren!« lachte Fritz.

»Du hör auf zu lachen: Zahl mir lieber meinen Anteil aus, an Vaters Haus.«

»Auf die Schnauze gefallen biste nich.«

Anna stellte fest, daß eine Stadt wie Berlin einen Menschen stark machte. Allein die Tatsache, daß sie dort lebte, und war es auch nur als Dienstmädchen, hob sie über ihre Verwandten hinaus, mochten die auch noch so viele Häuser und Kähne an und auf der Oder haben, Weinberge oder Äcker.

Paschirbe ließ den Rand seines Strohhutes durch die Finger gleiten und wußte nicht so recht, ob er nun gehen oder bleiben sollte. »Was ist nun mit mir?«

Reinhold überlegte einen Augenblick und kam dann zu einer Entscheidung, die Anna ein wenig Aufschub gewährte. »Am besten, meine Schwester kommt morgen mal zu dir auf den Hof und sieht sich alles an. Das weitere wird sich dann schon finden.«

Anna fügte sich in ihr Schicksal, so wie sich die Enten vor dem Haus in ihr Schicksal fügen mußten, wenn der Teich, in dem sie lebten, am Austrocknen war. Es wurde eine schlimme Nacht, denn Otto wollte nicht bei ihr im Keller schlafen, sondern bei Emma unter dem Dach, obwohl es da so heiß geworden war, daß alle litten.

Ihre Schwester kam und nahm sie in den Arm. »Bitte, Anna, laß mir den Otto so lange, bis ich eigene Kinder haben werde.«

»Meinswegen ja, aber wenn ich den Paschirbe nehmen muß, dann kommt er wohl zu uns.«

»Sicher. Aber mußte du denn den Paschirbe nehmen?«

»Ja, muß ich wohl, denn wer nimmt mich denn sonst noch?«

»Mit dem ...« Emma stellte sich das Unvorstellbare vor. »Der erdrückt dich doch, wenn er ...«

Anna lachte. Wer in Berlin lebte, der wußte, daß es auch anders geht. »Nee, aber ... Ich will meinen eigenen Kohlenkeller haben und keine Bauersfrau sein, nicht seine Magd und seine Sklavin.« Da kam das wieder durch, was sie bei den Quades gehört hatte, über die Ausbeutung der Frau und das alles.

Derart innerlich gerüstet, wagte sie sich am nächsten Morgen mit Emma, Hermann und Otto nach Glauchow. Daß die beiden Jungen mitgekommen waren, gab dem Ganzen den Anstrich eines Ausflugs ins Grüne.

Paschirbe wartete schon und hatte von seiner Magd einen Kuchen backen lassen. Das große Herz aus Zuckerguß, das stammte aber von ihm. Anna sagte, sie »sei gerührt wie Appelmus«. Und in der Tat, Paschirbes Hof imponierte ihr nicht wenig. Hier wäre es ein ganz anders Schalten und Walten als bei den Korthaases und in Riehmers Hofgarten. Als Bäuerin war sie quasi die Gnädige, und die Mägde und Knechte hatten das zu tun, was sie ihnen sagte. Und wenn ihr Otto als Sohn eines Großbauern aufwuchs, stand ihm die Zukunft offen ... Nach seiner Militärzeit konnte er immer noch sehen, daß er in Berlin eine Lehrstelle fand.

Aber ... Nun kam das Aber: Wenn der Gottlieb nur nicht ganz so ungeschlacht gewesen wäre, so klobig und einfältig. Er sah genauso lieb und sanft wie der Hofhund aus, doch der war bei ihrem Erscheinen aus seiner Hütte gestürzt, sie zu zerfleischen. Und Herr und Hund, die glichen sich ja oft, was Aussehen und Wesen betraf. Anna blieb also zurückhaltend. Das andere wog für sie genau so schwer: Paschirbes Hof lag in Glauchow und nicht am Rande Berlins, wo man sich mal eben schnell in die Bahn setzte, um einzukaufen und den Kaiser zu sehen. Schließlich: Sie liebte den Geruch der Kohlen und war vernarrt in ihre Idee vom Kohlenkeller – und sie haßte Kuh- und Schweineställe, Mist und Jauche.

Es zerriß sie schier, und wieder war es ihre Rettung, daß sie weltabgewandt in den Himmel gucken konnte und dachte: Mir geht das nichts an.

Paschirbe brach das Schweigen. »Nun, Anna, das ist dein kleines Reich.«

»Und wir bauen schon an ... für das dritte Kind«, sagte ein Maurer, der aus dem Rohbau herausschaute: Wilhelm Schwalbe.

Emma erschrak. Diese Ähnlichkeit mit Otto ... Ihr waren die Gerüchte auch schon zu Ohren gekommen, daß Wilhelm bei seinem Aufenthalt in Berlin, Mai 1905, Anna getroffen und geschwängert hatte. Warum sie es beide ableugneten, war bekannt: Der alte Schwalbe betrieb im Züllichau ein gutgehendes Baugeschäft und setzte darauf, daß sein Wilhelm eine bessere Partie machte als die arme Anna Walter. Die Tochter eines Zimmereibesitzers aus Schwiebus sollte er zur Frau nehmen, damit man das Kapital hatte, nach Küstrin, Frankfurt und Berlin zu gehen. »Wo Mist ist, kommt Mist zu.« Nur das zählte, nicht Liebe und nicht Wechselbälger.

Anna setzte sich auf den Brunnenrand. Ihr war im Kopf so dumm wie nie zuvor in ihrem Leben, und sie wußte nicht ein noch aus. Am liebsten hätte sie gewürfelt oder ihre Schwester drei Hölzchen ziehen lassen. Das kürzeste hätte für Paschirbe gestanden, das mittlere für den Versuch, doch noch mit Wilhelm Schwalbe zusammen durchs Leben zu gehen, auch wenn der Vater den enterbte, und das längste dafür, daß alles so blieb, wie es war: Otto bei Emma auf dem Kahn und sie bei den Wilkersdorffs in Stellung, in ihrem Berlin, bei ihrem Kaiser. Aber das ging ja alles nicht, sie mußte selbst sagen, was sie wollte. Und das konnte sie nicht. Mehr als ein tiefer Seufzer und der leicht variierte Luther-Satz »Hier sitze ich, so wahr mir Gott helfe, und kann nicht anders« gelangen ihr nicht. Ein gewisser Hang zur Theatralik war ihr seit Jahren eigen.

Emma half ihr, wenn auch aus durchschaubarem Eigennutz, indem sie sagte, Anna solle doch lieber erst mal wieder nach Berlin fahren und zu sich selbst finden. »Eine Sache wie diese muß doch überschlafen werden.«

»Das tu' ich einsehen«, sagte Paschirbe, dem deutlich anzusehen war, daß er mit Anna Walter liebend gern Tisch und Bett geteilt hätte. Und als sie Abschied voneinander nahmen, beließ er es nicht beim Händedruck, sondern schlang, tapsig und anrührend wie ein Tanzbär, seine Arme um die Frau seiner Träume.

Anna war wie gelähmt. »Ich muß erst einmal nach Berlin zurück, meine Herrschaft wartet ... Ich melde mich dann.«

Das Jahr 1908 ging zu Ende, ohne daß sich im Leben des Berliner Normalbürgers etwas geändert hätte. Am meisten redete man über das Hochbahnunglück vom 26. September, wo am Gleisdreieck zwei Züge ineinandergefahren waren. Ein Wagen war in die Tiefe gestürzt, und es hatte achtzehn Tote gegeben. Auch 1909 schien wenig Neues zu bringen, abgesehen vielleicht vom ersten Sechstagerennen, das vom 15. bis 21. März die sportlichen Gemüter in den Ausstellungshallen am Zoo froh vereinte.

Anna Walter konnte nicht klagen. Mit der Familie von Wilkersdorff hatte sie es glänzend getroffen, obwohl der Oberregierungsrat immer ein wenig kränkelte und viel Arbeit damit verbunden war, ihn wieder auf die Beine zu bringen. Kurz vor Ostern war er zur Kur nach Karlsbad gereist, und man hoffte, daß sich seine Lunge dort erholen würde. »Zeit auch für uns, mal wieder Luft zu holen«, hatte die Gnädige gesagt. Da auch Anna häufig hustete, war der Herr Medizinalrat gebeten worden, sie ebenfalls abzuhorchen.

»Nun ja ... Ihre Bronchien sind so empfindlich, daß sie aufpassen müssen. Sind Sie da aufgewachsen, wo immer viel Staub in der Luft ist, in einer Mühle zum Beispiel, in einer Bäckerei, in einer Spinnerei?«

»Nein, mitten in den Weinbergen.«

»So. Nun ja ... Sie haben eine gewisse Neigung zur *Angina pectoris*.«

Die Gnädige hatte es gut gemeint mit ihrem Kommentar. »Nun, Anna, da ist es wohl nichts mit dem Kohlenkeller, da ziehen Sie wohl besser aufs Land.«

Die Gnädige wußte Bescheid, was Gottlieb Paschirbe betraf. Daß der nicht locker ließ, obwohl nun schon ein Dreivierteljahr vergangen war, seit er Anna in Tschicherzig gefragt hatte, ob sie seine Frau werden wolle. Alle vierzehn Tage schrieb er einen Brief, ebenso schmachtend wie naiv, und immer wieder antwortete sie, daß sie um Bedenkzeit bitte. *Da muß das Herze sprechen, soll Segen über allem liegen, noch aber, Herr Gottlieb, ist es nicht an dem. Aber was nicht ist, wird schon noch werden, und ich bitte Sie um Ihre Geduldigkeit.* Obwohl ihr Viktoria von Wilkersdorff sagte, daß es dieses Wort im Deutschen gar nicht gebe, wollte sie nicht von ihm lassen, ebenso wie sie Schmerz immer mit tz schrieb und ab und an eine eigenwillige Grammatik pflegte: *Ich bitte auch um Ihr Verständnis, daß der Schmertz in meine Brust noch stark ist, weil mir schon einmal ein Mann hat sitzenlassen.* Insofern hätten sie schon gut zueinandergepaßt, und Frau von Wilkersdorff ließ auch nichts unversucht, ihr Paschirbe schmackhaft zu machen.

»Anna, das ist doch eine gute Partie! Und Sie können Ihren Otto endlich zu sich holen.«

»Das sagt meine Freundin Marie auch immer, aber Sie müßten Paschirbe mal sehen.« Dabei schüttelte sie sich.

Die Gnädige lachte. »In der Nacht sind doch alle Kater grau.«

»Da hätten Sie mal meinen Heinrich sehen sollen, bevor der ...«

»Ach, papperlapapp.«

Doch auch Frau von Wilkersdorff war sofort bereit, ihre Meinung zu ändern, als Gottlieb Paschirbe am Sonnabend vor Ostern plötzlich in Riehmers Hofgarten stand. Sie wollte gerade zum Markt gehen und war Anna, die vorher noch den Aschkasten entleeren wollte, ein paar Meter voraus, als er ihr den Torweg versperrte. »Ich hatte den Eindruck, der steinerne Herkules sei von oben herabgestiegen, und war zu Tode erschrocken«, sollte sie ihrem Mann später erzählen. »Dann dachte ich: Ein Wegelagerer! Aber da hatte er schon hervorgestoßen, wer er war, und weswegen er hier stand und nicht anders konnte ...«

»Ich bin der Anna da hinten ihr Bräutigam, der Gottlieb Paschirbe aus Glauchow.«

»Angenehm ...« Die Viktoria von Wilkersdorff verstand es, die Contenance zu wahren, nicht aber die Viktoria Klawitter aus dem

Berliner Osten, die noch immer in ihr steckte. »Mann, ham Sie mich erschrocken. Sowat! Sie sollten Pachulke heißen und nicht Paschirbe.«

Da aber war Anna schon heran und stand ebenso verdattert da wie ihr Anbeter aus dem Oderland. Über die ersten Sekunden half ihr die bewährte Kunst hinweg, sich quasi selbst in Hypnose zu versetzen: Mir geht das nichts an. Sollte die Gnädige sehen, wie sie ihr den Koloß von Glauchow vom Halse schaffte. Doch die unternahm gar nichts, denn zum einen tat der Mann ihr leid, zum anderen aber war es für Anna ihrer Meinung nach allemal besser, mit ihm aufs Land zu ziehen, als hier in Berlin irgendwann einmal vor die Hunde zu gehen wie so viele Mädchen ihrer Herkunft. Bauernhof war allemal besser als Fabrik oder Amüsierlokal. Die Sache mit Heinrich und dem Kind hatte ja gezeigt, wie verführbar sie war. Wenn wieder einer kam, der ihr versprach, sie dem Kaiser vorzustellen, dann ... Ja, und darum schon lieber Paschirbe. Also sagte sie, Paschirbe sollte ruhig in einer Stunde wiederkommen, sie hätte nichts dagegen, wenn Anna ihn in der Küche empfinge. »In allen Ehren natürlich ...« Nicht, daß Anna dabei wirklich wieder empfing. Obwohl ... Vielleicht hätte das die Sache wirklich zum guten Ende gebracht. Sie nahm sich vor, die beiden nicht zu stören.

An diesem Tag entschied sich also nicht nur Annas Schicksal, sondern auch das ihres Sohnes Otto. Der war nun schon stolze drei Jahre und zwei Monate alt und hatte so viel katzenhafte Geschicklichkeit entwickelt, daß er nicht mehr über Bord fiel, wenn die »Ella« einmal unsanft gegen eine Kaimauer stieß. Emma Ziegelmann war vernarrt in den kleinen Kerl und verwöhnte ihn nach Strich und Faden. Immer war er freundlich und zu Späßen aufgelegt. Ein richtiger kleiner Kobold war er und wirkte wegen seines Grübchens im Kinn ungemein drollig. Nichts wußte er vom Elend seines leiblichen Vaters, der nur noch dahinvegetierte, und keine innere Stimme sagte ihm Bescheid, daß er vielleicht auf dem Warthedeich lag und seinen Rausch ausschlief, wenn sie mit der »Ella« hinauf nach Landsberg fuhren, an Tamsel und Warnick vorbei. Und nichts ahnte er von den Nöten seiner leiblichen Mutter. Seine Mutter war die Frau, die ihn wickelte und badete, die ihm sein Essen kochte, die ihm das Schlaflied sang, wenn die »Ella« nachts an der Koppelstelle lag. Sie war die liebste aller Mütter, und er begriff nicht, daß sein Vater, und als solchen sah er den Schiffer Wilhelm Ziegelmann an, hin und wieder sagte: »Geh, Otto, sag der Tante Emma Bescheid, sie soll mich mal am Steuer ablösen, ich muß mal dringend die Kartoffeln abgießen.« Otto hielt das »Tante« für einen Scherz und er lachte darüber. »Das ist doch meine Mama!« Der Schiffer sah ihm nachdenklich hinterher. Es war abgemacht, daß Otto zu Anna zurück mußte, wenn Emma selbst das erste Kind bekam. Er wollte, daß sie ihre ganze Kraft und Liebe dann *seinem* Sohn schenkte. Zum Üben, wie er immer sagte, war ja Otto ganz gut und nützlich, aber wenn der eigene Sohn erst da war, Walter sollte er heißen, dann war Schluß mit der Pflegestelle. Hatte Anna bis dahin einen Mann gefunden, war es gut, wenn nicht, mußte Otto eben in ein Heim. Sie hatten alles getan, was in ihren Kräften stand, aber irgendwann einmal war Schluß. Für zwei Kinder war auf dem Kahn kein Platz, basta! Aber manchmal wurde er den Verdacht nicht los, daß Emma gar keine Kinder von ihm wollte, weil der Otto ihr reichte. Immer wieder herzte sie ihn ja und nannte ihn: »Mein ein und alles ...« Und er hatte Otto auch noch aus der Oder gezogen ... Außerdem, Kinder kosteten, und er hatte gerade beschlossen, jeden Pfennig zu sparen, um sich irgendwann ein Motorschiff zu kaufen und endlich von den Dampferkapitänen unabhängig zu werden. Gerade hatte er Emma untersagt, Otto einen neuen Matrosenanzug zu kaufen. »Da sind noch die Stoffetzen aus der Ladung für Tangermünde, da näh dem was draus.« Otto half Emma Ziegelmann, geborene Walter, beim Sortieren der Reste, und sie lachten viel dabei, dann alles wurde so bunt wie bei dem Clown im Bilderbuch. Keiner dachte auch nur eine Sekunde lang an Anna Walter. In Berlin aber war das anders, da wurde gerade über sie gesprochen ...

»Der Otto, der kann dann mal den Hof übernehmen«, sagte Paschirbe, als sie die Stufen zum Hochbahnhof Hallesches Tor hinaufstiegen, »denn die Olga, die geben wir sowieso in Stellung.«

»Und wenn nun der Otto Schiffer werden will, wo er jetzt soviel auf der ›Ella‹ ist?« wandte Anna ein.

»Dem prügeln wir den Schiffer schon aus!« Gottlieb Paschirbe war kein Freund des Wassers, und als er merkte, daß sich direkt unter dem Bahnsteig die dunklen Fluten des Landwehrkanals westwärts wälzten, schrie er auf. »Wenn das hier einbricht.«

»Wat meinste, wat dit unten spritzt.« Berlin hatte auf Anna schon ganz schön abgefärbt.

Dann aber, als der Zug eingelaufen und sie eingestiegen waren, war Paschirbe völlig weg von so viel Glanz, zumal er alles, was aus Messing war, die Lampen, die Haltestangen, die Türklinken, für golden hielt. Und die dunklen Edelhölzer erst. »Das ist ja wie die Kutsche von Schloß Carolath. Das gibt es doch nicht!«

»Doch, siehste ja.«

Nein, sah er nicht, da er die ganze Fahrt über die Augen fest geschlossen hielt, wohl in der Annahme, so dem Sturz in die Tiefe entgehen zu können. Auf der Oberbaumbrücke, als sie über die Spree hinwegrollten, betete er. Erst als sie wieder auf der Straße standen, kehrte er ins Leben zurück.

»Das da hinten ist der Schlesische Bahnhof«, erklärte ihm Anna. »Da bist du heute morgen angekommen.«

»Um dich heimzuholen.« Er legte seine Hand um Annas Hüfte.

»Wir müssen weiter.«

Sie entzog sich seinem Zugriff und strebte zur Stadtbahn. Die Fahrt über deren Viadukte würde ihn ebenso abkühlen, wie es ein voller Eimer mit kaltem Wasser bei einem heißen Rüden tat. So war es dann auch, und erst beim schnellen Rundgang durch den Zoo trompetete er wieder unnachahmlich sein: »Das gibt es doch nicht!«

Als Elefanten, Löwen und Affen abgehakt waren, lud er Anna in den »Franziskaner« zum Essen ein und wiederholte, während er das Fett eines Eisbeins in sich hineinschaufelte, seinen Heiratsantrag: »Ich will dir auch auf Händen tragen.«

Anna säbelte an ihrem Wiener Schnitzel herum. Sie selbst hätte das viel besser gebraten. Da fehlte das Ei an der Panade. Eigentlich hörte sie gar nicht hin, wenn ihr Gegenüber mit ihr redete, und hatte fast vergessen, um was es ihm ging.

»Warum bist du denn so abgetreten?« fragte er dann auch.

»Mir ist gerade eingefallen, daß ich mich ja um vier Uhr mit den Quades treffen wollte ...«

»Da komme ich mit.« Für Paschirbe war kein Problem unlösbar.

Anna nickte und verfiel wieder in jene Selbsthypnose, in die sie immer verfiel, wenn es um ihr Schicksal ging: Mir geht das nichts an. Sollte das Schicksal doch mit ihr machen, was es wollte. Das tat es ja sowieso. Sie hatte ihren himmlischen Herrgott nicht darum gebeten, auf die Welt zu kommen, also sollte er auch zusehen, wie er mit ihrem Leben zurande kam.

Paschirbe hatte nun sein Eisbein so abgenagt, daß es bleich glänzend auf dem Teller lag, und wandte sich wieder der Brautwerbung zu. »In Glauchow hast du dein kleines Reich.«

Als sie »kleines Reich« hörte, mußte Anna sofort an ihren Kohlenkeller denken, und das sagte sie Paschirbe auch. »Verkauf doch alles in Glauchow, und von dem Geld kaufen wir uns hier in Berlin eine kleine Kohlenhandlung.«

»Und meine Pferde?« rief Paschirbe.

»Die bringst du mit – und wir machen auch noch ein Fuhrgeschäft auf.« Annas Augen strahlten so wie lange nicht.

»Das muß ich mir bedenken«, sagte Paschirbe, um aber sofort hinzuzufügen, daß ihm sein Vater auf dem Sterbebett das Versprechen abgenommen habe, den Hof nie aufzugeben.

Nun war aber alle Lethargie von Anna abgefallen. »Wenn du mir wirklich lieben tust, dann kaufst du uns den Kohlenkeller.«

Paschirbe rang mit sich. »Das muß ich mir erst überschlafen ...«

Anna sah es ganz deutlich vor sich: Wie sie da in ihrem Kohlenkeller stand, ihrem kleinen Paradies und die Briketts abwog, während ihr Otto draußen auf der Straße mit seinem Reifen spielte. Dafür nahm sie sogar Gottlieb Paschirbe und seine Tochter Olga in Kauf.

Fröhlich, fast ein wenig überdreht, zeigte sie Paschirbe nun die Linden und das Kaiserschloß. Er war wortkarg geworden und beließ es bei seinem ständigen: »Das gibt es doch nicht!«

Anna erzählte ihm, was ihr der Kaiser bedeutete, und hatte dafür ein schönes Bild parat. »Wie eine Nonne mit unserem Herrgott verheiratet ist, so stehe ich zu unserem Kaiser.« Dieser Vergleich stammte von August Quade und war spöttisch gemeint gewesen, was sie aber nicht bemerkt hatte.

Vom Hausvogteiplatz fuhren sie mit der U-Bahn zurück zum Schlesischen Tor, wo Annas Freundin Marie schon wartete. Sie hatte nicht nur ihre Schwestern Klara und Martha an ihrer Seite, sondern auch Oskar Schattan, ihren Verlobten, und dessen Bruder Adolf, der mit Klara angebandelt hatte. Dazu kamen ein Filou mit dem schönen Namen Erich Mücke und Paul Schattan. Man kannte sich schon von der Tanzschule Albert Fricke her und hatte Weihnachten 1902 in Gansewigs Festsälen in der Reichenberger Straße gemeinsam auf der Bühne gestanden und mit großem Erfolg das Stück *Schelmenstreiche oder Fix-fertig-abgemacht* aufgeführt.

Von Annas möglichem Bräutigam war man ziemlich entsetzt, und die Kommentare, die geflüstert wurden, waren wenig erbaulich. »Der zerdrückt die doch, wenn sie ...« Martha sprach von einem »ungehobelten Klotz«, und Paul Schattan, der Ingenieur für Aufzugstechnik war, meinte, daß Menschen wie Gottlieb Paschirbe jeden Fahrstuhl seiner Firma zum Absturz bringen würden. Nur Marie Quade hatte Erbarmen mit ihm und Anna und küßte die Freundin auf die Wange. »Nimm ihn, Annekin, er ist eine Seele von Mensch. Er wird nie trinken, er wird dich nie schlagen, und dein Otto wird einen festen Halt an ihm haben.«

Man ging zu einem kleinen Fest der alten Tanzschule, und Paschirbe schlug sich auf dem ungewohnten Parkett ganz wacker, obwohl er spürte, daß sie sich ringsum Witze vom dummen Bauern erzählten, wie der sich in Berlin blamierte, zum Beispiel, als er sich bei Rudolph Hertzog einen neuen Hut kaufen wollte: »Wo bekomme ich hier einen Zylinder?« – »Ersten Stock.« – »Na gut, kauf' ich mir erst 'n Stock.«

Dann brachte Paschirbe Anna nach Hause. Schweigend gingen sie vom Kottbusser bis zum Halleschen Tor unter der Hochbahn entlang. Es hatte zu regnen begonnen. Im Eingang zu Riehmers Hofgarten drückte er sie an sich.

»Annekin ... Bei dir in der Küche ... da kann ich meine Sachen trocknen ...«

Anna dachte an Heinrich, dachte voller Schrecken: »Nein, nicht noch ein Kind!« Andererseits ... Wenn er schwach wurde und sie anflehte, sich hinzugeben, dann konnte sie alles von ihm verlangen ... daß er nach Berlin kam, daß er ihr den Kohlenkeller kaufte. Dann war sie kein lediges Dienstmädchen mehr, noch dazu eins mit Kind, sondern die hochgeachtete Kohlenhändlerin Anna Paschirbe, und ihr Otto hatte endlich einen Vater.

»Gut, Gottlieb, komm mit nach oben.«

Und so wäre aus dem kleinen Otto Walter ein Otto Paschirbe geworden, und die Familiengeschichte der Bosetzkys hätte eine ganz andere Wendung genommen, wenn nicht in diesem Augenblick Frau von Wilkersdorff auf dem Hof erschienen wäre, um Anna aus den Fängen Paschirbes zu retten, wie sie es oben ihrem Mann gegenüber ausgedrückt hatte.

»Herr Paschirbe, lassen Sie's gut sein für heute. Gehen Sie rüber zu den Kasernen, da sind immer Droschken zu haben, und fahren Sie in ein Hotel. Anna wird Ihnen schreiben, wie sie sich entschieden hat.«

Die Hochzeit zwischen Herrn Oskar Schattan und Fräulein Marie Quade war auf Freitag, den 11. Dezember 1909 festgesetzt worden, und zwar mit der Absicht, gleich in den nächsten Tag hineinfeiern zu können, denn da war bei Quades, die vor 25 Jahren in Ludwigsruh (Kreis Landsberg/Warthe) geheiratet hatten, Silberhochzeit. Über die passende Örtlichkeit brauchte man sich zum Glück keine großen Gedanken zu machen, denn der Bräutigam kam aus einer Gastwirtsfamilie, und seine Mutter betrieb noch immer das, was die Berliner eine Freßkneipe nannten, und dies in unmittelbarer Nähe der meisten Familienmitglieder, nämlich Reichenberger Straße, Ecke Manteuffelstraße. Anna brauchte einige Zeit, bis sie sich gemerkt hatte, wie das bei Schattans alles so zusammenhing ...

Als »die Szatons« waren sie vor zwanzig Jahren aus Polen, genauer gesagt aus Galizien an die Spree gekommen, und ein Berliner Standesbeamter hatte daraus Schattan gemacht. Carl Schattan, geboren 1860 in Dyrdy beziehungsweise Dryden, hatte es klaglos hingenommen, denn wer in Deutschland leben wollte, konnte schwerlich etwas dagegen haben, wenn sein Name eingedeutscht wurde. Zudem war Szaton der Teufel, und es gab, auch wenn er keineswegs sehr gottesfürchtig war, schönere Namen: Schattan beispielsweise. Überdies war Carl Schattan ein sehr pragmatischer Mensch, was schon dadurch zum Ausdruck kam, daß er nicht lange gezögert hatte, seiner Frau wegen vom katholischen zum mosaischen Glauben überzutreten. Gab es keinen Gott, dann war es ohnehin egal, und existierten beide, mochten sie sich nach seinem Tode ruhig um ihn streiten. Seine Albertine war eine geborene Wolfsohn und sollte fünfzehn Kinder zur Welt bringen, wovon allerdings nur vier überlebten, ausgerechnet die Jungen: Adolf, Oskar, Paul und Richard. Nun wenigstens eine Schwiegertochter in die Arme schließen zu dürfen, hatte Carl Schattan nicht mehr erleben dürfen, gleich nach der Jahrhundertwende war er der Tuberkulose erlegen. Dies sicherlich auch als Folge seines Berufs, denn sosehr seine Wirtschaft »Die Traube« auch seine sechsköpfige Familie gut ernährte, so schädlich waren die feuchte Luft im Bier- und Lagerkeller und noch schlimmer Qualm und Rauch vorne in der Gaststube. Und Zigarrenraucher war er auch, hatte zudem mit besonders treuen Gästen andauernd anzustoßen und zu trinken. Mit einer ganz gewöhnlichen Influenza hatte es begonnen. Aus der war dann ein Bronchialkatarrh geworden und aus dem ein chronischer Husten, bis er dann »die Motten in der Lunge« gehabt hatte. Viel Zeit zum Trauern hatte Albertine nicht gehabt, denn Leben wie Restaurationsbetrieb mußten weitergehen. Und wie sie das alles geschafft hatte, »Die Traube« am Laufen zu halten und zugleich vier Knaben großzuziehen, das hatte sich in halb SO 36 herumgesprochen. Ihr Mittagstisch war weit und breit berühmt, und man wußte nie, ob die Männer aus diesem Grunde zu ihr zum Essen kamen oder mehr in einer ganz bestimmten Hoffnung, denn sie war eine äußerst attraktive Frau. Viele Männer nannten sie sogar – und dies ohne jeden Argwohn und Hintergedanken – rassig. Neuerdings sollte ihr sogar ein wohlhabender Buchdruckereibesitzer aus der Muskauer Straße den Hof machen.

Es war eine wunderschöne Hochzeit so mit allem, was dazugehörte: den zu Herzen gehenden Reden, der lustigen Zeitung und all den alten Bräuchen. Da bestreute man das junge Paar mit Reis, auf daß es fruchtbar sein werde, da mußte es mit stumpfem Instrument einen Baumstamm zersägen, wurde der Schleier abgetanzt und der Brautstrauß der Freundin zugeworfen, die als nächste unter die Haube kommen würde. »Anna, fang ihn!« Sie tat es. Eine Liedertafel, die in der »Traube« übte, trat auf und brachte wunderschöne Stücke zu Gehör, ein Zauberer versetzte alle in Erstaunen, und ein Leierkastenmann spielte Lieder aus dem alten Berlin.

So eine schöne Hochzeit wollte Anna auch für sich, und zwar möglichst bald. Auf dem Weg nach Hause malte sie sich alles schon in den schönsten Bildern aus. Gleich am nächsten Morgen wollte sie einen langen Brief nach Glauchow schreiben und Paschirbe mitteilen, daß sie innerlich bereit sei, die Seine zu werden.

Doch als sie in ihr kleines Zimmer trat, lag dort ein Brief auf ihrem Bett. »Nanu ...?« Es war eine krakelige Handschrift mit vielen Tintenklecksen.

Liebe Frau Walter, mus Sie leider mitteilen, das ich anderweitig vergeben bin und nächsten Monad eine von hier heirate. Mit vorzüglicher Hochachtung Ihr Gottlieb Paschirbe.

Zwölftes Kapitel

1914–1917

Das Gelände des Görlitzer Personen- und Güterbahnhofs erstreckte sich in südöstlicher Richtung vom Spreewaldplatz bis zum Landwehrkanal und die Wiener Brücke hinunter, bis nach Treptow also. »Oben« von der Görlitzer und »unten« von der Wiener Straße begrenzt, zerteilte das Gelände als langgestrecktes Rechteck die dicht bebaute Stadt, und nur auf Höhe der Oppelner Straße gab es einen Tunnel, den allerdings zu bestimmten Zeiten nur benutzte, wer ausgezogen war, das Fürchten zu lernen. Naturgemäß hatten sich auf diesem Areal auch etliche Kohlenhändler niedergelassen, deren Fuhrwerke zu Zeiten, da kaum jemand wußte, was eine Zentralheizung war, das Stadtbild in besonderem Maße prägten. Mit schöner Schrift waren ihre Firmennamen auf die Kohlenwagen gepinselt, Louis Schulze beispielsweise. Kinder lernten so das Alphabet.

Auf einem dieser Kohlenplätze war im Sommer 1914 auch Anna Walter zu finden, gerade 29 Jahre alt geworden. Was sie zuerst gelernt hatte, war die Unterscheidung in Braunkohle, Steinkohle und Anthrazit. Am intensivsten war der Geruch der Braunkohle. Die feinen Staubpartikel fraßen sich in ihre Haut, steckten ihr in jeder Pore, und natürlich waren auch Kleider, Hemden, Unterröcke und Strümpfe voll von ihnen. Beim Ausziehen abends gab es richtiggehend eine Staubwolke um sie herum. Sie roch nach Braunkohle wie andere nach Knoblauch, und Oskar Schattan hatte einmal angemerkt, sie sei der lebende Beweis dafür, daß Kohle das Verwesungsprodukt urweltlicher Pflanzen sei. Die Braunkohle wurde zumeist aus der Lausitz, in seltenen Fällen aber auch aus

Bitterfeld, Leipzig oder der Kölner Bucht in Form von *Briquettes* angeliefert. Die Preßkohlen purzelten vom Förderband ungeordnet in die Loren und wurden auf dem Görlitzer Güterbahnhof entweder abgewogen als »Schüttgut« verkauft oder aber sauber zu immer knapp hundert Stück in Holzrahmen gestapelt, die hinten mit Zinkblech beschlagen waren. Das waren die Kästen, die auf Handkarren, Pferdefuhrwerken und Lastwagen zu Lagerplätzen, in Kohlenkeller oder aber gleich zum Verbraucher gebracht wurden. Hinten im Blech befanden sich zwei Löcher, wo die Kohlenträger ihre Trageriemen einhaken konnten. So auf der Hucke ließen sich die Kohlen dann leichter in die Keller hinab oder in die Wohnungen hinauftragen.

Die Steinkohle war eine Wissenschaft für sich. Aber allmählich wußte Anna auch in dieser Richtung Bescheid und konnte die verschiedenen Sorten unterscheiden, als da waren Flamm-, Gasflamm-, Gas-, Fett- und Eßkohle sowie Anthrazit. Kamen Steinkohlen an, war viel abzuwiegen, und sie hatte alle Hände voll zu tun. Unzählige Bücher und Kladden waren zu führen ... und mit dem Rechnen hatte sie schon früher ihre liebe Müh und Not gehabt. »Kopfrechnen schwach, Religion sehr gut«, hatten immer alle gespottet. Nun, jetzt mußte es gehen. Dazu kam, daß alles mit dem Kopierstift zu schreiben war – und den haßte sie, weil dauernd die Spitze abbrach und zudem alles verschwamm, wenn sie einmal in den Regen kam.

Aus Steinkohlenstaub preßte man sogenannte Eierkohlen, die billig waren und gern gekauft wurden. Anthrazit nannte man die älteste und schwärzeste Steinkohle. Sie hatte den höchsten Brennwert. Aber nicht das faszinierte Anna am Anthrazit, sondern sein Glanz. Wenn sie ein Stück aufnahm, glaubte sie, einen schwarzen Diamanten in der Hand zu halten. Da Anthrazit nicht so leicht entflammbar war, empfahl Anna ihren Kunden immer, ihn erst dann in den Ofen zu schippen, wenn schon genügend Glut vorhanden war. »Unten Holz zum Feueranmachen, dann Braunkohlen, darauf dann Stein- oder Eierkohlen und, wenn es nicht zu teuer wird, auch noch Anthrazit. In dieser Reihenfolge. Und zum Schluß eine Schippe Koks rauf, der hält die Glut.«

Fünf Jahre war es nun her, daß aus der Ehe mit Paschirbe nichts geworden war, und in Annas Leben war vieles anders geworden, obwohl sich grundsätzlich nichts geändert hatte. Otto lebte noch immer bei ihrer Schwester Emma, seit 1912 mehr in Tschicherzig bei Reinhold im Haus an der Oder als auf der »Ella«, denn der Schulpflicht war jetzt Genüge zu tun. Auch war Emma selbst Mutter geworden, hatte aber »ihren« Otto dennoch nicht hergeben wollen. »Erst wenn du einen Mann hast, kommt er nach Berlin.« Und damit basta. Ihre Stellung bei den Wilkersdorff hatte Anna vor kurzem verloren, aber nicht, weil es Streit gegeben hatte, sondern weil Viktoria von Wilkersdorff nach dem Tode ihres Mannes mit den beiden Kindern zu ihren Schwiegereltern gezogen war, weit hinten nach Ostpreußen, wo man genügend eigene Dienstboten hatte. Anna hatte sich daraufhin keine neue Stellung gesucht, sondern war dem Rat ihrer Freundin gefolgt. »Jetzt, wo so viele Männer in die Kasernen einrücken, kriegst du bestimmt Arbeit auf dem Kohlenplatz und kannst dir da genug Kenntnisse aneignen, daß es dir später leicht fallen wird, dich selbständig zu machen.« Doch so ohne weiteres hatte man Anna nicht einstellen wollen. Erst ein Anruf von Reinhold Walter aus Tschicherzig hatte die Sache geklärt. Annas Bruder kannte in der Kohlenbranche Hinz und Kunz und verstand es auch, Druck zu machen.

Berlin befand sich in einer ungeheuren Erregung. Die einen waren in einen seligen Taumel geraten und sahen der Weltherrschaft der Deutschen jubelnd entgegen, die anderen fürchteten die Götterdämmerung, das Ende der guten alten Zeit, der *Belle Epoque*, und ein nie gekanntes Massensterben an den Fronten. Am 28. Juni 1914 war Erzherzog Franz Ferdinand in Sarajevo von serbischen Nationalisten ermordet worden, und seit dem 28. Juli gab es Krieg zwischen Serbien und Österreich-Ungarn. Der stand nun auch in Berlin vor der Tür, und langsam wurde alles anders.

Die Mutter von Maries Mann Oskar Schattan hatte den Buchdrucker Emil Schulze geheiratet. Der war eingerückt, und seit Jahresanfang führte Marie dessen Geschäft in der Muskauer Straße 24. Vier Häuser weiter wohnte sie mit ihrem Mann und ihren beiden Töchtern. Margot war im Juni 1910 geboren worden, Gerda im März dieses Jahres. Anfangs hatte Anna bei den Schattans auf dem Korridor geschlafen, war dann aber in eine bezahlbare Kochstube gezogen, ganz in der Nähe in der Waldemarstraße. Sie war mit dem Leben insoweit zufrieden, aber ... Als alte Jungfer konnte niemand sie beschimpfen, aber so ganz ohne Mann, was zählte man da schon? Vielleicht wäre es doch besser gewesen, sie hätte Paschirbe genommen. Wenn im Krieg so viele Männer fielen, dann bekam sie ganz sicher keinen mehr ab. Einmal wieder zärtlich umschlungen und wild genommen werden, einmal wieder Hand in Hand im Tiergarten bummeln und bei Kranzler sitzen ... Nun, man konnte nicht alles haben – und sie war ihrem Traum, dem eigenen Kohlenkeller, schon wieder ein Stückchen nähergekommen, denn Tag für Tag lernte sie nun in harter Praxis, was nötig war, im Kohlenhandel seinen Mann zu stehen. Und sie sparte jeden Pfennig. In der Lotterie spielte sie nicht, aber dennoch war nicht auszuschließen, daß sie eines Tages das große Los gewann, denn auf Anraten ihrer Freundin Marie war sie zu einem Advokaten gegangen und hatte gegen zwei Männer Klage erhoben: gegen Heinrich Bosetzky auf Zahlung von Unterhalt beziehungsweise einer einmaligen Abfindung und gegen Fritz Walter, ihren Bruder, auf Auszahlung ihres Erbteils. Letzteres war ihr besonders schmerzlich angekommen, denn sie hatte sich immer gut mit Fritz verstanden und in seiner Dauerfehde mit Reinhold stets zu ihm gehalten. Doch Marie hatte ihr gesagt, daß ihr Bruder ihr, wenn er sie wirklich lieb habe, das Erbteil nicht vorenthalten dürfe, ginge es doch um ihre Existenz und ihr Lebensglück. »Wenigstens ein bißchen soll er dir von dem geben, was dir zusteht, ohne daß er dabei in den Ruin getrieben wird.« Nun, man würde sehen.

Mir geht das nichts an. Wieder versuchte sie, mit ihrer bewährten Haltung über die Angst hinwegzukommen, daß der Krieg auch sie ins Elend stürzen würde – wenn Hungersnot und Seuchen kamen, wenn keine Kohlen mehr angeliefert wurden, wenn die Russen und Franzosen Berlin eroberten.

»Mein Gott, Mariechen, wenn sie den Kopf des Kaisers auf die Guillotine legen ...«

»Annekin, deine Sorgen möcht' ich haben.«

»Was sind wir denn ohne unseren Kaiser?« rief sie verzweifelt aus.

Marie Schattan lachte. »Eine Republik sind wir dann ... Und unsere Schmarotzer sind wir los: die Adelskaste und das Militär.«

Marie war natürlich am 31. Juli nicht dabei, als Kaiser Wilhelm II. auf den Balkon des Schlosses am Lustgarten trat und der wartenden Menge zurief: »Neider überall zwingen uns zur gerechten Verteidigung. Man drückt uns das Schwert in die Hand ... Und nun empfehle ich euch Gott!« Aber Anna stand mit Klara und Martha in der jubelnden Menge – wie auch am Nachmittag des nächsten Tages, wo die Mobilmachung verkündet wurde. Da sangen sie tief ergriffen mit der Menge den Choral *Nun danket alle Gott!* Und über ihnen läuteten die Glocken des Doms. Die Männer hatten ihre Strohhüte hochgerissen.

Am 1. August also erklärte Deutschland dem zaristischen Rußland den Krieg, zwei Tage später Frankreich und noch einmal 24 Stunden später auch Großbritannien. Auf dem Kohlenplatz schlossen sie die Tore, und Anna zog mit der Menschenmenge durch die Stadt, hörte patriotische Ansprachen und brach in Hochrufe auf den Kaiser aus. Und immer wieder sang sie mit den anderen mit: *Deutschland, Deutschland über alles, über alles in der Welt.* Es war schöner als alles, was sie bisher erlebt hatte. Viele Männer liefen an ihnen vorüber und strebten ihrer Kaserne entgegen, Pappkartons oder Koffer in den Händen. »Jeder Stoß ein Franzos'! Jeder Schuß ein Russ'.« Einige riefen auch: »Zum Frühstück auf nach Paris!« oder »Weihnachten sind wir alle wieder zurück.« Wie gerne hätte Anna einen Schatz unter den Helden gehabt! Das war das einzige, was ihre Freude etwas trübte. Als die Nacht hereinbrach, stand man Unter den Linden und schwenkte schwarz-weiß-rote Fahnen, die irgend jemand verteilt hatte.

Als Anna gegen drei Uhr morgens ins Bett fiel, war ihr, als schwebte sie. Das war noch schöner als der Augenblick, als sie in den Armen von Heinrich gelegen hatte. Vielleicht kam doch noch mal ein Mann. Einer, der jetzt ins Feld zog, um für Deutschlands Ehre zu kämpfen, und dann als Held nach Hause kam, um sie zum Traualtar zu führen.

Am 4. August fanden sich um ein Uhr mittags die Reichstagsabgeordneten im Weißen Saal des Schlosses ein. Auf die Meldung des Reichskanzlers Theobald von Bethmann Hollweg hin begab sich Seine Majestät der Kaiser zum Thron und wurde von der Versammlung mit einem dreifachen Hurra begrüßt. Daraufhin geruhte er, die Thronrede aus der Hand des Kanzlers entgegenzunehmen und zu verlesen – das Haupt mit einem Helm bedeckt: »Sie haben gelesen, meine Herren, was Ich an Mein Volk vom Balkon des Schlosses ausgesagt habe. Hier wiederhole Ich: Ich kenne keine Parteien mehr, Ich kenne nur Deutsche. Zum Zeichen dessen, daß Sie fest entschlossen sind, ohne Parteiunterschiede, ohne Stammesunterschiede, ohne Konfessionsunterschiede durchzuhalten mit Mir durch dick und dünn, durch Not und Tod, fordere Ich die Vorstände der Parteien auf, vorzutreten und Mir das in die Hand zu geloben.« Die Parteiführer kamen dieser Aufforderung unter andauerndem Bravo nach, und während Seine Majestät, nach allen Seiten mit Dank grüßend und vielen Abgeordneten die Hand huldvoll reichend, den Saal verließ, ertönten fortgesetzt brausende Hurrarufe.

»Hurra, Hurra, Hurra!« rief auch Anna Walter, als sie darüber auf ihrem Kohlenplatz gelesen hatte. Sie hatte Tränen in den Augen, als sie des Kaisers Worte wiederholte: »Ich kenne keine Parteien mehr, Ich kenne nur Deutsche.«

»Du hast ooch keenen Sohn, der anne Front muß«, sagte der alte Krawuttke, einer ihrer Kohlenträger.

Ihr Freundin Marie formulierte es noch drastischer. »Du bist ja meschugge! Bald wird es auch in Berlin ein gewaltiges Heulen und Zähneklappern geben, paß mal auf.«

Und sie sollte recht behalten, denn schon im August mußten die ersten Theatervorstellungen abgesagt werden, schlossen einige Museen und gab es Einschränkungen im öffentlichen Verkehr und im Stromverbrauch. Und immer mehr Männer wurden eingezogen, bald auch Oskar Schattan und scine Brüder. Als Jüngsten traf es Albert Quade, der gerade siebzehn war und Kommunist. »Kanonenfutter für den Kaiser«, sagte sein Vater. Sie dachten lange über Desertion und Selbstverstümmelung nach, konnten sich aber zu nichts entschließen. Galten sie bislang als die fröhlichste Familie in der Wrangelstraße, waren sie fortan nur noch niedergedrückt und von Krankheiten gequält.

»Wenn ich nur eine Bombe hätte«, murmelte August Quade Mal für Mal.

»Hoch soll sie leben, hoch soll sie leben, dreimal hoch!« Weit schallte der Gesang der Familie Walter am 5. Juli 1915 über die Oder hinweg. Man saß bei Reinhold im Garten und feierte Annas dreißigsten Geburtstag. Ihr zu Füßen spielte Otto, der nun schon drei Jahre zur Schule ging und von manchen als »junger Mann« bezeichnet wurde. Er spielte mit dem Sohn ihrer Schwester Emma, der für ihn wie ein kleiner Bruder war.

Anna hatte die Handtasche auf den Schoß gestellt, den Rücken gegen die hohe Lehne des Stuhles gepreßt und ihre Blicke auf den Fluß gerichtet.

»Ihr geht das nichts an ...« Ihr Bruder Fritz konnte manchmal spöttisch sein.

»In zwanzig Jahren ist sie schon fünfzig«, sagte Wilhelm Ziegelmann, der Schwager.

Reinhold Walter lachte. »Vielleicht ist dann auch der Krieg zu Ende.« Nun hatten sie ein dankbares Thema. Schon im Jahr zuvor war es nicht recht vorangegangen. Zwar hatte Hindenburg bei Tannenberg die Russen geschlagen, doch in der Marneschlacht hatten die Franzosen die deutsche Westoffensive stoppen können. Im Osten siegte man auch 1915, aber im Westen sah es immer trüber aus.

»Unsere Zukunft liegt auf dem Wasser.« Wilhelm Ziegelmann erinnerte an die Worte des Kaisers. Da er und Reinhold von ganzem Herzen Schiffer waren, wurde von ihnen jede Seeschlacht immer wieder diskutiert. Als besonders schmerzhaft empfanden sie es, daß ausgerechnet ein australisches Schiff den deutschen Hilfskreuzer »Emden« im Indischen Ozean versenkt hatte. »... vor den Kokos-Inseln.«

»Ich esse nie mehr eine Kokosnuß«, erklärte Pauline Walter. Sie hatte ihre Finger, an denen die Gichtknoten immer dicker wurden, in die Sonne gelegt.

»In Berlin haben wir seit Februar Brotkarten«, sagte Anna, » und Kokosnüsse gibt es schon lange nicht mehr.«

Die Männer ließen sich aber nicht so schnell vom ihrem Thema abbringen: Im Januar hatten die Engländer bei Helgoland den deutschen Panzerkreuzer »Blücher« versenkt und das Flaggschiff »Seydlitz« schwer beschädigt, im April die Amerikaner in Newport die Kreuzer »Prinz Eitel Friedrich« und »Kronprinz Wilhelm« beschlagnahmt.

»Unsere U-Boote, die machen das schon.« Fritz Walter war da voller Hoffnung, hatte doch im Mai die U 20 den britischen Dampfer »Lusitania« versenkt.

»Der Kaiser hat jetzt verboten, daß wir feindliche Passagierschiffe torpedieren.«

Emma Ziegelmann begrüßte das. »Sonst machen das die Engländer auch noch mit uns, wenn wir mit der ›Ella‹ in Stettin liegen und Kohle ausladen.«

Beim Stichwort Kohle erwachte Anna für einen Augenblick aus ihrer Trance. Nun war sie schon dreißig Jahre alt und ihrem großen Traum, dem eigenen Kohlenkeller, noch keinen Schritt nähergekommen. Und die Chancen dafür wurden immer schlechter, denn ihre Schwester war zum zweiten Male schwanger.

»Tja, Anna«, sagte Emma, »im Dezember wird es bei mir wieder soweit sein. Und dein Otto ist zwar ein lieber Kerl, aber mit drei Kindern, das wird mir dann zuviel. So viel Platz ist auf der ›Ella‹ nicht ... Und außerdem muß Otto in die Schule, das mit der Schifferschule, das ist ja nichts Halbes und nichts Ganzes.«

Anna sah auf ihren Jungen. Der sah, klein und knubbelig wie er war, dem Wilhelm Schwalbe viel ähnlicher als dem Heinrich Bosetzky, der groß, schlank und stattlich war. Manchmal fragte sie sich, ob sie dem Wilhelm, kurz bevor sie mit Heinrich intim geworden war, wirklich nur die Hand gedrückt und ihn kurz geküßt hatte. Sie hatte auch einmal in einem dünnen Romanheft gelesen, daß so etwas möglich war. Verdrängung oder so sollte das heißen. Nun ja ... Wer auch immer der Vater sein konnte – daß sie die Mutter war, stand fest. Aber wie sollte sie das machen: den ganzen Tag über auf dem Kohlenplatz arbeiten und gleichzeitig aufpassen, daß

Otto regelmäßig zur Schule ging und immer was zu essen bekam ...? Das ging doch nur, wenn sie einen eigenen Kohlenkeller hatte. Ihre Freundin Marie schaffte das ja auch in ihrer Buchdruckerei, mit zwei Kindern sogar. Sie nahm all ihren Mut zusammen und sprach das Thema ihren Brüdern gegenüber an.

»Ich brauche Geld für meinen Kohlenkeller. Reinhold, leihst du mir was?«

»Wir sparen jeden Pfennig, denn wer sich nicht in Bälde ein Motorschiff kauft und selber fährt, der geht unter.«

Ihr Blick wanderte weiter zu Schwester und Schwager. »Und du, Wilhelm?«

»Dito. Ich will einer der ersten sein, der einen Motor hat. Und wir haben ja nun für deinen Otto bisher schon 'ne Menge ausgegeben. Mal muß auch Schluß sein, und bei der Frage, ob du 'n eigenen Kohlenkeller bekommst oder ich bald mein eigenes Motorschiff habe, da ist mir das Hemd näher als der Rock.«

Blieb ihr nur noch ihr Bruder Fritz. »Dann will ich mein Erbteil ausgezahlt haben.«

»Dann kann ich den Hof nicht mehr halten und muß mich irgendwo als Knecht verdingen.«

Anna wiederholte das Argument ihres Schwagers. »Du 'n eigenen Hof oder ich 'n eigenen Kohlenkeller ...«

Allzu fröhlich wurde die Feier nach diesem Disput nicht mehr, und Anna war froh, daß man ihr sozusagen erlaubte, noch am Abend heimzufahren. Der letzte Zug Richtung Züllichau und Küstrin hielt pünktlich im Bahnhof von Tschicherzig. Sie kletterte die Stufen zu einem der Abteile dritter Klasse hinauf und sah auf ihre Familie hinab. Alle waren gekommen, um noch zu winken.

»Na, Otto, willst du mit deiner Mutter mit nach Berlin?« fragte Reinhold.

»Nein.«

Anna hatte Tränen in den Augen, als sie es hörte, und spürte zugleich, wie ihr ein Stein vom Herzen fiel. »Ich habe keinen Sohn mehr ...«, dachte sie, immer schon mit einem Hang zum Theatralischen ausgestattet: »Soll er doch bei Emma bleiben, wenn das seine Mutter ist, dann habe ich ihn nicht mehr am Hals und kann machen, was ich will.« Anderseits schmerzte sie es, daß ihr Sohn nicht zu ihr hielt. Wo war da die Stimme des Blutes? Hatte sie ihn nicht unter Schmerzen geboren? Ja, wem verdankte er denn sein Leben? »Undank ist der Welten Lohn.« Sie weinte aber auch, weil sie sich schuldig fühlte. »O du mein himmlischer Herrgott, was habe ich da angerichtet? Ich hätte ihn niemals hergeben dürfen!« Sie war also hin und her gerissen und flüchtete sich wieder in den Zustand des abgesenkten Bewußtseins, der ihr wie kaum einem anderen Menschen eigen war: Mir geht das nichts an.

So kam sie in der Nacht nach Berlin zurück und stand am nächsten Morgen um sechs Uhr wieder auf dem Kohlenplatz am Görlitzer Bahnhof. Inzwischen war es nicht mehr so ungewöhnlich, daß Frauen die Männer ersetzten, die in den Krieg gezogen waren. In immer größerer Zahl fand man sie als Schaffnerinnen bei der Straßenbahn, als Hilfskräfte bei der Stadt- und U-Bahn und anderswo im öffentlichen Dienst. Marie Schattan führte ja schon lange die Buchdruckerei ihres Schwiegervaters in der Muskauer Straße 24. Dorthin ging Anna auch an diesem Tag, als sie in ihrer Kohlenhandlung um sieben Uhr Feierabend hatte.

»Mariechen, da bin ich wieder.«

»Schön, Annekin, setz dich bitte, ich bin gleich fertig ...« Die Freundin hatte noch einige lange Zahlenkolonnen zu addieren, was ihr nicht leicht fiel, weil die beiden Töchter ihr keine Ruhe ließen. Margot, die gerade fünf geworden war, sollte auf Gerda Obacht geben, die im schönsten Krabbelalter war.

»Margot, paß du bitte auf, daß Gerda nicht wieder in die Druckerschwärze faßt.«

»Ich will mein Buch ansehen.« Hatte Margot *Auerbach's Kinder-Kalender* erst einmal in die Hand bekommen, war sie zu nichts mehr zu gebrauchen.

»Da!« rief Marie. »Da ist es schon wieder passiert. Wer soll denn die Schweinerei wieder saubermachen?!«

»Immer bin ich schuld«, maulte Margot. »Die Gerda macht das doch mit Absicht, damit ich wieder ausgeschimpft werde.«

»Da ist sie doch noch viel zu klein zu.«

»Die ist ein Deibel.«

»Kinder, vertragt euch!«

Anna suchte nach einem Putzlappen. »Ich mach' das schon sauber. Das ist doch mein Metier.« Sie sprach es so aus, wie man es schrieb, als hätte es etwas mit einem Tier zu tun. Die Freundin korrigierte sie nicht.

»Danke, Annekin. Kannst du noch ein paar Minuten mit den Kindern spielen?«

»Ja ...« Sie tat es, obwohl sie anderes lieber tat.

Marie hatte ihre Additionen bald beendet, zog mit einem Lineal akkurat ihre »Buchhalternasen«, klappte dann ihr Hauptbuch zu und trug es zum Tresor. Als sie ihn aufzog, kamen ein paar Geldscheinbündel zum Vorschein.

Als Anna sie sah, war sie wie elektrisiert. »Mariechen, da ist ja das Geld, das ich brauche.«

Die Freundin drehte sich um und glaubte, sich verhört zu haben. »Wie meinst du das ...?«

»Für meinen Kohlenkeller.«

»Du, das Geld gehört Großvater Schulze. Davon muß ich die Rechnungen und die Löhne bezahlen.«

»Holst du neues von der Bank, ihr habt es doch.«

Marie schüttelte den Kopf. »Wie stellst du dir das vor? Das ist doch nicht meins ...«

»Dein Schwiegervater, der ist an der Front, der merkt doch nichts davon, und ehe er wieder zurück ist, habe ich dir alles zurückgegeben, auf Heller und Pfennig.«

Die Freundin war empört. »Willst du, daß ich wegen Unterschlagung und Veruntreuung ins Gefängnis komme?!«

Anna rang die Hände. »Es merkt doch keiner.«

»So etwas geht immer schief.«

»Wie denn?«

»Nein, Anna, ausgeschlossen.«

»Mariechen, bitte, ich flehe dich an, für mich geht es um alles. Nur wenn ich meinen Kohlenkeller habe, kann ich den Otto zu mir holen.«

Die Freundin setzte sich wieder und rang mit sich. »Annekin, wenn es nach mir ginge ...« Sie hatte Tränen in den Augen.

»Es merkt doch keiner. Was soll ich denn sonst machen? Mir gibt doch keine Bank was. Und die Zinsen ...« Jetzt fing auch sie an zu weinen.

»Annekin ... Nie ist mir etwas schwerer gefallen ...« Marie vergrub das Gesicht in ihren Händen. Erst als die beiden Mädchen Angst um sie hatten und sie umklammerten, sah sie Anna wieder an und stieß einen schweren Seufzer aus. »Nein, du, nein ... Es tut mir von Herzen leid, aber ...«

Da verlor Anna jede Contenance. »Du willst nun meine beste Freundin sein? Nichts bist du! Ich pfeife auf deine Freundschaft, ich habe keine Freundin mehr. Pfui Deibel!« Sie spuckte auf den Boden, lief zur Tür, riß sie auf und stürzte auf die Straße hinaus.

Auch in Berlin begann man den Krieg immer mehr zu spüren. In den Herbsttagen 1915 wurden in den Lokalen »Fleischlose Tage« eingeführt, und im zweiten Kriegswinter verschärfte sich die Lebensmittellage immer mehr. Jeder Berliner erhielt pro Woche nur noch 1900 Gramm Brot, 2500 Gramm Kartoffeln, 80 Gramm Butter, 250 Gramm Fleisch und 180 Gramm Zucker, dazu kamen pro Monat zwei Eier. Im März 1916 wurde ein Kuchenbackverbot erlassen und im Mai auch Seife nur noch auf Karte abgegeben. In den Geschäften wurde Tee und Kaffee beschlagnahmt und rationiert. Im Juni 1916 begann man mit den Massenspeisungen für die notleidende Bevölkerung.

Die Brotsuppe, die vordem auch die besseren Stände goutiert hatten, geriet nun in ihrer sozusagen abgespeckten Fassung zur Speise der armen Leute. An Zimt, Korinthen und Butter war im gemeinen Volk nicht mehr zu denken. In der süßen Version wurde die Brotsuppe mit Kohlrübensirup verfeinert, in der herben mit Salz und Pfeffer abgeschmeckt. Mitunter kamen auch »Mehlklieter« und irgendein künstliches Aroma hinein. »Hunger ist der beste Koch«, sagten die Leute, und Hauptsache war, man hatte etwas zu essen.

Dies alles traf Anna Walter nicht so hart wie andere, denn auf dem Kohlenplatz bekam sie von Kunden und Lieferanten immer mal wieder etwas Nahrhaftes zugesteckt, und außerdem trafen aus Tschicherzig regelmäßig Freßpakete ein. Was sie bedrückte, war ihre ganz persönliche Lage, denn seit sie die Freundschaft zu Marie gebrochen hatte, war sie einsam und allein. An einen Mann war nun erst recht nicht zu denken, alle waren im Feld. Und diejenigen, die nicht eingerückt waren, hatten an jedem Finger zehn und brauchten keine zu nehmen, die schon ein Kind hatte und über dreißig war – »ausgeleiert«, wie man es ihr neulich hinterhergerufen hatte. Beim Tanzen hatte sie es immer schwerer, einen Partner zu finden, denn sosehr sie sich auch wusch, die feinen Kohlepartikel bekam sie nicht mehr aus den Poren heraus. »Mann, riecht die modrig«, hörte sie es flüstern und: »Die laß ma', die hat bestimmt schon Spinnweben zwischen den Beinen.« Da blieb sie lieber zu Hause.

Sie wurde immer niedergedrückter und machte mehr Fehler, als man ihr auch »als Frau« zugestehen konnte. Ganz schlimm wurde es Mitte Juli, als es so heiß war, daß sie vor Kopfschmerzen kaum noch ein und aus wußte. Der schwarze Kohlengruß ringsum schien alle Sonnenstrahlen anzuziehen und aufzusaugen und verstärkte sie zur Höllenglut.

»Schlimmer war et ooch nicht in Aden am Roten Meer, als wir Kohle jebunkert haben«, sagte der alte Krawuttke, der in seiner Jugend zur See gefahren war.

Anna flüchtete aus ihrem Büro, das eine mit schwarzer Dachpappe gedeckte Holzbude war, und hoffte, daß von der Spree her eine leichte Brise herüberwehte. Im Schatten eines abgestellten Güterzuges lief sie in Richtung Landwehrkanal. In der Ferne tutete ein Dampfer. Sie sah sich in Tschicherzig am Oderufer sitzen und träumen: daß in Berlin einer kam und sie heiratete ... daß sie Arm in Arm mit ihrem Mann durch den Tiergarten ging und der Kaiser sie grüßte ... daß sie eine Geschäftsfrau war, die alle achteten ... daß sie in den größten Warenhäusern einkaufen konnte ... daß ihre Kinder ihr zu Füßen spielten ... »Und was ist davon in Erfüllung gegangen?« fragte sie sich. »Nichts!« Wozu noch leben ...?

Sie kletterte über die Gütergleise und hielt auf den Personenbahnhof zu. Gerade war ein D-Zug abgefertigt worden, und die Lok kam mit harten Auspuffschlägen langsam in Fahrt. Anna lief hin, um sich vor den Zug zu werfen. Ein schrilles Pfeifsignal war das letzte, was sie hörte.

Walter Matuschewski kam aus der Schorfheide und zwar aus der kleinen Ortschaft Schluft, wo er bis zum Beginn des Krieges als Holzfäller und Waldarbeiter gelebt hatte. Mit seinen vierzig Jahren war er zu alt, um für den Kaiser und das Vaterland zu kämpfen, auch hatte er den Militärärzten glaubhaft versichert, an der Trunksucht zu leiden. Das stimmte so nicht, es ließ sich aber nicht leugnen, daß er gern einen hob. Wäre er im Westen Preußens zur Welt gekommen, hätte man ihn als eine rheinische Frohnatur bezeichnen können. Auf alle Fälle war er ein Filou, der nichts vom Leben wollte als jeden Tag ein wenig Spaß. Die Arbeit mied er, wo er nur konnte. Dennoch ackerte er manchmal wochenlang ohne Rast und Ruh, aber ausschließlich mit dem Ziel, Geld zum Wetten zu haben. Die Berliner Trab- und Galopprennbahnen waren seine Heimat. Oft gewann er auch, denn von Pferden verstand er eine Menge, übte er doch in Berlin den Beruf des Kutschers aus. Aber alles, was er gewonnen hatte, verspielte er wieder oder gab es in den Ballhäusern für sich und seine Freunde aus, denn er liebte den Spaß am Spiel und am Genießen und nicht das Anhäufen des Geldes. Wenn er aber bei den etwas derberen Vergnügungen der Männer seines Alters im Mittelpunkt stand, dann nicht nur seiner Freigebigkeit wegen, sondern auch aufgrund einer ganz besonderen Kunstfertigkeit: Er konnte seine Magenwinde so gezielt ablassen, daß gebildete Kneipengänger ihm schon geraten hatten, als Kunstfurzer ans »Moulin Rouge« zu gehen. Ein Oberlehrer lachte: »Was selbst Mozart anerkennt: Der Hintern ist ein Instrument.« Ein Orchestermusiker setzte noch einen drauf: »Welcher Fisch furzt einen halben Ton tiefer als die anderen? – Der Barsch. Weil er ein B vor dem Arsch hat.« Dann mußte Walter Matuschewski ein Konzert geben, und der ganze Saal brüllte vor Lachen. Wie ein Satyr tanzte er auf und ab und ließ seine Winde gehen.

In das Gesicht dieses Fauns blickte Anna Walter nun, als sie auf dem Gelände des Görlitzer Bahnhofs aus ihrer Ohnmacht erwachte.

»Wer sind Sie denn ...?« stammelte sie.

»Der Kutscher Walter Matuschewski von der Berliner Paketfahrt.

Und wohin soll ich dies süße Paket hier bringen?« Damit hob er sie hoch und trug sie von den Gleisen weg.

»Mein Gott ...« Anna fiel nun alles wieder ein. »Ich wollte ...«

»Es wäre jammerschade gewesen, wenn die Räder aus diesem wunderschönen Körper Hackfleisch gemacht hätten.«

»Ich muß vorher ohnmächtig geworden sein ...«, murmelte Anna.

»Sie hatten mich doch noch gar nicht gesehen.«

»Nein.«

»Ich Sie aber. Sie sind doch die vom Kohlenplatz dahinten?«

»Ja.« Anna hatte es gar nicht sonderlich eilig, wieder abgesetzt zu werden. So auf Händen getragen hatte sie nicht einmal ihr Heinrich, damals bei der Motorbootfahrt auf Spree und Dahme. Und ein bißchen ähnlich sah dieser Mann dem Heinrich schon.

»Es muß die Hitze gewesen sein«, sagte Walter Matuschewski.

»Ja ...«

»Was meinen Sie, wie heiß mir erst ist, wo ich Sie so trage. Wohin darf es denn gehen?«

»Zu meiner Arbeit zurück, zu meinen Kohlen.«

Walter Matuschewski brachte seinen ganzen Charme ins Spiel. »Wollen Sie mich verkohlen?«

»Sie können mich ja heute abend abholen zum Tanzen ...«

Der Winter 1916/17 war für die Berliner der härteste seit Kriegsbeginn und hieß allenthalben der »Kohlrübenwinter«. Der Grund war einfach genug: Da es an Kartoffeln und Getreide erheblich mangelte, mußte man viele Mahlzeiten und Lebensmittel durch Kohlrüben ersetzen oder aber mit ihnen »versetzen«. Neben den Kohlrüben gab es als Hauptnahrungsmittel die Graupen, Kälberzähne genannt. Immer weniger Milch, Butter und Fleisch wurde zugeteilt. Die Ärmsten der Armen bekamen ihre Kohlrüben- oder Graupensuppe in den Volksküchen oder auf der Straße aus Gulaschkanonen – die Portion für 35 Pfennige.

Die Brotsuppe erlebte nun ihren völligen Niedergang: Es gab Leute, die einen Monat lang alle anfallenden Krümel sammelten, bis es dann endlich zu einer Mahlzeit reichte. Und spottete man über die lausigen Zeiten, so unterschied man zwischen Brotsuppe mit und ohne Krümel. Auf den Straßen gab es Dialoge wie diesen: »Kennst du Heinrich Hintenauf?« – »Nein, wer soll denn das schon wieder sein?« – »Na, der Erfinder der Brotsuppe mit Krümeln.« Wobei man als echter Berlin das n bei den Krümeln meistens wegließ.

Die Nachrichten, die von den Fronten kamen, waren verheerend. Nachdem es auf deutscher Seite 335 000 Tote gegeben hatte, war die Schlacht um Verdun Mitte Dezember abgebrochen worden. Noch mehr Opfer gab es an der Somme.

Während nun das nationale Elend immer größer wurde, begann für Anna Walter eine Glückssträhne nie gekannten Ausmaßes. Zuerst brachte ihr der Geldbriefträger neunhundert Mark. Das war die »Abfindung für die Unterhaltsansprüche«, die ihr ein tüchtiger Anwalt aus der Konkursmasse von Heinrich Bosetzkys Baufirma doch noch gerettet hatte. Und wie das so im Leben ist, bald konnte sie zum zweiten Mal jubeln und dabei ausrufen: »Wo Mist ist, kommt Mist dazu«, denn aus Tschicherzig kamen als Abschlagszahlung auf ihr Erbteil achthundert Mark.

»Jetzt kann ich mir endlich meinen Kohlenkeller kaufen!« Anna umarmte jeden, der ihr begegnete, vor allem aber ihren Walter. »Wenn wir unser Erspartes dazunehmen, reicht es auch noch für ein Fuhrgeschäft.«

»Aber erst mal wird geheiratet!« rief Walter Matuschewski.

Und so geschah es dann auch am ersten Freitag im Juli, kurz vor ihrem 32. Geburtstag. Gefeiert wurde in der Manteuffelstraße 33, wo Anna ihren Kohlenkeller hatte. Genau darüber lag ihre kleine Wohnung.

Anna war überglücklich. Auf dem Standesamt in der Böckhstraße war man noch unter sich, nur mit dem alten Krawuttke und Walters einer Cousine als Trauzeugen, dann aber fielen die Verwandten aus Tschicherzig ein. Zuerst ihre Brüder, Fritz allein und Reinhold mit seiner Frau Pauline und ihrem Sohn Hermann, der nun auch schon zwanzig Jahre alt war. Er mußte nicht an die Front, weil er als Binnenschiffer unentbehrlich war.

Zuletzt kam ihre Schwester Emma. Neben ihr ging Otto, der für seine elf Jahre etwas klein geblieben war. Fragte man ihn, wie das wohl käme, dann kam die Antwort: »Weil ich mir sonst auf der ›Ella‹ immer den Kopf gestoßen hätte ... Auf'm Schiff ist alles so niedrig.« Ansonsten hieß es von ihm: »Klein, aber oho.«

Annas Herz klopfte. Sie fühlte eine ungeheure Schuld auf sich lasten. Wie hatte sie ihren Sohn nur weggeben können! Ob sich das jemals wiedergutmachen ließ?

Emma zeigte auf das Brautpaar. »Otto, das ist deine neue Mutter ... und der Mann daneben, das ist dein neuer Vater.«

Reinhold Walter war bemüht, das Ganze etwas aufzulockern, indem er lachte. »Nun, so neu sind die beiden ja nun auch wieder nicht.«

»Komm, mein Junge.« Anna bückte sich, um Otto in den Arm zu nehmen, doch der machte sich steif.

»Ich adoptiere dich«, sagte der neue Vater und strich dem Jungen über das Haar. »Dann heißt du Otto Matuschewski.«

»Eigentlich müßte er ja Otto Bosetzky heißen«, bemerkte Wilhelm Ziegelmann, der den Matuschewski nicht mochte und hinter vorgehaltener Hand schon einmal Erbschleicher und Schmarotzer nannte. Er konnte es aber auch nicht recht verkraften, daß sie den Otto, den sie über ein Jahrzehnt lang wie einen eigenen Sohn geliebt und gehalten hatten, nun verloren.

Und Fritz Walter, seiner Schwester wegen des entrissenen Erbteils immer noch gram, fügte leise hinzu, daß es in Tschicherzig Gerüchte gebe, der Maurer Wilhelm Schwalbe sei Ottos Erzeuger, und man habe sich bei der Anerkennung der Vaterschaft mit Heinrich Bosetzky geeinigt und »hintenrum musche-musche gemacht«.

Anna ging über alles mit jener inneren Haltung hinweg, die ihre große Stärke war und mit der sie nun ans Ziel gekommen war: Mir geht das nichts an.

Epilog

1918

Seit auch die Vereinigten Staaten von Amerika im April 1917 dem deutschen Reich den Krieg erklärt hatten, war das Ziel »kein Frieden ohne Sieg« nicht mehr zu erreichen. An der Westfront zog man sich auf die »Siegfried«-Linie zurück, der Luftkampf weitete sich aus, ebenso der Einsatz von Giftgassen. Ansonsten aber galt das, was elf Jahre später durch Erich Maria Remarques Roman sprichwörtlich werden soll: Im Westen nichts Neues. Im Osten herrschte seit der Jahreswende Waffenruhe, und am 3. März 1918 diktierte man dem geschwächten Rußland den Frieden von Brest-Litowsk. In Berlin und anderen deutschen Städten mehrten sich die Massenstreiks gegen Hunger und Krieg. In Kiel meuterten die Matrosen, und zwei von ihnen, Reichpietsch und Köbis, wurden wegen »kriegsverräterischen Aufstandes« durch Erschießen hingerichtet. Ende Oktober 1918 weigerten sich in Wilhelmshaven die Matrosen der Hochseeflotte, auszulaufen und in einer letzten Schlacht zu sterben. Kiel zog nach, die Meuterei breitete sich aus, das Kaiserreich ging seinem Ende entgegen. Überall in Deutschland gab es Arbeiter- und Soldatenräte, die die Macht an sich rissen, revolutionäres Fieber ergriff die Massen.

So kam der 9. November heran, ein Sonnabend, und Walter Matuschewski stand ein wenig ratlos mit seinem Pferdefuhrwerk vor Annas Kohlenkeller in der Manteuffelstraße.

»Soll'n wa nu ... oder soll'n wa nich?« Er hatte ein paar Kisten mit Werkzeugmaschinen aus einer Kreuzberger Firma zum Lehrter Güterbahnhof zu bringen und kam dabei in die Nähe des

Reichstages, wo es bestimmt hoch hergehen würde. »Ick will nich, det die uff uns schießen.« Das »uns« bezog sich auf seinen Stiefsohn, der schon oben auf dem Kutschbock saß und die Zügel hielt, damit die beiden Braunen vor dem Wagen ruhig blieben.

»Fahrt mal«, sagte Anna. »Das Leben geht weiter.«

Walter Matuschewski stieg auf den Bock. »Dann in Gottes Namen: Hüh!«

Doch es war sinnlos, sie kamen nicht weiter als bis zur Alexandrinenstraße, dann mußten sie wieder umkehren. Ganz Berlin war auf den Beinen und strebte Schloß und Reichstag entgegen. Auch Walter Matuschewski hielt es nicht zu Hause, dazu war er viel zu sehr ein Abenteurer und mußte überall dabeisein, wo etwas Entscheidendes passierte. So machte er sich, nachdem die Pferde wieder im Stall standen und versorgt waren, wieder auf den Weg in die Innenstadt, und Anna und Otto durften ihn begleiten.

»Ich will meinen Kaiser sehen, wie er Deutschland rettet!« rief Anna.

»Der ist doch im Hauptquartier in Spa«, wandte Walter ein.

»Trotzdem.«

Sie stürzten sich ins Gedränge und wurden in den nächsten beiden Stunden von der Menge bis zum Schloß gespült. So kam es, daß Otto Matuschewski um ein Uhr, als die *B. Z. am Mittag* die Abdankung Kaiser Wilhelms II. meldete, fast genau an der Stelle stand, von der aus sein Großvater Friedrich Bosetzky im Juli 1844 das Attentat auf den preußischen König beobachtet hatte.

Was auch immer der Grund dafür war: Otto durchströmte ein heißes Glücksgefühl, als er hörte, daß es aus war mit der Monarchie und man die Republik ausgerufen hatte. Nicht, daß er in diesen Minuten seines Großvaters gedacht hätte – von dem wußte er ja nichts –, doch später sollte er immer wieder sagen: »Da hatte sich der Kreis geschlossen.«

Zu guter Letzt: Auch was Tamsel betrifft, sollte sich der Kreis noch schließen, aber dies erst im Jahre 1947. Da hatte Otto Matuschewski schon zwei Drittel seines Lebens hinter sich und so viel erlebt, daß das nur in einem weiteren Buch erzählt werden kann, in *Zwischen Kahn und Kohlenkeller,* das überleitet zu *Brennholz für Kartoffelschalen,* wo es um die Kindheit von Manfred Matuschewski geht, Ottos einzigem Sohn.

Herangezogene Literatur

Agenda des Kaufhauses Rudolph Hertzog 1880
Agenda des Kaufhauses Rudolph Hertzog 1904
Agenda des Kaufhauses Rudolph Hertzog 1907
Akademie der Künste, Puppe, Fibel, Schießgewehr. Das Kind im kaiserlichen Deutschland, Berlin 1976
Argon Verlag (Hildebrandt, Dieter, Klünner, Hans-Werner, und Hansen, Jost), Unter den Linden, Berlin o. J.
Arnold, Friedrich, Anschläge. Politische Plakate in Deutschland 1900–1970, Ebenhausen bei München 1972
Auerbach's Deutscher Kinder-Kalender 1913 (31. Jg.)

Bach, Erle, Oberschlesien, Würzburg 1998
Behrend, Alice, Spreemann & Co., München 1955
Behrend, Horst, und v. Chasot, Friedrich-Karl, Märchen und Sagen für Kinder aus Berlin und der Mark, Berlin o. J.
Beier, Rosemarie, und Biedermann, Bettina (Hrsg.), Lebensstationen in Deutschland 1903–1993. Katalog- und Aufsatzband des Deutschen Historischen Museums, Berlin 1993
Bentzien, Hans, Unterm roten und schwarzen Adler, Berlin 1992
Berger, Joachim, Berlin freiheitlich & rebellisch, Berlin o. J.
Berghaus, Heinrich, Landbuch der Mark Brandenburg und des Markgrafenthums Nieder-Lausitz in der Mitte des 19. Jahrhunderts oder geographisch-historisch-statistische Beschreibung der Provinz Brandenburg, Zweiter Band, Brandenburg 1855
Bezirksamt Neukölln von Berlin, Abteilung Bau-, Wohnungswe-

sen und Umweltschutz (Hrsg.), Berlin-Neukölln – seine Geschichte und Denkmale. Rixdorf, Berlin 1999
Bilder deutscher Geschichte, hrsg. vom Cigaretten-Bilderdienst, Hamburg-Bahrenfeld 1936
Boberg, Jochen, u. a. (Hrsg.), Exerzierfeld der Moderne. Industriekultur in Berlin im 19. Jahrhundert, München 1984
Böhmer, Günter, Die Welt des Biedermeier, München 1977
Bosetzky, Horst, Mord und Totschlag bei Fontane, Berlin 1998
Bosetzky, Horst, und Eik, Jan, Das Berlin-Lexikon, Berlin 1998
Bosetzky, Horst, Tamsel. Der Aufstieg derer von Bosetzki unter Friedrich II., Berlin 1999 (als Taschenbuch bei dtv: Hoch zu Roß)
Bosetzky, Horst, Zwischen Kahn und Kohlenkeller, Berlin 2001
Brandt, Rolf, Berlinerin im tollen Jahr, Berlin 1942
Buchner, Rudolf (Hrsg.), Quellen zum politischen Denken der Deutschen im 19. und 20. Jahrhundert. Vormärz und Revolution 1840–1849, Darmstadt 1976
Büsch, Otto, Militärsystem und Sozialleben im alten Preußen 1713–1907, Berlin 1962
Bußmann, Walter, Zwischen Preußen und Deutschland. Friedrich Wilhelm IV. Eine Biographie. Berlin 1990
Bund der Antifaschisten Berlin-Pankow (Hrsg.), Jüdisches Leben in Pankow, Berlin 1993

Carlé, Wolfgang, Das hat Berlin schon mal gesehn, Berlin 1975

Demps, Laurenz, Der Schlesische Bahnhof in Berlin, Berlin 1991
Der große Ploetz, 29. Auflage, Würzburg 1980
Die Mark Brandenburg, Land rechts der Oder. Die Neumark, Heft 20, Berlin 1996
Die Mark Brandenburg, Am Wasser gebaut, Heft 23, Berlin 1996
Drewitz, Ingeborg (Hrsg.), Märkische Sagen, München 1979

Engel, Helmut, u. a. (Hrsg.), Historische Kommission zu Berlin, Geschichtslandschaft Berlin – Orte und Ereignisse, Band 5: Kreuzberg, Berlin 1994

Fallada, Hans, Damals bei uns daheim, Reinbek 1955
Fittschen, Herbert, und Frese, Hermann, Jan Reiners, Fischerhude 1985
Fontane, Theodor, Wanderungen durch die Mark Brandenburg, Band I: Die Grafschaft Ruppin, Band II: Das Oderland, Band III: Havelland, Band IV: Spreeland, Band V: Fünf Schlösser, Ullstein Bücher Nr. 4501-4505
Fontane, Theodor, Irrungen Wirrungen (1888), Nymphenburger Fontane-Ausgabe, Band 9
Fontane, Theodor, Stine (1890), Nymphenburger Fontane-Ausgabe, Band 9
Fontane, Theodor, Mathilde Möhring, Nymphenburger Fontane-Ausgabe, Band 14
Fontane, Theodor, Frau Jenny Treibel (1892), Nymphenburger Fontane-Ausgabe, Band 11
Fontane, Theodor, L'Adultera (1892), Nymphenburger Fontane-Ausgabe, Band 6
Fontane, Theodor, Die Poggenpuhls (1895), Nymphenburger Fontane-Ausgabe, Band 12
Fontane, Theodor, Der Stechlin (1897), Diogenes Taschenbuch 21073
Fontane, Theodor, Aus den Tagen der Okkupation, Frankfurt/Main, Berlin, Wien 1980 (Ullstein Buch Nr. 4544, Fontane-Bibliothek)
Fontane, Theodor, Kriegsgefangen. Erlebtes 1870, hrsg. von Otto Drude, insel taschenbuch 1437

Geist, Johann Friedrich, und Kürvers, Klaus, Das Berliner Mietshaus 1740–1862, München 1980
Gerstäcker, Friedrich, Die Regulatoren von Arkansas, Berlin o. J.
Glasbrenner, Adolf, Altes gemütliches Berlin, Berlin 1977
Glaser, Hermann, Maschinenwelt und Alltagsleben, Frankfurt am Main 1981
Gottwaldt, Alfred, Das Berliner U- und S-Bahnnetz. Eine Geschichte in Streckenplänen, Berlin 1994
Graeser, Erdmann, Eisrieke, Berlin 1970 (Neuauflage)

Graeser, Erdmann, Zur unterirdischen Tante, Berlin 1972 (aus der Romanfolge »Lemkes sel. Wwe.«, Neuauflage)
Graeser, Erdmann, Das Spukhaus in Schöneberg, Berlin 1973 (aus der Romanfolge »Lemkes sel. Wwe.«, Neuauflage)
Graeser, Erdmann, Berlin WW, Berlin 1978 (aus der Romanfolge »Lemkes sel. Wwe.«, Neuauflage)
Graeser, Erdmann, Koblanks Kinder, Berlin 1986 (Neuauflage)
Grawe, Christian, Führer durch die Romane Theodor Fontanes, Frankfurt/M, Berlin, Wien 1980
Grawe, Christian (Hrsg.), »Alles kommt auf die Beleuchtung an« – Fontane zum Vergnügen, Stuttgart 1994
Grunow, Alfred, Der Kaiser und die Kaiserstadt, Berlin 1970

Haas, Willy, Die Belle Epoque, München 1977
Hahn-Butry, Jürgen, Preußisch-deutsche Feldmarschälle und Großadmirale, 5. Auflage, Berlin 1938
Haffner, Sebastian, Preußen ohne Legende, Hamburg 1979
Harenberg, Chronik der Deutschen, Dortmund 1983
Hermann, Georg, Jettchen Gebert, Frankfurt am Main 1977
Hermann, Georg, Henriette Jacoby, Frankfurt am Main 1978
Holtmann, Antonius (Hrsg.), »Für Gans America Gehe ich nich Wieder Bei die Solldaten«. Briefe des Ochtruper Auswanderers Theordor Heinrich Brandes aus dem amerikanischen Bürgerkrieg 1862/63, Bremen 1999
Holmsten, Georg, Die Berlin-Chronik, Berlin 1984

Illustrierter Hauptkatalog 1912. August Stukenbrok Einbeck. Mit einer Einführung von Erich Plümer. Nachdruck, Hildesheim/New York 1973
Ingwersen, Erhard, Imma uff Draht. Köpfe und Käuze an der Spree, Berlin 1977

Klepper, Jochen, Der Kahn der fröhlichen Leute, Frankfurt/Main 1955
Kluge, Hermann, Geschichte der deutschen National-Literatur, Altenburg 1892

Köhler, Ruth, und Richter, Wolfgang (Hrsg.), Berliner Leben 1806–1847, Berlin 1954

Koischwitz, Gerd, Sechs Dörfer in Sumpf und Sand, Berlin o. J

Koschka, Emil, Berliner Rekorde und Superlative, 2. Aufl., Berlin 1983

Kramer, Thomas (Hrsg.), Reclams Lexikon des deutschen Films, Stuttgart 1995

Kramer, Wolfgang, und Jung, Heinz, Linienchronik der elektrischen Straßenbahnen in Berlin bis 1945, Berlin 1994

Krohn, Heinrich, Und warum habt ihr denn Deutschland verlassen? 300 Jahre Auswanderung nach Amerika, Bergisch Gladbach 1992

Kuhn, Annette (Hrsg.), Die Chronik der Frauen, Dortmund 1992

Lehmann, Friedrich Wilhelm, Berlin-Bummel um die Jahrhundertwende, München 1961

Lemmer, Klaus J., Berlin zur Kaiserzeit, Berlin 1978

Liepe, Magrit, Polnisch Kochen. Gerichte und ihre Geschichte, Göttingen 2003

Löffler, Ludwig, Berlin und die Berliner, Leipzig 1856 (Faksimile-Ausgabe Berlin 1978)

London, Jack, Abenteuer des Schienenstranges, Berlin 1930

Materna, Ingo, und Ribbe, Wolfgang (Hrsg.), Brandenburgische Geschichte, Berlin 1995

Materna, Ingo, und Ribbe, Wolfgang, Berlin – Geschichte in Daten, Berlin 1997

Menzel, Walter, Die Brandenburgische Städtebahn, Düsseldorf 1983

Minkels, M. Dorothea, 1848 ein Barrikadenheld. Aus dem Leben des Tierarztes Friedrich Ludwig Urban (1806–1879), Manuskript/Selbstverlag, Berlin 1998

Morin, Friedrich, Berlin und Potsdam im Jahre 1860, Berlin 1860

Niekrawietz, Hans, und Werner, Konrad, Schlesien, Würzburg o. J.

Oschilewski, Walther G., Der Bär von Berlin. Jahrbuch des Vereins für die Geschichte Berlins. 12. Folge, Berlin 1963

Paszylka-Paterczyk, Iwona, Kostrzyn nad Odra, Gorzów Wlkp. 1998

Pomplun, Kurt, Kutte kennt sich aus, 2. Aufl., Berlin 1971

Pomplun, Kurt, Berliner Allerlei, Berlin 1975

Pomplun, Kurt, Berlinisch' Kraut und märkisch Rüben, Berlin 1976

Pomplun, Kurt, Berlin – und kein Ende, Berlin 1977

Preußen – Versuch einer Bilanz. Eine Ausstellung der Berliner Festspiele GmbH, 15. August – 15. November 1981, Gropius-Bau. Katalog in fünf Bänden. Rowohlt, Reinbek 1981

Pröve, Ralf, und Kölling, Bernd, Leben auf märkischem Sand, Bielefeld 1999

Pütz, Robert (Hrsg.), Der Furz. Zusammengestellt und kommentiert von Alfred Limbach. Illustriert von Tomi Ungerer, Köln 1980

Ranke, Leopold, v., Zwölf Bücher Preußischer Geschichte, Band 2, München 1930

Ribbe, Wolfgang, und Schmädeke, Jürgen, Kleine Berlin-Geschichte, 3. Aufl., Berlin 1994

Röhrmann, Carl, Der sittliche Zustand von Berlin, Leipzig 1846 (Nachdruck Leipzig 1981)

Ruppert, Wolfgang (Hrsg.), Lebensgeschichten, Opladen 1980

Rutschky, Katharina (Hrsg.), Schwarze Pädagogik, Frankfurt/M. u. a. 1977

Scheibert, J., Der deutsch-französische Krieg 1870/71, 2 Bde., Berlin 1895

Schmelzer, Hans-Jürgen, Der junge Fontane, Berlin 1987

Schneider, Wolfgang, Berlin, Leipzig und Weimar 1983

Schoeps, Hans-Joachim, Preussen, Berlin o. J.

Scholz, Hans, Berlin jetzt freue Dich, Frankfurt/Main und Hamburg 1964

Schultz, Violet, In Berlin in Stellung. Dienstmädchen im Berlin der Jahrhundertwende, Berlin 1989
Seidel, Heinrich, Leberecht Hühnchen, München 1953
Sichelschmidt, Gustav (Hrsg.), Weihnachten im alten Berlin, Berlin 1978
Sichelschmidt, Gustav, Theodor Fontane, Leipzig o. J.
Sinn, Dieter, und Sinn, Renate, Der Alltag in Preußen, Frankfurt am Main 1991
Spiess, Volker, Jüdisches Leben in Berlin. Ein immerwährender Kalender, Berlin o. J.
Springer, Robert, Berlin. Ein Führer durch die Stadt und ihre Umgebungen. Leipzig 1861 (Faksimile-Ausgabe Bremen 1976)
Stammel, H. J., Der Cowboy, 2 Bde., Reinbek 1976
Stein, Werner, Kulturfahrplan, Berlin 1946
Sternaux, Ludwig (Berliner Lokal-Anzeiger), So wurde Berlin 1237–1937, Berlin 1937
Stinde, Julius, Die Familie Buchholz, Berlin 1883–1886 (Neuauflage Hamburg 1962)
Streifzüge durch die Mark Brandenburg, hrsg. von der Berliner Morgenpost, Autor Rudolf Stiege), Bände I–IV, Berlin 1982–89

Tanera, Carl, Der Krieg von 1870/71 dargestellt von Mitkämpfern. Siebenter Band. Die Belagerung von Paris, München 1893
Täubrich, Hans-Christian, Zu Gast im alten Berlin, 2. Aufl., München 1995
Trost, Heinz, Zwischen Havel, Spree und Dahme. Aus der Geschichte der Berliner Fahrgastschiffahrt, Wesselburen und Hamburg 1979

Uhlemann, Hans-Joachim, Berlin und die märkischen Wasserstraßen, Berlin 1987

Verlag Bernd Ehrig, Dunnemals im alten Berlin, Berlin 1978
Vorsteher, Dieter, Borsig. Eisengießerei und Maschinenbauanstalt zu Berlin, Berlin 1983

Wahl, Ilse, Geschichten und Geschichte eines Neuköllner Schulhauses, hrsg. vom Förderverein der Regenbogen-Grundschule, Berlin 1999
Weber-Kellermann, Die deutsche Familie, Frankfurt/Main 1974
Welk, Ehm, Die Heiden von Kummerow, Reinbek 1963
Welk, Ehm, Die Gerechten von Kummerow, Reinbek 1971
Wolfenbüttel-Zeis, Günzelin v., Allgemeine Deutsche Biographie, 44. Band, Neudruck der 1. Aufl. von 1898, Berlin 1971
Wutke, Günther, Anno Tobak an der Spree, Berlin 1958

Horst Bosetzky im dtv

»Horst Bosetzky ist allen Krimi-Fans und Liebhabern schillernder historischer Romane ein Begriff: als *der* Mann fürs Schmökern.«
Hans-Christian Winter in der ›Nordsee-Zeitung‹

Hoch zu Roß
Der Aufstieg derer von Bosetzki unter Friedrich II.
Roman

ISBN 3-423-20466-4

Der Beginn einer großen Familiensaga.

Zwischen Barrikade und Brotsuppe
Roman

ISBN 3-423-20840-6

Zwischen den Wirren der März-Revolution 1848 und dem Ende des Ersten Weltkriegs.

Zwischen Kahn und Kohlenkeller
Roman

ISBN 3-423-20621-7

Von der Weimarer Republik bis zum Ende des Zweiten Weltkriegs.

Brennholz für Kartoffelschalen
Roman eines Schlüsselkindes

ISBN 3-423-20078-2
und dtv großdruck

ISBN 3-423-25170-0

Kindheitserinnerungen an die Nachkriegszeit.

Die Bestie vom Schlesischen Bahnhof
Dokumentarischer Roman aus den 20er Jahren

ISBN 3-423-20832-5

Wie ein Tier
Der S-Bahn-Mörder
Dokumentarischer Roman

ISBN 3-423-20021-9

Der kalte Engel
Dokumentarischer Kriminalroman aus dem Nachkriegs-Berlin

ISBN 3-423-20745-0

Berliner Bahnen

ISBN 3-423-20380-3

Eine Liebeserklärung

Das Berlin-Lexikon

ISBN 3-423-20545-8

Lieber Sport als Mord
Fünfzig ganz persönliche Betrachtungen zur Körperertüchtigung

ISBN 3-423-20580-6

Das Wandern ist des Mörders Lust
Eine literarische Sitcom

ISBN 3-423-20704-3

Bitte besuchen Sie uns im Internet: www.dtv.de